本书插画由威廉·布莱克绘制

ILLUSTRATED BY WILLIAM BLAKE

LA DIVINA COMMEDIA Ⅰ 地狱

神曲

[意] 但丁·阿利吉耶里 著

王维克 译

浙江文艺出版社

目　录
CONTENTS

地　狱

我们就从那里出去，
再看见那灿烂的群星。

地狱

第一篇

但丁迷途在一个黑暗的森林，遇见豹、狮、母狼；诗人维吉尔的灵魂来救护他。

当人生的中途，[①] 我迷失在一个黑暗的森林 [②] 之中。要说明那个森林的荒野、严肃和广漠，是多么的困难呀！我一想到他，心里就起一阵害怕，不下于死的光临。在叙述我遇着救护人之前，且先把触目惊心的景象说一番。

我怎样会走进那个森林之中，我自己也不清楚，只知道我在昏昏欲睡的当儿，我就失掉了正道。后来我走

① 那时普通人的年龄认为有七十岁（见《旧约 · 诗篇》）。但丁开始他的神游在三十五岁，就是一三〇〇年。

② 这个黑暗的森林，象征人世的过失和罪恶，或指当时意大利之党争和社会的腐败。

到森林的一边，害怕的念头还紧握着我的心，忽然到了一个小山的脚下，那小山的顶上已经披着了阳光[③]，这是普照一切旅途的明灯。

一夜的惊吓，真是可怜，这时可以略微安心了。从海里逃上岸来的，每每回头去看看那惊涛骇浪，所以我在惊魂初定之后，我也就回顾来路，才晓得来路险恶，不是生人所到的。[④]

我休息了一会儿，就立起来赶我的路程，一步一步爬上荒凉的山坡。没有爬得多么高，前面忽然有一只敏捷的、五色斑斓的豹[⑤]，正拦住我的去路，我几次想回头逃避他。那时天晓了，太阳正同着美丽的群星[⑥]从东方升起；这样清爽的早晨，这样温和的季候，使我有克服那炫眼的走兽之希望。[⑦]

但是，一波未平，一波又起，一只狮子[⑧]又出现了，他似乎向着我冲过来。他的肚子饿极了，高抬他的头，

---

③ 此处“阳光”原文作“行星之光”，在“地球中心说”时代，“太阳”被认为是“行星”之一。阳光指示人类以正道，而达到所希望的幸福。

④ 因从此达幽灵之国；或说灵魂有了罪恶便是死灵魂。

⑤“豹”在人生的意义上是象征“肉感上的逸乐”，在政治上是指佛罗伦萨，因但丁是从那里放逐出来的。

⑥ 传说上帝创造宇宙在春季，那时太阳在“白羊宫”，即阳历三月二十五日。

⑦ 在一日之始，一春之始，但丁认为是一个好预兆。

⑧“狮子”象征“野心”、“强暴”，在政治上指法兰西王的用兵意大利。

呼呼的口气吓煞人。同时还有一只瘦瘦的母狼[9]，她似乎是急不择食的，而且已经有许多人受了她的灾害。她的一双眼睛钉着我，吓得我全身发抖，于是我只好放弃爬到山顶的企图。

我好比那渴望着金钱的人，忽然受到一个失败的打击，而沉迷于痛哭悲哀的情境。我受到那只母狼的压迫，她一步一步地接近我，使我不得不退往那黑暗无光的森林。

当我后退的时候，我看见一个人，他似乎是静默了长久，因此不会说话一样。在此荒山旷野，居然来了救星，我就叫道："请你快来救我，不问你是什么，一个影子也好，一个真人也好。"

他回答道："我从前是人，现在不是人了。我的父母是伦巴第人，他们的国度是曼图亚。我生于尤利乌斯王朝，但是迟了一点，[10]后来住在罗马，受奥古斯都王的保护，那时还是异教流行。

"我是一个诗人，我歌吟真正的英雄，安基塞斯的儿子，他从特洛伊城逃出来，因为那个雄伟的城已被希腊人

---

⑨"母狼"象征"贪欲"，又指罗马教皇。三兽或取源于《旧约·耶利米书》第五章。

⑩ 拉丁大诗人维吉尔是伦巴第（Lombardia）的曼图亚（Mantova）人，生于纪元前七十年，尤利乌斯·凯撒王被刺时诗人年仅二十六岁，尚未被王所知，后始为奥古斯都（Augusto）王所识。故有"我生也晚"之叹。

我受到那只母狼的压迫，
她一步一步地接近我，
使我不得不退往那黑暗无光的森林。

烧掉了。[11] 但是你为什么这样惊惶失措？为什么不爬过这座明媚的山，这是一切幸福的源头？”

我面红耳赤，向他回答道：“那么你就是维吉尔么？从你的嘴里，流出多么美丽而和谐的诗句呀！你是众诗人的火把，一切的光荣归于你！我已经长久学习过，爱好过，研究过你的著作！你是我的老师，是我的模范，我从你学得些好诗句，因此使我有了一些声名。……

“请你看那野兽，我后退的缘故就是为着她。著名的哲人，请你帮助我来反抗她，她使我四肢的血脉都颤动起来了！”

他看见我流泪，他答道：“假使你要离开这块荒野的地方，你应当另寻一条出路；因为那只母狼决不让一个人经过那里，除非把她杀掉。她的性子非常残酷，肚子从来没有饱足的时候，愈加吃得多，反而愈加饥饿。

“和她勾结的野兽还多呢，而且是一天多一天，直等到那著名的猎狗[12] 出世，才能够把他们一一杀尽。他是不贪土地，不爱金钱，他以智慧、仁爱、勇敢做食品，

---

⑪ 指维吉尔所作之名诗《埃涅阿斯纪》(*Eneide*)。安基塞斯 (Anchise) 的儿子为埃涅阿斯 (Enea)，逃出特洛伊 (Troia) 城而建罗马。

⑫ “猎狗”究竟预言什么人，为治《神曲》者所争辩的一大问题。普通解释为堪格兰德 (Can Grande della Scala，1290—1329)，因堪 (Can) 义为“狗”，而其出生地维罗纳 (Verona) 在菲尔特罗 (Feltro) 与蒙特菲尔特罗 (Montefeltro) 之间，他后来做了吉伯林 (Ghibelline) 派的领袖。

他的国度是在菲尔特罗和菲尔特罗[13]之间。他将拯救可怜的意大利，为着他，圣女卡密拉、欧吕阿鲁斯、图尔努斯和尼苏斯这些人都战伤而死了。[14]他将把母狼扫尽，把她再赶进地狱，魔鬼当初就是从那里把她放出来的。

“因此我想到：要是你到那里去看看，对于你不是没有益处的；我将做你的引导人，引导你脱离这块可怕的地方；引导你经历永劫之邦，那里你可以听见绝望的呼声，看见受苦的古幽灵，每一个都在尝试着第二次的死；[15]次则你可以看见那些满足于火焰之中的，[16]因为他们还有和那些幸福者住在一起的希望呢。末了，假使你愿意上升，有一个比我更高贵的灵魂[17]来引导你，那时我就和你分别了。因为我没有信仰他，所以我不能走进上帝所住的城。[18]上帝统治宇宙，权力无所不达，但是他

---

⑬ 原文 Tra feltro e feltro 意为“毡帽与毡帽之间”，讲不通，于是解者把毡帽（feltro）改为菲尔特罗（Feltro），视作地名，前注即为一解。尚有一种奇解，谓从菲尔特罗起程，依任何路径绕地一转，仍回到菲尔特罗，则地面上任何一点无不在内。总之，此处但丁有意晦涩，未可强解，而但丁希望扫除罪恶，拯救意大利，则不会指定在一个人身上。

⑭ 卡密拉（Cammilla）、欧吕阿鲁斯（Eurialo）、图尔努斯（Turno）、尼苏斯（Niso），均见于《埃涅阿斯纪》诗篇中，他们为着意大利战死。

⑮ 幽灵受死刑者则称为“第二次的死”（见《新约·启示录》第二十章、第二十一章）。此处指在“地狱”之灵魂。

⑯ 指在“净界”的灵魂。

⑰ 指贝雅特丽齐（Beatrice）。

⑱ 维吉尔生耶稣前，未信耶教，不能入“天堂”。又说维吉尔代表人类的理性（人智），不能了解究竟，而贝雅特丽齐则代表人类的信仰（神智），可以接近神明。关于贝雅特丽齐和但丁之间的爱情，见但丁所作之《新生》（*La Vita Nuova*）。

在天上有一定的座位；能够接近他的是多么快乐呀！”

我于是这样说：“诗人呀！请你为上帝的缘故，引导我逃出这个森林和其他更坏的地方吧；伴着我到你方才所说的境界，一看沉溺在悲哀的深渊里的幽灵；最后引导我到圣彼得的门。”[19]

于是维吉尔在前走，我在后跟着。

---

⑲ 指“净界”之门。管理此门的天使执有圣彼得（San Pietro）的两把钥匙。

第二篇

但丁逗留不进，维吉尔说明他的使命：贝雅特丽齐曾往他所住的“候判所”，请他援助但丁。

天色渐渐晚了，地上劳苦的动物也要休息了。只有我一个人正预备着去跋涉长途，硬着心肝去看一看那班可怜虫。

这些见闻，都待我正确的记忆来叙述的。诗歌的女神呀，卓绝的天才呀，请你们帮助我！记忆呀，请你把我所见闻的印象留住吧，你立功的时候到了！

于是我开始说：“引导我的诗人呀！请你考虑一下吧：我是否有足够的能力，可以担当这件艰难的工作呢？

“你说西尔维乌斯的父亲[①]曾以肉身走入永劫之邦，

---

① 西尔维乌斯（Silvio）的父亲就是埃涅阿斯，在维吉尔的《埃涅阿斯纪》里曾叙述埃涅阿斯游地狱事。

但是万恶之敌[②]允许他这样的特权不是没理由的：因为天上已经选定他做罗马的开山祖，那里是帝国的京城，又是从大彼得以来教皇座位的所在地。[③]他从这一趟旅行，得着了未来胜利和圣教光荣的启示。后来神选杯[④]为着巩固信仰，使人得救的缘故，也有这样一次的旅行。

"但是我呢，为什么要去？谁允许我去？我既不是埃涅阿斯，又不是保罗；无论我自己或别人看来，都觉得我不够资格，我要是冒昧地跟着你去，适足以证实我的愚昧。你是哲人，虽然我的话说得不清楚，你总十分明白我的意思吧。"

好比一个中途变更计划的人一样，不能不把已经动了手的事情放下，因此我逗留在昏暗的山路上，自悔不加深思，便轻易答允了这样重大的使命。

高贵的诗魂答道："假使我十分明白你的说话，就是你的心里生了恐惧。恐惧，他使人们在正大的事业前面望而却步，好比胆怯的野兽，听见风声就吓得逃走一样。我要赶开你心里的恐惧，我要告诉你我为什么来到这里，我听了什么人的嘱咐才来搭救你。

---

② "万恶之敌"指上帝。

③ 但丁意谓教皇和帝国的关系是互相辅助的，见其拉丁著作《王国论》(De Monarchia)。大彼得即圣彼得，使徒之一，为第一任教皇。

④ 神选杯（Vas d'elezïone）即圣保罗，见《使徒行传》。保罗自谓曾到过"第三层天"（见《哥林多后书》），但在中世纪也有他曾入地狱的传说。

“我正在升沉未决的班里，[5]一个美丽的圣女叫着我，我上前去应命。她的一双眼睛比星光还要明亮；她用柔和而嘹亮的音调对我说：

“‘善良的曼图亚的幽魂呀！你的声名传遍世界，且可与日月争光呢。我有一个不幸的朋友，他徘徊在荒漠的山林，正在惊惶失措、进退两难之境，我恐怕他要迷途更远，因为我在天上得着他的消息或许太迟了。现在请你去一趟吧，用你美妙的辞令，帮助他离开那里，那么我就放心了。我是贝雅特丽齐，我从天上下来，我是急乎要回去的；爱情感动了我，因此我不得不对你说。当我回到主人那里，我要常常在他面前称赞你呢。’

“贝雅特丽齐静默了，于是我对她说：‘善女人呀，因为你的缘故，地上的人类成为万物之灵！[6]你命令我，正是看重我；假使我现在已经办妥了，我还觉得服从你太迟了一点。你的意思固然用不着再向我解释，但是你为什么敢降临下地，而又急乎要回到天国呢？’

“她答道：‘你既然要知道，我就把他简单地说几句吧。宇宙间只有能够损害我的我才怕他；不然的话，何必怕他呢！我得着上帝的恩惠，你们的痛苦触不到我，

⑤ 因维吉尔既未定罪，也未得救，所以他的灵魂处在“天”和“地”之间而升沉未决，即处在“候判所”；见第四篇。

⑥ 贝雅特丽齐象征“神智”，提高人类的精神，而使之驾于其他一切地上的生物。

我正在升沉未决的班里，
一个美丽的圣女叫着我，
我上前去应命。

HELL Canto 2

这里的火焰及不到我。……天上有一位高贵的圣女[7]，她对于我请你去搭救的这个人非常怜惜，她破例待他慈悲。她对卢齐亚道："现在你的一个忠实信徒正需要你呢，我把他委托了你吧。"卢齐亚，残酷之敌，[8]马上到我那里去，那时我正和古时的拉结[9]对坐着。卢齐亚说："贝雅特丽齐，上帝之颂扬者，[10]你为什么不帮助爱你的人？他为着你超凡绝俗了。他的痛苦，你不可怜他么？你不看见他在那里和死挣扎么？人海波澜，不下于大洋的狂风怒涛呀！"我听了这番话以后，比地上的人趋福避祸还要快几倍，我从我的幸福地下来，信任了你的辞令，这个不特是你的光荣，就是听了他的人也有光荣呢。'

"她说了以后，掉转她明亮的眼睛去流泪了；因此使我加快地到你这里来；因此我把你从拦住去路的野兽那里救出来。现在你为什么踟蹰不前？为什么一颗心被恐惧包围了？为什么不勇敢些？岂不辜负了天庭三个圣女和我的一片好意么？"

好比夜里受了霜打的花朵，垂头丧气地紧闭着，忽然受着太阳的照耀而开放了；我的心也是这样，我的精

---

⑦ 指圣母马利亚（Maria），神恩、神惠之象征。

⑧ 圣女卢齐亚（Lucia）象征仁慈，故为"残酷之敌"。传说她为眼光女神，但丁常有目疾，因此他是她的忠实信徒。

⑨ 拉结（Rachele）为拉班（Labano）的小女，雅各（Giacobbe）的妻，见《创世记》。此处拉结代表"隐逸的生活"。

⑩ 人家看见贝雅特丽齐，就称赞上帝的功德，见但丁的《新生》。

神振作了，我的勇气恢复了，我就对他说：“搭救我的人，她是多么慈悲呀！至于你呢，服从她的话这样快，是多么好心肠呀！我听了你的话，我下一个决心跟着你去了。现在我们是两个身体一条心，你是我的引导人，我的主人，我的老师。”

说完了，于是他移动他的脚步，我就走上崎岖荒野的路途。

于是他移动他的脚步，
我就走上崎岖荒野的路途。

第三篇

地狱之门；地狱之走廊，懦夫受刑之地。惨淡的阿刻隆河；老船夫卡隆。

“从我这里走进苦恼之城，从我这里走进罪恶之渊，从我这里走进幽灵队里。

“正义感动了我的创世主：我是神权、神智、神爱的作品。[①]

“除永存的东西[②]以外，在我之前无造物，我和天地同长久；

“你们走进来的，把一切的希望抛在后面吧！”

---

① 神权（圣父）、神智（圣子）、神爱（圣灵），在神学上叫做“三位一体”。

② 所谓永存的东西是指原质、天使和天体。

我看见上面的文字，黑沉沉地写在一个大门上；我说："我的老师，这些文字的意义叫我难懂。"他像是一个博学多能的人，对我说："到了此地，一切的恐怖和畏怯都要放在脑后了。我们已经到了我对你说起的地方：在这里我们将要看见一班苦恼的、不懂何谓幸福的幽灵。"

于是他拉了我的手，脸上露着笑容，使我心里安慰了一些，他引导我走进幽冥之国。

这里，叹息声，抱怨声，悲啼声，在没有星光的空气里面应和着。我一阵心酸，不觉泪下。千奇百怪的语音，痛苦的叫喊，可怕的怒骂，高呼或暗泣，拍手或顿足，空气里面骚扰不已，永无静寂，好比风卷尘沙，遮天蔽日。

那时我毛骨悚然，问道："老师，我所听见的是什么？发出这样痛苦呼声的又是什么人类呢？"他答道："这些都是无声无臭的懦夫，还混杂了一些卑鄙的天使③；他们对于上帝既不反叛，也不忠实；他们是只知自私自利的骑墙派。这一班幽灵既为天国所摈斥，因为天国要保持他的纯洁，又不为地狱所收容，因为罪恶之徒尚有自夸之点呢④。"

---

③ 这一类天使《圣经》中无记载，但丁大概根据传说。
④ 犯罪的人至少还有些决心和勇气。

从我这里走进苦恼之城，
从我这里走进罪恶之渊，
从我这里走进幽灵队里。

Leave every Hope you who in Enter
WB
HELL Canto 3

我说："那么他们受了什么刑罚，使他们这样痛苦呢？"他答道："我可以极简单地对你说几句。他们既没有寂灭的希望[⑤]，只是过着盲目的平庸生活，也没有改进的可能。世界上对于他们没有记载；正义和慈悲都轻视他们。我们也不必多说他们了，看看就走吧！"

那时我看见一面旗子掮着向前跑，兜着圈子，[⑥]似乎没有停止的时候，跟着旗子后面的是一大队的幽灵。我要是不看见，真不会相信死神已经办完了这许多！在这些幽灵之中，我还认识几个，我最看得清楚的是那个因为懦怯而让位的[⑦]。

于是我明白了，这一群下贱的人为上帝所不喜而为他的仇敌所不容呀！这些不幸的人，在生之日，犹死之年；[⑧]他们都赤身露体，有黄蜂和牛虻刺着他们；血和泪从他们脸上合流到他们脚跟上，做了毒虫们的食料。

后来我望得远些，又看见一群人在一条大河的岸上，于是我说："老师，允许我知道那里的一群人么？靠着一些微弱的光亮，我看得见一群人在那里挤着渡

---

⑤ 求死不得。

⑥ 摇动的旗子象征游移不定。这里称为"地狱的走廊"，是一个圆环。

⑦ 但丁没有把姓名指出来，注释者大致认为是指教皇切勒斯提诺第五（Celestino V），因为他在一二九四年做教皇半年，就让位给卜尼法斯第八（Bonifazio Ⅷ），因此启觊觎之路，而且卜尼法斯第八又是但丁最大的仇人。

⑧ 肉体虽生，精神已死。

河，究竟是谁逼迫他们这样做呢？”他答道：“我们走到那条名叫阿刻隆的惨淡的河边就明白了。”因为问话不及时，我觉得有些惭愧，只好俯着头，一言不发，直走到河边。

那里看见一个须眉尽白的老人立在船上，大喊道：“不幸的你们，罪恶的灵魂！不要再希望看见天日了！我来引你们到彼岸：走进幽乡，走进火窟，走进冰池。至于你呢，你是活人，快离开他们吧，这些都是死人呀！”他看见我还是立着不动，便怒道：“你另有一条路走，另有一个渡口，另有一个较轻的船来渡你呢。”⑨我的引导人对他说：“卡隆，你不要来阻止，这是为所欲为者的意思，⑩不必多说了。”

老人听罢，果然不多说了，他把发火的眼睛向岸上一望，那些憔悴的裸着的灵魂都变了面色，咬紧着牙齿；他们咒骂上帝和先祖，一切人类，子子孙孙，甚至他们自己落生的地方和出世的时辰。于是他们走近那可诅咒的青黑色的河，那里等待一切不怕上帝的人。

魔鬼卡隆目光如烧着的炭一般，指挥他们一一登船，迟延的就要受着桨的拷打。好比秋天的黄叶，从树枝上一片一片落到地上，这些亚当的不肖子孙，也一个一个下了船。老船夫使着一个个眼色，众幽魂就和小鸟们

---

⑨ 但丁死后应入“净界”，不入“地狱”。
⑩ 卡隆（Caron），阿刻隆河（Acheronte）上的船夫；为所欲为者指上帝。

他们既没有寂灭的希望，
只是过着盲目的平庸生活，
也没有改进的可能。

ELL Canto 3 WB

魔鬼卡隆目光如烧着的炭一般，
指挥他们一一登船，
迟延的就要受着桨的拷打。

闻唤来归一样。于是他们坐着船渡过去了，还没有到达彼岸，这边岸上又聚成一个新群了。

善良的引导人对我说："我的孩子，我告诉你，那些遭逢上帝之怒而死的，都从各地聚会在这里。他们急乎要渡过这条河，因为神的正义刺着他们，他们的害怕就变为自愿了。善良的灵魂都不走这条路，卡隆所以拒绝你的理由，你也可以明白了。"

他的话说完了，幽暗之乡忽有剧烈的地震，我现在回想起来，还使我浑身出了一阵冷汗呢。在这泪渍之地又刮起了大风，同时赤色的闪电也发作了，于是我的神经昏乱，如睡着了一般。

第四篇

地狱第一圈，即候判所，为未信耶教者所居；著名的异教徒。

一个很大的雷声，震动我深睡的头脑，我好比突然被人推醒一般。我睡眼蒙眬，向四下里一看，想知道我是在什么地方。

真的，我已经临着苦恼的深渊，这里面有无穷无尽的悲声哀音，聚在一起，就和雷鸣无别。这一个深渊是如此昏暗，如此幽秘，而且云雾笼罩，我定神向下面注视，竟一物不辨。

诗人面色灰白，开始对我说："现在我们可以走下幽暗的世界去了：我在前面，你跟在后面。"我曾注意他的面色，我说："我的得来此地，全是受了你的鼓励，现在你也害怕了，叫我怎样跟着你？"他答道："我可怜下面苦恼之辈，因此表现在我脸上，你却以为我是害怕。我们走吧！路程很长，不容我们再迟延一刻。”

说罢他走下去了，他叫我也走下去，于是我们到了围绕深渊的第一圈里。[①]

在这里，从听觉说来，没有抱怨声，只有叹息声，就是他摇撼了惨淡的空气。他是从一班男人、女人、孩子发出来的，这些灵魂虽然郁郁不乐，但也没有痛苦[②]。

善良的老师对我说：“你不想知道这些灵魂么？我愿意提前告诉你：他们并没有罪过，他们中间虽也有立过功劳的，但仍旧不够，因为他们没有受过洗礼，这一桩是达到你的信仰之门。他们因为生在耶稣基督之前，尊敬上帝没有合乎正道；我自己也是其中之一。因为这一个缺点，并没有别种错处，我们就派在这里。我们唯一的悲哀是生活于愿望之中而没有希望。[③]”

我听了他的话，非常伤心，因为我知道有许多特殊的人物，竟派在这个“候判所”，他们的升沉还未能决定呢。我对于这种超于一切的信仰，怀着一点疑惑，问道：“请你告诉我，我的老师！是否也有一种灵魂，依仗他自己的或别人的功劳，可以从这里升到天国去的么？”他明白我问话的意思了，他答道：“当我来此不久的时

① 但丁脑海里所想象的地狱形状是一个大漏斗：一个走廊，九个圈子，上面的圈子较大，愈下愈小，直达地心。

② 神学家称这种痛苦为“不得见天主的痛苦”。

③ 愿望看见上帝，但没有达到目的的希望。

候，有一个无上威权者[4]光临，他戴着一切胜利的荣冠呢。他从我们班里救出：我们的始祖[5]和他的儿子亚伯、挪亚，立法并且服法的摩西，族长亚伯拉罕，国王大卫，以色列[6]和他的孩子及拉结，为着她，他曾费了许多气力；还有其余许多，都升到天国享福了。此外就没有别的灵魂得救者，这也是我要告诉你的。”

我们说话的时候，并没有停止在路上。

我们经过一个树林，树林里住满着各种幽灵。从我昏睡之地到这里还没有多么远，我看见火光照亮一个区域。我离着火光还有一些路程，虽然不十分远，但是还难以辨别什么一种可敬的灵魂住在那里。我说：“你是尊敬各种科学和艺术的，请问你这些灵魂有什么光荣之处，可以和别的不幸者离开呢？”他回答道：“他们的高贵姓名，在地上简直无人不晓，因此天上也给他们特别的恩惠。”

当时我听见一种声音：“尊敬的大诗人！他出去的

---

④“无上威权者”指耶稣。耶稣入地狱一事但丁根据传说，或由《新约·彼得前书》第三章来。耶稣入地狱在三十三年，即维吉尔死后五十二年，故云“来此不久”。

⑤我们的始祖指亚当（Adamo）。以下亚伯（Abel）、挪亚（Noè）、摩西（Moisè）、亚伯拉罕（Abraam）、大卫（David）等均出自《旧约》。

⑥以色列（Israel）即雅各，他服侍舅父拉班十四年，才得和他的女儿拉结成婚。

影子回来了。”[7]在这个声音以后，静寂了一会儿，我看见四个大影子走上前来，看他们的神气，既不悲哀，也不欢乐。我善良的老师对我说："请你注视那位拿着宝剑的，他走在其余三个的前面，他就是诗国之王荷马；他后面的一个是讽刺诗人贺拉斯，第三个是奥维德，末了一个是卢卡努斯。[8]他们客气得很，方才喊我大诗人，其实他们才应该受此称呼呢。”于是我看见诗国里高贵的一派，这一派的诗如飞鹰，凌驾一切。

他们聚谈了一会儿，然后转身向我表示敬意，我的老师站在那里微笑。他们最尊敬我的一桩是把我也算在他们里面，因此我在这些哲人之中是第六个[9]。我们走向火光，我们一路谈论，这些话不便写出来，只好保持静默。

我们走到一个高贵的城堡[10]前面，有七层高墙，周围有一条清浅的河流；我们如履平地一般走过去了。

---

⑦ 维吉尔因贝雅特丽齐之请，暂时离开候判所，去搭救但丁。影子就是灵魂。

⑧ 荷马（Omero），希腊大诗人，作史诗《伊利昂纪》和《奥德修纪》。贺拉斯（Orazio）、奥维德（Ovidio）均是维吉尔同时代的拉丁大诗人。卢卡努斯（Lucano）为较后一时期的拉丁诗人。

⑨ 但丁此处自居于第六位大诗人，因其批判力的精到、眼光的远大，才不致受后世“大言不惭”之讥。

⑩ 城堡象征什么并不明显，或指哲学。七层高墙或指七种美德：谨慎、公正、坚忍、自制、智慧、博学、颖悟。河流或指辞令。七重门或指七种学问：文法、逻辑、修辞、音乐、算术、几何、天文。

我陪着这些哲人走进七重门，到了一块青草地上。在那里有许多人，都是眼光平正，富有威权的神气；他们说话少而声调柔和。我们又走到一块露天、光亮、高起的地方，因此我可以把他们一览无余。在我前面，绿油油的草地上，有许多英雄和伟人的灵魂都显现出来了。我能躬逢盛会，心里觉得非常光荣。

我看见厄列克特拉[11]和许多英雄，其中我认识赫克托尔和埃涅阿斯，还有穿军装的凯撒和他一双锐利的鹰眼。在另一边，我看见卡密拉和彭特希莱亚，又看见国王拉提努斯和他的女儿拉维尼亚坐在一起。[12]我看见驱逐塔尔昆纽斯的布鲁图斯、卢柯蕾齐亚、优丽亚、玛尔齐亚和科尔奈丽亚[13]；我看见萨拉丁[14]孤独地站在一处。

---

⑪ 厄列克特拉（Elettra）为特洛伊城创始祖之母。赫克托尔（Ettore=Hector）和埃涅阿斯为特洛伊勇士，埃涅阿斯见《地狱》第一篇注⑪。

⑫ 卡密拉见第一篇。彭特希莱亚（Pentesilea）为女人国（Amazzoni）的王后，曾在赫克托尔死后助特洛伊战争。拉提努斯（Latino）之女拉维尼亚（Lavinia）嫁埃涅阿斯。

⑬ 布鲁图斯（Bruto），罗马首席督理官，驱逐罗马专制皇帝塔尔昆纽斯（Tarquinio il superbo）。卢柯蕾齐亚（Lucrezia）为督理官柯拉蒂努斯（Collatino）之妻，曾为塔尔昆纽斯之子所污，因此柯拉蒂努斯和布鲁图斯合力反抗专制皇帝。优丽亚（Julia）为凯撒之女，庞培（Pompeo）之妻。玛尔齐亚（Marzia）为卡托（Catone Uticense）之妻。科尔奈丽亚（Cornelia）为格拉基（Gracchi）二子之母，以上概属罗马贤士淑女。

⑭ 萨拉丁（Saladino）为十二世纪之末埃及与叙利亚之王，以博施济众出名，曾反抗“十字军”，为狮心王理查所败。

请你注视那位拿着宝剑的，
他走在其余三个的前面，
他就是诗国之王荷马。

Limbo of Weak Shadows
Every thing in Dantes Comedia shews That for Tyrannical
Purposes he has made This World the Foundation
of All & the Goddess Nature
the Holy Ghost
as Poor Chaucer
said Nature
my Goddess
Swedenborg does the same in saying that in this World
This is the most damnable Falshood
of Satan

HELL Ca

在我前面，
绿油油的草地上，
有许多英雄和伟人的灵魂都显现出来了。

我再抬头看得远些，则看见一个大师[15]坐在哲学家的队里：大家望着他，大家尊敬他；这里我看见苏格拉底和柏拉图，他二人最立近大师；德谟克利特，他说宇宙是偶然的结果；狄奥格尼斯、阿那克萨哥拉和泰利斯，恩沛多克勒斯、赫拉克利图和芝诺；[16]我又看见一个善于观察物性的，他就是狄奥斯科利德；[17]我又看见奥尔甫斯、图留斯、黎努斯和伦理家塞内加；[18]几何家欧几里德和托勒密；[19]希波革拉底、阿维森纳和嘉伦；[20]阿威罗厄斯大注释家。[21]我不能把这些人一一写出来，只能说一句“纸短事长”了。

---

⑮ 指亚里士多德，希腊哲学家，为柏拉图弟子，柏拉图又为苏格拉底弟子。对于中世纪之影响最大者为亚里士多德。

⑯ 德谟克利特（Democrito）为倡“原子说”之希腊哲学家。狄奥格尼斯（Diogenès）、阿那克萨哥拉（Anassagora）、泰利斯（Tale=Thales）、恩沛多克勒斯（Empedoclès）、赫拉克利图（Eraclito=Heraclitus）、芝诺（Zenone），均为希腊哲学家或科学家，盖在古代哲学与科学并不分别。

⑰ 狄奥斯科利德（Dioscoride），希腊医生，有关于药物之著作。

⑱ 奥尔甫斯（Orfeo）、黎努斯（Lino），希腊神话中之歌人和诗人。图留斯（Tullio）即西塞罗（Cicerone），罗马大演说家。塞内加（Seneca），罗马伦理著作家，其书颇为中世纪所诵习。

⑲ 欧几里德（Euclide），希腊算学家，所著《几何原理》最有名。托勒密（Tolommeo=Ptolemy）为倡“地心说”之希腊天文家，中世纪及但丁均主此说。

⑳ 希波革拉底（Ippocrate=Hippocrates）和嘉伦（Galïeno=Galen）均为希腊著名医药家。阿维森纳（Avicenna），阿拉伯著名医药家，曾注释嘉伦之著作。

㉑ 阿威罗厄斯（Averrois），阿拉伯哲学家，注释亚里士多德之著作，被译为拉丁文而传播于欧洲。

于是我们的六人团分为两组；我和我的引导人走出这块清静之地，重回到纷扰之场；离开有光之处，再入幽暗之境。

第五篇

第二圈，色欲场中的灵魂，在狂风中飘荡。弗兰齐斯嘉和保罗的恋爱。

我从第一圈降到第二圈，这里地面较狭，痛苦较大，更使人悲泣。

这里坐着一个磨牙切齿的可怕的米诺斯[1]，他审查进来的灵魂，判决他们的罪名，遣送到受刑的地点。一个灵魂进来的时候，不得不把自己的过错一一招供出来，于是那判官用尾巴绕他的身子，绕的圈数就是犯人应到的地狱圈数。许多犯人拥在他的前面，他们一一自承过错，尽旁人听着；最后，一个一个地被旋风刮下去了。

米诺斯看见我以后，他就停止办公，对我说："你

① 米诺斯（Minos），本为克里特（Creta）国王及立法之人，传言其死后为冥间判官，但丁此处写为有尾的怪物。

也到这个苦恼地方来么！你怎样进来的？你得了谁的允许？你不要以为地狱门很大，可以随便闯进来呀！”

我的引导人答道：“为什么这样大惊小怪？你不要阻止他，这是为所欲为者的命令，不必多说了。”

于是我们开始听见悲惨的声浪，遇着哭泣的袭击。

我到了一块没有光的地方，那里好比海上，狂风正在吹着。地狱的风波永不停止，把许多幽魂飘荡着，拨弄着，颠之倒之，有时撞在断崖绝壁的上面，则呼号痛哭，因而诅咒神的权力。我知道这种刑罚是加于荒淫之人的，他们都是屈服于肉欲而忘记了理性的。好比冬日天空里被寒风所吹的乌鸦一样，那些罪恶的灵魂东飘一阵，西浮一阵，上上下下，不要说没有静止的可能，连想减轻速度的希望也没有。他们又像一阵远离故乡的秋雁，声声哀鸣，刺人心骨。因此我说：“我的老师，这些被幽暗空气所鞭挞的是谁呢？”

他答道：“这里面第一个是女皇帝，她有广土众民；她因为荒淫无度，害怕有人指摘，她便说她做她所愿意做的，这就是天经地义，不准旁人批评。她名叫塞米拉密斯，她继续她的丈夫尼诺做亚述的皇帝；[②] 另一个是

---

② 塞米拉密斯（Semiramis），传言暗杀丈夫尼诺（Nino）而继为亚述（Assiria）王，骄奢淫逸，而武功甚著，时在纪元前一三五六年至前一三一四年。

HELL Canto 5
WB

许多犯人拥在他的前面，
他们一一自承过错，
尽旁人听着；
最后，
一个一个地被旋风刮下去了。

HELL Canto 5

他们又像一阵远离故乡的秋雁，
声声哀鸣，
刺人心骨。

因恋爱而自杀的，她为着新人忘记了旧人希凯斯的遗骸；[③] 再次就是荒淫的克利奥帕特拉。”[④] 他一个一个用手指着给我看：因她而血流成河的海伦[⑤]；因恋爱而最后中人暗算的英雄阿喀琉斯[⑥]；还有帕里斯和特里斯丹[⑦]，我都看见了；此外还有为恋爱而牺牲性命的幽灵，真是屈指难数。我的老师历述古后妃和古勇士以后，我心头忽生怜惜，为之唏嘘不已。

稍后，我说：“诗人呀，我愿意对这两个合在一起的灵魂说几句话呢，他们在风中似乎是很轻的。”[⑧] 他对我说：“你等他们接近的时候，用爱神的名义请求他们停留一下，他们可以来的。”

---

③ 指狄多（Dido），为迦太基（Cartagine）女始祖，其夫希凯斯（Sicheo）死后，即违背生前盟誓而钟情于埃涅阿斯，埃涅阿斯受神示弃彼往意大利，狄多即自焚死。

④ 克利奥帕特拉（Cleopatras），埃及女王，为凯撒及安东尼（Antonio）情人。

⑤ 海伦（Helena），斯巴达王妻，被特洛伊王子帕里斯（Paris）所诱，因而引起特洛伊战争。

⑥ 阿喀琉斯（Achille）本为助斯巴达之英雄，帕里斯许以妹，阿喀琉斯至特洛伊成婚时，被帕里斯所杀，此中世纪之传说也。

⑦ 特里斯丹（Tristano）为“圆桌故事”中骑士，因与其舅母绮瑟（Isotta）恋爱而被杀。

⑧ 弗兰齐斯嘉（Francesca）为圭多·波伦塔（Guido Vecchio da Polenta）之女，小圭多（Guido Novello da Polenta）之姑母（但丁晚年避罪于腊万纳，寄居小圭多之宫廷），因政治上的关系嫁简乔托·马拉台斯塔（Gianciotto Malatesta），为里米尼（Rimini）贵族。结婚十年后，简乔托始知弗兰齐斯嘉与其弟保罗（Paolo）有奸情，遂将彼二人杀死。传言保罗为美男子，而乃兄则貌颇不扬，保罗曾代行婚礼，事后弗兰齐斯嘉始知被欺，但保罗与弗兰齐斯嘉则弄假成真，从此缔结私情了。

不一刻，风把他们吹向我们这里，我高声叫道：“困倦的灵魂呀！假使没有人阻碍你们，请来这里和我们说几句话吧。”好比鸽子被唤以后张翼归巢一样，这两个灵魂离开狄多的队伍，从险恶的风波里面飞向我们，我的请求竟生了效力。

那女的灵魂向我们说：“宽和的、善良的活人呀！你穿过了这样的幽暗地方，来访问我们，曾经用血污秽了地面的我们。假使宇宙之主听从我们，我们愿意请求他给你太平日子，因为你对于我们的不幸有着怜惜之心呀！趁现在风浪平静的一刻，我们可以听你的说话，并且回答你的问题。

“我的生长地在大海之滨，那里波河会合群流而注入。⑨爱，很快地煽动了一颗软弱的心，使他迷恋于一个漂亮的肉体，因而使我失去了他，⑩这是言之伤心呀！爱，决不轻易放过了被爱的，使我很热烈地欢喜了他；你看，就是现在他也不离开我呀！爱使我们同时同地到一个死；该隐环里⑪等着那取我们生命的凶手呢。”

我听了这些受伤害的灵魂的话以后，我把头俯下，直到诗人对我说：“你想什么？”我答道：“唉！什么一

---

⑨ 腊万纳（Ravenna）在亚得里亚海西岸，近波河（Po）之口。

⑩ 爱神使保罗迷恋于弗兰齐斯嘉的肉体，弗兰齐斯嘉被杀死，肉体遂灭。但丁主张“精神之爱”，以“肉欲”为罪过，故弗兰齐斯嘉入地狱而贝雅特丽齐登天堂。

⑪ 该隐杀弟亚伯，事见《创世记》。“该隐环”（Caina）属地狱第九圈。

种甜蜜的思想和热烈的愿望，引诱他们走上了这条悲惨的路呢？”

于是我又回转头来对这两个灵魂说：“弗兰齐斯嘉，你的苦恼使我悲痛而生怜惜。但是我还要问你：你们在长吁短嗟的当儿，怎样会各自知道对方隐于心而未出于口的爱呢？”那幽魂答道：“在不幸之日，回忆欢乐之时，是一个不能再大的痛苦；这一层是你的老师所知道的。不过，假使你愿意知道我们恋爱的根苗，我将含泪诉说给你听。

“有一天，我们为消闲起见，共读着朗斯洛的恋爱故事[12]，我们只有两个人在那里，全无一点疑惧。有好几次这本书使我们抬头相望，因而视线交错，并且使我们面色忽变；

“最后有一刻，就决定了我们的命运。当我们读到那微笑的嘴唇怎样被她的情人所亲的时候，他（他将永不离开我了！），他颤动着亲了我的嘴唇。这本书和他的著作者倒做了我们的加勒奥托[13]，自从那一天起，我们不再读这一本书了。”

这一个灵魂正在诉说的时候，那一个苦苦地哭着；我一时给他们感动了，竟昏晕倒地，好像断了气一般。

---

⑫ 朗斯洛（Lancialotto）为“圆桌故事”中骑士，爱恋亚瑟（Artù）王之妻圭尼维尔（Ginevra）。

⑬ 加勒奥托（Galeotto）为朗斯洛之友，助成骑士和王后的恋爱。

第六篇

第三圈，犯了饕餮罪的灵魂。恰科的预言。

我看见那两个亲属的痛苦，一阵心酸，竟昏晕过去；及至醒来，我的四周景象已变，新的刑罚，新的灵魂，触目皆是。

我已到了第三圈，那里永远下着可诅咒的寒冷的大雨，他的质地和分量终古如此，没有变动，在昏暗的空气里，又下着大块冰雹和雪球，雨水臭恶不堪，因此地面污浊，秽气难闻。

刻尔勃路斯[①]是一个凶恶可怕的魔鬼，有三个头，和狗一样地向着那些幽灵狂叫。他的眼睛是红的，胡须

① 刻尔勃路斯（Cerbero）在维吉尔著作中为一条狗，而但丁则写为一个有狗性的三头怪物。

是油光漆黑的，肚子大，手有爪，抓着了幽灵，便把他们四分五裂。雨雪冰雹，不断地打在他们身上，使他们悲啼不止。他们唯一减轻痛苦的方法是在地上辗转反侧，左右更迭受灾。

当怪物刻尔勃路斯看见我们的时候，他张大了血盆的口，露出他的长牙；他的四肢百体顿时紧张起来。我的引导人就俯下身子，在地上取了一把泥土，对准他的嘴里投去。他和狗一般，狺狺地吠着，无非为的食料；现在嘴里既然有了东西，也就默然无声；要是不然的话，他就咆哮如雷，一班幽灵的耳朵都要给他震聋。

我们从被雨打的灵魂队里走过，虽然拣着空地把脚踏下去，似乎总是踏在身体上面。他们都躺在地上，其中只有一个，我们从他旁边走过的时候，他忽然坐了起来。他对我说："哦！你到地狱里来了；你认识我么？你出世之日，我还没有去世呢。"我回答道："你受了磨难，你的容貌我记不清了，我似乎没有看见过你。请你告诉我你的名字，犯了什么罪，才被放到这块悲惨的地方，受到这样严厉的刑罚，虽然还有更厉害的，但是你所受到的已经够难堪了。"他对我说："你的城，充满了嫉妒和怨恨，已经到不可收拾的地步了，我也就生长在那里。大众都叫我恰科②，因为口腹之欲，犯了饕餮罪，就得着这个雨淋的刑罚。犯这种罪的不止我一个，同样的罪都

---

② 恰科（Ciacco）原文为"猪"义，大概是这个人的诨名，据说他是以贪食著名，死于一二八六年。

得着同样的刑罚。”于是他的话停住了。

我答道：“恰科，你的不幸压在我的心上，使我流泪；但是，假使你能够，请你告诉我：这个分裂的城将要变得怎样？是否他里面还有几个正直君子？为什么他要分裂？”[3]他对我说：“长久的争论以后，他们将要流血，森林派要把别的一派赶出去。[4]三年以内，这一派又要打倒，别的一派依仗了一个人的力量抬起头来。他们长久地趾高气扬，把他们的敌人压在脚底下，虽然敌人已经含羞忍辱，哭哭啼啼，他们也不生怜惜。有两个是正直君子[5]，但是别人都不听他们；骄傲、嫉妒、贪婪是三个火星，他们使人心爆炸。”他可怜的声调就停止在这里。

我又问他道：“我还有几桩事情要请教你。法利那塔和台嘉佑是很高贵的，卢斯蒂库奇、阿里格和莫斯卡，[6]还有其他有意为善之辈；请你告诉我：他们究竟在哪里？入地狱受刑呢，还是享天国的幸福呢？”他对我说：“他们都在

---

③ 关于地狱中灵魂能预知未来一事，见《地狱》第十篇，但丁用此法叙述一三〇〇年以后的事情。

④ 此处所说为一三〇〇年至一三〇二年佛罗伦萨的政治史。黑党领袖为科索·窦那蒂（Corso Donati），白党领袖为切尔契（Vieri de' Cerchi），因彼来自森林区锡耶韦（Val di Sieve），故称森林派，或因反抗较贵族的黑党，故又称田野派。一三〇一年五月两派争斗，白党驱逐黑党。未几，教皇卜尼法斯第八助黑党再握政权，白党即被驱逐。但丁属白党，终其身未能复返佛罗伦萨。

⑤ 或指但丁自己和其友圭多·卡瓦尔堪提（Guido Cavalcanti）。

⑥ 法利那塔（Farinata）见第十篇；台嘉佑（Tegghiaio Aldobranti）和卢斯蒂库奇（Jacopo Rusticucci）见第十六篇；莫斯卡（Mosca）见第二十八篇；阿里格（Arrigo）事以后不再见，据旧注谓属莫斯卡同谋人。

他的眼睛是红的，
胡须是油光漆黑的，
肚子大，手有爪，
抓着了幽灵，
便把他们四分五裂。

HELL

我的引导人就俯下身子，
在地上取了一把泥土，
对准他的嘴里投去。

我们从被雨打的灵魂队里走过，
虽然拣着空地把脚踏下去，
似乎总是踏在身体上面。

更苦恼之中，种种不同的罪恶，使他们降到深渊之底；你只要走下去，就可以看见他们。你要是回到阳光之下，请你带我的信息给那些活人；我不再多说了，我不再多回答了。”说罢，他抬头呆呆地向我看一下，于是俯下头去，即刻倒在地上，和那班盲目的伴侣躺在一起了。

我的引导人对我说：“直待天使的号筒吹起，他是不会再醒了。当无上权威到临的时候，每个灵魂都要再看见他凄凉的坟墓，再穿上他的肉体，再恢复他的原形，起来听那永远响着的判决[7]。”

我们从雨淋的幽灵队里慢步走过，我们略微讨论到未来生活的问题。我说：“老师，请问你，在最大判决以后，这些灵魂要增加痛苦呢，减轻呢，还是仍旧如此？”他答道：“请你回想到你的书本[8]吧，那书本上面说：一样东西愈加完美，就愈加感觉着愉快和痛苦。虽然这些被诅咒的人从不会达到真正的完美，但是他们在判决以后要比在判决以前较近于完美了。”

我们在那里兜着圈子，说的话很多，可是不必记述了。我们到了一处，从那里开始下降，我们逢着普鲁托[9]，一个大敌人。

---

⑦ 指“最大判决”或“最后判决”，见《马太福音》第二十五章。

⑧ 指亚里士多德哲学。

⑨ 普鲁托（Pluto）为财富之神，普鲁东（Plutone）为地狱之神，应辨清楚。（按：希腊神话中，普鲁托为财富之神，其拉丁名为 Plutus，意大利名为 Pluto；罗马神话中，普鲁东为地狱之神，其拉丁名为 Pluto，意大利名为 Plutone。此处原文为意大利文 Pluto，联系下文，应指财富之神普鲁托。）

第七篇

第四圈，贪吝者和浪费者。命运的弄人。

普鲁托口中咯咯作声："摆贝撒旦，摆贝撒旦，阿莱伯！"[①]我们和善的智者，他是无所不知的，安慰我说："你不要害怕，因为无论他有什么权力，他终不能阻止你从这里走下去。"于是他回转头去对涨着脸的魔鬼说："住口，你这恶咒的狼！你的怒火烧着你自己。我们走入深渊不是没理由的！这是天上的意思，在那里米迦勒曾讨伐过叛徒。[②]"

好比风吹桅断、帆布落地一样，那个可怕的魔鬼倒在地上了。

---

① 原文：Pape Satan，Pape Satan，Aleppe！意义难明，属何种语言亦难知。大概但丁自认不懂，只觉可怕，但维吉尔则无所不知耳。有注作"你显出来，撒旦，在你的光辉之中"者。

② 米迦勒（Michele）讨伐叛徒，见《新约·启示录》第十二章。

好比风吹桅断、
帆布落地一样，
那个可怕的魔鬼倒在地上了。

于是我们降到地狱的第四圈，所入愈深，则所见愈惨。

神的正义呀！谁能描摹在我眼前的苦恼景象呢？为什么这些犯人得了这样的刑罚呢？

好比卡里勃底斯[③]的波浪，这边冲过去，那边迎上来，彼此都打碎了；这里的犯人就是这样的对舞着。我看见一处的人特别拥挤，他们分为两组，他们各自大呼大喊，胸膛前面推滚着一个重物，面对面挺进；他们相逢的时候，互相冲撞了一会儿，然后各自滚着重物回转头去走，这一组的幽魂叫着："为什么你执着？"那一组的叫着："为什么你摔下？"[④]这两组各自向左向右在幽暗的圈子上走，不一刻又在圈子的对面逢着了，他们照样地打一阵，骂一阵，于是再回转头来走。

就是这样反覆来往，没有穷尽。

我看见了这种景象，心里非常悲哀，说："我的老师，请你告诉我，他们是什么人？在我们左边这一组里，那些剃光头顶的是教士么？"[⑤]他回答我道："在世的时候，他们都糊着了心，使用他们的财产没有法度。他们冲撞的时候，他们嘴里的对骂，就很明白地表示出他们的罪过。那些顶上精光没有头发的是教士，是主

---

③ 卡里勃底斯（Cariddi）在亚平宁半岛与西西里间之墨西拿海峡，那里一方有第勒尼安海水冲来，一方有爱奥尼亚海水迎上。

④ 浪费者对贪吝者说："为什么你执着？"贪吝者对浪费者说："为什么你摔下？"

⑤ 但丁对于教士的贪吝特别憎恶。

教，是教皇，因为他们是特别的贪得无厌。”

于是我又说：“老师，在这个罪人队里，我当然可以认识几个吧？”

他答道：“这是你的妄想；他们的苦恼生活使他们变了形状，你要想认识他们是不可能了。他们永远在那里冲撞着；就是将来他们从坟墓里爬起来，这一班是紧握着拳头，那一班是精光着脑袋。浪费和吝啬，使他们失去了光明的世界，走入永远的冲突；我不愿意再多说他们了。

“不过，我的孩子，你从这里大概可以知道，命运给人类的财富是多么的愚弄他们，而人类追逐他又是多么的剧烈！月亮下面的金钱，从没有使劳碌的人类有片刻的安静。”

我又说：“请老师告诉我：你所说的命运究竟是什么？他为什么要把地球上的财富都牢牢地握在手里呢？”

他答道：“唉，地球上的造物多么愚蠢呀！我愿意对你说个明白。

“无上智慧者创造了天体和他们的引导人，使他们更迭照耀地面，平分光彩；同样，他创造了管理地面繁荣的神，⑥使金钱川流不息，从这一双手里转到那一双，从这一个民族转到那一个，并非人力所能操纵。这一个做了主人翁，那一个做了奴隶儿，都是他的玩物。

---

⑥ 命运女神一脚立在有翼的轮上，眼睛扎着布，手中有一个袋，散着不同颜色的花朵；这就是“命运”的人格化。

好比卡里勃底斯的波浪，
这边冲过去，
那边迎上来，
彼此都打碎了；
这里的犯人就是这样的对舞着。

HELL Canto 7

“他在冥冥之中，好比躲在草里面的蛇。你的智力敌不过他，他维持他的国度，判决他的人民，宣布他的命令，都和别的神一般。他的变化不测，全然不受一点阻碍，必须使他的运动加快。

“他常常使一个人从这一端跌到那一端。你诅咒他的时候，安知不是应当称颂他的时候。他一意孤行，笑骂由人，非但不加申辩，并且充耳不闻。他欢欢喜喜旋转他的轮盘，和别的天使一样享着幸福……

“现在，我们可以下降到更苦恼的一圈了；我们出发时候上升的星宿，现在已经向下落了，⑦我们不能够逗留得太长久。”

我们走过了这一圈，到了一个水源的旁边；那水源沸着，流成一条沟；水色深黑如墨；我们沿着那条沟，走在崎岖的路上。

这条凶恶的水，在他的尽头，积成一个池沼，名叫斯提克斯。我站在岸上，看见池沼里面污泥满身的灵魂，他们都是赤身露体，满面怒气。⑧他们互相斗着，手和手打，头和头拼，胸和胸挺，脚踢嘴咬，弄到皮破肉烂。

和善的引导人对我说：“孩子，你看这些怒发冲冠

---

⑦ 在第二篇中，但丁说明开始旅行在晚上，现在已经夜半过了。
⑧ 这里就是惩戒“忿怒”的第五圈。

的灵魂吧！我要使你相信：就是在水底里，也有灵魂在那里呜咽呢；从水面上的气泡看来，你就可以知道了。没在污泥里面，他们说：‘我们在世的时候，那里空气温和，阳光普照，但是我们与人落落难合，心中藏着一股火气；现在我们惨淡地没在黑水污泥之中。’

“这就是他们在喉咙里哼的曲子，因为他们从来不会把一句话说得明白。”⑨

我们在池沼边上踱了一段，眼睛看着落在池沼里面的灵魂，后来我们到了一个堡楼脚下。

---

⑨ 忿怒的人每不会把理由说清楚，只会咆哮咒骂。

我站在岸上，
看见池沼里面污泥满身的灵魂，
他们都是赤身露体，
满面怒气。

The Stygian Lake
HELL

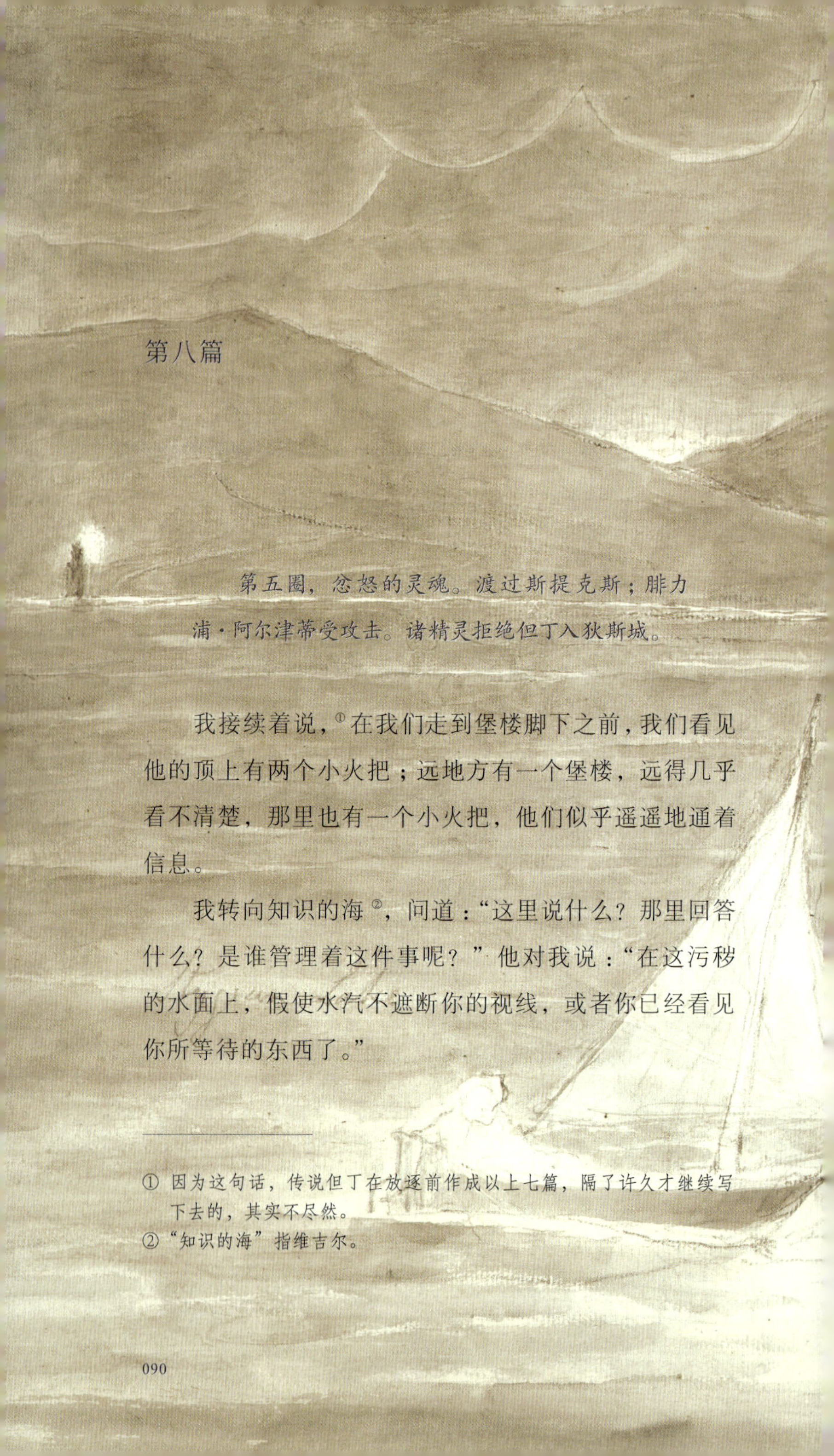

第八篇

第五圈，忿怒的灵魂。渡过斯提克斯；腓力浦·阿尔津蒂受攻击。诸精灵拒绝但丁入狄斯城。

我接续着说，[1]在我们走到堡楼脚下之前，我们看见他的顶上有两个小火把；远地方有一个堡楼，远得几乎看不清楚，那里也有一个小火把，他们似乎遥遥地通着信息。

我转向知识的海[2]，问道："这里说什么？那里回答什么？是谁管理着这件事呢？"他对我说："在这污秽的水面上，假使水汽不遮断你的视线，或者你已经看见你所等待的东西了。"

① 因为这句话，传说但丁在放逐前作成以上七篇，隔了许久才继续写下去的，其实不尽然。

②"知识的海"指维吉尔。

HELL Canto 7

即刻，好比箭的离弦，我看见水面上一只小船撑着来了；船上只有一个舟子，他叫道："你来了么，假装的灵魂？"我的老师说："弗列居阿斯[3]，弗列居阿斯，这一次你叫也没有用；你一忽儿就把我们渡过去了。"

像一个受欺的人，弗列居阿斯不得不把心头怒气压下；我的引导人上了船，我也跟着他上去；我上去之后，那只船才觉得装着东西。[4]我们上去不久就开船了，这一次船的吃水比往时来得特别的深。

我们的船行在鬼沼上面的时候，忽然从水里钻出一个灵魂[5]，满头满脑都是污泥，他说："你没有到时候就来这里，你究竟是谁呢？"我回答他道："我虽然来这里，但是我不留在这里；你是谁，弄到这样齷齪相？"他答道："你看得出，我是泪海中的一个。"

我又对他说："该死的灵魂，你哭着伤心着呆在这里吧！我认识你呢，虽然你的真面目给污泥遮着。"于是他伸起两手，攀住船舷想爬上来，当时我谨慎的引导人把他推下去，说："滚开些，到你的狗群里去！"随后我的主人把手臂绕着我的颈项，吻着我的脸，他说：

---

③ 弗列居阿斯（Flegiàs）本神话中人物，其女被阿波罗（Apollo）神所污，弗列居阿斯怒烧神庙，神射杀之。此处为一魔鬼，操舟"怒鬼沼"上。

④ 因为但丁是肉体，所以重得很。

⑤ 即腓力浦·阿尔津蒂（Filippo Argenti），佛罗伦萨人，以善怒著称。其族阿蒂玛利（Adimari）与但丁为仇敌。

“愤慨的灵魂呀！[6]孕育你的她是多么幸福呀！在阳世的时候，这个人妄自尊大，无善足录，所以死后他的影子还在这里咆哮如雷。那里有许许多多自命为大人物的，将要和蠢猪一样躺在这里，遗臭万年！”

我说：“老师，我却很愿意在离开水面以前，看见他陷入泥沼。”他对我说：“在到彼岸以前，你尽管看他一个饱，这是我可以答允你的。”

稍后，我看见池沼里的人联合向他攻击，攻击的剧烈使我只有感谢上帝。他们大家喊道：“向着腓力浦·阿尔津蒂！”这个狂怒的佛罗伦萨人，不及报复别人，只有用自己的牙齿咬自己的肉。现在，我们丢开他，不必再谈他了。

但是我的耳鼓上又被一种凄惨的声浪所打击，使我的眼睛小心地注视着前面。

和善的老师说：“孩子，现在我们接近一个名叫狄斯[7]的城了，这个城里的居民罪孽更加深重，数目更加众多。”我说：“老师，你的话不错，我已经看得出里面的尖顶城楼，红得像初出火炉似的。”他又对我说：“这是下层地狱里永劫的火，使他们映得通红。”

---

⑥“愤慨”之原文为Sdegnosa，表明为正义而怒。

⑦狄斯（Dite），维吉尔用以名地狱之神普鲁东（Plutone），但丁用以名地狱之王卢奇菲罗（Lucifero），即撒旦。狄斯城内惩戒恶意与暴行，以前诸圈则惩戒不能节制的罪过。以前诸圈为“上层地狱”，以后诸圈为“下层地狱”。

当时我谨慎的引导人把他推下去，
说:“滚开些，到你的狗群里去！”

我们的船开到城河里面，城河环绕着城墙，城墙如同铁制的一般。我们兜了几个圈子，到了一块地方，舟子高声叫道："上去！这里是进口。"

我看见城门前面，立满了成千的精灵，这是和雨一般从天上落下来的，[8]他们怒喊道："他是谁？他还没有死，就进死的国么？"于是我的聪明老师做一个手势，表示要和他们谈话。他们怒气渐消，说："你一个人来；让那一个大胆的回去！让他一人回转头去，自找归路，假使他能够；至于你呢，冒昧地引他到这个幽暗的乡里，你将留在我们这里。"

读者诸君，试问我听了这番残忍的话，心里多么的害怕，我想我一个人是不会回转去的。于是我说："亲爱的引导人呀！你有七次[9]把我从危险之中救出来，使我返到平安的境界，请你不要抛弃我。假使我们不能够前进，我们即刻依着来路快些回转去吧。"引导我到这里的老师对我说："不要怕，我们的路程是谁也不能截断的：一个超于一切的[10]已经允许我们了。但是，你在这里等着我；你尽管放心，尽管希望着：我决不会把你丢在下界的。"

---

⑧ 此辈反叛的天使，是和撒旦一起从天上摔下来的，见《启示录》第十二章。

⑨ "七次"表示"多次"。

⑩ 指上帝。

说罢，这位和善的父亲离开我走到城门前面去了，我是围困在疑团之中，“是”和“否”交战在我的胸中。他们谈的什么话，我全然听不见。

但是他没有在那里长久，忽然那些精灵拥进了城，把城门关起，把我的引导人推在外面。他慢步回到我这里，他的眼睛望着地，不再充满着勇气了，他叹着说：“谁能阻止我进苦恼的城呢？”

于是他又对我说：“虽然我碰了一鼻子的灰，但是你不要失望，因为他们的城门无论怎样紧，我终要攻破他的。他们的这种蛮横也不是初次，从前在第一重门就有过这种事情，现在是没有阻碍了。[11]你还记得那写在门上的黑沉沉的字吧。但是，现在已经有一个天使，不带随从，经过各个圈子降下来了，他就要替我们把城门打开。”

---

⑪ 此辈魔鬼，于耶稣降入“候判所”时（见第四篇），曾于地狱之大门（见第三篇）加以阻止，被耶稣打开以后就不再关闭了。

HELL

但是他没有在那里长久，
忽然那些精灵拥进了城，
把城门关起，
把我的引导人推在外面。

第九篇

城上出现复仇女神。天上来的使者打开城门。但丁入第六圈。

我看见我的引导人回转来，我的脸上显着恐怖的颜色，因此他又不得不勉强镇静以安慰我。他站着不动，好似静听一般；因为在昏暗浓雾之中，他的目力是及不到远处的。他说："我们将要战胜他们……假使不……他却给我们帮助……我觉得已经等候了多么长久呀！"

我听他前言不对后语，断断续续的一番话，使我心里更加害怕，也许我误解他的真意了。于是我问他道："在第一圈里的灵魂，他们的刑罚只是没有希望，他们是否可以降入地狱的底部呢？"他答道："我们走这条路的确是很少。从前有一次，因为术士厄里克托[1]的魔

[1] 厄里克托（Eritone）为希腊术士，受小庞培（Sesto Pompeo）（转下页）

力，我曾经到过那里。术士有本领使幽魂重返尸体；当时我新死未久，他差我入城，到犹大环，召一个幽魂；这一环是最深最暗，离天最远的地方。所以这条路我是熟悉的，你可以放心。但是，这个污水绕着的城，今番若不动天之怒，我们是不能进去的。”

那时他说的话还很多，可是我记不得了，因为我的眼睛注视着一个高塔，他的顶上有红光反照；那里忽然站着三个凶神，形状近于女人，身上有血斑，并且绕着青蛇，头上盘着小蛇和毒蛇，好像蓬着的头发。

他知道这是地狱之后[②]的女仆，他对我说：“你看这三个可怕的厄里倪厄斯[③]；在左的叫梅盖拉，在右挥泪的叫阿列克托，中间的叫提希丰涅。”他的话就停在这里。

她们各自抓破她们的胸膛，她们自己打击自己，叫喊得很高，使我害怕，因此站得贴近诗人。她们向下看着说：“米杜萨[④]，来，把他变成石头！我们报复特修斯[⑤]

（接上页）之请，召地狱幽灵预言法尔萨利亚（Farsalo）战争之胜负，事见卢卡努斯之诗篇。关于维吉尔入地狱第九圈犹大环事（见第三十四篇），或是但丁根据中世纪之多种传说作成。

② 普洛塞皮娜（Proserpina）为地狱之后，普鲁东之妻。

③ 厄里倪厄斯（Erine）为“复仇女神”，凡姊妹三人，名梅盖拉（Megera）、阿列克托（Aletto）、提希丰涅（Tesifone）。

④ 米杜萨（Medusa）为果尔刚（Gorgone）三姊妹之一，她们本是美人，遭神怒变成“母夜叉”，人见之则惊骇化为顽石，三人中尤以米杜萨为厉害。

⑤ 特修斯（Teseo）为雅典王，传说他曾偕友人入地狱盗普洛塞皮娜，友人给刻尔勃路斯咬死，特修斯被囚后为赫拉克勒斯（Ercole=Hercules）救出。此处厄里倪厄斯懊悔没有使特修斯变成顽石。

还没有足够的厉害。”我的老师急忙对我说：“掉转脸去，眼睛闭起来，因为果尔刚将要出来，你若看见她，你就没有回生之望了。”

他说完以后，还不全然信任我的手，又加上他自己的手来掩住我的眼睛。哦，聪明的读者，在这奇异的诗幕之下，请你们注意他的涵义吧！[6]

现在，污秽的水波上，已经来了可怕的声浪，使两岸起了震动；似乎是风声，来势猛烈，发了狂一样；吹得山鸣谷应，断树枝，拔树根，扫荡一切，飞沙走石，鸟兽匿迹。我的引导人移开他的手，说：“现在，你可以向烟雾腾腾的古沼上面看了。”

好比群蛙遇见了仇敌水蛇，一个个没入水中，沉到泥底伏着不动一般，我看见成千的精灵鬼怪，纷纷逃避在死的隔水面上行走的一个。他用左手挥开他前面的浓雾，除此以外，他似乎没有别的劳苦。我知道这是一位天上来的使者；我转向我的老师，他做手势叫我站着不要作声，并鞠躬致敬。

那位天使的脸上显得多么的愤慨呀！他走到城门前面，用他的小杖推开他，简直不费气力。他立在门槛上

⑥ 此处插“复仇女神”一段，但丁说他有涵义，可是没有说明。有的注释家说：厄里倪厄斯表“恶意”，米杜萨表“固执”，此二种缺点使人难于得救，理性（维吉尔）只能使人不受他们的毒，神智才可以使他们化为乌有。

说：“从天上摔下来的魔鬼！轻贱的种族！为什么你们还要这样傲慢呢？为什么你们反抗一个不达目的不息的意志，因而增加你们的痛苦呢？和命运争斗有什么好处呢？你们的刻尔勃路斯，你们还记得吧，他的颈项上还带着锁链的印子呢。”⑦

于是他掉转身子，向水面回去了，并未和我们说一句话。他似乎很忙，还有急务在身，马上要去办呢。

我们听完这番“圣言”，心里宽舒了，就向着城门移动我们的脚步。

我们走进去没有一点困难。我急着要知道城堡里面究竟是什么情形，一到里面，便左顾右盼；只见左右田野，都充满着新的悲哀和新的苦恼。

如在罗讷河流过的阿尔，如在靠近夸尔纳罗湾的普拉，那里坟墓林立，使地面高下不平，⑧这里的左右田野也是如此，不过景象更加凄惨罢了；因为这里的坟墓之间都烧着火，使周围的一切都比出炉的铁块还要红。他们的棺材盖都开着；棺材里面有悲泣的声音，似乎是痛苦的幽灵发出来的。

---

⑦ 赫拉克勒斯入地狱时，把刻尔勃路斯加以锁链，牵归阳世。

⑧ 阿尔（Arles）为法国南方之一城，在罗讷河（Rhône）上，其附近有一著名之坟场名亚立司冈（Aliscamps），现尚存一小部分。普拉（Pola）为意大利东北伊斯的利亚（Istria）半岛南端之一城，近夸尔纳罗（Quarnaro）湾，其地亦有一坟场。

HELL Ca

那位天使的脸上显得多么的愤慨呀！
他走到城门前面，
用他的小杖推开他，
简直不费气力。

我问道："老师，这些从棺材里发出悲泣声音的是哪一种人呢？"他回答我道："这里是各种邪教的首领和他们的门徒；每个棺材里都装着出乎意外的多数灵魂；他们是以类合葬，他们坟墓的热度也高低不等。"

于是他转向右边，我们走在刑场和崇高的城墙之间。

第十篇

第六圈，不信灵魂存在的邪教徒。法利那塔；卡瓦尔堪台。

现在，在城墙和火坟之间的一条狭路上，我的老师走在前面，我跟在后面。

我开始说："大德的诗人呀！你自己欢喜引导我经历这些悲惨的圈子，请你对我说明，并满足我的愿望：装在这些棺材里的，我可以看见他们么？棺材盖是开着，并且没有看守的人在旁边。"

他回答我道："他们从约沙法[①]回来以后，带了他们留在地上的皮囊，那时棺材都要盖上了。这里是伊

① 约沙法（Josaffàt）是邻近耶路撒冷的山谷，所谓"最后判决"就在这里举行。参见《地狱》第六篇注⑦。

壁鸠鲁和他门徒的坟墓，他们使灵魂和肉体同死。[②]你的问题，马上有人从里面出来回答你，并且同时满足你没有说明的愿望[③]。”我说：“和善的引导人，我的心事并不想瞒过你，只是要节省些话句，像你以前曾经关照过我的那样罢了。”[④]

忽然从一个棺材里发出一种声音：“哦，托斯卡那[⑤]人！你活着走进了火城，说话多么柔和；你也许愿意在这里停一会儿吧？听你的口音，显而易见你是那个高贵国度里的人，我为着他或者太烦恼了。”我吃了一惊，急忙走近我的引导人，他却对我说：“你掉转脸去；你怕什么？看那里的法利那塔[⑥]！他自己站起来了，从腰部以上都看得见呢。”我已经注视着他了；他昂首挺胸，对于地狱的威权似乎表示一种轻蔑。当时我引导人勇敢的手，竟已把我推到法利那塔前面，说：“说话简括些。”

我立在他坟墓之前，他略微看我一眼，于是很不在意地问我道：“你的祖上是谁？”我不拗强，我不隐藏，全然说给他听了。那时他的眉毛略微扬起一点，于是他

---

② 伊壁鸠鲁（Epicuro）为希腊哲学家，他只承认地上的生活，不承认死后之灵魂的生活，与耶稣教教义不合，不信此说的但丁说他是“邪教徒”。第四篇之“异教徒”为未及信耶教者，本篇之“邪教徒”为不肯信耶教者；前是愿而不能，后是能而不愿。

③ “没有说明的愿望”或指看见同乡。

④ 见《地狱》第三篇。

⑤ 托斯卡那（Toscana）为意大利中部，佛罗伦萨为其首邑。

⑥ 法利那塔（Farinata degli Uberti）为吉伯林派首领，生于十三世纪之初。他与贵尔弗派争斗甚烈。

说："他们非常剧烈地反对我，反对我的先人，反对我的同党；于是我把他们两次放逐出去。"我回答道："虽然两次给你赶出去，他们却两次马上又回国了；至于你的同党呢，却没有学得回国的本领。"[7]

我们正在对话的时候，他旁边忽然又露出一个影子[8]，只看见他的头在外面，我想他是跪在棺材里面呢。他在我的四周看看，似乎找寻陪着我的某人，但是失望了。他挥泪说："假使你能够经历黑暗的牢狱，是因为你崇高的天才，那么我的儿子在哪里呢？他为什么不陪着你呢？"我回答他道："这个并非因为我自己的力量；是他，等着在那里的他，是他引导我经历这里的；或者你的圭多对于他已经是太轻蔑了。"[9]因为他的说话和他的刑罚，使我预先知道这个影子的名字，所以我的回答可以这样确当。即刻这个影子站了起来，叫道："你怎么说：他已经是？他不在了么？温和的阳光不射着他的眼睛了么？"他看见我的回答迟慢了一些，便倒了下去，不再露面了。

---

⑦ 贵尔弗派为吉伯林派所败在一二四八年及一二六〇年，但贵尔弗派在一二五一年及一二六六年复获胜利，吉伯林派却从此爬不起来了。

⑧ 这是卡瓦尔堪台·卡瓦尔堪提（Cavalcante Cavalcanti），为圭多·卡瓦尔堪提（Guido Cavalcanti）之父。圭多为但丁诗友，二人间感情极深，在《新生》中但丁也有好几处说着他。圭多为白贵尔弗派，亦在逐臣之列，一三〇〇年八月客死于外，故在但丁神游地狱之时尚在人间，而其父则疑其已死。

⑨ 圭多为什么轻蔑维吉尔，是注释家争辩之点。最有力的一种解释是：圭多信伊壁鸠鲁之说，与维吉尔的思想相背。

HEL

他在我的四周看看，
似乎找寻陪着我的某人，
但是失望了。

但是那一个高傲的、叫我在那里停一会儿的影子，他的姿势却没有变，头也没有转，腰也没有弯。继续着前面的对话，他说："不错，他们没有把这付本领学得好，这使我比躺在此地火坑里还要痛苦呢。但是，在这里女主[10]的脸发亮五十次以前，你将要知道这付本领确是难学的。你是可以回到甜美世界的人，请你告诉我：在各种法律方面，为什么那些人民这样剧烈地反对我的亲族呢？"对这一点，我回答他道："惨败和屠杀，使阿尔比亚河的波浪染成赤色，因此在我们的寺里回响着这样的演说。"[11]

他叹了一口气，摇着他的头，于是说："这件事情不是我一个人做的；我的附和他们也不是没有理由的；但是他们主张毁灭佛罗伦萨，只有我铁面无私地挺身出来保护他。"

我对他说："我希望你的后代得着和平！我还有一个怀疑的结，要请你解一下：假使我相信你说的话[12]，似乎你们知道未来，但是对于目前的事情就不明白。"

---

⑩ 指"地狱之后"普洛塞皮娜或赫卡特（Ecate），此二名古亦用于"月神"，故此句意即五十个太阴月（四年二个月）。但丁于一三〇二年放逐，回国运动于一三〇四年六月始告完全失败，与法利那塔语符合。

⑪ 一二六〇年蒙塔培尔蒂（Montaperti）之战，贵尔弗派大败，血流附近阿尔比亚（Arbia）河中，因此该派得势后，对于法利那塔亲族特别严酷，在每次的会议席上，从不肯放松对他们的刑罚。

⑫ 指五十个月的预言。

他说："像一个远视眼的人，近的东西看不见，远的反在我们范围以内：这个总算是最高统治者给我们的恩惠了。靠近的或是正在进行的事情，我们的智力及不到；除非有人来告诉我们，地面上的现状我们是不知道的。由此你可以推想到，在未来之门关闭了以后，[13]我们的知识就要完全熄灭了。"

听了这番话以后，我懊悔我方才的错处，[14]对他说："现在请你对那个倒下去的说，他的儿子还活在人间呢；方才我的回答迟慢，是因为我心里面的怀疑，现在已经给你说明了。"那时我的老师喊我了，于是我请求这个灵魂快些把他的伴侣告诉我。

他对我说："和我躺在这里的多于一千，腓特烈第二[15]也在这里，还有那红衣主教[16]；其余的我不说了。"说罢，他没落到棺材里去了。

于是我移步向着古诗人，回味着我听见的预言，这个预言对于我似乎不利。他向前走了；我们走着的时

---

⑬ 此处有两种解法：(一) 一件事情由未来成为现在以后；(二)"最后判决"以后，一切均无变化，没有时间，没有未来。

⑭ 但丁意谓幽灵知道现世事，但圭多活着时而他的父亲以为他已死，因此但丁心中怀疑，以致回答迟慢，使圭多之父悲伤。

⑮ 腓特烈第二 (Federico Ⅱ)，一一九七年为西西里及那不勒斯王，一二一二年为日耳曼皇帝，好肉感之快乐，过着伊壁鸠鲁的生活。

⑯ 红衣主教指乌巴尔迪尼 (Ottaviano degli Ubaldini，1210—1273)，为热烈之吉伯林派。他说："假使我有一个灵魂，我为吉伯林派已经失去一百次了。"

候，他对我说：“为什么你这样的怅惘？”我把理由告诉他，他接着说：“你暂且把你听见的记着，现在注视这里（他伸起他的指头）！当你站在那位有慈光的女人之前，她的慧眼能够洞烛一切，你可以从她那里知道你生之旅程的全部呢。”⑰

我们离开城墙，转向左边；在一条小路上，望着中心走去；我们降到深渊的边际，闻着下面的一股臭味。

⑰ 维吉尔的指头或许是指着天上。“有慈光的女人”指贝雅特丽齐。关于但丁的未来见《天堂》第十七篇。

第十一篇

维吉尔解释地狱中罪恶的分类。

走到悬崖的边际，这里是大块断石叠成的一个圈子，我们望见下面众多的灵魂，比以前的更加惨苦。因为那里有一股浓烈的臭味，从深渊底部冲上来，我们暂时退避到一块大石碑的前面，碑上刻着："教皇阿纳斯塔修斯[①]，曾因浮提努斯而离正道，葬于此处。"

我的老师说："我们不如在这里站一会儿，等我们习惯于这种可怕的气味以后，我们再往下走，那就不必担忧了。"我对他说："那么不要把时间错过，趁这个机

① 阿纳斯塔修斯第二（Anastasio Ⅱ），四九六年至四九八年的教皇。浮提努斯（Photin）为忒萨洛尼卡（Tessalonica）教会执事，不承认基督之神灵。阿纳斯塔修斯信仰邪教之说，未尝为世人所知，故有谓应作其同时代之阿纳斯塔修斯皇帝（491—518 年在位）者。

会，请你把下面的罪恶概述一番。”他说：“这个正合我的意思，我的孩子！”

于是他开始说：“从这里绝壁以下，还有三个圈子，都是和以前的一样，愈到下面愈小，充满着可诅咒的幽灵。若要知道他们所犯何罪，所受何刑，你到那里一见就知道了。

“一切罪恶，都遭天怒。因为他的目的终是损害别人：或用强力，或用诈术，以达此目的。不过，诈术是人类特有的恶性，更为上帝所痛恨；所以欺诈的人还在强暴的人下面，受苦更大。

“第一圈[②]是容纳强暴的人；强暴可施于三种人，因此这一层又分为三个环。强暴可施于上帝，施于自己，施于邻人；施于他们的本身，或是他们的所有，这些你将来都要明白的。

“强暴施于邻人，使他受伤，使他丧命；施于他的所有，或蹂躏，或放火，或霸占：这些杀人犯、强盗、放火之辈都在第一环分别受刑。

“一个人会对于自己和自己的所有施以强暴；在第二环受刑的是那些自己离开有光的世界，后来悔恨莫及之辈；[③]这里还有因赌博而倾家荡产的，本应欢乐而空自哭泣的。

---

② 在全地狱中为第七圈，该圈又分为三环。

③ 此处指自杀者、妄自菲薄者、自甘堕落者。

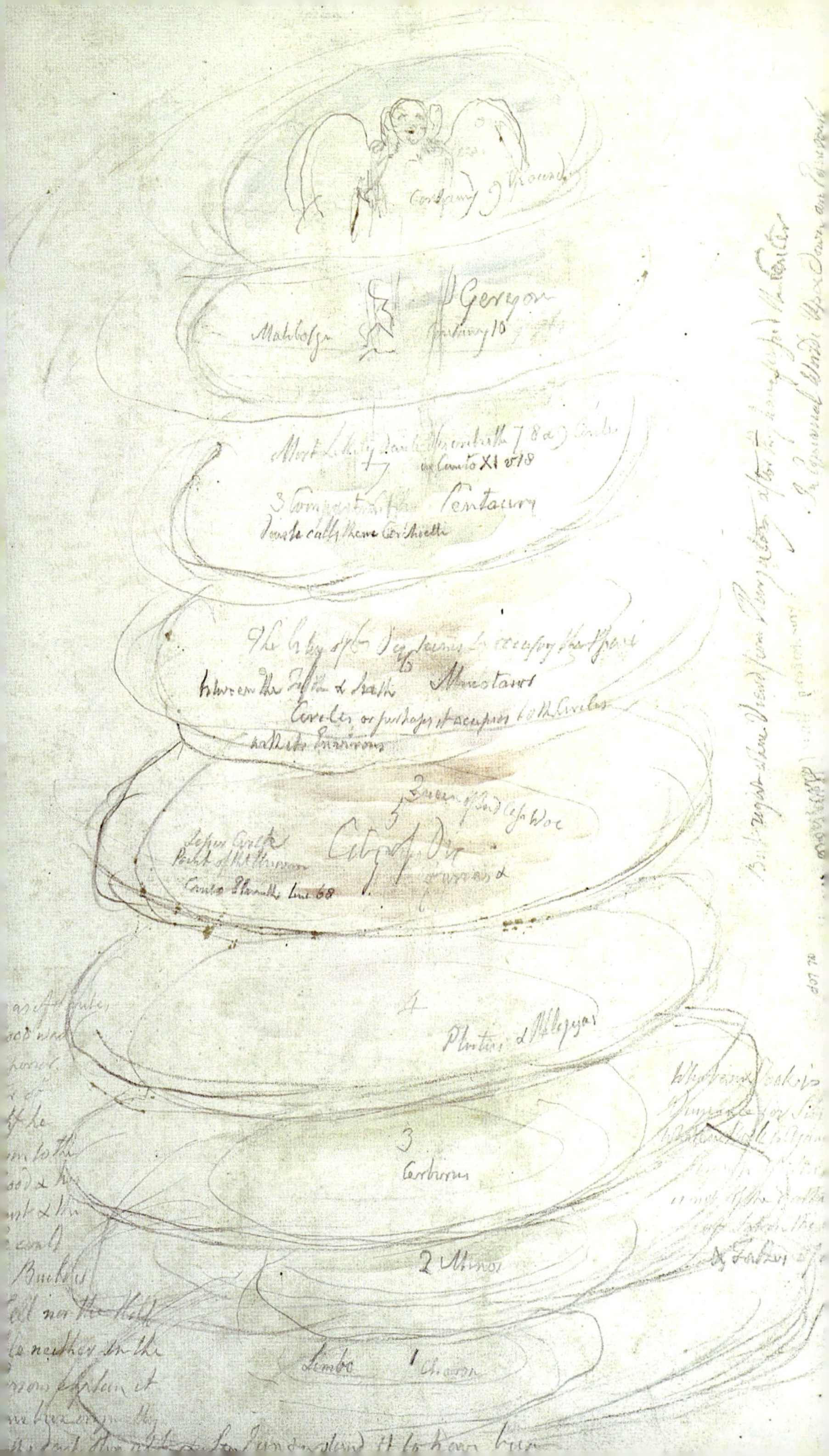

Geryon
Malebolge
Most Likely Dante's Vestibule 7 & 8 Circle
as Canto XI v 18
3 Compartments the Centaurs
Dante calls them Cerchietti
The City of Dis seems to occupy the Space
6
between the Fifth & Sixth
Minotaur
Circles or perhaps it occupies both Circles
& their Environs
5
Queen of Endless Woe
City of Dis
4
Plutus & Phlegyas
3
Cerberus
2 Minos
Limbo
1
Charon

"强暴可施于上帝，否认他的存在，毁谤他；轻蔑自然和他的恩惠。所以在最狭的第三环是那些带了所多玛人和卡奥尔人记号的，[④]还有那些在心里和嘴里侮辱上帝的。

"至于诈术，就是腐蚀了良心，可以施于已经信任他的人，或是施于还没有信任他的人。后面一种，切断人和人之间自然所造的爱链，所以在这第二圈[⑤]住着些伪君子、阿谀人、魔法师骗子、窃贼、买卖官爵者、淫媒等等。其他一种，忘记自然所造的爱、人类的友情、人间的互信，[⑥]所以在这最小的一圈，在宇宙的中心；狄斯的座位也在那里，那里使忘恩负义的叛徒永受痛苦。"

于是我说："主人，你说的话真是非常清楚，把这深渊[⑦]和这里的居民分别得极有条理。但是，请你告诉我：在那污池里的，在那给风吹的，给雨打的，在那里互相撞击的，为什么他们不放到红城里面受苦呢，既然上帝因为他们而震怒？假使不然，为什么他们也在那种痛苦的境界呢？"

他说："为什么你的精神不贯注？你忘记了你在

---

④ 所多玛（Sodoma）城人民骄奢淫逸，为天火所焚毁，见《创世记》第十八章和第十九章。卡奥尔（Caorsa=Cahors）在法国南部，在中世纪时该地人民以重利盘剥著名。

⑤ 在全地狱中为第八圈，该圈又分为十沟，容纳在普通人之间行欺诈者。

⑥ 在全地狱中为第九圈，即末圈；又分为四环，末环即地球中心点。此圈容纳在特种人之间（如父子、君臣、主仆、宾主、师生等）行欺诈者。

⑦ 此处"深渊"及下文的"红城"均指狄斯城（见《地狱》第八篇）。

《伦理学》[8]中所学得的么？那书上依了天意分罪恶为三种：不能节制的，有恶意的，有暴行的。你忘记了不能节制的人比较不使上帝震怒，因此他们的刑罚也较轻么？你若把这种道理弄清楚，再回想前面所经过的几圈，你就懂得这些犯人为什么要和那些分开，为什么神的正义对于前面的宽和一些。”

我说：“哦，太阳呀！他把我昏暗的精神照明亮了；从一个疑问得到一段知识，你使我多么快活呀！不过，我心里还有一朵疑云，要请你为我吹散，就是重利盘剥者为上帝所深恶这一点。”

他回答我道：“研究哲学的大概都知道：自然取法乎神智和神意。假使你留意你所学的《物理学》，你马上可以知道：艺术取法乎自然，好比学生之于教师。[9]所以你可以说：艺术是上帝的孙儿。

“假使你记得《创世记》中开头几处说的话，你就知道：自然和艺术是人类赖以取得面包，并因此而繁荣的。因为重利盘剥者的取径不同，他轻蔑自然和取法乎他的艺术，却在别处寻找他的希望……[10]

---

⑧ 指亚里士多德之《伦理学》，在当时很有权威。

⑨ 亚里士多德《物理学》中有“艺术取法乎自然”一语。

⑩ 如《创世记》第一章所说：“……要生养众多，遍满地面，治理这地。也要管理海里的鱼、空中的鸟，和地上各样行动的活物。”这就是指自然。又如第三章所说：“你必汗流满面才得糊口……”这就是指艺术。换句话说：耕作土地以繁荣人类，是上帝的意志；重利盘剥者希图“不劳而获”，实是违背上帝的意志。

“但是现在我们可以走了，因为双鱼宫已从地平面透出来了，北斗星已经向着西北风去了；[11]略微远一些，那里山岩似乎平坦一点，我们就可以走下去了。”

---

⑪ 其时太阳在“白羊宫”，“双鱼宫”在其前两小时出地面，又其时之北斗七星亦将降入地面之西北角，故此二句指明在天晓之前。从迷途在森林到此时已将有二十四小时，但丁在地狱中已将一夜。地狱中不见天日，文中屡言星辰之转移者，盖出于诗人心中之估计。

第十二篇

第七圈，残暴者：第一环，对于同类之相残。

半人半马怪物；弗列格通血沟。

我们预备下降之处的山岩崎岖险恶，而盘踞在那里的怪兽[①]又使人不敢注视。

好比从特兰托下泻的山崩，直趋阿迪杰河滨，他的原因或由于地震，或由于重压；[②]从山顶起，乱石残岩奔突而下，或留于半山，或直达平地，因此壁立的山崖成为略可上下的山路；[③]这里下降之处就是如此。

在山路之口，克里特岛上污秽的怪兽躺在那里，他

① 指下面说到的米诺涛尔（Minotauro），他是牛头人身的怪物。

② 此处所说山崩，在意大利北境，阿迪杰河（Adice）左岸。特兰托（Trento）和维罗纳（Verona）之间。

③ 壁立的山崖行人不能下降。崩坍以后，则成高下不平的阶层了。

是一头假母牛生的；[4]他见了我们，他就咬自己的肉，像一个心中怀着忿怒的人一样。

我聪明的引导人喊道："你以为雅典的公爵[5]，在地上处死你的人到了么？你错了，滚开些！现在来者并非受了你姊姊的教训，[6]他不过走来看看你们所受的刑罚罢了。"好比受了打击而拉断绳索的公牛，一时不知道往哪儿跑，只在那里乱跳；我看见米诺涛尔听了这几句话以后也是这样。

勇敢的诗人向我叫道："快些走过去吧！当他正在狂怒的时候，这是下降的好机会了。"于是我们从那里急忙走下，我脚下所踏的石头都不时滑动，这是因为我特别笨重的缘故。[7]

我一边走一边想着；维吉尔对我说："或者你是想着这个怪兽管理的山坡吧？我要告诉你，我从前经过这里的时候，[8]山岩还没有坍下去。但是，假使我记得清楚，在他到地狱最上一圈里来提取光荣的灵魂不久以

---

④ 克里特王米诺斯之后帕西菲（Pasifaë）爱一公牛，后匿木母牛中与公牛交，乃生米诺涛尔。米诺斯置此怪兽于迷宫中。雅典人曾杀米诺斯之子，因令雅典人每年送七童男、七童女给怪兽做食料。雅典王特修斯因米诺斯女阿里阿德涅（Ariadna）之助杀死怪兽。

⑤ 指雅典王特修斯。

⑥ 特修斯进迷宫时，阿里阿德涅私自给以刀剑并线团，使杀米诺涛尔后得以走出迷宫。

⑦ 参见《地狱》第八篇注④。

⑧ 参见《地狱》第九篇。

前，所有这里的山谷都震动着，[9]似乎可以使人相信宇宙觉着爱的时候，我们又要堕入混沌这句话；[10]因此，当时这里和别处[11]的古崖旧岩都倒下去了。现在请你注视山脚下的血沟吧，在那里面煮着用暴力伤人的幽灵。”

唉，盲目的贪欲！唉，愚蠢的忿怒！在短促的人生，他煽动着我们，到后来却永远地使我们受着酷刑！

当时我依着我引导人的指示，看见一条弧形的阔沟，占满了全平面。在山脚和血沟之间，有许多半人半马的怪物，[12]在那里结队跑着，他们都带着弓箭，和他们在地面上打猎的光景一样。

他们看见我们走下山坡，都站定了，随后有三个从队伍里走出来，瞄准着他们的箭头，其中有一个远远地叫道：“你们从山坡走下来的，你们所犯何罪？站在那里说出来，否则，我要放箭了。”我的老师说：“我们要和奇隆[13]说话，不必回答你；真可怜，你总是这样躁急的性子。”

---

⑨ 耶稣入地狱“候判所”；见《地狱》第四篇。耶稣断气时地震，见《马太福音》第二十七章。

⑩ 希腊哲学家恩沛多克勒斯（Empedocles）说：宇宙因各原质（水、气、土、火）冲突而存在，若一旦停止冲突，互相和谐（爱），物以类聚，则宇宙复返混沌。

⑪ 参见《地狱》第二十一篇。

⑫ 此处血沟名叫弗列格通（Flegetonta），见《地狱》第十四篇。半人半马的怪物，腰以上为人，腰以下为马，希腊神话中名为肯陶尔（Centauri）。

⑬ 奇隆（Chiron）为半人半马怪物之长，曾教养英雄阿喀琉斯等，擅长医药及音乐，为怪物中之最有思想者。

HELL
Canto 12

好比受了打击而拉断绳索的公牛，
一时不知道往哪儿跑，
只在那里乱跳；
我看见米诺涛尔听了这几句话以后也是这样。

HELL Can

在山脚和血沟之间，
有许多半人半马的怪物，
在那里结队跑着，
他们都带着弓箭，
和他们在地面上打猎的光景一样。

于是他触着我说："这一个是涅索斯，他曾因美人得伊阿尼拉而死，他自己又为自己报了仇；[14]在中间的一个，他看着自己的胸膛，他就是大奇隆，他曾养育阿喀琉斯；其他一个为福罗斯[15]，他是那样的怒着。在沟的四周，他们共有几千，都拿着弓箭；如若沟里有一个犯人，没入河面不依照应有的尺寸，他们就要射他。"

我们走近这些跑得极快的怪兽；奇隆拿他的箭尾，拨开他的胡须，向左右分披；于是露出他的大嘴，对他的同伴说："你们看见后面那一个，他的脚触着了东西，那东西就要移动么？死人的脚没有这样的力量。"

我善良的引导人已经站在奇隆的胸前，那里是两种自然结合之处，[16]他回答道："不错，他是活人，我担任引导他经历幽谷的职务；他为需要所迫，不得不如此，并非来玩的。她离开她的赞美歌，[17]来给我新使命；他既不是强盗，我也不是贼魂。因为她的力量，我才能够走到这种昏暗之地。现在要请你助成此行，借你同伴的背脊，使他渡过这条血沟，因为他不是能够在空中来去的精灵。"

---

⑭ 涅索斯（Nesso）诱英雄赫拉克勒斯（Ercole）之妻得伊阿尼拉（De janira），中其毒箭，临死前赠一衣给得伊阿尼拉，说此衣有恢复爱情之力，后赫拉克勒斯别有所恋，得伊阿尼拉给以此衣。赫拉克勒斯着此衣后，痛苦而死。

⑮ 福罗斯（Folo）亦半人半马怪物之一，曾思染指庇里托俄斯（Piritoo）之妻希波达弥亚者。

⑯ 人形与马形交界之处。

⑰ "她"指贝雅特丽齐。

于是奇隆转向右边，对涅索斯说："你去引导他们吧；假使逢着别的队伍，你叫他们站开，不要来阻碍。"

我们跟着这个引导人，走在紫水的边上，在水里面受煮的叫喊得怪可怜。我看见其中有几个没到眉毛；那个半人半马的怪物说："这些都是杀人劫财的暴君，现在都在这里饮恨吞声：这个是亚历山大[18]；这个是残暴的狄奥尼西奥斯[19]，他使西西里有多年的悲哀；还有那个黑色头发的是阿佐利诺[20]；金色头发的是奥庇佐[21]，他实在是被他的不孝子杀死的。"

于是我转向诗人望了一眼，他对我说："现在他是第一个引导人，我是第二个。"[22]

再走下去一段路，那怪物停在一群幽灵之前，他们的头都露在血水上面，那血水似乎还冒着烟呢。他指着一个孤立在一处的幽灵说："这一个，当着上帝的面，刺了一个心，这一个心如今还在泰晤士河上受人家的敬

---

⑱ 指马其顿（Macedonia）王亚历山大（Alessandro），但但丁在别种著作中曾赞美这个英雄。这种矛盾在但丁著作中也不止一处。为避免矛盾起见，也有人说这是另一个暴君亚历山大。

⑲ 狄奥尼西奥斯（Dionisio）为西西里之叙拉古（Siracusa）城之暴君。

⑳ 阿佐利诺（Azzolino）为意大利北部帕多瓦（Padova）之暴君，吉伯林派领袖。但丁举了前面两个古代的暴君，又举这几个近世的。

㉑ 奥庇佐（Obizzo da Este）为斐拉拉（Ferrara）之侯爵，热烈的贵尔弗派；他是否为其子阿佐（Azzo Ⅷ）所杀，实属疑案。

㉒ 但丁的一望，表示他对于涅索斯所说之怀疑，维吉尔则说其言之可信。

礼呢。”[23]于是我看见许多或是头露在外面的，或是胸膛露在外面的，其中为我认识的也颇不少。

血水的深度渐见减低，直到仅没脚踝，我们就从那里渡过了血沟。那时半人半马的怪物说："你看这个沸水，向这一边逐渐浅下去，向那一边逐渐深下去，直到暴君受刑之处，那里是最深的了。[24]这一边神的正义施刑给阿提拉，他在世上是一条鞭子；[25]此外有皮鲁斯，有赛克斯图斯，[26]还有科尔奈托和帕佐，[27]因他们都是在大路上和旅客们厮杀的，也罚着在这沸着的沟中终古流泪。"

我们到了彼岸，那怪物仍从血水浅处回去。

㉓ 英人孟福尔（Guido di Monforte）为父报仇，刺死英王爱德华第一（Edoardo I）之弟亨利（Arrigo）于维台尔勃（Viterbo）教堂。英王盛其弟之心于匣中，置泰晤士河（Tamigi）的伦敦桥上，并于其地建庙。

㉔ 暴君之刑，重于谋杀者。

㉕ 阿提拉（Attila）是匈奴之君（433-453年在位），欧洲为其蹂躏之城邑甚多，尤其不畏上帝，故有"上帝之鞭"（flagello di Dio）之称。

㉖ 皮鲁斯（Pirro），厄皮鲁斯（Epiro）之王，为罗马人所败。赛克斯图斯（Sesto）为庞培（Pompeo）之子，为凯撒所败。参见《地狱》第九篇注①。

㉗ 科尔奈托（Rinier da Corneto）和帕佐（Rinier Pazzo）都是当时著名的强盗和路劫。

第十三篇

第七圈（续），第二环：自杀者。怪鸟哈尔皮的树林；维涅。

涅索斯还没有回到那边，我们就走进一个树林，那里没有一条路径可以看得出来，也没有青色的树叶，只是灰色的；也没有平正的树枝，只是纠缠扭曲，多节多瘤；也不结果子，只是生着毒刺。

就是匿居在柴齐纳和科尔奈托之间的野兽，[①] 也找不到这样一块荒凉幽秘的地方。那里有一种怪鸟哈尔皮做的巢，她们曾经用凶恶的预言，把特洛伊人从斯特洛法德斯岛吓跑了。[②] 她们有广阔的翼、人面和人颈，脚上有

---

① 柴齐纳（Cecina）和科尔奈托（Corneto）二地间为马屡马（Maremma）卑湿地，有荒野的森林，野兽所居。

② 哈尔皮（Arpie）以预言把特洛伊人从斯特洛法德斯岛（Strofade）吓跑一事，见维吉尔之《埃涅阿斯纪》。

利爪，大肚子上一团毛；她们在那些怪树上哀鸣不息。

善良的老师开始对我说："在你深入以前，你要知道你是已经在第二环了；直到你走近那可怕的沙漠，你才算是离开这一环。在这里，你要看好，你将看见我曾经说过，而你不相信的事情。"[③]

当时我听见悲泣之声从四面送来，但是又看不见一个人，因此吓得我呆在那里。我相信我的老师以为我在那里想着，这些声音是从那些躲在树林里的灵魂发出来的。所以我的老师说："假使你在这些树上折断一根小枝，那么你的思想就要全然打消了。"

那时我略微伸手向前，从一棵大树上折断了一根小枝，顿时那树干叫道："为什么你折断我呢？"后来断处现着黑血，他又叹息道："你为什么损害我？你没有一点怜惜心么？我们从前也是人，现在变为树了。即使我们是蛇的灵魂，你的手也应当慈悲些呀！"

好比一根青树枝，在这一端烧着，在那一端嘶嘶地作声；这一根断枝也是如此，血点和话句同时发出来了；因此我放手听那断枝落在地上，站在那里惊奇万分。

我聪明的老师回答道："哦，受了损害的灵魂！假使他从前读了我的诗，他就能够相信，那么他现在也不至于折断你了；因为他不相信，我才叫他做这件事情，我心里也觉得难过呀！但是，请你告诉他，你是谁，因

---

③《埃涅阿斯纪》第三卷中有身上长出树枝，折断流血等语。

此他回到世上的时候，好把你的名字普告大众，这样就算他对于你的补偿了。”

那树干说：“你这种甜蜜的话，使我听了不能再守静默；但是，假使我的话说得长了一些，请你们不要恼怒。

“我是这样一个人，他握着腓特烈之心的两把钥匙，[④]或开或关我都十分仔细，因此别人都得不着他的秘密；我对于我光荣的职守非常忠实，因此我失掉我的安眠和健康。但是那娼妓[⑤]淫荡的眼睛从未离开过凯撒的宫殿，这是人民的灾害，朝廷的罪恶；她煽动了许多心来反对我，这些心又煽动了奥古斯都；于是我愉快的荣光，成为惨淡的忧愁。我受了羞辱，想着只有一死可以洗雪，所以对于我公正的身体，就加以不公正的待遇。

“我可以对你们发誓，我从未对于我值得敬重的主人失掉过一次忠实。假使你们之中有一个回到世上，请为我宣布冤情，因为我还在嫉妒的打击之下呢！”

诗人等了一会儿，于是对我说：“他静默了，不要失去时光，假使你还想多知道一些，你对他说吧，你快些问他吧。”我回答他道：“你认为什么事情可以满足我，你就问他吧；至于我呢，我心里面充满着怜悯，我不会问他了。”

---

④ 此人名维涅（Pier della Vigna，1190—1249），为腓特烈第二（见第十篇）之相，因中谗失宠，挖眼被囚，遂自杀。所谓心的两把钥匙指赏罚等事；腓特烈对于他曾言听计从。

⑤ 指“嫉妒”。凯撒和奥古斯都皆英雄的皇帝，此处比喻腓特烈。

HELL Ca

那时我略微伸手向前，
从一棵大树上折断了一根小枝，
顿时那树干叫道：
“为什么你折断我呢？”

因此维吉尔又开始说："哦，囚禁在这棵树里的灵魂呀！你的请求，这个人总可替你办到。再请你告诉我们：你们的灵魂怎样会和这个多节多瘤的树木联合在一起；并且，假使你能够，告诉我们：你们的灵魂是否也有脱离囚禁的一天。"

当时树枝呜呜作声，即刻风声就成为话句："我可以简单地回答你们：当那凶狠的灵魂自愿逃开他的肉体的时候，米诺斯即刻把他投到深渊的第七圈。他落在树林之中，并没有选定的地位给他，只是偶然地触着；好比种子落地，就在那里发芽，先长成小树，后来就变得这样奇形怪状。哈尔皮吃他的叶子，给他痛苦，从那损伤之点发出痛苦的呻吟。

"也和别的灵魂一样，我们将来要回到我们的躯壳，[6]但是我们不能再穿上我们的衣服；因为一个人既然把他弃掉，就没有权利再把他收回了，我们从那里把躯壳拖回来，把他吊在凄惨的森林里，各人在各人灵魂所长成的树上。"

我们还在那里听着，以为那树干的话还多着呢，忽然被一种声浪所惊，如同一个人听见了打猎的声浪一样，我们听见追逐的狗嗥和枝叶的折落。

看呀！在我们左边，两个赤身露体、疮痍满目的灵

---

⑥ 指"最后判决"。

魂，从树林中猛烈地冲过来，把许多嫩枝幼树都碰断了。

跑在前面的一个[⑦]说："现在你来吧，来吧，死神呀！"其余的一个[⑧]自以为跑得太迟了，叫道："拉诺，你的腿不及托波之战的时候来得轻便了。"他的气要跑得落下去了，他跑不动了，他只好躲藏在荆棘之中。在他们的后面，一群黑狗追赶着，像新断了锁链的饥饿的猎犬一样。假使一个犯人蹲下来，他们就拥上去把他咬得粉碎，把他活跳的四肢衔得东一块、西一块。

我的引导人拉了我的手，走到一株树旁，那树正在流着血，同时我听见他[⑨]叫道："雅各波·达·圣安德烈亚呀！你为什么把我做你的帘子呢？你的罪恶和我有什么关系？"当时我老师正站在那里，就说："你是谁？你这样流着血，说话的声音又这样哀怨！"

于是那树对我们说："两位灵魂，你们看见我受了损害，叶子落了满地么？请你们替我拾起来，使他们归到可怜的树根吧！

"我是那个城里的居民，那里因为施洗者圣约翰而

---

⑦ 此人名圣安德烈亚（Jacomo da Sant'Andrea），帕多瓦人，以暴殄天物著名，常喜放火，似为阿佐利诺（见《地狱》第十二篇）在一二三九年所杀。

⑧ 此人名拉诺（Lano），家产荡尽以后投军，一二八八年在托波（Toppo）之战时中伏，遂自杀。

⑨ 或说此自杀者为阿格利（Lotto degli Agli），或说为莫齐（Rocco de' Mozzi）。薄伽丘（Boccaccio）以为但丁并未指定何人，不过指当时一般佛罗伦萨的自杀者。按此人所说的话，目的在说明佛罗伦萨内战之原因，至于此人为谁，则无深究之必要。

HELL Canto 13

在我们左边，
两个赤身露体、疮痍满目的灵魂，
从树林中猛烈地冲过来，
把许多嫩枝幼树都碰断了。

遗弃了他的第一个保护神，[10]因此这个神使他受战争的痛苦；假使不是在阿尔诺河上还留着他石像的一片，那么虽然那班市民想把给阿提拉[11]所烧毁的城市复兴起来，也是徒劳无功。至于我呢，我在家里为自己做了一个绞台。”

---

⑩ 佛罗伦萨的保护神本为战神玛尔斯（Marte），信耶稣教后，乃建教堂，崇拜施洗者圣约翰（San Giovanni Battista），因此战神动怒，使佛罗伦萨屡遭战祸。后于其跨阿尔诺（Arno）河之维巧桥（Vecchio）上，寻取古战神石像之一片，重建战神像；该像又于一三三三年为阿尔诺河水冲没。

⑪ 阿提拉未尝经过佛罗伦萨，应作托提拉（Totila）；托提拉为哥特人王，曾攻毁该城，二名当时已混淆，但丁随世俗而误用之。

第十四篇

第七圈（续），第三环：对于上帝残暴者（卡帕纽斯）；对于自然残暴者（所多玛人）。降火球的沙地；地狱中的河流。

我为爱乡之念所感动，替那个已经住声的灵魂拾起落叶，归还他的老根。于是我们走到树林的边际，那里是第二环和第三环交界之处，就在那里神的正义显示他可怕的刑场。要把那新的景象弄得明白，我说我们到了一块全无草木的平地，那惨淡的树林正环绕着他，正和那惨淡的血沟环绕着树林一样。我们靠近平地的边界上，就在那里站一会儿。那平地上铺着一层很厚的干燥的沙，和从前卡托脚下所踏的沙漠一样。[1]哦，上帝的

① 卡托（Catone Uticense）引庞培之兵经利比亚（Libia）地之沙漠，事见卢卡努斯诗篇。

报复，谁要是看见我眼前的景象，他会怎样的害怕呀！

我看见成群裸露的灵魂，他们都苦苦地哭着，他们似乎受着某种法律的管束：有的躺在那里，背着地；有的屈着腿坐着；有的在沙上走着不息。[②]走着的人数最多，躺着的最少，但是他们叫苦最厉害。

在沙地之上，大火球慢慢地落着，和没有风的时候落在阿尔卑斯山上的雪球一样。从前亚历山大到了印度那个热地方，看见火星雨一般地落在他的兵士身上，他们小心地使火星滚在地上，立刻用脚踏熄，因为星星之火，积聚起来就可燎原呀。[③]现在我所看见的也是这样；永久的火雨落在沙上，因此沙粒一个个都烧红了，好比打火石的火星，燃着了纸卷一般。

那些罪人，不时手舞脚跳，在上要避免火球的打击，在下要逃开热沙的烫伤。

我开始说："老师，你曾克服一切，除却那些闭门固拒的精灵；但是这一个大影子[④]是谁呢？他似乎不怕火，他躺在那里这样放肆，对于纷纷的火雨竟视若无物。"

那个罪人自己，听见我向引导人问着他，叫道：

---

② 卧者诅咒上帝，坐者重利盘剥，行者侮辱自然（所多玛人）。

③ 亚历山大致函亚里士多德报告印度奇事，本出伪造，但在中世纪颇有信之者。但丁或直接取材于亚伯托斯（Albertus Magnus）之《陨星论》（De Meteoris）。

④ 此人名卡帕纽斯（Capaneo），围攻忒拜（Tebe=Thebes）城时被雷击死，但不倒地。朱庇特大神（Giove=Jupiter）虽非上帝，然在异教时代则视作上帝。

"我活着是这样，死了还是这样。在我的末日，虽然朱庇特使尽了生平的气力，用剧烈的雷电打击我；虽然他使蒙吉贝勒山上制造雷电的独眼巨人都困倦了，他叫道：'帮忙，帮忙，善良的火神！'如在弗雷格拉之战斗一样；[5]但是他终没有能够报复得爽快。"

于是我的引导人用力说，在以前我没有听见过："卡帕纽斯呀！你已经受了这样的刑罚，你还要这样骄傲。须知你愈加恼怒，就是你自己愈加痛苦之处。"于是他又用柔和的嘴唇对我说："这是围攻忒拜的七王之一；他从前不把上帝放在眼里，把自己看得很高，现在似乎他还是这样；但是，方才我对他说过了，他的恼怒正是他心里受了痛苦的表现。现在，你跟着我，当心不要踏在热沙上，贴近树林这边走去。"

我们静默地走到一块地方，这里有小河从树林里流出来，血水一般的颜色还使我害怕。好比从布利卡梅[6]流出的泉水，给两旁的娼妓分用，这条小河横流过沙漠。河底和两岸都是石头铺的：我想我们就要从这里走过去了。

---

⑤ 蒙吉贝勒（Mongibello）即埃特那（Mount Etna），在此山，火神（Vulcano）与一班独眼巨人（Ciclopi）制造朱庇特所用的雷电。在弗雷格拉（Flegra）之战，一班巨人袭击奥林普斯山，均为朱庇特所灭。

⑥ 布利卡梅（Bulicame）为近维台尔勃之温泉。该泉微红，有硫磺气，故但丁以之比拟血沟流出之水。

那些罪人，
不时手舞脚跳，
在上要避免火球的打击，
在下要逃开热沙的烫伤。

HELL Canto 14

卡帕纽斯呀！
你已经受了这样的刑罚，
你还要这样骄傲。
须知你愈加恼怒，
就是你自己愈加痛苦之处。

“自从我们走进那毫无拒绝的门[7]以来，在所有已经指点给你看过的河流之中，都没有比现在奇异的，他熄灭在他上面和邻近的火球。”这是我引导人的话；因为他引起了我的食欲，我请求他给我食物。[8]

于是他又说：“在那大海之中，有一个荒废的国，名字叫做克里特，那里曾经住着世界尊重的国王。[9]那里有一座山，伊达是他的名字，从前山上是青枝绿叶，现在却是老枯了。瑞阿选了这座山做他儿子避祸的摇篮；[10]因为要他藏匿得更安稳，一班吹鼓手在那里作乐，遮掩了孩子的哭声。

“在山中立着一个巨大的老人[11]，他的背向着达米亚塔，他的面向着罗马，好像是他的镜子一般。他的头是纯金做的，手臂和胸膛是银做的，肚子是铜做的，其余都是好铁做的，只有一只右脚是泥土做的；但是，在这个最弱的支点上，却担负了最大部分的重量呢。

---

⑦ 即地狱第一重门。

⑧ 意谓：因为他的话，引起我求知的欲望，我向他要求给我知识。

⑨ 在黄金时代，萨图努斯神（Saturno）为克里特之王。

⑩ 瑞阿（Rea=Cibele）为萨图努斯神之妻，朱庇特之母。因预言朱庇特长大将继萨图努斯神君临天下，萨图努斯神即欲杀儿，故瑞阿匿之伊达（Ida）山中。

⑪ 此为时间老人，四种金属比喻人类四个时代，见《旧约·但以理书》第二章。铁足和泥足据说是比喻现世的和灵界的权力；但丁意谓后者较强。达米亚塔（Damiata）在埃及，代表东方文明，为罗马文明所胜；但丁意谓罗马将与时间同永久，故为时间之镜。时间巨像所以在克里特者，或因该岛在亚、非、欧三洲之中，或由于维吉尔之诗篇（《埃涅阿斯纪》第三篇）。仅有黄金时代，无泪河流。

“在这巨像的各部分，除开那金做的，都已经有了裂缝，从这些裂缝里流出泪水，透入地中；这泪水经过山岩的孔隙，汇归地府，就成为阿刻隆、斯提克斯、弗列格通；然后经过此地，直降到无可再降之处，在那里成为科奇土斯；这是个什么湖，后来你可以知道，[12]所以现在我不必说了。”

于是我对他说：“假使此地的河流是从地面上来的，为什么我们只在此地看见呢？”

他对我说：“你知道这块地方是圆形的，虽然我们已经降到这样深，但是还没有兜了全圈子；所以我们觉得新奇，但是也不必现出惊疑的神气。”

我说：“老师，弗列格通和勒特在哪里？前一个你提到了，后一个你没有提到。”

他答道：“你的这些问题，都使我欢喜。那沸着的血水，解答你一个问题。至于勒特呢，他不在这里，你将来要看见的，[13]那里灵魂因为忏悔而消罪以后，就要在里面沐浴。”

最后他说：“现在是离开树林的时候了；你跟着我。河岸并未烧热，因为在上面的火球都熄灭了。”

---

⑫ 科奇土斯（Cocito）是冰湖，见《地狱》第三十二篇至第三十四篇。

⑬ 弗列格通即第十二篇中之血沟，可意译为沸河。勒特（Letè）在“地上乐园”，饮其中水者则忘过去之罪恶，故可意译为忘川，见《净界》第二十八篇。

在山中立着一个巨大的老人，
他的背向着达米亚塔，
他的面向着罗马，
好像是他的镜子一般。

ELL Canto 14

第十五篇

第七圈，第三环（续）：勃鲁内托·拉蒂尼。

现在我们走在这边一条堤岸上，河流上面一阵蒸汽，遮蔽了在上和在旁的火球。好比在佛兰德尔的海边[①]，因为要防御潮水，造了坚固的堤岸；又好比在帕多瓦的勃伦塔河边，因为要防御卡伦齐亚山顶的雪融使河水泛滥，[②]做了防御的工程；这里的堤岸（不问他是谁建筑的）虽不那么高，不那么厚，但他的功用却是一样的。

我们离开树林已经远了，回头一望，模糊不辨。

那时我们逢见一群灵魂，沿着堤岸前来；他们每个都望着我们，如在新月之下望人一般；他们走近的时

① 佛兰德尔（Flandre）的海边，指在法国和比利时北部的海边，圭参忒（Wissand）和布鲁嘉（Bruges）之间。

② 勃伦塔河（Brenta）在意大利北境，其上游为群山，最高为卡伦齐亚山（Carinzia），天热雪消，河水骤涨，帕多瓦居民筑堤防之。

候，又凝视着我们，如年老缝工穿针一般。

就在这样的凝视之下，我被一个人[3]认识了，他拉住我的衣脚边，叫道："奇怪极了！"在他伸手的时候，我定睛望着他烘焦的面孔，我竟记不起来他是什么人；因此我弯着腰，俯下头去看他，我认识他了，我说："勃鲁内托先生，你在这里么？"

他说："我的孩子呀！请你不要讨厌，假使勃鲁内托离开他的队伍，走来接近你片刻。"我说："我是真心欢迎你的；假使你要我停下来谈一会儿，这也可以，只要那一位允许，因为我是跟着他走的。"他说："我的孩子呀！你不知道：在这一队里面，不论是谁，要是他停止下来，他就要被罚躺下来火烧一百年。所以，我们同行吧，我拉住你的衣脚边；稍后，我再归队，在那里万古千年受灾。"

我不敢从堤岸上降下去和他同行，我只俯着头向前走，像一个行敬礼的人。他开始说："在你未到末日之前，你便走到此地，究竟是什么机会？什么命运？那位引路的是谁？"

---

③ 勃鲁内托·拉蒂尼（Brunetto Latini，1210—1294）为佛罗伦萨文人与政治领袖之一。但丁虽不一定是他的学生，但受其教益之处当然很多。他有法语散文著作《宝库全书》（*Livre dou Tresor*），意语诗集《小宝库》（*Tesoretto*）；但丁对此二著作极为赞许。

我回答道："在地上的时候，我还在清明的生活[④]之中，我迷途在一个山谷里了，那时我的年纪还没有达到鼎盛。昨天早晨，我走出山谷；在我逢着危险，进退两难的时候，他忽然出现在我前面，就是他引我经过这里，走向归家[⑤]的路。"

于是他对我说："假使你跟着你的星，你不会不达到那光荣的归宿处，只要我在世的预言是确实；[⑥]而且，假使我不死得太前，看见天对于你这样恩惠，那么我对于你的工作，一定加以鼓励。

"不过，这班人民是负心的、凶恶的；他们是古菲埃佐勒的后裔，他们仍旧保留着山岩的野性；[⑦]他们对于你的善行，要加以反对，视若寇仇，这是当然之理，因为在荆棘之中，绝不容无花果树结实的。古代有一种传说，说他们是盲目的，[⑧]是贪鄙、嫉妒、傲慢的民族；你切勿和他们同流合污。你的命运替你保留着荣誉，使此党彼党都为着你而饥饿；幸而青草离开山羊远了。

"听任菲埃佐勒的走兽自相吞噬吧，只要他们勿损害植

---

④ 清明的生活即阳世的生活，与昏暗的地狱生活相对。

⑤ 此语双关：归地上之家，归天国永久之家。

⑥ 勃鲁内托在世时工占星术。

⑦ 传说古菲埃佐勒（Fiesolë）镇在今佛罗伦萨西北三里许之山上。菲埃佐勒被凯撒所毁，其遗民乃建新镇于阿尔诺河上，即佛罗伦萨，于是遗民之中混合一小部分罗马士卒。白党平民谓源出于古遗民，黑党贵族谓源出于罗马士卒，两党造成不断的内战。

⑧ 说者谓"盲目"是因为他们受了托提拉的骗（见《地狱》第十三篇注⑪），开城放他进来。

物，假使在这污秽的地上，可以长出一株来。因此，在这万恶之窟，可以使罗马人遗留的种子复活。”[⑨]

我回答道：“假使上帝接受我的祈祷，你绝不会给人类所遗弃的。

“因为在我的脑海之中，刻画着你亲爱的、和善的、父母一般的面貌，这种印象现在都涌到我心上来了。你在世的时候，屡次训导我怎样做一个不朽的人物；因此我很感谢你，我活着的时候，应当宣扬你的功德。方才你所说关于我未来的话，我要记在心里，和别人的一番话[⑩]同在一个女人面前得着解释，假使我能够到她那里。

“我所要使你相信的是：我只要于心无愧，命运对于我无论怎样都好，我早已有预备了。像你这种预言，我耳管里听到的也不止一次了；所以，听命运随心所欲地旋转他的轮盘，和听农夫使用他的锄头一样吧。”[⑪]

当时我的引导人回转头来望我，他说：“善听者铭于心。”[⑫]

于是我和勃鲁内托且行且谈，我问他谁是他最著名的伴侣。他对我说：“其中有几个值得知道，其他的可以不说，因为时间太短，不能多谈。简言之，他们大概是

---

⑨ 但丁自信为罗马良种，黑白二党均欲置之死地，幸流放在外，尚可完成其文学工作也。

⑩ 指法利那塔的预言，见第十篇。

⑪ 命运多变的心情，犹如农夫的行为一样，对他不会发生影响。

⑫ 此处或是维吉尔暗示但丁发问的范围。

牧师、学者和知名之士；他们在地上的时候，都犯了同样的罪。普利珊和阿科尔索都在这个队伍里面；[13]假使你希望多看一点，那么这个人[14]也在里面，他给众仆之仆[15]从阿尔诺迁到巴奇利奥内，在那里他放纵他的脑筋。[16]

"我还想多说一点，但是已经没有工夫了；因为我看见前面尘沙飞扬，我的队伍已经来了。我的著作《宝库全书》，是我精神所寄，我介绍给你。我一无所求了。"

于是他掉转背去，急归队伍，他的速度和赛跑获得锦标者[17]没有两样。

---

⑬ 普利珊（Priscian），六世纪著名文法家。阿科尔索（Francesco d'Accorso，1225—1293），佛罗伦萨著名法学家。

⑭ 此人名摩奇（Andrea de'Mozzi），属佛罗伦萨富而有势之一族，一二八七年起为佛罗伦萨主教，一二九五年受教皇卜尼法斯第八命令迁在巴奇利奥内（Bachigeione）河旁之维琴察（Vicenza）。

⑮ 上帝之众仆之仆（Servus servorum Dei），即教皇之称号。

⑯ 以上这些人，大都是犯了轻蔑上帝、诱惑青年等罪。

⑰ 原文作"在维罗纳田野竞走获得绿布者"。

第十六篇

第七圈，第三环（续）：三个佛罗伦萨的著名人士。怪物格吕翁。

我们已经走到听见河水降入别的圈子的地方，水声有点像蜂巢旁边嗡嗡之音。

那时有三个影子，脱离受火雨打击的队伍，向着我们跑来。他们叫道："你站下来。看你的服装，你是从我们混乱的国度里来的。"

可怜呀！我看见他们身上，新伤旧痕，都是给火烧的。我现在一想起来，我心里就觉得难过。我的老师听见了他们的呼喊，他掉转头来对我说："等一下吧！我们应当对于他们表示些敬意；假使他们那里没有火球下降，我说还是你应当向着他们跑去呢。"

我们站着之后，他们又开始他们的悲呼惨叹；在接近我们的时候，他们三个拉着手旋转，并不停止运动。[1]好比角力的武士们，裸着，涂着油，在交手以前，想找出他们的攻击点。影子们也是这样，一方面旋转着，一方面把眼睛钉在我身上，因此他们头的运动和脚的运动相反背。[2]

其中有一个开始说："假使我们的不幸，派在这块松土上面，焦头烂额，引起你对于我们的轻蔑，至少，我们在世的声名也许足以使你告诉我：你是谁，能用稳定的脚步经过这里？

"在我前面的一个，虽然他体无完肤，他的名位却高于你所相信的：他是有善行的郭尔德拉达之孙，名字叫做圭多·贵拉；他在世之时，以头脑和刀剑著名。[3]在我后面的一个，叫做台嘉佑[4]，他的忠言应当为世人所接受。至于我自己呢，我叫卢斯蒂库奇[5]；当然，我的泼妇害我甚于别人。"

假使我能够避开那火球，我也许跳下堤岸，冲进他们的队伍，我相信我的老师不会阻止我的。但是，我害

---

① 因为他们是不准停下来的，见前篇。

② 意谓：脚向前走，头向后看。

③ 郭尔德拉达（Gualdrada）为贵族贝尔提（Bellincione Berti）之女，女界之典型。圭多·贵拉（Guido Guerra）为贵尔弗派领袖之一，曾与台嘉佑合作，反对蒙塔培尔蒂之战，该派未听，致遭惨败（见第十篇）。头脑言其智，刀剑言其勇。

④ 台嘉佑为有力的贵尔弗派，为贵拉的代言人。

⑤ 卢斯蒂库奇为佛罗伦萨富人，因其悍妇而流于放纵。以上二人之名已于第六篇提及。

怕烫伤，虽然有走上前去拥抱他们的心愿，也不得不勉强压制下来。

于是我开始说："决计不是轻蔑，只有悲伤之不暇。你们给我的印象，将深入我的心中，不是在短期间可以消灭的。当我的引导人对我说了那几句话，我就感觉着会有你们这样的人到了。我是你们的同乡，我常常听见人家提到你们光荣的名字，说起你们的行为，我未尝不肃然起敬。我现在离开烦恼，去寻求我有德行的引导人所允许我的甜果；但是在达到目的之前，我必须走过地球的中心点。"

于是他回答道："但愿你的灵魂长久指挥你的肉体，而且你的声名流芳百世！请你告诉我们：是否礼貌和勇敢住在我们的城里（照例应当如此的），还是已经逃开那里？因为最近我们这里来了一个名叫波西厄尔⑥的，他的一番话使我们大大的伤心呢。"

那时我抬头叫道："一班暴发户的突然富有，佛罗伦萨呀！使你的城里生出骄傲和放荡，因此早已使你挥泪了。"那三个影子，懂得这个就是我的回答；他们面面相觑，和一个人知道了实情以后的神气一样。

他们一起回答道："假使在别的时候，你也可以爽爽快快，三言两语，满意地答覆了人家的话，那么你可以

⑥ 波西厄尔（Guglielmo Borsiere）死于一三〇〇年略前，此人是一个做钱袋的工匠，暴发而跻身贵族社会，其生平见薄伽丘之《十日谈》。

影子们也是这样，

一方面旋转着，

一方面把眼睛钉在我身上，

因此他们头的运动和脚的运动相反背。

开心了！假使你走出了这昏暗的地方，再见那明星的世界，当你说到‘我曾经走过……’的时候，请你向人类提起我们的名字。”说罢，他们放手逃去，像脚上生着翅膀一般，连“阿门”二字都没有说完，他们早已不见了。

我的老师催我走了，我跟着他。

我们走了一小段路程，听见水声已经十分接近我们，我们简直不能再谈话了。好比从蒙维佐山下泻的水流在亚平宁山的左方；在流到福尔里之前，他的名字叫做阿夸凯塔。在那下泻之处，有一个圣贝内戴托大寺，可作一千人的避难所；[7]这里的赤水也是那样，下泻的声浪，震耳欲聋。

我本有一条绳子束在我的腰部，有时候我想用他来缚住那五色斑斓的豹。[8]我把他解下来，绕在手里，送给我的引导人，这是他吩咐我的。他站在深渊边际，身子倾在右边，把绳子投到下面去。

我心里想：“这一种新的信号，一定有新的答覆；

---

⑦ 阿夸凯塔（Acquacheta）河流过福尔里（Forli）后则更名为蒙托内（Montone）。按波河发源于蒙维佐山（Monte Veso），蒙托内河则发源于意大利中部之亚平宁山（Appennino），圣贝内戴托（San Benedetto）大寺则在其下游。

⑧ 此处用绳子无非引起下文。若从象征方面说，则豹指逸乐，绳指俭约、洁身自好。或谓但丁信仰圣方济各，腰间束有绳子。参见《地狱》第二十七篇注①。

我的引导人似乎注视着呢。”一个人和智者立在一起真要小心呀！他不仅看清楚你的外表行为，就是你内在的思想他也能看清楚呢。他对我说：“我所希望的马上要来了；你所思想的马上要出现在你眼前了。”

对于一种外表上似乎是伪造的真理，一个人最好是闭口不说；因为他虽然没有罪过，他要被人家看作说诳的人呢。但是我在这里不能守住静默，我要以我的喜剧——假使他有永久的价值——向读者诸君发誓，我看见：在昏暗浓厚的空气中，有一个东西游着，[9]就是再大胆的人看了也要吓呆；那东西有点像没入海水中去拔锚的（锚每有固着在暗礁上的时候），在拔起之后，张开他的上肢，紧缩他的两脚，游向水面。

---

⑨ 此怪物名格吕翁（Gerione），在神话中说他是西班牙王，为赫拉克勒斯所杀。传说格吕翁常引诱外人入境，后即置之死地，故此处用为第八圈之守卫者。格吕翁传说为三身怪物，但看下篇所述，但丁似根据《启示录》第九章描写的。

第十七篇

第七圈，第三环（续）：重利盘剥者。下降到第八圈。

“注视这个有细长尾巴的野兽，他能够超山岭，破墙壁，断兵器；注视这个毒害全世界的怪物！”我的引导人这样开始对我说；他做着手势叫那野兽上岸，接近我们走着的石路之一端。于是那“欺诈的丑像”前进了；他的头、他的胸部都上了岸，只有尾巴没有上来。

他的面孔是一个正直人的面孔，外貌非常和善，但是其余的身体就和蛇一样了。他有两个爪，长着毛直到腋下；他的背上、胸下、左右腰部都画着纠缠的结和各种的圈儿；就是鞑靼人或突厥人所用的布匹，也没有这许多颜色和花纹；就是阿拉科涅[1]的织机上

---

[1] 阿拉科涅（Aragne）为古时善织善绣的少女，司手艺的女神密涅瓦（Minerva）使之变为蜘蛛。

面，也织不出这许多。他像一条划子，半段搁在岸上，半段还在河里；又像"贪吃的日耳曼人"那里的水獭，把尾巴放在水里钓鱼。② 这个最坏的野兽就是那样趴在石岸上，那石岸正拦住了赤热的沙地。他的细长尾巴在空中摇动，尾巴尖端似乎装着一把有毒的叉子，和蝎子的尾巴差不多。③

老师对我说："我们现在必须走近这个凶恶的野兽，他正躺在那里呢。"于是我们降到右边，站着离开深渊有十步光景，这一方面也不踏着沙、触着火。我们走近他的时候，看见一班坐在热沙上的灵魂。那时老师对我说："你应当看遍这一圈，你可以去访问他们一下。但是，少说几句话；等你回来的时候，我就要向这个野兽借用他强壮的背脊了。"

因此我沿着第七圈的边界走去，一路所见，都是那些坐着的可怜人。④ 从他们的眼睛里，喷出他们苦恼的泉水；在上面，要挥开那天火，在下面，要撇开那热沙；好比那夏天的狗子，不耐烦地用爪、用嘴去赶走他身上的蚤虱或苍蝇一般。

我注视他们的脸，一个都不认识；但是我看见他们的胸前都挂着一个袋子，袋子有种种的颜色，上面印着

---

② 在但丁时代，水獭多数在德国可以寻获。俗传水獭猎鱼，以尾为饵。但博物家言水獭以植物为食料，钓鱼之说不确也。

③ 此段以格吕翁象征欺诈的恶人。

④ 这里是重利盘剥者的幽灵。

种种的花纹，他们的眼睛似乎只望着袋子。

我看见一个黄色的袋子，上面画着一只蓝色的狮子[⑤]。我走过去几步，又看见一个鲜红如血的袋子，上面画着一只洁白如奶的鹅[⑥]。最后有一个，他那银色的袋子上面画着蓝色的大腹母野猪[⑦]；他对我说："你到这个潭子里来干什么？你快些回去吧；因为你是活人，请你带一个信给我的邻居维塔利阿诺[⑧]，他就要来坐在我的左边。我是帕多瓦人，和这些佛罗伦萨人在一起，我不时给他们震得耳聋，他们叫道：'骑士的王来吧，他的袋子上面画着三只山羊呢！'[⑨]"说罢他扭歪他的嘴，伸出他的舌头，像牛用舌头舐自己的鼻孔一样。

我恐怕停留在那里太长久，我的引导人要怪我，所以我离开这班可诅咒的灵魂，急乎回来。

我看见我的引导人已经坐在那怪物的背上了；他对我说："现在要显示你的勇气了！我们必须用这个做梯子，才可以下降；你坐在他的前部，我坐在他的中部，庶几他的尾巴不致伤害了你。"我听了他这番话，好比

---

⑤ 此为翦菲利阿齐（Gianfigliazzi）的纹章，他是佛罗伦萨人，属黑贵尔弗党，为一大重利盘剥者。

⑥ 此为奥勃利雅齐（Ubriachi）的纹章，他是佛罗伦萨人，属吉伯林派。

⑦ 此为斯科洛维尼（Rinaldo Scrovigni）的纹章，他是帕多瓦的著名重利盘剥者。

⑧ 维塔利阿诺（Vitaliano del Dente），帕多瓦人。

⑨ 此为布亚蒙忒（Giovanni Buiamonte）的纹章，他是当时佛罗伦萨最坏的重利盘剥者；称他"骑士的王"有讥讽意。

得着四日疟一样，指甲已经变成灰白色了，全身已经发抖了，只等那寒冷的光临；但是，我要是胆怯，我就太可耻了，英明的主人应该有勇敢的仆人呢。

于是我爬上那怪物的阔肩上，我心里想说："请你抱住我！"可是嘴里没有说出。但是，他从前有好几次救我出过险，现在我一坐上去，他早已双手抱住我的腰了；

于是他说："格吕翁，现在你可以动了！把圈子兜得大一些，逐渐地下降。请你记牢，这次不是平常的重量。"

好比划子向后退一般，那怪物渐渐离开了堤岸；当他觉得全身松动以后，他掉转他的首尾，像鳗鱼一条，开始他的游泳，用他两个爪鼓动空气。

从前法厄同放松缰绳的时候（因此而烧毁的一部分天空，现在还看得见呢），[10]还有可怜的伊卡洛斯觉得蜡化羽落、他父亲叫喊"你走错路了"的时候，[11]我相信都没有我在这个时候害怕，那时候我的四周除怪物以外一物不辨。

---

⑩ 法厄同（Fetòn）为太阳神的儿子，要求替他父亲赶一天车子，力弱不能驾御，几乎烧及地球，为朱庇特用雷电击毙；传说天河就是他走错的路径。

⑪ 伊卡洛斯（Icaro）以蜡粘鸟羽为翼，飞腾天空，过近太阳，蜡化羽落，堕大海中。其父名代达路斯（Dedalo）。

HELL Ca

他掉转他的首尾，
像鳗鱼一条，
开始他的游泳，
用他两个爪鼓动空气。

他慢慢地游泳，兜着圈子，渐渐地下降，可是我都不知道，当时只觉得风打在我的脸上和脚下。在我的右边，我已经听见飞瀑冲击的声浪，从下面传来；因此我伸头下望，当时我更觉得害怕，因为我看见下面的火光，听见下面的悲声了，于是我全身发颤，缩作一团。

后来我看见（起初没有看见），我们的下降，我们的螺旋运动，使一切罪大恶极的都从四面接近我们了。好比一只老鹰，他飞得长久了，却没有寻着一只鸟儿，因此放鹰的叫道："呀！你下来了么？"

但是他疲倦了，他已经兜了几百个圈子，他只能惭愧地停止下来，远远地离开他的主人。格吕翁也是这般地降落下来，正在石壁的脚旁。

后来，我们跳下他的背脊，他就如箭离弦，一忽儿不见了。

第十八篇

第八圈，一名马勒勃尔介，欺诈者受刑之处。
第一沟：淫媒和诱奸者。第二沟：阿谀者。

在地狱中，有一块名叫马勒勃尔介[①]的地方，四面环绕着铁色的石壁。在这块地方的中心部分，深深地陷落下去，像一个很大的井；关于井里的构造，将来再说。[②]

从井边向外到高高的石壁脚旁，是一块圆环地面，这地面分作十条沟。好比保护一个城墙，需要几条沟环绕他；这里的地形仿佛就是如此。

而且，从城门出去，需要几座桥，跨在每条沟上。

① 马勒勃尔介（Malebolge）意云“恶沟”，即第八圈之圆环地面，内有十沟，沟与沟间为堤岸，沟上有石桥。

② 即地狱第九圈，见《地狱》第三十二篇。

HELL Canto 18

在地狱中，
有一块名叫马勒勃尔介的地方，
四面环绕着铁色的石壁。

这里也是如此，从石壁直到井边，有岩石堆成的山脊，横过每条沟和他们的堤岸。

我们从格吕翁背上下来，就是在这里，正在石壁脚旁；诗人向着左边走去，我跟在后面。

在我的右边，我看见新的苦恼，新的刑罚，新的罪人，装满在第一条沟里。

在沟底那些罪人都是裸着；罪人分为两行：靠近这边的一行，面向着我们走来；靠近那边的一行，和我们同方向前进，不过步子大得多了。好比在那大赦之年，罗马到了许多观光者，在一座桥上，立下行路的规则：向着城堡往圣彼得去的走这一边；向着山来的走那一边。[③]

此地，在这一边和那一边，我看见许多头上生角的魔鬼，他们手拿着大鞭子，在那些灵魂的背上残酷地打着。只要第一鞭打下去，罪人的脚立即跳动起来，我相信没有哪一个再敢尝试那第二鞭或第三鞭了！

当我向前走的时候，我的眼光逢见其中一个人，[④]我马上说："这一个人我从前看见过的。"于是我站下来注

---

③ 一三〇〇年罗马开始大赦（五十年一次），教皇卜尼法斯第八因观光者之拥挤，于圣天使堡（Castel Sant'Angelo）桥中间划开，使来往者各顺一种方向，免得对面相撞。在圣彼得教堂这边有城堡（castel），对面为山，即乔尔达诺山（Monte Giordano）。

④ 此人名卡洽奈米科（Venedico de'Caccianemici），为波伦亚（Bologna）望族，为金钱故，使其妹吉佐拉贝拉（Ghisolabella）通于侯爵奥庇佐（见《地狱》第十二篇），但此事真伪当时传说不一，故但丁问之。

视他，我和善的引导人也陪着我停下来，并且允许我略微后退几步。那个被鞭打的灵魂想躲避我的眼光，忙把头俯下，但是已经来不及了。

我对他说："你把眼睛望在地上就算了么？假使你的一付苦脸不欺骗我，那么你是卡洽奈米科；你犯了什么罪才到此幽谷呢？"

他答道："我实在不愿意说；但是你的话使我回忆起过去的世界，使我不得不吐露几句。引诱吉佐拉贝拉和侯爵通奸的是我，虽然外界有不确的传说。波伦亚人在这里的不止我一个人，多着呢，就是在萨维纳和雷诺两河之间说'西巴'⑤的也没有这里多，假使你要求我给你证据，那么请你回想到我们的贪心吧。"

他正说到这里，那魔鬼打他一鞭子，对他说："快走，龟奴，这里没有女人给你做买卖呀！"

我走近我的引导人；行了几步，我们登上一块岩石，向右转，到了锯齿形的桥上，于是我们离开那永劫的石壁。

当我们走在桥上的时候，灵魂在桥洞下面穿过，我的引导人对我说："站一下吧，你看看另一行的罪人，因为方才他们和我们同方向行进，他们的面目还没有给

---

⑤"西巴"（sipa）意云"是"，为波伦亚土音，普通应说"西亚"（sia）。波伦亚在萨维纳（Savena）和雷诺（Reno）两河之间。此句极言沟中波伦亚人之多。

我看见许多头上生角的魔鬼，
他们手拿着大鞭子，
在那些灵魂的背上残酷地打着。

你瞧见。”从古桥之上，我们看见这边一行幽灵向我们走来，和去的一行同样受着鞭挞。

我没有问他，善良的老师对我说：“你看那走来的一个大灵魂，他似乎对于痛苦是不洒眼泪的。你看他的神气多么高贵！这个就是伊阿宋，他靠了自己的勇气和聪明，夺取科尔喀斯的金羊毛。他经过楞诺斯岛的时候（在那些凶悍的妇人杀死了全岛男人之后），用他的花言巧语，欺骗了少女许普西皮勒的心，她却先欺骗了众人。她怀了胎，他抛弃了她；就是这种罪恶，使他受这种刑罚；同时美狄亚也报了她的仇。[⑥]其余和他有同样行为的都跟他在一起。

“关于第一沟，他的罪人，他的刑罚，我们看得够了。”

我们走过第一座桥，到了第二条堤岸，这条堤岸又是里面一座桥的支点。

这里我们听见从第二条沟发出的灵魂的悲叹，他们打着喷嚏，自己掌击自己。堤岸上铺着他们的涎沫，都是从沟底下喷上来的，这些东西非但眼见不快，而且气味难闻。

---

⑥ 伊阿宋（Giason=Jason）为希腊故事中取“金羊毛”之英雄。许普西皮勒（Isifile）为楞诺斯岛（Lenno）王托阿斯（Toante=Thoas）之女，当时全岛妇女相约虐杀男子，许普西皮勒私藏其父，扬言已杀死。伊阿宋遗弃许普西皮勒后，赖科尔喀斯（Colchi）公主美狄亚（Medea）之力获金羊毛，旋与公主结婚；后又弃公主娶克瑞若（Creusa）。

这条沟很深，我们要看见他的底部，除非登到第二座桥顶上。我们走到顶上，看到沟底，才知道那些罪人都好像在粪溺的坑中。

我竭尽眼力注视下面，看见一个满头污秽的人，我也不知道他是教士还是俗人。他叫道："为什么你专门看着我，难道我比别人更加污秽么？"我回答他道："因为，假使我记得清楚，我曾经看见过你，那时你的头发是干着的；我知道你叫做殷特尔米奈伊[7]，所以我要特别注视你。"于是这个灵魂掌击他自己的头颅，说："我的舌头从来不倦于阿谀，因此我堕落在这一条沟里！"

当时我的引导人对我说："请你略微看前一些，你可以望见一个污秽的乱着头发的女人，她用她的指甲抓破她自己的面孔，一会儿蹲下去，一会儿又站起来：这个就是妓女塔伊斯。当她的情人对她说：'你感谢我么？'她回答道：'是呀，感谢到不可思议！'[8]……够了，我们去吧。"

---

⑦ 殷特尔米奈伊（Alessio Interminei da Lucca），此人为白党，一二九五年尚存，以谄媚著名。

⑧ 塔伊斯（Taide=Thais）为雅典妓女。妓女甘言惑人；此处所引对话，取材于拉丁喜剧家泰伦提乌斯（Terenzio）所著之《阉奴》（*Eunucbus*）一剧。

我竭尽眼力注视下面，
看见一个满头污秽的人，
我也不知道他是教士还是俗人。

第十九篇

第八圈（续），第三沟：圣职买卖者。教皇尼古拉第三。

魔法师西门呀！他的一班不幸的徒子徒孙呀！应该与善行合在一起的上帝之物，你们的贪心把他去换了金银，现在你们的喇叭响了，① 这里的第三条沟就是你们的归宿之处！

我们已经登到第三座桥的顶点，正望到那条新沟的中央。

无上的智慧呀！你的工程，无论在天上，在地面，

① 关于西门（Simon）的事见《使徒行传》第八章，彼得说他："因你想上帝的恩赐，是可以用钱买的。""圣职买卖"（Simoniaci）一词就是从他的名字来的。此段是说用喇叭公开地宣布罪人的判决词。

在罪恶的世界，是多么的伟大呀！你的布置是多么的公正呀！

我看见灰色的岩石上，或在沟底，或在沟壁，有许多孔穴，都是圆形的，而且是一样的口径。因此我回想起我那美丽的圣约翰教堂，在那儿的洗礼盘旁边，也有类此大小的大理石做的孔穴，这是施洗者立足之处。不多年以前，我曾经击破其中的一个，因为当时有一个人跌下去爬不起来；我趁此机会，解释世人的误会。[②]

在那每个孔穴之口，露着罪人的脚和小腿，其余的身体都埋在里面。他们脚底着火，因此他们的腿抖动得很是剧烈，假使有绳索缚牢，也要给他们弄断的。那里的火，和烧着涂油的东西一般，只烧在表面上，从脚跟烧到脚尖。

我说："老师呀！那个筋肉抽搐得最厉害的，脚底火光最红的是谁呢？"他对我说："假使你愿意我把你带到那里，从那边低堤岸走下去，你就可以听见他自己的说话，知道他的罪恶。"

我说："只要你欢喜，我总赞成；你是我的老师，你知道我不会违背你的意见，而且你知道我不曾说出口的思想呢。"

---

② 在佛罗伦萨圣约翰教堂（San Giovanni）的洗礼堂内，从前有个洗礼盘，盘旁为大理石厚壁，壁上做四个孔穴，每个适可容一人，为施洗者立足处，免为群众所挤。但丁曾经击破其中一个孔穴，救出一个跌入其中的小孩，他在此声明并非有意。

他们脚底着火，
因此他们的腿抖动得很是剧烈，
假使有绳索缚牢，
也要给他们弄断的。

9

于是我们走到第四条堤岸，向右边转弯，降入狭隘而有孔穴的沟里。善良的老师扶着我，直走到那用腿的抖动来表示痛苦的灵魂旁边。

我开头说："不幸的幽灵呀！你的上部倒转在下面，好比一个木桩钉在那里，③你究竟是谁？假使你能够说话，那么请你告诉我吧。"我说话像一个教士的口吻，面对着一个谋杀犯，他的罪已在执行了，④他还在那里忏悔，以延长他的生命呢。

于是他叫道："你已经站在这里了么，卜尼法斯？那么预言书对我说了几年诳呢。⑤你厌弃了你的财富这样快么？你用欺骗的手段，得了绝世的美人，稍后你又遗弃了她。⑥"

我听了他这几句话，真是摸不着头脑，所以也不知道怎样回答。那时维吉尔对我说："你快些对他说：我不是他，我不是你所猜想的人。"我就照他的话回答了。

于是那幽灵剧烈地扭动他的脚，后来悲叹了一会儿，带着哭声对我说："那么你要问我什么？你从堤岸

---

③ 但丁对于贪婪的教皇实在痛恶至极，处处不是用讥讽的口吻，就是用严厉的教训，不像对于其他幽灵，尚有一种怜悯。

④ 当时佛罗伦萨治谋杀犯即用活埋；先将犯人倒栽深穴，俟其忏悔毕，则取土盖没。

⑤ 卜尼法斯第八于一二九四年至一三〇三年做教皇，但丁神游之时（1300 年）尚在世，但丁用此法说明他死后将入地狱受罚。

⑥ 美人指教堂，来自《旧约 · 雅歌》（或指罗马亦可）。卜尼法斯使切勒斯提诺第五辞职（见第三篇），遂取而代之，因此卜尼法斯被反对派视作篡位者。

上降下来，假使你是诚心要知道我是谁，那么我告诉你：我穿的是一个大斗篷；我确是熊的儿子，我要繁殖我的小熊，我在世装满了我的袋子，在这里我装了我自己。[⑦]在我下面的，是那些在我之前做着圣职买卖的，他们都倒栽在石缝里面。我也要移到下面去的，只等着方才我把你当作他的那个人来到。我倒栽在这里，脚底给火烧着，我吃这种痛苦要比我的后继人长久些，他将要倒栽在我这个窟窿里，一双脚红着。[⑧]因为在他以后，将有一个从西方来的牧师，这个牧师无法无天，行为更加丑恶，又要做他的后继人。这个牧师可说是伊阿宋再世，这个伊阿宋的事迹记载在《玛喀比传》一书中；有一个国王听从伊阿宋，听从这个牧师的则是统治法兰西的国王。[⑨]”

在这个时候，我不知道我自己是否发了疯，因为我用下面的一番话回答他：“原来如此；请你告诉我，我

---

⑦ 此为教皇尼古拉第三（Niccolò Ⅲ），殁于一二八〇年。大斗篷是教皇的外套。尼古拉为窝西尼（Orsini）即“熊”族。“装满了我的袋子”言其贪财，“装了我自己”言其倒栽孔穴之中，皆但丁讥讽语。

⑧ 尼古拉已在此孔穴二十年（1280—1300），卜尼法斯凡十一年（1303—1314）；克力门第五（Clemente V）死于一三一四年，将继卜尼法斯入此孔穴。

⑨ 克力门第五本为法国波尔多（Bordeaux）总主教（故称西方来的牧师），因法国国王腓力（Philippe le Bel）之力，于一三〇五年被推为教皇，并移教皇座于阿维尼翁（Avignon）。此处伊阿宋并非前篇所说希腊故事中的英雄，此伊阿宋见伪经《玛喀比传》（Maccabei）第二卷第四章中，彼曾行贿赂于叙利亚王安条克（Antioco），获“高僧”位置；克力门与腓力朋比为奸，有类于彼。

主给圣彼得钥匙之前，我主要了多少财宝？他没有要一点，他不过说：‘你跟从我！’[⑩]当那个叛逆出走之后，马提亚被推为使徒之一，但是彼得和别人都没有收受他的金银。[⑪]

“所以，你安心在这里吧，你的刑罚是应得的；你抓住你的不义之钱吧，他买得动你以猛烈地反对查理呢。[⑫]假使不是你在生前掌握过那至大的钥匙，我就要用更严厉的话句：因为你的贪心，使世界变为悲惨，把善良的踏在脚下，把凶恶的捧在头上。《福音书》的著作者就想到你这种牧师，当他看见她坐在众水之上，和那班君王奸淫；她生有七头十角，只要她的丈夫爱好德行，她是有力量的。[⑬]你把金银当作上帝，试问你和那些崇拜偶像的有什么分别？他们崇拜一个偶像，你崇拜一百个罢了。君士坦丁呀！从你生出许多的罪恶，并非

---

⑩ 圣彼得为第一任教皇；“钥匙”谓天国的钥匙，即指执掌教权一事。耶稣说：“你跟从我！”见《马太福音》第四章及《约翰福音》第二十一章。

⑪ 出卖耶稣之犹大出走后，马提亚（Mattia）补为十二使徒之一，事见《使徒行传》第一章。

⑫ 贵尔弗派谓尼古拉第三曾得帕里奥洛加斯皇帝（Emperor Palaiologos）之钱而反对那不勒斯王查理（Carlo d’Angiò）。

⑬ “坐在众水之上的大淫妇”见《启示录》第十七章。此处《福音书》的著作者指约翰，彼曾为人视作《启示录》之著作者。《启示录》中原意与但丁所引用者不全同。此处七头指七圣礼（或七德），十角指十诫。女人指教堂（或罗马），她的丈夫指教皇。但丁意谓教堂对于民众本是好的，只要教皇自身有德行；教皇勾结君王，无异放纵女人和人奸淫。

因为你的改变信仰，实在是因为那第一个富有的教父接受你的赠品太大了！”[14]

当我用这些话说着他的时候，或者使他发怒，或者使他悔恨而生苦恼，他剧烈地挥动他的脚。

我想我的话使那引导人听了欢喜呢，因为我的话一句一句都是真理呀！因此他用两臂抱着我，从下降的路回上去。他并不觉得吃力，直把我抱到第四座桥的顶上，那里他把我轻轻地放下来，因为那里的路非常难走，就是山羊走着也要以为苦呢。

在那里，我们发现了另外一条沟。

---

⑭ 中世纪人相信君士坦丁（Constantin）皇帝将罗马治权（与教权相对）让与教皇席尔维斯特罗（Silvestro），而自迁于君士坦丁堡，与希腊人同化，以报席尔维斯特罗治愈癞病之功。但丁接受此种传说，但彼意皇帝不应让出治权，而教皇亦不应接受治权（见其所著《王国论》第三章）。此种传说至十五世纪始证其误。

第二十篇

第八圈（续），第四沟：预言者。曼图和曼图阿的起源。

在这第一卷（关于地狱里的事情）的第二十篇，我的诗句应当叙述新的刑罚。

我已经预备观察方才发现的一条沟了，这里又是沉浸在痛苦的泪水之中。在环形的幽谷里面，我望见一群人静默地饮泣着走来，他们的步伐有点像地面上的祈祷队。当他们走近些，我的眼睛聚神注意的时候，那惊奇的事情给我看见了：他们的面部都转向着背脊，他们的眼光只射在自己的臀部，他们只能向后退走，因为他们不能看见前面了。也许这是他们的一种瘫痪病吧，但是我没有见过，我不相信有这种病人。

读者诸君，假使上帝允许你们了解我的著作，那么请你们想一想：当那些和我同形状的灵魂，一个个扭歪着颈根，眼泪从背脊流到尻上，在我面前走过，我的面孔能够保持着干燥么？当然，我的头俯在一块岩石之上，我哭泣了。

于是那位引导人对我说："你也和世俗的愚人一般见识么？在这里不应当再有怜悯。对于上帝的判决表示一种伤感，岂不有罪么？

"抬起你的头吧，你看前面来的一个人，[①]当他在世的时候，地裂开在他的前面，但是他不看见，忒拜人一齐叫道：'你往哪儿跑，安菲阿剌俄斯？为什么你临阵逃走？'他还是跑着，直跌到米诺斯家里，他自己送了性命。你看他现在把胸当作背，眼睛望着后面，一步一步向后倒退。因为他在生前希望看得太远了。

"你看泰瑞西阿斯[②]，当他是男人的时候，他曾经变作女人的体态，直等到他再用他的魔杖打了那成对的两条蛇，他才恢复了男人的气概。在他前面的是阿伦斯。阿伦斯的背接近他的肚子。阿伦斯住在卢尼山上，[③]

---

① 安菲阿剌俄斯（Anfiarào）是围攻忒拜七王之一（参见《地狱》第十四篇）。他是一个预言者，预言自己要死于这次战争，于是在未战以前，隐匿不出；其妻受人饰物，泄露他的隐匿地点，因被拉入军队；在交战的时候，他跌入地缝，直落到地狱。

② 泰瑞西阿斯（Tiresia）为忒拜预言者。因为他的魔杖打了两条蛇，遂变为女人。七年以后，他又逢见原来的一对蛇，于是他又把他们打了一下，乃还男人原形。

③ 阿伦斯（Aronta）为托斯卡那预言者；他预言罗马内战将因凯撒之胜利与庞培之死而终止。卢尼（Luni）山在托斯卡那北境边界上，卡腊腊人（Carrarese）所居。

他们的面部都转向着背脊，
他们的眼光只射在自己的臀部，
他们只能向后退走，
因为他们不能看见前面了。

HELL Canto

那里，卡腊腊人在山脚下耕种着；他把白岩洞做了他的家，从那里他可以观察星宿和海洋，绝无一点遮碍。

“再前是一个女人；她的一双辫子盖在胸前，下身长着毛，她的名字叫做曼图[④]；她曾经遨游各地，最后她居留在我生长的地方，因此我愿意你听我说几句。

“当她的父亲去世之后，酒神之城做了别人的奴隶，她长久地漂泊东西。在意大利的北边，阿尔卑斯山脉连续不绝，和日耳曼分界，山谷里的水向南流下，汇成贝纳科湖[⑤]。我想汇成这个湖的来源，总有几百几千条呢。

“在那里，有一个地点，可以做特兰托、布里西亚和维罗纳三个地方牧师的聚会所，假使他们愿意往那里去。[⑥]在那湖边最低的地方，有一个佩斯齐埃拉城堡[⑦]，美丽而且险要，可以抵抗布里西亚人和贝加摩人的侵犯。从这里湖水流了出去，成为一条河，经过青色的原野。这条河叫做敏乔，直流到戈维尔诺洛，从那里并入波河。敏乔河流过一块低地，散漫而成沼泽，在夏天那里是常常不卫生的。

---

④ 曼图（Manto）为泰瑞西阿斯之女。下文“酒神之城”即忒拜，做奴隶指被专制王克瑞翁（Creonte）所统治。

⑤ 贝纳科湖（Benaco）今称加尔达湖（Lago di Garda）。此处省译了几个地名。

⑥ 这个地点或为湖中之一岛，或概指特兰托、布里西亚（Brescia）、维罗纳三镇之中心地点，便于三镇合办宗教事业。

⑦ 佩斯齐埃拉（Peschiera）城堡在湖之东南角，古时维罗纳人建此以抵抗西来之布里西亚人和贝加摩人（Bergamo）。敏乔河（Mincio）由此流去，至戈维尔诺洛（Governo）而并入波河。

“那位残忍的处女[⑧]经过这里，看见这块地方是一个烂泥堆，既未开辟，又无居民。在这里，她可以逃避人世来往的麻烦，和她的随从专心于她的魔术；于是她住在那里，她的遗骸也埋在那里。后来，散在那地方四周的居民才聚拢起来，在她的枯骨上面造了一个城，因为他的四周是沼泽之地，抵抗外侮有险可守。因为曼图第一个选定了这地点，于是叫这个城为曼图阿，用不着再抽签了。[⑨]在卡萨罗迪没有被庇纳蒙所欺骗以前，[⑩]这里的居民还要稠密些。

“我要你听的话就是如此，假使我的城还有别的起源，那么你切勿以伪乱真。”[⑪]

于是我说：“老师，你的话据我看来是确实的，我是相信的；别人说的话对于我是熄灭的炭灰了。但是，那些走过的灵魂，假使有值得注意的，那么请你告诉我吧，因为我的心这时想念着他们呢。”

于是他对我说：“那一个[⑫]，他的胡须拖在他棕色的

---

⑧ 残忍指其扰乱亡魂，或指其作法时玷污人血。

⑨ 普通一城建立，常采用数名，以抽签法决定其中一个。

⑩ 卡萨罗迪（Casalodi）以布里西亚伯爵入主曼图阿，常患当地贵族之反对，庇纳蒙（Pinamonte）因献放逐诸贵族之计。计行后，庇纳蒙自为平民首领，又虐杀诸豪族，并驱逐卡萨罗迪，遂为曼图阿之主，直至一二九一年。

⑪ 关于曼图阿之起源，但丁取材于维吉尔之《埃涅阿斯纪》第十篇，但颇有出入。

⑫ 指欧利皮鲁斯（Euripilo）。特洛伊之役，希腊全国壮丁都出发，战船滞于奥利斯（Aulide）港口，卡尔卡斯（Calcanta）与（转下页）

背上，是一个占卜官，当希腊国里男子走空，只剩摇篮里的孩子的时候。在奥利斯港口，他和卡尔卡斯推算解缆起碇的时辰。欧利皮鲁斯是他的名字，在我高雅的悲剧[13]里，我有一处唱过他。你是读过全书的，当然你很熟悉的了。那一个细腰身的是司各特[14]，他对于各种的魔术真是精通。这是波纳提[15]；这是阿兹顿忒[16]，他现在愿意再拿起他的牛皮和麻绳呢，但是太晚了。看这班妇人，她们都是放下绣针、梭子、纺锤，拿起灵芝和木偶，学做女巫，预言休咎的……

"但是，现在我们可以去了；因为该隐和他的荆棘已经在两个半球的边界上了，已经在塞维利亚前面和海波接触了。[17]你要记得，昨晚月轮圆满；你在深林之中，她的光辉没有伤害你。"[18]

他这样对我说着，我们向前走了。

（接上页）欧利皮鲁斯因劝阿伽门农（Agamennone）以其女伊菲革涅亚（Ifigenia）为牺牲以媚神。事见《埃涅阿斯纪》第二篇。

⑬《埃涅阿斯纪》称悲剧，《神曲》称喜剧；盖前诗高贵，后诗通俗，以作品之气概分也。

⑭ 司各特（Michele Scotto，1190—1250），长于哲学及占星学，随从腓特烈第二。

⑮ 波纳提（Guido Bonatti）为福尔里（Forli）占星家。

⑯ 阿兹顿忒（Asdente）本为巴马（Parma）鞋匠。

⑰ 俗传月中黑影为该隐负荆，此时月落西方水平面上。塞维利亚（Sibilia=Seville）在西班牙，但丁时代视为极西之地。

⑱ 如以中国的阴历言，则昨晚为十五，日月相望，为但丁将入地狱之时（见《地狱》第二篇），现在则为十六早晨，月在西方水平面，太阳则已出地面有一息了。

第二十一篇

第八圈（续），第五沟：贪官污吏。一班黑魔鬼。

我们从此桥到彼桥，别的谈话也不记在我的喜剧里面了。

我们向前走，登到第五座桥上。我们停留在那里，观察马勒勃尔介的又一沟，和在那里徒然哭泣的一班人[①]；我觉得这条沟非常黑暗。

好比在威尼斯修船厂所见的一般，在冬天，那里沸着沥青，为医治病船之用，那些船已经不能航行了；于是，有的建造一条新船，有的修理已经逢见过许多次风浪的旧船；有的在船头上寻漏洞，有的在船艄上找裂缝；有的做着桨，有的打着索；有的补帆，有的

① 他们永受痛苦，不得赦免。

重造桅竿。这条沟里也是沸着浓厚的沥青，而且泛滥到两岸，可是这里不用火力，却是神的艺术。我看不见沟里有什么，只看见一个一个的气泡，胀大了以后，忽然又瘪下去。

当我定神向下看的时候，我的引导人对我说："当心！当心！"他把我从立着的地方拉过去。于是我急忙把头掉转去看，好像一个人忽然有所恐惧，不暇看见危险的事物，就急忙退避一般；在我的后方，果然跑来一个黑色魔鬼。

他的形状是多么可怕呀！他的举动多么粗暴，两翼张开多么阔大，两脚多么轻捷呀！他高锐的两肩上，掮着一个罪人的双腿。罪人的臀部在他背上，他的手握住罪人的脚。

他从桥上向下面叫道："喂！马拉勃朗卡②！这里是一个圣齐塔③的长老；把他沉在底部，我还要回到那城里去找别的人呢。那里每个人都是贪污的，除却邦杜罗④；那里可以用金钱把一个'非'换一个'是'呢。"说罢，他把那个罪人摔下沟去，一个旋转便隐没在岩石的一边而不见了，就是巨獒追贼也没有这般的快。

那个罪人沉到沟底以后，又浮了起来，把头露出沥

② 马拉勃朗卡（Malebranche）用以称呼魔鬼，意云"恶爪"。

③ 卢卡（Lucca）人尊崇圣齐塔（Santa Zita）。此处罪人为卢卡城的一个官长。

④ 邦杜罗（Bonturo）实为当时贪污之最，此处说的是反话。

青外面；但是那些藏在桥洞下面的魔鬼一起喊道："这里没有'圣面'[⑤]赐福给你；这里不能像在塞尔丘河[⑥]一样地游泳；所以，除非你愿意尝试我们的铁耙子，那么你不要露出面孔。"说罢，他们用铁耙子打他几百下，说："你应当在下面跳舞；你要是想偷偷摸摸，也只好瞒着别人的耳目。"

于是他们用铁耙子把他压到沥青下面，和厨娘用筷子把猪肉压到锅底没有两样。

和善的老师对我说："你暂且躲在岩石那边，免得给别人看见；别人无论怎样侮辱我，你都不要怕；因为我知道这些事情，以前我逢见过了。"于是他一人走过桥，到了第六条堤岸，在这里真需要有坚硬的额角呢。好比一群疯狂的狗，冲向请求布施的穷人一样，那些桥洞下的魔鬼，手里拿着铁耙子，一拥而出，向他示威；但是他并不慌忙，喊道："你们不得无理！在你们的叉子触着我以前，请先派一个人来和我说话，以后听凭你们怎样处理我。"

他们一齐叫道："马拉科达[⑦]去！"于是其中一个走上前来，其余的都立着不动。走近的魔鬼说："你有什么

---

⑤ 圣面（Santo Volto）为古代耶稣之木偶像，保存于圣马丁（San Martino）教堂中，人有危难则向之求保护。

⑥ 塞尔丘（Serchio）河在卢卡北数里。

⑦ 马拉科达（Malacoda）意云"恶尾"。

他高锐的两肩上，
掮着一个罪人的双腿。
罪人的臀部在他背上，
他的手握住罪人的脚。

HELL Canto 21

话说？”我的老师道：“马拉科达，你以为我经历种种阻碍，居然平安到了这里，并不是神的意志和我的幸运么？让我过去吧，我是奉了天的命令，引导另一个人走这条路的。”

于是那傲慢的魔鬼放下他的铁耙子在他脚旁，回转身子对别的魔鬼说：“不要打他吧！”

于是我的引导人对我说：“躲在桥上岩石背后的可以出来了，现在到我这里来吧，不要怕！”我听罢，立即跑上前去；但是那些魔鬼也一齐冲进，因此我怕他们不会遵守方才的约言，好比我以前看见过的那些步兵，他们依照卡波罗纳协定退走，看见他们四周众多的敌人而害怕了。⑧

我急忙把身子贴近我的引导人，我的眼睛注意着他们一付不怀好意的面貌。他们暂时把耙子放下；他们互相说话，其中一个道：“我打在他的臀部好么？”别的魔鬼一齐答道：“我们看你打吧！”

当时那个和我引导人说话的魔鬼立即回转头去，他喊道：“肃静！肃静！斯卡密琉涅⑨！”

于是他对我们说：“你们从这里一直走下去是不可

---

⑧ 卡波罗纳（Caprona）为比萨（Pisa）人所守之城堡，被卢卡人和佛罗伦萨人所围，因城堡中缺水，不得不退出，对方允不加伤害，但丁退出时，卢卡人和佛罗伦萨人群呼：“吊死他们！吊死他们！”比萨人闻声，其害怕可知也。此事在一二八九年八月，据云但丁亦在行伍之中。

⑨ 斯卡密琉涅（Scarmiglione），一魔鬼之名，意云“乱发”。

能的，因为第六座桥已经断落到沟底去了。假使你们还要向前进行，那么沿着这条堤岸走，稍远，你们可以发现另外一座桥。昨天，比现在再后五小时，正是此桥断落的一千二百六十六周年。⑩

“现在我正要派遣我的人巡逻，查看是否有犯人把头露出来呼吸空气；那么和他们一起走吧，他们不会有恶意的。”

于是他转身吩咐他们道：“阿利奇诺和卡尔卡勃利纳跑前来，还有你，卡尼亚佐；巴尔巴利洽做十人的班头。利比科科、德拉吉尼亚佐、长齿的奇利阿托、格拉菲亚卡内、法尔法赖罗和呆子卢比堪忒都跟着去。巡逻沸着的沥青，并且把这两位带领到前面，那里可以平安地越过兽窟⑪。”

我说：“嗄！我的老师，我所看见的是一班什么人？假使你认识路径，我们宁可不要护送人；因为我和他们过不来！要是你和平常一样有注意力，你可以看见他们在磨牙切齿、瞋眼竖眉，向我们示威的神气呢。”

他回答道：“我请你不要害怕，听他们在那里磨牙切齿，因为这是在向着那些被煮的恶人示威呢。”

我们转向左边，在堤岸上走了。但是在开步之前，

---

⑩ 这是从耶稣死后直到昨天午刻的年数。但丁说耶稣死在午刻，所以现在的时辰为上午七时（星期六）。关于耶稣死时地震一事见《地狱》第十二篇注⑨。

⑪“兽窟”即指“沟”，因罪人和野兽一般。

HELL Canto 21

躲在桥上岩石背后的可以出来了，
现在到我这里来吧，
不要怕！

HELL
Canto 21

巡逻沸着的沥青，
并且把这两位带领到前面，
那里可以平安地越过兽窟。

他们每个都向他们的班头伸伸舌头，也许这是一种信号；那班头拍拍他的屁股，代替了号筒。[12]

⑫ 原文为“以臀部当号筒”，颇费解，此处意译。

第二十二篇

续贪官污吏。那伐尔人；黑魔鬼的交战。

以前我曾经看见过马队的前进、归队和后退；阿雷佐人呀！我曾经看见过你们家乡的赛马，[①]看见过土匪的横行，看见过各种竞技的开幕；他们或用号筒，或用钟，[②]或用鼓，或用堡垒上的信号，[③]或用本国和外国的军乐；但是我从来没有看见过任何马队、步兵、船只，使用过地狱里这样奇怪的喇叭。[④]

我们和十个魔鬼同行：这是多么可怕的伴侣呀！不过，“教堂有圣徒，酒店有醉汉”，这也是理所当然了。

---

① 据布尼（Bruni）之证明，但丁于一二八九年六月参与佛罗伦萨军队在阿雷佐（Arezzo）之堪帕尔迪诺（Campaldino）一役。

② 于车上建木架，悬钟其上，敲之以司军队之进退。

③ 昼用烟，夜用火，犹中国古代之烽火也。

④ 见前篇注⑬。

HELL Canto 22.

我们和十个魔鬼同行：
这是多么可怜的伴侣呀！

当时我注意在沥青的沟里，希望知道沟里的情形和那里被煮的犯人。好比海豚把弓形的背脊露出水面，警告水手们防御危险的临头；[5]这里的犯人为减轻痛苦起见，也有把背脊露出来的，但是一忽儿就没下去了，和闪电一样的快。又好比阳沟里的田鸡，只有嘴和鼻子透出水面，其余的脚和身子都藏在下面。这里的犯人多数也是这般状态；但是巴尔巴利洽一到，他们立即沉下去了。

我看见一个（我的心到现在尚为他战栗呢），[6]不知怎样他却逗留在那里，好比别的田鸡都已逃散，这一个却孤单地待在那里一般；凑巧格拉菲亚卡内近在他的旁边，一叉刺在他黏着的头发，举起在空中，我看他有点像一只水獭呢。这班魔鬼的名字我已经知道，因为在派出的时候，和他们互相呼唤的时候，我都用心听着呢。那些魔鬼一齐喊道："卢比堪忒呀！用你的钩子划他的肉吧！"

我说："老师，假使可能的话，你去探问这个犯人的来历，他不幸落在魔鬼的手里了。"我的引导人走近他的旁边，问他从什么地方来的，他答道："那伐尔王国是我的生长地。我母亲嫁给一个坏人，他丧失了他的生命和家产，所以她送我到一个贵族家里去做奴仆。后

---

⑤ 当时相信海豚露背为暴风雨之预兆。

⑥ 此灵魂为那伐尔（Navarra）人，名钱保罗（Ciampolo），并无别种事实为后人所知。忒巴尔多第二（Tebaldo=Thibault Ⅱ）自一二五三年至一二七〇年为那伐尔国王。

来我做了好国王忒巴尔多的家臣，就在那里我开始那卖官鬻爵的贿赂生涯；现在我到这个镬子里来还债了。”

当时魔鬼奇利阿托嘴里露出两个长牙，和野猪一般，用其中一个刺到犯人的肉里。一只老鼠压在一群凶猫的爪下了！但是巴尔巴利洽把犯人抱在手臂弯里，对大家说：“你们站开些，等我把他吊上钩再说！”

于是他又对我的老师说：“假使你要知道更多的事情，那么你快些问他吧，即刻他们就要动手了。”因此我的引导人再向那犯人道：“请你告诉我，在沥青下面，还有别的拉丁人么？”⑦

他答道：“方才我离开一个，⑧他就在我的旁边；假使我能够再回到他那里，那么爪牙和钩子我都不怕了！”⑨那时利比科科叫道：“我们忍耐不住了！”向犯人手臂上一叉，厉害得很，马上扯去一块肉；德拉吉尼亚佐照样做，刺在他的腿上！当时他们的什长⑩向四周狠狠地看了一下。

他们略微平静以后，我的引导人又向犯人问话，那时他还看着他的伤痕呢：“你方才离开的一个究竟是谁呢？”

---

⑦ 所谓拉丁人即意大利人，后面亦有此例。

⑧ 此灵魂名郭弥塔（Gomita），为加卢拉（Gallura）（萨丁岛之一部）人。他的主人是尼诺（Nino Visconti），加卢拉审判官。郭弥塔得贿赂即私放囚徒，事泄后得绞刑罪。

⑨ 倔强语，引起下面魔鬼的忿怒。

⑩ 即班头巴尔巴利洽。

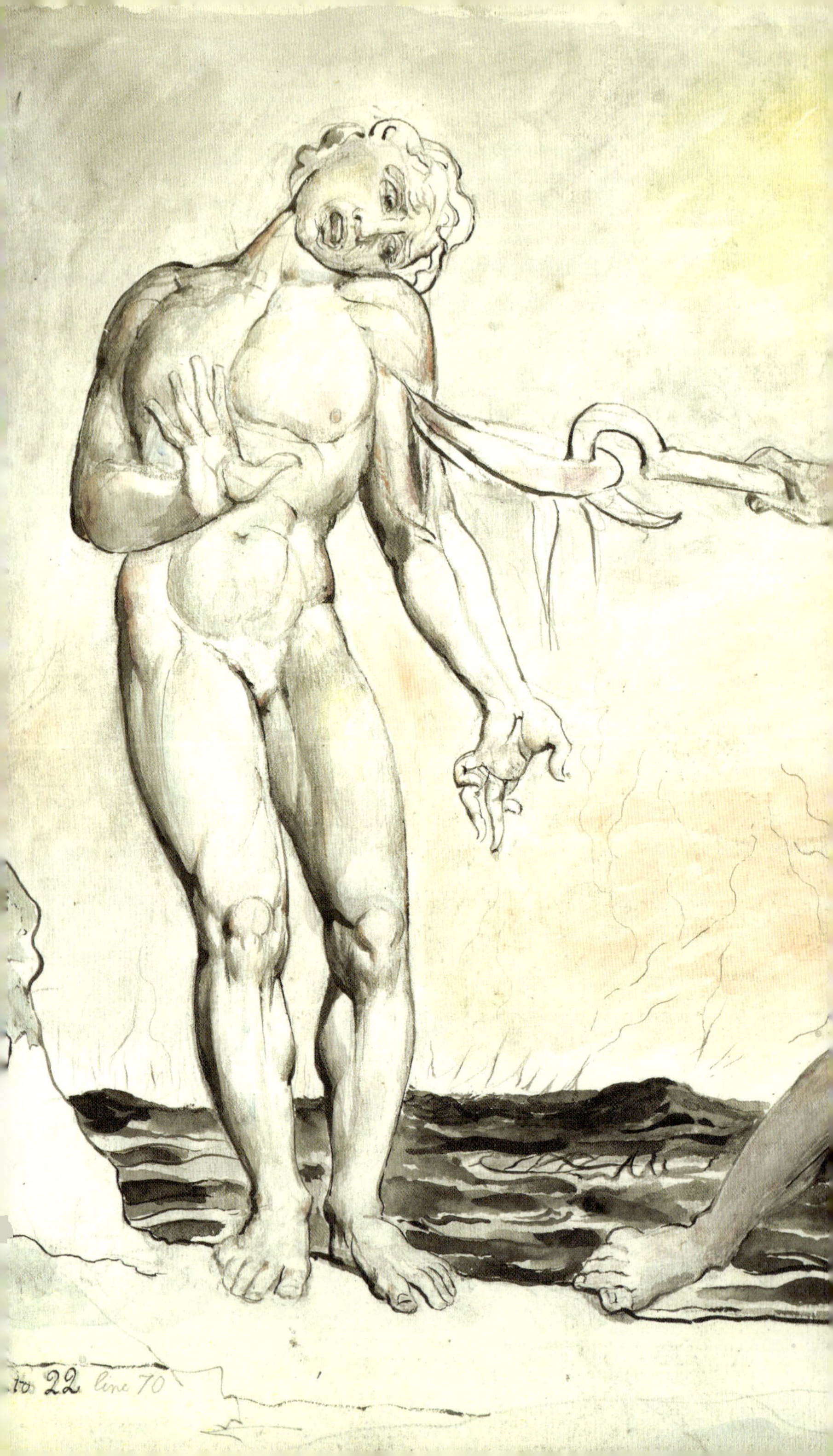
to 22 line 70

那时利比科科叫道：
“我们忍耐不住了！”
向犯人手臂上一叉，
厉害得很，
马上扯去一块肉。

他答道："那是教友郭弥塔，加卢拉人，是贪污之王，他管理着他主人的仇敌，但是他们都感谢他，因为他说金钱可以买得自由呢。在他别的职务上，他也是一个聚敛的能手。他和罗格道罗人臧凯[11]不断地谈着话；他们说着萨丁语，从不觉得疲劳……我还可以多说一点，但是，请你看看那些磨牙切齿的吧，恐怕他们马上要撕碎我了。"

那时法尔法赖罗眼珠旋转，预备攻击那个犯人，但是那班头说："滚蛋！你这恶雀子。"那受了惊吓的犯人又道："假使你们愿意看见或听见托斯卡那人或伦巴第人，我可以叫他们到这里来。但是，请这些马拉勃朗卡稍微后退几步，因为我的伴侣怕他们呢。我一个坐在岸上，可以叫七个前来，我只要口哨一声，他们就明了岸上有朋友呼唤了。"

卡尼亚佐听了这些话，摇摇头，举起他的尖嘴，说："不要听他的坏话，他想法子要脱身了！"那个狡猾的灵魂答道："我真是坏人呀！因为我出卖我的伴侣。"

阿利奇诺忍耐不住了，反对众人的意见说："假使你要跳入沟里去，那么我非但立即追赶你，我还要飞到沥青面上来捉拿你。我们暂且离开堤岸几步，躲到那边

⑪ 臧凯（Michele Zanche）为萨丁（Sardigna）王恩佐（Enzo）之法官，王因战争被虏后，臧凯用诈术得与王后亚德拉西（Adelasia）结婚，遂为罗格道罗（Logodoro）（萨丁岛之一部）贵族，后为其婿所杀，约在一二九〇年。

去，看你是否能够逃开我们的手掌。”

读者诸君呀，你们马上有新戏法看了。

这一班魔鬼掉转眼睛向着堤岸的那边，卡尼亚佐起先是不信任的，现在却是第一个躲起来。那伐尔人乘此机会，脚尖着地，一转瞬间已经跳往他的目的地了。每个魔鬼都知道受了骗，尤其责备阿利奇诺，因此他跳了起来，叫道：“我来捉拿你！”但是已经太晚了，他的两翼也没有用，因为那犯人已经沉没下去，他只好懊丧而回；好比野鸭已经没入水面，老鹰只好恼怒归来一般。

卡尔卡勃利纳因为受了愚弄，心里十分生气，马上飞了起来，要是那个犯人捉不着，他便好和阿利奇诺打一仗。果然犯人连影子也不见了，他就和他的伙伴在空中交战。好比老鹰抓住麻雀一般，他们两个都跌入沸着的沥青之中；他们因为烫得厉害，只好各自罢手，但是他们的两翼都黏着了，再也飞不起来。巴尔巴利洽心里着急，吩咐四个人飞到对岸，带着他们的铁钩子；两岸的逻卒同时协力，忙着把那煮过的伙伴吊上岸来。

我们趁着这个混乱的当口离开了他们。

好比老鹰抓住麻雀一般，

他们两个都跌入沸着的沥青之中。

第二十三篇

黑魔鬼追赶但丁。第八圈（续），第六沟：伪君子。

沉静地，孤独地，没有护送的人，我们走在堤岸上，一个在前，一个在后，好像两个小兄弟跋涉长途一般。

看了方才的争斗，使我想到伊索的寓言，就是关于田鸡和老鼠那一段；[①] 假使我们把事情的开头和收梢细心地比较一下，那么他们相同之点就可以明白了。这一个思想，又引起了别的一个，使我觉得比以前加倍的恐怖。我心里这样想："他们这场祸是因为我们而生的，他们一定恼羞成怒了；他们本来的恶意，加上他们新近的忿怒，

① 田鸡负老鼠过河，他们的腿用一根绳结着在一起，到河中间，田鸡没入水中，老鼠淹毙，田鸡将食其肉，为老鹰所见，一并抓到天空。此处田鸡比喻卡尔卡勃利纳，老鼠比喻阿利奇诺。

他们一定要追赶我们，要像狗咬兔子一样残忍。”

我想到这里，根根汗毛都竖了起来，立即掉转头去一望，我说：“老师，要是我们不快些躲起来，我害怕马拉勃朗卡呢。他们已经在我们后面追赶了，我似乎听见他们的声音了！”他对我说：“我好比一面镜子，反照你的外像，还不及反照你的内像来得快。你的思想正和我的符合，我已经决定了一个办法。假使我们能够从这堤岸降到右边的沟里去，那么你所想象的追赶就可以避免了……”

他的话还没有说完，我已经看见他们张翼追来，距离不远了，他们的目的是捉住我们。我的引导人突然抱着我，好比一个母亲为爆裂的声音惊醒，瞪眼看见烈火就在她的旁边，她也没有工夫穿好一件衬衫，就抱着她的孩子飞奔，当心孩子的生命甚于她自己的；这时我的引导人就是如此，他抱着我，从坚硬的堤岸上，背贴着岩石，一直滑到第六条沟里。那冲转磨坊水车的急流，也没有我的老师这时下降得快。他抱我在他的怀里，像他的儿子，不像他的伴侣。

他的脚尖正触着了沟底，那些魔鬼已经临在我们的头上，但是他们不能够下来，我们不必害怕了；因为无上权威者的布置就是如此，他们管理第五条沟，别处是不准过问的。

在这里，我们看见一班穿着彩衣的人，他们用十分迟慢的步伐向前行进，一路哭着，看他们的神气是疲乏

他们本来的恶意，
加上他们新近的忿怒，
他们一定要追赶我们，
要像狗咬兔子一样残忍。

HELL Canto 23

不堪了。他们披着一口钟，帽子盖到眼睛，和克吕尼的僧装差不多。他们的衣帽，外面涂着金，光辉夺目；但是内质是铅的，十分笨重，假使把腓特烈所造的拿来比较，那么他的是草做的一般了。[②]这样笨重的衣帽，永久地负在身上，是多么劳苦呀！

我们转向左边，和他们同方向行进，注意他们的苦恼；但是这些灵魂的负担太重了，他们走得很慢，我们一个一个地超过，一会儿相见，马上又落在我们后面了。

那时我对我的引导人说："看看是否有几个的名字和行为，可以给我们知道；我们一头走着，一头注视着。"

其中有一个懂托斯卡那语的，在我们后面叫道："请你们留步，你们在昏暗的空气中跑得这样快；你们所要知道的，或者我可以告诉你们。"因此我的引导人掉转头来对我说："等一会儿吧，以后再伴着他们慢慢地走。"

我站定了，看见两个人，脸上现着急乎要赶上我们的神气，但是他们笨重的衣帽和狭隘的道路使他们快不起来。他们赶到了；他们斜视着我们，一言不发，于是他们两个谈心了："从他嘴唇的动作看来，这一个似乎还是活人；假使他们是死了，他们怎么会有不负着重物的特权呢？"

---

② 腓特烈第二治叛徒，先使犯人着铅衣，再置火中使铅熔化。

于是他们对我说："托斯卡那人呀！你光临可怜的伪君子队里，大概不至于不屑告诉我们你是谁吧？"我回答他们道："在那美丽的阿尔诺河边上，在那大城之中，我是生长着；我的肉身从没有离开我。但是，你们是谁呢？你们这样苦恼，眼泪淌在面孔上。这样光亮的刑具是为的什么？"

其中一个回答我道："我们金黄色的斗篷是铅做的，铅是这么厚，重到要压断秤杆。我们两个是欢喜教友③，是波伦亚人；我叫做卡塔拉诺，他叫做罗戴林格；我们两个给你的城里请去做和平的维持人，向例有一个稳健的人就够了；④我们的成绩在加尔丁格附近还看得见呢。⑤"

我开始说："教友们呀！你们的罪恶……"但是我不说下去了，因为我看见一个犯人躺在地上，成一十字形，用三根木桩钉着。当他看见我的时候，他扭动他的身体，从他胡须里叹了一口气。

于是那教友对我说："你所看见的犯人，他曾经劝告

---

③ "欢喜教友"（Frati Gaudenti）为一种机关职员之诨名。此种机关在一二六一年创于波伦亚，专以调解国内军事或宗教之争执为目的。此种机关之职员享有多种特权，故有"欢喜教友"之称。

④ 佛罗伦萨向例召请他处人做高等法官，此次（1266 年）召请了卡塔拉诺（Catalano）和罗戴林格（Loderingo）两人。

⑤ 加尔丁格（Gardingo）为吉伯林派建屋之地，吉伯林派被放逐后，该屋为火烧毁。此二教友本应调解二派之争执，却反而助贵尔弗派驱逐吉伯林派。

HELL Canto 23

他们披着一口钟，
帽子盖到眼睛，
和克吕尼的僧装差不多。

法利赛人为民众而牺牲一个人。⑥他裸着横在路上，这是你看见的；我们从他的身上踏过，使他知道我们每个人的重量；他的岳父也在这条沟里受着同样的刑罚，还有别的会议人，这个会议是犹太人不幸的源头。”

当时我看见维吉尔对于那作十字形躺着的犯人表示一种惊奇；后来他对那教友说：“我请你告诉我一桩事情，假使是可能的话：是否有什么方法，我们可以越过这条沟，用不着去请求那些黑色的魔鬼？”

他马上回答道：“近在前面，出乎你意料之外，有一块石头，他从那高高的石壁起，经过每条残酷的沟，不过在这条沟上的却是断了。假使你们爬上那倒在沟底的断石，你们就可以越过这条沟，爬上那面的堤岸了。”

我的引导人站定了，俯着头想了一会儿，于是说：“那里拿铁耙子的恶人，指示我们一条错路！”⑦那教友又说：“我在波伦亚曾经听见人说起魔鬼的罪恶，其中之一就是说谎，他们是说谎的老祖宗。”

于是我的引导人大步向前走了，他似乎有些恼怒的面色呢；我也离开那些负重的灵魂，跟着可爱的脚迹去了。

---

⑥ 犹太大祭司该亚法（Caiaphas）要杀耶稣，他在会议的时候对法利赛人（Farisei）说：“一个人替百姓死，免得通国灭亡，这就是你们的益处。”见《约翰福音》第十一章。该亚法的岳父叫亚那（Annas），见《约翰福音》第十八章。

⑦ 在每条沟上都有几座石桥，前面魔鬼说已断了的一座却没有断，这里魔鬼说不断的一座却已断了。

第二十四篇

第八圈（续），出第六沟。第七沟：窃贼；万尼·符契。

在一年的初期，那时太阳在宝瓶宫发散他温和的光芒，夜和昼将要渐渐地相等了；[①]有一天的早晨，地上盖着一层浓霜，和他的白姊妹[②]一模一样，不过寿命短促些罢了；那时有一个可怜的牧人，家里已经没有草料，他只好早点起身，岂知开门一望，田野间一片白色，因此他长叹一声，回到屋里，踱来踱去，想不出法子；稍后，他又向外面一望，他的希望再生了，在顷刻之间，世界已经变了面目；于是他取过牧杖，把他的羔羊赶出去寻野食了；我的心境也是如此，当我看见我的

---

① 阳历一月二十一日至二月二十一日太阳在宝瓶宫，其时昼渐长，夜渐短，直至春分（三月二十一日）而相等。

② 霜的“白姊妹”指雪。

老师脸上有不豫之色，那时我也失望；但是，不过一刻儿，马上药到病除了。

我们到了断桥旁边，我的引导人用和悦的面色对着我，这是我以前在山脚下面看见过的。[3]他把残岩断石查看一下，心里打定了主张，才张开手臂来拉我。他一方面行动，一方面考虑，小心谨慎地把我拉上一块大石头，他的目光又射在第二块上面了，他对我说：“爬上这一块，但是要先试试他是否吃得住你。”

这一条路，那些戴铅帽、穿铅衣的是不会走过的，因为我的老师虽然身轻，我虽然有力，但是我们在乱石之中已经很难行动了。

马勒勃尔介的地势是愈向中心愈低，所以每条沟的堤岸是一边高一边低；我们现在要爬上去的堤岸虽然不高，但是我觉得很吃力，至于他觉得怎样，我却不知道。

最后，我们爬上末了一块断石。那时我气也接不上来；我不能再走了，我只好坐下来。

我的老师说：“你现在应当避开懒惰，因为一个人坐在绒毯之上，困在绸被之下，决定不会成名的；无声无息度一生，好比空中烟、水面泡，他在世上的痕迹顷刻就消灭了。所以，你要站起来，用你的精神，克服你的气喘；假使精神不跟着肉体堕落，那么他可以战胜一切艰难。你要爬的梯子还长呢，就是离开了此地也不算

③ 见《地狱》第一篇。

完结；假使你明白我的话，那么快些行动吧，对于你是有益处的。”

于是我站了起来，表示了我勇敢的气概，我说：“走吧！我现在有力量了，有信心了。”我们走上岩石，比以前的更加崎岖、狭隘、峻峭，难于行走。我一头走一头说话，用以遮盖我的畏怯。

那时我听见第七条沟里发出一种声音，断断续续，不成字句。我虽然已经登在桥上，但是我听不懂他的意义，我只觉得说话的是正在发怒呢。我把头俯下去看，但是活人的眼光却及不到黑暗的底部；因此我说：“老师，我们走下这座桥，到那边堤岸上去吧；因为在此地听又听不懂，看又看不见。”他答道：“我没有别的回话，我只有允许；合理的要求应当跟随着不言而喻的动作。”我们从桥顶走下，到了第八条堤岸，于是那沟里的景象显现在我面前了：我看见里面一大群的蛇，形状奇奇怪怪，种种不一，就是我现在回忆起来，我的血管也要冰结。

就是在利比亚沙漠之地，产生种种的毒蛇，也没有此地的众多和可怕；就是在埃塞俄比亚和红海岸上，也不能和此地相比。④在这些丑陋残酷的爬虫之中，一班惊惶裸体的灵魂乱窜着，既没有藏身的洞，也没有隐形的石⑤。他们的手给蛇缠住在背后；蛇的头尾穿过他们的

---

④ 利比亚及埃塞俄比亚（Etiopia）均在非洲，红海岸指阿拉伯。原文有几个拉丁文毒蛇之名，此处省译。

⑤ 隐形石（elitropia），据云带此石之人可以隐形。

ELL Canto 24

你要站起来，
用你的精神，
克服你的气喘；
假使精神不跟着肉体堕落，
那么他可以战胜一切艰难。

腰部，再结合在他们的胸前。

近在我们的堤岸，一条蛇忽然跳起来，咬住一个罪人的颈根。在画一圈或画一竖还没有成功的顷刻，那个罪人已经着了火，烧成灰；灰落地上，聚积起来，他又立即恢复了原形。许多大哲人都说着菲尼克斯[⑥]的奇迹，说他近五百岁的时候，会死了再生；他在生时不吃草，不吃谷，以香料做食品；他死在松香没药的堆上，这里罪人的变化有点像他。

那个复了原形的罪人立在我们前面，好比一个人忽然被魔鬼扭倒在地，或是被别种机关绊倒，醒后立了起来，向四周一看，回想方才所受的痛苦，不觉深深地叹息了一会儿。[⑦]上帝的威权呀！这是多么严厉的报复呀！

那时我之引导人问他是谁；他回答道："在不久之前，我从托斯卡那落到这个可怕的食管里面。我过的生活不是人类的，是走兽的，我好比一头骡子。我的名字叫做万尼·符契[⑧]，一只野兽；皮斯托亚是我适当的窠。"

我对引导人说："叫他说话不要躲遁，问他犯了什么

---

⑥ 神鸟菲尼克斯（Fenice=Phenix）到五百岁自焚而死，再由灰烬中转生之说，许多中古时代作品中颇有叙述者；但丁此处显然直接取材于奥维德之《变形记》（*Metamorphoses*）。

⑦ 但丁此处所描写者似为猪痫风之类。

⑧ 万尼·符契（Vanni Fucci）为私生子，故以杂种的骡子为喻。一二九三年他偷窃皮斯托亚（Pistoia）教堂里的东西，查出后又诬告了他的朋友，因此得绞刑。

罪才放到这里，因为我曾经看见他是强暴而忿怒的人。”[9]

那个罪人听了我的话，不再隐蔽，把他的眼光和思想转向着我，脸上蒙着一层羞耻的颜色，于是他说：“我的罪恶比你所看见的还要大些。你要求我说，我不能够拒绝。我之所以深入这条沟里，是因为我偷了教堂里的器具；我又把这桩罪恶推在别一个人身上。

“但是你不要看着我开心，假使你有走出这个幽暗之乡的时候，那么请你一听我的预言：先是皮斯托亚驱逐黑党，后来佛罗伦萨革新人民和法律。[10]战神从玛格拉山谷掀起了乌云，狂风暴雨打击在皮切诺的田野，那里霹雳一声，消灭了白党。[11]我说了这番话，无非要你听了伤心。[12]”

---

⑨ 忿怒者应入斯提克斯，强暴者应入弗列格通。

⑩ 黑白之分本始于皮斯托亚。一三〇一年五月，白党驱逐黑党出皮斯托亚，黑党避居佛罗伦萨。一三〇一年九月黑党得瓦卢瓦的查理（Carlo di Valois）之助，将佛罗伦萨之白党驱逐出境。后皮斯托亚亦为黑党根据地，参见后注。

⑪ 牟洛埃罗·玛拉斯庇纳（Moroello Malaspina）先居玛格拉山谷（Val di Magra）。一三〇二年被佛罗伦萨人及卢卡人推为将军，攻皮斯托亚；一三〇六年又领黑贵尔弗党攻取皮斯托亚，于是白党势力全灭。但丁以皮切诺（Piceno）为皮斯托亚境地。

⑫ 万尼·符契为黑党，但丁为白党，故万尼·符契言白党之失败以自快。

HELL Canto 24

他们的手给蛇缠住在背后；
蛇的头尾穿过他们的腰部，
再结合在他们的胸前。

HELL Canto 24

近在我们的堤岸，
一条蛇忽然跳起来，
咬住一个罪人的颈根。

第二十五篇

续窃贼：人形和蛇形的混合；人形和蛇形的互变。

那个窃贼说完之后，举起一双手，手指做着污辱别人的手势[①]，叫道："上帝呀！我敢冒犯你！"

从这时候起，蛇类反而成为我的朋友，因为有一条蛇紧绕着罪人的颈根，似乎说："我不愿意你再多言！"还有一条蛇缚住罪人的手臂，又围牢他的上身，使他不能乱动。

皮斯托亚！皮斯托亚！你为什么不把自己消灭，化为灰烬呢？因为你藏污纳垢，他们的罪恶超过了你的祖先。[②]经过地狱的各圈，我没有看见一个幽灵敢于这样

---

① 将大拇指放在食指和中指之间。

② 传说皮斯托亚为卡提利那（Catilina）的残卒所创；卡提利那为阴谋叛逆之人。

公然反抗上帝，就是从忒拜城墙上面跌下去的一个，[3]也没有到这样地步。

那个罪人不敢多言，忽然逃去了。

随后我看见一只肯陶尔，怒着跑来，叫道："他在哪里，那个混账东西？"就是在马屡马卑湿之地[4]，我相信也没有这许多蛇，可以和在肯陶尔屁股上的相比。在他的头后肩上，有一条飞龙张翼立着，飞龙接触的东西就要着火。

我的老师说："这是卡库斯[5]，他在阿汶提努斯山岩之下，常常造成血湖。他不和他的兄弟们走一条路，因为他曾经用诈术偷窃了一批接近他的家畜，[6]他就死在赫拉克勒斯的棍子下面；棍子有一百下，可是他觉得的只有十下。[7]"

当他这样说的时候，肯陶尔跑过去了；在我们下面，来了三个灵魂，那时我和我的引导人都没有在意，直待他们叫道："你们是谁？"于是我们的谈话中止，专心注意他们。我不认识他们；不过，他们偶然提起了

---

③ 指卡帕纽斯，见《地狱》第十四篇。

④ 见《地狱》第十三篇注①。

⑤ 卡库斯（Caco）并非真的半人半马怪物，而是一个住在阿汶提努斯（Aventino）山洞穴中的怪物；此处但丁系根据维吉尔之诗。别的半人半马怪物见《地狱》第十二篇。

⑥ 赫拉克勒斯夺了西班牙王格吕翁的牛（参见《地狱》第十六篇注⑨），经过阿汶提努斯山下，卡库斯盗去四只公牛和四只母牛。

⑦ 在第十下已经死了。

那个窃贼说完之后，
举起一双手，
手指做着污辱别人的手势，
叫道：“上帝呀！我敢冒犯你！”

HELL Canto 25

别一个的姓名，一个说："钱法[8]在哪里躺着呢？"当时我因为要叫我的引导人用心听着，我用一个指头放在嘴唇上面。[9]

读者诸君，假使我后面写的不会叫你们马上相信，这也怪不得你们，因为我这亲眼看见的人，还不轻易相信呢。

当我注视这三个罪人的时候，来了一条六只脚的蛇，跳在其中一个的身上，紧紧地抱住他：中脚抱住他的腰部，前脚捉住他的两臂，牙齿咬他的面孔，后脚搭在他的屁股两旁，尾巴放在他的两腿之间，弯到他的背后。就是常青藤缠牢一棵树，也没有这个丑陋的怪物把肢体贴在那个灵魂身上来得紧。

稍后，他们黏合在一起了，好比两种蜡，受热融化了。这一块和那一块的颜色，和起先都不同了，好比一张纸，在将着火以前变为褐色，与尚未生出的黑色以及已经消灭的白色都不一样。别的两个灵魂看着他们，大家都叫道："哦！阿涅尔，你变成什么东西了！[10]看罢，说你是一个既不对，说你是两个也不能呀！"

两个头现在已经变成一个：两头各自消灭，变成

---

⑧ 钱法（Cianfa）为佛罗伦萨之贼，此时之形状为下节所述六只脚的蛇。

⑨ 静默细听之意。

⑩ 阿涅尔（Agnèl）亦为佛罗伦萨之贼，原为人形，继与蛇形的钱法联合成一体。

一个混合体了。两只臂膀是四件东西合成的；[11]蛇的后脚和灵魂的腿并了家；其他如胸部，如腹部，都变成从未见过的奇形怪状。总而言之，以前各个的形状都消灭了，在这个混合的肢体上面，似乎各个都存在，但是又不能分别清楚；这个联合物慢步爬走了。

好比在溽暑时候的蜥蜴，从这个草原跑到那个草原，他在我们面前经过，如同电光的一闪；这时有一条小蛇，铅色和黑色交杂，看上去很像胡椒末，怒向着别的两个灵魂冲来。这条蛇咬着其中之一个，正咬在我们最初吸收食料之处，[12]以后他仍旧伏在地上。被咬的贼看着他，一言不发，甚至一动也不动，只是打着呵欠，似乎睡瘾或疟疾要临身一般。他看着蛇，蛇看着他；一个从他的伤口，别一个从他的嘴里，冒出一股浓烈的烟，他们的烟在空中会合了。

请卢卡努斯住口罢，他曾经告诉我们可怜的萨贝卢斯和纳席底乌斯的故事，[13]现在要听更加新奇的了。奥维德告诉我们卡德木斯和阿列图莎的故事，[14]请他也住口罢；并非因为他的诗里把一个变为蛇，又一个变为泉水，

---

⑪ 一双手臂和一付前脚。

⑫ 指肚脐眼。

⑬ 萨贝卢斯（Sabello）和纳席底乌斯（Nassidio）二人为卡托的兵（参见《地狱》第十四篇注①），被毒蛇所咬，一个化为灰尘，一个胀破了铠甲。见卢卡努斯之《法尔萨利亚》（*Farsaglia*）。

⑭ 卡德木斯（Cadmo）和阿列图莎（Aretusa）的故事，见奥维德之《变形记》。

LL Canto 25

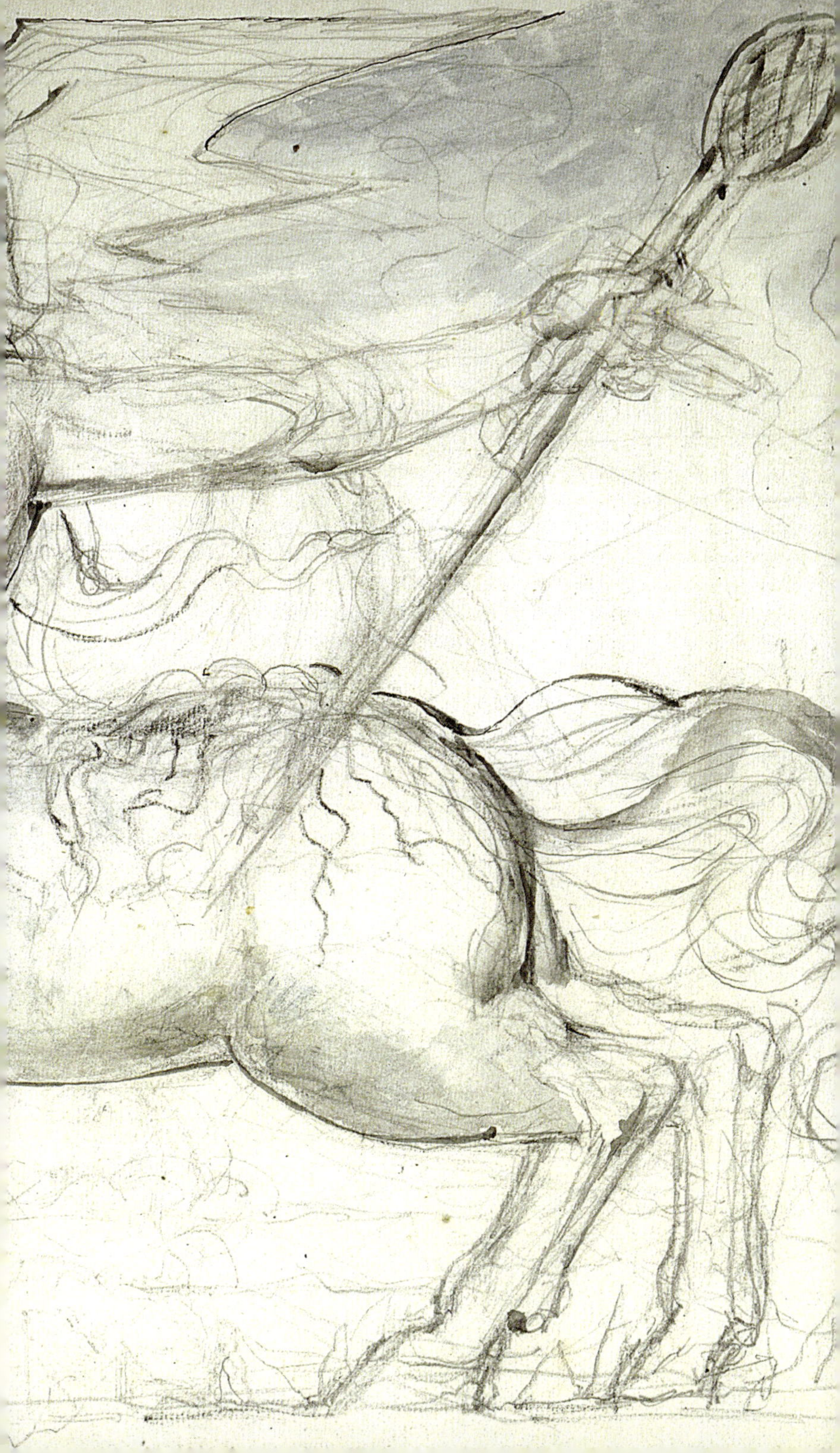

在他的头后肩上，
有一条飞龙张翼立着，
飞龙接触的东西就要着火。

HELL

就是常青藤缠牢一棵树，
也没有这个丑陋的怪物把肢体
贴在那个灵魂身上来得紧。

使我生了妒忌心；实是因为他没有叙述过互变的例子：两样东西合在一处，这个变了那个，那个变了这个。

这里的互变是如此：蛇的尾巴开了叉，被咬的罪人并拢了两条腿。并拢得不留痕迹，开叉的取了脚和腿的形状。一个的皮肤变硬，别一个的变软。我看见一个的手臂收缩到腋窝里去，别一个的前脚（本来短到难于看见）伸长出来，一个收缩得怎样快，别一个就伸长得怎样快。

于是蛇的一付后脚绞成了男子们要遮盖起来的部分，罪人的那部分变了两只脚。⑮当时浓烟掩蔽着他们，一个头上失去了头发，别一个头上长了出来；一个卧倒下去，别一个站了起来；但是他们可怕的眼光是一竟交换着的。站着的新人，把尖嘴向后缩到太阳穴，多余的肉变成了凸出的耳朵；留在前面的长成了一个高鼻子，嘴唇也放大到等样。卧着的新蛇，把他的嘴向前尖了出去，把他的耳朵移到头上去，好像蜗牛的触角。从前会说话的舌头，现在分为两枝；从前分歧的，现在合并起来。

这时浓烟也消去了。变为爬行动物的沿着沟底叫着逃去；别一个在他后面说着话，涎沫飞溅；稍后，掉转他的背脊，向另一个灵魂⑯说："现在轮到卜奥索代我爬

---

⑮ 据此看来，方才这条小蛇是四脚的。

⑯ 原为人形。未有变化的普乔（Puccio Sciancato）亦佛罗伦萨之贼。

行了！”[17]

这是我在第七条沟里所看见的，全是些变来变去。假使我的笔太散漫了一点，那么因为新奇的缘故，或者可以得着读者诸君的原谅。

我的眼睛虽然疲倦了，我的精神虽然散乱了，但是在这些逃走的灵魂之中，我还认得清普乔：这是起先三个灵魂之中没有变化的一个；至于这一个新近变了人形的，他使加维勒人挥泪。[18]

---

⑰ 卜奥索（Buoso Donati）亦佛罗伦萨之贼，先为人形，此时已变为四脚小蛇了。

⑱ 卡瓦尔堪提（Francesco dei Cavalcanti）为加维勒（Gaville）人所杀，因此引起对加维勒族之报仇。此罪人亦为佛罗伦萨之贼，原作四脚小蛇形，今与卜奥索互变。本篇五个佛罗伦萨的贼灵魂，先是其中三个为人形，两个为蛇形，后来一个人形的与一个蛇形的混合成一体，另一个人形的与一个蛇形的互相变换，一个人形的未有变化。

被咬的贼看着他，
一言不发，
甚至一动也不动，
只是打着呵欠，
似乎睡瘾或疟疾要临身一般。

HELL Can.

一个从他的伤口，
别一个从他的嘴里，
冒出一股浓烈的烟，
他们的烟在空中会合了。

HELL Ca

这里的互变是如此：
蛇的尾巴开了叉，
被咬的罪人并拢了两条腿。

从前会说话的舌头，
现在分为两枝；
从前分歧的，
现在合并起来。

第二十六篇

第八圈（续），第八沟：劝人为恶者。尤利西斯和他的航程。

佛罗伦萨呀，你欢喜吧！因为你已经大得了不得，在海上、在陆上，你的名字飞扬着，就是在地狱里面，到处也散布着呢！在窃贼之中，我已经知道有五个，都是你著名的市民；我的心里觉得惭愧，恐怕你也没有什么光荣吧！假使近早晨的梦是灵验的，那么不必说别处，就是普拉托的怨望你不久就要觉得了。[①]虽然这个怨望已在发展，现在你还没有觉得，但是迟早终究要临头的！使我更加忧虑的，是我看见不幸的时候年纪更加老了。

---

① 普拉托（Prato）为佛罗伦萨附近的一城，其时在佛罗伦萨权力之下。怨者，怨其已往之为恶；望者，望其未来之得祸。但丁神游在一三〇〇年，此处也许借预言暗示一三〇四年佛罗伦萨之桥坍、大火等不幸的事。

我们离开那里，从原来的石阶回上去，我的引导人在前面拉着我。我们在崎岖的岩石上面，赶着寂寞的路程，没有手帮助，脚不敢踏上前去。当时我回想方才所看见的，我心里悲伤；就是现在回忆起来，我心里仍旧悲伤呢；但是我在这里比平常还要节制我的精神，深怕他不受正道的驱使；假使我有一颗吉星或一些优美的天赐，我决不敢滥用他。②

好比一个农夫，休息在小山上面，在那照耀地球的大星露面最久的季节，在那苍蝇让位给蚊子的时候。③他望见许多萤火虫，飞在山谷之间，那里他也许栽着东西，如葡萄之类；现在我所望见的也是如此，在第八条沟里，到处都是一团一团的火亮着。

又好比那个受了嘲笑以后两只熊替他报仇的人一样，④他看见以利亚的马直竖了起来，把他的马车引向天空，当时他并未看见什么，只看见一小块火云，渐渐升起；这里也是如此，在沟底我只看见火团来来往往，却看不出火团里面有些什么，也许每个火团裹着一个罪人，但是别人看不见他。

我立在桥上，头冲向下面注视着；假使我的手不攀

---

② 此处文意，也许是但丁说他自己富于文才，但不敢过于放纵，以致离经背道，或过于散漫。

③ 夏季日落以后。

④ 以利沙（Elisha）被儿童骂为秃头，以利沙诅咒他们，即有两个母熊从林中出来，咬杀四十二个童子。以利沙看见以利亚（Elijah）坐火车火马，乘旋风升天。二事见《旧约·列王纪》下第二章。

牢一块岩石，那么就是没有人推我，我也要跌下去的。

那时我的引导人看见我这样专心观察，他说："在这些火团里面的都是罪人，每个罪人都被烧他的火包围着呢。"

我答道："老师，听了你的话，我更加可以确定了，因为我已经猜想到这里的事情是如此！但是前面来的一个火团，他的尖顶分开，和厄忒俄克勒斯的葬火离开他弟弟的葬火一样，[5]请问你这里面是谁？"

他回答我道："在这个火团里面，尤利西斯和狄俄墨得斯受着痛苦，他们同行着，因为他们是这样遭遇神怒的。他们在火里悲泣，因为他们马腹藏兵的诡计，因此城门开了，那里逃出罗马的高贵种子；[6]他们在火里呻吟，因为他们的狡狯，因此使戴伊达密娅临终还哀怜着阿喀琉斯；[7]他们在火里叹息，因为他们盗窃帕拉斯神像。[8]"

---

⑤ 厄忒俄克勒斯（Eteòcle）与其弟波吕尼刻斯（Polinice）为俄狄浦斯（Edipo）王之子，二人因争夺王位，互相战死，虽其尸焚化于一处，但其火顶分歧为二，不肯合并。

⑥ 希腊人攻特洛伊城，年久不破，尤利西斯使兵匿木马腹中，佯作退兵，特洛伊人运木马入城，遂为内应，埃涅阿斯逃出，至意大利，为罗马创始祖。

⑦ 神之预兆，谓特洛伊城非阿喀琉斯到不破，但阿喀琉斯亦应死于此役。其时阿喀琉斯作女人装匿于斯库洛斯（Sciro）之国王处，王女戴伊达密娅（Deidamia）爱之，约为夫妇。尤利西斯以计将阿喀琉斯骗走，并瞒住"死于此役"之预言。

⑧ 帕拉斯（Pallade）神像保护特洛伊，尤利西斯与狄俄墨得斯（Diomede）夜入其庙中，杀其守卫之兵，遂将神像盗去。

我说："假使他们在火里能够说话，那么，我的老师，我请求你一千次，勿要拒绝我等候那尖顶分开的火团走到这里；你知道我弯着腰在这里，是多么地盼望着呀！"

他回答我道："你的请求值得赞美，所以我接受了；不过，你的舌头要加以约束，让我一个人说话；因为我知道你的愿望，又因为他们是希腊人，或者他们看轻你的语言呢。⑨"

当那火团到了适当的地点，在适当的时候，我听见我的引导人这样说："哦！你们两个在一个火团里，假使我在世时对于你们有功劳，假使我写的高贵的诗篇，⑩对于你们多少有点价值，那么请你们留步吧，请你们中间的一个告诉我们：他怎样地迷了路，怎样地遇见了死神？"

那火团中较高大的一个尖顶开始摇动了，喃喃作声，很像风中的烛光。稍后，那尖顶忽前忽后，好比说话的舌头，有语音出来了。

他说："刻尔吉幽禁我在后来埃涅阿斯叫他卡耶塔的地方，凡一年多；⑪当我离开她的时候，也不是稚子

---

⑨ 但丁不懂希腊文，其关于希腊之知识，概由拉丁文间接而来，尤其是由维吉尔之诗文，此处也许暗示这种事实。

⑩ 指其《埃涅阿斯纪》。

⑪ 女巫刻尔吉（Circe）曾将尤利西斯幽禁。该埃塔（Gaeta）为意大利西南海岸之一地，传说埃涅阿斯逃至此，其乳母卡耶塔（Caieta）死而葬此，因以其名名此地。

那火团中较高大的一个尖顶开始摇动了，
喃喃作声，
很像风中的烛光。

之教，也不是老父之养，也不是娇妻潘奈洛佩之爱，[12]可以克服我浪游世界，历览人间善恶的热情。于是我坐着一只船，带着我剩下来的几个伴侣，向着无边的大海[13]去了。

“我看了南北两岸，远至西班牙和摩洛哥；我又看了萨丁和海中其他各岛。当我们到了一个狭的海峡，那里赫拉克勒斯放了他的界石，关照人类不要再向前进，[14]那时我和我的伴侣已经有年纪了，难于动作了；在右边，我放弃了塞维利亚；在左边，我放弃了休达。[15]

“于是我对伴侣说：‘兄弟们，你们历尽千万的危险，现在到西方了；你们最后留着的一些精力，现在还可以一用，你们应当追随太阳，再寻绝无人迹之地[16]！想想你们是何等的种族：不应当像走兽一般地活着，应当求正道、求知识。’我略微说了几句，我的伴侣都渴望着继续航行，就是我自己也再不能够阻止他们，于是把船艄转向着晨光，打着我们的桨，好比鸟的两翼，大胆地向前飞去，常常偏向着左方。[17]

---

⑫ 尤利西斯之子为帖雷马科（Telemaco），其父为拉埃提（Laerte），其妻为潘奈洛佩（Penelope）。

⑬ 指地中海，较希腊与小亚细亚间之海面积广阔，且少岛屿。

⑭ 所谓“赫拉克勒斯之石柱”，为直布罗陀海峡南北两岸之绝壁。由地中海过此峡则为大西洋，为昔人未至之境。

⑮ 塞维利亚（Seville）在西班牙，见《地狱》第二十篇注⑰。休达（Ceuta）在非洲北岸。

⑯ 指航行大洋，太阳没入之处。

⑰ 向西南航行，南极之星渐现，北极之星渐没。

"在夜间，我已经看见另一极的众星，我们的已经低下去了，有的已经没入海波了。自从我们赶着这个艰苦的航程，月亮已经有五次的圆缺；那时在远处我们隐隐地望见一座山，他的高度在我生平没有看见过。[18]我们大家都很欢乐。

"可是欢乐一忽儿就变为悲哀了；因为从新陆地起了大风波，打击着我们的船头。风波使我们的船带着海水旋转了三次；在第四次，船尾竖起向着天，船头没入水面；似乎是取悦于另一个[19]。

"那海水把我们吞下去了。"

---

⑱ 关于尤利西斯之航程，纯属但丁之创意。当时地理知识，不出直布罗陀海峡以外，故航行五月，望见高山，俱无实在地点可以指出。注者谓此山乃但丁理想中之净界山，在巴勒斯坦对极之海中，非人迹所能近，故旋风将尤利西斯之船沉没。

⑲ "另一个"（altrui）指上帝，盖尤利西斯为异教徒，不能呼上帝也。

第二十七篇

续劝人为恶者。罗马涅的状况；圭多将军。

现在那火团直竖起来，停止说话，得着善良诗人的许可以后，他离开我们去了。

当时另有一个[①]跟随着前来，于是我们的眼光又转向着他的尖顶，因为有含糊的语音从那里透了出来。好像西西里的公牛，[②]他第一次的吼声来自制造者的呼声（这是极公平的处理），他虽然是铜做的，却似乎能发出痛苦的呻吟；这里的灵魂，起初他的声音在火团里面找

---

① 此人名圭多（Guido），蒙泰菲尔特罗伯爵，为当时有名的吉伯林派将军；一二九六年为圣方济各派僧侣（此派僧侣腰束三结之绳），两年后即死。

② 西西里阿格里琴托（Agrigento）的暴君法拉利斯（Phalaris）以残酷著名。佩利路斯（Perillo d'Atene）造一个新刑具送给他，这是一只铜制的公牛，将罪人置牛腹中，腹下焚以火，则罪人呻吟腹中，声出牛口，如牛鸣一般。暴君得此刑具，即以佩利路斯为第一个试验品。

不着一个出口，因此他的话句和火光一样闪烁。

后来他们从尖顶上得了出路，那尖顶像舌头一般颤动，于是我们听见他说："你呀，我是对你说话呀！你方才用伦巴第语音说：'去吧，我不再问你了。'③虽然我来得迟了一点，但是仍旧要请你多留一刻，和我说几句话；我虽然给火烧着，我还有耐心呢。假使你是新从甜美的拉丁地方（我就在那里犯了罪恶）堕落到这个盲目的世界，那么请你告诉我罗马涅地方的人民是在和平，抑是在战争。因为我是生长在那里的，在乌尔比诺和台伯河源之间的山上。"④

那时我还俯视着下面，我的引导人触着我的臂膀，他说："你说话吧，这是一个拉丁人。"于是我绝不迟慢，因为我的回话已经在嘴边了，我说："哦，躲在下面的灵魂呀！你的罗马涅在他一班暴主的心中从未停止过战争；不过，在我离开那里的时候，公然的宣战却没有。腊万纳多年以来没有变动，仍在波伦塔的鹰翼下面伏着，还有切尔维亚也附从了他。⑤那个经历长久战争的城，积着血肉模糊的法兰西人，现在又在绿爪统治

---

③ 这是维吉尔许可尤利西斯离开的话。维吉尔为曼图亚人，属伦巴第区域。

④ 蒙泰菲尔特罗为在乌尔比诺（Urbino）和台伯（Tevere=Tibre）河发源地之山。罗马涅（Romagna）包括下段所述腊万纳等地。

⑤ 腊万纳在一三〇〇年为波伦塔（Polenta）族所统治，此族之纹章为一鹰。切尔维亚（Cervia）为腊万纳南数十里之地名。

之下了。[6]维卢乔的老狗和小狗，残酷地弄死了蒙塔涅，还是咬着他们向来咬惯的人。[7]拉摩内和桑特尔诺的两个城藏着那狮儿的白窠，他从夏到冬更换他的党派。[8]那萨维奥河浸湿的城，他或生活在自由之下，或在暴主之手，好比他处在平原和山岭之间一般。[9]……现在我也要请你告诉我你是谁；不要像别人一样难说话，这样你的名字便可以永远地留在世上。”

稍后，那火光闪动了一会儿，他的尖顶忽前忽后，于是他的话句出来了：“假使我的回话是向着一个可以回到阳世的人，那么我的火光不再摇动了；但是，没有一个人可以从这里再走出去（假使这句话是真的），那么我就是回答了你也不怕什么。我本是一个军人，后来做

---

⑥ 福尔里（Forlì）从一二八一至一二八三年被围，兵为马丁第四（Martino IV）所遣，内有一部分法国人。后为此篇所述之圭多将军击败，围乃解。此城在一三〇〇年为西尼巴尔（Sinibaldo degli Ordelaffi）所统治，此族之纹章为绿狮。

⑦ 此句指里米尼的维卢乔（Verrucchio），为里米尼贵族所居之城堡。老狗指马拉台斯塔（Malatesta），小狗指马拉台斯提诺（Malatestino），父子二人均残酷，故有“凶狗”（Mastin）之称。蒙塔涅（Montagna）为里米尼之吉伯林派首领，为老狗所囚，后为小狗所杀。

⑧ 法恩扎（Faenza）在拉摩内（Lamone）河上，伊牟拉（Imola）近桑特尔诺（Santerno）河，二城为梅那多（Mainardo Pagani）所统治；他在北方为吉伯林派，但又拥护佛罗伦萨（在其南）之贵尔弗派；此族之纹章为银色底上一只天青色的小狮子。

⑨ 切塞纳（Cesena）在福尔里和里米尼之间，亚平宁山下，萨维奥（Savio）河经过，此时为“高等法官”（Podesta）所管辖；一三一四年为马拉台斯提诺所统治。

了束绳的教士，希望忏悔从前的罪恶，要不是那大祭司[10]（我诅咒他！）把我引向着旧罪恶，那么我的希望不难实现。这是怎么一回事呢？我愿意你听我说。

“当我的母亲给了我血肉的身体，我的行为不是狮子的，却是狐狸的。欺诈和虚伪我是无所不能；我的手段高强，海角天涯无不知名。当我上了年纪，那时每个人都要卷帆收纤了，于是我才悔恨那些从前使我欢喜的事情；于是我深自忏悔，走进了修道院。唉！假使我能够坚持到底，这个于我不是无益处的。

“新法利赛人的王子在拉泰兰附近有战事，这不是对付阿拉伯人，也不是对付犹太人，因为他的仇敌都是耶教徒，他们并没有同着去征服阿克，也没有和苏丹通商。[11]

“他不看重他自己崇高的官爵，和他自己神圣的职守，也不看重我卑下的绳子，这绳子以前曾经使缚着的人消瘦了身腰。[12]他却和君士坦丁把席尔维斯特罗从希

---

⑩ 指教皇卜尼法斯第八。此处但丁实在是写着他的罪恶。

⑪ 卜尼法斯第八与科伦纳（Colonnesi）族有隙，至一二九七年乃及于战。该族为罗马之强族，居近拉泰兰（San Giovanni in Laterano），战争开始后，固守佩内斯特里诺（Penestrino=Palestrina）城堡。法利赛人外貌伪善，实则包藏祸心，以喻卜尼法斯第八。阿克里（San Giovanni d’Acri）在叙利亚，属耶教徒已百余年，一二九一年为伊斯兰教徒所夺，于是耶教徒拒绝与伊斯兰教徒通商。此处言科伦纳族并无罪过而受征讨，实教皇过于骄横之故也。

⑫ 谓圣方济各派僧侣以前尚刻苦，今则规律不振矣。

拉提寻回来，替他医好了癞病一样，[13]他把我寻了去，要我替他把骄横的热病医好。他征求我的意见，我却守了静默，因为我看他的话句很像醉汉说的。最后他对我说：‘你心里不要怀疑，无论怎样，我可以预先赦免你，只要你教我怎样把佩内斯特里诺打倒在地。你知道我是可以开关天门的：因为两把钥匙，我的前任不知珍惜，都已交在我的手里了。’[14]我听了这样严重的话句，我觉得再不开口便是失策，于是我说：‘教父呀！你使我洗刷的罪恶，现在又使我堕落在里面了：允许的很多，守约的很少，这样可以使你在高座得着胜利。’[15]

“当我死了以后，圣方济各来引导我了，但是有一个黑天使对他说：‘不要带他走，请你不要使我受屈呀！他是应当入地狱，做我的奴隶，因为他曾经献了欺诈的计谋，因此我要拉紧他的头发。一个人不忏悔，就不能得着赦免；一方面忏悔，一方面作恶，这也是不能允许的矛盾。’唉，我真是不幸呀！当他捉牢我的时候，我觉悟了，他又对我说：‘你不会把我当作一个逻辑家吧！’

“黑天使把我带到米诺斯那里，米诺斯把他的尾巴

---

⑬ 君士坦丁把席尔维斯特罗从希拉提（Siratti=Soratte）寻回治癞病事，参见《地狱》第十九篇注⑭。

⑭ 他的前任为切勒斯提诺第五（见《地狱》第三篇注⑦）。此处大有生杀予夺、大权在握的气焰，圭多为其参谋，不得不为之效力，否则恐及祸也。

⑮ 教皇提出几个宽和的条件，但科伦纳族将城堡让出以后，却被教皇夷为平地。

在铁硬的背上绕了八圈，[16]于是大怒着咬他自己，他说：‘这一个犯人送到遮盖的火里！’[17]于是我如你所见到了此地，裹在火团里面，一头走着，一头悲泣着。”

当他说完以后，那个火团摇动他的尖顶悲泣着去了。我和我的引导人赶我们的路程，从崎岖险恶的岩石上面，走到次座的桥顶，在他下面的沟里，播弄是非和散布流言之辈永远地在偿还他们的重债。

---

⑯ 参见《地狱》第五篇。
⑰ 罪人包在火里，别人看不见他。

第二十八篇

第八圈（续），第九沟：离间者。穆罕默德；鲍恩等。

就是用自由的散文，就是再三地叙述，有谁能够把我所看见的流血和创伤描摹尽致呢？不论哪一种语言，在这里都是失败了，因为我们没有足够的字句，也没有足够的记忆力，可以包罗这许多事物。

假使把所有在古普里亚地上流血的兵士聚拢来，他们或是由于特洛伊人，[1]或是由于长久的战争，如说实话的李维乌斯所述，此役胜者获得戒指一大堆，[2]或是由于

---

① 普里亚（Puglia）在昔为意大利南部之地，此处所说五次战争都在此地面上。第一次为罗马人（特洛伊人之后裔）与萨姆尼乌姆（Samnium）人之战，纪元前三四三年至前二九〇年。

② 长久的战争指第二次布匿之战（La Seconda Guerra Punica）；康奈（Canne）之役（纪元前216年），汉尼拔（Annibale）大胜罗马人。历史家李维乌斯（Livio）说汉尼拔获得金戒指三箩，皆罗马兵士所戴。

抵抗圭斯卡尔多而受重大的打击，[3]或是由于普里亚人的不忠，尸骨积在切普拉诺，[4]或是由于老阿拉尔多的诡计，不用兵器而战胜在塔利亚科佐；[5]假使他们一个个显示他们残废的肢体，或是割断的身躯，要是和第九条沟里的惨酷景象相比，那些还是算不得什么。

那里我看见一个灵魂[6]，他的创口大得可以和没底的桶，或是失去一块旁板的桶相比：从颈项起，一直裂开到屁眼；在两腿之间，悬挂着他的大小肠；心和肺已经露在外面，还有那一切食品到里面就化为粪便的丑袋子。

当我注视他的时候，他也看着我，并且把他的胸膛用手扯开，他说："你看我割裂得多么厉害！你看穆罕默德损害得多么难看！哭着走在我前面的是阿里；他的面孔从头发裂开到嘴下。[7]其余你所看见的，他们在生时都欢喜散布谣言，表示歧见，破坏人间的和睦，因此他们割裂到如此。在我后面一段地方，有一个魔鬼，用

---

③ 由一〇五九年至一〇八〇年，圭斯卡尔多（Roberto Guiscardo）驱逐希腊人与阿拉伯人于意大利南部，而占有其地。

④ 一二六六年，安茹的查理（Carlo d'Angiò）战胜曼夫烈德（Manfredi）于本尼凡托（Benevento），据说守切普拉诺（Ceprano）关口的兵士让查理通过，因此曼夫烈德失败。

⑤ 一二六八年，查理又战胜曼夫烈德之侄康拉丁（Corradino）于塔利亚科佐（Tagliacozzo），由于参谋阿拉尔多（Alardo）之奇计。

⑥ 此人为伊斯兰教始祖穆罕默德（Maometto）；但丁视彼为耶教中之一叛徒，表示歧见，使教堂之中发生不和。

⑦ 阿里（Ali）为穆罕默德之婿及徒。

他的刀残酷地割裂我们，因为我们在沟里兜了一圈以后，到了他的面前，所有的创伤已经平复了。[8]但是，你是谁呢？你立在岩石之上沉思着，难道你对于已经判定的刑罚还要徘徊观望么？”

我的老师答道：“他还没有死呢；他也不是犯了什么罪，要带到这里来受刑；不过要给他一些经验，所以我（我是已经死了），我负了引导他的责任，经过这里一圈一圈的地狱，我对你说的都是真话。”

当时有几百个灵魂听见他的回话，他们在沟底站定了一会儿，呆着注视我，惊奇使他们暂时忘记了痛苦。

“那么你不久就要再看见太阳了，请你转告教友多里奇诺[9]：假使他不愿意很快地来追随我，那么他应当多预备些粮草，免得受了雪的压迫，给诺瓦腊人得了胜利，否则他是不容易被捕的。”穆罕默德举起一足，对我说了上面这几句话，于是他放步去了。

别的一个[10]，他的喉咙是钻通了，鼻子到眼皮是割去了，只有一只耳朵，他和其余的人惊奇地看着我，从血

---

⑧ 沟为圆环形，受创伤之灵魂行一圈后，创伤已平复，于是魔鬼再加以割裂。

⑨ 多里奇诺（Fra Dolcino）为“使徒派”（Apostoli）领袖，主张教堂应复返“使徒时代”之清净，但被控为采用邪教思想如公产公妻等，因此为教皇通缉。多里奇诺与其徒逃往诺瓦腊（Novara）附近之山间，天雪乏食，遂被捕，与其恋人同烧死（1307 年）。

⑩ 即彼埃尔·达·美第奇那（Pier da Medicina），本为贵族，权被削后，遂专事挑拨罗马涅——玛尔卡勃（Marcabò）与维切利（Vercelli）二镇为其东西之限——各主。

淋淋的嘴里发出声音；他说："你呀！你无罪到了这里，除非相像的人太多了，我记得曾经在拉丁土地上看见过你；假使你要回去看到那从维切利到玛尔卡勃温和的原野，请你记起美第奇那。又请你转告两个法诺的绅士，圭多和安乔莱罗[11]：除非我们的预言是错的，他们两个要从船上给人投出去，溺死在近卡托利卡之地，这是由于暴主的毒计。在塞浦路斯和马略卡两岛之间[12]，海神从未看见过这样大的罪恶，就是海盗也没有这样，就是希腊的海上英雄也没有这样。那个独眼的恶人，他统治着一块土地（这是在我旁边的一个永不愿意看见的土地），他把这两个绅士请了来谈判，结果是他们用不着为浮卡腊的风而祈祷了。[13]"

于是我对他说："假使你要我替你传信，请你告诉我，在你旁边的一个为什么不愿意看见那块土地，并且请你把他指点出来。"那时他放手在一个同伴的牙齿之间，把他的嘴扳开，说："这个就是他[14]，他是不说话的；

---

⑪ 里米尼之马拉台斯提诺（参见前篇注⑦）欲收法诺（Fano）为己有，因与该地之圭多（Guido）和安乔莱罗（Angolello）二巨绅会议于里米尼与法诺之间亚得里亚海滨的卡托利卡（Cattolica），议未妥，将彼等沉于法诺与卡托利卡之间的浮卡腊（Focara）山前之海中。

⑫ 塞浦路斯（Cipri）与马略卡（Maiolica=Majorca）为地中海内东西二岛，所谓此二岛之间，即指地中海。

⑬ 意谓浮卡腊山风很烈，舟子经此地者惧而祈祷；今暴主之威势更烈于风，将二绅置于死地，则不必畏风而祈祷矣。

⑭ 即库利奥（Curio），他劝凯撒渡过卢比康（Rubicone）河侵山南高卢（Gallia Cisalpina），盖此河是一条分界线；谁先渡河则谁为祸首也。库利奥被逐于罗马，故为流犯。卢比康近里米尼。

他们在生时都欢喜散布谣言，表示歧见，
破坏人间的和睦，因此他们割裂到如此。

这个流犯曾经熄灭凯撒的狐疑，他说：‘一个人既有成算，若不迅速进行，必至后悔莫及。’”哦！据我看来，库利奥是多么的痛苦呀！他的舌头已经断在他的喉咙里，他在生时太会说话了！

另一个的两只手已经斩断了，在暗淡的空气之中，他举起他的残臂，因此血流满面，他说：“请你也记起莫斯卡，唉！他曾经说过：‘事必有始有终！’[15]这就是托斯卡那民众苦恼的种子。”我又加上一句：“并且使你的家族灭亡！”因此他痛上加痛，疯狂一般地走去了。

我仍旧在那里检阅着大队的伤兵，我看见一个东西，我现在写着他心里还在害怕，何况亲眼看见他呢！不过，当时我心里明白，我身边有这样一个好伴侣，他会撑住我的腰，因此使我保持了勇气。

我真的看见，现在似乎还看见，一个没头的身躯向前走着，和其余苦恼的灵魂一样地走着。他一手提着他的头发，那个断头摆动得像一个灯笼；那个头向我们看着，叹道：“唉！”他把他自己做了一盏灯；他们是一而二，二而一；事情怎样会如此呢？只有安排他的才知道。

当他正走到桥下的时候，他把他的头高高地举起

---

⑮ 莫斯卡（Mosca de'Lamberti）挑拨阿米戴伊（Amidei）族暗杀庞戴尔蒙特（Buomdelmonte），因此人与该族女子有婚约，后又别娶。“事必有始有终”指庞戴尔蒙特悔婚应受悔婚之报，因此言乃有暗杀之举（1215 年）；据说由此佛罗伦萨乃生贵尔弗与吉伯林二党。

来，使他接近我们说话，他的话是："请看我残酷的刑罚。你是活着的，来参观已死的，你是否看见过别人的刑罚大于我呢？因为你可以把我的消息带出去，我告诉你：我是鲍恩[16]，我曾经在小王面前说了坏话。我使那父子二人互相争斗；亚希多弗不像我这样离间押沙龙和大卫。[17]因为我把有血统关系的人类分散了，所以我提着我的头，使他和他的基本躯干离开。所谓报复刑就体现在我的身上。[18]"

---

⑯ 鲍恩（Bertram dal Bornio）为法国奥特浮尔（Hautefort）贵族，为著名之行吟诗人，曾怂恿英王亨利第二之长子反抗其父。

⑰ 亚希多弗（Achitofèl）挑拨大卫（David）与押沙龙（Absalone）之争，事见《旧约·撒母耳记》下第十五章至第十七章。

⑱ 离间父子感情者斩首，太会说话者割舌，暗杀者断手等，皆属报复刑之类。

WB
HELL Canto 28

他一手提着他的头发，
那个断头摆动得像一个灯笼。

第二十九篇

续离间者：杰利·戴尔·贝洛。第八圈（续），第十沟：伪造者。

这一群不幸的人和他们的种种创伤，使我的眼睛里积满着热泪，我很想找一个空闲把他洒去；但是维吉尔对我说："你还注视着什么？为什么你固执地看着这一班不幸的影子呢？在别的沟里你却没有这样；假使你想把他们一个一个数清楚，那么这条沟兜一圈共有二十二里[①]，这是一定办不到的；而且月亮已经在我们的脚下了[②]，时间是很短促，你需要看的东西，比你已经看过的还多呢。"

我答道："要是你留意到我所以这样注视的原因，也许你会允许我多逗留一刻吧。"

① 原文miglia并不等于"里"，但此处不需要精确的度量，故径译以"里"。

② 此时为星期六下午一时许。参见《地狱》第二十篇注⑰及⑱。

我虽然这样回答，我的引导人已经向前走了，我只好跟着他；我又说："在这条沟里，我特别注意，因为我相信这里有我的一个亲族哭着呢。"

于是我的老师说："你不要再想念这个灵魂了；你改变你的思路，让他永久在这条沟里吧。我刚才看见他站在桥脚旁边，手指着你做威吓的姿势；我听见有人叫他杰利·戴尔·贝洛[③]。那时你正注意那个守奥特浮的[④]，你没有看见他，因此他走过去了。"

我说："哦，我的引导人呀！他是被人谋害的，到现在我们蒙着羞耻的还未有人替他报仇，所以他这样恼怒。我想他是不愿意和我说话而去了，因此我更加哀怜他。"

我们这样说着，到了一块岩石之上，望见别的一条沟[⑤]，假使那里有足够的光线，我们定然可以看到他的底部。

当我们临着马勒勃尔介的最后一条沟，里面的幽灵都陈列在我们眼前了，种种叫苦的声音，像箭一般地刺着我的耳鼓，使我心里难受，我只得用手掌把耳孔掩了起来。如若把七九月间，所有在瓦尔第洽纳、马莱姆玛

---

③ 杰利·戴尔·贝洛（Geri del Bello）为但丁父亲之堂兄弟，据说他的品行不良，曾离间萨凯蒂（Sacchetti）族，后被该族所杀。但丁在神游时尚未有家人替他报仇，故但丁也觉得蒙着一部分的羞耻，而猜想此人之威吓姿势为恼怒的表示。此人死后三十年始有侄辈将萨凯蒂族中一人杀死。

④ 守奥特浮（Altaforte=Hautefort）的，即前篇之鲍恩，见前篇注⑯。

⑤ 第十条沟，即马勒勃尔介中之最后一条沟；此沟惩罚在器物上、行为上、说话上作假之人。

和萨丁等地[⑥]病院中的病人聚拢在一起，那就仿佛像这条沟里的情景了；这里的气味是肌肉腐烂的气味。

我们降到最后一条堤岸，仍旧向左边转弯，那时我们更加看得清楚了：在这块地方，那无上权威的主人，命令他的仆人，用绝不错误的正义，处理这班伪造者。

就是埃吉那[⑦]的百姓，遭遇了疫气，从大的动物，到小的虫类，一个个倒毙在地；直到后来（诗人意谓这是确实的），这些古代的人种才从蚁卵转化出来；我想也不比这里所见的更加凄惨。这里一堆，那里一堆，这些灵魂呻吟不绝。有的肚子着地卧着，有的肩和肩靠着，有的在可怕的路上爬着。

我们一步一步慢慢地走过，并不说话，看着听着这些病人，他们已经不能起立了。我看见两个互相依着的灵魂，好比这片瓦依着那片瓦，从头到脚，他们的身上盖满着疮痂，我从来没有看见有一个马夫，被他的主人所催促，这样心急地梳刷马的毛，像这两个罪人搔他们的皮肤。他们痒得厉害，没法可想，只好把他们的指甲深深地没到肉里去。他们的指甲搔落他们的疮痂，和刀

---

⑥ 瓦尔第洽纳（Voldichiano）、马莱姆玛、萨丁等这些地方在七、八、九月有瘴气，生病的人很多。

⑦ 埃吉那（Egina）为一小岛，传说朱诺女神（Junone）将疫气带入，岛上人畜及其他小动物均病死，后国王埃阿克斯（Eaco）祈请朱庇特大神，大神使蚁变为人，此种人名密尔弥多涅斯（Myrmidon），体魄矮小；事见奥维德之《变形记》。

子刮下鲤鱼鳞或别的大鱼鳞没有两样。

我的引导人开始向其中的一个说："哦！你用你的指甲搔破了自己，又把他们当作铁钳子；请你告诉我，在你们中间是否有拉丁人；以后，你便好用你的指甲永久地工作了。"其中一个洒着眼泪说："我们就是拉丁人，我们两个这般的丑相给你看见了；但是，你是谁，你来问我们做什么？"我的引导人答道："我带着这个活人，一级一级降到这里，目的是把地狱给他看一看。"

于是这两个互相依着的离开了，把面孔转向我们，其余听见我们说话的也转向我们。和善的老师对我说："你要问什么，你对他们说吧。"我依了他的吩咐，我开始说："请你们告诉我，你们是谁，是什么地方人？这样就可以使你们的名字不被第一世界的人类所遗忘，可以长久地留在太阳之下；你们勿要自惭形秽，而把真话隐藏起来。"

其中一个答道："我是阿雷佐人，锡耶纳的阿尔伯罗把我烧死的；⑧但是我死的原因，并非我被带到这里来的原因。事实是如此：我对他说（和他开玩笑罢了）：'我能够在天空飞行呢。'但是他没有头脑，他想跟我学，要我在他面前试试本领；只因为我没有能够使他成为一个

⑧ 此阿雷佐（Arezzo）人名葛利浮里诺（Griffolino），他以教飞行为名，骗取阿尔伯罗（Albero）的钱，被锡耶纳（Siena）之主教烧死，主教爱阿尔伯罗如亲子。他入此沟的缘故，却因为他是炼金术士；当时炼金术士并非真能将贱金属炼成贵金属，不过是一种骗术。

WB
HELL
Canto 29 & 30

他们的指甲搔落他们的疮痂，
和刀子刮下鲤鱼鳞或别的大鱼鳞没有两样。

代达路斯[9]，他便叫一个人烧死我，这一个人把他当作儿子呢。但是我住在第十条沟里，是因为我在世的时候玩了一套炼金术的缘故，米诺斯判决得一点不错。”

那时我对诗人说：“现今是否有一种国民像锡耶纳人那样轻狂呢？当然法国人也远不及他们。”[10]

我说了这句话，别一个生癞病的听见了，回答我说：“除却斯特里卡，他是有节制的；除却尼科洛，他是第一个发明用丁香的盛馔，这是在那儿园子里生根的；还要除却那个团体，在这个团体里面，卡洽浪费掉他的葡萄园和大树林，阿巴利亚托显示他的机智。[11]

“但是你如若要知道赞成你而反对锡耶纳人的是谁，请你用心注视我，我的面孔会给你正确的回答。你一定会看得出我是卡波乔[12]的影子，他曾经用炼金术伪造了金属；假使我熟视着你，你一定记得起我是天生的一只聪明猴子[13]。”

---

⑨ 代达路斯也能飞行，为从克里特迷宫飞出者；参见《地狱》第十七篇注⑪。

⑩ 当时口传法国人最轻狂而虚浮，岂知锡耶纳人（如阿尔伯罗辈）更甚。

⑪ 此处所说四人：斯特里卡（Stricca）、尼科洛（Niccolo）、卡洽（Caccia d'Asciano）、阿巴利亚托（Abbagliato），均锡耶纳富家子弟，皆轻狂奢侈之辈；此处用“除却”二字，实反言之也（参见《地狱》第二十一篇注④）。鸡肉之类用香料，盛行于十三世纪之意大利。丁香蕃盛于锡耶纳园中。这个团体名“消费团”（La Brigata Spendereccì），为锡耶纳十二个富家子弟所组成，专以在奢侈上竞争为事；第十三篇中之拉诺亦为团员之一。

⑫ 卡波乔（Capocchio）为锡耶纳人，因犯炼金术烧死于锡耶纳（1293年）。旧注谓彼曾与但丁同习自然哲学。

⑬ 猴子善模仿，犹卡波乔之善伪造。

第三十篇

续伪造者（假装者、诬告者、伪誓者）。

当朱诺女神恼怒着塞墨勒的时候，她不止一次为祸忒拜的王族；阿塔玛斯变成了疯汉，他看见他的老婆抱着两个儿子走来，他拦住叫道："我们撒网吧，好把母狮子和小狮子捉住！"于是他张开他无情的手爪，夺了一个名叫莱阿尔库斯的孩子，把他旋转在空中，再摔在一块石上；那时妈妈抱着别的一个投水去了。[①]

又当那命运降低特洛伊人的骄傲，国王普利阿姆斯和土地同日消亡的时候，伤心的赫枯巴成为可怜的俘虏，

① 朱诺女神为朱庇特大神之妻，大神爱忒拜王卡德摩斯（Cadmo）女塞墨勒（Semelè），生酒神巴库斯（Bacco），女神妒之，遂为祸忒拜王族。阿塔玛斯（Atamante）为忒拜王，疯后杀其一子莱阿尔库斯（Learco），其妻伊诺（Ino，塞墨勒之姊妹）抱其另一子美里凯尔忒斯（Melicerta）投入海中。此处事实均见于奥维德《变形记》。

她看见波利塞娜被杀了，又在海滨的沙滩上发现了波吕多鲁斯的尸体。于是她发狂了，和狗子一般地吠着，因为痛苦是这样地刺激着她的精神。[2]但是忒拜的和特洛伊的疯狂者，都没有这里所见的残忍，因为他们既不咬走兽，更不咬人体。

这里我看见两个影子，苍白而裸露，他们跑着，遇见东西便咬，好像猪圈里放出来的饿猪一般。其中一个跑近卡波乔，咬在他的颈项上，因此把他推倒在地，拖着去了，他的肚子在地面摩擦着。

那时阿雷佐人[3]吓得发抖，对我说："这个恶鬼是简尼·斯基奇[4]；他是这样的疯狂着，逢着他的就要吃他的苦！"我对他说："哦！在其他一个恶鬼没有把他的牙齿插在你的身上，在他尚未远去之前，请你把他的名字告诉我。"于是他又对我说："这是卑鄙的密耳拉的灵魂，她抛弃了她正当的恋爱，做了她父亲的情人；[5]她犯奸淫

---

② 特洛伊陷落及国王普利阿姆斯（Priamo）死亡后，王后赫枯巴（Ecuba=Hecuba）被掳，于押送至希腊路上，得知其女波利塞娜（Polissena）已被杀，又见其子波吕多鲁斯（Polidoro）之尸，遂成疯人。但丁举此两个疯人，以引起第十条沟里的两个疯人。

③ 前篇注⑧中之葛利浮里诺。

④ 简尼·斯基奇（Gianni Schicchi），佛罗伦萨人，以模仿别人著名。他装作临死的卜奥索（见《地狱》第二十五篇），替卜奥索的儿子立假遗嘱，他自己向这个儿子要求了许多报酬，其中之一为一匹称作"家畜之后"的母马。

⑤ 密耳拉（Mirra）与其父喀倪拉斯（Cinira）乱伦，恐被人知，常化装为另一个女人。

的时候，她假装为另一个女人。和前面那个一样，他假装做卜奥索，伪造了合法的遗嘱，得着那‘家畜之后’。”

当那个疯狂的去了以后，我又掉转眼光向着别的病人。

我看见一个灵魂，假使把他肚子下面的两条腿断去，那么他的形状很像一张琵琶。这是一个生水膨胀病的，过量的水分使他的肢体失掉比例，头和肚子大小不相称了；他的嘴唇闭不拢来，好像患痨瘵病的，口干得下唇向着下巴，上唇向着鼻子。

他对我们说：“你们呀！没有刑罚到了这个昏暗的世界（究竟是什么缘故，我就不知道），请注视亚当司务的不幸吧！[⑥]在我活着的时候，我要什么就有什么；现在呢，唉！我盼望着一滴甘露呢。那条从卡森提诺地方绿油油的山谷里流出来的溪水，一直流入阿尔诺河里；溪水使两岸润湿而清凉，这种景致常常出现在我眼前；这种幻象干枯我的面孔，还甚于我的毛病呢。严厉的正义，他给我刑罚，他偶然又使我对于犯罪之地发生渴望。[⑦]我在罗梅纳伪造那印着施洗者的金币[⑧]，因此

---

⑥ 亚当司务（Maestro Adamo）为罗梅纳（Romena）诸伯爵造伪币，一二八一年烧死于佛罗伦萨。

⑦ 卡森提诺（Casentino）为阿尔诺河上游之地，罗梅纳为该处一城堡，亚当司务即于此铸伪币。亚当患水臌胀，口极干，对于其犯罪地之清泉发生渴望。

⑧ 指“弗罗林”（Florino），为一二五二年在佛罗伦萨开始铸造之金币，此币一面印百合花，一面印施洗者圣约翰（佛罗伦萨城保护者）。

这里我看见两个影子，
苍白而裸露，
他们跑着，
遇见东西便咬，
好像猪圈里放出来的饿猪一般。

我的肉体在世上给人烧了。但是我只要在这里能够看见可怜的圭多的灵魂，或是亚历山德罗的，或是他兄弟的，[9]我愿意放弃那勃兰达泉。[10]假使那兜圈子的两个疯灵魂的说话是真的，那么其中之一已经落下沟了；可惜我这个瘫痪的身子不能自由！要是我在一个世纪之中能够移动一寸，我早已上了路，在这许多丑陋的灵魂之中找他，虽然这条沟有十一里的长，不下半里的阔。[11]我因为他们才落在这条沟里；他们叫我铸造弗罗林，每个搀着三钱[12]的杂质。”

于是我又问他道：“在你右边躺着的两个罪人是谁呢？他们身上冒烟，好比冬天在热水里洗过的手。”

他答道：“我堕落到这里的时候，他们已经在这里了；从那个时候起，我没有看见他们转动过一次，我想他们是永远不会转动的。一个是说诳的女人，她诬告了约瑟。[13]其他一个是发伪誓的西农，欺骗特洛伊人的希

---

⑨ 圭多（Guido）、亚历山德罗（Alessandro），均罗梅纳伯爵，人谓兄弟名阿吉诺尔浮（Aghinolfo）；已入此沟者为圭多一人。亚当恨彼等，愿见其同在此沟而后快。

⑩ 勃兰达泉（Fonte Branda）在罗梅纳，今已枯。锡耶纳现存一泉，名同此。

⑪ 此处十条沟的深阔极不相等；参见前篇注①。

⑫ 原文 Carati 并不等于“钱”，此处不需要精确。

⑬ 此女人为波提乏（Putifarre）之妻，约瑟（Giuseppo）为波提乏管家务，女主欲私通约瑟，约瑟逃，女主夺其衣，遂诬约瑟强奸。事见《创世记》第三十九章。

腊人。[14]他们都发着寒热病，因此蒸出一股浊气来。”

其中一个听见他这样说，心里也许恼怒了，就在他肚子上打一拳，好像鼓击一般；亚当司务回他一个巴掌，打得似乎也不轻，对他说：“虽然我的下体笨重，不能行动，但是我的手臂还能适合需要呢。”

那一个回答道：“你上火堆的时候就行动不便，你铸造钱币的时候就非常敏捷。”

生臌胀病的说：“在这一桩，你说的是真话，但是关于特洛伊的事情，你就不会说真话了。”

西农说：“要是我说了假话，你也造了假币；我到这里不过为着一桩罪恶，你的却比所有魔鬼的还要大些。”

大肚子的说：“你记得关于木马的伪誓么？你的应得刑罚，全世界无人不晓了！”

希腊人说：“你的刑罚是口干得舌头坼裂，污水使你的肚子膨胀到遮住你的眼睛！”

那时造伪币的说：“你的嘴张着是专门说坏话的。假使我是口渴肚胀，那么你也火烧一般地发热，而且你的头也痛；请你舐那喀索斯的镜子，[15]我想是用不着多说话的。”

---

⑭ 西农（Sinon），希腊人，曾劝说特洛伊人将城外木马运入城内。

⑮ 那喀索斯（Narcisso）为传说中美男子，常临水一照，顾影自怜。亚当意谓西农也是口干要吃水的。

我正专心听着他们对话，那时我的老师对我说：“你再多听一刻，我便要和你争论！”我一听见他发怒的口气，我即转身向着他，心里觉得十分惭愧，就是现在回想起来，仍旧觉得惭愧呢。好比一个人梦里遇见了不幸，不知是梦，然而希望他是梦，因此对于这个不幸可以不再生烦恼；我的心境也是如此，希望方才的事如梦一场，并非实有，自己因此可以得着原谅。

可是我这一层意思并没有说出口，那时我的老师说：“较小的惭愧，可以洗涤较你所犯更大的过失呢；所以你放下这个忧愁的担子吧。你要想到我是常常在你旁边的，万一命运有一天再把你带到这样相骂的人们前面，因为欢喜听这样的对话是一种低级趣味。”⑯

⑯ 听人琐碎的谈话或相骂，是人类的低级趣味，高尚人不屑做的；但丁被维吉尔（智慧的象征）提醒，马上就悔悟了，有“前事如梦”的感觉，“后不再犯”的决心。

第三十一篇

但丁降入第九圈：巨人们。

同样一个舌头，先是刺伤我，使我两颊绯红，次则做了我的药品；我曾经听见人家说过，阿喀琉斯父子所用的矛，也是有刺伤和医疗的功用呢。[①]

我们掉转背来向着凄惨的沟，爬上环绕他的堤岸。我们越过堤岸，不发一言。这里不是黑夜，也不是白昼，因此我的眼光不能及到远处，但是我耳朵里听见很高的吹角声，就是雷响也没有这般强；于是我的眼睛向着声音的来处望去，在查理大帝圣功尽弃、殿军大败的时候，罗兰的吹角声也没有这般可怕。[②]

---

① 阿喀琉斯传受其父珀琉斯（Peleo）之矛，据云该矛先能伤人，次则能疗此伤。

② 查理大帝（Carlo Magno=Charlemagne）征西班牙（其时为伊斯兰教徒所据）回，经昂赛瓦（Roncisvalle）地（778 年），（转下页）

我向着那个方向望了一会儿。我似乎看见许多高塔，于是我说："老师，这是什么地方？"他对我说："因为你在昏暗之中望得太远了，你的想象错认了东西。你要是走近些，你就看得正确，你就明白你的感觉为距离所欺了；那么我们跑快些吧。"于是他很亲爱地拉着我的手，说："在我们走近以前，免得实在的事物使你过于惊奇，我先告诉你，这些不是高塔，却是一班巨人；他们立在潭子的周围，从脚到脐都在下面。"③

如晨雾逐渐消散，远处被水汽遮蔽的东西逐渐显露清楚；同样，当我们逐渐走近深潭的边界，眼光透过厚密而昏暗的空气，我的错觉逐渐减低，可是我的恐惧也逐渐增高了。因为，像蒙泰雷乔尼城堡周围建着望楼一般，④这里环立着许多可怕的巨人（朱庇特大神从天上起一个霹雳，仍旧可以惊吓他们的），⑤他们都是上半身露在潭子外面。我已经看清一个的面孔，他的肩膀，他的胸膛和大部分的肚子，他的两只手臂垂着。

（接上页）殿军司令罗兰（Orlando=Roland）中伏，在危急时，罗兰吹角求救，其时大帝已前行八英里，闻声欲回军，听奸细加尼龙（Ganelon）言，未果，罗兰遂战死，而大帝征伊斯兰教徒之功亦尽废。事见法国《罗兰之歌》（*Chanson de Roland*）。

③ 这里所谓潭子就是地狱之末圈（第九圈），在其四周近堤岸处，每隔相当距离，立着一个巨人，他们的下半身在潭子里，上半身高出堤岸。

④ 蒙泰雷乔尼（Montereggione）为锡耶纳西北之城堡，其四周墙垣上每隔相当距离即有一望楼，四周共有十二个。

⑤ 巨人们反抗神灵，袭击奥林普斯山，为朱庇特大神之雷电所击毙；参见《地狱》第十四篇注⑤。

自从自然放弃制造这样的动物以来，战神失掉了强有力的兵器，这件事真值得赞美呢；她后来虽然又制造了象和鲸鱼之类，但是已经不大得可怕，而且她也更加谨慎合理了，因为智慧如若和恶念、和蛮力结合在一起，就没有一个人类可以生存了。[⑥]

这一个巨人的面孔，据我看来，是和罗马圣彼得寺的松子一般长，一般阔，其余的骨骼依此做比例；[⑦]所以那堤岸好比是他的裙子，露在堤岸外面的上体，就是三个弗里西亚人堆叠起来也及不到他的头发，因为从他的颈项到深潭的边界足有三丈长呢。[⑧]

"拉费而、马以、亚美克、查皮、爱脱、亚而米。"那张野蛮的嘴开始这样说，[⑨]因为他的嘴不适于唱较和谐的诗篇。

那时我的引导人向着他说："笨鬼！你还是用你的

---

⑥ 但丁意谓现在世上没有这样的巨人，实是人类之福，象和鲸鱼虽比人大，但没有智慧，仍为人类所征服。

⑦ 在但丁时代，圣彼得寺前有一个铜制的松子，有六七尺高。依此比例推算，则该巨人有七八丈高。但丁此处给人一种印象，并不给人确实尺寸。

⑧ 弗里西亚（Frisia）在德国，该地居民身体高大。"三丈"原文作 trenta gran palmi，此处译文亦不求确切。

⑨ 巨人的话，原文为 Rafèl mai amèch zabi et almi。但丁本不欲人了解其意义，因宁录（Nembrotto=Nimrod）等在巴别（Babel）造登天高塔，为耶和华所忌，就变乱他们的语言，使他们彼此不能会意，塔就造不成。见《创世记》第十章和第十一章。在《圣经》上却找不出宁录为巨人的记载，想出于中世纪的传说。巨人的话，有注为阿拉伯语者，其义为："尊敬我在地狱的光荣，因为他在世时已经辉耀过了。"参见《地狱》第七篇注①。

HELL Canto 31

我似乎看见许多高塔，
于是我说：“老师，这是什么地方？”

我已经看清一个的面孔，
他的肩膀，
他的胸膛和大部分的肚子，
他的两只手臂垂着。

Canto 31

吹角吧，你就拿他出气吧，假使你心里有什么恼怒。你的心绪乱了；在你的颈项上有一根皮带子，在你阔大的胸面前挂着你的吹角呢。”

于是他对我说：“他责备自己了；这是宁录，因为他那不正当的计划，世界上遂有一种不通行的语言。我们让他站在这里吧，对他说话是没有用处的，因为他既不懂别人的话，别人也不懂他的。”

我们于是转向左边走去，[10] 行了一箭之地，我们看见第二个巨人，比前面一个还要可怕，还要长大。把他缚在这里，我不知道究竟是哪一位主人的力量；实情是他的左臂在前，右臂在后，都锁在链条上面，而且他露着的身子上有链条绕了五圈。

我的引导人说：“这个傲慢的灵魂想和朱庇特大神比较气力，因此得着这个酬报。厄菲阿尔特斯是他的名字；[11] 在巨人们威吓神灵的时候，他是最努力的一个；那时乱动的臂膀，以后永远不动了。”

于是我对他说：“假使可能的话，我希望我的眼睛对于无限大的布里阿留斯 [12] 有些经验呢。”他回答道：

---

⑩ 直至此地，但丁与维吉尔均在最后的堤岸上向着中心行走，此时始转向左边，沿着第九圈（深渊）之边界上行走。

⑪ 厄菲阿尔特斯（Fialte=Efialte）与其众兄弟为海神之子，与奥林普斯诸神战。厄菲阿尔特斯为勇敢巨人之一。

⑫ 布里阿留斯（Briareo）亦为与神战之巨人，维吉尔诗中谓其有百臂五十头。又拉丁诗人斯塔提乌斯（Stazio）曾以“无限大”（immensus）一字形容之。

“安泰俄斯靠近手边了，你将看见他，他的身上没有链条，他能够说话，他将把我们送到万恶之底。你所希望看见的一个站在远处呢；他也是缚着，和这里一个差不多形状，不过面貌更加凶猛些罢了。”

厄菲阿尔特斯听了这句话以后，他把身子摇动，从来没有一次地震把一个高塔摇动到这样厉害。那时我觉得他比死神还要可怕，假使我不知道他是缚着，也许我吓死在那里了。

于是我们又向前赶路，到了安泰俄斯旁边；除头以外，他露在潭外的身子有五个人张开臂膀那么长。

我的老师对他这样说：“你呀！在那荣幸的山谷里——那里后来西庇阿赶走了汉尼拔——你曾经捕捉了一千只狮子；人家相信，假使你帮助你的兄弟，参加抗神大战，也许‘地之诸子’可以得着胜利呢。请你不要轻蔑我们，把我们放到冰着的科奇土斯湖上面，不要使我们去请求提替俄斯和提佛乌斯；这一个人能够给你们所希望的东西呢；所以，请你弯一弯腰吧。不要扭转嘴唇来骂人。实在，他能够复活你在世的英名；他还活着，假使天不夺去他的恩惠太早，他的寿命还长呢。”[13]

---

⑬ 安泰俄斯（Anteo）身上没有链条，因为他在抗神之战时守着中立。赫拉克勒斯发现安泰俄斯脚不触地便无气力，于是把他举在空中杀死。安泰俄斯捕狮地在非洲之扎马（Zama），那里西庇阿（Scipione）曾击败汉尼拔（Annibale=Hannibal）。所谓“地之诸子”指抗神的（转下页）

HELL
Canto 31

实情是他的左臂在前，
右臂在后，
都锁在链条上面，
而且他露着的身子上有链条绕了五圈。

我的老师说完以后，安泰俄斯立刻把手臂伸出来（赫拉克勒斯早已觉得他们的力量了），他握住我的引导人在手掌里。维吉尔觉得坐安稳了，他对我说：“你快些来吧，我可以抱住你。”于是我和他合作一团。

当一个人立在斜塔卡里森达倾侧的一面，仰望着向前去的一朵白云，那时他觉着的幻象正类于这时安泰俄斯给我的。[14]我注意他怎样弯腰，有一个时候我十分害怕，很懊悔不另择一条路径；但是他轻轻地把我们放到深渊之底，那里吞没了卢奇菲罗和犹大；他并不长久地弯着腰，他自己站了起来，好像船上竖起桅竿一般。

（接上页）诸巨人。提替俄斯（Tizio）和提佛乌斯（Tifo）均为巨人，为朱庇特大神打入埃特那（Etna）山下；参见《地狱》第十四篇注⑤。

⑭ 卡里森达（Carisenda）为波伦亚之斜塔，人立倾侧一边之地上，仰望白云向前飘过，则有白云不动、斜塔下倾的幻象，使人生畏。但丁谓巨人弯腰，使人有塔倒之感。

HELL

第三十二篇

第九圈，叛徒；第一环（该隐环）；第二环（安特诺尔环）。鲍卡；乌格利诺。

假使我有粗厉的诗韵，似乎较为适合于描写那受其他各圈所重压的可怕的深穴，那么我也许表示我思想的精髓可以更加完满。可是我没有这种诗韵，所以我说到他的时候未免有点忧愁，因为描写全宇宙之底，这件工作并非玩意儿，也不是叫爸爸妈妈的舌头可以担当得下的；但是，那些帮助安菲翁筑成忒拜城的女神可以助成我的诗句，所以我的文字也许不过于离开事实。①

① 《神曲》原本的诗韵是很有规律的，但丁深恐描写地狱末圈（其他各圈都压在上面），难以恰到好处。又但丁所用的文字，就是当时叫爸爸妈妈的俗语，深恐这样幼稚的文字及不到拉丁文的魄力。但是但丁不怕艰难，毅然干下去，自信得诗歌女神之助（就是他自己的天才），结果也不至于太坏。安菲翁（Anfione）弹七弦琴，因得女神助，音调极动人，因使顽石有灵，从山上飞下，绕安菲翁自动堆成一城，此即忒拜城之起源。

你们呀，最卑下的罪人，住在这个难于描写的地方，就是在世上做了猪狗，也比你们在这里好些呢！

当我们在昏暗的井底，站在比巨人的脚还要低的地方，[2]我正仰望着四周的高墙，我听见有人对我说："当心你的脚步！勿要踏了可怜的兄弟们[3]的头颅！"

我掉转头来，在我前面脚下我看见一个湖，里面并非是水，却是玻璃一般的冰。就是奥地利的多瑙河，或是顿河，在严肃的冬天，他们那里的冰都没有此地所见的厚。因为，假使坦贝尔尼契山或庇埃特拉帕纳山[4]落在上面，也不会使他破裂。

那里苦恼的灵魂都没在冰里，一直没到因羞耻而发红的面颊。他们的面色发青，他们的牙齿战栗作声，像鹤叫一般；这种景象，和农妇梦着收获时候[5]的青蛙，身子没在水里，嘴透在外面阁阁地叫，没有两样。他们的头俯着，看他们的嘴，证明他们的寒冷；看他们的眼睛，证明他们心里的悲伤。[6]

那时我在脚下四周看了一会儿，看见有两个罪人，

---

② 冰湖愈到中心愈低，巨人弯腰置但丁于其脚前稍远之处。

③ "兄弟们"可指该圈全体罪人；或指下节阿尔贝尔托的二子，则其中之一即此处发言人。

④ 坦贝尔尼契山（Tambernic）当为斯拉沃尼亚（Slavonia）的山；庇埃特拉帕纳山（Pietrapana）或即阿普阿纳山（Pietra Apuana）。

⑤ 指夏天。

⑥ 嘴里牙齿震动有声，眼睛里有泪水。

他们的头发紧靠着，分不出你的我的。我问道："告诉我，胸膛紧贴着的两位，你们是谁？"于是他们仰起头来向着我，我看见他们眼眶里的泪珠涌出睫毛外面，但是并不淌下来，立即冰冻，把两眼封锁；就是铁钉钉木片也没有这样坚固。于是两个罪人都恼怒了，像山羊一般，额角抵住额角，死不放松。

另外有一个灵魂，他的两耳已经冻落了，他的面孔也向着下面，他对我说："为什么你这样注视我们？假使你要知道这两个是谁，他们的父亲阿尔贝尔托和他们自己都统治过毕森乔河经过的山谷。⑦他们本是同根生；你找遍该隐环⑧，也寻不出一个比他们更值得固定在胶质里面的。⑨既不是那个被亚瑟王一手刺穿胸膛和影子的；⑩也不是浮卡治⑪；更不是遮住我眼光的这一个，他的名字叫做马斯凯洛尼⑫，假使你是托斯卡那人，你一定很知道他的。要是你不再需要我多说，请你记住我是

---

⑦ 毕森乔（Bisenzo）河在佛罗伦萨西，从右岸流入阿尔诺河。亚历山大（Alessandro）和拿破仑（Napoleone）为伯爵阿尔贝尔托（Alberto di Mangona）之二子。伯爵死后，二子相争，皆杀死。

⑧ 该隐环（Caina）由该隐得名；第九圈中之第一环，亲族相残者居之。

⑨"固定在胶质里面"即"冻在冰中"，嘲笑语。

⑩ 指摩德瑞德（Mordrèd），为英王亚瑟（Artù）之子，欲篡位，王知其谋，以矛刺之，适其时有太阳光，故胸膛和影子皆被穿。

⑪ 浮卡治（Focaccia de'Cancellieri）为皮斯托亚人，据云彼曾杀堂兄弟，又云杀父，因此遂生黑白二党之互相残杀，在佛罗伦萨则为后来引起者。

⑫ 马斯凯洛尼（Sàssol Mascheroni）为佛罗伦萨人，曾杀侄（又云杀弟）谋产。

卡密施庸，我等着卡尔利诺来和我较量呢。[13]”

稍后，我看见那里几千几百个面孔，都冻得发紫。我一想到这个冰湖，全身就像给冰水浇了，连打几个寒战。

我们向着重物所趋的中心[14]走，在永远的冷气中发抖，这是意志呢，是命运呢，是偶然呢？我都不知道。

我走在许多头颅之间，我的脚忽然踢着一个面孔，踢得很重。

这个灵魂哭起来了，叫道：“为什么你踢我？假使你不是来报复蒙塔培尔蒂的仇，[15]那么你为什么这样蹂躏我呢？”

那时我说：“老师！请你在此地等一下吧，这个灵魂引起我的疑问了；以后你叫我走得无论怎样快都可以。”

我的老师停步了。

我对那个还在怒骂的灵魂说：“你是谁，这样地骂别人？”

他答道：“那么你是谁？走过安特诺尔环[16]，踢了别人

---

⑬ 卡密施庸（Alberto Camicione de’Pazzi）曾杀其亲族乌伯尔提诺（Ubertino）。卡尔利诺（Carlino de’Pazzi）为白党，曾以城堡让黑党，其罪较卡密施庸尤大。

⑭ 即地球中心点。

⑮ 蒙塔培尔蒂之战，参见《地狱》第十篇注⑪。此罪人名鲍卡（Bocca degli Adati），本为吉伯林党，但助贵尔弗党作战，于战事吃紧之际，忽斩贵尔弗党执旗者之手，因此该党大败。

⑯ 安特诺尔环（Antenora），据中世纪传说，安特诺尔（Antenor）为特洛伊之卖国贼，故此环卖国者居之，为第九圈中之第二环。

HELL Canto

那里苦恼的灵魂都没在冰里，
一直没到因羞耻而发红的面颊。

的面孔，就是活人的脚也没有这样重！”

我答道：“我本来是活人，假使你要扬名，现在是极好的机会，因为我可以把你的名字记下来，再传到人间呢。”[17]

他对我说：“我所希望的正和这个相反！滚蛋吧，不要再烦恼我了，因为你实在不会安慰冰湖里面的居民呀！”

于是我拉住他后脑袋上的头发，对他说：“你非说出你的名字不可，否则你不要想在脑袋上可以留一根毛！”

他答道：“就是拔得精光，我也不告诉你我是谁；就是你践踏我一千下，我的面孔也不仰起来给你看见。”

我已经把他的头发绕在手上，已经拔去了一簇，于是他像狗一般地叫着，可是仍旧俯着头；当时另有一个灵魂叫道：“你添了什么痛苦，鲍卡？你的牙齿和牙齿还碰得不够么？何必再学狗叫呢！什么魔鬼惹了你？”

我说：“现在我用不着你说了，可诅咒的卖国贼；说着你的真新闻，就是你的耻辱！”

他答道：“滚你的蛋吧！你欢喜怎样说，就怎样说；但是你走出此地的时候，不要漏掉这个饶舌的。[18]他在这里哭泣法国人给他的银子呢；你可以这样说：‘他是杜埃拉，我看见他和一班罪人站在冰潭里面。’如

---

⑰ 但丁与维吉尔常用此法使罪人自白其姓名，但此处行不通了，亦文中之一种变化。

⑱ 杜埃拉（Buoso da Duera）将要隘售于法人，因此查理得入普里亚。参见《地狱》第二十八篇注④。

若有人问起别的灵魂，那么在你旁边的是贝凯利亚，他的喉咙是给佛罗伦萨人割断的。[19]我想，再远一些就是索尔达涅利[20]、加尼龙[21]，还有泰巴尔戴罗，他在人家睡着的时候把法恩察的城门开了。[22]”

我们离开他，走了几步路，看见两个冻灵魂放在一个洞里，他们靠得这样紧，一个的头做了别一个的风帽；在上的一个把牙齿插入别一个的后脑袋，好像饿鬼咬面包一样。从前提德乌斯狂怒着咬梅纳利普斯的太阳穴，[23]不异于他咬那头颅和那连带的部分。

我说：“你呀！看你这样残酷的形状，就可以证明你对于这个被咬者的忿恨，请你告诉我这是什么缘故？假使你的仇视他是有理由的，那么你使我知道你们的名字和他的罪状，我可以到世上去替你宣扬，只要我对你说话的舌头不枯掉。”

---

⑲ 贝凯利亚（Tesauro dei Beccheria）在佛罗伦萨做教皇代表，于吉伯林党被逐后（1258年），曾阴谋反抗贵尔弗党，为佛罗伦萨人所杀。

⑳ 索尔达涅利（Gianni de'Soldanier）本吉伯林党，叛而归贵尔弗党。

㉑ 参见前篇注②。

㉒ 泰巴尔戴罗（Tebaldello）为法恩察（Faenza）人，曾在夜间开城门迎敌人（波伦尼亚之贵尔弗党）。

㉓ 在七王围攻忒拜之役，提德乌斯（Tideo）与梅纳利普斯（Menalippo）互斗，二人皆重伤，梅纳利普斯先死，提德乌斯捧其头咬之以泄忿。

HELL Canto 32

我走在许多头颅之间，
我的脚忽然踢着一个面孔，
踢得很重。

HELL

我已经把他的头发绕在手上，
已经拔去了一簇，
于是他像狗一般地叫着，
可是仍旧俯着头。

第三十三篇

续乌格利诺的故事。第三环（托勒密环）。

那罪人抬起他的嘴，放下他的肉酱，在他仇人的头发上抹了一抹嘴唇；于是他开始说："你要我重提旧日的恨事，在我没有开口之前，想到了就叫我心痛！但是，假使我的话是一粒种子，可以把我所咬的叛徒的罪恶传播出去，那么我的话拌着眼泪说给你听吧。

"我不知道你是谁，也不知道你怎样会到这里；不过，我听了你的口音，似乎你是一个佛罗伦萨人。你应当知道，我是伯爵乌格利诺，这一个是总主教卢吉埃里；[①]

---

① 在比萨的贵尔弗党以乌格利诺（Ugolino）及其外孙尼诺（参见《地狱》第二十二篇注⑧）为之魁；吉伯林党之魁为该城总主教卢吉埃里（Ruggieri）。乌格利诺欲专权，遂与卢吉埃里合谋，将尼诺驱逐（1288年）。卢吉埃里见乌格利诺势孤，即设法将乌格利诺及其子孙幽禁。及至次年，圭多将军（参见《地狱》第二十七篇注①）统兵于比萨，将牢门之钥匙投于河中，乌格利诺等均饿死。

我将告诉你，我为什么会有这样一个伴侣。我怎样中了他的阴谋，怎样被擒，怎样被他置于死地，这些都用不着多说；不过，关于我的死法，死得怎样悲惨，这是你要知道的，你应当静听的，否则你不会明白我仇视他的理由。

“只有一个小孔开在我幽禁处的壁上，那里因为我的缘故有‘饿塔’之称，固然那里也关闭过许多别人。我从小孔里看见月光，知道我等在那里已经有几个月了，那时我做了一个噩梦，因此我的‘希望之幕’撕破了。

“我梦见这个人是一位主人和大官的神气，追逐一只狼和他的小狼。在比萨和卢卡之间的山上，他带着瘦瘦的猎狗，伶俐而凶猛；瓜兰迪、席斯蒙迪和兰弗朗奇等族，②做他的前驱。追逐了一会儿，那个父亲和他的儿子都疲倦了，我似乎看见他们的肚皮都给爪牙弄破了。③

“我在天明之前觉醒，我听见伴着我的孩子们④在梦里哭着要面包吃。假使你想到我心里所害怕的预兆，还不发生伤感，那么你真是硬心肝了；假使你对于这个不哭，试问还有什么可以叫你哭呢？

“他们都觉醒了，往常送东西来吃的时候到了，我

---

② 瓜兰迪（Gualandi）、席斯蒙迪（Sismondi）、兰弗朗奇（Lanfranchi）诸族均属比萨吉伯林党领袖。

③ 此梦之寓意极明了：狼与小狼为乌格利诺及其子孙，猎人为卢吉埃里及吉伯林党人。

④ 两个为乌格利诺之子：伽多（Gaddo）及乌圭乔涅（Ugoccione）。两个为乌格利诺之孙：安塞尔摩（Anselmuccio）及勃利伽塔（Brigata）。此四童亦被幽禁。

们各人都忧愁着各人的梦；[5]那时我听见塔下的门加锁了，我注视着孩子们的面孔，但是一言不发。我也不哭，我的心已经和化石一样了。他们哭着；我的小安塞尔摩对我说：‘你为什么这样注视我们，爷爷？你感觉到什么不快？’

“但是我不哭，我也不回答。一个整天，一个整夜，直等到太阳重照大地。那时阴森的监牢里透进微弱的光线，我在他们四个的脸上，看出我自己的神色；[6]因为悲伤，我咬自己的双手。他们意谓我要吃东西，立刻站了起来，说：‘爸爸，要是你咬我们，我们觉得痛苦还小些；我们可怜的肉是你给我们的，现在还是由你拿去吧！’于是我镇静了，免得加重他们的不幸。

“那一天，和后来的一天，我们都和哑子一般。不仁的地呀！你为什么不裂开呢？

“到了第四天，伽多躺在我的脚前，说：‘我的爸爸，为什么你不来帮助我呢？’于是他就死了。在第五天和第六天，其余三个都前前后后地倒下来了；那时我的两眼已经看不明白，我暗中摸索他们的尸体；在他们死后两天之中，我还呼唤他们的名字；后来那饥饿的权力强于悲伤。”[7]

---

⑤ 其梦未必尽同，但均为不祥。

⑥ 那里没有镜子，看着别人的苦脸，因而推想到自己的苦脸。

⑦ 此句有两解。一解：彼未因悲伤而死，但最后却因饥饿而死了。又解：乌格利诺饥饿难忍，竟至食孩子之尸体。译者意谓前解较合。

当他说完以后，他的眼珠闪动一下，于是又把他的牙齿插入那个可怜的头颅里面，直达硬骨，和狗咬肉骨头一般厉害。比萨呀！因为你，美丽的土地上，那里处处听见“西”[⑧]字的语音，全体人民都蒙着羞辱了；因为你的邻邑不急加征讨，我希望卡普拉亚和格尔勾纳二岛移近来堵塞阿尔诺河口，[⑨]好叫河水泛滥，淹没了住在你城里的市民！因为，假使伯爵乌格利诺有出让城堡的媚敌行为，[⑩]你不应当活活地牺牲他的孩子。新的忒拜人呀！[⑪]他们这般年轻，使他们清白无罪；他们是乌圭乔涅和勃利伽塔，还有两个前面已经提到。

我们向前行进，我们看见别的葬在冰里的灵魂，不过，他们并不俯着头，他们都仰着脸。他们欲哭不能，因为那泪水已经结冰，装满了他们的眼眶，像水晶一般；因此他们心中焦急，痛苦更甚。

虽然那里比前面更加寒冷，但是我脸上好像生了老皮，倒也不觉得难受，不过我觉得有些风吹，我问道：

---

⑧ “西”(si) 意云“是”，说意大利语之土地，即意大利。

⑨ 卡普拉亚（Caprara）和格尔勾纳（Gorgona）两小岛在阿尔诺河口外，其时为比萨所统治。

⑩ 一二八四年比萨人见败于热那亚人，乌格利诺出让几个城堡给佛罗伦萨人及卢卡人。有人以为此举目的在替比萨人解怨，并非通敌。但但丁一定知之甚确，否则不会因其阴谋驱逐尼诺一事而置之安特诺尔环内也。

⑪ 但丁谓比萨人是新的忒拜人，原因不明，也许是指阿塔玛斯疯了杀子，其妻抱子投海等事（见《地狱》第三十篇），因比萨人饿死无罪的孩子，无异残酷之疯汉也。

HELL Canto

他们欲哭不能，
因为那泪水已经结冰，
装满了他们的眼眶，
像水晶一般。

"老师，这风是怎样生的？难道下面还有空气流动么？"他回答道："你马上可以到了那里，你自己的眼睛可以回答你的问题。"

那时有一个在冰里的罪人叫道："残忍的灵魂呀！最后一个住处等着你呢！⑫请你把我眼睛上面的硬幕除掉吧，在再冰结以前，我心里的苦恼可以略微发泄一下呢。"我对他说："假使你要我帮助，先告诉我你是谁；假使我不替你肃清，我就沉到冰底。"因此他回答道："我是教友阿尔伯利格，我是恶果园的主人；在这里，为了给别人无花果，我不得不接受海枣子！⑬"

我对他说："啊！难道你已经死了么？"他对我说："我的肉体是否还立在世上，我自己也不清楚。这是托勒密环的特点，就是在阿特洛波斯没有割断生命线之前，一个人的灵魂常常可以先落到这里来。⑭我要使你更欢喜替我扫除面孔上的障碍，我多告诉你一点吧。

---

⑫ 这是阿尔伯利格，他以为但丁也是过路（到最末一环去）的罪人。

⑬ 阿尔伯利格（Alberigo de'Manfredi）为"欢喜教友"之一（参见《地狱》第二十三篇注③），因争法恩察之政权，暗杀其亲族于宴席之上。刺客闻"果子端来！"一语即下手，故文中有"恶果园"及"给别人无花果"等。末句言外之意：我做了恶事，不得不受更大的刑罚。阿尔伯利格在一三〇〇年尚未死，故使但丁惊奇。

⑭ 托勒密环（Tolomea）为第九圈中之第三环，暗算宾客者居之。托勒密（Tolommeo）可指二人：一为犹太耶利哥（Jericho）首领，彼曾请西门及其二子来彼堡中，即暗杀之。一为埃及王，庞培败后曾往彼处避难而被暗杀。阿特洛波斯（Atropòs）为决定人生寿命三女神之一：一纺生命线，一量其长，阿特洛波斯割断之。

“一个叛逆的灵魂，譬如我，他的肉体为一个魔鬼所据，从此魔鬼管理那个肉体，直到他生命的尽头，灵魂却先落到这个深渊来。在我后面的这一个，灵魂已经在冰里了，但是他的肉体还逗留在地面上。假使你是方才到这里的，你一定知道他，他就是勃朗卡；[15]他这样关锁着已经多年了。”

我对他说：“我想你是说胡话，因为勃朗卡还没有死；他还是在那里吃、饮、睡、穿。”他说：“在马拉卜朗卡，那里沸着沥青，有一个名叫臧凯的，在他没有到那条沟里以前，勃朗卡的肉体已经在魔鬼手里，还有他一个亲族做帮凶的也是这样。……不必多说了，你的手来开我的眼吧！”但是我不替他开眼；对于一个恶人无礼貌正是有礼貌。[16]

热那亚人呀！你们是离开一切道德的人，已经恶贯满盈了，为什么不灭迹在地面上呢？在最坏的罗马涅的灵魂[17]旁边，我找着你们中间的一个，因为他的恶行。他的灵魂现在已经浸在科奇土斯冰湖里面，但是在地面上，他的肉体还活动着呢。[18]

---

⑮ 勃朗卡（Branca d’Oria）为热那亚武士，曾于一二九〇年杀其岳父臧凯于宴席之上，其侄助之。臧凯事见《地狱》第二十二篇注⑪。

⑯ 欺骗一个叛徒是善行，而帮助上帝惩戒恶人是对于上帝有礼貌。此种观念在十三世纪很普遍。

⑰ 即阿尔伯利格，因法恩察在罗马涅区域之内。

⑱ 灵魂已入地狱，而肉体犹留人间，即中国“行尸走肉”之谓，此亦但丁将活人放进地狱之一法也。

第三十四篇

第四环（犹大环）。卢奇菲罗；布鲁都和卡修斯。但丁穿过宇宙中心点，出地狱。

我的老师说："地狱王之旗向我们前进矣。[1]你向前面看，是否看得清楚？"

好比一块乌云飘过，或是黑夜下临大地的时候，前面现着一个风车，正在风中打转；我所看见的东西就是这般形状。那里的风真厉害，我只得退缩在我引导人的背后，因为那里没有别的东西可以做屏风。

我已经到了那里（我写的时候还是伴着恐怖），那里的灵魂全然盖在冰下，像水晶中间现着的草梗一般。

---

① 原诗第一行为拉丁文：Vexilla Regis prodeunt inferni，前三字为第六世纪人浮图纳图斯（Fortunatus）的赞美诗原文，用以咏"十字架"，但丁加了 inferni，遂用以咏撒旦之翼。

有的躺着，有的直立着，有的倒立着，还有的弯着腰，面孔靠近脚。

我们再走前一些，我的老师很欢喜地把那个从前很美丽的造物[②]指点给我看；他把身子闪在一边，叫我停步，他说："你看狄斯，你看这块使你却步的地方！"

读者诸君，我那时惊吓得怎样变为冷冰一般，怎样四肢麻木不仁，你们不必问我，因为所有的语言文字都够不上说明。我并没有死，我却失去生。请聪明的读者想想吧，既不生，又不死，试问我成了什么样子？

那个苦恼国的大王，上半身透出冰外；我的身材和巨人相比，正合巨人和他的臂膀相比；假使你们从他的一只臂膀推算，他的全身应当有多么大呢？假使他从前那样美丽，现在就这样丑恶；假使他从前昂首反抗创世主，现在就感受一切的痛苦，这都是当然的道理。

我多么觉得奇怪呀！我看见他的头有三个面孔：在前的是火一般红，其他两个正在每边肩胛以上，和正面的太阳穴相接合，右面白而带黄，左面像从尼罗河上游来的。[③]每个面孔以下生了两只大翅膀，适合于大鸟

---

② 撒旦在未入地狱以前原为最美丽的天使。此处所谓地狱王、恶魔、狄斯、卢奇菲罗，均指撒旦一人。

③ 尼罗河上游来的指非洲黑人。三种颜色的面孔解说很多，最妥当者解说为怨恨、柔弱、愚昧，和"三位一体"之美德适相反。参见《地狱》第三篇注①。

的飞扬，我在海上也没有看见过这样大的帆。不过翅膀上面并不长着羽毛，只是和蝙蝠一样的质地。他们鼓翼生风，风吹三面，因此全科奇土斯都冰冻了。他的六只眼睛都哭着，眼泪淌到三个面颊以下，那里就混合了血的涎沫。在每个嘴里，牙齿咬住一个罪人，好像铁钳一般，就是说，有三个罪人在那里受刑罚。在正面的一个，与其说他是被咬，不如说他是被剥皮，因为那时他的背上已经撕去一条条的皮了。

我的老师说："那个头在嘴里、脚在外面乱动的灵魂是加略人犹大，他所受的刑罚最大；④其余两个的头在下面，一个挂在黑面孔嘴下的是布鲁都；你看他怎样在那里扭动，但是并不说一个字。其他一个是卡修斯，他的肢体很强壮。⑤……现在已经天夜了，⑥我们应当去了，因为我们已经全看过了。"

依照引导人的意思，我抱紧了他的颈根；他看准了时刻和地点，等那翅膀张得顶开的时候，从那多毛的一

---

④ 犹大（Giuda Scariotto=Judas Iscariot）为出卖耶稣之叛徒。地狱第九圈第四环为犹大环（Giudecca），即从他得名，此处惩戒反叛恩主者。

⑤ 布鲁都（Bruto）与卡修斯（Cassio）为谋杀凯撒的人。但丁主张政教并立，皆以福民为事。王者以人智治国，使人能守哲理道德，得现世之福。教主以神智化民，引人入于宗教信仰，得永久之福。极恶者举犹大，盖以其出卖耶稣教主之故。布鲁都与卡修斯杀罗马第一君主凯撒，所以亦为极恶。

⑥ 此时为星期六下午七时许。

边降下去；在那毛和冰之间，有容得下我们的空隙。他攀住毛一步一步下降，直到恶魔的臀部，在那里他很费气力地掉转了头和脚，沿着毛向上爬，我以为又回到地狱去了。⑦

我的老师气喘地对我说："你抱紧我，我们就要用这种梯子，爬出众恶之窟。"后来他从一个石缝里透了出来，先把我安置在石上坐着，于是他再跨出他疲劳的脚步。

我抬起我的眼睛，我想仍旧可以看见方才的卢奇菲罗，但是景象大变了，我看见他两脚向上！我那时好像一个粗鲁的人，不懂事情为什么会这样颠倒，真叫我惊奇不绝。

我的老师说："站起来吧！路程还长呢，而且路难走；现在太阳已经到早晨之半了。"⑧我们所在的地方，并非王宫，只是一个洞，土地高下不平，又缺乏光线。

我站起来说："在我离开深渊之前，老师呀，请你略微告诉我几句，使我从疑团里走出来。冰到哪里去了？为什么他会颠倒过来？为什么一忽儿晚上会变作早晨？"

他对我说："你以为还在中心点的那一边，在那一边

---

⑦ 维吉尔背了但丁，把撒旦身上的毛当梯子，下降到地球之中心点，适当撒旦的臀部，维吉尔掉转来向上爬，但丁以为方才下降，现在又上爬，觉得又回到地狱里去了。

⑧ 古时把一天分作早晨、午前、午后、近晚四段落；早晨之半为上午七时半。东半球日落，正是西半球日上，维吉尔已经在西半球的地下了。

他的六只眼睛都哭着，
眼泪淌到三个面颊以下，
那里就混和了血的涎沫。

HE
Canto

我曾攀住穿过世界的恶虫的毛。[9]在我下降的时候，你却是还在那一边；但是我掉转我自己的时候，那时你就经过那一切重物所趋的中心点了；现在你已经到了这半球的下面，正对着那半球，那里盖着大陆地，[10]在那里的中区曾经牺牲了一个人，他一生并没有一点罪过；[11]现在你的脚立在一个小球面的这一边，那一边就是犹大环，[12]那一边是晚上，这一边正是早晨；这一个把毛给我们做梯子的，仍旧和从前一样，并没有颠倒过来。他从天上落下来，是落在这一边的；本来大陆地是在这一边的，因为怕他的缘故，就没到水里，逃到我们那半球去了；或者也是因为避他的缘故，这一边留下一个空处，同时地面也隆了起来。[13]”

---

⑨ 撒旦上半身在东半球地下，下半身在西半球地下，臀部当地球中心点，好比虫咬果子核，故云“穿过世界的恶虫”。

⑩ 古人以为北半球为大陆，南半球为海洋。

⑪ 古人以为耶路撒冷为北半球之中区。无罪过而被牺牲之一人指耶稣。

⑫ 此处所谓小球面是想象的，好比一个果核，这一边的核面为但丁立脚地，那一边的核面即犹大环。

⑬ 撒旦从天降落，地球上发生两种变化。一是本在南半球的大陆不肯接受他，好比大鱼一条，没入水中，逃到北半球再露出水面。二是撒旦的头将触到地球时，所有水土、岩石都不敢碰着他，只有逃避他，于是从地面（耶路撒冷的对面）到地心成了一个洞，撒旦经过以后再闭合起来，可是已经留下空隙；那逃避的土和岩石就从海洋中隆了起来，成为一座净界山（有类鼹鼠打洞，洞口外留一土丘）。撒旦从地道落到地球中心而止，地狱在撒旦未到以前已经预备好了（参见《地狱》第三篇）。但丁此处说明从“地狱”到“净界”山脚的隧道和净界山之由来。

那里的空处，长得和恶魔的坟墓一样深。[14]那里不用眼睛看，只用耳朵听着一条小溪的水声。[15]那条水从一个岩石的隙缝流进来，因为年久的缘故，岩石被水腐蚀了，那水道也就盘旋曲折。

引导人和我走上隐秘的路，再回到光明的世界；我们并不休息，我们一步一步向上走，他在前，我在后，直走到我从一个圆洞口望见了天上美丽的东西。

我们就从那里出去，再看见那灿烂的群星。[16]

---

⑭“恶魔的坟墓”即地狱，从地心到耶路撒冷和从地心到净界山脚长度相等，因为地是球形的。

⑮沿着溪水上升，隧道中无光，幸有水声，可“以耳代目”。

⑯《神曲》三部，均以“群星”作结，象征由黑暗趋向光明，由卑下趋向高尚，由罪恶趋向至善。

L A D I V I N A C O M M E D I A II 净界

神曲

[意] 但丁·阿利吉耶里 著

王维克 译

浙江文艺出版社

目　录
CONTENTS

净　界

我已清净而准备上升于群星。

净界

第一篇

但丁和维吉尔到达岛上，其处卓立着净界山。与卡托相遇。

我智慧的小船高扯着帆，现在航行在较平静的水上，把那苦恼的海抛在后面了。[①]

我将歌唱第二国度，在那里人类的灵魂洗净了，使他有上升天堂的资格。把悲惨的诗篇收起，换一个调子吧！神圣的诗歌女神呀！我早已委身于你，请你帮助我！卡利俄佩！[②]请伴着我一忽儿，使我的文格高尚而优美，借我以悦耳的声调，这是你战胜那些王女，叫她们变成可怜的喜鹊，不再有恢复原状之希望的声调。[③]

---

① “小船”，但丁自言其想象力；言其文思出“地狱”而入“净界”也。

② 卡利俄佩（Calliope）为九女神之一，掌叙事诗。此处但丁呼吁神助。

③ 国王珀洛斯（Pierio）有九女，蔑视女神之威权，欲与比赛，后败，闻卡利俄佩之歌声，悉变成喜鹊。

当我离开陈腐的幽窟（那里既刺我目，更伤我心），我的眼光就和苍穹的东方的蓝玉[4]色相接触，透明凉爽的空气直达第一重天[5]，使我感到愉快。

向东方看，那美丽的行星向我微笑，她是爱情的鼓动者，她的光芒掩过了她的随从双鱼星。[6]我转向右边，观察南极；我看见四颗明星，除却第一对人以外，没有别人看见过[7]；天上似乎因为他们的光芒而喜悦。住在北半球的人呀！你们不能注视这些明星，是多么少眼福呀！

当我转身向着北极时，北斗七星已完全没在地平线下了。

我忽然看见一位孤独的老人[8]近在面前，看见他不禁使人生了一种儿子对于父亲的尊敬心。他的胡须很长，已经花白了，和头发从耳旁一齐下垂在胸前。那神

---

④“东方”指小亚细亚之米底（Media），此地产“蓝玉”或“青宝石”，最美丽、最透明。

⑤ 第一重天即月球天。

⑥ 金星（Venus）为爱神星。诗言此时金星位在双鱼宫之前，均先太阳出现于东方。实际，一三〇〇年春季，金星并非位在双鱼宫，但丁或许依据传说。参见《地狱》第一篇注⑥。

⑦ 今南天有“南十字架”星座，为四明星所成。然但丁言除亚当夏娃外，其时未有人知（因地上乐园与耶路撒冷对极，亚当夏娃被逐后，人类乃繁衍于北半球），故注释者均谓此四星是象征的，乃指谨慎、正义、勇敢、节制四种主要的美德。

⑧ 老人是乌提卡之卡托（Catone Uticense），为凯撒的反对者，战败后宁可自杀，不愿堕入敌人手中。卡托在此守护海岸，即净界山脚。

圣的四星照在他的脸上，简直和白昼的阳光一般。

老人摸着胡须说：“你们是谁？你们是沿着溪水，从永久的监牢里逃出来的么？谁引导你们？什么火把照着你们走出永久的幽谷、深沉的黑夜呢？地狱的法律就这样被破坏么？难道天上新定了制度，允许你们罪人接近我的岩石么？”

于是我的引导人拉着我的手，示意叫我向老人鞠躬并下拜。后来，维吉尔答道：“并非我自己的力量能够到达此地；天上一位圣女降下来，叫我伴着这个人。因为你叫我们说明来历，我不能违背你的命令。这个人还未见到他的最后一刻呢，但因他自己的猖狂，距离也不在远了。

“我已说过，我是受着护送他的使命，除现在所取的一条路径以外，是没有旁的路了。我已经把那些犯罪的人类给他看过，现在我要把你所管理的一班涤罪的灵魂指点给他。我们的来路已长，无暇细说；总而言之，我得了天上的帮助，才能够到达你的面前。

“也许你欢迎他的到达吧，因为他是寻求自由而来的；自由是一件宝物，有不惜牺牲性命而去寻求的呢，这是你所知道的。为着自由，你在乌提卡视死如归，若无痛苦，那里有你的遗体，到那伟大的一天[9]，他将是很光辉的。

---

⑨ 所谓“伟大的一天”指“最后判决”。参见《地狱》第六篇注⑦。

“我们并没有破坏永久的法律，因为他是活人，我也没有受米诺斯的束缚；我所住的圈子，那里玛尔齐亚发着纯洁的眼光，她似乎还在祈求你把她看作你的妇人呢。[⑩]因为爱情的缘故，请你帮忙，允许我们经过你的七个区域！我要在你玛尔齐亚的面前说及你的恩惠。”

于是老人说：“我住在那半球时，玛尔齐亚在我眼里是很可爱的，她所要求于我的，我未有不允许她。但是，时至今日，她在恶流的那边，我也不能擅离职守，所以她不能再和我接近了；这是不可违背的法律。[⑪]然而，如你所说，既然有天上一位圣女引导你，那么也就用不着说这些好听的话，提起她的名字就够了。

“去吧！替你的同伴用灯芯草做一根缚腰的带子，替他洗洗脸，揩去地狱里的污迹，因为带着污迹去见这里的官员是不行的，他们都是天堂里的居住者。[⑫]这小岛的周围，被波浪不断地打着，那里岩缝之中生长着灯芯草，别的植物就不能在那里发叶展枝，这是因为海水冲击的缘故。

“最后，你们不必回到我这里了。太阳要上升了，你们会找着一条较平坦的路径，由那里攀登上去。”

---

⑩ 玛尔齐亚见《地狱》第四篇注⑬。玛尔齐亚曾与卡托离婚，再嫁其友人；友人死，复归故夫卡托。

⑪ “恶流”指阿刻隆河。卡托原在地狱“候判所”，为耶稣救出，派在净界山脚守护，不得再和“候判所”里的灵魂有任何关系。

⑫ 执行神圣业务的官员，在地狱为诸魔鬼，在此地为诸天使。

老人说完这句话，马上不见了。

我立起来，眼望着我的引导人，一言不发。他开始说："我的孩子，跟着我的脚步！由这里向着水边走去吧。"

黎明已把夜的最后一刻赶走了，我远远望见海水的颤动。我们沿着寂寞的坦道走去，好比一个人回到已失去的旧路，及他既到了那里，似乎又感到"虚此一行"。我们到了一处，那里的露珠已在阳光下挣扎，匿在影子后面小草上的还能苟延残喘。

我的老师把一双手掌在小草上摩擦；我已经明白他的目的了，把满积泪痕的面颊向着他；他把我在地狱里的污迹都洗净了，恢复我本来的面目。

于是我们到了荒凉的水边，此处从未有人航行而来，也从未有人扬帆而去。[13]在那里我的老师替我拔取灯芯草做了带子，[14]一如老人之所命。

真奇怪呀！他拔取了那谦逊的植物以后，那里马上又生长出来了。

---

⑬ 净界山非人迹所能到。参见《地狱》第二十六篇注⑱。

⑭ 灯芯草做的带子，说是象征着"谦逊"和"诚实"，这是忏悔者应有的态度。

在那里我的老师替我拔取灯芯草做了带子，
一如老人之所命。

第二篇

灵魂的上岸。音乐家卡塞拉。

在耶路撒冷看，这时的太阳已在西方的地平线上，和此星相对的夜已从恒河升起，她带着天秤，直到夜长于昼的季节，天秤才从她的手里落下。[①] 在我站的地点

① 耶路撒冷之日落，正是印度恒河之夜半，亦即耶路撒冷夜色之渐来。夜与日（亦星也）相对，日既在“白羊宫”，则夜（视作女性之神）在其相对之“天秤宫”。现在春分后，昼长于夜，至秋分后，则夜长于昼，其时日在“天秤宫”，即天秤由夜之手下落之时。参见黄道十二宫图：

看，则太阳渐出于东方，晨光之脸由白色而红色，及年事既久，乃变为橙黄色了。[②]

我们仍逗留在海滨，像一个开始旅行的人，他的思想已经上了路，可是他的身体还没有动。

忽然，似乎有一颗明亮的火星，他的红光透过海上的浓雾，出现在远处（我希望能再看见一次）！那红光由海上向我们来，比鸟飞还要快；我掉头问我的引导人，一会儿再望那红光时，则比之前更亮更大了。稍后，红光的两旁现着白光，也不知是什么东西，不久又添了一种白色。[③]

我的引导人并不说什么，直到那两旁白光现形为双翼的时候，但那时他已经认识这是一位驾驶者了；他叫道："快，快，屈膝！这是上帝所派的天使！叠掌在胸前！这就是你将朝见的官员之一。你看吧，他不采用人类的方法：既没有桨，也没有帆，只用他的双翼，居然航行在这样广阔的海上！你看吧，他凌着空，用他永久的羽毛（从来不脱换的）鼓动着空气。"

于是那神鸟越接近我们，越觉光亮，几乎使我的眼睛受不住。我把头俯下；他和船靠近了海岸；那条船很

---

② 此处诗人描写日出前东方天色之变化。"晨光"视作女性之神，脸色由白而红，渐老（其寿命本不长）则为橙黄色矣。

③ 来者为一天使，红光为其面，左右白光为其翼，其他白色为衣服。

精致，很轻浅，似乎只浮在水面上。天上的驾驶者，他立在船尾上；能一见他的庄严美丽，就是幸福；有一百多个灵魂坐在船里。[④]这些灵魂异口同声唱着："以色列出了埃及……"[⑤]直到这诗篇的终了。唱毕后，天使向他们画一个"神圣的十字"，灵魂都上了岸；天使循着来路，快快地回头去了。

这班灵魂都停止在那里，似乎不认识路径，左顾右盼，和一个旅客到了一块新地一般。那时阳光满地，已把摩羯星赶离了天中，[⑥]于是新到者抬头向着我们，对我们说："假使你们知道，请指点我们登山的路！"

维吉尔答道："你们以为我们熟悉此地吧；其实我们也是新到，和你们一样。我们比你们略微早到一会儿，我们走的另外一条路，那是崎岖万状、艰苦不堪的，至于现在的登山，对于我们简直是游玩了。"

这些灵魂看见我呼吸着，猜想我还是活人，他们惊吓得脸上发白。好比围绕着一个手持一枝橄榄的使者，[⑦]民众跑来听新闻，你拥我挤，不肯后退一步，现在这些愉快的灵魂也是这样拥挤着前来，凝视着我，几乎忘记

---

④ 此处与《地狱》第三篇中之船夫卡隆适成一个相反的对照。

⑤ "以色列出了埃及……"为《旧约·诗篇》第一百十四篇。但丁谓此诗精意在"洁净的灵魂，脱出腐败的奴性，达到永久光荣的自由"。

⑥ 太阳出水面时摩羯宫在子午线上，今太阳离水面有若干高度，故摩羯宫亦已西移。参见黄道十二宫图。

⑦ 橄榄树为和平及智慧的象征。

了去增加他们的美点。[8]

我看见其中有一个冲上来要拥抱我，因为他对于我的情意很厚，不知不觉我也同样回他的礼。呵，空虚的影子，空虚到只有外貌！我三次把手去绕他的腰，三次都回到我自己的胸前。[9]因为觉得惊奇，我想我的脸上泛着红霞了；那时影子微笑着向后退去，我向前追随着。

后来他轻轻地叫我停下来，那时我已认识他是谁，便请他也停下来，好和我说几句话。

他的回话是："在我的生前，我多么爱你呀！现在我虽然脱离了肉体，我仍旧很爱你。我停下来了。你为什么到这里来呢？"

我说："我亲爱的卡塞拉！我的这次旅行，是希望下次再见此地；但是你为什么迟到了这许多时候呢？"[10]

他说："那天使愿意在什么时候携带谁，这是他的特权，我虽然好几次要求渡过来，但都遭到拒绝；因为他是以最公正的意志为意志的。三个月以来，[11]他接待愿意上船的人，毫无困难；于是我也到达海边，在那台伯

---

⑧ 忘记往净界山各层受洗炼。

⑨ 但丁抱灵魂，却扑一个空，原来那灵魂只有外貌，而没有实质。本来，这些作古的朋友，只是在但丁脑中留下的印象而已。

⑩ 卡塞拉（Casella）为佛罗伦萨或庇斯托亚的音乐家。他是但丁的好友，据说曾替但丁的诗歌制过乐谱。但丁作《神曲》是立志做一番功业，免得堕落了品格，死后入地狱。但丁的旅行是假定在一三〇〇年，但卡塞拉在此以前几年已死了。

⑪ "三个月"从"大赦"开始时（1299 年 12 月 25 日）起。参见《地狱》第十八篇注③。

河水变为咸味的地方上船，[12]天使很和善地接待我；方才他又张翼回到那河口去了，因为那里聚集着许多不降落到阿刻隆去的灵魂呢。”

我又对他说：“假使你处于新环境之下，并不夺去你的记忆和艺术，那么你还能唱那可以安慰我的恋歌吧。假使你愿意，请你再安慰我一下吧。因为我以肉身到达此地，已经历尽千辛万苦了！”

于是他开始唱道：“爱情，他在我的心里谈着……”[13]他的声调很柔和，很悦耳，真是余音绕梁，三日不绝呀！

我的老师和我，还有伴着卡塞拉的一班灵魂，都听了此歌而出神，似乎每个人都忘记他应做的事情了。

我们都停在那里，专心一意地听着歌声，那可敬的老人突然光临，喊道：“这样懒惰的灵魂是谁？为什么心猿意马地停在这里？快些跑上山去！脱去你们的鳞甲，[14]这个阻碍你们朝见上帝呢。”

当一群鸽子聚集着啄麦粒的时候，很安静地保持他们享受食品的常态，但若一有什么可怕的事情发生，他

---

⑫ 台伯河（Tibre=Tevero）经罗马入海。但丁意谓“赦罪得救”有待于真正的教堂，此教堂在罗马，故不入地狱之灵魂群集于台伯河口，即罗马之港口也。

⑬ 这是但丁所作之歌（Canzone）之第一行：“Amor che nella mente mi ragiona”，见于其著作《飨宴》第三卷。此处所称“爱情”乃对“哲学”而言。

⑭ “鳞甲”指罪恶的污点。

们马上放弃食品而飞去了；现在我看见这班新到的灵魂也是如此，他们立刻放弃了歌声，向着各山路乱跑，像一些不识路的人。

至于我们呢，我们的动身当然也不敢迟慢。

第三篇

在净界山脚：未与教会妥协的灵魂。曼夫烈德。

突然的惊吓，虽然一时把灵魂赶散，但不久他们都向着高山走了，那里神的正义要惩戒他们。

这时我再接近我忠实的伴侣。没有他，我怎能继续我的旅行呢？谁帮助我攀登那高山呢？我似乎看见他在责备自己方才的疏忽呢。高尚纯洁的良心呀，为着细小的过失便感觉深刻的痛苦！凡事慌张，便失仪态，所以我老师的步伐也慢下来了，我一颗害怕的心也镇静下来了，于是才想起了我的目的物。

我面向着山坡，从山脚望到山顶，真是下浮于海，而上接于天呀！

那时太阳的红光射在我的背上，日光被阻，投黑影在我的脚前。当我只见我的前面有黑影时，我急掉头看我的引导人，深恐他又离我而去了。

他安慰我道：“为什么你不信任我？你以为我不在你的旁边么？难道我不再做你的引导人了么？在那现在已经黄昏的地方，葬着我的遗体（由布兰迪乔迁到那不勒斯），在那遗体中时，我是能够成黑影的。[①] 现在我虽然不能成黑影，但你也不必惊异，那天上的一种光线是不遮断别种光线的。

“神力造成我们这样的外貌，并感觉到热和冷的苦恼，但其中秘密是识不破的。希望用我们微弱的理性，识破无穷的玄妙，真是非愚即狂。人类呀！在‘为什么’三字之前住脚吧！假使你能够看见一切，那么马利亚用不着怀孕了。[②] 你知道古往今来有多少哲人的欲望都没有得着结果，他们的好奇心非但不能满足，反而堕入永久的怅惘。我所说的就是亚里士多德和柏拉图，还有许多别人。”维吉尔说到这里，忽然俯首不言，他似乎现出烦闷的神气。[③]

---

① 净界山的早晨，正是意大利的黄昏。维吉尔是曼图亚人，传说他死于布伦迪西姆（Brindisi），依奥古斯都大帝命令，迁葬那不勒斯的。此处维吉尔言其生前（即灵魂与肉体相合时）能成黑影，而灵魂则不能遮断光线。

② 人类的理性（人智）不足以深入宇宙的秘密，这是神力所规定，所以需要神的启示和对于上帝的信仰。

③ 维吉尔自己也是“哲人”之一，他们因为缺乏“神的启示”，灵魂永在“候判所”而不得一见上帝，此乃烦闷之原因也。参见《地狱》第四篇。

我面向着山坡，
从山脚望到山顶，
真是下浮于海，
而上接于天呀！

P-g Canto 4

我们到了山脚，则见那山峻峭壁立，就是有一双敏捷的腿，也是无能为力。在莱利齐和图尔比亚之间，那里最荒僻，最无人迹之地，也比这里容易攀登。[④]

我的老师站着说："谁知道哪一方面有较平坦的山坡，可以不用双翼而攀登上去呢？"

那时我的引导人低着头，沉思着我们的前途，我在山岩的左右张望。在左边远远看见一群灵魂向着我们而来，但是简直看不出他们的移动，因为他们行得很慢。

我对老师说："请你抬头看，那里的灵魂会给我们指导呢，假使你自己想不出来。"于是他望着他们，微露着笑容答道："我们向那里去，因为他们前进得太慢了；好孩子！你是不会失望的。"

我们走了一千步以后，那些灵魂离着我们还有一箭之路，当时他们都紧贴着壁立的山岩，互相紧靠着不动，似乎在那里查看路径一般。

维吉尔对他们说："你们临终愉快的灵魂呀！你们已是天之选民了，我知道你们都在等候着那般幸福了，[⑤]请告诉我们较平坦的山坡，以便攀登上去；因为一个人愈知道时间的价值，愈感觉失去时的痛苦呀！"

---

④ 莱利齐 (Lerrici) 近斯培西亚 (Spezia)，图尔比亚 (Turbia) 近法国的尼斯 (Nice)，此二地间山路崎岖，在但丁时为不可超越，交通皆由海道。

⑤ 这些灵魂是被教会所斥逐的，但在临终时已知忏悔而蒙神宥；虽然他们不能立即走进净界山门，但等待三十倍被逐的年月以后，便可以进去；假使地上有生人替他们祈祷，还可以提早些。

当一群绵羊被唤出羊棚时，先只见一只，继而二，继而三，其余的胆子小，站着不动，眼光和鼻子都向着地；前面一只怎样做，后面一只怎样学；前面的停下来，后面的挤上来；天真驯良，不识不知。我所见的灵魂也是如此，队伍的前面几个向着我们走来，态度是谦逊的，步履是谨慎的。

我的黑影铺在我和山岩之间，忽被前面一排的灵魂看见了，他们惊吓得后退几步，其余的也后退几步，并不明白一个所以然。

我的老师对他们说："不等你们开口，我对你们说，你们所见的是人类的肉体，因此太阳光被遮断而不能到地。不要惊吓，若非天赐特殊的恩惠，他绝不会到此地来爬山的。"那纯洁的队伍对我们说："转过头去，走向我们的前面。"同时用手背指示着方向。

那时灵魂中的一个开始说："你是谁？请你转眼看我一下，想想是否在世上看见过我。"我转身向着他，细心地看他。他是金栗色的头发，漂亮的面貌，高贵的态度，但在一只眼上有创痕。当我请他原谅我素不相识时，他对我说："再看这里！"

他又把胸部的一条伤指点给我看，于是他微笑着叙述他最后的故事：

"我是曼夫烈德[6]，皇后康斯坦斯的孙儿；当你回去

---

⑥ 曼夫烈德为皇帝腓特烈第二之私生子（腓特烈为亨利第六与康斯坦斯〔Costanza〕所生）；娶妻贝雅特丽齐（Beatrice of Savoy），（转下页）

的时候，请你去找着我那温雅的女儿，她是两个国王的母亲，他们在西西里和阿拉冈都很光荣；假使别人在她面前有不正确的报告，那么请你告诉她以事实。

“当我受了两个致命的打击以后，我泣着委身于上帝，他愿意宽免我。我的罪过真可怕，但是上帝仁慈，大大地张开手臂来接待一切向着他的人。假使科森萨的主教把《圣经》读好了，⑦不受教皇克力门的命令虐待我，那么我的遗骨还在本尼凡托附近的桥头，受着一堆石片的保护。现在我的遗骨被雨打，被风吹，在王国边界以外，维尔德河旁，这是主教吹灭了蜡烛把他们迁移到那里的。这班人的恶咒也不足以阻碍永爱的发生，因为天心从未使人绝望。这是真的：一个人被逐于教会，虽然在临终时知道忏悔，但他的灵魂仍须留在山岩之外，三十倍他被逐的年月；不过，尽心的祈祷可以缩短处罚的期限。

（接上页）生一女（亦名康斯坦斯），嫁彼得罗第三（Pietro Ⅲ d’Aragona），生二子：一名腓特烈，为西西里王；一名雅谷伯（Iacopo），为阿拉冈（Aragona）王。曼夫烈德于其父死后（1249年），继为西西里与那不勒斯王，与教皇克力门第四不睦，被教会斥逐。教皇请安茹的查理带重兵入意大利，与曼夫烈德战于本尼凡托，参见《地狱》第二十八篇注④。曼夫烈德战死（1266），查理令军士各投石尸上，遂成一大石墓；后教皇又令科森萨（Cosenza）之主教移其尸而弃置于维尔德河（Verde）旁，越出教区之外，那不勒斯国境之外，用邪教礼节，投其尸于风雨之中。

⑦ 如《约翰福音》第六章第三十七节耶稣所言：“凡父所赐给我的人，必到我这里来。到我这里来的，我总不丢弃他。”观此可见教皇与主教未能深味《圣经》意旨，对于处置曼夫烈德失之残暴矣。

“现在你知道了，假使你能叫我欢喜，那么告诉我亲爱的康斯坦斯，我处在怎样的境遇，受了怎样的裁判；地上人的工作，可以叫这里的灵魂得到许多方便呢。”

第四篇

环山平地圈：疏忽的灵魂。贝拉夸。

一个人的器官感着欢乐或痛苦的时候，他的精神便专注在这器官上，其他的器官似乎就完全丧失功用了；这情形可以指出“人身一种精神活跃之外尚有其他精神”之错误。[①]所以当一个人专心致志于听或看的时候，他对于时间之流过是不觉得的；因为一种器官工作时，便与精神相系，其他器官未工作时便与精神无关。我知道这种真理是根据确切的经验。

听着曼夫烈德的说话，不觉太阳已高升了五十度，

① 柏拉图认为人身上各种的器官有各种的精神。亚里士多德谓人身有三种精神（或灵魂），即生长精神（植物精神）、感觉精神（动物精神）、知识精神（理性精神）；并谓精神之第一种在肝，第二种在心，第三种在脑；依人身之发展，三种精神并按次逐渐臻于完备。但丁则认为人身只有一种精神，集中于工作的器官上。柏拉图与亚里士多德之说各有一部分的真理，而但丁之说则“一心不能二用”之常识也。

使我吃惊不小。我们到了一处，其时灵魂们同声叫道："这里是你们所要找的路！"

田野的人，每当葡萄成熟的时候，把路口用荆棘塞起来，但还留着一条比这里宽一些的小径。我和我的引导人，与那些灵魂分离以后，便孤零地踏上那山路。有人攀登过圣雷奥，有人下降过诺里，也有人到过毕兹曼托哇的山顶，只是靠着一双腿；[②]但是在这里需要一双敏捷的翼，我所说的翼是那坚强的意志，并跟随着这位支持我的希望、做我火把的引导人。

我们在石缝的小径里上升，两旁绝壁似乎要压碎我们一般，我们不得不手足并用地爬着。当我们到了一块悬崖边界的时候，我说："老师，我们采取哪一条路呢？"他对我说："你的步骤不要乱，跟着我向上爬，只有向上，直到遇见可以引导我们的队伍。"

那山顶高到望不见，山腹的倾斜度超过自象限中点至圆心的直线。[③]我疲劳至极，叫道："我亲爱的父亲！请你回转头来看我一下，假使你不停下来，我一人就留在这里了！"

---

② 圣雷奥（Sanlèo）为圣马力诺（San Marino）附近小邑，在高山之上；诺里（Noli）为里古利亚（Liguria）附近海滨之小邑，处于绝壁之上；毕兹曼托哇（Bismantova）为在爱米利亚（Emilia）附近山顶之村庄；以上诸地，在但丁时代只有艰难之小径可达。

③ 即山坡倾斜度超过四十五度。

我所说的翼是那坚强的意志，
并跟随着这位支持我的希望、做我火把的引导人。

P—g—
Canto 4

“好孩子！无论如何要爬到那里！”我的引导人一方面回答我，一方面手指着上头的岩石，那里有平地绕着山腹。

他的话刺激着我，使我生了勇气，匍匐到他的后面，直到我的脚踏上那环山的平地圈。

我们二人坐在那里，转身向着东方，望着我们攀登而上的小径：因为一个旅客是很欢喜在休息的时候回顾他的来路的。

我俯首看了脚下的岩石，继又抬头望了太阳，使我惊奇的是那日光射在我的左肩上。诗人已经觉得我对着“发光的车子”④出神，因为他竟会行到了我们的北方。

于是他对我说：“假使卡斯托耳和波吕丢刻斯伴着这上下放光的镜子，则你将看见那明亮的黄道更接近那大熊星座，除非他走出他的古道。⑤为什么如此，假使你要明白，你想象锡安与此山都在地面上，他们两地有

---

④“发光的车子”，即太阳。居住北半球的人，从未见过太阳行到立足点的北方去，但丁以居住北半球的经验来观察天象，故觉得惊奇。

⑤ 卡斯托耳（Castor）本人名，此处作星名（中名“北河二”），波吕丢刻斯（Pollux）本人名，此处作星名（中名“北河三”），为“双子星座”之二明星，今夏至节时太阳在双子星座，其时太阳最接近北极。“镜子”指太阳，在但丁时代太阳视为绕地球之行星，接受“神光”而反射出去。“明亮的黄道”指太阳所在之一段黄道。大熊星座之主要星即中国所称之“北斗七星”；大熊星座代表北极。“走出他的古道”似指今天文学家所称之“岁差”，即春分点在黄道上每年退行约五十秒之现象。但丁此句之意，不过说假使太阳在双子宫，代替了在白羊宫，则太阳北移的现象将更为显著（北半球的夏至，适为南半球之冬至）。

同样的地平线，但各处在不同的半球，那么你将看见法厄同赶车子所走的错路，在这里说他是来，在那里便要说他是去。你的智力是否能了解我的说明呢？”⑥

我说：“我的老师，这事情虽然超过我的智力，但经过你的说明，这是不能更明显的了。我根据你的说明，想到一种科学书上所称的赤道：这是天上一个固定的圈子，处在夏和冬之间，从这里向北望那圈子，正和希伯来人向热地所望见的一样。⑦但是，假使你欢喜，请你告诉我，我们所要爬的这座山，究竟有多么高？”⑧

他对我说：“这座山的性质是如此：起初，在下部是艰难的；愈上升，愈没有痛苦；最后，就和坐着顺流而下的小船一样，使你觉得愉快，那时你便到这条路的终点了。直到那里，你的疲劳才可以得着休息。我所能回答的，就是我所真知道的。”

他的回答刚息，旁边忽有人道：“在到终点以前，你也许不会讨厌坐一会儿吧！”我们听见这句话，便转身寻觅说话的人，原来我们的左方有一块大石，以前我和他都

---

⑥ 锡安（Sion）即耶路撒冷。法厄同御车事见《地狱》第十七篇注⑩。净界山在耶路撒冷之对极，虽有同样之地平线，但一处东半球（又北半球），一处西半球（又南半球），则所有天文现象（如行星之来去、升降、春秋、冬夏、东西、南北、昼夜等），无不颠倒。在但丁时代，天文知识未发达，故但丁欲多方说明之，然亦未必易于了解也。

⑦“一种科学”或“一种艺术”指天文学。“赤道”无论在天球上或地球上，向北到耶路撒冷与向南到净界山（理想的）为等距离。

⑧ 此时他们已转身向西，仰望高山了。

没有在意。我们走近那里，看见一群灵魂，他们都在大石的影里，都是一副懒洋洋的态度。

其中有一个似乎很疲劳，抱膝而坐，头倾着看在地上。我说："呵！我的老师，请看这位顶疏忽的，简直懒惰就是他的亲姊妹！"⑨

那时这个灵魂转向我们，略微移动他的头望我们一下，于是他说："好，上去，你很结实！"我已经认识他是谁，我虽然因为爬山气喘还未完全停止，但并不妨碍我马上去接近他。

他略微抬一抬头，他说："你已经十分明白太阳神赶车子在左边走的道理么？"

我见了他一股懒态，听了他简短的话句，不觉在嘴唇上现着微笑，我于是说："贝拉夸！现在我对于你是放心了。⑩告诉我，你为什么坐在此地？你等待谁？是否你发着懒惰的老毛病？"

他答道："老哥！急急乎上去有什么用？因为那坐在山门前的神鸟⑪还不许我进去受惩戒呀！我在生前看见太阳旋转几回，便应当在山门外再看见几回，因为我在生前疏忽，直至临终才知道忏悔。除非早些有人帮助我，

---

⑨"疏忽"二字是照原文译的，此处最好用"翫愒"二字，谓偷安岁月，懈怠不前也，可惜此二字又太古了一点。

⑩贝拉夸（Belacqua），佛罗伦萨人，但丁友人之一，制造乐器为业，生平以懒惰与诙谐著名。但丁见其上了净界之路，故放心。

⑪净界山门有天使守着，见《净界》第九篇。贝拉夸是临终才知道忏悔的灵魂，要等待山门外，年月和他在地上的寿命相同。

替我尽心祈祷，感动上帝，庶几可以缩短我在山门外的年月。祈祷若不能感天，那么祈祷有什么用？”

那时诗人已向上走了，他对我说：“快来吧！太阳已在子午线上了，夜的脚已踏着摩洛哥了。”[12]

---

⑫ 净界山午时，正耶路撒冷之夜半，摩洛哥之日落。

第五篇

疏忽的灵魂。暴死者：雅各波、波恩康特、毕娅。

我已离开那些灵魂，跟随了引导人的足迹，其中忽有一个指着我叫道："看呀！后面一个似乎能遮断阳光呢，而且他的步伐像一个活人。"我听见叫声，便转过身去，看见他们用惊奇的眼光注视着我和我的影子。

那时我的老师说："为什么你的精神分散？为什么迟慢你的脚步？人家的窃窃私语与你何干？跟随我，让人家去说长说短！要像一座卓立的塔，决不因为暴风而倾斜。一个人常常由这个思想引起那个思想，因而远离了他所追求的正鹄，第二个思想每每减少第一个的活力呢。"

我听了这番教训，除"我来了！"三字以外，无言可对。那时我脸上浮着微微的赤色，这副神气是可以邀人原谅的。

不久，在经过山路的时候，我们前面又有一群灵魂，他们唱着“怜恤我”的诗，一首一首轮流地唱着。[①]当他们忽然觉得我的身体不透光的时候，他们的歌声立即变为一个长而粗的“嗄！”声。其中有两个，似乎是做代表的模样，跑前来说：“告诉我们你们的情形。”我的老师答道：“你们可以回去转告他们：这一位的身体，是真正血肉之躯。假使他们跑前来看看他的影子，我想可以满足他们的愿望了。叫他们来吧，也许他可以有助于他们的。”

我从未看见流星分裂夜的天空，或闪电劈开日落时的秋云，有如这些灵魂回去得那样快；他们到了那里，又带了别的灵魂归来，如同衔枚疾走的队伍。

诗人说：“拥着前来的灵魂为数很多，他们都是有求于你的；你可以一面走着，一面听着。”

那班灵魂走近时，减低一些速度，叫道：“带着肉身走向欢乐的灵魂呀！看看我们，是否有你认识的人，可以替他带个信息到地上去呢？为什么你还走着？为什么

① 此诗为《旧约·诗篇》第五十一篇，内容为：“诚恳悔罪，切求恩宥。”第一首为：“神啊！求你按你的慈爱怜恤我，按你丰盛的慈悲涂抹我的过犯。”第二首为：“求你将我的罪孽洗除净尽……”第七首为：“……求你洗涤我，我就比雪更白。”第十首为：“神啊！求你为我造清洁的心，使我里面重新有正直的灵。”可见此诗很适合净界山灵魂之歌唱。

P-g. Canto 5 & 6

我从未看见流星分裂夜的天空，
或闪电劈开日落时的秋云，
有如这些灵魂回去得那样快。

你不站下来？我们都是暴死的，都是度着罪恶的生活直到最后一刻；那时只有一线天光照亮我们，使我们忏悔并原谅别人，我们与世长辞，与上帝和好，抱着一见天颜的愿望。”

我说：“我就是看了你们的脸也是徒然，我一个都不认识；但是，假使我可以替你们做些什么，那么，有福的灵魂，请你们说吧；我将尽力而为，因为我是求心神之安宁，跟着高贵的引导人，从一个世界到一个世界的。”

其中一个开始说：“我们每一个，用不着你发誓，都信任你，只要你有能力，你是不会忘记诺言的，因此我抢着先说。我请求你，假使你到了罗马涅和查理所统治的人中间[②]，叫法诺的居民替我祈祷，因此我可以洗涤了我重大的过犯。[③]我是生长在那里的；但那流血（这是精神之所寄）的创口却是在安特诺尔所建之邑[④]造成的。我相信那里很平安，可是埃斯提族里的一个竟干下这样的事，超过我所应得的。假使，当我到达欧利亚科

② 查理第二（Carlo Ⅱ d'Angiò）统治的是那不勒斯。

③ 此灵魂名雅各波（Iacopo del Cassero），是一个法诺（在罗马涅与那不勒斯之间）的贵尔弗派，于一二九六年为波伦亚之高等法官，与埃斯提族之阿佐第八（Azzo Ⅷ d'Este）不睦；为避仇故，设法于一二九八年调往米兰（Milan）任同职。彼于赴任途中，至欧利亚科（Oriago，为威尼斯与帕多瓦间之村庄）被阿佐之刺客所杀。欧利亚科多沼泽，若在米拉（Mira，近帕多瓦之村庄），或易于逃逸也。

④ 安特诺尔见《地狱》第三十二篇注⑯。彼自特洛伊城陷落后，逃至意大利，创建帕多瓦，此故事见于维吉尔之史诗《埃涅阿斯纪》中。

时，便向着拉密拉逃走，那么我还是呼吸在那里呢。我跑到一个沼泽里面，芦苇和污泥绊住我，我跌倒了，我看见我的血在地上流成了一个湖。”

于是另一个说："唉！你的愿望能够实现，升到山顶；你的好心肠能够帮助我的愿望！我是蒙泰菲尔特罗人，我名叫波恩康特[⑤]。乔万娜[⑥]既不当心我，也没有别人，所以我在队伍之中脸向着地。”

我对他说："什么力量，或是什么机缘，把你引得离开堪帕尔迪诺这么远，叫人寻不着你的遗体呢？”

他答道："说起这个呀！在那卡森提诺之脚下，流过一条名叫阿尔齐亚诺的溪水，他是发源于亚平宁山中一个修道院之旁的。[⑦]当我到了那条溪水失去名字的地点[⑧]，我的喉咙已经洞穿，我两脚还是跑着，滴了一路的血。其时我的眼光暗淡了，我最后的一句话是恳求马利亚；在那里我倒在地上，我的肉体和我的灵魂分离了。

---

⑤ 蒙泰菲尔特罗之波恩康特（Buonconte da Montefeltro）为阿雷佐之吉伯林派领袖，一二八九年六月十一日与佛罗伦萨之贵尔弗派战于堪帕尔迪诺，战败被杀。据说但丁亦参与此役（参见《地狱》第二十二篇注①），故此处所述有为但丁目击者，但波恩康特之尸从未觅得，故被杀后之种种情形，纯属诗人之想象也。

⑥ 乔万娜（Giovanna）为波恩康特之妻。因无人为之祈祷，故波恩康特自觉惭愧。

⑦ 卡森提诺（Casentino）在阿雷佐之北，为阿尔诺河之上游；阿尔齐亚诺（Archiano）为阿尔诺之支流，堪帕尔迪诺一役发生于其岸旁。亚平宁山（Appennino）附近为卡玛尔多里（Camaldoli）派之修道院，建于十一世纪。

⑧ 阿尔齐亚诺与阿尔诺合流之处。

我告诉你以事实，希望你转告人间。

“那时天使来取我，地狱中魔鬼叫道：‘恶！你是天上来的，为什么夺了我的俘虏？因为一点儿眼泪，便把他的灵魂带走，消灭我的权利！好，他还有剩下来的东西，让我来做另一件工作吧！’[⑨]你知道空中积聚的湿气，上升与高处的冷气相接触，便要下降为水的。魔鬼的恶念，一味要做恶事，又加上他的知识，于是他鼓动暴风去吹湿气，依仗他固有的势力。[⑩]

“不久，天将晚的时候，普拉托玛纽山和大山脉[⑪]所成之山谷里，厚厚地积聚着乌云，直至天空负担不起的时候，便成了雨点下降，地面容纳不下的水都到了沟渠，沟渠结合流入溪中，溪水流入大河[⑫]，大河水势浩大，没有什么东西可以阻碍他。那涨满的阿尔齐亚诺，看见了我冰冷的身体在他岸旁，便把我卷入阿尔诺河中，解开我胸前的十字，这是我在痛苦至极时用双臂组成的。大河把我的身体一时推近了岸，一时又推到了底，最后他用带着走的泥沙掩盖了我。”

第二个刚说完，第三个灵魂说：“呵！当你回到人间，作长途旅行以后的休息时，请你记起我：我是

---

⑨ 灵魂被天使所取，魔鬼乃处理其遗体。波恩康特为见于《地狱》第二十七篇之圭多将军之子，此处所写可与彼处对照。

⑩ 此处将暴风狂雨之原因归之于魔鬼，史家亦记此战后之风雨。

⑪ 普拉托玛纽山（Pratomagno）在西，亚平宁大山脉在东，二山之间即卡森提诺山谷。

⑫ 大河指阿尔诺河，此河流入大海。

毕娅[13]！锡耶纳造了我，玛雷玛毁了我；以前和我结婚，把一个宝石指环套在我手指上的人，他明白这件事情呢！”

---

⑬ 毕娅（Pia dei Tolomei）生于锡耶纳（Siena），嫁奈罗（Nello dei Pannocchieschi），奈罗疑毕娅有奸情，使人杀之于玛雷玛之堡中。毕娅之死因及死状，传说不一。

第六篇

暴死的灵魂（续）。曼图亚的索尔戴罗。但丁对于意大利与佛罗伦萨的感慨。

当那骰子戏的终局，输者伤怀无已，摩着骰子解释自己失败的道理；胜者昂然起立而去，受众人的包围，或在其前，或随其后，亦有在其旁喃喃不休的；但胜者并不停步，只是听听这个，又听听那个而已；最后，他伸手给这个一些，又给那个一些，才渐渐减少了众人的拥挤，摆脱了包围。我所处的情状也是如此，那时灵魂们重重地包围我，我一时向左，一时向右，听取他们的话句，允许他们的请求，才得逐渐摆脱了他们。那里，我看见一个阿雷佐人，他是因吉恩·迪·塔科的铁手而死的；[1]

① 阿雷佐人本茵卡萨（Benincasa de Laterina），为锡耶纳法官，曾判处二盗之死刑。吉恩·迪·塔科（Ghin di Tacco）乃著名大盗，为死盗之亲族，杀法官以报仇。

还有一个，他是追逐敌人淹死了的。[②]那里，小斐得利哥张着手祈祷，[③]还有那比萨人，由他显示出马尔佐科的大量。[④]我看见伯爵奥尔索，他的灵魂与肉体分离是由于怨恨和嫉妒，而不是由于过犯。[⑤]我愿意提及勃洛斯，那不拉奔的贵妇，在地上要当心这里，否则将入恶人的队伍。[⑥]

当我摆脱了那些灵魂（他们都请求我叫别人替他们祈祷，庶几可以提早得着幸福），我开始说："我的光呀！在你写的书里，似乎你明白表示祈祷不足以更改天的命令；[⑦]但是方才那些灵魂请别人替他们祈祷，他们的希望是否虚空呢？或是我误解了你的文字呢？"

他答道："我所写的很明白，这里灵魂的希望并非受欺，只要你用清楚的心思来考虑就知道了。上帝的判

---

② 另一阿雷佐人谷丘（Guccio dei Terlati），为吉伯林派，因骑马追逐一贵尔弗派，入于阿尔诺河中溺死。

③ 小斐得利哥（Federigo Novello）为卡森提诺的圭多（Conti Guidi del Casentino）族人，为仇人所杀。

④ 比萨人法利那塔（Farinata degli Scoringiani）为仇人所杀，其父马尔佐科（Marzucco）曾显示宽大而赦免仇人云。

⑤ 此处所言之谋杀，乃亚历山德罗与拿破仑兄弟间争斗之继续，见《地狱》第三十二篇注⑦。伯爵奥尔索（Orso）为拿破仑之子，谋杀者阿尔伯托（Alberto）则亚历山德罗之子也。

⑥ 勃洛斯（Pierre de la Brosse）为法王腓力第四之臣，后受王后玛利（Maria）之诬告而见杀。不拉奔之贵妇（La Donna di Brabante）指王后。诗言如王后在人间不替勃洛斯祈祷，则王后有入地狱之危险。

⑦ 维吉尔之史诗《埃涅阿斯纪》第六篇中有"勿望上帝之令得因祈祷而变更"一句，此乃埃涅阿斯于地狱中对其溺毙之船夫所说，不能应用于净界，且船夫为异教徒，亦不能与净界灵魂相提并论。

决从不更改，寄寓在这里的只须完成他们的义务。我写那句话的地方，祈祷是无补于事的，因为那里祈祷的人和上帝已经脱离了。但是，你不必停止在这个高深的问题上面，自有她替你解决，她将是真理与你智力中间的光；我所说的她就是贝雅特丽齐，你将在此山之顶会见她，微笑而欢乐。”

于是我说：“我的主人！我们快些走吧；我不像方才那么疲倦了；看吧！此山已逐渐放出他的影子来了。”

他答道：“我们今天尽力走；但路程绝非你所能预料的。在你达到山顶之前，你还要再见那太阳，现在他照着山的那边，你的身体已不能截断他的光线了。看吧！前面有一个灵魂，他孤零地站在一处，他注视着我们；也许他可以指点我们以最短的路径呢。”

我们走近他。伦巴第的灵魂呀！你的态度多么孤傲而高贵呀！你的眼光又多么沉静呀！他一言不发，让我们走近，只是望着，如同睡狮一般。维吉尔接近他，请他指点最易上升的路径。他不回答这个，反而问我们的里居姓氏。我柔和的老师开始说：“曼图亚……”沉浸在孤寂深渊里的灵魂，一听见了这三个字，忽然跳起来说：“呵！曼图亚人，我是索尔戴罗[⑧]，你的同乡！”于

---

⑧ 索尔戴罗（Sordello）为十三世纪意大利之行吟诗人，生于戈伊托（Goito），为距曼图亚数十里之地。其所作诗大都用普洛旺斯（Provenza）语。索尔戴罗诗中有“挽诗”一首，为政治上之讽刺诗，其中曾列举欧洲各君主领袖，故在下篇但丁使索尔戴罗任（转下页）

是他们互相拥抱。

鸣呼！奴隶的意大利，痛苦的住所，暴风雨中没有舵工的小船，你不再是各省的女主了，[9]而是一个娼妓！这个高贵的灵魂，一听见了他的邑名，便兴奋而起，在此地欢迎他的同乡；而今日活在你那里的一班人，他们正做了战争的牺牲品，真所谓"祸起萧墙，戈操同室"了。可怜虫！请你环海一周找找，再看看你的腹部，在你的境内是否还有一块干净的和平土地？

查士丁尼修补了缰绳有什么用呢，假使马鞍上空着？没有他的工作，你的耻辱还可以小些。[10]应当虔诚的人呀！假使你真明白上帝的教训，那么听凯撒坐在马鞍上吧；你看，自从踢马刺不用，而你的手放在马络头上以来，这走兽变得多么忤逆呀！[11]

日耳曼的阿尔伯特呀！当你把应该骑的马放弃了的时候，这匹马变为野性的而不可制驭了，天上对于你的

（接上页）指点各君主之责（但丁大概由其衣服及状态看来，推知为伦巴第的灵魂）。

⑨ 罗马帝国分为若干省（郡），但意大利并非寻常之一省，乃各省之君长也。

⑩ 查士丁尼（Giustiniano）为罗马皇帝，以编纂法典著名。但丁意谓：法典者，用以统治国家（马）之器具（缰绳），然国家无君主，犹马鞍之上无骑士也，何益？马无缰而放逸，犹可说也，马已有缰，而鞍上无人，耻莫大焉。但丁感慨执法无人。

⑪ 但丁此句责备教士，意谓君主（凯撒）不骑此马，教士反占有马络头，即教权侵夺政权，因此国乃大乱。

血族要降下正义的惩戒，这是闻所未闻的，你的子孙将为此震惊惶恐！因为这是你和你的父亲，为着贪心的缘故逗留在那边而不来，才把帝国的花园荒废了。[12]

粗心的人呀！请你来看看蒙泰奇族和卡佩莱提族，牟纳尔迪族和腓力佩斯齐伯族，前面的已经打倒，后面的还害怕着。[13]

来吧，残忍的人！来看看你的绅士所受的压迫吧，想想他们的创伤吧；你将看见圣菲奥拉地方多么的平静！[14]来看看你的罗马吧，她哭泣着像一个孤零的弃妇，她日夜叫着："我的凯撒，为什么你不接近我？"请看你的人民多么的亲爱！假使你不可怜我们，至少对于你的名誉要顾惜些吧！

假使允许我说，我将说："上帝呀！你在地上为我们钉死在十字架，现在你正义的眼光已转向别处吧？或者，在你深思远虑之中，也许有什么善意是我们见不到的吧？意大利所有的城市，充满着暴主，所有参加争斗

---

⑫ 阿尔伯特（Alberto d'Austria）为鲁道夫（Ridolfo d'Asburgo）之子，相继为日耳曼皇帝，父子皆逗留于阿尔卑斯山北部，拒绝君临欧洲之花园意大利。阿尔伯特于一三〇八年被暗杀。继阿尔伯特被选为皇帝者乃卢森堡公爵亨利第七，此乃但丁希望所寄者也。

⑬ 蒙泰奇族（Montecchi）与卡佩莱提族（Cappelletti）为仇（为莎士比亚剧《罗密欧与朱丽叶》所本），牟纳尔迪族（Monaldi）与腓力佩斯齐族（Filippeschi）为仇。此乃意大利各城市内争之例也。又说，此四族乃不同城市之吉伯林派，因不获皇帝之助而被贵尔弗派所打倒。

⑭ 圣菲奥拉（Santafior）在玛雷玛，该地之伯爵受锡耶纳人之压迫，乃于一三〇〇年割地求和。所谓平静乃反言之也。

的恶人，都变成一个玛尔凯鲁斯了！”[15]

我的佛罗伦萨呀！亏了你的人民有本领，脱离了这些纠纷，你可以满意的吧！[16]别处人民的正义在心里，迟迟发扬出来，和引弦而射的弓手一般谨慎，但你的人民的正义却在嘴唇上呢；别处人民逃避公共事务，但你的人民热心过度，虽没有人叫他，他也答道："我准备好了！"现在你愉快吧。你有理由说：你是富有了，你是过着太平日子了，你是有智慧了！

假使我的话不然，那么有事实可以证明。雅典和斯巴达虽然创造了古代法律，开化文明，但在生活的艺术方面，和你比较就不值一顾了。你的组织很精妙，好比十月里织成的锦绣，十一月半就断了！在你所记忆的年月之中，你更换了多少次的法律、钱币、官吏、风俗，革新过多少次市政府的委员！[17]

假使你记得好，看得清楚，你便懂得：你是像一个躺在床上的病人，除却辗转反侧以外，尚有何法可以减少痛苦呢！

---

⑮ 玛尔凯鲁斯（Marcel），罗马史上有数人皆具此名。此处大约指克劳迪乌斯（Claudius Marcellus），乃罗马之督理官，曾反对凯撒大帝。但丁言"暴主"各自为政，不愿有统一之君主。

⑯ 此段描写佛罗伦萨情状，大都是反言的讽刺。

⑰ 此处总说一党放逐，一党专政等事实。今日吉伯林，明日贵尔弗，后日再吉伯林，继之以黑党、白党，因此在人事方面亦多所更革。

第七篇

索尔戴罗的谈话（续）。诸王之花谷。

诗人和索尔戴罗拥抱了三四次，以表示尊敬和欢乐的深情，于是索尔戴罗退后一步说："你是谁？"我的引导人答道："在灵魂们值得上升天国引向此山以前，[①]我的骸骨是屋大维埋葬的。[②]我是维吉尔，我并非有罪过而失去天国，只因为我没有信仰。"

如同一个人，突然有一个使人惊奇的东西在他前面，他是"信"既不可，"不信"也不可，"是"既不好，"不是"也不好：这就是索尔戴罗听了维吉尔说话

① 耶稣基督以前净界山之路未开；维吉尔生于耶稣前，虽无罪过，其灵魂亦只能在"候判所"，参见《地狱》第四篇。生于耶稣后之灵魂，除入地狱者外，在此山洗涤。功德完满则上升天国（维吉尔生于纪元前70年，死于纪元前19年）。

② 屋大维（Ottaviano）即奥古斯都大帝；参见《净界》第三篇注①。

以后的态度。

不久，他俯着头看在地上，上前一步，屈身去抱住维吉尔的膝。他说：“拉丁人的光荣呀！因为你，我们的语言显示了他的能力，这是我生长地永久的荣誉呀！你能够站在我的面前，我感着多么的荣幸呀！假使我值得听你的话，请你告诉我：你是从地狱里来，还是从别的地方来？”

诗人答道：“我经过苦恼国度的各圈，才到了此地；这是天上的圣女差我来的，一路上也蒙了她的保护。并非因为我做了，只是因为我没有做了，我才丧失了你所愿望的太阳，因为我知道得太迟了。[③]在那下面有一块地方，那里使人忧郁，并非因为有痛苦，只是因为黑暗，那里并无不幸的叫喊，只有叹息。我就住在那里，伴着一班无罪婴儿，他们都是在洗去人类污点[④]之前，给死神抓了去的。我就住在那里，伴着一班未受三种圣德所装饰的灵魂，但是他们一无过失，知道其他的美德，而且都实行了。[⑤]话要说回来，假使你知道，你能够，请你指点我们如何最快

---

③“做了”指罪过，“没有做了”指信仰耶稣。太阳乃上帝之象征。

④“人类污点”，神学家所称“原始罪恶”是也。

⑤四种主要的美德，即谨慎、正义（公正）、勇敢（毅力、坚忍）、节制（自制），生于耶稣前之贤人皆能知之，且能行之。三种神圣的美德（或称神学上的美德）即信仰、希望、慈爱（信、望、爱为耶稣之三大纲领，见《约翰福音》第三章第十六节。又使徒保罗说：“如今常存的有信，有望，有爱，这三样，其中最大的是爱。”）。

地到达净界真正的进口吧！”[⑥]

索尔戴罗说：“我们并没有受指定地点的拘束，我们可以攀登，也可以围绕着山走。尽我所能到的地方，我愿意做你的引导人。但是天色渐晚，在夜间是不能上升的，应当找一个合意的宿处。在我们左近，有一班灵魂；假使你许可，我引你到那里去，认认这些灵魂，不是没有趣味的。”维吉尔问道：“怎么？假使有人愿意在夜间上升，难道有人来阻止他么？或者他没有在夜间上升的能力么？”

好人索尔戴罗用手指在地上画一条线，说：“你看吧？这不过是一条线，但是日落以后你便不能越过。并非有什么阻碍物来反抗你，只是因为夜间的黑暗；黑暗使我们的意志丧失效力。太阳被囚于地平线下的时候，虽然黑暗，也不妨下降于幽谷，或逡巡于山侧。”[⑦]那时我的老师用惊奇的声调说：“那么引我们到那有趣味的宿处去吧！”

我们走了不远的路，望见那山腹的一个缺口，类于我们这里的小山谷。那灵魂说：“我们要去的地方就是那里；那里的山腹凹了进去，我们就在那里等候新日子

---

⑥ 这些环山平地圈，只是净界的走廊，净界的外部，进了山门以后才是净界本部。所谓“真正的进口”指山门。

⑦ 此处象征意义很明了，是引用《约翰福音》第十二章第三十五节：“耶稣对他们说：光在你们中间，还有不多的时候，应当趁着有光行走，免得黑暗临到你们；那在黑暗里行走的，不知道往何处去。”

的光临。”

我们走在一条曲折的小径上，既不崎岖，也不平坦，直到那山谷的进口，那里围绕山谷外的高岗减低了一半。黄金和白银，丹砂和铅粉，光亮的靛青，新破的碧玉，假使把这些物品放在那山谷里，也要被那里花草的颜色所掩没，变为暗淡，好比渺小遇见了伟大。那里自然界不仅散布着种种的颜色，而且有一千样的香气混合着，叫人分不开来。

我望见有一群灵魂，都坐在那里的花草上，唱着“圣母呀我礼拜你！”⑧的歌；他们在山谷里面，从山谷外面是望不见的。

引导我们的曼图亚人于是说：“在太阳的余光藏匿以前，请勿要求我带你们走到这些灵魂的中间；就从这里高处望下去，很可以辨别他们的姿势和面貌，比你们混在他们中间时看得清楚些。

“那高高地坐着的，显出某种事情应当做而没有做的神气，闭着嘴，并不跟着别人唱的，是鲁道夫皇帝⑨，他能够医好意大利的致命伤，但是他迟迟而不去办，仍有待于别人去复兴她。另外一位，似乎在那里安慰他，

---

⑧ 拉丁文“Salve Regina”，此乃著名的“赞歌前后所诵之诗”，以祈求马利亚之救助者，天主教中晚祷时歌之。

⑨ 鲁道夫（1272—1292年在位），见前篇注⑫。原臣事于下注之奥托卡尔王，及被选为皇帝，遂互不相下。奥托卡尔战死后（1278年）许其子瓦茨拉夫保有波希米亚之地。鲁道夫不肯君临意大利，其子阿尔伯特亦然，但丁乃寄希望于亨利第七。

P-g
Canto 7 & 8

我望见有一群灵魂，
都坐在那里的花草上，
唱着“圣母呀我礼拜你！”的歌。

他所统治的是摩尔达瓦河流入于易北河（易北河又流入于海）的地方。他的名字叫奥托卡尔，他在襁褓的时候便胜过他有须的儿子瓦茨拉夫，因为他的儿子被奢侈和逸乐所迷了。⑩

“那位塌鼻子的⑪和一位面貌很和善的⑫似乎在那里作亲密的商量；前面一位是因战败逃走而死的，他使百合花褪了颜色，看吧，他捶自己的胸膛呢；再看后面的一位，他甩手托着下巴，只是叹息。这两位是那法兰西闯祸精的父亲和岳父；他们知道他的邪行和卑污，因而刺激他们，使他们伤心到这般地步。

“那位身体似乎很结实的⑬和一位大鼻子的⑭合唱着，他绕着一切美德的带子；假使那位坐在他后面的少年还

---

⑩ 奥托卡尔（Ottocaro），波希米亚（Boemia）国王，境内有摩尔达瓦河（Moldava），流入易北河（Elba），此河直达于北海。其子瓦茨拉夫（Vincislao，1278—1305年在位），才略远不如其父。

⑪ 指腓力第三，又称大胆腓力（Filippo Ⅲ i'Ardito）。腓力第四之父，为法国国王。大胆腓力为阿拉冈之彼得罗第三（参见注⑬）之将所败。百合花为古时法兰西之国徽。

⑫ 指胖子亨利（1270—1274年在位），为那伐尔（Navarra）国王，美男子腓力（腓力第四）之岳父。但丁所谓闯祸精即指美男子腓力，攻击之处不一而足。参见《地狱》第十九篇注⑨。

⑬ 指彼得罗第三（Pietro Ⅲ，1276—1285年在位）为阿拉冈国王，与安茹的查理第一（见下注）为仇，查理被逐于西西里后，彼得罗以与曼夫烈德女康斯坦斯结婚故，得为西西里国王。参见《净界》第三篇注⑥。

⑭“大鼻子的”指查理，全名为安茹的查理第一（Carlo I d'Angiò），为法王路易第九（圣路易）之弟，于一二六六年至一二八二年为那不勒斯与西西里之王。彼得罗第三与其法国仇敌查理与腓力第三（叔侄）均死于一二八五年。

继承着他的王位，这些美德譬如由这杯注入那杯，不会丧失的，可是其他的嗣子便谈不到了。贾科莫和斐德利哥都有土地，但没有继承了更好的东西。[15]

“人类的正气是难得延及支脉的；然而人苟欲之，则天将予之，在人之自求而已。[16]那位大鼻子的，以及和他合唱的彼得罗，我的话都可以应用。普利亚和普洛旺斯的人民都在悲泣了。[17]植物常较次于它所由生的种子；如同康斯坦斯觉得她的丈夫比贝雅特丽齐和玛格丽特的犹胜一筹呢。[18]

“再看那位生活朴素的国王，他独坐着一处，这是英国的亨利；他有较好的丫枝。[19]

---

⑮ 彼得罗第三有三子：阿尔方索（Alfonso Ⅲ，1285—1291年王阿拉冈），雅谷伯（1285—1296年王西西里，1291—1327年王阿拉冈），斐德利哥（1296—1337年王西西里）。此处少年即指阿尔方索，因其早死也。但丁称颂阿尔方索而贬抑其他二子未能继承父德，显与第三篇所写“他们在西西里和阿拉冈都很光荣”一句相矛盾。解之者谓：彼处乃曼夫烈德称颂其外孙之语，非但丁本人之意见也。

⑯ 祖宗贤而子孙不肖，乃常见之事；求则得之。

⑰ 查理第二（1243—1307）为那不勒斯（古名普利亚）王，又为安茹及普洛旺斯伯爵。此处言查理第一之子不肖。

⑱ 查理第一犹如种子，查理第二犹如植物。康斯坦斯之夫为彼得罗第三。查理第一初娶普洛旺斯之贝雅特丽齐，再娶勃艮第之玛格丽特。此处言彼得罗第三之子犹贤于查理第一之子也。又说：普洛旺斯伯爵之女贝雅特丽齐嫁查理第一，又一女玛格丽特嫁其兄圣路易，但丁此处乃表示对于法王血族之愤慨，以圣路易之孙瓦卢瓦的查理（Carlo di Valois）将其放逐，因此终生不返国也。

⑲ 亨利第三（1216—1272）是英国虔敬的王，与其好战之子爱德华第一（1239—1307）适成对比。亨利之妻亦普洛旺斯伯爵之女，与上注中贝雅特丽齐为姊妹。

“再后面一些，其中有一位眼睛向上望着的是侯爵圭利埃尔莫，[20]因为他的缘故，亚历山大里亚和他的战士使蒙菲拉托和卡那维塞挥着眼泪。”

---

⑳ 圭利埃尔莫（Guglielmo）为蒙菲拉托（Monferrato）及卡那维塞（Canavese）侯爵，被亚历山大里亚（Alessandria）人所杀（1292 年），其子欲报仇，未胜，反为亚历山大里亚人所侵入，夺数地以去。

第八篇

花谷的黄昏。

那时正是航海人回想而心酸的时候，在那天他们和至亲好友告别；那时也正是初上征途的香客，远闻钟声，如泣斜阳，因而神伤闺里的时候；那时我开始放松我的听觉，注视灵魂中起立的一个。

他做一种手势，要求别人谛听。他两手连着，举向天空，眼望东方，好像对上帝说："除你以外，我不想念。"于是，从他嘴里发出多么虔敬和多么柔和的音调，我听了出神，忘记自己。那赞美歌的第一句是："在阳光消散之前。"[①]其他的灵魂，也以同样虔敬柔和的音调，眼望着天，跟着第一个，唱完了全歌。

① 拉丁文"Te lucis ante terminum"，乃赞美歌，用于晚祷之末，内容为防御夜间之妖怪（妄想与幻影）而请求神助。

读者诸君！于此请用敏锐的眼光抓住了真实，因为那层幕很薄，是很容易透视过去的。[②]

那时我看见这高贵的一队，静静地望着天空，似乎等待着什么，面色是淡白的，态度是谦逊的。于是我望见出现两位天使，从天下降，手拿折断而无锋尖的火剑。他们的衣裳绿如初生的嫩叶，因为受他们绿翼的扇动，飘扬在后面。[③]一位停息在高岗的这边，另一位停息在高岗的那边，灵魂们正处在他们的中间。我看得清楚，他们的头发都是金栗色，但是他们的脸使人看得眼花，因为光芒太强烈了。

索尔戴罗说："他们两位都是从马利亚的怀抱里下降，来守护这山谷的，因为那条蛇将要出现了。"我不知道他究竟从哪条路来，只是向四周注视，因为害怕的缘故，我贴近了我忠实的引导人的肩膀。那时索尔戴罗又说："现在我们走进谷中去吧，可以和那些大人物谈谈，他们也很欢喜看见你们呢。"

我想，不过走了三步罢了，我们已经降到谷里，那

② 此后但丁用象征（隐喻）的方法表示"引诱"，在此地赎罪的灵魂防范引诱，且因请求而得神之保护。

③ 绿袍绿翼表示希望。无锋尖的剑通常表示"正义"得"慈爱"的调和（犹太教信上帝公正，善必赏，恶必罚；基督教则信上帝既公正亦慈爱；因为慈爱，故可以赦免人类的罪过，并允许犯人忏悔和赎罪）；但或许表示：战斗胜负已决，无再度作剧烈攻击之必要，仅有剑刃足矣。

时有一个灵魂注视我，似乎想认识我的模样。此时天色已经昏暗，但是他和我之间，因为接近的缘故，以前看得模糊，现在反而清楚了。他向我走，我向他走。

尊严的审判官尼诺④呀！我看见你在这里，不在罪人的队里，我多么欢喜呀！我们行了敬礼，说了所有的客气话；于是他对我说："你从什么时候到了这座山的脚下，渡过了遥远的海面？"我对他说："哦！我是经过了悲惨之地，今天早晨才到的；我仍在第一生命，我这样行进以求其他生命。"⑤

我这句答话方才出口，索尔戴罗和他听了突然后退一步，如同一个受了惊吓的人。前一位转向维吉尔，后一位转向另一个坐着的灵魂，叫道："库拉多，站起来！来看看上帝所允许的恩惠。"于是又转向我说："上帝给你这样特殊的恩惠，我真不识他的意旨何在；假使你回到巨浪的对岸，请你叫我的女儿乔万娜替我祈祷，上天对于无罪者的请求是可以答允的。我不信她的母亲还爱我，自从她脱去白头巾以后；可是她的不幸要叫她

---

④ 尼诺原为比萨之贵尔弗派，后被任为撒丁岛加卢拉之审判官，参见《地狱》第二十二篇注⑧、第三十三篇注①。娶贝雅特丽齐·埃斯提（Beatrice d'Este）为妻，生一女名乔万娜（Giovanna）。尼诺死于一二九六年，后其妻再嫁于米兰之加雷阿佐（Galeazzo Visconti）。寡妇之服装为黑长袍白面幕，"脱去白头巾"即再嫁之意。再嫁在一三〇〇年，两年后，其夫即开始其恶运。蝮蛇为后夫族之纹章，雄鸡为尼诺族之纹章。

⑤"第一生命"即可败坏的生命，亦即地球上的生命；"其他生命"即永久的生命，此处指天国里的生命。

懊悔呢。从她的行为看来，很可以明白一个女人的情火是多么的短促，假使不用注视和接触去再点着他。米兰人盾牌上的蝮蛇替她做的坟墓，不及加卢拉的雄鸡做得漂亮吧。”他这样说着，从他脸上的色彩看来，他胸中是有一股热忱的。

当时我的眼光注视天际，向着那行得最慢的群星，譬如车轮上接近轴心之处。[⑥]我的引导人对我说：“我的孩子，你看着什么？”我对他说：“我看着那三颗星，他们的光芒掩盖了全南极。”他对我说：“今天早晨你所看见的四颗明星，现在在下面，而现在的三颗正在他们早晨的位置。”[⑦]

维吉尔说话的时候，索尔戴罗突然把他拉近，说：“看！那里是我们的敌人！”他用手指指点给维吉尔看。在那山谷没有高岗的一处，出现了一条蛇，这也许就是拿苦果给夏娃吃的一条。这条恶虫在花草里爬着，不时把头回到他的背上舐着，好比舐自己的毛的走兽。那时我也没有看见，所以也不能叙述，两只天雕[⑧]怎样起飞，不过我已经看见他们在突进了。绿翼在空中扇动，呼呼有声，那条蛇已经逃走了，天使回来了，像飞一般，返

---

⑥ 近南极之处。

⑦ 由净界山看南极，南极约在地平线上三十二度。此时四颗明星在南极下，加以身居山谷，故看不见。三颗明星现正在北极上，象征神学的美德：信仰、希望、慈爱。参见《净界》第一篇注⑦。

⑧ 即绿翼的天使。

到原来的岗位。

那位受招呼而走近审判官的灵魂，在此袭击的时间，他并没有停止注视我。于是他说："那神灯引导你上升，是知道你有足够的决心，好比有足够的蜡烛，使你直到灿烂的天顶！假使你知道玛格拉山谷或其邻近的新闻，那么请你告诉我，因为我曾经是那里的主人。我叫做库拉多·玛拉斯庇那；我不是老的，我是他的后裔。我对于我的家族太爱了，所以我在这里涤罪。"⑨

我对他说："可惜！我没有到过你的家乡，但在欧罗巴全境，谁不知道呢？你的家族，声名远布，使那里的缙绅先生，那里的城市小邑，虽然没有到过的人也听熟了。⑩我可以对你发誓：你的可尊敬的家族，在慷慨解囊和拔剑相助两件事方面，保持着不褪色的光荣，和我的上升是一样的真实。那里的风俗人情都特别好，当全世界走向邪路的时候，他却走在正道上面，蔑视曲折的小径。"

他又说："去吧！等待太阳困在那白羊四脚所践踏

---

⑨ 库拉多·玛拉斯庇那（Currado Malaspina）为卢尼地区（Lunigiana）之侯爵。老库拉多死于一二五五年，小库拉多（库拉多第二，库拉多第一之孙）死于一二九四年，即此处发言之灵魂。小库拉多自谓太爱家族，即努力家族之发展，而疏忽其精神上之修养（尤指信仰方面），此乃疏忽的灵魂之通病也。库拉多第二有堂兄弟二人，其一为牟洛埃罗（Moroello III），见《地狱》第二十四篇注⑪。其一见下注。

⑩ 玛拉斯庇那族所领之卢尼地区，在托斯卡那之北，玛格拉（Magra）之山谷，但丁于一三〇六年始到此，投库拉多第二之堂兄弟弗兰切斯奇诺（Franceschino），颇蒙优待。

在那山谷没有高岗的一处，
出现了一条蛇，
这也许就是拿苦果给夏娃吃的一条。

的床上七次，[11]你这番亲切的意见，一定会确定在你的头脑里，如同钉进去一般，强过别人的传说，假使天命并不中途变更。”

---

⑪ 太阳在白羊宫七次，即经过七年（由1300年算起），在一三〇七年但丁将亲见玛格拉山谷，所得之印象较传说当更为深刻也。但丁之放逐于外，推为天命如此。

第九篇

山上的第一夜。但丁的第一梦。净界的门。

现在，古提托努斯的小妾，从她情人的手臂弯里脱出，显出白色于东岗之上了；她的额上宝石辉煌，排成那以尾击人的冷血动物的形状；夜，在我们当时的地点，已经上升了两步，第三步亦将完成而停翼；[①] 那时保有亚当所予的我，[②] 已因疲劳而被睡魔所战胜，卧在草

---

① 但丁对于黄道十二宫与十二星座并不加以区别，所以他所描述的天文现象仅是大概的，或纯属理想的。但丁入地狱之晚，日月相望(见《地狱》第二十篇注⑱)，到此已有三天，如以每天月迟出五十二分钟计算，则月迟出已达二点三十六分，月所在之宫，已经历天秤宫，入天蝎宫三十六分（以尾击人之冷血动物指蝎）。如以净界为标准，其时为晚上八时三十六分，夜之女神已上升二步（二时），其第三步则尚未完成。希腊神话谓“曙光女神”乃提托努斯（Titone）之“妻”，今诗言“小妾”者，谓假曙光，即“月之曙光”，非“日之曙光”也。

②“亚当所予”指肉体。

上，那里原是我们五人坐息之处。

在那时候，接近早晨，燕子开始她伤心的怨恨，也许是回忆她的旧仇；[③]在那时候，我们的精神最是摆脱肉体而烦恼最少，他的幻象是一种先知。[④]我似乎做了一个梦，看见一只鹰翱翔天空，黄金色的羽毛，张开双翼，准备下降。至于我呢，我相信已处于加尼墨德的地位了，就是离开朋友而被举于上帝之家。[⑤]我心里暗想："无疑的，此鸟常在这里狩猎，也许不肯往别处把掠获物放在他的爪下呢。"于是他盘旋了一会儿，忽然下降，如闪电一般，把我抓去，直带到火球[⑥]旁边。在那里我觉得鹰和我都被烧着了，此种幻想的被炙之痛苦，竟打断了我的好睡。

当初阿喀琉斯被他的母亲，从奇隆那里，睡在她手臂弯里带到斯库罗斯（后来仍从这里被希腊人带走），

---

③ 希腊神话：普洛克涅（Progné）之夫忒柔斯（Térée）奸污普洛克涅之妹菲罗墨拉（Philomèle），并割菲罗墨拉之舌使勿能言。菲罗墨拉出示血布以告普洛克涅，普洛克涅遂病狂，杀子飨忒柔斯，及忒柔斯知觉，持斧欲斫姊妹二人，哀求获免，三人均化为鸟。据奥维德所作之《变形记》，普洛克涅变为夜莺，菲罗墨拉变为燕子。

④ 当时人信晓梦真实。但丁在净界做梦三次（其他二次见第十九篇、第二十七篇），皆在天晓之前，预言随之而起的事情。

⑤ 传说：鹰至老年，飞入火球，焚去羽毛，盲目，堕入清泉，化为雏鹰而出（此传说类于神鸟菲尼克斯。参见《地狱》第二十四篇注⑥）。故鹰可为受洗涤罪而再生之象征。加尼墨德（Ganimede）为美男子，与朋友狩猎伊达山，朱庇特大神幻为鹰而抓之以去，遂为诸神之斟酒者。

⑥"火球"指月球天。

张开他半醒的眼睛，四周一看，不知他身居何地，不觉浑身战栗起来。[7]当睡魔从我面前逃去，我也是这样战栗，面色灰白到惊骇欲绝的地步。

在我的身旁，只有我那唯一的安慰者；那时太阳已上升两小时，我转身望着海。我的老师说："不要怕！定定心！我们已在更好的路上了；不要后退，发展你的力量吧。现在，你已经到了净界。你看！四周都是绝壁，只有那里是进路，好像是岩石上的一条裂缝。

"在天晓的时候，你的灵魂正睡着在那花草之上，来了一位贵妇，她说：'我是卢齐亚，[8]让我把这个睡着的人带走，我要使他在路上行进顺利。'索尔戴罗和其他高贵的灵魂都留在下面。东方逐渐光明，她带着你上升，我跟着她的脚迹。她把你放在这里；她第一次用她美丽的眼睛指示我那开着的进路；于是她和你的睡魔都消失了。"

如同一个受惊的人定了心，听到实情以后，改变恐惧的态度为安慰，我也是这样改变了。我的引导人看见我已不恐惧，便举步前行，我也跟着走，向着高处。

读者诸君，你们看我的题材提高到怎样程度；假使

---

⑦ 关于希腊英雄阿喀琉斯的故事，见《地狱》第十二篇注⑬、第二十六篇注⑦。

⑧ 圣女卢齐亚，见《地狱》第二篇注⑧，唯此处之卢齐亚与但丁梦中之鹰显有关系。

东方逐渐光明，
她带着你上升，
我跟着她的脚迹。

我应用较多的技巧以支持这个高度，那么请你们不要惊奇。

我们二人走着，我们已经到了一处，就是在以前认为是墙壁上的裂缝之处，原来那是一个门，在门前有三阶石，是用以上升的，阶石的颜色各别；还有一位守门的，[⑨]静默着一言不发。我把眼睛张大些，则见他坐在最高的阶石上，他面上的光芒叫我受不住。他的手中拿着一把拔出鞘外的剑，[⑩]也是亮晶晶的不可逼视。

于是守门的开始说："站在那里对我说：你们要做什么？你们的引导人在哪里？你们到这里切勿后悔！"我的老师答道："一位天上的女人，她教导这些事情；她刚才对我们说：去吧，门在那里！"守门的客气地又说："她能够引导你们的脚步向着善地，那么你们踏上三阶石吧！"

我们听着他的话，踏在第一阶石：这是白云石做的，平滑而光亮，把我自己的面貌忠实地反照出来。第二阶石是暗黑色的粗石，纵横都是裂缝。第三阶石，较下面的厚大些，据我看来是云斑石，鲜红得像脉管里射出来的血。天使的双足放在第三阶石上，屁股坐在门槛上，那门槛据我看来是金刚石。[⑪]为着踏上这三阶石，

---

⑨ 守门的天使，表示听忏悔之神父，解罪之神父。

⑩ 剑表示"神之正义"。

⑪ 三阶石之象征，指诚实、悔恨、敬爱；而金刚石指坚定。凡此皆赎罪者所必具之先决条件。又托拉卡（Torraca）之解释：光滑之（转下页）

我的引导人尽心地扶持我；他对我说：“恭恭敬敬地请他开门。”

我很恭敬地跪在天使足前；我请他发些慈悲，把门开开。我先在自己胸前打了三下；他用他的剑锋，在我额上刻了七个P字，他说：“你进去以后，把这些污点洗净了吧。”[12]天使的衣裳是灰色或干土色；[13]他抽出两把钥匙：一把是金的，一把是银的；他对于那门先用白的，继用黄的，正如我意。他对我们说：“这两把钥匙，缺了一把就不能在锁孔里转动，这条路便通不过去；一把的价值高些，但另一把在开门上也费许多技术和智慧，因为能够解结的就是他。[14]我从彼得那里受了这两把钥匙；他关照我宁可开得太多，不要关得太多，只要人民匍匐在我的足前。”于是他把那神圣的门推开，说：“进去吧！但是我叮咛你们：向后看的，立即身在门外。”

那神圣的门有两扇，是金属制的，既重且坚；当那

（接上页）云石表示灵魂之天真状态；粗黑之石表示有罪状态；云斑石表示忏悔状态，且得神助，赎罪者跪于此而自击其胸；金刚石之门槛表示神恩。此处诗中所叙，无非暗示罪人进行忏悔之程序。

⑫ 七个P字指七大罪恶：骄、怒、妒、惰、贪财、贪食、贪色；在净界本部洗净，从这层到次层，有天使替但丁拭去一个P字，共历七层方毕。

⑬ 灰色乃谦逊之表示，解罪神父应有之态度。

⑭ 两把钥匙亦具象征的意义，银的表示知识，金的表示权力。无知识不能尽职，无权力不能赦罪，故二者为解罪神父之要件。净界山门实乃天国之门，自应郑重其事，故守门的天使为圣彼得之代理人。

我把眼睛张大些，
则见他坐在最高的阶石上，
他面上的光芒叫我受不住。

P—g—
Canto 9

他用他的剑锋，

在我额上刻了七个 P 字，

他说：“你进去以后，把这些污点洗净了吧。”

枢轴转动的时候，吼声的高大和尖锐，不是塔尔佩亚山岩所可听得的。(其时忠实的墨泰卢斯已被撵走，后来宝藏亦被掠去。)[15]

刚才听过第一种吼声，我似乎听见有人唱："上帝呀，我们颂扬你！"[16]歌声与优美的音乐联合着。我听见了以后，使我记起人民跟着大风琴唱歌的经验，那时的歌词，一时听得清楚，一时听不清楚。

---

⑮ 墨泰卢斯（Metello）为国家看守宝藏于塔尔佩亚（Tarpeia）山脚之萨图努斯神庙中；凯撒将墨泰卢斯驱走而掠夺其宝藏。诗人卢卡努斯曾描写开庙门之吼声。

⑯ 拉丁文"Te Deum laudamus"，为赞美歌，早晨或庄严仪式中歌之。此处用作一灵魂入净界时所唱之赞美歌。

第十篇

入净界本部：第一层惩骄。壁上雕刻。忏悔者。

我们进了门（不正之爱[①]使曲径视作直道，因此灵魂们常被摈于门外），听着响声，知道门又关上了；假使那时我掉转头去看，我的错处还可以原宥么？[②]

我们攀登一条迂曲的石缝，时而向左弯，时而向右弯，好像波浪起伏一般。我的引导人开始说："走这种路要用些技巧，得紧跟着弯弯曲曲的路边走。"这样很减短我们脚步的距离。我们走出石缝以前，那缺月已经再卧在她的床上了。[③]

---

① 七情六欲，人所不能免，但任性乖戾，太过与不及，均非正道，而为罪恶之源。此处"爱"字（意文 amor，法文 amour，英文 love）之意义，实相当于"情欲"二字。

② 前篇守门天使叮咛但丁不要向后看，意即改过以后不可再犯；忏悔后重复为恶之人，视忏悔为儿戏，实是大忌。

③ 日出后三小时，此时月在西方水平面上矣。

我们立在一处，那里的山向后缩进；④我的脚很疲倦，我们二人都不识去路，暂时立在那比沙漠地还要寂静的平地层。这平地层的外边是下临无极的深渊，里边是卓立千仞的绝壁；从里到外的阔度是人体身长的三倍；无论向左向右，尽我的目力望去，这里突出的部分像同样阔度的一条带子。我们还未移动一步，我看见那不可攀登的绝壁下部是白色的大理石，上面有精妙的雕刻，不要说波吕克勒托斯⑤的艺术，就是自然本身也要退避三舍。

一位天使，他带着和平的布告降到地面（几个世纪以来，人民哭着要求的和平），他把长久闭着的天开了，他显在我们的面前这样真实，那雕刻所表示的状态，不似一个哑像。我可以发誓，他在说："我问你安！"同时有一位女子的像雕刻着；这位是转动钥匙开神爱之门的，她的状态似乎在说："我是主的使女。"这些雕像都和蜡制的一样浮动。⑥

"不要把你的精神专注在一处！"和善的引导人对我这样说；那时我站在他的旁边，就是我们心跳的一边。⑦于是我把眼光注视到更远之处，看在马利亚的后

---

④ 山向后缩进约二丈，于是环山腰有突出的地平层，成为可以行走的环山路。

⑤ 波吕克勒托斯（Policleto，纪元前452—纪元前412）为希腊雕刻家，中世纪之文人，及但丁以前之诗人，皆盛称之。

⑥ 此段所述雕像为天使（加百列）告知圣母（马利亚）以圣子（耶稣）将降之故事，见《路加福音》第一章。净界第一层是惩戒骄傲，故先举天使和圣母为谦逊之好榜样。

⑦ 先是但丁在左，维吉尔在右，面向石壁看雕像；但丁看完面前的雕像后，即转到维吉尔之右。

边，那里站着引导我的人，所以我走到维吉尔的那边，以便欣赏壁上另一部分的雕刻。

那里的雕刻也在大理石上：一条牛拉着载神圣约柜的车子，这个暗示人们做本分以外的事情应当有所畏惧。[8]在车子前面，有一群人，分为七个歌队。这雕像使我的两种感觉发生争论，一种说："不然！"另一种说："是的，他们唱着！"[9]同样，那雕像中有香烟缭绕，眼睛和鼻孔又发生不同的意见，一个说"是"，一个说"非"。在约柜前面，踊跃跳舞的是谦逊的《诗篇》制作者，这时他的状态显出高过和低过一位国王。[10]在对方面，表示出一个大王宫的窗口，从那里米甲用惊奇的眼光望着，她的状态是一位忧愤而恼怒的女人。[11]

我从站着的地点移动几步，看那米甲后边的另一故事，那里的白色吸引了我。那里刻着罗马元首的无上光荣，他的美德使格利高里得着极大的胜利；我所说的就是

---

⑧ 大卫（以色列国王）欲迁约柜（希伯来人藏摩西"十诫"之柜，视为神所凭依之物）于大卫城，使乌撒与亚希约赶车，途中牛惊跳，乌撒伸手扶住约柜，上帝（耶和华）因其越职，怒而杀之，死于约柜之旁，见《旧约·撒母耳记》下第六章。

⑨ 眼认为人唱，耳否认之。眼认为烟香，鼻否认之。极言雕像之佳，酷似实物也。

⑩ 大卫是《旧约》中多数《诗篇》之作者，以国王身份而跳舞于约柜之前，做一个跳舞人，诗言"低过一位国王"指此，此乃言大卫在上帝前之谦逊。同时，大卫身穿大祭司的衣服，故云"高过一位国王"。

⑪ 米甲为大卫之妻，认为大卫之跳舞有失身份，被臣民轻视，而大卫则言："我在耶和华面前卑微，臣民倒要尊敬我。"见《撒母耳记》下第六章。

我看见那不可攀登的绝壁下部是白色的大理石，
上面有精妙的雕刻，
不要说波吕克勒托斯的艺术，
就是自然本身也要退避三舍。

图拉真皇帝。[12]一个穷困的寡妇，立在他的马络头旁边，洒着眼泪，表示她的伤心。围绕着他有一群武士；在他头上飘着金鹰的旗帜。那寡妇在众人之间，似乎哭诉着说："陛下！替我的儿子报仇，有人把他杀死了，我的心碎了！"图拉真答道："等我回头来。"她似乎因为痛苦而不能再忍，又说："陛下！要是你不回头来？"他说："继承我的要替你报仇。"但是那寡妇又说："要是你不肯做这件善事，难道别人肯做么？"当时图拉真说："好！你满意吧！在我离开此地以前，我应当尽我的责任：正义要求如此，怜悯留住我的脚步。"

他，从没有看见过新的东西，制作这种视而可识的语言，[13]对于我们是新的，因为人间还未有过。

当我正在注视那些伟大的谦逊者，并欣赏那些精妙的艺术品的时候，诗人喃喃地说："看那儿的一群，他们的步伐很慢；他们要送我们往高一层去呢。"我的眼睛，虽然沉迷在那些新的东西上面，听见他的话，立即转头望着他。读者诸君！我不愿意你们，在听见上帝怎样叫人偿还债务以后，打断你们向善的勇气。不要留心

---

⑫ 图拉真（Traiano=Trajanus，98—117 年在位）为罗马皇帝，武功甚著，此处所述乃其出征时途中之故事，言其对人民之谦逊也。图拉真为异教徒，据中世纪传说，教皇圣格利高里（San Gregorio，590—606 年在位）因其美德，故为之祈祷，卒出其灵魂于地狱云。对于此事，《天堂》第二十篇尚有讨论。

⑬"他"指上帝，上帝先一切存在，知道一切。"视而可识"的语言，原文作"可见的语言"（visibile parlare），谓可视而不可闻也，指以上各雕像。

在痛苦的外表，要想到他的后果；要想到这种痛苦最长久也不至于超过最大判决。⑭

我开始说："老师，那一群向我们前进的，据我看来不像是人，我不懂什么缘故，我的眼睛竟不能决定。"他对我说："他们受痛苦的重压，使他们曲折到地，所以在开头我也怀疑我的眼睛。但是你用心些看，便知道那些大块石头的下面是些什么了；也许你已经看出他们每个人自击其胸吧。"⑮

骄傲的基督教信徒呀！你们既可怜又无用，在智慧上又患了近视病，后退反以为是前进呢！你们不知道自己是一条青虫，要准备变化为天使一般的蝴蝶，直飞到那正义面前，用不着辩诉状么？为什么一条发育尚未完备的小虫，便要昂首青云呢？

有许多建筑物，为支持屋顶或天花板，常用一种雕刻着人形的柱，那人形是膝与胸接，作负重的表示；这种假的形象，每使看的人发生真的不安。当我用心看了那些灵魂以后，在我心里所生的感觉就是如此。那里真实的情形，他们曲折的多少，要看他们所负重物的大小；从他们的外貌看来，那最能忍耐的，似乎哭着说："我不能再支撑了！"

---

⑭ 外表上看来，净界也是有痛苦的；但这非永久现象，而是暂时的；忍耐目前的痛苦，自有大幸福在后（地狱中则是永久的刑罚）。

⑮ 此辈负石的灵魂，屈身将及地面，行走时膝与胸相撞（见本文末段）。

第十一篇

骄傲者的祈祷。翁伯尔托。但丁与欧德利西的谈话。普洛温赞。

“我们在天上的父，你不限制在一处，因为你散布最大的爱到你高处最初的造物，所有的造物都称颂你的名字和你的权力，因为由你流出的甘味应得着感谢。[①] 愿你的国的和平降临，因为她若不降临，我们自己不能到达那儿，我们的智慧也无能为力。[②] 因为你的天使唱着‘和散那’而为你牺牲他们的意志，所以人们也这般为你牺牲。[③]

---

① 此一段是耶稣教人的祷告词（见《马太福音》第六章第九至十三节，又见《路加福音》第十一章第二至四节）之“演义”。此句演：“我们在天上的父，愿人都尊你的名为圣。”不限制在一处，言上天下地无所不到。最初的造物，指天使们。甘味，指圣德、圣智。

② 此句演：“愿你的国降临。”

③ 此句演：“愿你的旨意行在地上如同行在天上。”“和散那”（Osanna）为颂神之词、祝福之词。

赐给我们每天的粮食，没有这个，就是最努力前进的，也要在这条艰难的沙漠路上后退了。[④] 因为我们饶恕别人对于我们所做的恶事，所以也请你发些慈悲饶恕我们，勿念我们的前事。[⑤] 我们的德行很容易消失，勿要叫他受旧敌人的引诱，请你救我们脱离这样凶恶的东西。[⑥] 这最后一个祈祷，慈悲的主人，不是为我们自己，我们已经不需要，这是为落在我们后面的人们。”[⑦]

这些灵魂们就这样为他们，也为我们，发出这种愉快的祷告，他们同时压在重物下面走着，如同在梦魇中受重压一般。他们受着不等的劳苦，绕着山腹的第一层旋转，直到他们脱出在地上所蒙的浓雾。[⑧]

假使在山上的为我们热烈祈祷，试问在地上有善根的人应当怎样为他们说，为他们做呢？我们实在应当帮助这些灵魂早早洗刷掉带到这里来的污点，因此他们清净而轻快，可以上升到灿烂的星球去了。

“喂！那正义和怜悯不久就要替你们放下重担了，你们可以张开两翼飞到你们所希望的高度了！请告诉我们

---

④ 此句演：“我们日用的饮食，天天赐给我们。”此处“粮食”指神之恩惠、神之鼓励等。

⑤ 此句演：“赦免我们的罪，因为我们也赦免凡亏欠我们的人。”

⑥ 此句演：“不叫我们遇见试探，救我们脱离凶恶。”

⑦ 净界山门内之灵魂已勿愁引诱（试探），故此句祈祷是为地上的人或净界外部的灵魂。

⑧“浓雾”指傲慢。

他们受着不等的劳苦，
绕着山腹的第一层旋转，
直到他们脱出在地上所蒙的浓雾。

Pg Canto 10

向哪一边走，可以最快地找着向上的阶路；假使阶路不止一处，那么告诉我们那倾斜度最小的；因为伴着我的一位，他还带着亚当的肉体，攀登很难，不能如意。”

我的引导人这般说，也不指定向着谁，后来有一个灵魂（起初也不知是谁）答道：“向右边，跟我们沿着山崖走去，你们自然能够找着活人可以上升的关口。假使我不给此石压住了傲慢的颈根，我要抬头看看谁是这位活人，我是否认识他，叫他可怜我的重担。

“我是拉丁人，托斯卡那大人物的儿子：阿尔多勃兰戴斯齐族的圭利埃尔莫是我的父亲；我不知道他的名字你们听见过没有。因为祖上的血统和他们雄武的事业，养成我盛气凌人的习惯，不想及我们公共的母亲，⑨只是藐视一切的人，这就是我致死的原因，所有的锡耶纳人都知道，康帕尼阿提科的居民无一不晓。我是翁伯尔托，⑩不仅我一人因骄傲而败亡，而且我的家族都连带衰微了。为了这个缘故，我在此亡灵之中负着重物，直到上帝满足的一天，只因我在活人之中没有做过这种工作。”

因为听灵魂们说话，我俯着我的头。其中有一个

---

⑨“公共的母亲”指地，人赖地以生。

⑩ 翁伯尔托（Omberto）是圣菲奥拉伯爵，有名的阿尔多勃兰戴斯齐（Aldobrandeschi）族之一员（参见《净界》第六篇注⑭）。彼于康帕尼阿提科（Campagnatico）被锡耶纳人置于死地（1259年）。

（并非刚才说话的一个），在重物之下转着头看我；他认识我，他喊我，把一双眼睛用力钉着我，那时我弯着腰伴他走。我对他说：“哦！你不是欧德利西么？谷毕奥的光荣，也是在巴黎叫做着色艺术的光荣呀！”⑪

他说：“老兄！那更悦目的是波伦亚人弗朗科画的几页。今日的荣誉要全归于他，我只应当得一部分。当然，在我的生前，我并不这样赞扬别人；因为我的野心很大，我想坐第一把交椅。为了这种傲慢，现在我在这里还债。假使不是我在尚能犯过的时候皈依上帝，那么我还未能到此地呢。⑫

“人力所能得的真是虚荣呀！绿色能够留在枝头的时间多么短促呀！假使不跟着来一个荒芜的年代。⑬契马部埃在图画界以为可称独霸了，然而今日乔托的呼声很高，竟盖过了前面一个的荣誉。⑭至于诗坛的光荣呢，这一个圭多夺了那一个圭多，也许把两个都赶走的人已

---

⑪ 欧德利西（Oderisi），谷毕奥（Gubbio）人，为十三世纪后半期之着色及纤小画工，据说曾在罗马教皇图书室做原稿上着色之工作，此次工作与弗朗科（Franco）共之，弗朗科成为欧德利西之门生。

⑫ 欧德利西在临终以前即信耶稣教，故不必滞留在净界外部也。

⑬ 诗意谓大人物或大艺术家之后若为荒乱或衰微之年代，则其荣誉犹可延长略久，否则即为后之贤才所超过而淹没矣。

⑭ 契马部埃（Cimabue，约 1240—1302）为佛罗伦萨名画家，虽称革新派，然不过拜占庭（Byzantium）艺术之续耳。乔托（Giotto，1266—1336）为契马部埃学生，颇能青出于蓝，取法自然，为近世画派之祖。据说乔托为但丁友人。

经生了。[15]尘世的称颂只是一阵风，一时吹到东，一时吹到西，改变了方向就改变了名字。假使你到了老时才遗弃你的肉体，或是你在学着说‘饼饼’和‘钱钱’以前便死了，到了一千年以后，你的声名哪一方面大些呢？一千年和永久相比，无异眉毛的移动和上天星球所兜的圈子相比。

“在我前面不远，缓缓走着的灵魂，[16]他一时曾著名全托斯卡那地方，但是现在却简直没有人提起他的名字在锡耶纳了，但在佛罗伦萨的猖狂被毁灭的时候（佛罗伦萨昔日的傲慢气概，亦犹今日的卑鄙面目），他曾是锡耶纳的主人翁。所以，你的令名无异草之生，草之衰：使他青的也就使他黄。”[17]

我对他说：“你的一番至理名言，使我生了谦让的心，抑止我的骄矜之气；但是你说的这个人究竟是谁

---

⑮ 两个圭多：一为佛罗伦萨人圭多·卡瓦尔堪提（见《地狱》第十篇注⑧）；一为波伦亚人圭多·圭尼采里（Guido Guinizelli），见第二十六篇。卡瓦尔堪提盖了圭尼采里，而但丁又将二人盖了。此乃最普通之解释（见《净界》第二十四篇注⑬）。但丁在此净界惩骄层本不应含有此意，然但丁一方面以大诗人自居（见《地狱》第四篇注⑨），一方面未尝不自知其过而欲忏悔也（参见第十三篇）。

⑯ 指普洛温赞·萨尔瓦尼（Provenzan Salvani），为吉伯林派，在蒙塔帕尔蒂之战（1260年，见《地狱》第十篇注⑪）时，普洛温赞在锡耶纳为领袖；战后，他强烈主张毁灭佛罗伦萨（佛罗伦萨战前傲慢，战后卑鄙）。普洛温赞因欲集巨资救其友人出狱（为安茹的查理所囚），曾着破衣在锡耶纳街头求乞。后又与佛罗伦萨人战，失败，被杀于一二六九年。

⑰ 太阳使草青，也使草黄。

呢？”他答道：“他的名字是普洛温赞·萨尔瓦尼；他所以在这里的缘故，是他太把全锡耶纳放在掌握之中了。他就是这样走，还要走下去，从他死后便没有休息过。这就是他偿还的钱，因为他在地上太自命不凡了。”

我说：“听说，一个灵魂在生命的尽头才知道忏悔，应当逗留在山门外，不许升到这里，直到时间流过和他的生命相等，除非有慈悲的祈祷来帮助他。[18]假使这种话是真的，那么这个灵魂怎么会立即到这里的呢？”

欧德利西答道：“当他活着正在最光荣的时代，他放下一切羞耻的观念，毫不畏缩地直往锡耶纳的热闹市场，为救护一个友人出查理的牢狱，他战栗他的全身。我不多说他了，我知道我的话有些含糊；但是不久你的同乡人的所为，会使你得到解释。[19]就是这种行为，免除了他的预备工作。”

---

⑱ 参见第四篇贝拉夸之语。

⑲“战栗他的全身”即摇尾乞怜之意。此语有些含糊，但自一三〇二年但丁见逐于佛罗伦萨以后，流亡各地，栖身于权门之下，吃些酸味的面包，经验了屈身辱节向施主谢恩的神情，就自然明白“全身战栗”的意义。《天堂》第十七篇有一段：“你将懂得别人家的面包是多么含着苦味，别人家的楼梯是多么升降艰难。”可证明此层意义。

第十二篇

在第一层的其他雕刻。谦逊之天使。升入第二层。

我和那在重负之下的灵魂并列而行，像同轭的两头牛，直到我温和的老师停止他的许可。后来他说："离开他而前进吧！因为这里每个人都应当用帆用桨，努力推进他的小船呢。"因为行路的需要，我直立了我的身体，虽然在我的思想上还是曲折着。

我向前走着，很喜欢地跟着我老师的脚迹，我们两人都觉得步履轻捷，那时他对我说："把你的眼睛向着下面；为打破旅途的寂寞，看着你脚下的土地。"

当我们行到墓地的时候，每见有刻着字画的石碑，用以纪念地下的人生前的事迹；看着这种字画，也足以刺激人的回忆，常常使他的亲族洒些热泪。我在那里所见的雕刻也是如此，只是雕匠的本领高妙，更加像真罢了；那里的全路面都是这种雕刻。

在一边，我看见比其他造物更高贵的一位，像闪电一般由天下降。[①]在另一边，我看见布里阿留斯被天上的闪电所击，硬挺挺地倒在地上。[②]我看见提姆勃拉由斯，我看见帕拉斯和玛尔斯，都执着武器，绕着他们的父亲，注视着巨人们七零八落的肢体。[③]我看见宁录立在他大工程的脚前，似乎心绪很乱，呆望着在示拿地伴他做工的那班傲慢的人民。[④]

尼俄柏呀！我看见你站在被杀的七个男儿和七个女儿之间，我多么的伤心。[⑤]扫罗呀！怎么你便在基利波死在自己的刀上，使那块地方后来既没有雨也没有露呢？[⑥]

---

① 卢奇菲罗（撒旦）原为最美丽之天使，因背叛上帝，由天下坠。见《路加福音》第十章第十八节。注意此处但丁更番取材《圣经》及世俗传说和历史。

② 布里阿留斯为抗神巨人之一，为朱庇特大神所殛。参见《地狱》第三十一篇。

③ 提姆勃拉由斯（Timbrèo）即日神阿波罗（Apollo），因在提姆勃拉由斯地方有其庙也；帕拉斯（Pallade）为智慧女神；玛尔斯（Marte）即战神；以上三神均朱庇特所生，助其父战胜诸巨人。

④ 宁录在示拿地督造登天塔，上帝混乱工人的语言。见《地狱》第三十一篇注⑨。

⑤ 尼俄柏（Niobé）为忒拜王后，有十四子女，矜夸于拉托娜（Latona）之前。拉托娜原为朱庇特之妻，仅生子日神，女月神；后尼俄柏之十四子女均被日神月神射死，朱庇特又使其化为流泪之石像。

⑥ 扫罗为以色列王，为非利士人击败于基利波山，又受箭伤，乃伏刀自杀（见《撒母耳记》上第三十一章第一至四节）。扫罗死后，大卫作哀歌吊之，中有："基利波山哪！愿你那里没有雨露。"（见《撒母耳记》下第一章第二十一节）。

疯狂的阿拉科涅呀！我看见你已经一半变为蜘蛛，没精打采地对了你织锦的一角，这是使你痛苦的作品呀！⑦

罗波安呀！现在你的形象在这里并不可怕；但是你惊惶失色坐在车上逃走，后面的人还没有追着你呢。⑧在那坚硬的路面上，又表示出阿尔克迈翁叫他的母亲对于不幸的饰物支付怎样的代价。⑨那里又表示出西拿基立的两个儿子怎样跑进庙里把他杀死，把他的尸体弃置着。⑩那里又表示出托密利斯所做的残杀工作，她对居鲁士说："你是渴于血，所以我浸你在血里！"⑪

那里又表示出怎样在奥洛费尔内被杀后，亚述兵的奔逃和血肉狼藉。⑫我看见特洛伊城为一堆灰烬的废

---

⑦ 阿拉科涅与司手艺女神比赛织锦，失败后变为蜘蛛。参见《地狱》第十七篇注①。

⑧ 罗波安（Roboam）继其父所罗门为以色列王；人民要求减役减赋，但王暴虐，答曰："我父亲用鞭子责打你们，我要用铅棍子责打你们。"于是十二部落中独立者竟有十个。"罗波安王差遣掌管服役之人的亚多兰，往以色列人那里去，以色列人就用石头打死他。罗波安王急忙上车，逃回耶路撒冷去了。"见《旧约·列王纪》上第十二章。

⑨ 阿尔克迈翁（Almeon）为安菲阿剌俄斯（Anfiarao）之子，其母厄里费勒（Erifile）私受人之饰物，将安菲阿剌俄斯藏匿之所告人，因此安菲阿剌俄斯参战致死，阿尔克迈翁乃杀母以报父仇。参见《地狱》第二十篇注①。

⑩ 亚述王西拿基立（Sennacherib）被犹太王希西家（Hezekiah）所败，西拿基立于庙中祈祷偶像时被自己的儿子所杀。见《列王纪》下第十九章第三十七节。

⑪ 托密利斯（Tamiri）为大月氏（Scythia）王后。其子被波斯居鲁士（Cyrus=Ciro）暗杀，托密利斯战胜之，将居鲁士头浸入血中。

⑫ 奥洛费尔内（Oloferne）为亚述将军，围贝图利亚（Bethulia），有犹太美寡妇犹滴（Judith）求见将军，因得近而杀之，（转下页）

墟；伊利昂呀！这里的雕刻把你表示得多么卑鄙呀！[13]

就是精于用刻刀和画笔的大师，描摹形态致使人惊奇而钦佩其绝妙的天才，到此地也没有不拜倒的呀！活的表示得像活的，死的表示得像死的。看见过真实情形的人，反不能比我俯着头看着脚下的雕像来得明了。夏娃的子孙呀！你骄傲吧，昂首而行吧，不要低头吧，于是你可以看不见自己的恶道了！

我们绕着山壁已经走了一段路程，我因为注视地面的缘故，不觉太阳的移动，但常常走在我前面的这一位，却不断地留心着应当做的事情，开始说："抬起你的头吧！没有时间俯着走了。看！前面有一位天使，似乎要向我们迎上来了；看！第六个女仆已经完毕她一日的工作了。[14]你的举动和面貌，都要饰以尊敬，才可以叫天使欢喜，送我们上升！你要想：像这一天的机会，是永不再来的呀！"我一向听惯了他劝我勿要失时，所以我绝不会误解我老师刚才的话。

那美丽的造物，穿着白袍，面孔像闪烁的晨星，向我们走来。他张开他的双臂，展开他的双翼，说："来吧；

（接上页）夜携其头入城，悬之城上，晨起，亚述军望见逃散，被犹太军追杀甚多。

⑬ 特洛伊，古小亚细亚之一城，为希腊人所焚毁。伊利昂（Ilion）为特洛伊之另一名字。

⑭ 一昼之十二小时为十二女仆，第六女仆完工即午时已过。

那美丽的造物，
穿着白袍，
面孔像闪烁的晨星，
向我们走来。

P-g Canto 12

靠近这里有阶梯，你们现在可以很容易地上升了。”能够回答他的呼唤的人真少呀！人类啊！你本是为升天而生的，为什么一些微弱的风便把你吹落下来呢？⑮

天使把我们引到一处，那里的山岩已经斫削过；那时他在我的额上用翼抹了一下，保证我以后上升的轻快。如同攀登那右岸的山，那里耸立着一个教堂，临着卢巴康提桥这边一个政治很好的城市，⑯那里峻峭的山壁已经有了阶梯，使倾斜度减低，这个还是在登记和尺度没有混乱的时代建造的：⑰这里壁立的山岩，也是这样而缓和了从下圈到上圈的倾斜度；不过，左右山岩用手可以摸得着呢。⑱

当我们转身走上阶梯时，听见有人唱着：“虚心的人有福了。”音调的悦耳，不是语言可以叙述的。唉！这里的路径和地狱里的多么不同呀！这里是一片悦耳的歌声，那里便是一阵猛厉的呼号。⑲

我们走在神圣的阶梯上，我觉得比以前在平地层上

---

⑮ 人类能免于骄傲之过者甚少，稍受诱惑，便犯此过。

⑯ “政治很好的城市”指佛罗伦萨，反语也。由城市往阿尔诺河南，经过卢巴康提（Rubaconte）桥，东南地有山名克罗奇（Monte alle Croci），山上有古教堂名米尼阿托（San Miniato），登山有一长段阶梯。

⑰ 所谓混乱，暗指一二九九年佛罗伦萨市司法及行政之混乱。

⑱ 言其狭也。

⑲ “虚心的人有福了，因为天国是他们的。”见《马太福音》第五章第三节，耶稣登山训众之语。但丁每完毕一层，即闻“登山训众”中之一祝福词。他处皆指明天使发此词，但此处并未指明，故推想亦为天使所发。

走得还要轻快。于是我说：“老师！请你告诉我，我已经放下什么重物，因此使我的前进毫不感着疲劳呢？”他答道：“假使你额上所留着的P字，也像第一个一样都抹去了，那么你的脚步趋向善途，非但不感着疲劳，而且越前进越觉得愉快呢。”

于是我像一个头顶着东西而不自觉的人，旁人告诉他，他用手去摸索，才证实了这件事一样；摸索一下，结果才知道那自己用眼睛看不着的东西。我用右手指摸在额上，发觉那执有两把钥匙的天使[20]刻的字，现在只有六个了。

那时我的引导人望着我而微笑。

---

⑳ 守净界山门的天使，曾在但丁额上刻了七个P字；参见《净界》第九篇注⑫。

第十三篇

第二层：惩妒。锡耶纳贵妇萨庇娅。

我们到了阶梯的顶上，那里是山腹的第二层平地圈，升到那里的可以洗涤了罪恶。这一层和下面的第一层相像，只是圈子小一些罢了。那里没有形象，也没有雕刻；山壁是空的，山路是平的，眼前所见的只是一片岩石的铅色罢了。

诗人说："假使我们等在这里，希望有人来告诉我们路径，我恐怕太迟慢了。"于是他注视着太阳，以右足为枢纽，转动身体的左部。他说："温和的阳光呀！我信任你而走进了新路，我们在这里需要引导，于是你引导我们。你使世界有热气，你使世界有光芒。假使没有其他相反的理由，那么你的光永远是我们的引导人。"①

---

① 此处维吉尔赞美太阳，因太阳照明旅行人之路径也；但此处亦诗人采择路径不致错误之说明也。

我们走了一会儿，约计有一里路光景，[②]因我们为意志所迫，所以在短时间内能行很长的路程。

那时我们听见有些精灵飞向我们，但是我们看不见他们，只听见他们发出召赴爱之筵席的声音。[③]第一个声音在空气中流过的是："他们没有酒了！"[④]这句话在我们后面复述了几遍呢。此种声音去远了，又听见说："我是俄瑞斯忒斯！"[⑤]这句话马上过去了，并未多留。

我说："我的父亲呀！这些声音是从何而来的呢？"我发问的时候，又有第三个声音，说："爱那些对你们做了恶事的！"[⑥]我和善的老师答说："在这个圈子里，惩戒嫉妒的罪恶，所以爱在这里是马鞭，还有些相反的话句是马勒；我想你在到达赦罪的关口之前，你总可以听见的。[⑦]但是你向前用心看看，你将望见那儿有许多

---

② 《神曲》是一种精神（想象）的产品，所有里数及长短当然无事实上之根据，否则自地球中心于二十四小时内到达地面便不可能。参见《地狱》第二十九篇注①。

③ 此处声音为刺激忏悔的灵魂发生爱心，爱心生则妒念去矣，其功用犹第一层之雕刻也。

④ 在加利利的迦拿有人娶亲，耶稣的母亲马利亚和耶稣及他的门徒都在那里；酒用尽了，马利亚对耶稣说："他们没有酒了。"于是耶稣使水变了酒，见《约翰福音》第二章。

⑤ 俄瑞斯忒斯（Oreste）已定死罪，其友庇拉底斯（Pilade）冒俄瑞斯忒斯之名以求死，俄瑞斯忒斯又自白其为真俄瑞斯忒斯，二人之友爱遂著称于世。

⑥ 耶稣说："爱你们的仇敌。"这句话比古格言"爱你的邻舍，恨你的仇敌"更进一步了。见《马太福音》第五章第四十三节、第四十四节。

⑦ 相爱的例子好比是马鞭，相妒的例子好比是马勒，其功用一为鼓励，一为警戒。"赦罪的关口"每层都有一个，即由此层升至彼层有天使守候之所。

人坐着，每一个都靠着山壁。”

于是我张大我的眼睛向前看，果然望见许多灵魂披着斗篷，斗篷的颜色和岩石一般。我们走得更接近他们的时候，我听见叫道：“马利亚，为我们祈祷！”我又听见他们叫着米迦勒、圣彼得和其他诸圣。[8]

我相信今日地面上没有这样狠心的人，对于我所看见的不表示一种同情之感；因为当我走近这些灵魂的时候，我看清了他们的形状，一阵心酸，竟使我落泪。一块粗毛布裹着他们；他们肩头和肩头互相靠着，背部都靠着山壁。如同一无所有的瞎子，在赦罪的日子，在教堂大门前求乞，每个人都把头倾在他邻人的肩上，因此激发人的怜悯心，不仅用话句打动别人，就是他们的一副姿态也绝不是无力的。又如同瞎子不能感觉阳光，这些忏悔的灵魂也是拒绝阳光的，因为每个人的眼皮都用铁丝缝合着；有时捕着的野鹰不肯安静，人便把他的眼皮缝合起来；这两件事有些类似。

我觉得我看见别人，别人看不见我，默默地走过去，是我对不起别人，因此我转脸向着我聪明的顾问。可是他已经知道我未宣布的意思了；他不等我开口，便

⑧ 在大祈祷文内，先呼圣父、圣子、圣灵（所谓三位一体），继之以圣母马利亚，又继之以大天使米迦勒（Michele）及其他天使，圣彼得及其他使徒，最终乃及其他诸圣。

说："你说吧！简洁些，确当些。"

维吉尔在我的右边，在这边行走有落入深渊的危险，因为那圆环的山路是没有栏杆的；在我的左边是那班虔敬的灵魂，他们的脸上，淌着由缝口流出的泪水。我转身向他们说："呵！灵魂们呀！你们一定可以见到最高的光呢，这是你们唯一的企求呀！不久，神恩便可洗去你们意识上的泡沫，把清流贯注到你们的精神里面了！请你们告诉我（这个是你们对我的美意），这里是否有拉丁人，假使我知道了他，也许对于他会有些益处吧。"

"我的兄弟！我们每个人都是那唯一的真实的城市[⑨]之一员；但你的话也许是指着曾经旅行到意大利的灵魂吧。"这句答话是从我立着稍远之处发出来的，因为我那时的发声高，所以能及远处。在那些灵魂之中，我辨别得出是谁等着要和我说话；假使有人问我什么理由，这是因为他和瞎子一样，举着下巴等在那里的缘故。

我说："灵魂！你的苦修行是为着上升，假使刚才是你回答我的，那么请你告诉我：你的生长地也好，你的名字也好。"

那灵魂答道："我是锡耶纳女人，我和这些人在一起忏悔我生平的罪恶，我把眼泪献给他，我们请求他降临在我们面前。虽则我的名字叫做萨庇娅，可是我并不

---

⑨ 唯一真实的城市指天国，其他一切城市，在这些灵魂看来，不过是他们旅行之地，或放逐之区罢了。

于是我张大我的眼睛向前看，
果然望见许多灵魂披着斗篷，
斗篷的颜色和岩石一般。

Pg Canto 13
P-g Canto 13

聪明；[10]我欢喜别人有灾祸，甚于我自己有幸福。

“免得你误会我的意思，我举出一桩事实来作例，请你判断我是否糊涂，那时我的生命已趋向下降的路了。[11]我的同乡人和他们的敌人在科勒交战，当时我祷告上帝，结果正如我意：我的同乡人战败了，尝着崩溃的痛苦。当我看见他们败退的时候，我感觉一种无可比喻的愉快；于是我抬头向着上帝，傲慢地叫道：‘现在我不怕你了！’好比乌鸦见着最初的春光一般。[12]我到了生命的终端，才和上帝修好；而且，假使不是彼埃尔·贝底那对于我作虔敬的祈祷，他的慈悲改变了我的命运，那么我还不能这么早到这里来还债。[13]

“然而，你是谁呢？你这样来访问我们的情况；我相信你是睁着眼睛的，而且是一边呼吸，一边说话的。”

我对她说：“我的眼睛总有一天要闭着在这里，只

---

⑩ 萨庇娅（Sapia与Savia音意略同，其义为智慧）为锡耶纳贵妇，萨拉奇诺（Viviano dei Saracini）之妻。萨庇娅仇恨其同乡人，于一二六九年锡耶纳人与佛罗伦萨人的科勒（Colle di Valdelsa）之战（参见《净界》第十一篇注⑯），竟以锡耶纳人之失败为快（幸灾乐祸，实为嫉妒者之特征）。然萨庇娅晚年颇有善举，为人所称。

⑪ 但丁以人类生命曲线之最高点为三十五岁，见《地狱》第一篇注①。

⑫ 寓言：乌鸦藏匿以避严冬之寒冷，及正月末二月初，阳光渐和，出而言曰：“上帝，我不怕你了，冬天已过了。”萨庇娅见锡耶纳人战败，心满意足，以为而后无所求于上帝矣。

⑬ 彼埃尔·贝底那（Pier Pettinaio）原为锡耶纳商人，后为圣方济各派僧侣，以虔敬著名，曾为萨庇娅祈祷，因此萨庇娅得缩短等候净界山门外之年月。

是并不长久；因为我嫉妒的眼光对于上帝并不太讨厌。[⑭]使我精神上最生恐惧的是下面一层的刑罚；因为那里的重物就要压碎我呀！”于是她又说：“假使你还预备回转去，那么谁把你带到这里来的呢？”

我说：“伴我来的人他不肯说。至于我呢，不错，我是活人，假使你有吩咐，我很愿意效劳！”

她说：“呵！真是新奇的事情！这是上帝对于你仁爱的一大证明！你的祈祷对于我是不会没有帮助的！假使你回到托斯卡那地方，我请求你恢复我的声名在我亲族之中。你将在那班轻狂的人民之中找着他们，这些人民既错信了塔拉莫奈港口，又失望于狄阿娜河的发掘，但最扫兴的还是那班海军大将呢。”[⑮]

---

⑭ 但丁自谓犯骄傲之罪甚重，而嫉妒之罪甚轻。但丁之骄傲，见于其生平及其作品者不一而足。维拉尼（Villani）（以及其他历史家）论曰：“论及但丁之学问，则有时臆断，琐碎而藐视。”至于但丁自认之嫉妒，斯加塔齐尼（Scartazzini）极力为之洗刷，引《旧约·诗篇》第七十三篇第三节之言曰：“我见恶人和狂傲人享平安，就心怀不平。”

⑮ 锡耶纳人之轻狂，已于《地狱》第二十九篇言及。彼等于一二九五年及一三〇三年有两大计划。一是依据传说寻出城市下之狄阿娜（Diana）古河，一是购入一小港口名塔拉莫奈（Talamone），庶几可以扬威于海上。然此二计划均归失败，而拟作海军大将之人物亦终成泡影。又说：“海军大将”应作“工程师”解，因发掘及筑港，死亡甚多。

第十四篇

续惩妒：圭多·杜卡；黎尼埃里·卡尔波里。

“在死神没有放他飞扬之前，他便经历我们这座山的各层，开眼闭眼一听他的自由，这个人究竟是谁呢？”[①]“我不知道他是谁，但我知道他不是单独的一个；你比较接近他，你可以问他；你对他客气些，也许他是会说话的。”[②]

那两个灵魂，互相依靠着，在我的右边，私下里议论我。

后来其中一个抬着头说：“灵魂呀！你带着肉体升

① 发此问者为圭多·杜卡（Guido del Duca），伯莱提诺罗（Brettinoro）之吉伯林派，罗马涅之贵族，在此篇中为主要之发言者。所谓“飞扬”指灵魂之脱离肉体。

② 此灵魂名黎尼埃里·卡尔波里（Rinieri da Calboli），福尔里（Forli）之贵尔弗派，在此篇中只是听圭多·杜卡之发言而已。

天，为仁爱的缘故安慰我们吧，告诉我们你从何而来，你是谁？你蒙了神恩，做了闻所未闻的事情，使我们惊奇非常。”

我说：“在那托斯卡那的中央，从法尔特罗纳山流出一条小河，经历五百里以上的路程，③我的肉体就生长在那河岸之旁；至于我是谁呢，你问也无用，因为我的名字并不多么响亮。”

首先开口的灵魂答道：“假使我猜中你的意思，你说的是阿尔诺河。”

于是其他一个问他道：“为什么他要避开这条河的名字不说，好像一个人不提所做的丑事一样呢？”

为了回答这个问题，首先开口的灵魂说：“我不知道；但消灭这条河的名字并非没有理由。

“此河发源之地，山脉蜿蜒，别处无可比拟，就是佩洛鲁斯也是他的一体。④从河源到海口（在那里补偿海面的损失，太阳又蒸发海水使他重还到一切的河流），河流两旁的居民都逃避道德，看道德如仇敌、如蛇蝎，这也许是地方的恶影响，也许是历来的坏风俗。

“因此住在此河流域的人民，性质上已经变化了许多，似乎女巫刻尔吉用法术使他们变化为牧场上的动物

---

③ 阿尔诺河发源于亚平宁山脉之法尔特罗纳（Falterona）山，在罗马涅境内。

④ 佩洛鲁斯（Peloro）为西西里东北之海角，现今与意大利相隔墨西拿海峡，然从地理上观察，则西西里诸山均属亚平宁山脉也。

了。[5]最初此河在细瘦的河床流过污秽的猪舍，这些猪只应当喂以橡子，不应当吃人的养料；[6]再下降，便经过一群狗子旁边，他们不度自己的力量而去寻衅，此河对于他们掉头不顾而去了。[7]此河越前进，越肥大，则所遇的不是狗而是狼了。[8]

“最后，河道更深，在那里逢着一班狐狸，他们满肚子的诡计，没有一个有本领的可以战胜他们。[9]我还要对你说，虽然有别人听见；[10]假使他能记得这种真实的预言，对于他不是没有好处的。我看见你的孙子[11]将在此河岸上做一个驱狼的猎人，使他们害怕。他先活卖他们的肉，后则杀死他们像杀死一只衰老的走兽；他夺去许多的生命，也夺去了自己的名誉。他满身血淋淋地走出了惨淡的森林，[12]就这样弃置在那里，从今百年以后也不能恢复旧观。”

如同报告了不幸的消息，使听者的面色改变，唯恐

---

⑤ 女巫刻尔吉曾将尤利西斯的同伴们化作食草之动物。参见《地狱》第二十六篇注⑪。

⑥ 阿尔诺河先流经卡森提诺；诗言此处居民如猪。

⑦ 阿尔诺河由北南流，至阿雷佐又折而向西北；诗言此处居民如狗。

⑧ 佛罗伦萨人贪吝如狼。

⑨ 比萨人如狐。

⑩ 圭多·杜卡继续对黎尼埃里·卡尔波里叙说。别人当然是指维吉尔与但丁；但丁若能记得便有好处。

⑪ 指弗尔齐埃里·卡尔波里（Fulcieri da Calboli），为黎尼埃里·卡尔波里之孙，曾为各地法官，于一三〇三年为佛罗伦萨法官，受黑党之煽动，大治白党之罪。

⑫ 佛罗伦萨为群狼之窠，故称森林；参见《地狱》第一篇注②。

大祸的临头；我看见其他一个灵魂，在谛听之下，态度就变得忧伤。这一个预言，那一个忧伤，使我生出要知道他们的名字的欲望，于是我恳求他们说出来。

因为我的恳求，那首先开口的灵魂说："你要我对你做的事情，正是你不肯对我做的事情。但是，因为上帝给你这样大的恩惠，我自然不应当拒绝你的请求。

"请你听着：我的名字叫做圭多·杜卡。我的血管充满着妒火，假使我看见一个人在欢乐，我的面色便变得发青发白。我下了那般的种，所以收了这般的果。

"人类呀！为什么把你的心放到与你无分的东西里面去呢？他的名字叫做黎尼埃里，他是卡尔波里族的饰品和光荣，他的后裔都不传他的美德。不仅他的一族如此，在波河和山、雷诺河和海之间，⑬都是无善足述，那里的居民竟至不能辨别真伪，丧失掉义侠之气；四境之内，只是长着恶草，现在根深蒂固难于芟除了！

"哪里是好人黎齐奥和阿利格、彼埃尔和圭多·卡尔庇涅呢？罗马涅人呀！你们都变做私生子了！⑭什么时候一个法勃罗将要在波伦亚再生根呢？什么时候一个伯尔纳尔丁将要在法恩扎从爬藤变作高树呢？⑮当我回

---

⑬ 以下所提及之人，均在波河、亚平宁山、雷诺河与亚得里亚海之间，即罗马涅之居民也。

⑭ 黎齐奥（Lizio di Valbona）、阿利格（Arrigo Mainardi di Bertinoro）、彼埃尔（Pier Traversaro）为腊万纳贵族；圭多·卡尔庇涅（Guido di Carpigna）为蒙泰菲尔特罗人。以上皆过去罗马涅显要，其子孙则皆腐败矣。

⑮ 法勃罗（Fabbro Lambertazzi），罗马涅之吉伯林派领袖；（转下页）

忆圭多·普拉塔、乌格林·阿佐（他曾和我们一同生活着）、斐得利哥和他的同伴、特拉维尔萨里族和阿纳斯塔吉族（这两族都无后人），[16]假使我哭泣，托斯卡那人呀！请你勿要惊奇。

“当我回忆到那些贵妇和武士，对于他们所引起的忧愁和欢乐，我的心绪就变为恶劣了！伯莱提诺罗呀！你的主人为避免犯罪都走了，你为什么不立即逃开呢？[17]巴涅卡瓦罗，他不要儿子，很好；卡斯特罗卡罗坏了，科尼奥更坏，他们还生下许多伯爵呢。[18]帕格尼族于魔鬼走了以后还好，可是我对于他们的回忆并不多么纯粹。[19]乌格林·范托林呀！你的名誉是安稳了，因为不至于有后代来把他弄黑了。[20]托斯卡那人！现在你

（接上页）伯尔纳尔丁（Bernardin di Fosco），法恩扎人，曾为锡耶纳及比萨之高等法官。举此二贤，后起不知在何日。

⑯ 圭多·普拉塔（Guido da Prata），腊万纳与法恩扎之间人；乌格林·阿佐（Ugolino d'Azzo），原为佛罗伦萨人；斐得利哥（Federigo Tignoso），里米尼贵族；特拉维尔萨里（Traversari）、阿纳斯塔吉（Anastagi）为腊万纳二大族，均吉伯林派（无后人，言其后人无祖上之美德也）。

⑰ 伯莱提诺罗（Brettinoro=Bertinoro），罗马涅之小城，圭多·杜卡之故乡。

⑱ 巴涅卡瓦罗（Bagnacavallo）、卡斯特罗卡罗（Castrocaro）、科尼奥（Conio）皆罗马涅境内之地，其贵族（伯爵）均有恶名，后巴涅卡瓦罗贵族断绝，其他二地仍一脉相传。

⑲ 帕格尼族之马吉纳尔多（Mainardo Pagani）统治法恩扎（称魔鬼者言其狡狯），其子孙断之者尚好，但不无可议之处耳。参见《地狱》第二十七篇注⑧。

⑳ 乌格林·范托林（Ugolino de'Fantolini）为善良之武士，其二子均早死。

可以去了，我的家乡萦绕在我的心上，使我觉得哭泣的爽快远过于谈话！”[21]

我们知道这两个可爱的灵魂听着我们去了；他们保守静默，因此证明了我们所取的路径是没有错误。

我们走了一段路，那时已看不见灵魂，忽然空中如有雷声劈下，落在我们前面的是一种声音：“凡遇见我的必杀我！”[22]这种声音过耳很快，如同电光过眼一般。耳孔里静了一会儿，突然一个巨声，无异一个雷声去后又续来一个：“我是阿格劳洛斯，我变做石头！”[23]

我那时有些害怕，后退一步，紧靠着我的老师。后来一切都平静了；他对我说：“这种声音，就是坚硬的马勒，他应当保持一个人在他的范围以内；[24]不过，假使你受了引诱，被你的古仇敌所钩住，那么无论马勒或马鞭对于你都没有多大用处。天环绕你而旋转，他喊着你，把他永久的美丽指点给你看，而你的眼睛只是注视着地上。因此你要给照见一切者所惩戒。”[25]

㉑ 以上圭多·杜卡咒骂罗马涅之腐败，可参见《地狱》第二十七篇。

㉒ 此该隐杀死其弟亚伯后所说，见《创世记》第四章第十四节。

㉓ 阿格劳洛斯（Aglauro），雅典王之女，因妒其妹赫尔塞（Erse）与雨神（Mercure）之恋爱，加以破坏，被上帝化为石头。见奥维德之《变形记》。

㉔ 参见前篇注⑦。

㉕“照见一切者”指上帝。

第十五篇

升入第三层：惩怒。但丁出神见幻象。

那时太阳在天空所要走的路程，等于从日出到第三时之终；天体旋转，如小儿之滚铁环，万世而无穷；净界的黄昏，正是我家乡的夜半。[①]那时阳光正射在我们的脸上，因为我们绕山而行，此时已向着西方了；[②]可是我那时另外觉得有一种光芒重压在我的眉上，简直强过阳光，我不懂什么缘故，只是惊奇；我举起手来，遮在眼睛上，以避开这种过分的光芒。

当一种光线由水面或镜面反射起来的时候，其上升

① 从早晨六时至九时，等于从下午三时至六时，言此时正为净界之下午三时，而在意大利为夜半也（下午三时至六时为黄昏）。

② 但丁在净界山之路程，由东经北至西，在向阳的半边；自上午九时在惩骄层绕山向北偏西行，午后在惩妒层绕山向西北行，下午三时在惩怒层则近乎向西行矣。

到对方的和原来下降的正是相等，和石子由上下坠的现象完全不同，这是在学问上和经验上都可以证明的。那压在我眉上的我想也是一种反射光，[3]所以我的眼睛要快快地避开。

我说："我柔和的父亲！这般叫我忍受不住的光芒是从何而来的呢？"

他答道："假使这种光叫你晕眩，你却不必惊奇，他来自上帝的家臣，这是一位迎接我们上升的使者。不久以后，你对于这种光芒便不会觉得难受；成为习惯以后，你受着反而觉得愉快了。"

我们接近仁爱的天使，他用喜悦的口气说："请从这里进去，这里有一个阶梯，不像以前的那么峻峭了。"我们离了那儿，登上阶梯，在我们后面唱着："怜恤人的人有福了！"[4]又听见说："你得胜了，你欢喜吧！"[5]

我的老师和我，单单两个人步步上升，我想趁机问他几句话，我于是转向他说："刚才那个罗马涅的灵魂，

---

③ 光线被镜面反射，几乎是不折不减的，和石子下坠地面，不能反跃至原有高度，现象自然不同。但丁意谓上帝（譬如太阳）是发光的，而天使则反射上帝之光。

④"怜恤人的人有福了，因为他们必蒙怜恤。"耶稣登山训众之语，见《马太福音》第五章第七节。

⑤"欢喜"因为可以上升，"得胜"指以善克恶，如《新约·罗马书》第十二章第二十一节所说："你不可为恶所胜，反要以善胜恶。"

说什么‘无分的东西’，究竟是什么意思呢？”⑥

于是他答道：“他已经明白他最大罪恶的祸害了；所以他指出这种罪恶，叫人不要惊奇他的刑罚而替他过度悲哀。因为你们的心太注意在一种财产了，这种财产分之者愈众，则每个人享受的便愈少；可是，假使你们的欲望放在那至高的幸福上面，那就不生这种烦恼了。因为在那里，只说‘我们的’，占有人的数目愈多，每个人的幸福愈大’。”

我说：“我对于你的解说不能满意，比我没有开口以前还要糊涂。怎么一种财产，占有人的数目愈多，每个人的享受反而愈大呢？”

他对我说：“因为你还是只注意在地上的东西，所以你从真光里取得了黑暗。那无穷无尽的财产是在天上，向着慈爱奔流，如同光向着明亮的物体一般。他愈是找着了热心的，愈是给得多；于是慈爱的范围愈推广，永久的善也由此增加；天上聚集的灵魂愈多，慈爱的互施愈繁，如同镜子互相反射他们所受的光一般。假使我的解说仍不能满足你的饥渴，那么你将逢见贝雅特丽齐，那时她可以满足你的希望，并解说其他的问题。

⑥ 罗马涅的灵魂即前篇之圭多·杜卡，彼意地面上有许多东西（如财产、幸福）是某人所专有，不容他人共享，不容他人对之生觊觎和嫉妒。维吉尔解说给但丁听的（其实就是但丁的意见），说是有物质的财产和精神的财产，前一种之数量有限，会激起别人的嫉妒，后一种（如和平、知识、慈爱）若占有之人数越多，则每人之所有越丰富，盖相得益彰，取之无尽也。

现在只要当心把使你痛苦的五个创伤医好，此外有两个已经平复了。”

我正要说：“你使我满足了。”那时我看见我们已到了次一圈，因为我的眼睛急乎寻求新的景象，所以这句话也就不说了。

那里我忽然如入梦境，看见许多人在一个殿里；在进口之处，有一个妇人，用慈母一般的口气说：“我儿，为什么向我们这样行呢？看哪！你父亲和我伤心来找你。”[⑦]她的话一停止，刚才我所见的也消灭了。

立刻又出现另一妇人，[⑧]泪流满面，似乎受了重大侮辱的模样，她向着一个贵人说：“你是这个城的主人，为着这个城的名字，诸神间曾经发生过争执的。[⑨]而且这个城是一切学问的发光点，请你报仇，为着那放肆的手臂竟敢公然拥抱我们的女儿呢，庇西特拉图呀！”那个贵人，据我看似乎是很和善的，慢慢地答

---

⑦ 耶稣十二岁时，偕父母往耶路撒冷，及父母回家，他却偷偷地留在那里，在圣殿和教师们讲辩。后来他的父母又上那里去找他，此处是找到以后他母亲马利亚对他说的话。见《路加福音》第二章第四十一至五十节。

⑧ 指庇西特拉图（Pisistrato）之妻。庇西特拉图为雅典暴君，其妻向其请求惩戒一少年，因少年爱其女，情不自禁，公然拥抱之也。

⑨ 雅典城未立名以前，手艺女神（Minerva）与海神（Neptuno）争欲以己名为城名，于是各显神通，海神使地面走出一匹马，女神使地面长出一株橄榄树；经诸神评判，以树为优胜，遂名雅典（Atena）；雅典者，女神之希腊文名也。

道：“假使爱我们的要受责罚，那么害我们的要受怎样的处置呢？”

后来我又看见一群百姓，都是怒火冲天，用石子向着一个少年人[⑩]投去，大家喊道：“杀呀！杀呀！”至于那少年呢，已经将死，要跌倒在地了，但他的眼睛望着天空，现着怜恤的面容，在受这样凶猛的攻击之下，他请求上帝赦免他的虐杀者。

当我醒觉以后，想起刚才听见的一切，原来都是幻象，可是并非虚事。[⑪]

我的引导人看见我像从睡眠中醒来，说：“你怎样了，像一个不由自主的人？你已经走下半里多路，眼睛似乎被面幕遮住，一双腿摇摇摆摆得像一个醉汉或一个梦游人。”

我答道：“我柔和的父亲呀！假使你愿意听，我将把我在双腿摇摆时所见的景象告诉你。”

他说：“假使你戴上一百个面具，你也瞒不过我轻微的思想。你所见的，这是你不得不对着和平的水（这是从永久的爱泉里流出来的）专心致志的缘故。我问：‘你怎样了’，并非指你用肉眼看见的，是叫你在脚上用些劲。一个懒惰的应当受些刺激，因为他还不急乎去利

---

⑩ 圣司提反（Santo Stefano）为耶教中首先殉道者。见《使徒行传》第七章第五十四至六十节。

⑪ 在过去确有此种事实发生（非虚），但刚才之所见乃属错误（幻象）。

用他醒后的光阴呀！”

我们向前进行，趁着夕阳，极目远望；不久有一阵黑烟，向我们滚滚而来，顿时如入昏夜，没有地方可以给我们做避难所；那时我们的眼睛失去了功用，而且也断绝了清洁的空气。[12]

⑫ 惩怒层以“黑烟”象征“怒火”，忿怒之人每失去理智，类于盲人之妄行。

第十六篇

忿怒的灵魂。伦巴第人马可的谈话。

地狱的暗淡，和没有星辰、乌云密布的昏夜，也没有把我的视线遮蔽得像此处的黑烟，无异厚厚的毛布一块，压在我的面前，叫我睁不开眼。

那时我忠实的引导人走近我，把他的肩头给了我。如同瞎子搭着别人走一般，免得踏错了路，碰在障碍物上面，甚至跌死了也说不定，我搭着我的引导人，走在难受的空气里面，他只说："当心不要脱离我。"

我听见人声，似乎每个人都在祈求那替人脱罪的上帝的羔羊给他和平与怜恤。"上帝的羔羊"，[1]这就是开场

① "上帝的羔羊"指耶稣。《约翰福音》第一章载："约翰看见耶稣来到他那里，就说：看哪，上帝的羔羊，除去世人罪孽的。"（转下页）

的一句；他们似乎在一齐说，一齐唱，十分和谐。

我说："老师！我所听见的是些灵魂么？"

他答道："你的猜想不错，他们正在解忿忿的结呢。"②

"你是谁？你穿过我们的黑烟，你说着我们，似乎还是翻着历书过日子的人的口气。"③这是一个灵魂的声音；那时我的老师对我说："你回答他，而且问他是否可以由此上升。"

于是我说："在此洗涤的造物呀！你将干干净净回到造物主那里去；假使你跟着我的脚步，你可以知道一桩大奇事呢。"

他答道："我将尽我所能的范围伴着你，虽然这股黑烟使我们不能看见，但靠着听觉，可以使我们连合在一起的。"

于是我开始说："我带着这个皮囊（只有死神可以使他脱离灵魂），向着天上旅行，经过悲惨的地狱而到这里。假使上帝赐我这般恩惠，允许我观光他的朝廷，这是近代所未有的例子；④那么你在生前是谁，你应当

（接上页）又，"上帝的羔羊"（Agnus Dei）原为行弥撒礼时之祷词："上帝的羔羊，他免除世人的罪孽，怜恤我们，给我们以和平。"

② 言彼等正忏悔忿怒之罪恶也。

③ 为此言者乃威尼斯人马可（Marco），十三世纪后半期一有学问有名誉之廷臣，但伦巴第之贵族对他甚有感情，故加绰号曰伦巴第人（Lombardo），其生平事实不详。

④ 在昔上帝曾允许几个人（如圣保罗）以肉身朝见天庭，但近代无此例。参见《地狱》第二篇注④。

勿瞒我。还有，告诉我，我走的路是否错，你的话将是我们的指南针。”

“我是一个伦巴第人，叫做马可；我对于世故知道得很深；我爱德行，然而此德行不再为世人所追求了。你上天的路不错。”那灵魂如此回答，又说，“当你到了天上，我请你替我祈祷。”

我对他说：“我决定替你做你所要求的事情。但是，我心里有一个疑惑，急待解决了才舒服呢。我的疑惑原很简单，现在听了你的话，又回想起在别处听了的，⑤我的疑惑愈加深刻了。世人放弃了德行，你对我说的话是真的，他们只是蒙了重重的罪恶。但是，请你明白指出他的原因，我好再转告别人。有些人把这原因归之天上，其他人则把他归之地上。”

那个灵魂先长叹了一声，然后对我说：“老兄啊！世人原是瞎子，你从那里来，你是知道得清楚的。你们一班活人，都把一切事情归之天上的星辰，似乎天在那儿摆布一切，有不可摇动的必然性一般。事情假使是如此，则你们的自由意志将被毁灭，而劝善惩恶也就不正当了。

“天给我们一种原始运动，我不说一切；即使我说

⑤ 第十四篇中圭多·杜卡对但丁说：从前（上代）有好人，现在（后代）没有好人，都变坏了。

一切，则他也给了我们一种辨别善恶的光，还有自由意志；这种意志起初也许和星辰的影响相搏而感着痛苦，但我们若善用之则必得最后的胜利。[⑥]你们虽然自由，但你们仍在一种更伟大更完备的势力之下，这种势力在你们身上创造了智慧，这不是星辰可以管辖的。

“假使世人果然走了邪路，这个原因是在你们，应当在你们里面找出来。我且把这种症结指出来给你看：一个灵魂，从上帝柔和的手里创造出来，那时她像一个女孩子，会哭会笑，天真烂漫，除却寻求欢乐以外，其他一无所知。

“最初，她的趣味在平庸的欢乐；[⑦]除非有领导人和马勒去节制她的欲望，否则她便沉迷在里面而不得出。于是要制法律以作马勒；要立统治者，他至少能辨别那真城的钟楼[⑧]。法律有了，但是谁去施行呢？没有人！因为领导群羊的牧人能够反刍，但是没有分蹄。[⑨]因此一班人民看见他们的领导人也只是争取他们所渴望的财

---

⑥“天”之含义可分“质天”与“神天”两种。但丁时占星术颇流行，意谓星辰（质天）可以操纵人之命运。但丁不以此说为然，意谓天（神天或上帝）与人以智慧和自由意志，善用之自可战胜恶命运也。

⑦ 地上之欢乐，尘世之欢乐。

⑧“真城的钟楼”可喻正义。一城之钟楼，由远处即可望见，统治者领导民众向此行进，免失正道。

⑨“牧人反刍”言教士之能深思而了解圣书（智慧方面，负责者为教皇）。“分蹄”言判别善恶之能力（行为方面，负责者为皇帝）。此种暗喻，来自摩西法律，盖希伯来人除反刍而分蹄以外之兽肉不食，见《旧约·利未记》第十一章第三节。

产，于是他们只是衣于此，食于此，而不暇远求了。[10]你可以明白见到世人的渐趋下流，是由于这些领导人，并非由于人类性质上的变坏。

“罗马，他从前散给地上以幸福，一向有两个太阳，照明两条路径：一是尘世的，一是上帝的。现在呢，一个太阳遮没其他的一个了；宝剑和十字架都拿在一个人的手里。这两件东西在一起就弄得糟糕了：因为他们合在一起，这个便不怕那个。[11]

“假使你不相信我的话，那么请看此穗，因为一种植物的价值在他所产生的种子。在那波河和阿迪杰河灌溉之乡，于腓特烈遇着反对之前，那里德行和礼貌都被人称许。[12]在今日呢，如有蒙着耻辱的人从那儿经过，我可以担保他不会遇见正人，也没有正人来接近他。那儿还剩着三个老人，这是旧时代用他们来讥讽新时代的，上帝把他们遣送到更好的生活似乎太迟了。这三个是：库拉多、好人盖拉尔多和圭多，他最好用法兰西语叫他为‘单纯的伦巴第人’。[13]我总说一句：今日罗马教

---

⑩“财产”指物质的财产，地上的幸福。但丁此处指出世乱是由于教权政权之混合，即教皇干预政治。

⑪ 教权（教皇）和政权（皇帝）分立有互相监督之功，集于一人之身则有滥用之弊。

⑫ 波河与阿迪杰河流域为伦巴第之地，或广言之为意大利北部，此地为腓特烈第二（日耳曼皇帝）与教皇剧烈纷争之区。

⑬ 库拉多（Currado da Palazzo）为布里西亚（Brescia）之伯爵。盖拉尔多（Gherardo da Camino）为特雷维佐（Treviso）司令官，“好人”其诨名也；其女盖娅（Gaia）以美德或以放荡著名，注释家（转下页）

堂，把两种权力抱在怀里，跌入泥塘里去了，她自己和她所抱着的都弄污秽了！”

我说：“我的马可呀！你的理由说得好，我现在懂得为什么利未的子孙不得治生产了；[14]但是你说的盖拉尔多，他是旧时代的遗老，用以谴责野蛮的新时代的，他究竟是谁呢？”

他答道：“或者是你哄我，或者是你来考问我，否则你说着托斯卡那语，似乎不应当不知道好人盖拉尔多吧。我不知他是否尚有别的名字，除却说他的女儿是盖娅。上帝保佑你，我不能再伴你走了，看吧！光线已经透入黑烟里来了；天使已经在前面了，可是我还不好见他的面。”于是那灵魂转身去了，不愿再听我的说话。

(接上页）之意见不一。圭多（Guido da Castel）为特雷维佐绅士，以慈善慷慨著名。“单纯的伦巴第人”其意为“老实的意大利人”，盖法人称所有的意人为伦巴第人也。又说，法人常称“重利盘剥者”为伦巴第人，故“单纯的伦巴第人”此诨名实反言其慷慨云。

⑭ 利未之子孙主祭，赖祭物及捐款为生，不得另治产业，喻教皇不得干预政权也。参见《旧约·民数记》第十八章第二十节，《申命记》第十八章第二节，《约书亚记》第十三章第十四节。

第十七篇

出第三层，入第四层。净界中罪恶与忏悔者的分类。

读者诸君，你们中间也许有到过阿尔卑斯山中的，在那里遇着浓雾，人的视线被遮蔽了，和鼹鼠透过他的眼翳而看东西一般。及至厚厚的湿气渐消以后，阳光微微地射入了。假使你们回忆起那时的景象，那么你们也就想象得出我那时初见夕阳的景象。我就是这样走出如云的黑烟之中，跟着我忠实的老师的步伐，则见山脚下已经没有阳光了。

幻想呀！你有时把我们周围的外物夺去，虽然有一千个喇叭向我们吹也听不见，谁给你这种“无中生有”的能力呢？

这是一种天上的光激动你的，这种光或是本有的，或是由于神意而遣送下来的。那时我看见一个残忍的妇人变为鸟儿，她是以歌声来悦人的；[1]我的精神专注在这里面，所有外物都不入我的感觉。

后来我的幻想入了另一境界，看见一个怒气满面的汉子死在十字架上，在旁的是亚哈随鲁大王，他的妻子以斯帖，还有那无论在语言上和行为上都是正直的末底改。[2]

这个幻象破裂以后（如同水泡因水干而破裂一样），我又看见一个少女哭着说："王后呀！你为什么一怒而自尽呢？你的自尽是不愿失掉拉维尼亚；但你还是失掉我。哭你的就是我，我的妈妈，就是因为你的死我才哭呢。"[3]

如同一个睡着的人，因为一种新的光打在他的眼皮上而惊醒，虽然醒了，但还是睡眼蒙眬；那时我的幻想刚才消灭，脸上便接触着一种异于寻常的光。我四周

---

① 此妇为普洛克涅，曾因怒而狂，杀子以飨夫，旋变为夜莺，见《净界》第九篇注③。

② 波斯王亚哈随鲁（Assuero）升哈曼（Aman）为首相，后哈曼因末底改（Mordecheo）不肯向他跪拜，便怒气填胸要害他，但王后以斯帖（Ester）为末底改之侄女，向王诉述哈曼之恶行，于是王命人"将哈曼挂在他为末底改所预备的木架上"。见《旧约 · 以斯帖记》第三章至第七章。

③ 拉维尼亚（见《地狱》第四篇注⑫）为国王拉提努斯与王后阿玛塔（Amata）之女，先许嫁国王图尔努斯（Turno），后又许嫁埃涅阿斯，因此二雄相争。王后赞成图尔努斯，闻图尔努斯战死（实则其时尚未死），怒而狂，遂自缢。见《埃涅阿斯纪》第十二章。

一看，想找出那光的来源，忽听见有人说："从这里上升！"听了这话以后，我又想找出那说话的是谁，非看见他的脸不息。但是，在此处我的视觉失去功用了，因为说话的在那光里面，如对着太阳张不开眼一般，我如何见得到他的真形呢？

那时我的引导人说："这是一位神遣的天使，他不待我们请求，便把上升的路指示给我们，却把自己藏在自己的光里面。他对我们做事，像对他自己做事一般。一个人如若看见别人需要，还等着别人的请求，显而易见不是诚心的援助了。我们的脚步，应当听从他的指示；在夜临头之前，我们应当努力上升；否则，我们要等到明日才可以举步呢。"④

于是我跟着我的老师，把脚踏在那里的阶梯上；我踏着第一级的时候，我觉得有如鸟翼一般的东西扇在我的脸上，同时我听见有人说："爱和平的人有福了，⑤他们不再有不当的忿怒。"

那时，仅仅在我们的顶上还留着一些晚光，夜马上要到了，四周的天空已经出现了星。"我的气力呀！你为什么离开我呢？"我心里对自己这样说，因为那时我的两条腿已经疲倦，需要休息了。

我们到了阶梯的顶头。我们停在那儿，像船靠了岸

④ 夜间黑暗，不能上升，见《净界》第七篇。

⑤"使人和睦的人有福了，因为他们必称为上帝的儿子。"耶稣登山训众之语，见《马太福音》第五章第九节。

一般。

我耸着耳朵听，试试是否可以在这新圈子里听见些什么；于是我转向我的老师道："我仁爱的父亲呀！请你告诉我，我们所到的这圈子，是惩戒什么一种罪恶呢？假使我们的脚停了，你的议论却不必停。"

他对我说："爱善而怠其责任的，在此地补偿他的债务：此地惩戒打桨不力的懒惰者。但是，假使你要更明白我的话，那么请你专心一意听我说，你也许可以从我们的滞留之中得着些好果子呢。"

于是他开始说："不论造物主或造物，不能离爱而存在：此爱或为自然的，或为理性的。⑥自然的爱常不及于罪恶；其他则罪恶或由于趋向之不当，或由于用力之不足或太过。造物如趋向于主要的财物，或次要的财物而有节制，则不会为罪恶的起源；但若趋向于主要的财物而不热心，趋向于次要的财物而太过度，那么都是违抗他的造物者。⑦

---

⑥ 此后乘机解说净界的组织。"理性的爱"即有意识的情欲（参见《净界》第十篇注①），与无生物之无意识的趋向（自然的爱）不同，但此二种"冲动"均视作"爱"。自然的爱如重物趋向地心，火之延及四周，植物之留于故土，凡此皆无罪恶之可言。理性的爱则其罪恶或生于误向（如骄、妒、怒），或生于太过（如贪财、贪食、贪色），或生于不及（如惰于为善）。

⑦ 主要的财物（原始财物、第一财物、至高财物、永久财物），即上帝和美德。次要的财物（第二财物、下等财物、暂时财物、尘世财物），即地上财宝、衣食、娱乐等是也。趋善则唯恐其不力，趋地上财宝则唯恐其太过。

“由此你可以明白爱为美德的种子，也是应得惩戒的行为。凡爱不能没有主体，所以人不能嫉妒他自己；凡人都不能超然独立而自存，所以不能对于造物主有所嫉妒。因此，假使我的分类不错，那么人类所爱做的坏事，就是对于他的邻人了。

“此种爱的产生有三个态度：一种人欢喜自高自大，觉得他的邻人都是卑小，只恐怕自己有一天要倒下来。一种人要保持他自己的尊荣富贵，只恐怕别人超过他，于是他心里忧愁，希望别人得祸。还有一种人，因为受了一些委屈，便突然大怒，立刻要报复他的冤家。这三种乖戾的爱，是在下面三层受惩戒。

“现在我要对你说其他的爱，他趋向财物的速度不确到好处。每个人都隐隐约约认识一种可以安身立命的财物，而希望得着他，假使一种冷淡的爱叫你迟迟地去接近他，那么在你正式忏悔以后，便在此层受惩戒。另有一种财物，并不使人快乐，并非真正的幸福所在，也不是一切美德的果和根。但爱之追求于此者，每易失之太过，则在我们上面的三层受惩戒。可是分为怎样的三种罪恶呢，我不对你说，因为将来你自己可以看出来的。”

第十八篇

第四层：惩惰。维吉尔谈爱之性质。但丁在山上的第二夜。圣泽诺修道院院长。

那伟大的学者总结他的议论以后，注视我的面孔，看我对于他的解说是否满意。那时我又为一种新的欲望所苦，外表上虽然沉默，内心里则说：“只恐怕我的问题太多，要使你讨厌。”但我柔和的父亲已经看出我不敢吐露的欲愿了，他鼓励我把他说出来。

于是我说：“老师！我的见识在你的光中得着明朗，你的议论我都了解。所以，我请求你，亲爱的父亲，再把爱的意义确定一下，因为你曾把所有的善行恶行都归之于爱呢。”

于是他对我说：“请你抬起敏锐的理解的眼光向着我，那么自做导师的盲人之错误，便要显示在你面前了。此心，原是为爱得很快而创造了的，见着一切使他欢乐的东西，他便像惊醒了一般，立即追求上去。你的感觉力从实物抽取一种印象，[①]便展开在你的心里，使你的心转向着他。转向以后，假使你倾心于他，这倾心就是爱：这是心和物之间经过喜悦而发生的新联系。

“像火的上升运动，因为他的性质是上升的，直上升到那使他的物质最易持久的地方；[②]同样，着了迷的心必入于欲的地步，这是一种精神的运动，[③]非达到享乐的目的不止。世人说：‘一切爱的行为，其本身是值得称赞的事情。’现在你可以明白他们是多么不认识真理的深处了，因为爱的本质也许常常是好的，可是封蜡虽好，印迹却不一定都好呀！”[④]

我答道：“你的话和我的注意，使我充分明了爱是什么；可是我又为另一疑团所缠绕，就是：爱由于外物，而内心立即受其影响而生冲动，所以内心所走的路为直为曲是没有责任的。”

他又对我说：“凡在理由上可以解释的，我都能对你说；至于超过此点，关于信仰的问题，请你等待贝雅

---

① 感觉从具体的物受得印象，形与质皆兼有之（如有一雕像于此，则不仅为雕像之形，即其质料之为石为铜，亦必知之）。

② 传说“月球天”（火圈）为火之积蓄处。火之向上，水之就下，性也，亦爱也（依前篇爱之广义）。

③ 一切变化与动作，在亚里士多德哲学中均视作一种“运动”。爱之行为是精神的运动，石之下落是地位的运动；石之下落，到地方止，爱之行为，亦以欲望满足而终了。

④ 爱生于感觉，其本质固可说是好的，但如前篇所示，爱为一切善行之根，亦为一切恶行之源也。

特丽齐吧。

“一切本体的形式，[5]他和物质有别而相连，他含蓄着一种特别的能力，[6]这种能力除非在动作上看出来，除非在他的效果上显出来，正如植物的生命要从他的绿叶上显出来一般。所以人类不知道他的最高智慧从何而来，也不知道他对于最高物的欲望从何而生，只是像蜜蜂一般，凭他们的本能酿蜜。

“这种智慧和欲望其初原不值得称赞和斥责的。[7]可是在那欲望兴起的时候，你的内心便生出一种考虑的能力，表示许可或阻止；从最高原则推出理由，作为选择爱的善恶之标准，这是值得称赞的。凡是从根本上推出理由的人，都知道这种内心的选择自由，此所以世界上还存留着道德学。[8]

---

⑤ 本体的形式(forma sustanzial) 指“人类的精神”，或人类的灵魂。圣托马斯 · 阿奎那斯(San Tommso d'Aquino) 说：“理性的灵魂是形式，在某种意义上说，是和物质(如肉体) 分离的，但是寄寓在物质里面的。”神父包那文托(Bonaventura) 说：“灵体或完全相连于肉体，如禽兽灵魂；或相连而分离，如理性灵魂；或完全分离，如天上精灵(天使)。”

⑥ 人类精神（或理性灵魂）的特别能力指“推知”，即由已知推及不知，由此物推及彼物；与天使之“直知”有别。直知者，不必经过思考之步骤而立即明了一切之谓也。

⑦“最高智慧”指了解公理（原始观念、最高真理或原则）；“欲望上的最高物”指上帝（至善）。所谓至善的形态甚多（如仁爱、完全而高贵之物、天赐之幸福、真理、最高存在、最高完整等），但此等“欲望的最高物”并非互相排斥，只是辐辏于车轴（上帝）而已。

⑧ 维吉尔谓：人类精神含有某种智慧的与情感的成分（不值得称赞与斥责），因此不禁信任最高真理（公理），爱慕至善（上帝）。智慧之功绩在于否认似是而非之真理（即按实际不合于公理者）（转下页）

"总之：即使一切的爱是生于必然的需要，可是阻止他的能力也在你的内心呀！贝雅特丽齐称这种能力为自由意志；将来她要对你说及的，请你记着。"⑨

那时月亮上升已久，几近于夜半了；月亮如着火的吊桶，星辰也因之稀少了。那时月亮在天空所行的路线，正是罗马的居民望见太阳下落于撒丁和科西嘉之间的时候所辉耀的路线。⑩那高贵的灵魂，他在庇埃特拉较所有曼图亚其他各镇还要有名，他已经把我给他的重担子放下了；⑪我呢，把他回答我的明白而完满的理由接收下来，我似乎要沉沉睡去一般。但睡魔忽然给人赶走了，因为从我们后面有一群人蜂拥而来的缘故。

如同古时在伊斯美努斯河和阿索浦河岸的夜间，因为祈祷巴库斯，忒拜人成群地跑拢来一般，⑫那时一群灵

（接上页）时见之，道德情感之功绩则在于拒绝似是而非之吸引物之爱（不能合于上帝之爱者）时见之。人类初不爱上帝，唯将一切不能与其"自由意志"（或称"一身之主宰"）相和谐之冲动去尽而已。

⑨"神学"在此处已人格化为贝雅特丽齐。贝雅特丽齐说及"自由意志"，见《天堂》第五篇。

⑩ 自罗马实际望不见月落于撒丁与科西嘉二岛之间，约而言之，在十一月间，日落于罗马之西而偏南，以意度之，适在此二岛之间也；其时日在天蝎与人马二星座间，诗言月亮正在此二星座间也。

⑪ 庇埃特拉（Piètola）为曼图亚近地，维吉尔生于此。维吉尔解答但丁所发之问题已了。

⑫ 忒拜人于祈祷酒神巴库斯（Bacco）使葡萄繁盛时，于近忒拜之波伊欧提亚（Boezia）之伊斯美努斯（Ismeno）及阿索浦（Asopo）两河旁夜间持火把奔跑。见斯塔提乌斯（Stazio）所作《忒拜战纪》（*Thebaid*）。

魂顺着圈子，快着步伐，依着自愿和正爱努力而前。不久他们便追及我们，因为他们都在没命地跑。

其最前的两个挥泪叫道："马利亚曾急忙往山地里去！"⑬"凯撒放下马赛，直趋西班牙，围伊莱尔达！"⑭后面跟着的轮流地叫道："快些！快些！勿要因为冷淡的爱而失去时间！热心为善，庶几可以再蒙天佑！"

我的引导人对他们说："灵魂们呀！你们热烈地在此忏悔过去的疏忽，过去的怠于向善，你们已是蒙天之佑了。这一个是活人（我决不说诳），他要向上升，只等太阳光的临照；所以，请你们告诉我们以最近的上升之路。"

一个灵魂答道："跟着我们来，你可以遇见一个裂缝。我们为速行的欲望所操纵，我们不能停下来。假使你以为我们的礼貌有亏，那么请你原谅。我是维罗纳地方圣泽诺修道院的院长，⑮在好赭胡子的治下，因为他，

---

⑬ 见《路加福音》第一章第三十九节（在马利亚受到耶稣降生之告知以后）。

⑭ 凯撒将兵由罗马捷赴马赛，围之，既而又弃之，捷赴西班牙，围伊莱尔达（Ilerda），今名莱里达（Lerida），于其处击败庞培（Pompeo）之二将及其一子。诗人卢卡努斯称凯撒用兵如闪电。

⑮ 圣泽诺（San Zeno）修道院院长死于一一八七年，姓名不详。腓特烈第一，诨名赭胡子，"好"乃但丁之讥讽字眼。米兰被此皇帝毁于一一六二年，重建于一一六九年。院长于此又责备另一人，名阿尔伯托（Alberto della Scala），此人死于一三〇一年；因彼在维罗纳为巨族，有权力，使其私生子约瑟佩（Giuseppe）为圣泽诺修道院长（1291—1314）。但丁于一三〇三至一三〇四年寓维罗纳，故知其人。

米兰过着悲哀的日子。我又知道一个人，他的一只脚已经在坟墓里了，他不久就要为那个修道院伤心，悔恨自己对于那里有权力，因为他那可耻的儿子，形既丑陋，心尤恶劣，他不应当派他做那里的牧师呀！”这个灵魂是否继续说下去，或是已经闭了口，我都不知道，因为他已经去得远了；可是我所听到的，我都把他记住了。

那位无时无刻不在帮助我的说：“请你转身向着这里，听这两个诅咒懒惰的结果吧。

最后的两个灵魂说：“那海水为他们分开的民众，在他们的子孙给约旦河看见以前就死了！”⑯“那些不愿分担安基塞斯之子的辛苦的百姓，他们过着一种不光荣的生活！”⑰

那些灵魂们远去，我们不再望得见他们了；我心里发生一种新思想，继此而起的又有其他种种，思想起伏，如同海波；最后，我的眼睛闭着了，于是我的思想又化为梦境。

---

⑯ 以色列入由埃及王法老那里逃过红海（因神力海水分开，以便行走），有些民众犹私自抱怨，不肯随摩西行进，因此神使之丧命于沙漠之中，不及到达神许之地，即约旦河（巴勒斯坦）。见《旧约·出埃及记》第十四章，《民数记》第十四章，《申命记》第一章。

⑰ 从特洛伊逃出之百姓，由安基塞斯的儿子埃涅阿斯率领抵西西里，即不肯前进往意大利本土，埃涅阿斯遂弃之，因为他们不是希求高等荣誉之灵魂。见《埃涅阿斯纪》第五篇。

第十九篇

但丁的第二梦。入第五层：惩贪、惩奢。教皇安德利亚诺第五。

在一个时候，日间的热气已被地球（有时被土星）所克服，不能再温暖月亮的冷气；[①]那时尘土卜者，在天晓之前，看见他们的“洪福”已上升在东方，知道黑暗是不会长久了。[②]

就在那时我梦见一个妇人：说话是口吃的，眼睛是

---

① 日间地球所受之热量，至天晓前已散尽，为二十四小时内最冷之时间。除地球之自然散热外，当时人以为土星寒冷，对于地球之散热亦有影响。土星冷，火星热，而木星温和得中，此但丁时代之信仰也。

②“尘土卜者”以土粒掷空中，落于桌上或地上，视其点之位置以卜事之吉凶。在天晓前一小时，宝瓶座之尾星与双鱼座之首星已上升于东方，以意度之，其星成“:::..”形，此形在尘土卜者看来为“大吉”或“洪福”(maggior fortuna)。

斜视的，脚是曲的，手是断的，面色是灰白的。③

我看着她；于是，如同阳光晒暖被夜的寒气所冰冻了的四肢一般，我的眼光使她的舌头柔软了；不久，她又可以完全直立了，而且面上有了光彩，正如我神所赐给的一样。

当她的舌头自由了以后，她便开始唱歌，我想不听她，似乎有点难以做到。

她唱道："我是柔和的西壬，常在海中迷惑航海人，听我歌者得着大欢乐。我的歌，迷惑了尤利西斯的路程；他和我同住，使他觉得：此间乐，不想走。"

她的嘴唇还未闭合，忽然有一个圣女模样，出现在我的旁边，使她心里昏乱。圣女含怒喊道："呵！维吉尔，维吉尔，这是谁呀？"那时维吉尔来了，注视贞节的女人，于是拉住第一个女人，撕开她的衣服，把她的肚子露出来给我看：只觉有一股臭味，冲入我的鼻孔，于是我醒了。④

我张开眼睛一看，好人维吉尔对我说："我至少

---

③ 但丁第二梦中所见之西壬（Serena），为在海上以音乐迷惑航海者之女神，象征肉体快乐，暗示以后三种罪恶（贪财、贪食、贪色）之洗涤，视三种罪恶为女神所迷惑。据《荷马史诗》，尤利西斯拒绝西壬，此处言其受迷惑者，盖依西塞罗之注解云。参见《地狱》第二十六篇注⑨、注⑱。

④ 此处贞节的圣女象征"理性的光"，与"人智"（指维吉尔，见《地狱》第一篇注⑱）联合，指出肉体快乐之虚妄及丑陋。

已喊过你三遍了，起来吧！我们去找可以上升的裂缝吧！”

我立了起来，只见满山都是阳光了，我们背着新太阳向前行进。[5]跟着维吉尔走，我的头里装满了思想，使我弯曲得像半座桥。那时我听见有人说：“来吧，这儿是路口！”这种语音亲切有味，和悦动人，不是人间所能听到的。

那位说话的，展开双翼，如同天鹅一般，引我们从山壁之间上升。他摇动他的双翼，扇着我们，说：“哀恸的人有福了，因为他们的灵魂必得安慰。”[6]

“你怎样了？只是把眼睛钉在地上！”我的引导人对我这样说，那时天使已飞在我们二人之上了。我答道：“一个新见的幻境使我放心不下，我还是在想着他。”他说：“你看见了古妖妇，因为她，他们在我们上面哭泣着。你已经看见人们怎样逃避她了。知道这一点也就够了；努力踏着脚步，抬起你的眼睛，望着那永久的王指点给你在大轨道上旋转的引诱物吧。”

如同猎鹰一般，先看了一下自己的脚是否锁着，再听猎人的口号，便一飞冲天而去，因为当前的饲料在引诱他；那时的我也是这样，一口气便攀登上裂缝的顶头，那里就进了净界山的第五层。在这层，我看见许多

---

⑤ 时但丁在山北，太阳在东方，但丁西向绕山行。
⑥ 见《马太福音》第五章第四节，耶稣登山训众之语。

灵魂都躺在地上，面孔向下，深深地哭泣着。我听见他们说：“我的灵魂贴着尘土！”[7]这种话句和叹息的声音相混，简直分不开来。

“上帝的选民呀！正义和希望使你们的痛苦减少许多，请指示我们上升的阶梯。”“假使你们可以免除躺在这里，希望找着一条最快的上升路径，那么你们的右手应当常常向着山外。”

以上是诗人的请求和在我们之前不远的一个灵魂的回答。我听了这句回答，便明白其中所含蓄的意义。[8]我转眼望着我的主人，他用一种喜悦的表示，允许我未宣布的欲望。

我离开我的老师，走到刚才说话的灵魂前面，对他说：“灵魂呀！你的哭泣会使你的果子成熟，否则不能再见上帝的面。[9]请你为了我暂时停止你的功课吧！告诉我，你是谁？为什么你们的背向着天？假使你要传达什么消息到那里，我可以效劳，因为我是活着从那里来的。”

他对我说：“在你知道我们为什么背向着天以前，

---

⑦ 见《旧约·诗篇》第一百十九篇第二十五节。此言在贪吝人口中说出，示其恋恋于地上之所有也。

⑧ 含蓄的意义指灵魂视需要须在几层洗涤，但如无在该层所洗涤之罪恶，则可自由越过该层。此种事实，在诗中为初次提及。

⑨ 忏悔的果子成熟，即功德完满之意也。

先请知道‘我是一个彼得的继承者’。[10]在希埃斯特里和契亚维里二地之间，流着一条美丽的河，从这条河的名字，我们一族采用为名字。一个月零几天，我便觉得那件外套的重量，一个人要想披着他而不染着污点很不容易，披过那件外套以后，其他的担子可说轻如鸿毛了。

“我的信教，唉！已经迟了；但我做了罗马的牧师以后，我便认识了人生是虚妄的。我看见那里的人心不能安静，也不能过一种超于尘世的生活，因此我才有追求永久生活的热情。在此时以前，我是离开上帝的灵魂，爱财若命，没有节制；现在，你看我受的这种惩戒吧。一个贪吝人所得的结果，从这里忏悔者的姿势上可以表示出来；这山上所有的惩戒，其痛苦再没有大过此地的了。在从前，我们的眼睛只是钉住地上的东西，不肯旋转眼珠向天上望，因此正义设下了这种刑罚。又因为贪欲熄灭我们为善的热忱，我们的一举一动都无是处，所以在此地正义要我们受拘束，手和脚都缚着，直等到公平的上帝欢喜的一天，我们只好躺在这里，动弹不得。”

我那时跪了下去，正欲开口说话，可是他已听见我有这种尊敬的举动了。他说：“你为什么要屈膝？”我

---

⑩ 此处发言之灵魂名奥托波诺·菲埃斯齐（Ottobuono de' Fieschi），热那亚人，于一二七六年七月十二日被选为教皇，取名（转下页）（接上页）安德利亚诺第五（Adriano V），同年八月十八日亡故。“我是一个彼得的继承者”原文为拉丁文，此当时教会中之官话也。菲埃斯齐族为拉瓦涅（Lavagna）之伯爵。拉瓦涅为一小河之名，由希埃斯特里（Siestri）与契亚维里（Chiaveri）之间流入热那亚湾中。

说："凭我的良心，对于你的身份要表示尊敬。"他答道："老弟！你快些站起来；你不要误会，你我和别人，都是在唯一权力之下的服役者。假使你不知道《福音书》上'他们不再是夫妇'的话，[11]那么我可以提醒你。现在你可以去了，我不愿意你再逗留在这里，因为你妨碍我的哭泣；如你刚才所说，这是为着要使我的果子成熟。在那里，我有一个侄女，名叫阿拉嘉，品性很好，只要她不把我家的恶榜样学了去；她是我留在那里的唯一亲人。"[12]

---

⑪ 撒都该人与耶稣辩论复活之事，他们说一个妇人曾依次嫁给七个兄弟，"这样，当复活的时候，她是七个人中哪一个的妻子呢，因为他们都娶过她？"耶稣答道："你们错了！当复活的时候，人也不娶也不嫁，乃像天上的使者一样。"（《马太福音》第二十二章第二十三至三十节。复见于《马可福音》、《路加福音》）。此处意谓教皇原属教会之夫（参见《地狱》第十九篇注⑬），但在灵魂世界，此种身份及其他关系均已消灭。

⑫ 安德利亚诺之侄女阿拉嘉（Alagia）为玛拉斯庇那族之牟洛埃罗之妻，见《净界》第八篇注⑨；牟洛埃罗于一三〇六年成为但丁之友人。此处含有请阿拉嘉为亡灵祈祷之意味。

第二十篇

续第五层。休·卡佩。地震。

在一方面，我不愿意他的谈话中断，但在另一方面，我更不愿意妨碍他的忏悔；所以，我心里固然不愉快，但为使他愉快起见，我只好叫海绵在未浸透以前退出水中。[1]

我向前行进，我的引导人也拣着空地向前行进，沿着山壁，如靠近墙旁走路一般，因为那里忏悔的灵魂很多，都从眼睛里一点一滴地把那充满世界的罪恶滤出去；他们躺着，从山壁向外直到圈子的边际。[2]

古母狼呀！我诅咒你，你的掠获物比一切其他的走

① 但丁与安德利亚诺谈话，意犹未尽，然不得不舍之而去矣。

② 贪吝之罪恶充满世界，躺在第五层忏悔之灵魂当然甚众，因此但丁与维吉尔不得不选择空地，踏步前进也。

兽都多些，然而你的饥饿是没有底的呀！天呀！人们总相信天上星移，人间物换，然而他什么时候来到，把她赶走呢？[③]

我们慢步向前走，我静听着灵魂们的哀哀哭泣，和他们的自怨自艾。偶然听见有人喊道："温柔的马利亚呀！"这种呼声是从我们前面的灵魂发出来的，似乎是一个正在生产的女人的呼声；又听见接着说："你这样的穷困，看你所住的客店就知道了，你不得不在这里放下你神圣的担子。"[④]后来我又听见说："好法布里求斯呀！你宁可贫乏而有德，不愿意巨富而犯罪。"[⑤]

这些话使我听了很欢喜，我走上去，接近那个似乎发言的灵魂，希望能够知道他。那时他又说到尼古拉对于三个少女的慷慨，使她们过着荣誉的生活。[⑥]我说："灵魂呀！你的话说得多么好！请你告诉我：你是谁？为什么只有你一个人把这些美事重提呢？你回答我不会没有报酬，假使我回去完成那飞向终端的短促的人生之路。"

---

③"古母狼"指贪吝，但丁希望他（猎狗）把她赶走，参见《地狱》第一篇注⑨、注⑫。但此处所言之"她"并不若以前之确定，或许但丁此时较以前更觉失望矣。

④ 马利亚在旅次生了耶稣，"用布包起来，放在马槽里，因为客店里没有地方"（见《路加福音》第二章第七节）。此述自甘贫困之美德。

⑤ 法布里求斯（Caio Fabrizio），古罗马之执政官及都察官，为人廉洁，曾拒收礼品及贿赂。

⑥ 圣尼古拉（San Niccolao）为第四世纪密拉（Myra）之主教，曾援助其同乡人之三少女，夤夜以囊金投入其窗内，使其免于因贫困而堕落。

他答道："我将对你说，不是为着地上的报酬，只因为你在生前竟能得着这样大的恩惠。我是一株坏树的根，[7]他不祥的影子落在基督教国土上面，使那里不能再收获好的果子。假使杜埃、里尔、根特和布鲁日有能力，不久就要报复他的恶行。我正在请求那审判一切的他呢。[8]

"我在那里的名字是休·卡佩；从我生出了那些腓力和路易，在近来这些年代，他们统治着法兰西。[9]我是一个巴黎屠夫的儿子。[10]

"当前朝王统绝嗣以后，就是留着的一个也去披了法衣，[11]我看见国家政治的缰绳操在我的手里，又得着新的领土，因而增加我的权力，推广我的党羽，因此孀妇一样的王冠便放在我儿子的头上，从他开始一系神圣的

---

⑦ 此处发言者为休·卡佩（Ugo Capeto=Hugh Capet），法兰西王（987—996年在位），其父大休为法兰克公爵，巴黎伯爵。但丁所述诸事，颇有属于其父者，盖已混二人为一人矣。法兰西王路易第五卒于九八七年，查理朝（Carlovingian dynasty）遂终，休·卡佩乃开始卡佩朝（Capetian dynasty）。卡佩言其子孙大都不善，危害法国，甚至殃及意大利。

⑧ 杜埃（Doagio）、里尔（Lilla）、根特（Guanto）、布鲁日（Bruggia）四城代表佛兰德尔（Flandre），法兰西王腓力第四与其弟瓦卢瓦的查理对于佛兰德尔伯爵父子有欺诈行为（1299年），三年后乃有库尔特累（Courtrai）之战事，此役法兰西大败，卡佩亦祈求上帝惩戒其子孙。

⑨ 一〇六〇至一三〇〇年，法国之王为四个腓力（第一至第四），四个路易（第六至第九）。

⑩ 此种误传，非但丁自造，由来已久，每为法国之仇敌所引述。

⑪ 路易第五卒于九八七年，无嗣；有堂兄弟查理，为洛林（Lorraine）公爵，卡佩急置之于狱，死于九九一年，但丁言其为僧误也。

国王。[12]直至普洛旺斯的大嫁资没有夺去我族的廉耻以前，[13]我族是没有什么了不得，至少也未做什么坏事情。从此他们或用强力，或用欺诈，开始他们的掠夺；后来用赔偿的名义[14]取得庞迪耶、诺曼底和加斯科尼。[15]

“查理到了意大利，用赔偿的名义，叫康拉丁做了刀下鬼；[16]后来又把圣托马斯送回西天，也是用了赔偿的名义。[17]我又将见一个时候来到，离此已经不远了；那时另有一个查理出自法兰西，[18]他和他的亲族更被人知道

---

⑫ 卡佩继路易第五为王，此处言加王冠于其子罗伯特第一（Robert I）者亦非事实。因受理姆斯（Reims）总主教之加冕礼，故称神圣的国王。（按：卡佩其子为罗伯特第二〔Robert Ⅱ〕，罗伯特在卡佩尚在位时即已被加冕。）

⑬ 普洛旺斯（Provence）之伯爵莱蒙德（Raymond Bérenger）死后无子（1245 年），其女贝雅特丽齐嫁安茹的查理（查理第一，为法王圣路易之弟），因此其封邑为女之嫁资而入于法。参见《净界》第七篇注⑭、注⑱。

⑭ 此处三用“用赔偿的名义”，含讥刺意味。

⑮ 庞迪耶（Ponti=Ponthieu）与加斯科尼（Gascogne）为腓力第四取自英王者（1294 年），诺曼底（Normandie）则先为腓力·奥古斯都（Filippo Augusto）所取，继又失之，直至一四五〇年始确定归法国所有。英法之争执，开始于“普洛旺斯的大嫁资”以前。但丁此处所述，并不完全遵照历史纪年，但对于重要事实大致不误。

⑯ 一二六六年，安茹的查理战胜于那不勒斯以后，又于一二六八年战胜腓特烈第二之最后继承人康拉丁（Corradino）于塔利亚科佐（Tagliacozzo）；查理令人杀康拉丁，康拉丁其时年仅十七岁。

⑰ 此处但丁依据不确之传说，谓圣托马斯于一二七四年赴里昂会议时，由于安茹的查理之阴谋，被人毒死于福沙诺瓦（Fossanuvo）大寺中。诗言“送回”者，因人之灵魂原由天降也。

⑱ 瓦卢瓦的查理（法王腓力第四之弟）于一三〇一年临意大利，由教皇卜尼法斯第八遣至佛罗伦萨做调解人，查理欺骗（所谓“犹大玩的枪”是也）佛罗伦萨人，假维持秩序名义，行许多虐政，（转下页）

得多。他出国并未带着兵器，只带了一支犹大玩的枪；他使用得很巧妙，居然把佛罗伦萨的大肚子刺破了。他在那里没有赢着土地，[19]只赢着了罪恶和羞辱。在别人看来是很重大，但他觉得自己的错误还很轻微呢。

“还有一个查理，[20]他以前出自船上的俘虏，我将看见他卖他的女儿，斤斤较量，像海盗们卖他们的奴隶。贪欲呀！你还可以做得更甚些么？因为你已经引诱我的后裔到不再顾虑亲生血肉的地步了！

“然而竟还有一桩前无古人、后无来者的罪恶呢。我将看见百合花进了阿南尼，把在职的基督做了囚徒。[21]我又看见他受人戏弄，我又看见他喝着酸醋和胆汁，他辗转在活强盗的手里被杀害了。[22]我看见新彼拉多的残忍行为尚不止此：他不依正义的法令，竟把贪欲的手伸

（接上页）如压迫白党，放逐但丁等。参见《地狱》第六篇注④。

⑲ 瓦卢瓦的查理诨名“无地查理”，或因其一三〇二年出征西西里之大败，或因其为幼子也。

⑳ 查理第二为安茹的查理之子（参见《净界》第七篇注⑰），助其父出征，意欲收复西西里，为阿拉冈之彼得罗第三所败，遂为俘虏（1284年）。一三〇五年嫁其幼女贝雅特丽齐于阿佐第八（Azzo Ⅷ d'Este），男女年龄相差很远，但金钱买卖之说无考（一说为三万佛罗令金币，又一说为五万）。

㉑ 百合花为古法国国徽。此处所言之罪恶指：腓力第四之下属往罗马东南约四十里之教皇出生地阿南尼（Alagna），虏掠教皇卜尼法斯第八事；此罪恶盖于其他所已述者。但丁对于卜尼法斯本无好感，唯彼乃基督之代理人，自应尊敬其职位，对于非礼之侵害，自应痛恨。

㉒ 活强盗指沙拉·科隆纳（Sciarra Colonna）及诺加雷（Guglielmo Nogaret），皆腓力第四之军官。老教皇被虏掠后，因受虐待，未几死于罗马，事在一三〇三年。

到教堂里来了。[23]我的上帝呀！哪一天我可以看到报复，使我欢喜呢？这种报复虽还瞒过我的眼睛，然而你在暗中已有计划，这才使我的愤怒缓和些了。

“我刚才说着那圣灵的唯一新妇，[24]引起你的疑问，要求我的解释，须知在昼间我们的祈祷里常常说着呢；不过，在夜间我们便说着相反的例子了。[25]在夜间，我们叙说匹格玛利翁，他因为无底的金钱欲，做了叛徒、盗贼和谋杀尊亲的人；[26]弥达斯贪心的要求，成为人间永远的笑柄；[27]我们每个人都记得亚干盗取战利品，似乎约书亚余怒未尽，还在这里惩戒他呢。[28] 我们诅咒撒非喇和她的丈夫；[29] 我们对于赫利奥多洛斯的被马踏表示

㉓ 新彼拉多指腓力第四，因昔罗马派往巴勒斯坦的巡抚彼拉多曾将耶稣交于犹太人之手，今腓力第四则将卜尼法斯交于其仇人科隆纳族（参见《地狱》第二十七篇注⑪）。腓力第四自一三〇七年对于“宗教武士”（Templar）借故加以追究，至一三一二年始定罪处罚，然在此时期以前，已攫取多人之钱财矣。又注谓：腓力第四以财政困难，课税于僧侣，卜尼法斯曾力抗之。

㉔“圣灵的唯一新妇”指圣母马利亚。

㉕ 他们日间叙说穷困及乐善好施的例子，夜间叙说贪吝的例子。

㉖ 匹格玛利翁（Pigmalion）为狄多之兄弟，曾因觊觎狄多之夫希凯斯（Sicheo）之国土及财富，遂将希凯斯暗杀。参见《地狱》第五篇注③。

㉗ 弥达斯（Mida）为佛律癸亚（Frigia=Phrygia）之国王，因与酒神善，神许以所触之物悉成黄金，竟至无物可食。

㉘ 耶利哥城攻下以后，约书亚命令将所有战利品归之于上帝，后亚干（Acam=Achan）不听命，约书亚令以色列众人用石头打死他，并烧去其所有。见《旧约 · 约书亚记》第六章、第七章。

㉙ 起初，耶稣的信徒，财物不分彼此，都是大家公用的。他们人人将田产房屋都卖了，把银子拿来放在使徒脚前，照各人所需，分给各人。有一个名叫亚拿尼亚的人和他的妻子撒非喇（Safira=Sapphira）（转下页）

欢呼；[30]波吕墨斯托尔杀死波吕多鲁斯，使全山都蒙着羞辱。[31] 最后，我们在这里叫道：‘克拉苏！告诉我们，因为你是知道的，黄金的滋味如何？’[32] 有的讲得高些，有的讲得低些，要看各人的情感是热烈，还是冷淡。所以，日里叙说善人的言行，不只我一个，只因为你靠近我，旁人没有比我讲得更高。”

我们离开这个灵魂，我们尽力向前行进，那时我忽觉山地震动，像一件向下坠的东西；因此我打了一个寒战，吓得像将死的人一般。拉托娜在他上面生产“天的两只眼睛”以前，那德洛斯岛的震动也不这样厉害。[33]

不久，四周起了一种呼声，我的老师对我说：“你

（接上页）卖了田产，把银子私自留下几分，把其余几分拿来放在使徒脚前。亚拿尼亚夫妇被彼得谴责，皆仆倒断了气。见《使徒行传》第四章第三十二至三十七节，第五章第一至十一节。

㉚ 赫利奥多洛斯（Eliodoro=Heliodorus）为叙利亚王塞琉古（Seleucus）之司库大臣，受王命往耶路撒冷大寺盗财宝，足将入户时，忽有军人骑马奔来，赫利奥多洛斯被马所踏，遂惧而逃归。

㉛ 当特洛伊被围之时，普利阿姆斯王遣其子波吕多鲁斯携财宝往特拉刻（Tracia=Thrace）王波吕墨斯托尔（Polinestor）；及特洛伊危急，波吕墨斯托尔反而取媚希腊人，用最卑劣手段，将波吕多鲁斯谋杀，而夺取其财宝。参见《地狱》第三十篇注②。

㉜ 克拉苏（Crassus）雄于财，与凯撒、庞培并称罗马前三雄。克拉苏出为叙利亚总督，被安息（Parthia）王所败，被杀后，以其头浸于熔金之中，说：“君渴于金，请饮金！”

㉝ 拉托娜女神（Latona）为朱庇特大神之情妇，因逃避大妇朱诺女神之嫉妒，寄居德洛斯（Delos）岛上，此岛漂流海面，无固定地点。后朱庇特使岛停着，拉托娜在其上生产日神（阿波罗）、月神（狄阿娜）；日月者，天之双目也。

不要怕，我伴着你呢！”大家都叫着，我能辨别清楚的是：“光荣归于在天的上帝！”[34]我们立着不动，踌躇未决，像那些牧羊人初次听见这赞美歌一般，直到地震停止，歌声完结。

我们再赶着神圣的路，看见灵魂们躺在地上，都已照旧哭泣着。假使我的记忆不错，我那时因为有一件事不知道他的缘故，[35]希望知道的欲念很为热烈。但我也不敢问那快着步伐的引导人，我自己一人也想不透，我就是这样胆小而沉思着向前走去。

㉞ 耶稣降生以后，天使报喜信给牧羊人，并有天兵一大队，同天使赞美上帝，说：“至高之处荣耀归于上帝，在地上平安归于他所喜悦的人。”见《路加福音》第二章第六至十四节。

㉟ 不知道刚才地震的缘故。

第二十一篇

地震的原因。诗人斯塔提乌斯的遇见。

自然的渴永无解除的时候，[1]除非喝了可怜的撒马利亚妇人所恳求的水。[2]那时我的心里如火烧一般，跟着我的引导人，急速地走在那躺满着忏悔者的路上，对于这种正义的惩戒表示伤感。

忽然，如路加所写的耶稣，从坟墓里爬起来，出现在两个行路人的后面一般，[3]有一个灵魂出现，眼看地

---

① 但丁在其《飨宴》之开端，即引亚里士多德之言："凡人皆自然有求知之欲望。"此处"自然的渴"指知识欲，特别指地震之原因。

② 耶稣向撒马利亚妇人要井水喝，妇人不与，耶稣说："凡喝这水的，还要再渴；人若喝我所赐的水，就永远不渴。"妇人说："请把这水赐给我，叫我不渴。"耶稣所说的"水"，指明白神和人的大道。见《约翰福音》第四章第七至十五节。

③《路加福音》第二十四章载：耶稣死后七日，从坟墓里复活出来；有两个门徒在大路上行走，耶稣亲自就近他们，和他们同行；只是他们的眼睛迷糊了，不认识他。

上，跟在我们后面走着。起初我们并未觉得，直到后来他说："我的兄弟们，上帝给你们平安！"

我们闻声，立即回转头去看，维吉尔回报他一个适当的敬礼，而且答道："天国召你去赴幸福者的平安集会呢！那里我是在永远放逐之列了。"

"怎样的？"那个灵魂说着，伴着我们前进。"假使你不是上帝所召集的灵魂，谁把你引到这里来的呢？"

我的老师说："假使你注视这一位头上天使所刻的记号，你将看出他是有特权往幸福者那里去的。但那日夜纺着的克罗托，还没有把供给她的每人的棉纱纺完；[4]他的灵魂，原也是你我的姊妹行，只是他不能独自上升，因为他还没有像我们这样便利；所以我被差遣从地狱的巨口那边引导他，直到这里；以后还要伴着他，直上升到我的智力所能及的范围。

"请你告诉我，假使你知道，为什么刚才山地震动，而且全山的灵魂，直到山脚下，为什么同声欢呼呢？"

维吉尔发了这个问题，真是对着我的心窍；我希望他的答复出来，我的渴火一定可以熄灭了！

那灵魂开始道："此山为神的律令所管理，没有一

---

④ 此时但丁在山之西北，太阳尚近于东方，故但丁不投影于地，因此同道之灵魂不识其为生人也。神话上谓有三女神，决定人之寿命：克罗托（Cloto）纺绩棉纱，拉刻西斯（Lachesis）量其长，阿特洛波斯（Atropos）则将此生命线割断之；此处无非说明但丁阳寿未尽而已。参见《地狱》第三十三篇注⑭。

件是随意的，也没有一件是偶然的。这里是超出一切地上变化的；除却天对于山有所接受的一种原因以外，没有其他可以变化的原因，因为没有雨，没有雹，没有雪，没有露，也没有霜，可以高过那短小的三阶石的。[5]云，不问厚薄，是不出现的；也没有闪电，也没有陶玛斯的女儿，[6]她在地上是常常变换位置的。山下干空气的上升，也不能超过刚才说的三阶石，那里彼得的代理人放着脚呢。山下即使有多少的摇撼，但是风只在地上藏着，从未有什么影响及到这里。

“此山的震动，只有在一个灵魂自觉洗涤干净，可以上升或开始向上行走的时候，那时其他灵魂的欢呼也就随之而起了。洗涤干净与否，只有灵魂自己的意志可以证明，他的意志担保灵魂的上升，也以得着这种恩惠而满足。固然起初灵魂是急乎要上升，但这种欲望是被神的正义所约束，所以他反而自甘忏悔了。[7]我自己呢，我躺在这里受苦已经有五百多年了，直到现在我才自觉有迁入更好住所的欲望。因此你感觉到地震，同时听见全山的灵魂发出对于上帝的颂扬，庶几他们也可以早升天国！”

---

⑤ 净界山门前三层阶石，见第九篇。

⑥ 陶玛斯（Taumante=Thaumas）与埃勒克特拉（Electra）所生之女儿名伊里斯（Iride=Iris），在神话中为虹之人格化，为诸神之使者。

⑦ 人有罪过，受良心之谴责，因而忏悔，唯忏悔须有诚意与痛改之精神，非可以自欺而欺人也。

那灵魂这样说着。一个人愈加口渴，则所喝的愈加像甘露一般，所以我那时的快乐真非言语所能表明。

那时我聪明的引导人说："现在我见到你们怎样被这里的网缠着，又怎样撕破了他出来，因此有地震，因此有欢呼。但是，是否可以请你告诉我：你是谁？你为了什么躺在此地这许多年代？"

那灵魂答道："在那英明的狄托，获得天帝的援助，替犹大所出卖的血报仇的时候，我以最持久最光荣的称号在地上活着，虽然声名大，但是还没有信仰。我的话句是美丽的音乐，图卢兹是我的出生地，罗马吸引我到他的怀里，在那里我戴着月桂冠。那些百姓还叫我斯塔提乌斯；[8]我歌吟忒拜的事情，又歌吟伟大的阿喀琉斯；可是我负不起第二个重担子而半途倒下了。

"我的诗兴是发生于神的火星，他点着我的内心，还有成千的人也被他激动；我所说的是指《埃涅阿斯

---

⑧ 斯塔提乌斯（Papinio Stazio）约生于纪元五十年之那不勒斯，约卒于九十六年。诗言生于图卢兹（Tolosa）者，实出误传，盖当时有卢齐乌斯·斯塔提乌斯（Lucius Statius）之修辞学家为图卢兹人云。斯塔提乌斯以"诗人"之称号久居罗马，其时为韦帕芗（Ves pasianus）帝当政（69—79 年在位），其子狄托（Tito=Titus）灭犹太，取耶路撒冷于纪元七十年。斯塔提乌斯作《忒拜战纪》（叙七王攻忒拜的故事）为模拟维吉尔之《埃涅阿斯纪》之史诗，中世纪读之者甚众；又作《阿喀琉斯纪》（*Achilleid*），仅成二篇，未完而卒。"月桂"（laurel）原文本作"番石榴"（mirto），皆为荣誉之标志，此处改用月桂者，以其较为普通也。斯塔提乌斯伴但丁直至净界之终途。

纪》；她是我的母亲，在诗国里她是我的乳娘；没有她，我做不出有一毫重量的东西。假使维吉尔那时还生存着，我宁可放逐在外，迟享幸福一年，和他同住呢。”⑨

维吉尔听了此语，即向我使一个眼色，暗示：“莫开口！”但是我们的笑声和泪珠都是听着感情的命令，每每不是我们的意志所能操纵的，只要我们是诚实而不做作的人。那时我的口角不觉流露一丝的微笑，也不过像有情人的秋波一转。

然而那个灵魂已经停止发言，一双眼睛钉住我的眼睛，这是反射心境最真切的地方；于是他说：“我祝你完成你辛苦的事业！但是请你告诉我，为什么你的脸上闪着微笑呢？”

那时我忽然陷入两面夹攻的地位：一面叫我保守静默，一面又请求我的说明。于是我无计可施，只有微叹一声，而我的老师也明白我的为难了，对我说：“说吧！不要怕；他所问的，你爽快地回答他就是了。”

于是，我说道：“古灵魂呀！我的微笑使你觉得奇怪，可是还有更可惊异的事情在后面呢！他，引导我的视线向上的人，也就是你从他抽取歌吟人和神之力量的维吉尔呀！假使你以为我的微笑有别种理由，那么你把

---

⑨ 维吉尔死于斯塔提乌斯之前数十年，斯塔提乌斯读其著作，因爱慕而生同住之想；但丁生于二人之后又千余年，竟使二人相会于净界山，而本人亦参与其间；精神所贯，想象所至，诗人笔下固无所不可也。

我的话丢开，而相信你自己的话吧！”

那时斯塔提乌斯已经爬在地上去拥抱我老师的脚了；我的老师说：“兄弟！不必如此做，因为你不过是影子，而在你前面的也不过是影子。”

于是他立了起来说：“现在你可以明白我爱慕你的热烈，竟忘记了我们的状态是虚空的影子，我竟把影子当做固体的东西呢！”⑩

---

⑩ 但丁笔下灵魂之虚实亦颇不一定，在《地狱》中维吉尔有多次抱负但丁，在《净界》第六篇、第七篇索尔戴罗拥抱维吉尔，但在第二篇亦言空虚的影子（法文意文 Ombre 一字本意为影子，引申意为幽魂、亡灵，英文 shade 一字亦如此）。

第二十二篇

斯塔提乌斯之罪恶和其信仰耶教。升入第六层：惩贪食。

那位天使抹去我额上的斑点，指点我们上第六层的路，对我们说："渴慕正义的人有福了！"，却没有说别的；[①]于是我们离开了那位天使。我觉得比经过以前的阶梯更轻便，跟着两位灵魂快步上升，毫无劳苦。

那时维吉尔开始说："一种真心的爱慕发出的时候，常常激起别人的爱慕。自从尤维纳利斯[②]降到地狱的候判所的时候，他说到对于你的感情，于是我对于你也就

①《马太福音》第五章第六节耶稣登山训众原文为"饥渴慕义的人有福了，因为他们必得饱足"。此处但丁把"饥"字省去，留在第六层（惩贪食）用。耶稣教人首先寻求天国与正义，正是寻求金钱财宝者之当头棒喝。

② 尤维纳利斯（Juvenale），拉丁讽刺诗人，与斯塔提乌斯同时人，约卒于纪元一三〇年，曾于其诗中称扬斯塔提乌斯。

生了感情，对于未见过的人我从未有过这样热烈的感情，所以今次我们的相遇，使我觉得这些上升的阶梯也缩短距离了。请你告诉我，像朋友一般原谅我的戆直；也请你坦白地回答我，像朋友一般：像你这样勤学而充满知识的人物，贪吝怎么会占据你的胸怀呢？”

这些话引起斯塔提乌斯轻轻的笑声；于是他答道：“你的每句话，都是爱我的标记。天下事每每因为其真实内容不被人知，因而使人见疑，发生种种错误的猜想。从你的问题看来，可见你因为我所在的圈子，意谓我在地上过着贪吝的生活。实则我已离开贪吝很远，因为这种极端，使我受惩戒，达几千次的满月。直到我读了你的诗句，才矫正了我的偏斜。你对于人类的天性表示愤慨：‘对于黄金的神圣的饥饿呀！你为什么不节制人类的嗜欲呢？’③

“同时我感觉到那滚着重物对撞的痛苦。④于是我知道我对于费用手面太阔绰了，我的需要忏悔正和犯了别的罪恶一样。有许多灵魂，复活起来都要精光着脑袋，⑤

---

③ 维吉尔于其《埃涅阿斯纪》中叙述波吕墨斯托尔谋杀波吕多鲁斯而夺取其财宝时（见《净界》第二十篇注㉛），愤慨地说：“对于黄金的可诅咒的渴望，推动人心何所不到呢！”（即“贪欲使人无所不为”之意）。但丁此处断章取义谓：“对于财产有节制的欲望，便是神圣的欲望，自当作有节制的使用，不可以奢侈。”（即“取之有节，则用之有度”之意。）此种解释，显与全文不合。但丁自不至如此错误，仅可谓维吉尔此句一如《圣经》，有多方面之意义，但丁依其目的而解释之耳。

④ 对于贪吝者与浪费者之刑罚，见《地狱》第七篇。

⑤ 贪吝者紧握着拳头，浪费者精光着脑袋，见《地狱》第七篇。

因为他们在生前不识不知犯了此罪，直到最后一刻还不知道忏悔呀！请你知道：互相向对的罪恶，在这里一并弄干他的绿色呢。[⑥] 所以，我虽和贪吝者在一处哭泣，但我所犯的正是和他们相对的罪恶。”

那时唱《牧歌》的[⑦]说：“当你歌吟伊俄卡斯忒双重悲哀的恶斗的时候，你恳求克利俄伴着你，那时你似乎还没有信仰；没有信仰，为善仍有不足。[⑧] 假使你有信仰，那么是什么阳光，或者什么烛光，替你推开那黑暗，因此你扯起你的帆，去追随那个打鱼的呢？”[⑨]

---

⑥ 亚里士多德主张“中庸之道”；中者，无过与不及，不趋两极端之谓；如关于财物，则奢侈为过，吝啬为不及，而好施为中；如关于情欲，则荒淫为过，绝欲为不及，而节欲为中，此乃其《伦理学》之基本原则。唯在亚里士多德为极端，在耶稣伦理中为美德者亦有之，如克己（牺牲自己）及谦逊之类是也。但丁虽服膺亚里士多德，但已采用耶教伦理，亚里士多德之原理在《神曲》中无地可容，今特于奢吝之实例中一提及之，谓向对的罪恶于一处洗涤之，使之返于中道而后可也。又：新伐之树其色绿，若在火中烘干，则绿色去矣，此喻罪恶因痛苦而消灭也。

⑦《牧歌》(*Bucoliche*) 十章，维吉尔所作；因下文将引此诗，故先提示之。

⑧ 斯塔提乌斯信耶教之说，史无明文，或但丁所臆造也。伊俄卡斯忒 (Jocasta) 原为俄狄浦斯王之母，后为其妻，生子厄忒俄克勒斯与波吕尼刻斯，兄弟争王位，战至死（参见《地狱》第二十六篇注⑤），此即斯塔提乌斯所作《忒拜战纪》之内容也。此作非强暴而崇慈悲，颇与基督教旨相类，后世因以为教徒云。克利俄 (Clio) 为文艺女神之一（司历史），《忒拜战纪》之开始及其中间，斯塔提乌斯均有祈恳之词，尤以其内容全为异教的也。

⑨ 阳光指神之启示，烛光指人之教训。耶稣初收四门徒，均属撒网打鱼者，耶稣对他们说：“来跟从我，我要叫你们得人如得鱼一样。”见《马太福音》第五章第十九节。此处“打鱼的”指圣彼得。

他答道："你是第一个引导我向着帕尔纳斯山，[10]饮了那里的泉水；也是你第一个照明我到上帝的路。你好比一个夜行人，捎着火把在背后，自己没有受益，但照明了跟随他走的人。你的诗里写道：'世纪重光，正义再生，人返古代，天降新民。'[11]因为你，我成为诗人；因为你，我成为耶教徒。但为使你更明了我的描写起见，我的手不得不再加以渲染。

"那时全世界已透入新的信仰，这是从永久王国的使者所散布出来的种子；我记得你的话非常和那些新的预言者相符合，他们是我所常常访问的。我那时逐渐觉得他们是很神圣的，然而他们竟受到图密善的虐待，[12]我常为他们洒同情之泪呢。我逗留在那里的时候，常常帮助他们；我见到他们正义的生活，就叫我轻蔑其他一切的宗派。我在诗中写到希腊人进兵到了忒拜的河流以前，我已经受了洗礼；[13]但是我因为害怕，只

⑩ 帕尔纳斯山（Parnaso）为古希腊之山，阿波罗（Apollo）及文艺女神之所居也。

⑪ 此诗为维吉尔《牧歌》第四章之一段。乱离之后，希望太平，言有小儿降生，将使世界复返黄金时代。此诗词旨，颇近《旧约》中先知之预言（如《以赛亚书》），中世纪解者遂以为基督降生之兆。但一世纪前犹太思想已流行于意大利，维吉尔受其影响，采入诗中，亦非不可能也。

⑫ 图密善（Domizian），狄托（Tito）之弟，于八一至九六年为罗马帝，曾虐待耶教徒。

⑬ 言斯塔提乌斯在作完《忒拜战纪》第九篇时已受洗礼也。忒拜之河流见《净界》第十八篇注⑫。

是秘密地做一个耶教徒，在许多年之间，我仍旧装做一个异教徒。这种畏缩的行为使我在第四圈里跑了四百多年。所以，你为我掀起帐幕，在他里面正藏着我刚才所说的大善呢。

“我们上升途中还有多余的时间，请你告诉我：我们的老泰伦提乌斯、凯齐留斯、普劳图斯、瓦留斯在哪儿呢，假使你知道；他们是否有罪，在哪一层？”⑭

我的引导人答道：“你所说的他们，还有佩尔西乌斯，还有其他许多位和我，同着那位希腊人，他吃文艺女神的奶比别人多，⑮都是在黑暗牢狱的第一层。我们不时谈起那座山，那儿是我们的乳母所居之地。⑯欧里庇得斯同着我们，还有安提丰、西摩尼得斯、阿伽同和其他希腊人，他们都曾经戴过月桂冠。⑰那里还可以看见你所歌吟的人物：安提戈涅、得伊皮勒、阿耳癸亚和伊斯墨涅，她还悲哀得像在地上一般。那里还可以看见指示兰癸亚泉水的她；还有泰瑞西阿斯的女儿，忒提斯和

⑭ 斯塔提乌斯问及在他以前之拉丁诗人：泰伦提乌斯（Terenzio）、凯齐留斯（Cecilio）、普劳图斯（Plauto），皆喜剧诗人；瓦留斯（Vario），戏剧诗人，贺拉斯与维吉尔之友。

⑮ 佩尔西乌斯（Persio），罗马第一世纪之讽刺诗人。吃文艺女神的奶最多之希腊人指荷马。

⑯ 即帕尔纳斯山。

⑰ 欧里庇得斯（Euripide），希腊悲剧家；安提丰（Antifonte），希腊悲剧诗人；西摩尼得斯（Simonide），希腊抒情诗人；阿伽同（Agatone），希腊悲剧诗人。

戴伊达密娅及其姊妹。”[18]

现在两位诗人都静默了，四周一看，已经出了山缝，到了阶梯的尽头；那时四个日神的女仆已经丢在后面，第五个走在辕前，引着热烈的车子奔向高空。[19]我的引导人对我说：“我想我们应当把右肩转向山的外边，照着我们以前的方向行进。”于是习惯引导我们的脚步，而且我们也觉得没有疑惑，因为此外还有那位高贵的灵魂伴着我们上升。[20]他们二人走在前面，我跟在后面，静听他们的讨论，使我了解诗歌的艺术。

但不久他们美妙的讨论因为一株树而中断了；[21]那树生在路中，结满着果子，清香扑鼻。松柏之类的树愈向上则枒枝愈稀少，那树正相反，愈向下越稀少；所

---

⑱ 此处为斯塔提乌斯《忒拜战纪》与《阿喀琉斯纪》中之人物：安提戈涅（Antigonè）、伊斯墨涅（Ismenè），为忒拜王俄狄浦斯与伊俄卡斯忒所生之二女，得伊皮勒（Deifilè）为狄奥墨得斯（Diomede）之母，阿耳癸亚（Argia）为波吕尼刻斯之妻，二人皆阿德剌斯托斯（Adrasto）之女。指示兰癸亚（Langia）泉水的她，指许普西皮勒，曾引导围攻忒拜之七王往兰癸亚，参见《地狱》第十八篇注⑥。泰瑞西阿斯与其女儿曼图为忒拜之预言者，见《地狱》第二十篇注②、注④。在《地狱》中，言曼图入地狱第八圈第四沟（预言者），但此处又言入“候判所”，抑此处指泰瑞西阿斯之其他女儿达芙妮（Dafne）或伊斯托立特（Istoriade）。忒提斯（Teti）为阿喀琉斯之母；戴伊达密娅为阿喀琉斯之情人；见《地狱》第二十六篇注⑦。

⑲ 此时上午十时已过，十一时开始。参见《净界》第十二篇注⑭。

⑳ 高贵的灵魂指斯塔提乌斯。

㉑ 注释家谓此树以外尚有一姊妹树，在第六层之终端，彼树既出自“分别善恶的树”（第二十四篇），则此树必与“生命树”有关云。见《创世记》：“上帝在东方的伊甸立了一个园子，……园子当中又有生命树，和分别善恶的树。”

以，我想没有人可以爬上那树的。在山壁的一边，有亮晶晶的飞瀑从高高的岩石里落下来，散在那树叶之间。

两位诗人走近那树；树叶间有声音喊道：“这些食品你们尝都不能尝！”于是又说：“马利亚只想使那婚筵可以完全而不失礼，并非为着你们口腹之欲。[22]古罗马妇女的饮料只有白水；[23]但以理轻视膳食而得智慧。[24]在最初的黄金时代，人民饥则食橡子如美肴，渴则饮清流如甘露。[25]蜂蜜和蝗虫是施洗约翰在旷野的食料，所以他是很光荣的人；他的伟大一如在《福音书》中所宣示给你们看的。”[26]

㉒ 耶稣在迦拿人的婚筵席上变水为酒，此故事已于第十三篇采用为慷慨、宽大之例，此处又用作节制饮食之例。

㉓ 圣托马斯主张妇女及青年断酒，引拉丁诗人瓦雷利乌斯（Valerius）之格言诗曰：“罗马妇女不知饮酒。”

㉔《旧约·但以理书》第一章载：“但以理却立志，不以王的膳，和王所饮的酒，玷污自己。……上帝在各样文字学问上，赐给他们聪明知识。但以理又明白各样的异象和梦兆。”

㉕ 黄金时代为最太平之时代，其时人民不在饮食上讲究。

㉖ 施洗约翰在犹太旷野传道，吃的是蝗虫野蜜（见《马太福音》第三章第四节，《马可福音》第一章第六节）。耶稣称赞施洗约翰，说：“凡妇人所生的，没有一个兴起来大过施洗约翰的。”见《马太福音》第十一章第十一节，《路加福音》第七章第二十八节。

第二十三篇

贪食者的忏悔。但丁遇见浮雷塞·实那蒂。

当我定睛看着绿叶，像一个终身追逐小鸟的人，那时胜于我亲父的对我说："我儿！现在你来吧；对于允许我们的时间，应当善用他。"我即转过脸来，脚步也不迟慢，追着两位哲人；他们讨论着，使我在路上毫无所失。不久，忽有含泪的歌声："主啊！求你使我嘴唇张开；我的口便传扬赞美你的话。"[①]这种歌声使听了的人悲喜交集。

我叫道："亲爱的父亲呀！这种歌声从何而来？"他答道："也许是灵魂们来还他们的债了。"

如同沉思的旅客，他们在途中遇见不相识的人，便要转目注视，但并不停止脚步，在我们后面的一群灵魂

① 《旧约·诗篇》第五十一篇十五节。

也是如此。他们是寂静的，恭敬的，快着步伐赶上来，而且用惊奇的眼光望着我们而走过去。

他们的眼睛暗黑而凹了进去，面色灰白，身上无肉，只是皮包着骨头。我不相信从前厄律西克同因为饥饿会形容枯槁到这种地步。[②]我心里这样说："看吧！这就是耶路撒冷在灭亡的时候，马利亚吃她自己儿子的肉的时候了！"[③]他们的眼窝像没有宝石的指环；若把人的面相读作"哦莫"，那么这里的灵魂很明显地表示出一个"爱姆"来。[④]一个人，要是不明白其中的原因，怎么会相信那果子和清泉的气味能够引起欲望，因而造成这般的状态呢？

我正在怀疑他们究竟因为什么而饥饿到如此，不懂他们因为什么消瘦到如此，而且他们的皮肤也干瘪到如此，那时忽有一个灵魂从眼窝的深处转着眼珠注视我，于是他高声叫道："这个对于我是什么恩惠呀！"从他的面相看来，我从未认识他；但是从他的声音听来，我便知道他是谁。这一线微光，使我回忆起他的本来面

② 厄律西克同（Erisitone）因获罪于谷神（Cerere），遂生饥饿症，家业尽后，自食其肉至死。

③ 耶路撒冷被狄托所围时，城中食尽，有犹太妇人名马利亚者，杀子而食之。

④"哦莫"即 homo，拉丁字，其义为"人"，其音与"哦莫"（omo）同。中世纪之好事者，将此字写作形，以表示两目一鼻及颧骨，诗言两目无光，则所余者仅有形，此即字母"爱姆"（M）也。

目，我知道他就是浮雷塞[⑤]。

他请求我道："不要注意我疥癣一般的皮肤，也不要关心我肌肉的有无，但请你告诉我，你怎样会到这里？这二位伴着你的灵魂是谁？快些对我说！"

我答道："你死的时候我曾经哭过你，但现在你的面貌给我的悲哀也不小于那一次呀！所以，为上帝的缘故，请你先告诉我，谁使你枯槁到这样呢？我正在惊异不止的时候，勿要问我，因为我的思想在别一方面，决不会回答你恰到好处。"

于是他对我说："因为神的命令，留在我们后面的那树和水，都有使我们消瘦的能力。这些灵魂，在生之日，口腹之欲都是太过，因此现在在这里挨饿挨渴，含泪而歌，洗涤他们的罪恶。这里果子的气味和洒在青叶上的甘露，激起我们饮食之欲，在我们心里如火烧一般。我们跑在圈子上，不止一次重受我们的痛苦；我说痛苦，其实要说安慰；因为我们赶向树走，是被一种欲望所驱，这种欲望正和基督流血救人，在十字架上喊着'以利'一样。"[⑥]

---

⑤ 浮雷塞·窦那蒂（Forese Donati）为但丁之友与亲戚（但丁之妻党），为寇尔索（Corso）及毕卡尔达（Piccarda）之兄弟（见下篇），卒于一二九六年。但丁年轻时与彼过从甚密，亦且有诗酒征逐之事云。

⑥ 耶稣被钉在十字架上，大声喊着说："以利、以利、拉马撒巴各大尼？"就是说："我的上帝，我的上帝，为什么离弃我？"（见《马太福音》第二十七章第四十六节；《马可福音》第十五章第三十四节）。此处所谓"欲望"是说使我们的意志和上帝的意志相合。

我对他说：“浮雷塞，从你离开我们的世界，转到更好的生活，到现在也不过五年吧。假使说你在与上帝和解以前，已经没有犯罪的能力，为什么你能够到这里呢？我想你应当还在下面，以时间赔偿时间呢。”⑦

于是他又对我说：“那早早使我尝着甜美的痛苦的人，是我亲爱的奈拉：用她泉水一般的眼泪，用她虔诚的祈祷，和她不断的叹息，她使我免除在山脚的等待和其他各圈的逗留。我柔和的寡妇，她既是我心中所亲爱的，也是上帝所宝贵而嘉奖的，因为她能独行其善。⑧我想撒丁的巴巴嘉的妇女比我所离开的巴巴嘉的妇女还要有贞节。⑨

“亲爱的兄弟呀！你还要我说什么呢？照我的眼光看来，有一个时候将到，已经不在远了；到那时候，佛罗伦萨厚颜的妇女，将被讲经台禁止露胸凸乳而出门了。⑩一种需要规律的强制而穿衣服的妇女，是怎样一种野蛮妇女或是阿拉伯妇女呢？但是，假使无耻的造物知道天正在预备干涉她们，或许她们要号啕大哭吧。假

---

⑦ 浮雷塞在临终皈依上帝，照例应等待在净界山门外，时间与其在世之年龄相等。

⑧ 奈拉（Nella）为浮雷塞之妻。但丁于一首十四行诗（见注⑪）中曾谓浮雷塞轻蔑其妻，当非事实，此处即但丁之自行更正也。

⑨ 巴巴嘉（Barbagia）为撒丁岛南方山中之地，此地民风野蛮，其妇女皆露胸无耻云。“我所离开的巴巴嘉”指佛罗伦萨，但丁谓佛罗伦萨之妇女较巴巴嘉之妇女尤为下流。

⑩ 十四世纪常有禁奢法，及教会所颁之命令与宣讲，有关浮华之限制，对于妇女之服装尤为严正。

使我的预言不错，那么在现在听着催眠曲的婴儿下巴长出细毛以前，她们就要悲伤了。

“兄弟！你不要再瞒住你的事情了；不仅是我一个，所有这里的灵魂都看着你的影子呢。”

于是我对他说：“假使你回忆起你对于我和我对于你的关系，那么这种回忆仍叫人不胜惆怅。行在我前面的这一位，他把我从那种生活里引出来，[11]这不过是前几天的事情，那时他的姊妹正是圆着脸儿[12]（说到‘他’时我指着太阳）。他引导我经过那真死人的黑暗之国，我用结实的肉身跟着他。由于他的鼓舞，又跟着他上升，绕着这个山路，在这里你们把在世的弯曲拉直了。他说要伴着我直到贝雅特丽齐所在之处，到那里他才和我分别[13]（我指着他说）：就是他，维吉尔，对我这样说的。至于那一位呢，就是，在不久以前，此处山地震动的时候，他偿清了债务，脱离而去的灵魂。”

---

⑪ 由这几行诗看来，维吉尔纠正但丁之处，固不仅在哲学或宗教方面的错误，即在实际道德生活方面所受感化亦多。但丁与浮雷塞二人间之“诗的通信”现尚有存者（十四行诗三首为但丁所作，二首为浮雷塞所作），较但丁所作其他各诗卑下远甚，可见但丁在深究维吉尔著作以后而大有改变也。

⑫ 言其时月轮圆满也。参见《地狱》第二十篇注⑱。

⑬ 参见《地狱》第一篇注⑰。

第二十四篇

续浮雷塞的谈话。卢卡人波拿君塔。出第六层。

谈话不妨碍行路，行路也不妨碍谈话；我们一面说一面走，很像顺风里行船。那些似乎死过两次的灵魂，[1]从他们深凹的眼窝里用惊奇的目光注视我，因为他们已知道我是活人。

我继续说："我想他之所以迟迟而行，也许是因为伴着我们的缘故。[2]但是，请你告诉我，假使你知道，毕卡尔达在哪里？还要请你告诉我，在这些注视我的灵魂之中，是否有值得注意的？"

浮雷塞开始说："我的姊妹，也不知是因为她的美，

---

① 此处灵魂消瘦到髑髅模样，故言"死过两次"。
② 斯塔提乌斯本可直升天国，今因做伴，故亦迟迟而行也。

或是因为她的善，她已经升到奥林普斯神山之上，戴着胜利的花冠了。”[③] 他又说，“这里并不禁止告诉每个灵魂的名字，因为我们由于节制饮食而不成人形了。这一个是（言时点以手指）波拿君塔，卢卡的波拿君塔；[④] 在他后面的一个，脸上的孔穴最深，[⑤] 他曾经把圣教堂抱在手臂弯里，他是从图尔来的，他断食在维尔纳洽酒里浸过的博尔塞纳湖里的鳗鱼。”[⑥]

他又喊了好几个灵魂的名字；被喊的都觉得满意，并没有不高兴的表示。我看见乌巴尔迪诺，他因为很饿，用他的牙齿空嚼；[⑦] 还有卜尼法齐奥，他用他像城堡的旗杆以牧民。[⑧] 我看见马尔凯塞，他曾经有闲暇在福尔里喝酒，虽然不渴，但他从未说醉。[⑨]

---

③ 毕卡尔达·窦那蒂为浮雷塞之姐妹，见《天堂》第三篇。奥林普斯（Olimpo）原为希腊诸神所寓之山，此处喻天国也。

④ 波拿君塔（Bonagiunta Orbicciani degli Overardi），卢卡之诗人，卒于十三世纪之末，参见本篇注⑬。

⑤ 此处亦犹在地狱，孔穴之深浅比例于罪恶之大小。

⑥ 此人名西蒙（Simon de Brie），于一二八一至一二八五年为教皇，名马丁第四（Martino IV），原为法国图尔（Tours）大教堂会计，生平喜食博尔塞纳（Bolsena）湖中之鳗鱼，其食法先将活鱼浸毙于一种名“维尔纳洽”（Vernaccia）之白酒中。

⑦ 乌巴尔迪诺（Ubaldin degli Ubaldini della Pila）为红衣主教乌巴尔迪尼（见《地狱》第十篇注⑯）之兄弟，又为比萨总主教卢吉埃里（见《地狱》第三十三篇注①）之父，皆吉伯林派，以食量过人著名。

⑧ 卜尼法齐奥（Bonifazio dei Fieschi）于一二七四至一二九五年为腊万纳总主教，其贪食并无记载。“城堡”言古时腊万纳总主教旗杆之顶饰，像棋盘四角之“城堡”也。

⑨ 马尔凯塞老爷（Messer Marchese）为福尔里之阿尔戈琉西（Argugliosi）族，一二九六年为法恩扎之高等法官，以酒量著名。

一个人看见许多人，在其中常有一个特别被注意的，因此我被那卢卡人所吸引，他也似乎比别人愿意认识我。他喃喃地说些什么，我只听见一个“简图卡”，这是从他嘴里吐出来的，这是他感觉正义的创伤之处，因此使他消瘦。[10]那时我说：“灵魂呀！你似乎很想和我说话，你说吧！庶几我可以明白你的意思，你我的欲望都可以满足。”

他开始说：“一个女子生了，她还没有戴着头巾，她将使我的城叫你欢喜，虽然许多人都骂她。[11]你带着这个预言到那里去；假使我的喃喃之声有错误，那么有事实可以使你明了。现在请你告诉我，你是否是创作新诗的一位？那新诗是以‘贵夫人们，你们对于爱情是有慧心的’[12]一行开头的。”

我对他说：“我是一个人，当爱情鼓动我的时候，我依照他从我内心发出的命令写下来。”他说：“兄弟

---

⑩ 卢卡人指波拿君塔。感觉正义之创伤谓饥与渴也，其处谓其齿、舌、口腔也。但丁于其喃喃之中听得“简图卡”（Gentucca）一字，但不明了其意，由下文，注释家谓“简图卡”为一少女名，即简图卡·莫拉（Gentucca Morla），成年后为卢卡人柯西里诺（Cosciorino Fondora）之妻，甚美；但丁大概于一三一四至一三一六年在卢卡，简图卡甚优遇之云。一三〇〇年时简图卡尚幼，故尚未戴头巾（已嫁之妇人，在昔用覆头围颈之布，寡者用白色，参见《净界》第八篇注④）。

⑪ 卢卡城之名誉不好，见《地狱》第二十一篇。言但丁将因简图卡之故而爱卢卡。

⑫ 此乃《新生》中第一首“歌”（Canzone）之第一行，所谓诗中“清新之体”（dolce stil nuovo）之创作也。

呀！我现在明白那录事、圭托内和我不能追及所谓清新之体的症结所在了。我很明白你的笔忠实地跟随他的命令，这是我们所不能的。研究到底，这个诗体与那个诗体的差别不外乎此。”⑬

波拿君塔似乎满足了，不再开口。

如同一群鸟飞往尼罗河旁过冬一般，先在天空飞了一个圈子，后来便一直线地飞去了；那里的灵魂也是这样，先向四周看了一下，因为身体轻捷和意志坚强的缘故，快着步伐向前走了。又如同赛跑落伍的，听其同伴前进，自己却在后面徐徐行动，直待喘息的停止。

那时的浮雷塞就是这样，他听一群灵魂跑过去，却跟在我后面说话，他说：“什么时候我再看见你？”我答道：“我不知道我活多少时候，但我到此地，绝不会早过我的意志；因为我生活的地方是一天比一天丧失道德，似乎已经走上灭亡的路了。”

他又说：“现在你去吧！我看见那最坏的他⑭拖在一

---

⑬ 旧派诗人把事物写得美丽，而新派诗人则把美丽的事物写得忠实：这是两个诗体的差别。意大利在一三〇〇年以前之抒情诗约可分为三派：（甲）西西里派（延续至意大利中部），基于行吟诗人之传统主义，属此者为伦蒂尼（Iacopo da Lentini），即普通所称之录事，波拿君塔于初期称之圭托内（Guittone d'Arezzo）。（乙）哲理派，属此者为后期之圭托内，而圭多·圭尼采里尤为登峰造极。（丙）佛罗伦萨派（即“清新之体”），以圭多·卡瓦尔堪提与但丁为代表，其诗颇受圭多·圭尼采里之影响，但才情高于在前诸诗人。参见《净界》第十一篇注⑮。

⑭ 指寇尔索·窦那蒂，浮雷塞之兄弟，曾为波伦亚及皮斯托亚高等法官，佛罗伦萨之黑党领袖，为极著名之人物。一三〇〇年彼说教皇（转下页）

只走兽的尾巴上，向着那洗不清罪恶的山谷里去了！走兽跑得一步快一步，最后把他的身体弄得七零八落，不成人样。那些天体不必多次转动（言时他抬头望着天），你便可以明白我说的不十分清楚的话。现在，我要快走了，这里的时间是很宝贵的，我伴着你走已经很久了。”

如同骑马的人，脱出队伍，加鞭而去，希望获得锦标一般；那时浮雷塞放开脚步，离开我们去了；我还是伴着两位世界的大学者在路上。当他跑得很远时，我的目光追随他的形状，我的心思追随他的话句。⑮那时我又望见一株青枝绿叶的树，满挂着果子；这株树并不离开很远，可是因为绕山的路是曲的，所以直到现在才望见。⑯

我看见树下有许多灵魂举着手，同时叫喊着，像小儿乞求食物一般，可是得不着回答；但是那食物并不隐蔽起来，只是高高在上，激动他们的欲念。那些灵魂在失望之余，只有去了；于是我们走到那拒绝许多请求和眼泪的大树之下。

（接上页）卜尼法斯遣瓦卢瓦的查理来佛罗伦萨做调解人。查理偏于黑党，加害于其敌党许多年。后寇尔索阴谋握大权，将处死刑，逃于路上，堕马被杀（1308年）。此处但丁暗示寇尔索要入地狱。参见《地狱》第六篇注④。

⑮ 但丁望着浮雷塞的远去，又深念着他关于寇尔索之预言的话。

⑯ “知识之树”与“生命之树”相距并不过远，但因山路之弯曲，未能同时看见二树。参见《净界》第二十二篇注㉑。

“向前走过去，不要接近！再上面有一株树，他的果子夏娃曾经吃过，这里的一株是从他生出来的。”[17]在那枝叶之间有人这般说着；于是维吉尔、斯塔提乌斯和我都从靠山的一边走过去。那时又听见说：“记住那些由云生的坏东西，在他们醉酒以后，挺着他们的复胸和特修斯相斗；[18]那些在饮水时显着懦弱的希伯来人，基甸由高原冲向米甸人的时候，不愿意把他们当作部下。”[19]

我们从两边中的一边走过去，听见叙述各种饕餮的罪恶，大都因为非分的所得而产生的。后来我们走在沉寂的路上，走了一千多步，各人默默地想着，一言不发。

忽然有一种声音说：“你们孤单的三位，默默地想着，往哪儿去呢？”我听了很受惊吓，像胆小的野兽。

---

⑰“再上面”指地上乐园。夏娃受蛇的诱惑，吃知识树上的果子，并给她的丈夫亚当吃，才知道自己是赤身露体。见《旧约·创世记》第三章第三节。

⑱半人半马怪物名肯陶尔，为云（化形为朱诺女神）与拉庇泰（Lapithae）之王伊克西翁（Ixion）所生。在其同父之兄弟庇里托俄斯（拉庇泰之王）婚筵席上，怪物欧律托斯（Eurytus）饮酒已醉，忽思劫新妇希波达弥亚以去，其余怪物亦欲劫其余妇人。庇里托俄斯之友特修斯救回新妇，拉庇泰人遂与诸肯陶尔战，胜之。“复胸”言其兼有人胸与马胸也。参见《地狱》第十二篇注⑫、注⑯。

⑲以色列人为米甸人所虐，勇士基甸起而抗之，有三万二千人与俱，因神示命胆怯者归去，剩一万人，还嫌过多，神示引至水旁，凡跪下喝水的皆令归去，用手捧着舔水的有三百人，基甸偕此三百人用奇策惊溃敌军。见《旧约·士师记》第七章。

我抬头想找出说话的人，只见胜过像炉子里的结晶体和金属品的一团红光，这就是他在发言；他又说："假使你们欢喜上升，这里可以转弯，由此以求精神的安宁。"

他的光芒竟使我失去视觉，所以我转身到我老师的背后，只是凭着听觉作为行进的引导。如同五月的微风，在天明之前，浸染着花草的气息，柔和地吹在我的额心，这就是那天使的翼拂着我，使我所生的愉快感觉。

于是我听见说："这些人是有福了，他们蒙着神的照耀，知道减少口腹之欲，只有对于正义永远感着饥饿。"[20]

---

⑳《马太福音》第五章第六节登山训众原作"饥渴慕义的人有福了……"，此处但丁把"渴"字省去而演其义。参见《净界》第二十二篇注①。

第二十五篇

斯塔提乌斯解说肉体和灵魂的发生，死后灵魂的存在。升入第七层：惩贪色。

已经到了不可迟迟上升的时间，因为那时太阳已把子午圈的位置让给金牛，而夜把他让给天蝎了。[①]因此我们像赶路的人，不问眼前有什么好风景，也决不停止脚步；我们行在狭缝的阶梯上，一个在前一个在后地走着，因为那里不容两个人并行。

像小鹳鸟张开他的两翼想飞起，后来又放下，不敢冒险离开他的窠一般；[②]那时我已经鼓动我的嘴唇，很想发问，可是不敢启口。我柔和的父亲已经知道我的心

① 时太阳在白羊宫，白羊宫由子午圈西移后，继来者为金牛宫，言其时在净界山已为下午二时后矣。净界山之对极为耶路撒冷，其时天蝎宫（与金牛宫相对）适居南中之天空（夜与太阳相对）。

② 当时传说鹳鸟性甚服从，不得母鸟之许可不敢离巢。

意，虽然快快地走着，仍旧对我说："放你的话箭吧，因为你的弓已经拉满了。"

于是我才敢开口说："灵魂并不需要食品，为什么他们会饿瘦了呢？"

他说："假使你记得墨勒阿格洛斯怎样因为一段着火木的烧完而消灭，那么这个也并不叫你过于难懂。③又，假使你想到你的一举一动怎样由镜子里放出影像来，那么对于你似乎难解的也许会显得容易吧。不过，为使你的欲望满足起见，这里是斯塔提乌斯；我现在请求他替你把伤痕医治好了。"

斯塔提乌斯答道："假使我在你面前，把他所看见的永久的东西，解说给他听，那么我只好说不敢违背你的命令罢了。"

于是他就对我说："孩子呀！假使你专心一意听着我的话，那么对于你的疑问，可以得到一线光明。最纯净的血，不被干渴的脉管所吸取，像桌子上多余下来的食品一般；他在心脏里得着一种潜在的能力，足以形成全身的肢体，亦犹普通的血周流脉管而供给材料一般；更经过洗炼的工夫，他便降到身体的一部分，这部分最好不必指出他的名称；由此，在一个天然的瓶里滴入另

③ 墨勒阿格洛斯（Meleagro）为卡吕冬（Calydon）国王之子，其母为阿尔泰亚（Altea），生时术者言其寿命系于一段着火木之烧尽，其母乃灭火而藏之。后墨勒阿格洛斯因故杀其二舅（即阿尔泰亚之兄弟），其母大怒，将收藏之木投入火中，木尽，墨勒阿格洛斯亦死。

一种血。他们混合在一处，这后一个是被动的，那前一个是主动的，因为他是从完美的地方生出的。

“联合了以后，他便开始工作，最初是把材料凝固起来，其次给凝固的材料以生命。[④]这种主动的能力变化为一种灵魂，类于植物的灵魂，所不同者，只是前一种尚在中途，而后一种已到目的地罢了。而后再继续工作，他便能运动，能感觉，类于海中的珊瑚虫；由此再发展他器官的力量，因为他已经含有那些种子了。[⑤]

“孩子呀！这种由父体的心脏来的能力，受自然的爱护，一再地发展不息；但是怎样从一个动物变成一个人类，这个你还未知道。在这一点上，使一位比你更聪明的人也弄错了；根据他的学说，他把智慧和灵魂分离，因为他未曾寻得主持智慧的器官。[⑥]请你张开胸怀来听真理之言吧！你要知道，头脑的组织在胚胎里完成

---

④ 此处所说，无非是血化为精，男女媾和，男精女血以成胚胎之事实。但丁根据当时之知识，所说自不能精确无误。

⑤ 亚里士多德谓人身有三种灵魂，即植物的（生长的）、动物的（感觉的）、理性的，依人身之发展而渐达于完备。但丁据当时之见解，谓理性的灵魂仅人类有之，再于下文叙述。

⑥“智慧”原文作“Possibile intelletto”，意云“可能的知识”，“尚未发展的智慧”；于第十八篇注曾依据英语译为“推知”。今为简明起见，译以“智慧”足矣。智慧本为人类的灵魂（理性的灵魂）之要素，自不能由灵魂中剔除（参见《净界》第十八篇注⑤、注⑥）。阿威罗厄斯（Averrois）注释亚里士多德之著作极为著名，但彼因不得与智慧对应之器官（如与感觉对应之器官），因而否认智慧（或理性）在人身之永久性，谓人之智慧（或理性）为偶然的，无物质的（内体的）基础。此种学说，反对个人不朽之信仰，后为教会方面所攻击。

以后，第一动力马上转向他，对于自然的伟大艺术表示喜悦，向他吹入一种新精神，与其他已有的相合，成为一个单纯的灵魂，于是他能生长，他能感觉，他能自己反省。[7]你要是疑惑我的话，那么请看太阳的热力吧，他使周流于葡萄藤中的液汁变为甜酒。[8]当那拉刻西斯量完她的棉纱的时候，[9]那灵魂脱离肉体，把人的和神的部分都带了走，其他的能力都闭了口，而记忆、智慧和意志反比以前还要敏锐。[10]

“说也奇怪，那灵魂并不停止行动，他自己落到两条河岸之一，立即明白他自己应取的路径。[11]及至一定的地点以后，那成形的能力向四周发散出来，形状大小与活的肢体一样。如同空气中充满雨点的时候，因为日光的反照而成为各种的颜色一般；同样，灵魂所在之处，他有能力使邻近的空气成为各种的形状；又如同焰

---

⑦“第一动力”(motor primo) 或“原始发动力”，指上帝。“自然的伟大艺术”，指胎儿之肉体。“新精神”，即理性的灵魂。生长的、感觉的、理性的三种灵魂集合，成为人类单纯的灵魂（或精神）。阿威罗厄斯言：“智慧之作用如环，绕其自己旋转，因以了解其自己。”此即“反省”、“自觉”之意也。但丁因以反省、自觉为理性的灵魂之特征。亦犹生长为植物灵魂之特征，感觉为动物灵魂之特征。

⑧ 言自然（或上帝）之伟力也。

⑨ 见《净界》第二十一篇注④。

⑩ 言人死后生长与感觉灵魂消灭，但由神而来之理性灵魂（包括记忆、智慧、意志等作用）则与肉体分离，并不消灭，且较以前更为敏锐。

⑪ 一条河岸为阿刻隆河，见《地狱》第三篇；另一条为台伯河，见《净界》第二篇。但丁于《地狱》第二十七篇，《净界》第五篇处理两个蒙泰菲尔特罗人之灵魂，并未依照此处之原理，乃据世俗意见而描写。

跟了火移动一般；同样，灵魂的移动，他的新形状也就跟了走。此后便把这个与生前相似的形状叫做影子；此后更把感觉的器官也组织成功，譬如视觉。因此我们能说，我们能笑，我们能流泪和叹息，这都是你在山上所见到听到的。

“影子的形状变化，也是随着我们的欲望和其他苦乐之感而发生的。这就是你觉得奇怪的原因。”

现在我们到了最后一个圈子，向右边转了弯，立即注意到另一个担心的事情。那里的山壁冒出火焰，被风推着，因而火焰顶都向着上面。我们只好一个一个地走，走在圈子的边际，一方面怕被火所及，一方面又怕跌落下去。

我的引导人说：“在这种地方，最要把眼睛张开，错走一步便要出乱子。”那时我听见大火之中唱道：“至高仁爱的上帝。”[12]因此我很想转过头去看看。我看见在火焰中走的灵魂；我一时看他们的步伐，一时又看我自己的。他们唱完赞美歌以后，同声高叫道：“我一个男人都不认识。”[13]以后又低声唱着赞美诗。唱诗完毕，马上又叫道：“狄阿娜守在树林里，赶走了艾丽绮，因为

⑫ 原文为拉丁文“Summae Deus clementiae”，为一赞美诗之开头，此诗全首均适于第七层（惩贪色）之歌唱。

⑬ 马利亚听见天使说：“你要怀孕生子。”就很惊慌，说：“我没有出嫁，怎么有这事呢？”见《路加福音》第一章三十一至三十四节。

她中了爱神的毒。”[14]于是他们又唱，他们又称扬女人和男子的贞洁者，因为这些是尽了道德上和结婚上的义务的人。

我想，这里的灵魂就是在火焰之中受着这样的痛苦：仅用这种医疗方法，上天使他们最后一个创口缝合了。

---

⑭ 艾丽绮（Elice）为狄阿娜（Diana，月神、贞操之神）之山林水泽女神之一。艾丽绮因与朱庇特大神神通，被狄阿娜所逐。后生一子名阿尔卡斯（Arcas），又为朱诺女神所嫉妒，使艾丽绮化为熊，阿尔卡斯化为猎夫，受追逐之苦，大神怜之，升之天上为星座：大熊座及牧夫座。

第二十六篇

第七层：惩贪色。圭多·圭尼采里。阿尔诺·丹尼埃尔。

我们一前一后，沿着边际行进，善良的老师时常对我说："当心些，听着我的警告。"

那时阳光射在我的右肩上，西方的天空已由碧色换做白色；我的影子使那里的火焰显得红色，就是这一点差异，经过那里的灵魂便表示惊奇。因此他们开了话箱说我，其中一个对其他灵魂说："他不像是气一般的身体。"于是有几个尽量地来接近我，只当心不脱离火焰罢了。

"你呀！走在别人的后面，不是走得迟的缘故，也许是尊敬别人的缘故吧，请你回答我，在渴中在火中的我。这也不仅是我一个人需要回答，在这里的一群，都比印度人，或埃塞俄比亚人更需要清凉的水。请你告诉我们，为什么你会像墙壁一堵把太阳遮住，假使你不是没有落入死神的网？”

一个灵魂[①]这般地问我，我本想立即把我的情形告诉他，要不是那时另有一种奇异的事情出现；那时在火道之中另有一群从对面而来，这些灵魂吸引我的注目。

那里，双方的灵魂抢步迎上去互相拥抱接吻，他们满足于短时的致敬，很像黑蚁的队伍，在路上互相擦嘴，以探问前途或食品所在的模样。在他们友谊的致敬以后，尚未放步走以前，他们用力叫喊，来的道："所多玛和蛾摩拉！"[②]去的道："帕西菲躲进母牛的肚子，刺激公牛的性欲！"[③]于是他们像鹤群一般地飞去，有的怕太阳，投向黎菲山去，有的怕霜雪，投向沙漠地去；[④]那些灵魂也是这样地分道扬镳，一个向前进，一个往后去，仍旧回到挥泪而歌诗的情形，并叫喊出最适合于他们的句子。

那些先前要和我接谈的灵魂，现在又回到我的旁

---

① 此发言之灵魂为圭多·圭尼采里（Guido Guinizelli），为波伦亚之吉伯林派，其作诗先模仿后期之圭托内，不久即自创一格。佛罗伦萨新诗派颇受其影响；但丁对他甚表尊敬，称之为“诗父”。圭多卒于一二七六年。见《净界》第十一篇注⑮、第二十四篇注⑬。

② 所多玛和蛾摩拉二城之人罪恶甚重，声闻于天，耶和华派天使二人往烧灭之，见《创世记》第十八章、第十九章。参见《地狱》第十一篇注④。

③ 帕西菲王后匿木制母牛腹中与公牛交。见《地狱》第十二篇注④。

④ 黎菲山（Montagne Rife）为中世纪地理家及著作家想象中的山，以为在欧亚二洲之北部。“沙漠地”指非洲。

边，现出等我回答的神气。第二次见到他们的欲望，我说："灵魂呀！无论如何，你们可以得着安乐的境界；我的四肢，既不少，也不老，却没有留在地上，都还跟着我，并带着我的血和我的筋呢。我由此向上，因为不愿意长久做盲人；那里有一位圣女，[5]她替我讨着了恩惠，因此我可以带着我的肉身经过你们的世界。但是，假使要你们的大欲望早日满足，要那充满爱的广大的天[6]来接引你们，那么请你告诉我，你是谁，向你们背后去的一群是为了什么，庶几我好将其记录在纸上。"

那些灵魂听了我的话，好像山野田夫走进了城市，目瞪口呆，一言不发；每个灵魂都现着这般神气；但是，经过了相当的时候，惊奇过去了，他们高贵的心也就立即平静了。

那先前问我话的一位灵魂开始说："你是有福了！因为要有较好的生活，到我们这国度里来访问。那些不和我们一路走的人，他们所犯的就是古昔凯撒在胜利的时候被人家呼作'皇后'的那一回事。[7]所以他们在离开我们的当儿叫着所多玛，这是你所听见的；他们自己

---

⑤ 或指贝雅特丽齐，或指马利亚，见《地狱》第二篇。

⑥ 指天府（Empireo）。

⑦ 凯撒被其兵士呼作"皇后"，指其与比提尼亚（Bitinia）国王尼科墨得斯（Nicomede）间之暧昧关系；罗马史家苏埃托尼乌斯（Suetonius，75—140）曾记之。

诅咒自己，加以在火中的耻辱。我们的罪恶是阴阳同体[⑧]；但是因为我们不遵守人类的律例，我们的荒淫像禽兽一般，所以我们叫着那藏在木牛里面的她的名字，用以表示我们的耻辱。现在你已经知道我们的行为，我们的罪恶了。假使你还要知道我们的名字，那么非但时间不够，而且我也不知道这许多。我想满足你的欲望，只有把我的名字告诉你：我是圭多·圭尼采里，我已经到这里来洗涤，这是因为我在末日临头之前已经忏悔了。”

如同在吕枯耳戈斯懊丧之际，两个儿子忽然投在他们母亲怀里一般，[⑨]我也有那样的感觉，只是没有那样的勇气，当我听见我的父亲，而且也是比我更胜者的父亲，他们都是制作温柔高雅的爱情诗的诗人，亲自叫出自己的名字的时候。那时我听不见别人说话，自己也不说话，只是沉思着，长久地注视他；因为火的缘故，使我不能更接近他。当我看了他一个饱以后，我向他说愿意替他效劳，我发誓请他相信我的话。

于是他对我说：“我听了你的话，你在我心上留下

---

⑧ “阴阳同体”（ermafrodito=hermaphrodite）本意为阴阳并具之动物，或雌雄同体之植物，但此处似为荒淫无度之意。

⑨ 许普西皮勒受国王吕枯耳戈斯（Licurgo）之托，为其子之保姆，于引导七王往觅泉水时，其子被蛇啮死；吕枯耳戈斯悲痛甚，欲置许普西皮勒于死地。许普西皮勒有二子：托阿斯（Thoas）及欧纽斯（Euneos），离别已久，迄今乃知伊为母，即排众兵士投入母怀，卒得赦。见《地狱》第十八篇注⑥、《净界》第二十二篇注⑱。

了深刻明晰的印象，就是勒特河的水[10]也不能把他洗去，或使他暗淡。但是，假使你的发誓出于真诚，那么请你对我说，为什么你在语言上和态度上对我表示这样热烈的感情呢？”我对他说：“你的甜美的诗歌，只要我们的语言流行着，我们始终宝贵你所写下的一字一行呢。”

他又说：“兄弟呀！这一个，[11]我用手指指点给你看（言时指点在他前面的一个灵魂），他是应用他的方言的能手；不问是爱情诗歌或散文传奇，他都超过别人，只有愚人才把里摩日的诗人放在他的上面。人们的耳朵只听着谣传，而不听着事实；在看过作品或明了理由以前，便存了成见。我们的前辈，多数便是这种人，对于圭托内以口传口地称述他的好处；但是，最后被大众的真理战胜了。[12]现在，假使你有这样大的特权，允许你进基督所主持的修道院，那么请你在那里替我一唱‘我们在天上的父’；[13]这个对于此世界是需要的，在此地我

---

⑩ 勒特河（Letè）在地上乐园，又名忘川，见第二十八篇。

⑪ 指阿尔诺（Arnaldo Daniello），普洛旺斯诗人、行吟诗人，盛于一一八〇至一二〇〇年。里摩日（Lemosi）的诗人指吉洛（Girault de Borneil），亦普洛旺斯诗人，略先于阿尔诺，时人以为行吟诗人中之大师。阿尔诺之诗晦涩，吉洛之诗平易。但丁置阿尔诺于吉洛之上，然据近世最优之批评，则吉洛不仅在阿尔诺之上，且为众行吟诗人之冠，差可与之相敌者仅贝纳（Bernart de Ventadorn）一人而已，阿尔诺所占之地位则甚卑下。

⑫ 圭托内见《净界》第二十四篇注⑬，为旧诗派之代表，生前诗名甚大。

⑬ 参见《净界》第十一篇注①。

们已经没有犯罪的能力了。”

后来，也许是把位置让给他邻近的一个，他没入火焰之中而不见了，好像游鱼沉到水底一般。于是我略微赶上几步，接近方才他所指点的一个，说是在我的心中对于他的名字预备给他一个光荣的地位呢。

那灵魂很大方地说：“你很谦和的请求，使我很高兴，我不愿意再隐藏我的名字。我是阿尔诺，挥着眼泪，唱着诗而行进；我想念从前的猖狂，我见到未来的日子而欢乐了。现在，我请求你，美德引导你到阶梯的顶端，请你常常记起我的痛苦。”⑭说完，他便匿入涤罪的火中去了。

---

⑭ 阿尔诺所说之一段，原文为法国南方所用之“屋克语”(Lingua d'oc)，即普洛旺斯语。

第二十七篇

但丁走过第七层的火焰。但丁的第三梦。上升到山顶平地。维吉尔最后的话。

当太阳的第一光线射到基督流血之地，伊贝罗河已在高高的天秤之下，恒河之波已被中午的热力所蒸发的时候，[①]那时在净界山的一天已经将完了，上帝之欢乐的天使[②]现在我们的前面。他站在圈子的边缘上，火焰的

① 但丁之假定：净界山与耶路撒冷对向，由净界山至耶路撒冷之中途为恒河（印度），由耶路撒冷至净界山之中途为埃布罗（Ebro）河（西班牙）；净界山之晚上，印度之中午，耶路撒冷之早晨，西班牙之夜半（太阳在白羊宫，夜在天秤宫）。

② 但丁在每圈之末，总遇着一位天使，替他抹去额上一个P字，此天使当然亦负有此种使命。但丁生平无贪色之事实，不需要进入火焰，同时斯塔提乌斯已经功德圆满，更无此需要。解者谓火焰在第七层有洗炼之功用，同时亦为环绕伊甸园之火墙。见《创世记》第三章二十四节："又在伊甸园的东边……四面转动发火焰的剑，要把守生命树的道路。"

外面，唱道："清心的人有福了！"[3]一种声调比我们的响亮得多。

后来他又说："不能再向前走了，神圣的灵魂，假使你们不先往火里灼一下。进去吧！对于那面的歌声不要聋着耳朵。"那时我们已走近他，因为他的话，我听了吓得像躺在坟墓里的人一样。

我把两手交叉在我胸前，注视着熊熊的火焰，幻想出一个被烧肉体的惨状。两位和善的引导人，都回头来看我，维吉尔对我说："我的儿呀！这里或许有些痛苦，但绝不至于死。请你记起吧！请你记起吧！你登在格吕翁[4]的背上也是平平安安。现在更接近上帝，反而有危险么？你要相信，你就是在这火焰的怀里一千年，也不至于烧去你的一根头发。假使你认为我骗你，那么把你的衣角伸进火焰中去试一下如何？你尽可放心，一点不要怕，坚定你的意志走进去！"但是，我的脚，违背着我的良心，像生了根一般，不肯移动。

维吉尔看见我固执地不动，有些恼怒；他对我说："看吧，我的儿，在贝雅特丽齐和你之间，只隔着这一堵火墙罢了！"如同皮剌摩斯在垂死的时候，听见提斯柏的名字而张开眼睛看她一般，[5]当我一听见那个永远藏在

---

③ 见《马太福音》第五章第八节："清心的人有福了，因为他们必得见上帝。"

④ 格吕翁，怪物名，见《地狱》第十七篇。

⑤ 女子提斯柏（Tisbe）等候其情人皮剌摩斯（Piramo）于（转下页）

我把两手交叉在我胸前，
注视着熊熊的火焰，
幻想出一个被烧肉体的惨状。

P-g Canto 27

我心中的名字，我不再坚持了，我转身向着我聪明的引导人。那时他摇着头说：“怎样？你还愿意站在这一边么？”于是他微笑了，像一个大人用一枚果子便征服了一个孩子一般。⑥

于是维吉尔在前，首先进入火焰之中，叫斯塔提乌斯跟在我的后面做个殿军，在此刻以前斯塔提乌斯是在我们二人之间的。当我进入火焰之中，我觉得我宁可投入沸汤以取得清凉，因其热度之高真是无可比拟。我柔和的父亲，为鼓励我的勇气起见，不时提及贝雅特丽齐；他对我说：“我似乎已经看见她的一双眼睛了！”还有一种歌声引导着我们的脚步，因为留意歌声，不知不觉已前进到攀登阶梯的地方。

“快来，蒙我父赐福的！”⑦这话是从那里一种光芒里面发出来的，光芒很强，我的眼睛也不能看他。他又说：“太阳下降了，夜色已临了，不要停止，加快步伐，趁西方还留着那一些余光。”

我们直上两岩之间的阶梯；太阳很低了，我的影子

（接上页）桑下，见一母狮来，急逃避，遗一衣。狮方食一牛来，遂血污其衣。未几，皮剌摩斯至，见血衣，意提斯柏死矣，遂自刺，将死而提斯柏出，见其情人死，亦自杀。因此桑子之色，以染提斯柏之血故，由白色变为红色。但丁得此故事于奥维德之《变形记》。

⑥ 维吉尔之意指天上之贝雅特丽齐，而但丁犹恋恋于地上之旧情，故维吉尔语带调侃。

⑦ 此乃最后审判日对善良者之言：“你们这蒙我父赐福的，可来承受那创世以来为你们所预备的国。”见《马太福音》第二十五章三十四节。

正射在我的前面。仅仅上升了几步，我和我的老师们都见到太阳已没入地下，因为那时我的影子已消失了。在夜色笼罩大地以前，我们每人把一层阶梯做了床铺，固然我们还想上升，可是依照山上的规则，我们的力量是被夺了。

如同山羊在尚未吃草以前，先在山头跳跃一会儿，往后天气热了，再在树荫下细嚼他们的食料，而牧人则靠着牧杖在那里保护他们；到了夜间，牧人露宿在外面，守着羊群的四周，以防御野兽的扰乱；那时我们三人也是如此，我是山羊，而他们两位是牧人，高高的山壁则在我们左右。从那里所见到的天空很小，但是我看见一簇星，比平常的更大更亮。我一方面沉思着，一方面注视着，就这样睡着了，在睡中往往可以知道将要发生的事实。⑧

我想，在那基西拉（她似乎永被情火所烧）从东方开始放光明在山顶的时候，⑨我在梦中看见一位贵妇人，既年轻又漂亮，在一块草原上采集花朵，唱着说："谁要问我的名字，请你知道，我是利亚，我挥动我美丽的手，左采花右采花，用以做一个花圈。我要装饰我，使我在

---

⑧《地狱》第二十六篇谓："近早晨的梦是灵验的。"《净界》第九篇谓："接近早晨……在那时候……他的幻象是一种先知。"可以与此处参照。

⑨ 金星，维吉尔常以基西拉（Citerea）名之，因金星于近基西拉（Citera）岛之海上升起，此岛人特别尊敬之也。

我柔和的父亲，
为鼓励我的勇气起见，
不时提及贝雅特丽齐；
他对我说："我似乎已经看见她的一双眼睛了！"

P-g
Canto 27

那时我们三人也是如此，
我是山羊，
而他们两位是牧人，
高高的山壁则在我们左右。

P g Canto 27

镜里看得可爱；但是我的妹妹拉结从未离开过她的镜子，一天到晚坐在那儿。她看着她漂亮的眼睛而喜悦，至于我则爱用我的手装饰我自己。她满足于默想，我呢，满足于行动。”⑩

现在，晨光已经渐渐透出来了，引起旅客们的喜悦，他们已经一步一步接近自己的家乡了；夜的黑影，向四面逃散，我的睡眠也给他们带了去；于是我爬了起来，看见那两位大师已经站在那里了。

“那个甜美的果子，⑪人类不知花了多少气力去找他，今天要给你解渴了。”这些话是维吉尔对我说的，无论什么赠品也没有这般甜美。我一再地希望上升，我每走上一步，愈觉得需要生出翅膀，叫我可以飞起。

当阶梯都在我们的下方，我们到了阶梯的顶端，维吉尔眼望着我，他说：“我的儿呀！永久的火和暂时的

---

⑩ 此处乃但丁之第三（亦最后）梦境。《旧约 · 创世记》第二十九章载：“拉班有两个女儿，大的名叫利亚，小的名叫拉结。利亚的眼睛没有神气，拉结却生得美貌俊秀。雅各爱拉结。……”后利亚、拉结皆嫁雅各。此处利亚表示“力行生活”（vita attiva），拉结表示“默想生活”（vita contemplativa）或“隐逸生活”，预示地上乐园中玛苔尔达与贝雅特丽齐之地位。在《新约 · 路加福音》（第十章三十八至四十二节）中之女人马大表示力行生活，因为她伺候耶稣，事多心忙；其妹马利亚则在耶稣脚前，坐着听他的道，故表示默想生活。耶稣谓：“马利亚已经选择那上好的福分。”

⑪“甜美的果子”指精神上的安宁，对于上帝的和平、天上的美善，与地上人类的错误观念适相反。

火你都看见过了；现在，到了这个地点，我自己已不能识别。我用我的智慧和谨慎，把你带到这里；现在，你可以用你自己的意志做引导了。你已经离开了山道，走出了狭路。

“看那太阳吧，已经照着你的眉毛；再看地上的浅草、丛花、矮树吧，这都是此土自生自长的。那一双美丽的眼睛，他们曾经含泪请我来救助你，现在你可以等着他们的光临。你坐在这里也好，你行在花草之间也好，不要再盼望我的话句、我的手势了。

“自由、正直而健全，是你的意志，不听着他的指挥是一种错误；所以我替你戴上皇冕和法冠。”⑫

---

⑫ 地上乐园为净界灵魂最近目的地。维吉尔引但丁经过地狱永久之火，净界暂时之火，至此使命已告终。皇冕与法冠为最高权力之象征。维吉尔予但丁以皇冕与法冠，有谓彼无此权力者。由但丁之《王国论》看来，但丁意谓一个人如能保持真璞的无罪状态，则国家与教堂皆失其功用，去之亦无害也。一个人如能自哲学获得理智，自《圣经》获得启示（其意志自由正直而健全），则其自身即国王与教皇矣。唯人类中不乏乖戾刚愎之辈，不得不有权力形式之组织，以为训导与制裁之机关也。

第二十八篇

地上乐园；神林中的仙女。

我因为急切要知道那神林的内部和他的四周，所以并不等待，立即慢步向前，行进于香气扑鼻的平原上，那里树木茂密而青翠，加以早阳的光辉，真是爽心悦目。

那里又有柔和的风拂在我脸上，那风没有变化，力量是轻微无比；因为这一点风，那些树叶颤动，都向着神圣的山的初影这方面倾斜；[①]但倾斜的程度很小，并不多么离开他们天然的位置，因而打断枝头小鸟们的歌声；他们充满欢乐而尽情地唱着，用以欢迎晨风，同时树叶之间有呜呜的低音伴奏着；这个无异于基雅席的海岸上埃俄洛斯放出东南风来的时候，从那松林里发出来

① 但丁面向旭日行进，微风由东来，树枝向西倾斜。

的松涛之声。[2]

我慢步走入古树林已经很深了，因为我不再看见进来的路口。

在我的面前发现一条小溪，溪水向左流着，把生长在他两岸的草推倒在水面上。地上最纯净的水和那里的相比，似乎还浑浊一点；虽然他流在永久的树荫之下（从不漏过一些日光或月光），但在河底的东西却一无隐匿。我的脚步被溪水所阻，但我的眼光却看在水的那边，尽情地鉴赏那广大而多变化的丰草和佳木。当时我忽然看见一幅奇景，使我改变了思想的路线：原来是一个孤单的女子，[3]她一方面唱着，一方面采着花，在那锦绣一般的路上。

我对她说："美丽的贵妇人呀！你在爱情的光线中温暖你自己，假使我可以从你的外表，解释你的内心。是否可以请你前进几步，走近这条河岸，好叫我听懂你的歌声。你使我记起普洛塞皮娜的情形，那时她的妈妈失掉了她，她失掉了春花。"[4]

---

② 在亚得里亚海岸近腊万纳处，昔有地名基雅席（Chiassi）者，有一大松林。埃俄洛斯（Eolo），风之王也。

③ 此女子为玛苔尔达（Matelda），象征"力行生活"，如前篇中之利亚。但丁未说明她在历史上为谁，注释者大都认为是女伯爵玛蒂尔达（La Contessa Matilde di Toscana，1046—1115）；亦有认为是贝雅特丽齐之女友者。

④ 普洛塞皮娜为谷神之女，偕母及女友游于花草繁茂之地，（转下页）

如同一个跳舞的女子，不是两足一前一后地走着，简直是并合着在地上滑动一般，那少妇转向着我，在黄花和红花的地毯上面，无异于一个含羞的处女，低着她的眼睛。她依了我的请求，走近了我，于是她那柔和的歌声有了意义。

她一到了河边，那里仙溪的水浸湿了河边的草，她才赐恩把头抬起来朝着我。我不相信爱神被她儿子无意中射伤了的时候，她的睫毛之间会放出这般的光芒。[5] 那少妇从对岸向我微笑，手中不断地理着花朵，都是此地无种而生的植物。她和我之间的距离不过三步光景，然而薛西斯渡过，至今犹为人类骄傲的约束的赫勒斯滂之见恨于莱安德，因为赛斯托斯和阿比多斯之间的波涛汹涌，也并不超于此小溪见恨于我，因为那时尚未可以交通。[6]

于是她开始说："你们是新到此地，这里是选择出来给人类的窠；也许因为我在这儿微笑，引起你们的疑惑；但《诗篇》中的'你叫我欢喜'可以射出些光明，

（接上页）忽然地裂，被地狱神普鲁托掳去，为地狱之后。被掳时其所采集之花因惊坠地。见《地狱》第九篇注②。

⑤ 爱神（Venere）被其子阿穆尔（Amore）之箭所中，因而热恋一美少年名阿多尼斯（Adone）者。

⑥ 赫勒斯滂（Hellespont）即今达达尼尔海峡，昔波斯王薛西斯（Xerxes）于此聚舟为桥，渡百万之师，以攻希腊，及败而归，乘渔船与俱者数人而已。此峡两岸相对之地，一名赛斯托斯（Sesto），一名阿比多斯（Abido）；莱安德（Leandro）晤其情人赫萝（Ero=Hero），常游泳来往，某次遇风涛，遂溺死。

照亮你们心中的昏暗呢。[7]你，走在前面的，开口请求我的一位，你还想听见更多的话么？我是专为解答你的问题而来，直到你满意为止。”

我说：“这水和这树林的音乐，和我不久以前所听见的话相冲突。”[8]

因此她说：“我将告诉你觉得奇怪的原因，除掉你眼前的翳障。至高的善，他本身是完备的，创造了善人，且使之向善，又给他这块地方，作为永久安宁的保证品。因为他的过失，他不过短时间住在此地；因为他的过失，他把正大的欢乐和愉快的游戏变做了眼泪和劳苦。[9]

“因为水气和地气的缘故，随着热力的蒸发，造成地上的暴风怒雨，但此地高高在上，已和天相接，从锁着之处起，[10]可以免除风雨的损害。现在，此地纯洁的空气，全体因为原动力而旋转，兜着大圈子而不间断，这转动打击此地的高处，因此使此地茂密的树林有了声音。[11]被打击的植物又转而鼓动空气，向外传播他的德

---

⑦《旧约·诗篇》第九十二篇第四节：“因你耶和华借着你的作为叫我高兴；我要因你手的工作欢呼。”此乃《诗篇》作者对上帝工作之完美而欢乐，因而表示称谢也。

⑧ 指《净界》第二十一篇，由斯塔提乌斯之言，得知净界山门以上无雨无风。

⑨ 此处指上帝创造亚当，并建伊甸园使居之，又造夏娃为其伴侣，后因违命食知识树果，遂被逐至园外。

⑩“锁着之处”指净界山门，见《净界》第九篇。

⑪ 亚里士多德谓：“空气亦于圆上流动，因其为全体所牵引而运行也。”圣托马斯谓：“空气之高度超于山者，作圆流动，（转下页）

性；在其他地点，依照他的能力和水土，孕育各种德性的各种树木。你要懂得这个，那么在没有种子的地方，忽然长出了植物，也不用惊奇了。你要知道，你所在的圣地是含有一切的种子，而且其中有一种果子不是地上可以采得的。⑫

“至于此水的来源呢，他不是从水汽遇冷而凝结来的，像那地上的河水在体积上有增有减；⑬他有永久不变的来源，他是由于上帝的意志，所获得的分量正和流出于两边的分量相等。⑭在这边流着的一条，有将人们罪恶的记忆带走的功用；在那边的则恢复每桩善行的记忆。这边的叫做勒特，那边的叫做欧诺埃，先尝了这边的，再尝了那边的，才发生效力。⑮他们的味道是超过一切的；虽然我启示你的就是这一点，但是你的口渴可以全解了。

（接上页）但下于山者，其流动每为地面静止部分所阻滞。”

⑫ 亚里士多德谓：“植物亦然，有自种子生出者，其他则自然生出。”但丁此处用超自然的理论解说当时所承认之事实，即“自然生出”。“传播他的德性”，即传播种子。但丁认为自然生出之植物，其种子实来自地上乐园。唯生命树的种子不传播于地上。《创世记》第三章第二十二节：“摘生命树的果子吃，就永远活着。”

⑬ 关于地上雨水之成因，见《净界》第五篇。

⑭ 参见《创世记》第二章第十节：“有河从伊甸流出来滋润那园子，从那里分为四道。”

⑮ 勒特河水洗去一切罪恶之记忆，可意译为忘川；欧诺埃（Eunoè）本希腊字，意云“善忆”，此水恢复一切善行之记忆，可意译为忆溪。欲求此等功用之完满，必须兼尝两水之味。参见《净界》第三十三篇。

“我还要送给你一个余论，虽然出于我允许的范围以外，但我想对于你不是无足珍贵的。那些古诗人，他们歌吟黄金时代和其幸福状态，梦想这块地方也许在帕尔纳斯山上。然而，这里是真璞的人类的根基；这里的春天是永久的，这里有一切的果子；这里的水是人所称颂的琼浆玉露。”[16]

那时我回头看一下我的两位诗人，他们听见最后一段的解释而脸上带了微笑；于是我又转脸向着那美丽的贵妇人。

---

⑯ 希腊人以为第一期人类之生活如神，心无烦忧，体无劳苦，谓之黄金时代，此乃纯属诗人之理想。但丁谓黄金时代之人类不在帕尔纳斯山上，而在净界山上之地上乐园。

第二十九篇

神秘的游行队。

她说完以后，像一个迷恋的少妇唱着，继之以：“得赦免其过，遮盖其罪的，这人是有福的！”[1]而且，像山林女神一般，欢喜孤单地在树荫下游散，有的希望看见阳光，有的要躲避他；她那时沿着河边，逆流前进，我也跟着她的样儿，在河的这边小步而行。我们还未走完一百步光景，两岸同时弯曲，使我面向着东方。

我们行了不久，那少妇转身向我说：“我的兄弟，看着听着吧！”忽然有光线透过大树林的全部，我怀疑这是闪电；但是闪电马上就会完，这个却继续着，而且更加明亮起来，我心里想：“这是什么光啊？”在明亮的空气里，又有柔和的音调传播着；那时我感着真正的

① 《诗篇》第三十二篇第一节：“蒙上帝赦宥，乃为有福。”

虔诚，使我抱怨夏娃的大胆，因为上天下地都服从了，她以一个刚刚造成的女流，便不肯忍耐在面幕之下；[2]假使她能安心些，那么我将早已尝着这种难以言语形容的美味了，而且要享受得更长久。

当我行进于永久幸福的最早果子之间，真是心迷目乱，希望尝着更多的喜悦。那时我们前面明亮的空气，在青枝绿叶之下，变得像烧着的炭火，柔和的音调听得出是一首歌。

神圣的少女呀！[3]假使为着你们我挨饿、受冷、失眠，哪有正大的理由向你们要求报酬呢。现在，赫立康应当给我以泉水，而乌拉尼娅应当带着她的歌队帮助我，把难于下笔的东西织成诗句。

行稍远，我似乎望见有七株金树，因为我们和他们之间尚有一个长距离呢；走近以后，那些东西的外形大概不变，但我的识别力才认定他们是灯台；[4]所听见的

---

② 夏娃欲早脱“无知”之面幕，而急食“知识树”果，因被上帝逐出乐园，否则此地仍为人类之居所也。

③ 此乃对文艺女神之祈愿。参见《地狱》第二篇、第三十二篇，《净界》第一篇，及《天堂》第一、二、十八篇。赫立康（Elicona=Helicon）为希腊之一山，文艺女神所居，由其处流出两条泉水。乌拉尼娅（Urania）为天文女神。

④《启示录》第一章第十二节及第二十节：“既转过来，就看见七个金灯台。……七灯台就是七个教会。”同书第四章第五节：“又有七盏火灯在宝座前点着，这七灯就是上帝的七灵。”但丁似乎混合此二处文字以为比喻。所谓“七灵”，又称“圣灵之七种赠品”，（转下页）

歌声是“和散那”。[5]灯台的上面，放着火光，照耀仪仗的进行，比晴夜中天的满月还要明亮。我觉得奇怪，回头问善人维吉尔，他所回答我的也是一付觉得奇怪的面相。我只好再转过去看那堂堂的景象，他们迟迟向我们而来，恐怕姗姗来迟的新娘也比他们快些。

那少妇向我喊道：“为什么你只望着那些光，不注意他们后面来的东西呢？”于是在灯台引导之下，我看见后面有一群穿白衣裳的，那洁白之色，在地上从未有过。白光从我左边的水面反射出来；假使我向水面看，他又把我的左像反射出来，和镜子一般。

当我行到和那些仪仗只有一河之隔的时候，为看得清楚起见，我在这边岸上站定了脚。

我看见灯台向前进时，后面留着彩色的尾巴，像长旒一般；因此在上面的空气有七条不同颜色的带子，像太阳所做的弓，月亮所做的腰围。这些带子向后延长，竟出于我视线之外；据我的判断，最在外边的带子彼此相距有十步。[6]

（接上页）即七种天赋：智慧、了解、考虑、能力、知识、怜悯、畏神。

⑤“和散那”为耶稣进耶路撒冷时众人对其欢呼称颂之词。见《马太福音》第二十一章第九节，《马可》、《约翰》二福音亦载之。此处乃二十四位长老所唱。

⑥ 七条带子（或长旒）曳于灯台之后，象征七种圣礼，或七种天赋所成之工作。日光之虹，月光之晕，可视为由于《启示录》（转下页）

在这光耀的天空之下，如我在前所写，来了二十四位长老，两个一排走着，头戴着百合花冠。[7]他们唱道：“你在亚当的女儿中有福了，你的美丽永久有福了！”[8]

在我对岸之花草地上，这些天之选民走过以后，像天上的星随着星一般，来了四个活物，每个头上戴着绿叶冠，每个有六扇翅膀，翅膀上满布着眼睛。假使阿尔古斯的眼睛还活着，他们就是这般亮晶晶的。

要描写他们的形状，读者诸君，恕我没有这种闲笔，因为还有别的迫切的工作，使我不能再迟慢了。但是请一读《以西结书》吧，以西结描写怎样看见他们从冷的地方到来，在乌云和电光之中，其快如旋风一般；我所见的，就在他所作的书上；只是关于翅膀方面，则约翰同于我而异于他。[9]

(接上页)第四章第三节“又有虹围着宝座，好像绿宝石”之暗示。“十步”或指“十诫”。

⑦ 二十四长老象征《旧约》:《撒母耳记》上下作一卷，其他《列王纪》、《历代志》亦然，《以斯拉记》与《尼希米记》合作一卷，十二小先知之书合作一卷，如此则《旧约》共为二十四卷。二十四长老之来源于《启示录》第四章第四节：“宝座的周围，又有二十四个座位，其上坐着二十四位长老，身穿白衣，头上戴着金冠冕。”白衣表示信仰，百合花表示其信仰与教训之纯洁。

⑧《路加福音》第一章第二十八节，天使对马利亚说：“蒙大恩的女子。”又第四十二节以利沙白对马利亚说：“你在妇女中是有福的。”此处歌词或是对马利亚，或是对贝雅特丽齐。

⑨《旧约·以西结书》第一章第四至第十四节载以西结（先知）所见之四活物：“我观看，见狂风从北方刮来，随着一朵包括闪烁火的大云……又从其中，显出四个活物的形象来。他们……有人的形象，各有四个脸面、四个翅膀。他们的腿是直的，脚掌好像（转下页）

当我行到和那些仪仗只有一河之隔的时候，
为看得清楚起见，
我在这边岸上站定了脚。

在四个活物之间，有一辆凯旋的车子，在两个轮盘上，由一只半鹰半狮的怪物拉着走。[10]他把两个翅膀高举在中间一条光带和其他三条光带之间，而并不触到任何一条；[11]他们高举到望不见的程度；他飞鸟的部分是黄金色，其余部分是白色混和着朱砂色。[12]不仅在罗马之阿非利加努斯或奥古斯都胜利的时候，没有见过这样漂亮的车子；[13]就是太阳神的车子在他旁边，也未免逊色；太阳神的车子，走出正道，因为地球的请求，朱庇

（接上页）牛犊之蹄……行走并不转身。……至于脸的形象，前面各有人的脸，右面各有狮子的脸，左面各有牛的脸，后面各有鹰的脸。”《启示录》第四章载约翰所见天上之宝座，其第六至第九节中谓：“宝座周围有四个活物……第一个活物像狮子，第二个像牛犊，第三个脸面像人，第四个像飞鹰。四活物各有六个翅膀，遍体内外都布满了眼睛。”人、狮、牛、鹰之脸代表《马太》、《马可》、《路加》、《约翰》四福音。据但丁长子彼得言，六扇翅膀表示“六律”，即自然、摩西、先知、福音、使徒、教会诸律法。绿叶表示希望。眼睛表示对于事物过去未来之知识。阿尔古斯（Argo）为神话中之怪物，有百眼，此睡彼醒；朱诺女神使之看守山林女神伊诺（Io），后听雨神（Mercurio）说故事而入睡，遂被杀。

⑩ 前头部分是鹰，后身部分是狮，此怪物名格利丰（Grifone），象征耶稣，言其“人而神”（Homme-Dieu）也。车子象征教堂。两轮之解释甚众，最满意者为默想生活与力行生活。其他解释为《旧约》与《新约》，或圣方济各与圣多明我教派。

⑪ 半鹰半狮怪物之双翼，高举在第三与第四、第四与第五灯台后曳着的光带之间。双翼似乎一指慈爱，一指真理或正义。《诗篇》第三十六篇第五节：“耶和华啊！你的慈爱，上及诸天；你的信实，达到穹苍。”又，第十节：“愿你常施慈爱给认识你的人，常以公义待心里正直的人。”

⑫《旧约 · 雅歌》第五章第十节及第十一节：“我的良人，白而且红，超乎万人之上。他的头像至精的金子。”

⑬ 阿非利加努斯（Scipione Affricano）及奥古斯都（Cesare Augusto）均为罗马胜利之大将，但其侪所乘之凯旋车，皆不足与此相比。

特大神依照神秘的正义把他烧毁了。[14]

三个贵妇人在右轮盘这边环行舞蹈：一个是红色，红到和火不能辨别清楚；第二个的肌肉和骨骼，看上去是碧玉做的；第三个像新降的雪；一时似乎白色的做引导，一时又似乎红色的做引导，依她的歌声，其余两个调节她们步伐的快慢。[15]在左轮盘的一边，是四个穿着紫色的贵妇人，表示她们的欢乐，其中一个有三只眼睛的做着引导。[16]

在我已描写的一群后面，我看见两个老人，衣服式样不同，但是在态度上是同样庄重而可敬的。一个显出他是著名的希波革拉底的家族；希波革拉底是自然为了他最宝贵的造物而产生的。其他一个显出他是别有用心，带着一把锐利而发亮的宝剑，我虽是在流水的这

⑭ 太阳神之子法厄同为父驱车，出乎正道，朱庇特击毙之，参见《地狱》第十七篇注⑩。太阳神以重任为儿戏，而朱庇特则罚其子而赦其父，在人类看来，其正义似难于了解。

⑮ 此三贵妇象征神学上之美德：白色为信仰，绿色为希望，红色为慈爱。红色者的歌声调节舞蹈之迟速。《哥林多前书》第十三章第十三节："如今常存的有信、有望、有爱，这三样其中最大的是爱。"

⑯ 此四贵妇象征主要的美德或行为上之美德：谨慎、正义、勇敢、节制。谨慎即智慧也，为一切行为之指导；"三眼"所以认识过去、现在、未来。紫色衣服（紫袍）表示帝国（政权）。

边，也觉得害怕。[17]后来又看见四个，[18]都是谦逊的态度；最后是一个孤单的老人，他出神地行着，但视觉却很灵敏。[19]这七个老人的服色都和第一群的相同，只是他们不戴着百合花冠，却是玫瑰花和别的红花；从稍远之处望去，一个人要发誓说他们睫毛以上都冒着火呢。[20]

当那车子正对着我的时候，我听见霹雳一声，那些高贵的人物都跟着灯台而一律停止了行进。[21]

---

⑰ 此二老人，一为圣路加（San Luca），视为《使徒行传》之作者；一为圣保罗（San Paolo）。保罗于《达歌罗西人书》（第四章第十四节）中称路加为“亲爱的医生”，故路加被视作精神上的希波革拉底（希波革拉底为希腊医生，见《地狱》第四篇注⑳。）最宝贵之造物指人类。保罗为《新约》中十三篇书信作者，其带剑之故解释有二：一则其《达以弗所人书》（第六章第十七节）中谓：“圣灵的宝剑，就是上帝的道。”二则彼乃一殉教者。

⑱ 此四个老人指《新约》中《雅各书》、《彼得书》、《约翰书》、《犹大书》；在《新约》中比较不重要。

⑲ 孤单老人指《新约》末篇之《启示录》，为约翰所作，内容述其在拔摩岛所见的一串幻景，用以指示快成的事。

⑳ 百合花表示《旧约》之纯洁；《新约》中之慈爱（博爱）则用玫瑰花及其他红花以表示之。

㉑ 游行队之全体，最前为七灯台一排，次为十二对长老，次为四活物，在其间有凯旋车一辆，为半鹰半狮怪物拖着走，车右有三贵妇，车左有四贵妇，最后为七老人。

第三十篇

贝雅特丽齐的出现；对于但丁的谴责。

那第一天的七星，他既不知下降，也不知上升，除罪恶以外不受其他的遮蔽，他在那里教各人注意他自己的责任，也犹如较下的七星指示水手们到达港口一般；[1]当他应声而止的时候，那些真人原在他和半鹰半狮的怪物之间，都转过身来，向着车子，像向着他们永久的和平一般；[2]其中有一位，似乎是从天上特派下来的，唱道："我的新妇，你从黎巴嫩来吧！"[3]他高唱了

① "第一天"指"天府"。"第一天的七星"指"七灯台"，象征"圣灵之七种赠品"，为人类精神上正义之指导。"较下的七星"指北斗七星，因在"恒星天"，对"天府"言为较下也。北斗七星为航海者之指导。

② "真人"指二十四长老，象征《旧约》，当七灯台停止前进时，彼等在其后亦即停止，且转身向车子也。

③ 长老中有一位代表《旧约》中之《雅歌》（即所罗门之歌），高唱《雅歌》第四章第八节："我的新妇，求你与我一同离开黎巴嫩，与我一同离开黎巴嫩。"

三次，于是其余的都跟着他唱。

好比在末日审判的一天，幸福者听着号筒的召集，每个都从他的坟墓里站起来，再唱着愉快的赞美歌一般；那时神车的上方，应着那位崇高的长老的呼声，到了百来个的天官和天使，他们的生命都是永久的。他们都说："为来者祝福。"④他们又从上方把花朵四面撒下来，都说："满手分送百合花！"⑤

我常常看见，在天明的时候，东方全是玫瑰色，其余的天空是碧海一般；不久太阳的面庞露出来了，因为早晨的雾气，使他的光芒变得柔和，像披着面纱一般，因此我的眼睛可以凝视他，而不感着眩晕；同样，当天使们抛掷花朵，如雨点一般落在车子内外的时候，我在花雨缤纷之中看见一位贵妇人，她蒙着白面纱，其上安放着一个橄榄树叶编的花冠，披着一件绿披肩，其下衬着一件鲜红如火的长袍。⑥

在我的精神上，见着她而感着震荡和恐怖，这件

---

④"奉主名来的，是应当称颂的。"参见前篇注⑤。

⑤ 维吉尔之诗句，见《埃涅阿斯纪》第六篇。

⑥ 此贵妇人即贝雅特丽齐。白、绿、红，为信仰、希望、慈爱之色彩。在《新生》第二节："那天她是穿着红色的衣裳，合身而且动人。"第三节："她这次穿着雪白的服装，走在两位比她年纪稍大的女士中间。"《新生》述贝雅特丽齐穿红穿白，但未穿绿。橄榄为献祭手艺女神、智慧女神密涅瓦（Minerva）之果。参见《净界》第十五篇注⑨。

事虽然早已成为久远的过去，但是在我的眼睛认识她以前，我已经因为从她发出的神秘的德性而感着旧情的伟力了。

当我的目光接触到她崇高的德性，受着她的打击，这在我未出童年的时期已经受过的打击。那时我把脸转向左边，好比一个孩子受了惊吓和痛苦以后，找寻他的妈妈一般，我想对维吉尔说："我周身的血，没有一点一滴不在震荡了！我认识了我旧时情火的暗号！"⑦

但维吉尔那时已经离开我们。

维吉尔是我最亲爱的父亲，维吉尔是受她的委托来救护我的。虽然有我们古母亲所失的一切，也不足以阻止我在不久以前用露水洗净了的脸上再被眼泪所污。⑧

"但丁！因为维吉尔已经去了，不要再哭泣了，不要再哭泣了；你要为着别的创伤而哭泣呢。"⑨

像一位海军元帅，一时在船头，一时在船尾，指挥

---

⑦ 但丁于九岁时初遇八岁之贝雅特丽齐（1274年），他于《新生》第二节记着："这个时候，藏在心脏最深处的生命之精灵就开始很强烈地颤抖起来，就连很微弱的脉搏里也有了震动。"但丁此时（在地上乐园）会见贝雅特丽齐，仍不减弱昔年的感觉。贝雅特丽齐卒于二十五岁（1290年），到但丁神游之年（1300年），相隔已有十载，但一见她的面影，旧时爱情立即有死灰复燃之势。末句原是但丁译了维吉尔的，见其《埃涅阿斯纪》第四篇。

⑧"古母亲"指夏娃，见前篇注②。露水洗面见第一篇。此处为维吉尔退场，贝雅特丽齐登场之枢纽。但丁虽在地上乐园，仍不能忘情，见其已去，因而流泪。

⑨"别的创伤"指但丁之内疚，将受贝雅特丽齐之谴责。

Pg Canto 29 & 30

她蒙着白面纱，
其上安放着一个橄榄树叶编的花冠，
披着一件绿披肩，
其下衬着一件鲜红如火的长袍。

别的船上的水手，鼓励他们的勇气；同样，在那车子的左边，当我听见我不得不写在这里的我的名字的时候，[10]我看见了那位贵妇人，起初她是在众天使的花雨之中，现在从小溪的对岸，用一双眼睛望着我。虽然从她的头上下垂着面纱，顶上戴着密涅瓦的树叶，难于窥见她的全貌，但是她皇后一般的态度是凛然不可侵犯的。

她用一种声调，像一个人把最厉害的话句放在后面一般，她继续对我说："看好我；我的的确确是贝雅特丽齐！你怎敢爬上这山？你不知道这里的人都是快乐的么？"[11]

我听见此言，俯着头，眼看着清流，其中有我的影像，耻辱重重地压在我的额上，我只好把我的目光移向草地上来。一个母亲有时对于她的孩子恼怒；我看贝雅特丽齐那时对我也是这样，因为她的话在怜悯之中含有辛酸之味呢。在她静默以后，那些天使立即唱道："上帝呀！我有望于你。"但是他们并不超过"我的脚"这

⑩ 在《神曲》中只有此处写着但丁的名字。在《新生》、《飨宴》、《王国论》里，他也没有把自己的名字列在文中，在《俗语论》中用的是代名字（化名）。但丁在《飨宴》第一卷第二节中解释他的态度说："无论什么人，说他自己是不合法的。"又说："假使没有必要的原因，修辞家是不准说他自己的。"此处但丁欲如实记录贝雅特丽齐的口语，故不得不写下但丁这个名字。

⑪ 贝雅特丽齐此处两问句，大概是谴责但丁迷误得太远，悔悟得太迟。

一句。[12]

好比意大利背脊的活柱子上面所积的雪，遇着斯拉沃尼亚风而冻结凝固，假使遇着无影子的地方吹来的风，他便融解流下，如烛之遇火了；[13]同样，在我未听见那与永久的天体相和谐之歌声以前，我没有泪水，也没有叹息；但是我听了那甜美的歌声以后，我知道歌声里对我表示同情，胜于他们这样说："贵妇人！为什么你这般羞辱他？"那时围绕我心的冰块，融化为水和气，伴着痛苦从胸中向口中眼中发出来了。

那时贝雅特丽齐仍旧站在车子的边上，转向抱着怜悯心的天使们说："你们在无穷的日子里面，无时无刻不在监视，也不是昏夜，也不是睡眠，足以使你们对于世界的行进疏忽了一步；所以我的回话要十分留意，务必使在对岸哭泣的一位懂得，因此他的过失和责罚相称。[14]

"不仅伟大的天体，依照所伴的星座，去决定每个造物的命运，[15]而且有神的赐予，从高高的望不见的云间

⑫《旧约·诗篇》第三十一篇第一至第八节："耶和华啊！我投靠你……你使我的脚站在宽阔之处。"此八节表示对于上帝之希望和信任，其以后各节不合于此处之环境，为天使所不唱。

⑬"意大利背脊"指亚平宁山，"活柱子"指树木，"斯拉沃尼亚风"指东北寒风，"无影子的地方"指非洲，因其地每年有两次太阳在头顶，使物影不出于物之底部以外也。

⑭在时间内进行之一切，天使无不知悉，毋用多说，故贝雅特丽齐表面上对天使答话，实则正是谴责但丁也。

⑮关于星辰影响命运之说，参见《地狱》第十五篇，《净界》第十六篇。

像雨一般降落下来；[16]这个人在年轻的时代，就富于才能，很有产生善果的根基。可是田地愈加肥沃，如若耕种不良，就愈加产生恶莠和野草了。有若干时间，我的颜色支持着他：我的一双年轻的眼睛给他看，我引着他走在正道。[17]

“但是一到我在人生第二时期之户限，我的生活变换了，他便离开我而委身于其他。[18]当我解脱于肉体而进入灵魂界的时候，我的美丽和德性都增进了，但在他的心目中，不再以我为可爱，于是他的脚便踏在邪路上，追逐欢乐的虚影，须知这些都是名不符实的。[19]我曾经在他梦中和醒时去感化他，但是他竟无动于衷。[20]

“他沉迷得深了，没有方法可以救护他，除非把堕落的罪人给他看一下。因此我去叩了死人的国门，含泪向那一位引导他到此地的人请求。[21]上帝至高的法令要

---

⑯ 言上帝赐与之恩惠，由天府之高处降及于人类也。

⑰ 自一二七四年（但丁与贝雅特丽齐初遇之年）到一二九〇年（贝雅特丽齐死之年），其间凡十六年，但丁热恋着贝雅特丽齐。

⑱ 贝雅特丽齐卒于二十五岁。但丁曾把人生分为四个时期，二十五岁以前为青年时期，生命（精神和肉体两方面）发展以至于完成之时期也。

⑲ 关于但丁自一二九〇年至一三〇〇年之生活，第二十三篇已有提及。但丁此时颇有追逐尘世欢乐与名利之事实，但谓但丁努力于哲学之研究而漠视宗教之信仰，亦属可能。

⑳《新生》第三十九节载：“有一天，我眼前忽又起了一个幻觉。……我在这个幻觉中看见了我高贵的贝雅特丽齐。……我回想到了和她有关的种种，我的心便变成了理性的信仰者。……于是那罪恶的欲念便离开了我，我的思想全部都回到高贵的贝雅特丽齐的身上。……”

㉑ 贝雅特丽齐请求维吉尔，见《地狱》第二篇。

被破坏了，假使他能渡过勒特河，尝着美妙味，而不支付相当的代价，就是说不叫他洒些忏悔的眼泪。”

第三十一篇

但丁的自白；他喝勒特河的水。对贝雅特丽齐的瞻望。

“你呀！站在神圣的溪水那边。”现在她把谈锋直接转向着我，方才的旁敲侧击已经叫我受不住了；她紧接着说，不稍停顿：“你说，你说，我说的是否实在；我对于你这样指摘，你应当有所辩白吧！”

我的精神昏乱了，我虽然要开口说，但是声音竟关闭在嘴唇以内，发不出来。

她等待了片刻，于是说：“你想什么？回答我！因为你对于过失的记忆，还没有被这条水抹去呀！”[①]惭愧和恐惧联合起来，使我的嘴里隐隐约约透出一个“是”

① 但丁尚未饮勒特河（忘川）之水，故未曾忘记其过失。

字，如若要了解，尚须得眼睛的帮助呢。[②]好比射箭一般，因为用力过大，弓也折了，弦也断了，那箭便没有力量达到目的地；我在重担的压力之下折断了。除却眼泪和叹息向外直迸，那声音是停止在半路上了。

于是她对我说："在我鼓舞起你的欲望之际，那欲望本引导你去爱慕那至善，除此以外是无可希求的，[③]究竟是什么壕沟，什么山脉，横在你的前面，使你失去超越而进的希望呢？究竟是什么一种诱惑，什么一种利益，使你迷恋于其他，而追逐不息呢？"

我长叹了一声以后，简直没有回答的力量，我的双唇实在难于动作。我哭泣着说："现世的财宝，带着他们虚妄的欢乐，在你的目光离开我的一刻，便把我的脚步引向别处去了！"

于是她又说："即使你保持静默，或否认你方才的自白，也是徒然，因为在这样大的审判官之前，[④]你的过失会不被人家知道么？不过，罪人的过犯要是从他自己的嘴里说出来，则在天上的法庭里那磨石是逆着刀口而转动的。[⑤]可是这次你对于你的过犯觉得惭愧，下次要

---

② "是"之音难闻，须视其唇之颤动而了解其意也。但丁受惭愧与恐惧之压力，精神上大受刺激，致其所发之声不能到达听者之耳。

③ 但丁恋爱贝雅特丽齐，未达目的，因此升华而爱慕"至善"（唯一的善，即上帝），始为正道。贝雅特丽齐责其迷恋于尘世财宝（声色名利之欢乐），问其所以至此之故。

④ "这样大的审判官"即上帝。

⑤ 磨石所以使刀口锐利，但逆磨则反使刀口变钝。此处言（转下页）

是你再听见西壬的歌声，[6]也许你会坚定些了。

“推开你洒泪的种子吧，[7]听我说：你要知道，在我的肉体被葬以后，你应当取一个正和你的行径相反的方向。不问在自然界或艺术界，能够叫你迷恋的，莫过于我的体态和美色，然而现在已和尘土同腐了！这样至高的宝物，因为我的死而归于消灭，世上是否还有别的东西可以鼓舞起你的欲望呢？

“你已经给虚妄的欢乐中了第一箭，你应当提高你的思想向着我，因为我已经不在世上了。你不应当向着地面飞，再去受到别的创伤，就是说，你不应当再去追逐娇小的女郎[8]或一切别的转眼成空的虚荣。黄口小鸟也许被射中了两箭或三箭，但是对于毛羽已丰满的，便无从张网和放箭了。”

我像一个孩子，含羞不语，眼望着地，自怨自艾地站着，听受贝雅特丽齐的非难。她又说：“我的话，不过刺激你的耳朵，现在，抬起你的胡须吧！经过视觉，也许给你更大的痛苦呢。”一株高大的橡树，因为我们自己的风，或是从雅尔巴斯之地吹来的风，[9]我想他在连

（接上页）法庭对于诚实之自白得加以宽宥也。

⑥“西壬的歌声”见《净界》第十九篇注③，喻现世的财宝，虚妄的欢乐。

⑦“洒泪的种子”指惭愧与恐惧。

⑧“娇小的女郎”最好不必指证她为谁。

⑨“我们自己的风”为欧洲北部吹来之风，意大利亦欧洲之一部也。雅尔巴斯（Iarba）为利比亚王，亦为向狄多求爱之一人。参见《地狱》第五篇注③。“雅尔巴斯之地”即非洲。

根拔起时所用的抵抗力，也及不到我受了她的命令，把下巴抬起时所用的这般大；尤其是她用“胡须”来代替“眼睛”，使我觉得她的话句中间所含蓄的苦汁。⑩

当我抬起头来的时候，我看见那些最初的造物⑪已经停止散花；我的眼睛还有些晕眩，看见贝雅特丽齐转身向着那个两种自然联合在一体的怪物。⑫虽然她在面纱之下，虽然她在河的对岸，但是在我看来，她的美丽超过旧时的贝雅特丽齐，也犹如她在地上的时候，超过所有别的女子一样。那时后悔刺激我到这般剧烈，因此我对于一切使我离开贝雅特丽齐的东西发生痛恨。我的内疚实在太深了，竟使我发昏而不省人事，后来的事情，只有谴责我的她知道。

不久，我的神志清醒了，我看见那最初遇着的一位少妇⑬临在我的上面，她说：“拉着我！拉着我！”她把我浸在河里，直没到我的咽喉；她把我拖在她后面，她在水上行走着，轻飘得像一条小船。当我靠着了幸福的对岸，我听见有人唱：“求你洁净我。”⑭歌声非常柔和，回忆已难，何况笔述。

---

⑩“胡须”讥其非为孩子而为成人。

⑪“最初的造物”即天使们。

⑫“两种自然联合在一体的怪物”即半鹰半狮的怪物，象征耶稣。

⑬ 即第二十八篇中之少妇玛苔尔达。

⑭《诗篇》第五十一篇第七节：“求你用牛膝草洁净我，我就干净；求你洗涤我，我就比雪更白。”

那漂亮的少妇张开她的两臂，抱住我的头，把他浸在水里，我少不得吞下几口水。于是她把我拉上岸来，就在湿淋淋的状态下把我带到四个美女的中间，[15]她们举着手臂环绕我跳舞。

那时她们开始唱道："在此地，我们是山林水泽之女神；在天上，我们是明星。[16]在贝雅特丽齐降世之前，我们早已指派做她的侍女了。[17]我们将引导你到她的眼前；但为你耐得住他们的光芒起见，可先看在车子那边的三位，[18]因为她们较锐利的凝视，足以加强你的眼睛呢。"

唱完以后，她们把我引到半鹰半狮的胸前，那里贝雅特丽齐立着，转身向着我们，她们对我说："专心一意地注视她吧！我们已经把你放在碧玉之前，[19]从前爱神曾由此处投出那标枪的。"[20]

比火还热烈的一千种欲望，使我的眼睛专注在那闪

---

⑮"四个美女"即前象征主要美德之四贵妇。

⑯参见《净界》第一篇注⑦。

⑰《新生》第二十六节短诗中云："她好像本来是住在天上的一位仙人，降落到凡间，为要把奇迹显给人们。"又在《飨宴》第四卷第二十八节，《净界》第二十篇及第二十一篇，《天堂》第三十篇，皆表示灵魂由天上来。死为升天，为归去，故生为"降世"。

⑱"三位"即前象征神学上美德之三贵妇。

⑲称贝雅特丽齐之双睛为"碧玉"，非言其色，言其光亮（闪耀着的秋波）。

⑳《新生》第二十一节短诗第一句："那淑女溶溶眼波中荡漾着爱的小影。"此种意见，不仅见于但丁之其他诗中，即在其前及与其同时之诗人诗中，亦常如此。

耀着的秋波，那时她正凝视在半鹰半狮的身上，像太阳反射于镜子里一般；同样，那两重性格的怪兽从贝雅特丽齐的眼睛里反射出来，一时为这种形状，一时又为别种形状。

请想想看，读者诸君！那时怪物一动也不动，而他的形象却是变化不息，这个岂不是很可惊奇的么？[21]

当时我的心中充满着惊奇和喜悦，好比尝着一种食品，愈加吃便愈加感着饥饿；那时其他三位女神表示要做一件更高级的事情，跳舞而前，唱着她们的曲子："转吧！贝雅特丽齐：转你神圣的眼珠，向着你忠实的朋友吧！他因为要看见你，已经走了不少的路。允许我们的请求，赐给他一些恩惠，把你的面纱拉开，露出你的樱唇，使他欣赏你所隐藏的第二美吧！"[22]

永久的光多么灿烂呀！那些长在帕尔纳斯山影里，或喝着那里泉水的苍白者，[23]谁有这种胆量，愿意尝试把你在和谐的天幕之下，自由的空气之中，显现在我面前卸下面纱的一刹那，描写出来呢？

㉑ 耶稣在人类心目中一时为神，一时为人，两重性格融合一体，但人类于一时只能见其一重。

㉒ "第二美"为神学上美德所介绍者，指贝雅特丽齐之微笑，即其口（或樱唇）；故"第一美"指主要美德所介绍之美眼（或秋波）。又说"第二美"乃贝雅特丽齐得自天国者，指其灵魂之美；故"第一美"乃指其地上肉体之美。

㉓ 指诗人们。

第三十二篇

《启示录》的景象：以神车的变迁表示教会的忧患。

我的眼睛这般地专一，以满足我十年来的饥渴，[①]竟使我所有别的感觉都停止了作用。在我的两旁像堵着墙壁一般，遮蔽所有别的东西，使我不起注意，只有那神圣的微笑吸引着我的眼光，钻进她旧时的罗网。

当时那些女神努力使我的面庞转向我的左方，因为我听见她们大声疾呼道："太定神了！"[②]那种强光对于我的眼睛的影响，无异于受了日光的打击，使我一时竟看不见东西；但是我看了弱光以后，我的眼力恢复了；所谓弱光，是比较我刚才努力避去的东西而言。

① 自贝雅特丽齐死之一二九〇年至但丁假定神游之一三〇〇年。
② 意谓"你瞻望贝雅特丽齐太定神了！"

我看见那光荣的队伍已经展开，向右边转弯，太阳和七种火焰照在前面。[3]

好比藏在楯后的军队先向后撤退，跟着军旗逐渐转动，然后把全线的秩序变更了；同样，这天国的军队[4]在车子前面先行展开，第二步才是车子的转动。那些贵妇人回到靠车轮的地位，半鹰半狮的怪物拉动有福的车子，他似乎用不着使他的羽毛起绉纹。[5]拉我过河的少妇、斯塔提乌斯和我，都在车轮画小弧线的一边。[6]

我们经过高古的树林，信任了蛇的居民已一无所有，那时天使们的歌声调节我们的步伐。我们行了三箭之地，于是贝雅特丽齐从车子上降下来。我听见大家私语着："亚当！"[7]于是他们环绕着一株每根枝上都无花无叶的树。[8]此树只顶上有叶，高高在上，就是移植在印度人的树林中，对于他的高度他们也是要惊奇的。[9]

他们环绕着那坚强的树叫道："你有福了，格利

---

③ 七种火焰即七灯台；此时净界山约在午时，太阳在北方临照。

④ 指二十四长老，先向车环立，今则复成两行，再向后转而开步走也。

⑤ 不使羽毛起绉纹，大概谓耶稣引导教会，不用外力，仅用精神足矣。

⑥ 指右轮，因车子向右边转弯故也。

⑦ 窃窃私语，责骂亚当也。《罗马书》第五章第十二节："这就如罪是从一人入了世界，死又是从罪来的；于是死就临到众人，因为众人都犯了罪。"

⑧ 此树乃"分别善恶的树"，见《创世记》第二章第九节。

⑨ 但丁对于印度高树之思想，似由维吉尔《田园诗》第二卷来。

丰！[10]你的嘴没有啄这株甜美的树。因为尝他美味的人都得绞断了肚肠呢！”两重性质的走兽道：“因此保存了一切正义的种子。”[11]于是他掉转来向着他所拉的辕木，把车子推近那无花无叶的树，并和他的一枝相接触。[12]

像在我们地上的植物，当那大光混和着天鲤的光射下来的时候，[13]发芽含苞，不待太阳的车子赶到别的星座之下，立即万花齐放，颜色鲜美一般；同样，刚才裸露着的树，忽然气象一新，开满了比玫瑰稍弱、比紫罗兰稍强的花。[14]

那时大众绕着树唱赞美歌；这种歌我在地上从未听见过，而且我也未能听完他的音调。

假使我能够描写那些无情的眼睛，他们的长醒所受的损害很大，因为听着绪任克斯的故事而入睡，[15]那么，我将像画家依据范本，描写我怎样的入睡。但是谁能描写自己的睡眠呢？我将记录我醒时的所见。我说那时有

---

⑩ 即半鹰半狮的怪物。

⑪ “因此”意谓宗教的（灵魂的）与世俗的互不侵犯。

⑫ “知识树”表示罗马帝国，“车子”表示教会，半鹰半狮之格利丰表示耶稣，耶稣使政权与教权发生联系，对于世人起分工合作之效。

⑬ “大光”指太阳光。“天鲤”即双鱼座，邻接白羊座。此处意云：太阳在白羊宫，时值春季，植物发芽含苞。

⑭ 颜色比玫瑰弱、比紫罗兰强，谓紫色也；紫色表示罗马帝国。参见《净界》第二十九篇注⑯。

⑮ 长醒的眼睛指百眼之怪物阿尔古斯，见《净界》第二十九篇注⑨。绪任克斯（Siringa）为山林水泽之女神，为牧神（Pan）所追求，祈神援助，变为芦苇。雨神所说，即此故事。

一种强烈的光线，透过那睡眠的面幕；我听见人喊我道：“起来吧！你做什么？”

在昔彼得、约翰和雅各被带去看苹果树的花，那花使天使们对于他的果子发生渴望，因而成为天上永久的喜筵；他们忽然昏迷过去，因为一句话而醒来，这句话可以打断更深的睡眠，但醒来时不见了摩西，也不见了以利亚，只见他们夫子的长袍已换了颜色；[16]同样，在我醒来时，我只见那位以前引导我在河边行走的少妇，站在我的旁边，我很觉奇怪，我说：“贝雅特丽齐在哪里呢？”

她答道：“你看吧！她坐在新生叶的树根上呢。[17]你看吧！她的伴侣[18]绕着她，其他的仪仗，已经在更和谐更高雅的歌声里，随着格利丰上了天。”我不知道她的话是否延长下去，因为我已望见了那一位，她使我停止注意一切别的东西。

---

⑯《马太福音》第十七章载：“耶稣带着彼得、雅各和雅各的兄弟约翰，暗暗地上了高山，就在他们面前变了形象。脸面明亮如日头，衣裳洁白如光。忽然有摩西、以利亚向他们显现，同耶稣说话。……有声音从云彩里出来，说：这是我的爱子，我所喜悦的，你们要听他。门徒听见，就俯伏在地，极其害怕。耶稣近前来摸他们说：起来，不要害怕。他们举目不见一人，只见耶稣在那里。”从《雅歌》第二章第三节之比喻，“苹果树”是用以称耶稣的。“更深的睡眠”指死亡。《约翰福音》第十一章第十一节载耶稣叫拉撒路复活事，耶稣知拉撒路已死，而其门徒未知，耶稣对他们说：“我们的朋友拉撒路睡了，我去叫醒他。”

⑰ 神智（贝雅特丽齐）位于树根（言罗马为帝国之位，又为教会之位）；教会与帝国联合以后之繁荣，以此树之抽叶发花表示之。贝雅特丽齐在树荫下留守车子（即教会之利益）。

⑱ 三位表示神学上美德之贵妇，四位表示主要美德之贵妇。

她独自坐在朴素之地，她留在那里，似乎是看守那车子，就是那具有两种形状的走兽所拉的车子。七个女神绕着她，像围墙一般，每个女神手里都点着火，这些不是北风或是南风可以吹熄了的。

贝雅特丽齐对我说："你在此地做山林居民是一个短时间，你将永久和我做那罗马之市民，在那里基督也是罗马人。[19]所以，为有益于尘世过糊涂生活的人们起见，请你的眼睛看在这车子上面，把你所看到的写出来，告诉他们。"我呢，我听从她最细微的命令，把我的精神和眼睛都用在她指定的地方。

当乌云密布的时候，就是闪电也没有这般快，那时从远远的天际，我看见一只朱庇特大神的鸟直向那树下降，扑坏了他的花、他的新叶，甚至他的树皮；他又用全力打击那车子，使他成为暴风中的一条船，恶浪有时打击在他的船头，有时在他的船尾。[20]

于是我看见一只母狐，似乎已经久不得食，跑进那凯旋的车子内部；但贝雅特丽齐叱责她的罪过，把她赶出，她尽她的瘦骨所能负担的力量逃去了。[21]于是我又

---

⑲ 天上之罗马，即天国也。

⑳ "朱庇特大神的鸟"即鹰。鹰击新叶之树，表示基督教在罗马帝国受到自尼禄（Nero）至戴克里先（Diocletian）（64—314）诸帝所施之"十大迫害"。见《以西结书》第十七章第三节："有一大鹰，翅膀大，翎毛长，羽毛丰满，彩色俱备，来到黎巴嫩，将香柏树梢拧去。"

㉑ 母狐窜入车子，表示邪教威胁初期的教会，因诸神父之（转下页）

看见那鹰从第一次来的方向下降，直入车座，在那里振落他的羽毛。㉒那时我听见天上有一种声音，似乎是从悲伤的心里发出来的，说："我的小船呀！你装载了多少的过失呀！"

次又看见在车轮之间的地面似乎裂开一缝，爬出一条龙来，用他的尾巴钻进车子；后来又像黄蜂缩回他的针刺一般，缩回他的毒尾，夺取一部分车底，于是扬长而去了。㉓那剩余的部分，铺着羽毛，像肥土上长的杂草一般，这种羽毛的赠与，也许是真诚的美意，后来再度的赠与，不问轮盘上和辕木上，在打一个呵欠的短时间以内，都给羽毛盖没了。㉔

那部神圣的机械，就是这样的变化：忽然从那里长出许多头来，辕木上有三个，车座的四隅各有一个。前三个有角像牛头，其他四个每个有一角在额间；我们在地上从未见过这样的怪物。㉕

（接上页）著作及严厉之处置而平静。见《耶利米哀歌》第五章第十八节："锡安山荒凉，狐狸行在其上。"

㉒ 鹰之第二次下降，表示君士坦丁帝之赠与，即以罗马治权让与教皇席尔维斯特罗，见《地狱》第十九篇注⑭。由此赠与，产生诸多罪恶。

㉓ "龙"，或指"撒布不和种子之人"穆罕默德。但丁笔下之龙，无疑是由《启示录》第十二章第三节而来，但不一定与彼处有同样之象征意义。《圣经》上之怪龙在中世纪解释为撒旦。

㉔ 羽毛之再度赠与，指法兰克王丕平（Pepin）及查理（Charles）对于教皇之土地赠予。

㉕《启示录》第十七章第三节："我就看见一个女人骑在朱红色的兽上。那兽有七头十角，遍体有亵渎的名号。"此处七头，或表示七大罪恶。

P-g. Canto 32

前三个有角像牛头，
其他四个每个有一角在额间；
我们在地上从未见过这样的怪物。

于是我看见一个无耻的娼妓坐在车上，稳定得像山上的堡垒一般，向她的四周观望。我又看见一个巨人站在她的旁边，似乎是保护她的样子；他们时时刻刻亲着嘴。但是，因为她把一双游移淫荡的眼睛望着我，那位凶暴的情夫就把她从头到脚用鞭子打着。于是他满怀着嫉妒和忿怒，松解了怪物，牵引他经过树林，这样，他便使我和那娼妓以及怪物之间有了屏障。[26]

㉖ 娼妓，参见《启示录》第十七章，《地狱》第十九篇注⑬。表示教皇，尤指腐败的卜尼法斯第八及克力门第五。巨人表示法国国王，他与教皇的勾结及反目，尤指腓力第四；参见《净界》第二十篇注⑳。“教座”因腓力第四而迁于阿维农；参见《地狱》第十九篇注⑨。但丁本人在此处代表耶教徒，受教皇之勾引。

第三十三篇

贝雅特丽齐的预言；但丁的使命。欧诺埃河水。

“上帝呀！外邦人进了你的所有地。”[①] 那些女神开始唱着，三个先唱，四个继起，在和谐的诗篇中含着涕泣。那时贝雅特丽齐吐了一口同情的叹息，听着她们唱；她的面容沮丧，无异于马利亚在十字架的脚下。但是那些少女停唱以后，便让她说话。她站了起来，如火一般红着面庞，答道：“亲爱的姊妹们！等不多时，你们就不得见我；再等不多时，你们还要见我。”[②]

---

① 《诗篇》第七十九篇：“上帝啊！外邦人进了你的产业，污秽你的圣殿，使耶路撒冷变成荒堆。”但丁采此以示教座之被迁。

② “等不多时，你们就不得见我；再等不多时，你们还要见我；……因我往父那里去。”见《约翰福音》第十六章第十六、十七节。此语本为耶稣在死前所说，但丁用以示教座之迁往阿维农，始于一三〇五年，其意不久可以迁回，实则当法兰西立教皇时，罗马亦立教皇，（转下页）

于是她做手势叫她们七人行在前面，跟随在她后面的是我和那少妇和那尚未离开我们的哲人。[3]我们就这样向前行进，我想她尚未走到第十步，她回头望我一下，很安静地对我说："你赶上几步，假使我对你说话，你可以听得清楚些。"当我依着她的命令走近时，她又说："兄弟！现在你已经靠着我，为什么你不敢向我问话呢？"

譬如在尊长之前说话，因为低声下气的缘故，那字句便难以完全透出齿外；我那时也是如此，半吞半吐地说："我的圣女！你知道我的需要，那就行了。"

于是她对我说："我愿意你脱离畏惧和害羞的束缚，不要再像梦中说话一般。我告诉你：被蛇所破坏的船，先前是有的，如今已没有了；[4]造成腐败景象的主角，应当相信上帝的报复并不怕肉汤。[5]并非那只鹰，他留下他的羽毛在车子上，因此车子变为怪物，又成为巨人

（接上页）两相对峙，教会遂分裂为二。至一四一四年，神圣罗马皇帝西琪门开宗教大会，始议决复合为一。教皇居阿维农者有七代。

③ 少妇即玛苔尔达，哲人即斯塔提乌斯。

④"被蛇所破坏的船"指前篇龙所破坏之车。《启示录》第十七章第八节："你所看见的兽，先前有，如今没有。"但丁借用此语以指彼时腐败之教会。

⑤ 昔佛罗伦萨流传一种迷信，谓凶手杀人，如能于九日以内在被害人坟上吃肉汤，则凶手可免于被害人亲族之报复，故佛罗伦萨被害人之坟须看守九日，以防凶手在坟上吃肉汤云。上帝之报复则不同于此，因无可逃免也。

的掠获物，他没有贤明的继承人；[6]因为我看得清楚，所以我告诉你，那些福星已经预备来临，没有什么可以阻止他们；在那个时候，上帝将派遣一位“五百十五”，要杀死那个女贼及和她作恶的巨人。[7]

“或许我的预言暧昧得像忒弥斯和斯芬克斯，不足以说服你，因为依了她们的样子，便会遮蔽了你的聪明；但不久就有事实来做那些纳伊阿得斯，她们将解释这个难解的谜，不至于损失她们的羊群和五谷。[8]你记牢，我对你说的，你可以传达给那些活人，他们的生活只是向着死赛跑。你留心，当你写给他们看的时候，切勿把你所见到的那株树的变化隐藏掉，他已经在此地脱皮两次了。[9]不问是谁使他脱皮或损害他，终是侮辱上帝的行为，因为上帝创造他是有一个神圣的

---

⑥ 鹰指君士坦丁帝，见前篇注㉒。

⑦“五百十五”写作罗马数字为DXV，调动位置则成DVX，其意为“首领”，为“帝”，显指亨利第七，原为卢森堡公爵，一三〇八年被选为皇帝，一三一〇年君临意大利，但丁对他抱甚大之希望。

⑧ 昔忒拜王俄狄浦斯（Edipus=Edipo）解释怪物斯芬克斯（Sphinx=Sfinge）有名之谜，以“神示”著名的忒弥斯（Themis=Temi）大怒，遣野兽扰乱忒拜之畜牧及田禾（见奥维德之《变形记》）。纳伊阿得斯（Naiade）为泉水湖沼之女神，与解谜事无关，想系但丁根据误本之《变形记》所致。亨修斯（Heinsius）修正为纳伊阿得斯（Laiades），而解释纳伊阿得斯为俄狄浦斯，因拉伊阿得斯意云拉伊阿斯（Laius）之子，拉伊阿斯之子即俄狄浦斯也。

⑨“两次”：第一次由于亚当，第二次由于巨人。传说“十字架”（象征教会）为取自“知识树”之材料所造，车（象征教会）之辕木亦由此树所造，此车被巨人引去。又解：先为鹰，次为巨人，皆剥夺此树主要德性之一部。

目的呢。[10]第一个吃了他的果子的灵魂，在痛苦渴望之中，等待了五千多年，才得着搭救他的人。他为了一咬而责罚他自己。[11]

“假使你从那树的高度和他顶上的发展，不能判断他有特别的原因，那么你的智慧可说是睡着了。[12]假使你闲散的思想不像厄尔萨，河水硬化了你的精神，你的嬉戏不像皮剌摩斯染污了桑子一般而染污了你的精神，那么单从这些情景看来，你将认识上帝对于禁食此树在道德上的公正了。[13]但是，因为我看见你的精神已经化为顽石，已经被罪恶所染污，所以我的话句的光使你眩晕；我愿意你都记在心里，即使不能写下来。你譬如是一个朝山进香的客人，也得在手杖上缠绕些棕榈的枝叶吧。”[14]

---

⑩ 一说此树表示对于神命之服从，由此引导人类达到终极之目的。一说此树表示罗马，上帝创造之以便利其教会。参见前篇注⑫。

⑪ 耶稣由地狱之“候判所”救出亚当，见《地狱》第四篇注④、注⑤。但丁依优西比乌斯（Eusebius）之《圣教史》，谓亚当在地上九百三十年，在“候判所”四千三百零二年，合计为五千二百三十二年云。

⑫ 树之高度言帝国之强大，树顶发展言帝国之不可侵犯，此皆上帝之所愿望也。

⑬ 厄尔萨（Elsa）为在托斯卡那之河，其河道之一部有使入水物转化为石之能力云。皮剌摩斯之血使桑子由白变红，见《净界》第二十七篇注⑤。“这些情景”指亚当之被逐与耶稣之死。

⑭ 虽不了解，但可向世人报告，以作到达地上乐园之证明。《新生》第四十一节：“大家在习惯上给那些参拜神的行脚人起了三种名称：第一，越海而东，从那儿拿回棕榈的叶子的，便叫做棕榈人……”

我说："我的脑中印着你的思想，好比火漆上受了钤记一般，他的印象不会变更的了。但是，为什么这些可宝贵的话句要举得这般高，出于我的眼界以外；我的精神愈加追求他，愈加叫我望不见他呢？"

她说："这个要使得你知道，你所追随的学派，脱离我的话句是多么远，由此你可以见到，你所取的路径和神的路径，相距是地和最高的天这样的比例了。"⑮

那时我答道："我不记得在什么时候曾经远离了你，在这一点，我的良心也觉得没有什么不安。"

她微笑着说："假使你不记得，那么你记得今天喝了勒特河的水么？我们看见烟，就可以证明有火；所以你的遗忘正是证明你的欲望向了别处。⑯但以后我将明明白白地说话了，为的是要叫你平凡的眼力看得清楚。"

那时太阳最光亮，他的移动也最迟慢；他正在子午圈上，这圈是各地各样的。⑰那七位少女，像领兵的人发现前面的新奇东西而停步一般，停步在灰色树影的边际，那影子无异阿尔卑斯山脚下的绿叶繁枝射在寒流上面。在她们前面，我好比看见了发自一源的幼发拉底河

---

⑮ 但丁素所研究者为人类之哲学及世俗之科学，与启示及神学是格格不相入的。此言但丁研究哲学，未入宗教之范围。

⑯ 意谓：勒特河水使人遗忘者为过失，今尔有所遗忘，非尔之过失而何？

⑰ 太阳在午时，人觉其移动最迟慢。东西两地，各有其不同之子午圈。

和底格里斯河，像两个依依惜别的朋友。[18]

“光呀！人类的光荣呀！[19]这条从同一的源头，分道而去的水是什么名字呢？”我这样请求的时候，我所得到的回答是：“你请玛苔尔达告诉你吧。”[20]于是那美丽的少妇，好像辩护她的过失一般，说：“我已经告诉他这个，还有别的事情；[21]我想勒特河的水不至于把这些也替他隐藏起来吧。”

于是贝雅特丽齐说：“或许是一种更大的忧虑，妨碍他的记忆力，使他精神上的眼睛有了遮蔽。[22]但是，看那向前流的欧诺埃；把他领到那儿去吧，你是做惯这件事情的，使他暗淡了的美德再有生气吧！”

像一个好善的人，不说半句推托的话，立即执行别人所发的心愿；同样，那美丽的少妇拉了我的手，向前走着，一方面庄重地对斯塔提乌斯说：“跟他来。”

读者诸君！假使我有更大的篇幅可写，我将歌颂那甜美的泉水，至少歌颂一部分；我对于他永不会觉得满

---

⑱ 昔人相信底格里斯与幼发拉底二河为同源。或许但丁此处并未思及《创世记》第二章第十四节：“第三道河名叫希底结，流在亚述的东边。第四道河就是伯拉河。”（希底结即底格里斯。）而但丁所依据者为波依修斯（Boethius）之诗。

⑲ 但丁称呼贝雅特丽齐之词。

⑳ “美丽的贵妇人”至此始出其名。见《净界》第二十八篇注③。

㉑ 见《净界》第二十八篇。

㉒ 暗指贝雅特丽齐启示但丁之种种大事。

足的；但这第二部的歌曲已经充分了，艺术上的约束不容许再写下去。

我从那最神圣的水波回来，我已再生，像新树再生了新叶，我已清净而准备上升于群星。[23]

㉓ 以“群星”作结，参见《地狱》第三十四篇注⑯。

作家榜经典文库®

读 经 典 名 著 ， 认 准 作 家 榜

LA DIVINA COMMEDIA Ⅲ 天堂

神曲

[意] 但丁·阿利吉耶里 著

王维克 译

浙江文艺出版社

PAR, Canto I

那些喜悦的灵魂绕着一定的轴心旋转，
发出强烈的光，
像彗星的群一般。

同样，
我看着两位伟大光荣的领袖互相招呼，
又颂扬那里养生的食品。

我所保管的钥匙
并不要他们画在军旗上
而去攻打那些受过洗礼的。

Bible

那些神圣的军队，
基督和他们结为夫妻在他的血中，
展开在我面前是一朵洁白玫瑰花的形状。

在那高光之深沉灿烂的本体里，
我瞥见三个圈子，
是三种颜色而一样大小。

目 录
CONTENTS

天 堂

PAR. Canto 3

是 爱 也 ， 动 太 阳 而 移 群 星 。

天堂

第一篇

祈愿。但丁与贝雅特丽齐由山顶向诸天飞扬。

一切之原动者的光荣渗透了全宇宙，于是照耀此处多一些，彼处少一些。[①]

我曾在那受他的光最多的天上；我曾看见过那些事物，不是从那里降下来的人所能复述的；因为当我们愈接近欲望的目的，我们的智慧愈深沉，远非记忆所能追踪。[②]但一切神圣国度里的事物，凡我的精神所能储蓄的，现在将为我歌吟的材料。

善良的阿波罗呀！[③]为这最后一步的工作，请你使

---

① 一切之原动者即上帝。依亚里士多德的神学观念，上帝是最高的绝对的终因，更无能动之者，故为第一动者，而自身永不动也。

② 但丁意谓诸天愈接近上帝者受光愈多；天府（见第三十至三十三篇）为上帝居住之处，受光最多。“欲望的目的”指上帝。“记忆”为人类的且不完全的官能。

③ 阿波罗为诗神及文艺女神之领导。

我有充分的能力，因此我有资格接受你所疼爱的月桂。[④]直到此处，帕尔纳斯山的一个山峰对于我是够了；但现在进入这最后的竞技场，我需要两个呢。[⑤]请你来到我的胸中，吹起你胜利的歌，像你把玛耳绪阿斯从他的皮囊里抽出来的时候一般。[⑥]神力呀！假使你助我一臂，容我把幸福国度里的影子，从我的脑子里再显示出来，那么你将看见我走向你疼爱的树，戴上他的叶子，这是我的材料和你的参加使我获得的。父呀！人间一位皇帝或一位诗人为其胜利而获得他的真少呀（这是人类意志上的错误与耻辱），须知珀纽斯的灌木的叶子，在引起一个人的欲望把他做冠冕的时候，应当散布喜悦在得尔福神灵的四周呢。[⑦]

一粒小小的火星，每每点着一根大火把；因为我的榜样，也许有更优美的祷词，足以获得西拉的酬答呢。

世界的灯，从各地的山隘升起以照耀众生；[⑧]但他

---

④ 达芙妮（Dafne）为珀纽斯（Peneo）河之女，阿波罗爱之，避其追求，遂变为月桂树。

⑤ 但丁在此以前向文艺女神祈愿（如在《地狱》第二篇，《净界》第一篇），但此后更需要阿波罗之襄助。但丁意谓帕尔纳斯山之一峰奉诸女神，其他一峰名西拉（Cirra）者，则专奉阿波罗。

⑥ 玛耳绪阿斯（Marsia）为半人半羊之神，与阿波罗比赛音乐，败后，阿波罗活剥其皮，以惩其傲慢。

⑦ 得尔福（Delfo）为帕尔纳斯山脚之一镇，有阿波罗庙，为有名之神灵答人问话之地，故得尔福神灵即阿波罗。

⑧“世界的灯”指太阳，一年之中在地平圈不同之点升起。

从那四个圈子相交于三个十字之点升起的时候，他所走的路程是更为祥瑞，他所同着的星是更为和善，因此他更适宜使地蜡软化而印着他的模样。⑨

在一个山隘，差不多使那边成为早晨，而这边成为黄昏；那半球白昼，而其他地点黑暗；⑩那时我看见贝雅特丽齐转向左方，注视着太阳；就是老鹰也没有这般定睛在他上面。如同第二光线是从第一光线发出来而反射上去一般；如同旅客的心愿是回归故乡一般；同样，从她的动作，经过眼睛而影响了我的思想，我不觉模仿她而定睛在太阳上面，超越了我们平常的能力。⑪有许多事情，在那里是可能的，而在这里便不可能了，因为这是地方的关系，那里原是最适宜于人类的住所。⑫

但是我不能长久地看着他，我看着他像从火炉里抽出来的红铁，火星四射；不久，在我看去，似乎白昼添加了一个新的白昼，好比全能的上帝在天上又增饰了第二个太阳一般。⑬贝雅特丽齐还是站着，定睛在永久的轮上；⑭当我把目光离开太阳，便定睛在她身上。在

---

⑨ 赤道圈、黄道圈、分线圈各与地平圈相交。日在春分点升起时，诸圈相交于一点。春分时，日在白羊星座，大地春回，气象一新。

⑩ 在意大利“这边”的黄昏，正是“那边”的早晨；净界的白昼，正是耶路撒冷的深夜；言但丁由地上乐园升天，适当午时也。

⑪ 第一光线为射入光线，第二光线为反射光线。此喻但丁注视太阳之动作乃由于贝雅特丽齐之感应，如反射光线之来自射入光线也。

⑫“那里”指地上乐园或伊甸园。

⑬ 因趋近太阳甚速，故日光突增二倍。

⑭“轮”或“诸轮”，在《天堂》中指旋转的诸天。

我注视她的时候，我的内心起了变化，好像格劳科斯吃了某种草而变成海中诸神的伴侣一般。[15]这种人格上的变换，是不能用字句表达出来的，所以蒙神恩有此经验的，也只有举一个例子来说，就满足了。当时我在那儿是否是唯一后造的呢？爱之神呀！你掌管诸天，你用你的光把我高举起来，只有你是知道的。[16]

当那你使他因为欲望的缘故而永久旋转的轮，[17]由于你所调节的谐音，吸引了我的心意的时候，我似乎看见太阳的火广布在太空，其范围之大远非雨水所成的湖面可以比拟。[18]

那新鲜的音调[19]和灿烂的光芒，激起我探求他的原因的欲望，以前从未有这样强烈。那时贝雅特丽齐窥见我的内心，如我知道我自己；为镇定我的思潮起见，她

---

⑮ 格劳科斯（Glauco）原为渔夫，其所捕得之鱼因置于某种草上而复活，格劳科斯尝草味，遂跃入海中，变为海神之一。但丁谓从“人性”到“神性”之经历不能用文字描写，仅用格劳科斯之例以为比喻而已。

⑯ 灵魂为肉体完成以后上帝吹入的（参见《净界》第二十五篇），故谓之“新造的”或“后造的”也。《哥林多后书》第十二章第二至第三节：“我认得一个在基督里的人，他前十四年被提到第三层天上去；或在身内，我不知道，或在身外，我也不知道；只有上帝知道。”所谓“在身内”即灵肉相合，“在身外”即灵肉相离。但丁谓其时是否灵肉相合或仅有灵魂，只有上帝知之。

⑰ 指“原动天”，为诸天之最高者，其每个分子皆有永久与上帝相接之欲望，故旋转不息，此种运动又牵引了别的天。

⑱ 此时但丁经过“气球”，而入于包围其外之“火球”，即“月球天”也。

⑲ 七重“行星天”如七弦琴上之七弦，旋转时发出神的谐音。此种意思为亚里士多德所弃，而但丁采用之。

在我开口之前启唇了，她开始说：“你自己被错误的想象所遮蔽了；假使你摆脱了他，你的所见便不同了。现在你已经不在地上，一如你的所信；虽然霹雳从他的老家落下来，也没有你回到他那儿的这般快。”

假使说我因为几句简短的、为微笑所笼罩的谈话解除了迷惑，那么我立即又投入另一新的烦恼；于是我说：“我从惊奇之中已经得着安静，但我所不解的是：为什么我会超升于轻物之上呢？”[20]

那时她发了一声怜悯的微叹，把她的一双眼珠转向着我，她的神气像慈爱的母亲望着她那不懂人事的孩子一般。她于是说：“一切事物，其间都有一个互相的秩序；这种秩序就是那使宇宙和上帝相像的形式。于此，那些高级造物[21]追踪着永久的权力，这就是一切规律的终极目标。依照这种秩序，一切事物由各种途径倾心而往，或多些或少些而接近他们的本源；由此他们划过事物的海而到达各种的口岸，依照着他们各个所赋的天性。[22]有的把火带往月球；有的在那儿推动生物的心；有的使地球凝聚为一团；有的使弓发箭，其所及不仅为无知觉的东西，而且达于有情之辈呢。

“天帝，他指挥一切，用他的光保持天的永久和平，

---

⑳ 据亚里士多德之意见，空气为相对的轻，而火为绝对的轻。

㉑ “高级造物”指有智慧的造物，即天使与人类。

㉒ 上帝为一切之目标与本源。所谓一切倾心以至真境（至善）的秩序，即引向上帝。然一切引向上帝之旨趣与程度则各有不同。

那里旋转着最快的天；[23]现在我们就是向着那里航行，像弓弦之力带着离弦的箭到达一个指定的地点一般，他把我们送往欢乐的目标。诚然，一如形式常常不能和艺术的意志相契合，因为物质是不足以应命的；同样，那造物常常有能力离开这个目标，而去追逐着别的方面（例如火可以从云头落下来），假使他最初的突进是向着地上似是而非的欢乐。[24]那么你的上升，我想，用不着再有怀疑，比山顶的水向山脚流去更不用怀疑。假使一无阻碍，而你仍旧住在下界，好比活泼的火仍旧留在地上，那才是奇事呢。[25]”

于是贝雅特丽齐把她的眼光转向天上了。

㉓ 天府是非物质的，不移动的，所谓保持天的永久和平，以其光与爱包围着“原动天”。原动天乃最高而旋转最快之物质的天。

㉔ 艺术家对于其媒介物（所用材料）之工作，每不能从心所欲，一如媒介物具有违抗力然；同样，造物赋有自由意志，若被虚妄之欢乐所诱，则亦能违抗上帝所指示之踪迹而离开正道。

㉕ 人类之真境为上帝，上升就彼乃自然的现象，一如水之就下也。重物就下为物质界之现象，人心向上乃精神界之现象。

第二篇

上升至第一重天（月球天）。关于月球的暗斑。

你们呀！坐着一条小划子，跟着我唱着前进的船，一路听到此地，请回到你们自己熟悉的岸上去吧！不要在广阔的海面上冒险！万一脱离了我，也许你们要迷途呢！

我所取的水道是从未有人航行过的；密涅瓦鼓动我，阿波罗引导我，九位女神指示我以大熊星。

至于你们呢，少数的读者，早已抬头望着天使们的面包[①]了，那是地上永无饱足的食品。你们当然可以推进你们的船在玄深的海上，跟着我那尚未平复的波纹。[②]

---

①“天使们的面包”指神圣的学问或最高的真理。

② 但丁在第一段所说之“你们”指没有学力、没有勇气者言；本段之“你们”则指与前相反的少数读者。

那些经过科尔喀斯的光荣的英雄，在他们看见伊阿宋做了耕夫的时候，他们的惊奇也要次于你们的吧！[③]

那对于和上帝同型的天国之渴望，自生而永不减退，携带我们上升很快，简直和你们抬头见天一般快。

贝雅特丽齐望着高处，我又望着她；也许不过是置箭在弦，引弦发箭的一会儿，我已经到了一处，那里就有一件惊奇的事情使我注目；她，我的思想从未能瞒过她，转向着我，既和悦又美丽，她对我说："高举你感恩的念头向着上帝，因为他已经使我们进了第一星[④]。"

我感觉到被密云所包着，那密云是固定而光亮，像太阳光线下的金刚石一般。那永恒的珍珠接受我们进去，像水点容纳光线而不破裂一般。

别人也许要问，那时我是否感觉到一物和他物的相触，一物怎样会容纳他物；但是我们的性质会和上帝相联合，这件事不更引起我们的惊奇么？[⑤]那里我们只依赖信仰，没有证明，只依据自明而认识了原始的真理。

我答道："贵妇人，我是极度地感恩呢，他把我从有死的世界带到这里，我真心感谢他！但是请你告诉我，这物体上的暗斑，在下界的民众曾为他造出该隐的

---

③ 伊阿宋因得美狄亚之助，使铁角铜蹄鼻喷火焰之怪牛就范，耕田以种龙齿，由此产生战士。参见《地狱》第十八篇注⑥。

④ "第一星"指月球，亦即后文所言之"永恒的珍珠"。

⑤ 人性和神性联合在耶稣身上（参见《净界》第三十一篇注㉑），此种天上之神秘，只可依据直觉而信仰其为真理，不可加以说明与证明也。

故事，究竟是什么呢？[6]”

她稍稍微笑一下，于是说：“假使民众的意见是错误了，那么是他们知识的钥尚未开启，惊奇的箭不应再射中了你；须知虽然有了知识做引导，理智的翼总还失之太短呢。但是，把你的思想对我说出吧！”

我说：“在这里显示明暗的不同，我想是由于物质的稀薄和稠密吧。”[7]

于是她说：“不然，假使你听了我的辩论，你就知道你的思想堕入错误的深渊了。那第八重天[8]显示你许多光，无论在本质上和亮度上都是各不相同的。假使仅是稀薄和稠密这一种原因，那么也应仅显示一种德性，就是或多或少或相等罢了。现在显示的德行既有种种不同，应当是创造的原则非一。但依你所说，原则要归纳到一个呢。

“又，假使稀薄是你所问的暗斑的来源，那么这行星的某部分也许缺乏物质，成了窟窿直穿过去；也许像动物的身体，肥肉后面衬着精肉一般，稀薄和稠密重叠

---

⑥ 俗传月面暗斑为该隐负荆，以蔽其杀弟之罪云。参见《地狱》第二十篇注⑰。

⑦ 但丁以月球各部之密度不同，认为即球面明暗之原因，此乃根据阿威罗厄斯（参见《地狱》第四篇注㉑）之说，已见其于《飨宴》第二卷第十四节；嗣后又获大阿尔伯图斯（Albert Le Grand）之说，但丁认为较优，急著录于此云。

⑧“第八重天”为恒星天，众星不仅明暗不等（亮度，量的方面），且光之颜色亦各有异点（光的本质，质的方面）。

着。假使前一种的设想不错，那么在日蚀的时候，应当有光从窟窿里透过来，然而这种现象是没有的。后一种的设想呢，我也要说明他的虚妄，庶几叫你的意见不能成立。

“假使光线透入稀薄层以后，并不穿过月球，便遇着稠密层的阻碍，从那里反射出来，如同彩色透过玻璃，遇着他后面镀的锡而反射过来一般。你要是说从较后部分反射出来的，比从表面反射出来的光线暗淡些，那么有一个试验，可以开导你走出这个疑团，这就是你们艺术的渊源。取三面镜子，两面在你之前为等距离，第三面在其他两面之间，但是离开你远些。你同时望着三面镜子，在你背后点着火，照耀三面镜子，于是他们的反射光都跑进你的眼睛里来。那时你将看见较远镜子里的光面是小些，但他的亮度却和较近两面镜子里的没有强弱。⑨

“现在，如同雪地被热光所打击，因而消灭了他的白色和酷寒一般，你的精神已摆脱了错误的思想，接受灿烂的光吧！

---

⑨ 此处试验以月之表面当较近的镜子，月之内层当较远的镜子，日光当火光。远镜中之火光面积虽较近镜中之火光为小，但并不较暗。因亮度为光量与光面之比，此二量同时比例于距离之平方而减少，故亮度之值不变。

“在那神的和平的天内，旋转着一个天体，在他的势力以内包含着一切的事物。[⑩] 在其次的天内，他显示着许多东西，分配这事物在种种和他异体而包含于其内的原质上面。[⑪] 其他的天体再分配他们特异的德性，像不同的种子各自奔赴他们的目标一般。[⑫]

“这些宇宙的器官，你现在知道了吧，他们步步传递，受之于上，而施之于下。[⑬] 你要留心，我就从这条路，直往你所盼望的真理，庶几你以后不至于失去你唯一的渡口。一如铁匠主持他的铁锤，同样，诸圣轮的运动和德性必须由于诸幸福的原动者；那放着许多美丽的光的天，他从最高智慧而旋转，而取得印象。[⑭] 像在你的尘世内，各种肢体发展各种的功用，而你的心灵却是主宰；同样，那最高智慧散布他的善意在群星，而自守于静一。

“不同的德性联合于个别的精巧的个体，一如生命联合在你的身体上。因为那德性的来源是由于喜悦的造化，他散布光明在各个体，一如喜悦透出活的眼珠。

---

⑩ 参见前篇注㉓。一切事物包含在原动天以内。

⑪ 原动天之次为恒星天，“许多东西”指众星，“和他异体而包含于其内的原质”指众星及较下诸天与诸行星。

⑫ “其他的天体”指土星天、木星天、火星天、太阳天、金星天、水星天、月球天。依亚里士多德说，一切物体有二要素，即材料与形式；材料皆同，而形式各异，因此造成一切物体不同之德性。

⑬ 诸天互相的关系与各自的行动，合成宇宙的秩序，一如生物之器官然。

⑭ 铁锤依铁匠的心意（或智慧）而铸印象于铁块。诸天（诸圣轮）亦依上帝（最深心意或最高智慧）或天使之指挥而运动、而放光。

由此德性生出光与光的差异，并非由于稀薄和稠密；依照所散布善意的程度，生出昏暗和明亮，这是形式的原则。”⑮

⑮ 贝雅特丽齐意谓但丁接受在科学上不充分之解说是错了，因为他不知道一切天象是上帝与天使的创造物。上帝整个权力散布在各种天体，因而发生本质和亮度不同的光（在恒星、行星、月球的各部），像人的活力表现在身体的各部，又像喜悦之情从眼珠里散布出来。亚里士多德将宇宙视作一有机体：在大宇宙中，上帝为世界之概念；在小宇宙中，灵魂为肉体之概念；灵魂与肉体之关系，亦正如上帝与世界之关系。“形式的原则”意即主要的原则。

第三篇

月球天：灵魂之未能坚守信誓者。毕卡尔达·窦那蒂；皇后康斯坦斯。

那太阳[①]从前用爱情温暖我的胸怀，现在却用证明和辩驳来显示我以美丽的真理的面目；我那时要抬起头来向他承认我的错误，信服他的解说；但有一种影像出现，使我专心注视他们，因此我忘记了要做的事情。

假使我们看一块透明的玻璃，或清静而容易见底的水面，将有我们的影像反射出来，那影像淡得和白额上安放着的珠子一般；[②]那时我所见的影像也仿佛如此，他们有准备和我说话的模样；因此我所犯的错误，正和

① 此处“太阳”指贝雅特丽齐。

② 半透明之玻璃上所成的影像是隐隐约约的；白上加白，则看不清晰。

那恋着水中影的少年人相反。③

我看见这些影像以后，以为是回光返照，便转过脸来向后面一望，想寻出影像的来源；但一物不见，于是只好再转眼望着我那柔和的引导人的光；在她微笑的时候，她神圣的眼睛里便发光。

她说："你不要以我对于你幼稚的思想而微笑为怪，因为你的脚还没有踏在真理上面，只是依着你的旧习惯，东张西望扑个空。这些你所见的影像都是真的物体④，他们所以贬谪在此，是因为他们没有坚守他们的信誓。那么你对他们说话，听他们，相信他们，那使他们满意的真光不容许他们的脚离开他。⑤"

我于是转身向着一位似乎最要说话的影像，像一个性急的人一样对她说："幸福的精灵呀！你在永久生命的光线之中，感受一种不尝不知的温柔；假使你看得起我，请你告诉我你的名字和你们的际遇。"

那时她的眼睛微笑着，立即答道："我们的仁爱决不

---

③ 指那喀索斯（见《地狱》第三十篇注⑮）以其水中影为真人，但丁则以真人（灵魂）为回光。

④ 物体（或本质 substance），指本身能存在之一切东西，如人，如树，如剑。物体与"偶有性"（accident）相对，偶有性为一物体之经验或属性，如爱情，如绿色，如光亮。

⑤ 这些灵魂编列在最下之月球天，故有贬谪之意。但丁设想所有幸福的灵魂都"居住"在天府，但彼等之善行各有不同，因而所得的幸福也有等级，"显示"在各层天上。脚不离真光，即不虚妄之意。

把正当的要求关在门外，也像他的仁爱施于各处一般。[⑥]我在世上，是未婚的修女；假使你好好地回忆一下，我的美丽的增加，[⑦]不致叫你不认识我是谁；你将再认识我是毕卡尔达，[⑧]我在这里同着别的幸福者，我们在运动最迟的天体上。[⑨]我们的热情，只被圣灵所燃着，以得符合他的秩序为欢乐；此种际遇，似乎不算得意，因为我们忽略了我们的信誓，有一部分没有履行的缘故。”

于是我对她说："在你的体貌上，发扬着一种神光，因此使我初看不认识，我的记忆力及不到；现在你既告诉我你的名字，可以帮助我认识你。请你告诉我，你们享着这里的幸福，是否还希望更高的地位，以便更易看见上帝，更加被爱呢？”

她和别的精灵都微笑了一会儿，[⑩]后来像被上帝的爱情燃着，很喜悦地回答我道："兄弟！我们的希望是被

---

⑥ 上帝之仁爱无所不施。

⑦ 灵魂脱离肉体以后，美丽和德性都增进了。参见《净界》第三十篇末段。

⑧ 毕卡尔达·窦那蒂（Piccarda Donati），为西门·窦那蒂（Simone Donati）之女，但丁友人浮雷塞及著名黑党领袖寇尔索之姐妹。见《净界》第二十三篇注⑤、第二十四篇注⑭。但丁之妻杰玛·窦那蒂则为马奈多·窦那蒂（Manetto Donati）之女，伊亦有一兄弟名浮雷塞，后人因常误会。

⑨ 月球最近地球，绕地一周之路为最短，故每日绕行（自东至西）之速度亦最小也。按但丁所云，月绕地球一周乃地球自转之现象，实则月球本身自西至东之运动其速度为最大。

⑩ 但丁此时尚不知幸福的灵魂共居于天府，故其直率之问题引起听者之微笑。

仁爱的德性所安定了，他只叫我们要求我们所有的东西，我们没有别的愿望。假使我们希求更高的，这种愿望便不与上帝的意志相符合，上帝指定我们就在这里；假使我们在生活之中仁爱是必需的，而你再考虑所谓仁爱的内容，你将见及这种愿望在天上是不可能的。幸福者的意志与神的意志符合，这是尤为切要之事，所以我们的意志唯一而已。因此我们一层一层安排在这天国里，凡足以取悦于统治我们的君主，便是我们全体的欢乐。他的意志给我们安宁；他好比海洋一般，一切创造的和自然所做成的都汇归于他。”⑪

那时我很明白，在天上到处都是天堂，而且至善所赐的恩惠并非同样。然而，像一个人满足于这种食品，而仍有味于那种，于是对这种表示感谢，对那种表示需要；同样，我在姿势上和言语上请求她告诉我：她未能完成的织物是什么？⑫

她说：“天上有一位所处比我们高的女人，⑬因为她的生活完满、功德超越的缘故，在世间有许多采取她的衣式和面幕的人，她们不问在醒时在睡时都愿意伴着那

---

⑪“创造”为无中生有，如天使及理性的灵魂；“自然所做成”指传种生产。百川朝宗于海，以得其安宁（静止），喻所有幸福的灵魂皆归于上帝。

⑫ 但丁感谢已得之解说，又提出新的问题：毕卡尔达未能坚守之信誓为何？

⑬ 指圣女克拉拉（Santa Clara d’Assisi，1194—1253），圣方济各之门徒，仿圣方济各教派创克拉拉教派（Clarisse）。

丈夫直到死，他接受她们合于仁爱的一切信誓。[14]我以她为法，从女孩的时候即逃避尘世；我披起她的袍，我立愿遵守她的信条。后来有几个男人，[15]惯于多做恶事少做善事，把我从甜蜜的修道院里拉出来；上帝知道我后来的生活呢！

“还有，在我右边的一位，她在这一重天里发最亮的光辉，凡说及我的话都可以说在她的身上。她是女修士，也是有人把她脸上的神圣面幕脱下来的。但在她违背本愿返到尘世以后，那面幕从未离开过她的心。[16]这就是那大康斯坦斯的光，他从士瓦本的第二暴风生出第三暴风与最后权力。”[17]

她这般说，于是开始唱：“福哉！马利亚。”一面唱着，一面消灭，像重物沉入深渊一般。我的眼光跟着她，直到看不见以后，才转过来向着一个更可尊敬的目标，就是凝视着贝雅特丽齐；但她的光芒对于我的眼睛太强了，起初是受不住的，因此迟慢了我的发问。

---

⑭“丈夫”指基督。

⑮ 毕卡尔达之兄寇尔索及其随从，为政治上之关系，强迫毕卡尔达嫁与罗塞利诺（Rossellino della Tosa），此人实为强暴叛逆之徒。

⑯ 身虽返俗，昔日信誓不去于怀。

⑰ 康斯坦斯（见《净界》第三篇注⑥）为那不勒斯与西西里王罗杰（Roger）之女，在巴勒莫（Palermo）修道院做修女，被人强嫁与日耳曼皇帝亨利第六。亨利第六之父为腓特烈第一，诨名“赭胡子”（见《净界》第十八篇注⑮）。后康斯坦斯生腓特烈第二。三代皆有勇名，称三“士瓦本之暴风”。士瓦本（Soave 或 Svevia），王朝名；腓特烈第二为该朝最后之皇帝。

第四篇

贝雅特丽齐解释但丁的两个疑问：幸福灵魂的住所；为强力所胁迫而未能完成信誓的灵魂。

在两种同样引起食欲的食品之间，有自由选择权的人要在食品未进齿缝以前饥饿而死了；一只绵羊站在两条凶狼之间，都是同样的可怕；还有，一条狗行在两只鹿的中间；同样，我处于相等的两个疑问之间，假使我仍然保持静默，是不应受责备和恭维的，因为这是必然的结果。[①]我虽保持静默，但我的欲望已经描绘在我的脸上；用他来表示疑问，实在比我的发言还要热烈些。

于是贝雅特丽齐的所为，一如但以理使尼布甲尼撒由忿怒变为平静而纠正了他的残暴之所为；[②]她说："我

① 但丁心中有二疑问，同样急待解释，不知先发何者为是。

② 但以理（见《净界》第二十二篇注㉔）将巴比伦王尼布甲尼（转下页）

看见你心中的两个欲望使你局促不安，压得你透不出气来。你的问题是：假使那好的意志常在，而别人的强力竟减少我的功德，这是什么理由？其他一个疑点，来自柏拉图的一句话，说是灵魂归到诸星。[③]这些就是同样压在你心中的问题，我将先讨论苦味最多的一个。[④]

“那些深入于上帝的大天使，以及摩西、撒母耳、约翰（听便你采取哪一位），[⑤]马利亚用不着说，他们并非和你刚才所见的精灵住在另一个不同的天上，他们住在的地方时间也没有什么或长或短的岁月。但他们一律使第一天美化，他们享受幸福的生活只在感受永久精神上有些差异。[⑥]

“在这里出现的影像，并非这个天体就是为他们特别保留的住所，不过在诸天之中指示一个最低的给你看罢了。[⑦]用这种语言，对于你的心灵是适宜的，因为只

（接上页）撒遗忘了的梦说出，又将此梦解释明白。见《旧约·但以理书》第二章。贝雅特丽齐能知但丁心中之疑问而解释之，类于但以理之所为。

③ 但丁由拉丁翻译而知柏拉图之对话集《蒂迈乌斯篇》(*Timeo*)；他对于柏拉图之直接知识，无疑限于此篇。柏拉图在此篇谓灵魂未与肉体相合以前各居于诸星，与肉体分离以后仍各返于彼处，居于彼处之久暂则视各灵魂之功德而定云。

④ 但丁认为柏拉图之学说颇含毒汁，因彼所许天体对人之影响，权力太大，势将威胁人之自由意志，因而妨碍道德也。参见《净界》第十六篇及第十八篇。

⑤ 约翰有施洗约翰及作《福音书》的约翰两个。

⑥“第一天”指天府，上帝和精灵永久“居住”之处。“永久精神”指上帝。

⑦ 诸天为灵魂暂时“显示”之处。

有从那些感觉所得的东西，你才学习到你以后有用的知识。[⑧]因此《圣经》为接近你们的官能起见，不惜给予上帝以手和脚，实则别有用意；[⑨]而圣教会里又把加百利、米迦勒和医好托俾阿的诸大天使，用人类的形状表示出来。[⑩]

“这里所见的影像，绝不是《蒂迈乌斯篇》里面所说的灵魂，因为他所说的，似乎就是他所想的。[⑪]他说灵魂回到他的星，意谓自然叫他做形式的时候他是从那里分离的。[⑫]但他这句话也许有文字所表示以外的别种意义，或者不好轻蔑他。假使他的意义是说人的荣辱归于诸天的影响，这样也许他的箭射中了一些真理。[⑬]这种意见，被世人误解，几乎全体都走入左道，而去礼拜朱庇特、墨丘利和玛尔斯。[⑭]

---

⑧ 依亚里士多德学派之说，从感觉官能（如眼）获得印象，想象官能（心灵）从印象上制造知识，简言之：知识来自感觉。用“形状”表示，胜于用“语言”表示。

⑨《圣经》言上帝之臂，并非上帝真有此肢体，只是说他的工作能力，如有此肢体一般。

⑩ 医好托俾阿（Tobia）的大天使是拉斐尔（Raffaele）。托俾阿为人虔诚，老而目盲，其子依拉斐尔所示治之，乃愈。教会使诸天使具人形者，无非欲人类容易了解。

⑪ 柏拉图于其《蒂迈乌斯篇》中所持之学说与教会中人所持者不同；盖前者所言，似即意谓真实，而后者所言则为象征的或比喻的。

⑫ 灵魂乃人之“形式”，即人之主要成分。

⑬ 言人性之善恶（善则荣，恶则辱）归于诸天之影响，并非言真实之灵魂，如此则尚近一部分真理。

⑭ 世人以为诸行星即具有其名之诸神之真实住所，如谓木星为朱庇特之住所，水星为墨丘利（Mercurio）之住所，火星为玛尔斯（转下页）

“其他一个使你困苦的怀疑，他的毒汁较少，他的恶性不至于引你离开我往别处去。[15]我们的公正，而在人类眼中认为不公正，这是一个威胁信仰的论题，并非有罪的邪说。你的心力足以透入这个真理，我将满足你的欲望。

“假使一个人虽不承认那强力，但既忍受那强力，便不能以那强力为辩护而获得原谅；因为，假使他能坚持到底，他的意志便不可毁灭，要像火的天性一般，一等到障碍除去，便要恢复原状，试验一千次也不改变。假使他屈服一些或多些，便是向那强力让步；这里的影像就是这样的人，因为他们都是能够回到圣地的。[16]假使他们的意志完整无缺，像使洛伦佐在铁条上面，使穆西乌斯残酷地对他自己的手掌的这般意志，[17]那么他们一遇自由，便要回到他们所离开的故道了；但是这样坚决的意志真是稀有的。我的这些话，假使你听得明白，那么多次使你烦恼的问题可算解决了。

“现在，在你的眼前还横着一些障碍，你要花点气力才可以超越过去。我曾经告诉过你，幸福的灵魂是不

（接上页）之住所；又或以为诸行星乃诸幸福灵魂唯一之住所。凡此邪神礼拜，但丁以为皆由于误解“以天体为工具”之神的影响所致。

⑮ 离开神学的教义。

⑯ 毕卡尔达与康斯坦斯后来并非没有能力回到彼等之修道院。

⑰ 洛伦佐（San Lorenzo），殉教者，在罗马被皇帝瓦莱里安（Valérien）置于烧赤之铁条上，终不为屈；穆西乌斯（Muzio=Mucio Scævola）误杀人，乃自置其手于炭火之中。但丁惯于并用神圣的及世俗的故事。

会说诳的，因为他已经住近真理的发源地了。你曾经听见毕卡尔达说康斯坦斯对于她的面幕仍旧保持着虔诚[18]；似乎她的话和我的有些冲突呢。兄弟！为避免一种危险，一个人常常做了违反本愿的事情，譬如说：阿尔克迈翁被他父亲的恳求所感动而杀死自己的母亲；他因为要孝顺而变成残忍。[19]

“在这一点，我要你想想：意志和强力妥协以后，他们所做的歹事便不可原谅。超然的意志原是不向罪恶低头的；但他恐怕因为抗拒而受更大的痛苦，于是他低头了。毕卡尔达所表示的是指着超然的意志，而我说的是别有所指；所以我们两人的话都是对的。[20]”

圣河的微波就是这样，他又是从一切真理之源流出来的；[21]于是我心里的两个欲望彼此都获得平静。

我于是说：“第一情人的情妇呀！神圣的女人呀！[22]你的口若悬河淹没了我，温暖了我，使我的精神焕发，我的深情也不足以报答你的恩惠，只有那看着的他，有

---

⑱ 见前篇。

⑲ 阿尔克迈翁受父命而杀母，见《净界》第十二篇注⑨。

⑳ 超然的意志（依原文应译“绝对的意志”）大概指未生利害打算以前之单纯意志；一有打算以后，则畏首畏尾，与强力妥协而不能贯彻初衷矣。贝雅特丽齐以“宁死不屈于恶”为喻。

㉑“一切真理之源”指上帝，“圣河的微波”喻贝雅特丽齐之言。

㉒ 此处呼贝雅特丽齐。“第一情人”指上帝。

权力的他，[23]可以代我清偿。

“现在我很知道我们的知识不能有饱足的时候，除非被那唯一的真理（此外更无真理）所照耀；如野兽得着他的窝，便安卧在里面一般，否则我们所有的欲望都是徒然。因此，像萌芽一般，在一个真理之足下又生一个疑问；真理与疑问互为滋养，自然一步一步把我们推进到绝顶。

“这种原由鼓励我，可敬的女人呀！向你再发一个新的问题，这个真理对于我还是黑暗得很。我愿意知道：假使一个人违背他的誓愿，他后来做了别的善事，这善事在你的天秤上并不算轻，他可以叫你满意么？”

贝雅特丽齐那时用她充满神圣之爱的眼光望着我；我不能自持了，我俯着头，若有所失。

㉓“看着的他，有权力的他”，指上帝。

第五篇

贝雅特丽齐解释誓愿的神圣。到第二重天（水星天）：力行善事的灵魂。

“假使在爱火之中，我的发光强于在地球上面，因此使你的眼睛消散了能力，那么你不要惊奇；因为我的眼光是完善的，他理会一切，他的脚步踏在已经理会的善事上。

“我看见永久的光已经在你的智慧上发扬出来，只有永久的光点着永久的爱；假使还有别的东西引诱你的爱，那么除非是他一些被人误解了的余光，照耀在你的面前。你愿意知道：是否违背了誓愿，一个人可以用别的善事来补偿，以免除那灵魂的受处分。”

贝雅特丽齐这样开始此篇；像一位说话不停顿的人，她继续那神圣的言论：“上帝在创造的时候，最大的赠品，最伟大的杰作，最为他所珍贵的，就是那自由意志。只有智慧的造物[①]享有这个。由此点推论，你立即明白誓愿的大价值，假使那是你所允许的，又是上帝所同意的；[②]因为神和人之间成立了契约，便要把我刚才说的宝贝做牺牲品，这是他自己的主张。[③]照此说来，还有什么可以补偿呢？假使你想把已经牺牲的收回去而善用之，那么你好比用不义之财去做慈善事业。[④]

“现在你已经明白要点；不过圣教会里有一种特典，似乎和我刚才说的真理有些矛盾，所以请你在饭桌旁边多坐一会儿，因为吃了硬的食品以后，需要一些帮助消化的东西。请你张开你的胸怀，储藏我对你说的话；因为明白以后如不记牢，便不成为学问。

“这种牺牲有两件紧要的事情：第一是牺牲的东西，第二是契约的本身。后面的只有遵守，从来不准消除；关于这一点，我在上面已经说得清清楚楚的了。在希伯来人，许愿的献祭物是必需的，虽则有时献祭物可以替换，这是你不会不知道的。[⑤]

“关于牺牲的东西，虽则彼此替换，在事实上是没

---

① 天使和人类。

② 参见《天堂》第三篇：“他接受她们合于仁爱的一切信誓。”

③ 用意志的决定，牺牲自己的意志。

④ 取消已许的愿，另做别的善事，无异于拿抢劫来的财物做慈善。

⑤ 所谓牺牲的东西，并不专指物质方面，就是毕卡尔达的童贞、康斯坦斯的尊荣皆属之。关于许愿“赎回”之例，《旧约 · 出埃及记》第十三章第十三节，《民数记》第十八章第十五至十八节均载之，而《利未记》之末章言之尤详。

有过失的。但肩头上的担子不能自由替换，除非得着白钥匙和黄钥匙的转动；[⑥]而且替换的东西如不超过已经允许的东西，像六超过四，便是狂妄的行为。因此，假使一个誓愿的重量是没有天秤可以称得的，那么还有什么别的东西可以替换他呢？

“世间人切勿以许愿为儿戏：要忠实，不要怀恶意。像耶弗他以他头生儿许愿，他与其遵守誓言，不如说一声：我做错了。[⑦]那位希腊的大元帅所做的事也是同样的狂妄，由此使伊菲革涅亚哭泣她美丽的面孔；无论智愚，听见这种风俗以后，也无不悲伤她的命运。[⑧]

“你们耶教徒，你们的举动要郑重些，勿要像羽毛一般随风飘摇，勿要以为不问什么水都可以洗净你们。[⑨]你们有《旧约》和《新约》，还有教会里的牧师可以指导你们；这些已够救济你们的了。假使有鄙陋的感情向你们介绍别的东西，那么要当心做人，勿要做无理智的走兽，恐怕在你们中间的犹太人要讥笑你们。勿要像羔羊，放下母羊的奶子，很轻佻地自己去游戏。”

贝雅特丽齐如我所记的对我说；于是她充满着希

---

⑥ 言应得教会之许可，参见《净界》第九篇注⑭。

⑦ 耶弗他与亚扪人战，向神许愿，如平安回家，则以首先出门来迎之家人献上做燔祭，结果来迎者为其独生女儿，悔之无及矣。见《士师记》第十一章。

⑧ 希腊大元帅阿伽门农（Agamenone）出兵之前，许愿以其女伊菲革涅亚（Ifigènia）为牺牲，以息神怒。

⑨ 勿要以为不问什么献祭物都可以赎回你对于上帝的冒犯。

望转向那世界最活泼的部分[10]。她停止说话，又变换了姿态，使我的好奇心也只得暂时压下，那时我已经有新的问题在嘴边了。

像箭一般快，在弓弦的颤动尚未停止以前，已经击中了靶子，我们也就是这样地跑进那第二国度[11]。

那里我看见我的贵妇人很喜悦，她到了这重天的光中，那行星本身比以前更明亮了。假使星球也有变化而微笑，那么像我这般善变的性质，我应当变成怎样呢！[12]

像在澄清的养鱼池里，如有什么掷下去，那些鱼便以为有食物可寻，一齐拥挤前来；同样，我看见有一千多个光辉奔向我们，每个都说："这里有一位将要增加我们的爱！"[13]当光辉接近我们，我看见那影像充满着喜悦，亮光就以他为中心而发出来。

读者诸君！试想，假使我写到这里便不继续下去，你们要感觉多么的空虚，而希望多知道一些呢！同样，当那些影像显在我的眼前，你们也可以明白我多么希望

---

⑩"世界最活泼的部分"可指天球之赤道、春分点或太阳。此际假设太阳在春分点，故所指均合于一处。

⑪指水星天。

⑫假使本来不变化的行星能起变化，那么对于外界善感的人类在心境上自当也起变化。

⑬天堂诸灵魂之境况，可以鼓舞人类的仁爱，因而增加天堂中灵魂之数目，便增加永久的善、永久的幸福。参见《净界》第十五篇。

知道他们的境况。

“生逢良辰的你呀！在你离开人世之前，已蒙天的恩惠赐观永久胜利的诸帝座了；[14]我们被满布诸天的光所笼罩，假使你要问我们什么，一切都可听你的便。”

那些虔诚的精灵之一向我这般说；于是贝雅特丽齐也说：“你说吧！信任他们，像信任神明一般。”

“我真的知道你包在你自己的光辉之中，而且知道你在微笑的时候，你的眼睛里发出火星；[15]但是我不认识你是谁，可敬的灵魂，也不懂你为什么排列在这个天体上面，他被别的天体的光所遮，因此躲避了人类的眼睛。[16]”我转向那第一个和我说话的光辉这般说；那时他的光辉比以前更强了。

像太阳的热力消散了厚厚的水蒸气以后，太阳便隐匿在他自己强烈的光线之中一般；同样，那神圣的影像因为强烈的喜悦，隐匿在他自己的光线之中；就是这般被光包着，他回答我如下篇所写的话。

---

⑭“诸帝座”指天府中诸幸福者的座位。在地上，教会是交战的，仅在天上为胜利的。

⑮ 在天上，但丁即用此法以辨别一个幸福的精灵。

⑯ 水星因接近太阳，不易为人所见。

第六篇

查士丁尼皇帝谈罗马鹰旗的历史；谴责贵尔弗派和吉伯林派。罗密欧。

“自从那鹰跟随了强娶拉维尼亚的古英雄，依着天道飞去，君士坦丁又逆着这方向叫他飞回头，二百多年以来，那神鸟栖息在欧罗巴的边际，与群山为邻，那里就是他最初出发之处；在他神圣的翅膀的荫下，那里君士坦丁统治世界，历代相传，几经变迁，那鹰就到了我的手里。[①]

---

① 此篇以罗马国徽（鹰旗）代表帝国之权力，而帝国之使命则在保持世界之和平。发言之灵魂为罗马帝国皇帝查士丁尼（Giustiniano）。自小亚细亚之特洛伊城破后，勇士埃涅阿斯由东而西抵意大利（天所命之道路），娶拉维尼亚（见《地狱》第四篇注⑫，《净界》第十七篇注③），建国于此。君士坦丁皇帝（306—337年在位）因罗马偏西，不便控制，乃于三三〇年由西而东迁都于君士坦丁堡，此处比较接近古特洛伊城，见《地狱》第十九篇注⑭。查士丁尼五二七至五六五年在位。自君士坦丁迁都至查士丁尼登极，实为一百九十七年。

“我过去是凯撒，我是查士丁尼，我因为现在感觉到的原始爱的意志而笔削诸法律。②在我开始这件大工作之前，我相信基督只有一种性质，而无其他，我就满足于这种信仰。但是有福的阿加佩图斯（他是大牧师）用他的议论把我引到纯净的信仰。③我相信了他的话，我现在看清他的教理，毫无疑惑，像你能在两句矛盾的言词之中，知道必有一真一伪。④在我和教会的步骤和谐以后，我蒙受上帝的感应，立即把我的全副精神，用在那件大工作上面。把军队的指挥权交给我的贝利萨留⑤；天的手臂常常帮助他，这是天叫我信任他而专心于和平的暗号。”

“现在我已经回答了你第一个问题；⑥但是我不得不再说些事情，因此使你知道：对于神圣的国徽，无论是

---

② 今日人格仍在，而皇帝之名位不存矣；参见《净界》第十九篇。“原始爱”谓“圣灵”，亦即上帝。查士丁尼皇帝选委员六十人编纂法典，集罗马法之大成。

③ 关于基督之神人性在中世纪颇有争论，如其中聂斯脱利（Nestorius）持神人二性分离说；优迪克（Eutyches）持融合说，谓耶稣基督神人二性合一，人性融于神性之中，是为独性派。查士丁尼（及皇后）初亦仅信基督之神性，后教皇阿加佩图斯第一（Agapito Ⅰ）至君士坦丁堡加以纠正，帝依其议，逐耶教之异派而统一宗教。参见《净界》第二十九篇注⑩，第三十一篇注㉑。

④ 亚里士多德之“矛盾律”乃其全部论理学之基础，其意谓“此乃是”与“此乃非是”之二命题不能同时皆真。

⑤ 贝利萨留（Belisario）为查士丁尼之将军，先灭非洲之汪达尔王国，后攻东哥特王国，用兵二十余年，卒灭之而复西罗马帝国之旧领。

⑥ 回答了“你是谁”的问题。

把持他的一方面，或是反抗他的一方面，理由都不充分。请看他所负的使命，便知道他的应得尊敬了。

“自从帕拉斯的死，[⑦] 那鹰便有权力了。你知道他栖

---

⑦ 此后五段，均为罗马帝国史实；为明了本文起见，简述如下：据维吉尔之《埃涅阿斯纪》，特洛伊战士埃涅阿斯为命运所驱，登意大利之岸，与拉丁国王图尔努斯交战（见《净界》第十七篇注③）。有希腊人名厄凡德尔（Evandro）者，已建国于七山之上，此即日后罗马之地位，遣其独子帕拉斯（Pallante）率义勇军助埃涅阿斯，帕拉斯死焉，埃涅阿斯杀图尔努斯以报仇。埃涅阿斯建国不在七山，而在拉维尼乌姆（Lavinium）；其子阿斯卡纽斯（Ascanio）迁居阿尔巴（Alba Longa），留此约达三百余年。

其间有阿尔巴之逐人罗木路斯（Romulus），招合流亡之徒，据有七山之一，建罗马城于纪元前七五三年，又时出掳掠萨宾（Sabine）女人之赴集者以为妻。罗木路斯后之第三君名图鲁斯（Tullus Hostilius，纪元前 670—纪元前 638 年）。其时罗马有贺拉提乌斯（Horatti）兄弟三勇士与阿尔巴之库里阿提乌斯（Curiatii）兄弟三勇士争，皆死焉，唯罗马尚留一勇士，胜利属罗马，以后罗马遂代阿尔巴兴盛。

传至第七君塔尔昆纽斯，其子塞克斯图斯（Sesto Tarquinio）奸污卢柯蕾齐亚（见《地狱》第四篇注⑬），为人民反对。

纪元前五〇九年政治民主，设执政官。民主时期甚长，直至凯撒之驻军高卢（纪元前 58 年）。其间但丁并未叙述官民之争执，仅举抵抗外侮及向外发展之大略而已。其中如昆提乌斯（Quinzio），诨号辛辛纳图斯（Cincinnato），意云“卷发”，来自田间，受指挥职，驱埃魁（Aequians）而保罗马（纪元前 458 年）。因抗拒布伦努斯（Brenno）及其高卢人（纪元前 390 年），法比乌斯族（Fabii）之一以及托尔夸图斯（Manlio Torquato）等均著名于当时。德奇乌斯族（Decii）父子孙三代于纪元前三四〇年抗拒拉丁人，纪元前二九五年抗拒萨谟奈人（Samnites），纪元前二八〇年抗拒希腊人皮鲁斯（见《地狱》第十二篇注㉖），均丧生沙场以卫国家。法比乌斯族最伟大者为金托（Quinto Fabio Massimo），彼曾采用缓战策略，坚壁清野，以困汉尼拔之军，因而大捷（纪元前 218 年）。同年，西庇阿（Scipione Affricano）以十七龄之童救其父之命出提契诺（Ticino）河之败；此后西庇阿率军夺取西班牙，又登陆非洲，窥迦太基，汉尼拔被迫归国。纪元前二〇二年，汉尼拔与西庇阿战于扎马（Zama），汉尼拔大败。但丁在此称北非迦太基人为阿拉伯人，（转下页）

息在阿尔巴有三百多年，直到三个勇士和三个勇士为着

（接上页）实属历史的错误。

而后但丁又一跃提及庞培之名字；庞培战功甚大，在某次之大捷，其年尚不足二十五岁云。在略示菲埃佐勒镇之被毁；按菲埃佐勒镇为阴谋派喀提林（Catiline）遁逃之所，传云被凯撒、庞培所毁（参见《地狱》第十五篇注⑦），但丁然后即专述罗马前三雄之凯撒，彼实为罗马帝国之准备者。纪元前五八至纪元前五〇年，凯撒为高卢（从瓦尔河到莱茵河）总督；后庞培与凯撒失和，于纪元前四九年渡鲁比孔河，率兵入都，为内战之始（见《地狱》第二十八篇注⑭）。凯撒于当年克服全意大利及西班牙，次年围庞培于都拉斯（Durazzo），未成，再战于法尔萨利亚（Pharsalia），庞培大败，逃往埃及，被托勒密（Tolommeo）所谋杀。诗人卢卡努斯谓凯撒曾访特洛伊，文中所谓鹰回看一次是也；安坦德洛斯（Antandro）及西摩伊斯（Simoenta）为近特洛伊之城及河；旋又往埃及，取托勒密之政权以予女王克利奥帕特拉；击努米底亚（Numidia）之王朱巴（Iuba=Juba），于纪元前四五年回西班牙，庞培之子起兵相抗故也。凯撒大权在握，自为终身元帅，为敌党所忌，纪元前四四年为布鲁都和卡修斯所刺杀。

凯撒之嗣子屋大维（Augsto Ottaviano，罗马后三雄之一）击败马克·安东尼（Marco Antonio）于摩德纳（Modena），旋与联合以击败布鲁都和卡修斯（见《地狱》第三十四篇注⑤）；又击败马克之兄弟卢西奥·安东尼（Lucio Antonio）于佩鲁贾（Perugia）。迨纪元前三十一年，屋大维又击败其政敌马克·安东尼于希腊之阿克兴角（Actium），马克与其情人克利奥帕特拉女王均自杀。于是屋大维统一罗马帝国，权力远达埃及之边际，使雅努斯（Iano=Giano）之庙闭而不开，盖战时庙门常开，闭则示世界之和平也。此在罗马史中为第三次。世界和平既实现，即为耶稣基督降生之准备；在但丁心目中，罗马势力之向外发展实为神意之证明。

自屋大维握军政大权，为帝政之始，帝卒于纪元十四年，提比略（Tiberio）继位。但丁称之为第三凯撒，并无赫赫之功，但耶稣即于此时钉死于十字架。但丁认为此乃平息神怒，耶稣代人类赎罪，其意义十分重大。嗣后提图斯（Tito）于纪元七十年灭犹太，取耶路撒冷，以惩戒犹太人，而为耶稣报仇，但丁意谓鹰旗乃所以执行神的正义也。查理曼为法兰克王，英武有大略，曾受罗马教皇之请，攻击侵入意大利之伦巴第王迪西德里乌斯（Desiderius），于纪元七七四年灭之，教皇遂以皇冠加查理曼而称帝。

他相争而有了结局的一天。你知道他的所为，从萨宾女人的被辱到卢柯蕾齐亚的灾难，经历七王，而且征服了许多邻邦。你知道他的所为，光荣的罗马人执着他，攻击布伦努斯，攻击皮鲁斯，攻击其他国王和他们的联合者；由此，托尔夸图斯和从他的乱发得了一个诨号的辛辛纳图斯，还有德奇乌斯族和法比乌斯族都得了盛名；我说着他们都觉得口香。他粉碎了跟随汉尼拔越过波河从那里流出的阿尔卑斯山岩的阿拉伯人的骄傲。在他的翼下，西庇阿和庞培在年纪很轻的时候便获得胜利；只是他飞到那小山的时候，未免有些伤神，那小山脚下便是你出生之地。

“后来，接近了天愿意使世界达到和他自己一般安静的时代，凯撒依着罗马的意志，取了那鹰旗。他的所为，是从瓦尔河到莱茵河；他看见伊泽尔河，他看见卢瓦尔河和索恩河，还有罗讷河流域的全部。至于他从腊万纳出发，渡过鲁比孔河，他的飞扬不是言语和笔墨可以追随；他引着兵到西班牙，又到都拉斯，又捷进到法尔萨利亚，直到尼罗河的热流，才感觉着悲哀的事情。他又回看一次安坦德洛斯和西摩伊斯，那里是赫克托尔躺着之地；于是再振作精神去惩戒托勒密。从此，他像闪电一般攻击朱巴，于是回到你们的西方，因为那里庞培的喇叭又响了。

“他在后来者的手里，他看见布鲁都和卡修斯恸哭在地狱里；他使摩德纳和佩鲁贾经验着痛苦；他又使克利奥帕特拉悲泣，她想逃避他，甘受毒蛇的咬，直到她突然的惨酷的死。伴着这位皇帝，那鹰远达到红海之岸；伴着他，那鹰使世界和平，竟至雅努斯的庙门闭着不开。

“但我所叙述的一切罗马鹰旗的胜利，若用清晰的眼光和纯正的心意，去看他在后来者，就是第三凯撒手里的所为，那就未免渺小而暗淡了。因为在他的手里，鲜明的正义使我把为神怒报仇这件光荣归于他。现在，我告诉你吧，天下奇事莫过于此！他后来伴着提图斯去报复那为旧罪的报复。

“末了，当伦巴第人的牙齿插入圣教会的时候，在他的翼下，查理曼很胜利地帮助了她。”

“现在，你可以判断我刚才谴责他们的话了，你也可以看出他们的罪恶，这些是你们一切苦恼的根源。对于公共的旗帜[⑧]，这一个依持了金色的百合花出来反抗，那一个为着自己党派的利益加以占有，要辨别他们的过失谁大谁小，实在不易。吉伯林派呀！你们还是隐在别种旗帜下面干你们的勾当吧；因为使他和正义分离的人决不会用之得当的。小查理[⑨]和他的贵尔弗派呀！你们

⑧ “公共的旗帜”即罗马帝国之鹰旗。贵尔弗派依持法兰西的金色百合花而反抗鹰旗，吉伯林派则以鹰旗为其一党之标识：言二派皆不为帝国之前途及使命打算也。

⑨ 小查理即查理第二，一三〇〇年为那不勒斯王，领袖意大利（转下页）

不要想攻击他，还是怕他的双爪好些，因为比你们还要强的狮子也给他剥了皮呢。已经有多少次那些子孙哭着他们父亲的罪恶了；不要相信上帝宠爱他的百合花而想更换旗帜呀！

“这小星装饰着许多善良的灵魂，他们都曾为着光荣和名誉而努力；因为他们的志趣偏向着一些，所以射在他们身上的真爱之光也比较不热烈。但我们的报酬和我们的功德成为比例，因为我们不觉得太大，也不觉得太小，这个也是我们欢乐的一部分。因此我们的欲望被鲜明的正义所净化了，我们决不再起非分之想。在地上，各种的口音合成一个甜美的歌声；同样，在诸天，各种的座位合成一个和谐的节奏。[10]

“在这珍珠上亮着罗密欧的光，他的美而大的工作得着恶报。[11]但反对他的普洛旺斯人不会有欢笑了；他们把别人所做的善事，视为他们的损害；他们的路走错

（接上页）之贵尔弗派。但丁不时加以藐视，并预言其不幸。参见《净界》第七篇注⑰，第二十篇注⑳。

⑩ 此段回答“你为什么排列在这个天体上面”。“志趣偏向着一些”是指努力于地上的荣誉。

⑪ 普洛旺斯之伯爵莱蒙德·贝朗奇（Raimondo Berlinghieri，1209—1245年在位）有女四人：玛格丽特（Margaret）嫁法王圣路易，埃莉诺（Eleanor）嫁英王亨利第三，桑恰（Sancha）嫁日耳曼王理查（亨利第三之弟，1257年被推为罗曼王），贝雅特丽齐（Beatrice）嫁安茹的查理（圣路易之弟，那不勒斯王）。传说此皆罗密欧（Romeo di Villanova）之工作。罗密欧朝西班牙之圣地，回经普洛旺斯，为伯爵之家臣，颇得信任，伯爵财富日增，后遭谗去职，竟以求乞度活云。但丁度着流放之生涯，于叙述罗密欧之际，不觉有自比于昔贤之慨。

了。莱蒙德·贝朗奇有四个女儿，每个都是王后：这就是平凡的外乡人罗密欧的所为。后来伯爵听了谗人的话，竟要查问这个正人的账目，实则他已使十成为十二了。因此他离开那里，既贫苦又衰老；假使世人要知道他的内心，知道他是乞食为生，那么世人已称赞他，将来更要称赞他！”

第七篇

贝雅特丽齐解释疑问：基督赎罪；灵魂不灭。

“和散那！众军队之神圣上帝！用你的光明，照耀这些国度的幸福灵魂！”

就是这样唱着，我看见那为双重光所包裹的东西[①]回到他的歌队去了；他和其余的灵魂跳舞着，像火星迸射一般快，他们突然远离了我的视线。

我满肚子的疑问，在心里说：“对她说吧，对她说吧，问那高贵的女人，她用甜美的露珠来消你的口渴呢。”但是那种尊敬占据着我的全身，只要听见一个“贝”字，或一个“特”字，[②]就足以叫我把头俯下，像一个要睡的人。

---

① 查士丁尼是立法者，又是胜利的皇帝，故为双重光所包裹。

② 但丁一闻贝雅特丽齐名字中之一音，即生敬畏。

贝雅特丽齐让我在为难之中一会儿，于是用她微笑的光照耀我，叫一个虽在火焰之中的人也感着愉快；她开始说："我的判断是不会错的，你所不懂的是：正义的报复为什么还需要正义的报复。[③]我要拨开你精神上的疑云；请你听好，因为我对于高深教义的说话就是我给你的赠品。

"一个不是从生育来的人，[④]因为他不愿忍受对于自己有利益的约束，他自己堕落了，累及他所有的后裔也堕落了；从此人类气息奄奄了许多世纪，自溺于大错误之中，直到上帝的道下降，那里他把离开创造者的性质和他自身联合，他的这种行为仅仅由于他的永久的爱。[⑤]

"现在，听着我说的理由：这种和创造者联合的性质，在他被创造的时候，诚然是纯粹而善良；但因他自己的错误，才被逐于天堂，因为他离开了真理的路和他生命的路。假使从这种性质上估量，那么十字架上所受

---

③ 人类始祖亚当所犯的罪恶称为原始罪恶（即前篇所谓"旧罪"），耶稣代人类赎罪，被犹太人钉死于十字架，这是正义的报复（即前篇所谓"为神怒报仇"），而犹太人又受提图斯皇帝之惩戒，亦视为正义的报复。如认耶稣被钉死为正义，则犹太人何必再受惩戒，此即但丁之疑问也。

④ 亚当为上帝所造，并非由生育而来。

⑤ 基督教以上帝（神）乃三位一体，三位者：圣父（神本体、神权、创造者）、圣子（道、神智、耶稣）、圣灵（神爱）。但丁此处同时指出道、创造者、爱，他处亦有如此者。"离开创造者的性质"指人性，"他自身"指神性，言耶稣具有神人二性。

的痛苦，是再公平没有了；[⑥]但从那受痛苦者的本身上着想，那就再残酷没有了。于是从一种行为发生多种的结果。上帝和犹太人欢喜着同样一个死；由此，地震动而天开了门。[⑦]以后你不会难懂了，假使有人说：正义的报复，经过正义的法庭，而再被报复。

“但我看见你的心里，由这个想到那个，又打了一个结，很希望着我来解开。你说：我所听到的我都明白，但是为我们的赎罪起见，上帝为什么采用这唯一的方法，就是这个我不懂。兄弟！上帝的用意，瞒过了一般人的眼睛，因为他们的智慧并非在神爱的火里长成的。不过，许多人都望着这个目标，看得透的还是很少，我愿意说明为什么这种方法较有价值。”

“神善是没有嫉妒的，因为他内心的热量，迸射着火星出来，用以散布他永久的美德。凡从神善不假媒介而直接流出的，是没有穷尽，因为他盖印一次以后，那印迹便不再改变的。凡从神善不假媒介而直接生出的，是完全自由，因为他不受制于管辖其他造物之势力的。[⑧]一物

⑥ 将整个人性判置十字架上，此乃但丁之私见。

⑦ 耶稣死时地震，参见《地狱》第十二篇注⑨。“天开了门”以接受幸福者。

⑧ 神善（上帝）因爱之冲动而创造，凡由上帝直接创造者，如天使，如人类，皆具有永久性及自由意志，较其他间接创造者（由于天使或天体影响之媒介）处于优越地位，但如有罪恶则立失之。天体及第一物质虽亦为上帝直接创造之物，但不能说具有自由意志。参见《天堂》第五篇注①。

愈加和他相同，便愈加被他所喜悦；神圣的热量射入一切的东西，但在那最和他相似的东西上面最为剧烈。这些优越之点，称为人类的造物是享有的，假使有所缺失，人类就要从他的尊贵堕落下来。只有罪恶使人类剥夺自由，使他和至善不相似，因为那时他只有些微的光照耀着；他永不能恢复原来的尊荣，除非他反抗丑恶的乐事，甘受正义的责罚，以弥补过失所造成的空虚。

“当你们的性质整个的在种子里有了罪恶，便失去了这些尊荣和天堂；假使你用心观察，便知道他们是不能恢复原状的，除非经过两个渡口之一：或者由于上帝的宽容，免除他们的债务；或者人类自己对于他的妄行能够赎罪。现在，你要尽力注意我说的话，把你的眼光射到这永久言论的深渊。

“在他限定的地位，人类是永远没有能力赎罪的，因为他既然以不服从而趾高气扬，决不肯再服从而低首下心；这就是人类不能自己赎罪的理由。因此上帝必须用他自己的方法，以恢复人类完满的生活，就是用一种方法，或两种并用。⑨

“但因一种行为愈加表示心意的善良，则愈加使人觉得蔼然可亲；所以那留有印迹在世界的神善，愿意用一切的方法把你们再拉起来。从第一日到末一夜，上帝对于人

---

⑨《诗篇》第二十五篇第十节：“凡遵守他的约和他的法度的人，耶和华都以慈爱诚实待他。”

类的行为，从未有过，而且将来也不会，在彼此两方面做到这样崇高、这样伟大；[⑩] 上帝不仅宽容他们的罪恶，而且牺牲自己，使人类能够自立起来；其他所有方法，都不足以表示公正，除非那上帝的儿子降生人世。”[⑪]

“现在，为满足你的欲望起见，我再解说一点，庶几可以使你和我一般明了。你说：我看见水，看见火、气和地，以及一切他们的混合物，都要归于败坏而不可以久存；但这些东西都是造物，[⑫] 假使你刚才对我说的[⑬]是真实，那么他们都应当免于败坏呀。

“兄弟！那些天使和现在你所经历的清白的境界[⑭]，可以说整个的为上帝所直接创造；但你所提出的那些原质和由他们合成的东西，乃是被一种已创造的势力所形成的。他们所含有的物质是创造的；在这些绕着他们的众星内的形成势力是创造的；[⑮] 走兽和植物的生

---

⑩ 自世界创造至末日，上帝从未行过如此伟大之慈爱与公正。

⑪ 上帝若因人类罪恶而施以报复，使之灭亡，则有失为父（圣父）之慈爱；若一味姑息，不予惩戒，则正义何在。为兼顾慈爱与正义计，救赎之道乃成立。上帝使人类借耶稣（圣子）一人之牺牲，代人类赎罪，人类因此知忏悔而得救；故正义既伸，慈爱亦无欠缺。见《马可福音》第十章第四十五节：“因为人子来……要舍命，做多人的赎价。”

⑫ 上帝直接所造物。

⑬ “凡从神善不假媒介而直接流出的，是没有穷尽……”参见本篇注⑧。

⑭ “清白的境界”指诸天体。

⑮ 水、火、气、地（土）等原质（elements）并非第一物质（primamateria），混沌未分之物质。“已创造的势力”指天使及天体影响，如日月以及诸行星等，为上帝所直接创造者。“形成”（转下页）

命，是由于神圣的光之发射和移动，从含有潜力的合成物内抽出的。[16]但你们的生命是由至善不假媒介而直接吹入的，[17]至善使他恋慕着他自己，如此则他也永远盼望着至善。

“由上之说，你可以再推知你们的复活，假使你想到你们的两位祖先是怎样被造成了人类肉体的。”[18]

（接上页）(inform) 为由原料而赋以形态之意。“形成势力”(virtu informante) 即已创造的势力，对于“第二物质”及动植物有化育之功能，使潜藏的 (potentiality) 变为现实的 (actuality)，如使种子发芽成树，开花结果，但并非能无中生有也。

⑯ 诸星光之发射移动，使动物有感觉灵魂（即生命），使植物有生长灵魂，然此种灵魂久已潜伏在为其原料之合成物内矣。

⑰ “至善”即神爱。《创世记》第二章第七节：“上帝用地上的尘土造人，将生气吹在他鼻孔里，他就成了有灵的活人。”参见《净界》第二十五篇。

⑱ 第一物质、诸天使、诸天体为上帝直接创造之物，亚当夏娃之身体亦然，故皆应不朽，除非犯罪；一人若赎罪之功德达于完满，在最后审判以后，则其身体将复活而返于未堕落以前之尊荣。但丁根据安塞姆 (Anselm)“神何故成为人”之说，仅足解释永生的复活，不足解释永刑的复活。参见《马太福音》第二十五章《论审判的日子》。

第八篇

到第三重天（金星天）；多情的灵魂。查理·马德罗。

世界在其危险信仰的时代，人民常常设想那美丽的西伯里娜旋转在第三本轮上面，而发射疯狂的恋爱。[①]古代的人民，在他们相传的错误之中，不仅向她供献祭品，默默祈祷，而且同时尊敬狄俄涅说是她的母亲，尊敬丘比特说是她的儿子，又说他曾经坐在狄多的膝上；[②]就从我刚才说的她，他们替那颗星取了名

---

① "危险信仰" 言异教，偶像教。西伯里娜（Ciprigna）即爱神（Venere=Venus），因生于西伯罗岛（Cipro），即塞浦路斯岛，故名，后又以之名金星。在托勒密行星系统内，行星行动之小圆轨道曰"本轮"，本轮之中心乃沿大圆轨道绕地而行，名曰"均轮"。此处所谓第三本轮即第三重天也。

② 狄俄涅（Dione）为海之女神，传说乃爱神之母。丘比特（Cupido）传说乃爱神与玛尔斯所生，射箭以中人心，使生恋慕之（转下页）

字，那颗星一时在太阳之前，一时又在其后，向他显示着媚态。[③]

我不觉得怎样会上升到那星；但贝雅特丽齐变得更为美丽了，我相信我已经到了那里。[④]

像在火光中我们看见了火星，像在合奏中我们辨别了声音，假使一个定着不动，而其他来来往往；同样，我在那星上看见别的许多光辉，依着圆圈行动着，有的快些，有的慢些，我想这是要看他们永久眼力的深浅吧。[⑤]

从高高的冷云，降下可见和不可见的风，[⑥]未有不觉得他们的迂缓和阻滞，要是一个人看见那些神光很快地向我们跑来，离开那由崇高的撒拉弗发动的圈子。[⑦]在

（接上页）情者也。狄多事见《地狱》第五篇注③，丘比特曾化身为埃涅阿斯之子阿斯卡纽斯（Ascanio）而坐于狄多之膝上，见《埃涅阿斯纪》第四篇。

③ 金星黎明时先太阳出地，为启明星，黄昏时后太阳入地，为长庚星。参见《天堂》第四篇注⑭。

④ 但丁由此天至彼天，贝雅特丽齐之美丽和光耀即增强一次。但丁因此感觉自己之上升。

⑤ 各灵魂眼力透入上帝之深浅，即功德之深浅。

⑥ 风的本身是不可见，但因云、雨、雹、雪之吹动而成为可见。又说可见之风即电光。阿威罗厄斯说："电光似乎就是行动极速而着了火的风。"

⑦ "神光"即幸福之精灵，与但丁、贝雅特丽齐相遇于金星，因而停止追随该行星之圆运动来就彼等。行星之运动起源于崇高的撒拉弗（Serafini）即大天使，换言之即起源于原动天，该天为最高天使们或撒拉弗所主持。

出现于我们最前一排的后面，听见发出“和散那”的歌声；我听了一次以后，还希望再听呢。

后来其中有一位冲上前来，开始对我说：“我们都预备叫你欢喜。我们和那些天上王子在同一的圈子，用同一的速度、同一的渴望旋转着，对于他们，你在地上早已写过：‘你们呀！用你们的智慧推动第三重天。’[⑧]我们是如此多情，为叫你愉快起见，我们稍停一会儿，其乐趣亦不为小。”[⑨]

我抬眼望着我的贵妇人，向她表示尊敬的礼貌，她使我得着满意和保证以后，[⑩]我又把眼光转向着刚才对我说话的神光，我很和悦地对他说：“那么你是谁？”

他听了我的话，我看见那光辉更加发亮，新的愉快愈加增长他的欢乐！就在这般状态，他回答我道：“我在尘世的岁月不长；[⑪]假使我在那里多些时候，有许多要来的不幸，结果也许可以不来。欢乐包围着我，遮蔽了你的眼光，像吐丝自缚的动物。[⑫]你曾经很爱我，这

⑧ 此乃《飨宴》第二卷中歌曲之第一行，但丁在该书解释“天上王子”及“神的智慧”。主持第三重天之运动者为德乐尼（Troni）级之天使，即“帝座”之意（又见下篇）。但丁于第二十八篇中对于天使阶级另采一分类法，与此处不合。

⑨ 精灵们停止歌舞（见本篇第三段），非谓天体能停止运动也。

⑩ 但丁请贝雅特丽齐许可与灵魂谈话，贝雅特丽齐允之，凡此皆默喻于目光之中。

⑪ 此处发言之灵魂名查理·马德罗（Carlo Martello，1271—1295），查理第二（参见《天堂》第六篇注⑨）之子，在世不过二十五年。

⑫ 幸福灵魂为光辉所包，如蚕之在茧也。

不是没理由的；[13]假使我处在地上更久些，则我对你所表示的深情不仅只是些叶子。[14]

“在罗讷河的左岸，在那和索尔格河相合的地方，时期一到，那里等着我去做主人翁；[15]同样，在奥索尼亚的一角，那里有特龙托河、佛得河注入海中，那里有巴里、加埃塔和卡托纳等城，那里也等着我。[16]在我的额上，已经辉耀着那个国度的王冠，就是那多瑙河离开日耳曼之河岸以后所经过的国度。[17]还有那美丽的特利那克利，在帕基诺和佩洛罗之间，最被欧洛斯所苦恼的海湾之上，那里昏暗着，并非因为提佛乌斯而是因为硫磺生出的缘故，那里也要等着我的从查理和鲁道夫生出的后代做他的国王，假使不是一个坏的政权伤了百姓的心，使巴勒莫喊出：‘死呀！死呀！’[18]

---

⑬ 马德罗于一二九四年到佛罗伦萨，知但丁诗才，遂与订交。

⑭ 言将见果子，即对但丁能积极帮助也。

⑮ 索尔格河（Sorgue）于近亚未农处流入罗讷河。此言马德罗于查理第二死后应君临普洛旺斯，因其祖母为该地伯爵之女嗣也，参见《天堂》第六篇注⑪。

⑯ 奥索尼亚（Ausonia）即意大利，特龙托河（Tronto）、佛得河（Verde）均在意大利南部；巴里（Bari）、加埃塔（Geata）、卡托纳（Catona）为意大利南部诸城。此言马德罗应君临那不勒斯也。

⑰ 马德罗于一二九〇年因其母故为匈牙利国王。

⑱ 特利那克利（Trinacria），“三海角”之意，即西西里；帕基诺（Pachino）为其南海角，佩洛罗（Peloro）为其北海角，二角间之东方有卡塔尼亚海湾，陆上受东风欧洛斯（Euro）所吹，甚以为苦也。西西里为埃特纳火山，其喷口多硫磺，因此地面烟雾弥漫。提佛乌斯为巨人之一，传说葬身于此火山下（见《地狱》第三十一篇注⑬）。西西里原戴查理第一为王，因其暴政，于一二八二年被逐（转下页）

“假使我的弟弟有先见之明，他应当辞退那班穷而贪的加泰隆人，庶几勿弄坏他的政权；无论他或别人，诚然应当知道：已经装满的船，不可再添新货了。他的贪鄙性质，竟是从一个慷慨的父亲生出的，他所使用的官吏，并不需要他们去装满他的箱子呀！”[19]

那时我说：“我的主人！我听了你的话，多么感觉愉快呀！你和我都见到在上帝中的欢乐，这是一切善的始和终；尤其使我愉快的是你的话已经入道了。你再使我高兴而指教我一下吧！从刚才谈话之间，你叫我提起一个问题，就是甜的种子为什么会生出苦的果子？”

于是那灵魂对我说：“我可以把一种真理指给你看，无异于把你背后的东西拿到你的眼前。那使你所经历的国度旋转且满意的至善，他不吝赐给这些大天体以神智；不仅使他们在精神上具备种种性质，而且要使他们具备和他一样完善的存在条件：因此这些弓所发的箭，都有一个前定的目的，像箭向着他的靶子。[20]假使不然的

（接上页）（见《净界》第七篇注⑬）。马德罗之妻为日耳曼皇帝鲁道夫之女，名克莱门萨（Clemenza）（见《净界》第六篇注⑫）。巴勒莫为西西里之首邑。

⑲ 马德罗之弟为罗伯特（Roberto），曾为质于西班牙，友其地人士，即所谓加泰隆（Catalogna）人，为将来一三〇九年为那不勒斯王时行政之助。对于查理第二，但丁从未加以称述，此处由其子之口，言其慷慨，以引起遗传上问题之讨论。

⑳ 完善之上帝，使其完善之属员服务，而完成一切使命，因此各物均得其所，均有其用。

话，那么在你目下的各重天，将没有这般的秩序，将非艺术品，而是一堆零落不堪的东西了；除非推动这些天体的智慧有欠缺，因而原动者不能完善，否则是不会如此的。你看，还有比这个更明白的真理么？”

我说：“绝不会如此，因为自然有其必需，不至半途而废的。”

于是他又说：“你说在地上一个人假使不入社会，境况是否要更坏些？”

我答道：“当然，这个用不着说明理由。”

“假使人类没有种种的差异，便没有业务上的差异，如何可以生活呢？不可以的，假使你的老师写给你的是真理。”㉑

那灵魂推论到此，便下断语道：“由此可见你们行为的根本是有差异的：这个生为梭伦，那个生为薛西斯；一个是麦基洗德，另一个使他的儿子飞行在天空而丧命，㉒自然由于其圆运动，使有生命的蜡上印着痕迹，完成他的使命，但他并不分别此家和彼家。㉓因此以扫

㉑ 人类因为在社会中有分工合作之必要，故应有各种才能，互相补充依赖。“老师”指亚里士多德，其谓惟在国家中，人始能达到完全发展之情形。

㉒ 梭伦（Solone）为雅典立法者，希腊七贤之一。薛西斯为波斯王，善战者（见《净界》第二十八篇注⑥）。麦基洗德是至高的祭司，见《创世记》第十四章第十八节。代达路斯及其子伊卡洛斯为机械家（见《地狱》第十七篇注⑪）。

㉓“自然”指天体，“有生命的蜡”指人类，天体影响人性，但不注意于父子之遗传，与“王侯将相宁有种乎”之意相合。

和雅各是同其种子而异其性质，[24]基利诺由卑贱的父亲所生，而世人竟认他为玛尔斯的儿子。[25]被生者的性质将取径于生育者，假使神智不特别参加意见。

“现在，在你背后的东西在你眼前了；但因表示我爱你起见，我要再给你一个推论。一粒种子落在不良的土里不易发育，同样，一种性质遇着逆境也就不能发展。在尘世，人们假使能顺着性质的倾向，那就好了。然而如你的生性是在腰挂刀剑，而你却就了宗教上的职务，或者叫一个宣教师去做国王，如此你们的脚步则踏在正道之外了。”

㉔ 以扫和雅各是双胞子。以扫善于打猎，常在田野；雅各为人安静，常住在帐篷里。见《创世记》第二十五章第二十四至二十七节。

㉕ 基利诺（Quirino）即建罗马城之罗木路斯，其出身不为人知；人因其功业以为战神玛尔斯所生，不知卑贱之父未尝不可生高贵之子也。

第九篇

金星天：但丁与罗马诺的库妮萨及福尔盖·德·马赛之谈话。喇合。

美丽的克莱门萨呀！当你的查理开导我以后，他告诉我他的后裔所遇着的欺骗；但是他又说："保守你的静默，听年代的流逝吧。"所以我可说的，就是跟随你们的损害所激起的恸哭罢了。[①]

那神光的灵魂已经回到充满着他的上帝，像向着

---

① 查理·马德罗故后，其子加罗伯特（Caroberto）本应继承那不勒斯王位及普洛旺斯伯爵位，但均为其弟罗伯特所夺，所谓"欺骗"与"损害"指此，唯因此所起之"恸哭"（即对于其弟所生之祸患）则无显著之事实，大概言之而已。此处"美丽的克莱门萨"指谁颇有争论，由语气（如"你的查理"、"你们的损害"）看，当然指查理·马德罗之妻（参见前篇注⑱），惟考据家有谓其妻死于一二九五年或一三〇一年者。但丁作此诗时实无直呼其妻之名之可能。查理·马德罗有女亦名克莱门萨，嫁路易第十（绰号"顽固的路易"），于一三二八年尚在世，注释者认为应指其女，但在语气上仍说不通也。

那使一切满足的善。唉！被欺骗的灵魂，愚妄而渎神，你们把心扭转，背着这种善，把你们的眼光钉着虚荣的东西！

现在又有一个光辉向着我来了，从他向外发散的光看来，他是愿意使我欢喜的呢。同时贝雅特丽齐像从前一般望着我，给我的欲望一个甜美的许可。

我对他说："快些满足我的欲望，幸福的灵魂！给我一个证明，就是从你的话句里可以反映我的思想。"②

于是那我还未认识的光辉离开他深远的歌声，开始向我说出悦意的话："在那混乱的意大利国土上，在那利亚托和布伦塔、皮亚韦两河源之间，耸起一座小山，那里从前降落一个火球，为灾一国。③他和我是一根所生：人家叫我库妮萨，我的所以耀光于此，是因为此星的光克服了我。然而我的际遇对于我全然没有苦恼，我的行为也全然不用后悔，这也许是俗人所不解的。④

"这位最靠近我的欢乐的神光，他留在地上有一个

---

② 但丁虽未发问，然从灵魂之答语，可以推知其所欲问者为何。

③ 利亚托（Rialto），岛名，即威尼斯，布伦塔（Brenta）、皮亚韦（Piave）均河流名，"小山"指罗马诺（Romano），此处生一暴君阿佐利诺，生时，其母梦生一火球，延烧全邑。见《地狱》第十二篇注⑳。

④ 库妮萨（Cunizza，1198—1279）为阿佐利诺之妹，嫁伯爵卜尼法斯（Riccardo di San Bonifazio）为妻，阿佐利诺因政治上的关系使行吟诗人索尔戴罗（见《净界》第六篇注⑧）诱之，遂相爱，声名狼藉，唯晚年颇多善行，但丁知之颇详。诗人言其在天堂已无苦恼与后悔之可言。

大名誉，要等五百年才消灭呢。看吧！一个人是否要力争上游？另有一个生命继续着第一生命呢。[5]

“但那塔利亚门托河与阿迪杰河之间的居民想不到这一层；他们虽然受了惩戒，但仍不觉悟。[6]不过，不久帕多瓦人将见浸润维琴察的河水要变为赤色，因为他们不肯履行他们的义务。[7]还有那君临锡莱河与卡格那诺河相遇之地的，他还昂首而行，不知已有人织着网预备捉他了。[8]至于菲尔特罗的人民要为他们残酷的牧师而痛哭，像这样不忠的人，不值得叫他进马耳他。[9]酒桶虽大，容不下这许多费拉拉人的血，就是一两一两地去称也使人疲劳，这些血都是那牧师献媚于私党的礼物；然而这种礼物将为乡人所效法而成为风气了。明镜

---

⑤ 此处所言“欢乐的神光”指福尔盖·德·马赛（Folco da Marsiglia），初为一行吟诗人，后为西多会（Cistercian）之僧。彼曾以图卢兹（Toulouse）主教（1205—1231 年在位）的资格领导不名誉的“阿尔比十字军”（Albigensian Crusades）之役。“另有一个生命”即身后之名誉也。

⑥ 塔利亚门托河（Tagliamento）与阿迪杰河（Adice=Adige）之间，即帕多瓦（Padova）区域。

⑦ 此或指一三一四年堪格兰德战胜帕多瓦人于维琴察（Vicenza）一事，史家维拉尼（Villani）记之曰：“帕多瓦人之血将染巴几林河水为赤色，因帕多瓦人对于帝国之违抗也。”参见《地狱》第一篇注⑫。

⑧ 锡莱河（Sile）与卡格那诺河（Cagnano）相遇处名特里维索，该地主人里卡多（Riccardo da Camino），即《净界》第十六篇注⑬中好人盖拉尔多之子，被暗杀于一三一二年。

⑨“牧师”指亚历山大（Alessandro Novello），一二九八至一三二〇年为菲尔特罗主教。一三一四年彼将避难该地之费拉拉人（吉伯林派）诱送于敌党之手而杀之。马耳他（Malta）为教皇审判教犯，终身幽禁之所，在博尔塞纳（Bolsena）湖附近。

高悬，就是你所称的德乐尼，要反照上帝的审判在我们眼里，那就可以知道我所说的话是真实的了。”[10]

说到这里，那灵魂静默了；他回到他的歌队，就是他原来所在的地位。

其他一位欢乐，我已经注意到他的光辉，像在太阳光线下的红宝石一般。在这里，人有欢乐则笑逐颜开；在天上，发光罢了；在地下，只有黑暗的影子，因为他们的灵魂是悲伤的。[11]

我说：“幸福的灵魂！上帝看见一切，你又看见他的一切，你明白他所有的意志。为什么你的声音，合着那些虔敬的火光（他们有六扇翅膀做着衣帽），[12]在唱着以悦苍天，而不屑满足我的欲望呢？假使我了解你，像你了解我一样，那么我是不用等你的发言的。”

于是那灵魂开始说：“那最大的溪壑，其中的水汪洋成海，大陆围绕他好比花圈一般，南北两岸是异族所居，自西向东行，则在前为地平线者在后将为子午线。[13]在这

---

⑩ 德乐尼，天使阶级之一，意云“帝座”，参见前篇注⑧。圣多马语：“称帝座者，上帝之审判由彼等行之也。”

⑪“在这里”指世间，“在天上”指天堂，“在地下”指地狱。

⑫“虔敬的火光”指大天使，《以赛亚书》第六章载：“我见主坐在高高的宝座上，……其上有撒拉弗侍立，各有六个翅膀，用两个翅膀遮脸，两个翅膀遮脚，两个翅膀飞翔。”

⑬“最大的溪壑”指地中海，除在直布罗陀有一狭口通大洋外，可说为世界最大之内湖。“两岸异族”因欧洲为耶教徒所居，而非洲为伊斯兰教徒所居也。在直布罗陀东望日出，其时在耶路撒冷（转下页）

溪壑的岸旁，我是一个居民，正在埃布罗与马格拉之中途，而马格拉的一小段又是隔别热那亚和托斯卡那的。⑭

“我出生之地，和布吉亚有同时的日落和日出，那里曾经有过鲜血温暖他的港口。⑮认识我的人都叫我福尔盖，这一重天印着我，像我印着他；⑯在我的鬓发和我相配的时候，我的热情胜于贝鲁斯的女儿，她损害了希凯斯和克列乌莎；⑰也不是被得摩福翁所诱惑的罗多彼的女郎，⑱也不是阿尔西特在把伊娴拉关在心里的时候，⑲可以和我的热情相比。然而在这里我们并不忏悔，我们只有欢乐；并非我们的罪过不再出现在心中，只是神权摆布一切，指导一切。在这里我们注视那至高的艺术使一切美化，我们又细

（接上页）则已日中，言地中海东西相距经线差达九十度。此乃但丁时代之地理知识，实则不过四十余度。

⑭ 埃布罗河（Ebro）在西班牙，流入地中海。马格拉河（Magra）下游一小段为热那亚与托斯卡那之界。马赛向西至埃布罗与向东至马格拉略相等。

⑮ 布吉亚（Bugia）在非洲，与欧洲之马赛经度略同。凯撒曾战胜庞培于马赛，纪元前四十九年于其港口有血战，参见《净界》第十八篇注⑭。

⑯ 福尔盖受金星（爱神）之影响，因而其灵魂住于金星之上。

⑰ 福尔盖年轻时富于爱情。贝鲁斯（Belo=Belus）之女儿即狄多（见《地狱》第五篇注③），钟情于埃涅阿斯，既有负于其亡夫希凯斯，且使埃涅阿斯有负于其亡妻克列乌莎（Creusa）也。

⑱ 罗多彼（Rodope）为古希腊色雷斯（Thrace）之山名，其地之王女名费利斯（Fillide=Phyllis），被得摩福翁（Demofoonte）所爱，得摩福翁有远行，归则费利斯忧伤自尽矣。

⑲ 阿尔西特（Alcide）即赫拉克勒斯（Ercole=Hercules），伊娴拉（Iole）乃其最后一情人，其妻得伊阿尼拉闻之，授赫拉克勒斯以魔衫，着之痛苦而死。见《地狱》第十二篇注⑭。

味那至善使上天绕着下界运转。”

“为十分满足你在这重天所生的欲望起见，我愿意再对你说些事情。你愿意知道这个靠近我的光辉么？他像水面上反射出来的太阳。

“现在，你听着吧，喇合在这里享受她的安宁，她在我们的歌队里居着最高的位置呢。⑳耶稣基督在胜利以后，首先把她升到此天，此天是你们世界的黑影尖顶所及之处。㉑放她在天上，以表扬她双手所成就的伟大胜利，这是应当的；因为她玉成了约书亚在圣地的第一次光荣，然而这些历史已不在教皇的记忆之中了。㉒

“你的城，这是那第一个以背向着造物者所建，㉓从他的嫉妒生出了许多痛苦：这个城产生而且散布着一种可诅咒的花，她使山羊和绵羊都走入邪路，因为她使牧

---

⑳ 喇合（Raab），耶利哥之妓女，曾藏匿约书亚所遣之探子，后耶利哥城被攻破，喇合获救。见《约书亚记》第二章、第六章。又《希伯来书》第十一章第三十一节：“妓女喇合因着信，曾和和平平地接待探子，就不与那些不顺从的人一同灭亡。”又《雅各书》第二章第二十五节：“妓女喇合接待使者，又放他们从别的路上出去，不也是一样因行为称义吗？”

㉑ 中世纪天文家以为地球之黑影其尖顶达于金星，因此灵魂在天上之位置，一部分尚受地上罪过之影响。

㉒ 一二九一年伊斯兰教徒夺取阿克里以后，耶教徒在圣地无立足之地，而教皇等不思救济办法，但丁于此加以谴责。参见《地狱》第二十七篇注⑪。

㉓ 第一个背叛上帝者为撒旦，依传说佛罗伦萨保护神本为战神，一切异教诸神均撒旦之化身也。见《地狱》第十三篇注⑩。撒旦嫉妒上帝，诱惑人类始祖，因而堕落。

人变为一只狼了。[24]于是，因为这花，《福音书》和大司铎都被人抛弃，只有那些《教皇谕旨集》是被人学习着，从他们的书边上可以看得出来。[25]这就是那些教皇和那些红衣主教的业务所在；他们的思想到不了加百列张开翅膀的地方：拿撒勒。[26]然而梵蒂冈和其他罗马的圣地，那是追随彼得的兵士死后埋骨之处，不久将从奸淫者的手里救出来吧！”[27]

㉔“花”指在佛罗伦萨所铸之金币，名“佛罗令”，一面印有百合花。牧师与教徒均因追逐金钱而变坏矣。

㉕《教皇谕旨集》(Decretali) 即《圣会法规》，为诉讼审判之依据，明此者可以获得酬报，故学习而研究者多，书边为之坏，空白地且加注也。

㉖ 天使加百列往拿撒勒告知马利亚以耶稣之降生，见《路加福音》第一章。此处概指圣地。

㉗ 梵蒂冈 (Vaticano)，罗马教皇宫殿所在地。“兵士”指殉教者。教会如妇人，教皇如丈夫，因金钱故而犯奸淫，言教会之腐败也。

第十篇

到第四重天（太阳天）：对于神学和哲学有研究的灵魂；圣托马斯等十二位灵魂。

那最初而难以言语形容的威权，凝视着他的子和爱，彼此永远地吐着气；[①]他创造一切，无论在心中、在眼中，都有非常的秩序，使瞻望者无一不对他欢悦而赞美。

读者诸君，请随着我望那些高高在上的天，向着那一种运动和其他运动冲突之点；[②]从这一点，开始你们对于那主人的艺术的赞美，这工作也是他自己所爱好

① 威权指圣父，子即圣子，爱即圣灵，三位一体。参见《天堂》第七篇注⑤。

② 天球上赤道与黄道相交于春分点（在白羊宫）及秋分点（在天秤宫），日月及行星每日平行于赤道而运动，但每年则沿黄道运动，此二种运动“冲突”于二分点。

的，他从未使眼光离开过。看吧，从这一点画出那倾斜的圈子，那些行星都在他上面，这正合着世人的盼望；假使他们的路径并不倾斜，那么天上许多德性也是徒然，地上许多势力也要灭亡；假使那圈子对于正道倾斜的程度或太多或太少，则宇宙的秩序无论天上或地上都要感着欠缺。③

现在，读者诸君，请坐在凳上，在思想上回味这些在先的礼酒，在你们疲乏之前，尽可从中取乐。我已经把酒肴陈设在你们面前，此后你们自己享用吧；因为对于我所要写的材料，我不得不专心致志啊！④

那自然之最大的属员，他把天的德性印入世间，用他的光度量我们的时间，他现在正连结着刚才所提起的那一点，旋转在那些螺线上，每天和我们会见较前早一些。⑤我那时已经升到他那里；然而我的上升情形并未觉得，也犹如一个人在未开始思想以前，不能觉得后起的思想一般。

这是由于贝雅特丽齐，她引导从善至更善，她的

---

③ 黄道圈与赤道圈之倾斜角约二十三度，因此日月及行星相继照耀于赤道之南北各地，四季之变化以生，温度亦得以调剂。若倾斜角不足或超于此值，则地上生活不能如此安适。

④ 关于天文学，但丁在此略一提及，以供读者自行研究而已。

⑤“自然之最大的属员”指太阳，人类所受自然之影响以太阳为最大。太阳此时在春分点，由“冬至”至“夏至”，日出渐早，日行渐北，由“夏至”至“冬至”则反是，故日如升降于螺线之上。

瞬息动作不需要经历时间。然而她和我已经在太阳上面了，她的光亮应当怎样呢？我的识别她，却并不由于光的颜色，仍是由于光的亮度！虽然我聚精会神，采用我所有的艺术和经验，仍不足以描写出我的印象；但人们可以相信她，而且人们可以希望看见她。我们的想象所以及不到的缘故，是因为我们的眼睛从未能超越过太阳，这是不用奇怪的。⑥

那里是崇高的父的第四家族，他永远使他的家族满足，他表示他怎样吐气和怎样生育。于是贝雅特丽齐开始说："你要谢谢，谢谢众天使的太阳，他施恩把你升到这感觉的太阳里来了！"⑦

我听了她的话，人的心对于上帝从未这般的发生信仰，这般的虔敬，我所有的爱情都被他吸收，就是贝雅特丽齐也竟至被我遗忘了。但是她并无愠色；她反而非常喜悦；她微笑的眼睛放着光辉，使我专一的精神再发散在别的许多东西上面。

我看见几个光辉，比阳光还要亮，把我们做个中心，他们围绕我们做个花圈；他们声调的和谐悦耳，比他们的光亮更为悦目。有时候空气潮湿，我们常见拉托

---

⑥ 贝雅特丽齐象征"神智"、"神恩"，其光亮非太阳之光亮可以比喻。太阳上各灵魂之光亮亦超越太阳所发之光，因此但丁得以识别。

⑦ 但丁以太阳天为第四级幸福灵魂显示之所，彼等得见圣父永远的吐气（于圣灵），永远的生育（于圣子），言圣灵、圣子由圣父而开始也。"众天使的太阳"即上帝。

娜的女儿[8]用她的线织成腰带；当时光辉围绕我们也类于此。

在我从那里回来的那天庭里，有无数的宝石，都是极名贵而美丽的，但我不能把他们带出这个国度来；那些精灵的歌声也是这般神妙；假使一个人自己不能飞到那里去倾听，单向来人探问消息，就好比问了一个哑子。[9]

这般唱着，这些热烈的太阳绕着我们走了三转，像北方的群星绕着那不动的北极一般；于是他们像结着圈子舞蹈的女郎，虽然暂时停止，静候着音乐的再起，但并不脱离原来的位置。

从这些光辉之中，我听见一位开始发言了："因为神恩的光，他点着真爱，使之发扬增长；他照耀着你如此周到，使你攀登天阶，由此降者无不再升，[10]谁也没有这种自由，可以拒绝给你解渴的美酒，也像水没有自由可以不向海中流去。[11]你愿意知道这个花圈所从来的树么？他们恋恋地望着你的贵妇人，她是你登天力量的授予人。

---

⑧"拉托娜的女儿"即月亮，参见《净界》第二十篇注㉝。此处言月晕也。
⑨"宝石"指精灵之光辉，此处言光与音均须亲见亲闻，非可以言传也。
⑩"天阶"或"天梯"。《创世记》第二十八章第十二节：雅各"梦见一个梯子立在地上，梯子的头顶着天，有上帝的使者在梯子上，上去下来"。
⑪ 各灵魂皆愿意满足但丁之希望。

“我是那多密尼哥所领导的神圣羊群中的一只羔羊，他领导我们走的一条路，那里很可以使人变为肥壮，只要不自入迷途。⑫在我右边的一位，他是我的兄弟，我的老师，是阿尔伯图斯·科隆尼亚⑬，至于我呢，我是托马斯·阿奎那斯⑭。假使你愿意认识其余的，请听着我的话，随时转着你的眼光，我要把全幸福的花圈指给你看。

“这一位放光的是由于格拉提安的微笑，他对于彼此的审判都有阐明，因此天堂接受他。⑮那一位稍远些的，也装饰着我们的歌队，他是彼得；他如那寡妇一般，把他的财宝献给了圣教会。⑯那第五位光辉，是我

---

⑫ 多密尼哥（Domenico, 1170—1221），即圣多明我，为西班牙神父，一二一五年创立教团，入会者多为贫而好学之士，详见《天堂》第十二篇。

⑬ 阿尔伯图斯·科隆尼亚（Alberto di Colonia），即大阿尔伯图斯（Alberto Magno，1193—1280），为圣多明我教团团员，以神学及哲学著名，曾取亚里士多德之哲学做耶稣教义之基础，在科隆及巴黎讲学。

⑭ 托马斯·阿奎那斯（Thomas d'Aquino，1226—1274），即圣托马斯，为大阿尔伯图斯之徒，亦属圣多明我教团团员（凡团员为教友，为兄弟），其著作《神学总论》（Summa Theologie）及对于亚里士多德著作之注释甚著名。但丁作诗，关于神学部分不时加以参考，至今天主教中仍有以《神学总论》为教本者。参见《净界》第二十七篇注⑰。

⑮ 格拉提安（Graziano），第十二世纪人，曾编《圣会法规丛书》，使教律与民法发生关系而免于冲突。

⑯ 彼得（Pietro Lombardo，1100—1160），关于教义之大著作家，有书四卷，讨论上帝、创世、赎罪、圣典及末日事件。于书之序言中，彼得自比于《路加福音》中之寡妇。“财宝”指其所有之学问也。见《路加福音》第二十一章：耶稣“见财主把款项投在库里，又见一个穷寡妇，投了两个小钱，就说：……这穷寡妇所投的比众人还多，因为众人都是自己有余的，……但这寡妇是自己不足，把她一切养生的都投上了”。

们之中最美丽的一位，从他流出如此浓厚的爱情，地上每个人都等着听他的消息呢；在那里面包着一个高贵的精神，富有深沉的智慧，假使那真理所说的是真的，以后再没有第二个的眼力像他这般。[17]

“再次，你看见那个光辉，他在世的时候，对于众天使的性质和他们的职务最有深切的见解。[18]在那较小的光辉中，微笑着一个基督教时代的辩护士，他的著作鼓励了奥古斯丁。[19]假使你的心眼，从这光到那光，跟着我的颂词移动，那么你已经渴望着第八位吧。因为见到了至善，所以在那光辉里欢乐着一个神圣的灵魂，他曾经把尘世的虚伪指点给人看，只要人肯听受他的话；他所遗弃的肉体，静卧在金天，但他在流谪和殉难以后回到这里，享受这永久的安宁。[20]再次，你看见那热烈

---

⑰ 第五位灵魂指所罗门（Salomone），《旧约·列王纪》上第三章载所罗门向上帝求智慧，上帝就喜悦他，说：“赐你聪明智慧，甚至在你以前没有像你的，在你以后也没有像你的。”“真理所说”指此。所罗门是否得救或定罪，在教徒及神学家中颇有争辩。

⑱ 丢尼修（Dionigi l’Areopagita），为圣保罗之信徒，见《使徒行传》第十七章末，有“天使阶级”之分类法传于后世，见《天堂》第二十八篇。

⑲ 指保罗·奥罗修斯（Paolo Orosio），第五世纪著名之修士，著有历史一种，为基督教辩护而排斥异教；该书有助于圣奥古斯丁（Sant’Agostino）《上帝之城》（*De Civitate Dei*）之作成。

⑳ 波伊提乌（Boezio，475—525），罗马贵族，初臣事东哥特王国之酋狄奥多里克（Teodorico），后因故被定死罪，囚于帕维亚（Pavia）狱中，彼于此著《哲学之安慰》一书，中世纪读之者甚广，但丁及其同时代之人均视彼为圣人，为殉教者。金天（Cieldauro）为帕维亚之圣彼得教堂。

的伊西多尔[21]、比德[22]和理查德[23]的灵魂，后面一位因为他的默想而超出于一个人。至于那从他那里你收回眼光向着我的一位，他是在沉重的忧虑以后，觉得死神的来临太迟了一点的灵魂，这就是西格尔永久的光辉，他曾经在芳草路讲学，因推论真理而引起妒嫉。”[24]

于是，像教堂里的钟声，响着叫我们起来做晨祷，一推一拉都发出铿锵之音，十分好听，使善人们充满着爱念；同样，我看见那光荣的轮转动着，而且一班接一班地唱着，和谐而甜美，真的，此曲只应天上有呀！

㉑ 伊西多尔（Lsidoro di Sibilia，560—636），为中世纪之神学、历史、文法等大著作家。

㉒ 比德（Beda il Venerabile，673—735），英国修士，著作家，著作中最有名者为《英吉利教会史》。

㉓ 理查德（Riccardo da San Vittore），卒于一一七三年，著一书名《默想论》（*De Contemplatione*），遂有“大默想家”之绰号。

㉔ 第十二位亦即末位灵魂西格尔（Sigieri di Brabante，1226—1284？），为在芳草路（Rue du Fouarre）之巴黎大学的论理学教授。因教派之争论，一二七七年被人指为邪教，后被传至教廷，竟遭人暗杀，其年代不能确定。

第十一篇

太阳天：圣方济各的历史和圣多明我教团的式微。

人类无意义的劳心呀！使你们在地上鼓翼的一番理论多么错误呀！

有的学着法律，有的研究《要言集》；[1] 有的受了司铎之职，有的应用他的武力或诡辩；有的盗窃，有的经营；有的溺于肉欲，有的耽于逸乐。至于我呢，弃绝了这些事情，随着贝雅特丽齐升到天上，又受到诸幸福者光荣的欢迎。

当那些灵魂恢复原来的位置以后，他们站着不动，

① 《要言集》（*Aphorisms*）为希腊著名医生希波革拉底之著作，此处言研究医学。

像排列着的蜡烛一般；那时我看见以前说话的光辉又增加了亮度，微笑着说："因为那永久的光使我亮着，在他的光中我看出你的思想，你对于我的话生了疑问，要我用明白的语言解释给你听。我刚才说：那里很可以使人变为肥壮；又说：以后再没有第二个；[②]这两点在此应当清楚地辨别。

"神的统治世界，曾经依了一种造物所不能窥见其底的计划，要使那妇人对于她的主人贞节，行径稳当，永不背弃那大声喊着、流着纯洁的血的丈夫，[③]特赐恩惠遣两位王子左右护持着她。[④]这一位像撒拉弗一般的热情；那一位在学问上像基路伯的光芒照耀世间。我将说及第一位，因为称赞一位便是称赞二位，所选择的不问是哪一位。

"在托皮诺和那从幸福的于拔独所选择的丘陵向下流的水道之间，有一块丰饶的斜坡，躺在高山脚下；[⑤]

---

② "那里很可以使人变为肥壮……"指圣多明我教团；"以后再没有第二个……"指所罗门之智慧，均见前篇。

③ "妇人"指教会，"丈夫"指耶稣。《马太福音》第二十七章载耶稣临终大声喊着；《使徒行传》第二十章载教会是上帝用自己的血所买来的。

④ "两位王子"指圣方济各及圣多明我，用博爱及学问以引导教友，扶持教会。

⑤ 托皮诺（Tupino），河名，古比奥（Gubbio）主教于拔独（Ubaldo，1084—1160）选一丘陵建修道院，由此丘陵流出之水为奇亚西（Chiascio）河，此二河相合于苏拔（Subasio）山脚下，其间即阿西西之地。

此山使佩鲁贾的朝阳门感觉到冷热的变换，[⑥]又在此山的那面，诺切拉和瓜尔多因为在重轭之下而悲泣。[⑦]在这斜坡上，于其斜度最小之处，对于世间升起一个太阳，像有时从恒河升起的一般，[⑧]所以一个人叫那块地方为阿西西，还不如叫他东方为确切。[⑨]

“这个太阳还未过于离开早晨，然而因为他伟大的德性，已经使地上觉得他的热情；因为在他年轻的时候，便和他的父亲奋斗，爱上一个女人，这个女人和死神一般，从未有人自愿开门迎接她；[⑩]在那主教的法庭，在他父亲的面前，他和她结合了，后来一天一天相爱得更加亲密。[⑪]这个女人自从她第一位丈夫[⑫]故后，被人轻蔑，遗忘，无人向她求婚，已达一千一百多年了。有人

---

⑥ 佩鲁贾（Perugia）之东城门，冬季受苏拔山雪之寒光，夏季则受其热气。

⑦ 诺切拉（Nocera）与瓜尔多（Gualdo）为苏拔山东麓之地；所谓“重轭”或指受那不勒斯王之压迫（参见《天堂》第六篇注⑨），或指苏拔山东坡之瘦瘠。

⑧ 近夏至时，太阳视如升起于恒河之口。此处以太阳喻圣方济各之光辉与热心也。

⑨ 阿西西（Assisi）古作阿塞西（Ascesi），有“我已上升”之意，为圣方济各出生之地，彼既喻为太阳，则其出生之地自应名为东方也。古之传圣方济各者曰：“明如烛，如晨星，如太阳，皎洁而益世之新光，此方济各之升起也。”

⑩ 圣方济各于约二十四岁时即自甘贫穷，此处喻贫穷为一女人。

⑪ 圣方济各（Francesco，1182—1226），原为意大利一富商子，曾当众脱去华服，自度其乞丐生活，此非其父彼得·贝那同（Pietro Bernardone）所喜也。一二〇九年创立教团，散其家财于贫民，凡团员皆度清苦生活。

⑫ “第一位丈夫”指耶稣。

说她很安静地和亚米克拉住在一起，当那震惊一世的人喊他的时候；[13]又说当马利亚在十字架下的时候，她非常坚决而忍耐，和基督同升于十字架上；[14]然而这些对于她都没有裨益。

“为避免晦涩起见，我不再加深比喻的语言，我所说的一对情人，就是方济各和贫穷。他们的和谐以及脸上浮着欢乐的颜色，他们非凡的爱情以及他们甜蜜的眉来眼去，这些都是神圣思想的起源；因此可尊敬的贝尔纳多首先脱鞋，而追逐精神上的大安宁，虽然已在奔走，但犹唯恐不及。[15]

“不认识的财富呀！丰饶的宝藏呀！爱奇狄脱鞋了，西尔维斯特也脱鞋了，都跟着那丈夫，他的妻子这般叫人欢喜。于是这位父亲，这位主人，带着他的夫人上路了，还有他的家族，他们腰里已经束着细微的绳子。[16]他虽然是彼得·贝那同的儿子，度着非常被人轻蔑的生活，但是他的心里并不觉得可羞而低着头。他公然把自己艰苦的计划告诉了英诺森，从他得着对于他的

---

⑬ 凯撒欲渡亚得里亚海返布林的西，曾叩渔夫亚米克拉（Amiclate）之门，见渔夫席地卧草，自乐其乐，不因凯撒立于前而惊奇也。

⑭ 耶稣死时，贫穷而裸露。

⑮ 贝尔纳多（Bernardo da Quintavalle），为阿西西贵人，为圣方济各第一门徒，其他门徒在下提及者有爱奇狄（Egidio）和西尔维斯特（Silvestro）。

⑯ 圣方济各教团团员腰束绳子。参见《地狱》第二十七篇注①、注⑫。

教规的第一次赞许。[17]

“后来，贫穷的人数增加了，都跟着他过刻苦的生活，这种生活是值得在天国的光荣里歌颂的；这位大修士的圣愿又得着了第二次的冠冕，这是圣灵借手于洪诺留而赐予的。[18]后来，他渴望着殉道的工作，冒犯着傲慢的苏丹，传播基督及其使徒们的教义；[19]因为他知道那里的百姓太顽固而难于变化，徒然留着无用，就回到意大利的牧场来收果子；于是，在台伯和阿尔诺之间的岩石上，他接受基督的最后伤痛在他的肢体上，经过两年之久。[20]

“当他见悦于那使他传播如许美德的一位，他被召到天上，在那里接受应得的报酬，因为他自甘卑下的缘故；那时他把他的兄弟们看做合法的继承人，委托了他的夫人；他在世时很爱她，也命令他们对她爱得有始有终。当他高贵的灵魂离开他夫人的胸怀，回到他的国度的时候，他的遗体并不需要别的棺材。[21]

“现在，考虑他那有价值的同伴的状况吧，他们都

---

⑰ 圣方济各初遇之教皇，曾遭其斥逐；后于一二一〇年说教皇英诺森第三（Innocenzo Ⅲ）而得赞许。

⑱ 圣方济各所创立之教团于一二二三年再受教皇洪诺留第三（Onorio=Honorius Ⅲ）之赞许。

⑲ 圣方济各于一二一九年曾传教于埃及之苏丹。

⑳ 在台伯河与阿尔诺河之间，卡森提诺境内之拉凡纳（La Verna=Alvernia）山上，圣方济各于其手足受钉痕，于身上受枪伤，以证明其与耶稣有同一之精神。

㉑ 与极贫人或处极刑之人同样葬法，即裸埋于土中也。

是共同维持彼得的船，行进于正道，在大海之中的。[22] 这位就是我们的教长：无论谁，依着他的指挥，你便看得出那是好的装载。但他的羊群却贪着新的食料，他们竟不得不走入各种的小路上去；那些母羊游荡得愈加远，她们回到羊栏的时候，愈加瘪着奶子。当然，他们之中也有怕遇着危险，而紧依着牧人的，但这些究属少数，只要少许的布，便够他们做风帽了。[23]

“现在，假使我的话并不含糊，假使你也十分用心听着，假使我以前说的你还记得，那么你的欲望有一半可以满足了；因为你已经看见了树，由此自然可以得着木片；而且那束着皮带子的[24]也明白：那里很可以使人变为肥壮，只要不自入迷途。”

㉒“彼得的船”指教会。“同伴”指圣多明我，圣托马斯亦其教团之团员，此处谴责众团员之走入歧途。

㉓ 修道人常着一种风帽与外套相连之衣服。

㉔ 束皮带者指圣多明我教团团员，亦犹束绳子者指圣方济各教团团员也。

第十二篇

太阳天：第二组学者和神学家。圣多明我的历史和圣方济各教团之式微。

那幸福的火光说完了最后一个字，那神圣的磨石[①]又开始转动了；但一个圈子尚未兜了，又有第二组火光起来，正围绕在第一组的外面；他们的行动，他们的歌声，彼此都是互相应和的。他们歌声的甜美，超越地上我们的女神和西壬，直是射入光线和反射光线的比例。[②]

如在湿雾之中，当那朱诺传令给她女仆的时候，我们看见两条并行的弧，同样的颜色，外面的是从里面的生出的（也犹如那彷徨的仙女，她被爱情所烧，像太阳

①“神圣的磨石”指围绕但丁及贝雅特丽齐之十二位灵光。
② 此处以声比光，反射之光自不及射入光之清晰也。

的对于水蒸气），他们告知地上的民众，说是依照上帝和诺亚所订的盟约，以后的世界上再没有洪水了；同样，环绕我们转动的两个永久的玫瑰花圈，外面的与里面的也唱和着。[③]

在舞蹈和歌唱的欢会以后，那些快乐的光辉都一律停顿着；他们似乎只有一个意志，同时开阖，像一个人的两只眼睛；在那新光辉的中间，忽然发出一种声音，我立即转向着那里，像一根针转向着那星；[④]那灵魂开始说："使我这般美丽的爱，要我在这里叙说别的一个领袖，趁别人叙说我的领袖的机会。[⑤]说着这一个时，便把那一个介绍进来，这是很适当的，因为他们是联合

③ 此段可见但丁之喜用比喻。在以前十二位灵光之一圈外，今又增一圈，此二圈如双虹，内环为正虹，外环为副虹。中国旧说以色鲜盛者为雄，雄曰虹；暗者为雌，雌曰霓。朱诺之女仆即伊里斯，即虹，为诸神之使者。见《净界》第二十一篇注⑥。外虹由内虹生出，亦犹回声之由于原声之反响，在神话中，回声（Echo）为山林水泽女神之一，她热恋着美男子那喀索斯（Narciso），消瘦而死，无异阳光之使蒸气消散也。诺亚造方舟，得免洪水之祸，上帝赐福给诺亚及其后裔，以后永无洪水之灾，立虹为记号云。见《创世记》第九章。注意但丁此处融合神话与《圣经》在一起。

④ 言如磁针之转向北极星也。

⑤ 此处发言之灵魂在第二圈中，为波拿文都拉（San Bonaventura，1221—1274），称为"撒拉弗博士"（Seraphic Doctor）。第十篇中之大阿尔伯图斯称为"宇宙博士"（Doctor Universalis），托马斯称为"安琪儿博士"（Doctor Angelicus）。波拿文都拉于一二五六至一二七四年为圣方济各教团之团长；因托马斯称述圣方济各，故波拿文都拉称述圣多明我也。

着的战士，所以他们的光荣也联合在一起。

“基督的军队，经过许多次的牺牲才重新组织起来，跟随他的旗帜，[⑥]慢慢地前进，心里害怕，而且人数又少；那时永久在位的皇帝，对于遭遇危险的军队，采取防御的处置，这是他的恩惠，并非他们有什么价值。一如以前所说，为护持他的妻子起见，曾经派遣两位战士，用他们的言行，来集合已分散了的人民，使入于正道。

“和风一起，新叶舒展，于是欧洲再度穿上新衣；在那和风所起之处，离开那波涛的冲击并不远，波涛的那边，远远地推出去，那里太阳有时躲避所有的人类；那里有一块幸福地卡拉奥拉，在强有力的盾牌的保护之下，那盾牌上的狮子制服或受制服。[⑦]

“在上面的地方，生下一位对于基督教的信仰热恋着的情人，是神圣的大力士，和善对他的朋友，强硬对他的仇敌。当他的精神初创之时，他已经充满着活泼的德性，他在娘肚里便使她成为一个女先知。[⑧]当他在神

---

⑥ 所谓“旗帜”指十字架，基督由此将已失宠的人类重新建立，再行武装，以抗恶魔。

⑦ 春日和风起，百花放，以意大利言，此风来自西方，来自西班牙。卡拉奥拉（Calahorra）属西班牙旧卡斯提尔（Vieille Castille）之地，近加斯科尼湾（Gulf of Gascony）。在但丁时代，人以为仅此半球有居民，而大洋之那面则太阳照临无人之境矣。卡拉奥拉为卡斯提尔国王所统治，其纹章分四格，绘二狮二堡垒，其狮一在堡垒上，一在堡垒下，故云“制服或受制服”也。

⑧ 传说多密尼哥在胎中时，其母梦生一黑白色之狗，狗口中衔一火把，用此以激励世人。

圣的洗礼盘上和那信仰结了婚，他们各自允许互相的救济；[⑨]那时给他受洗的太太，在梦中看见奇异的果子，应当从他和他的继承者生长出来。[⑩]因为要表示他以后的一切，从这里有精灵下降，使他采取一个从那主有一切者而来的名字：就是多密尼哥。[⑪]

"在我看来，他是基督所选择的园丁，叫他在园子里帮忙的。他像真是基督所派遣的，真是基督的属员，因为他第一次的恋爱就是对于基督的第一个劝告有所表示。[⑫]有许多次，他的乳母看见他伏在地上，静默而醒觉，似乎他在说：'我来世间就是为此。'他的父亲真不愧叫做弗利斯呀！他的母亲也不愧叫做焦凡娜呀！假使这个名字的意义一如众人所云。[⑬]

"他并不热心于世务，当时许多人都辛辛苦苦地跟着奥斯蒂亚的一位和塔台阿，但他爱着真正的吗哪；[⑭]

---

⑨ 圣多明我为卫护信仰而战，信仰许圣多明我以永远之得救。

⑩ 圣多明我之教母梦见其额上有一明星，照耀全世。

⑪ 多密尼哥（Domenico）源于拉丁文 Dominicus，此字乃 Dominus 之主有格，其意为"属于上帝的"，故下句谓"他是基督所选择的园丁"。

⑫ 圣托马斯谓基督对门徒之劝告可归纳为三种，即贫穷、节欲、服从，故"第一个劝告"即"贫穷"。参见《马太福音》第十九章第二十一节。下句谓"他伏在地上"即厌床上之柔软，爱贫穷之表示。又注谓劝告乃指《马太福音》第五章"登山训众"之第一项：关于谦逊，亦通。

⑬ 弗利斯（Felice）拉丁文作 Felix，原文有快乐、幸福之意。焦凡娜（Giovana）希伯来文作 Joanna，原文有"上帝之恩惠"之意。

⑭ 奥斯蒂亚（Ostia）的一位指恩里克（Enrico di Susa），彼于一二六一年任奥斯蒂亚红衣主教，曾注释《圣会法规》，参见《天堂》第九篇注㉕。塔台阿（Taddeo d' Aldereotto，1251—1295）为（转下页）

在短短的时期以内，他已经成功为一位大讲师，他巡行葡萄园，那里假使园丁不尽力，马上就变成灰色了。[15]那教座以前对于善良的穷苦人是很有帮助的，但现在坐在上面的变坏了；[16]他向他所请求的并非于六个之中布施了两个或三个，并非下界肥缺上的利益，也并非那属于上帝的贫民身上的什一之税；他所请求的是为着那种子而对于迷误的世人加以攻击的准许，这里绕着你的二十四株植物都是那种子生出的。[17]

“后来他以他的教义和决心，得着教皇的命令，向前行进，像高山上冲下来的急流，把异教的荆棘都冲倒了，在那阻力最大之点，他的攻击也最剧烈。从这条急流，生出许多支流，用以灌溉天主教的田园，使许多幼树都有了活泼的生气。

“假使这样便是那车子的一轮，圣教会坐在那车子

（接上页）佛罗伦萨之医生及医学著作家。吗哪（manna）为古时以色列族越过旷野时天所降之粮食，见《出埃及记》第十六章。此处言多密尼哥不研习谋利之学问，但寻求真理之大道。

⑮ 圣方济各无学问，而圣多明我为博学之士。葡萄园喻教会，“变成灰色”言失去青色，无生气也。

⑯ 教座对于人民本为有益，但遇腐败教皇如卜尼法斯第八辈反为有害。

⑰ 圣多明我所创立之教团于一二一五年得教皇英诺森第三之准许，于次年得教皇洪诺留第三之准许。彼之目的不在获利，如当时一般主教之所为；彼之主要工作为劝化阿尔比（Albini）人之信异教者；彼与福尔盖为友，但并不加人民以过分之逼迫，参见《天堂》第九篇注⑤；彼又鼓励于大学中研究神学。“种子”喻信仰，耶稣说：“天国好像人撒好种在田里。”（见《马太福音》第十三章）。此处二十四位幸福的灵魂皆基督教之信仰者。

里，卫护他的光荣，而且在内战中公然得着胜利，那么你当然很明了其他一轮的卓绝，关于他，托马斯早已在我之前加以赞扬了；[18]然而他的遗迹现在被人舍弃了，从前有酒石的地方现在却生了霉。[19]他的家族，以前一直地跟着他走，现在却反其道而行了，就是说：脚尖正踏着脚跟的印迹；不久我们可以看见坏的收获，那时稗子要以不得入仓而抱怨呢。[20]

“然而假使有人一页一页翻查我们的书，也许找着一页，那里写着：‘依然故我。’但这一位既不是从卡萨莱来，也不是从阿夸斯帕尔塔来，从那儿来的对于我们教规的解释，一个失之太松，一个又失之太紧。[21]

“我是巴格诺的波拿文都拉的灵魂，他常把左手的事放在大事的后面。[22]伊吕米那多和奥古斯丁是在这里，他们是最初脱鞋的穷兄弟，因为那根绳子，他们做了

---

⑱ 托马斯说圣方济各与圣多明我是两位王子（或战士），此处波拿文都拉又喻之为车之两轮。参见《净界》第二十九篇注⑩。

⑲ 此处言圣方济各教团团员之变坏。“酒石”为葡萄酒酒桶底之结晶品，有此可表示酒之美质，但酒石生霉则味败矣。

⑳《马太福音》第十三章有“稗子的比喻”，说是在收获的时候，先把田里的稗子拔出来，捆成捆，留着烧，唯有麦子收在仓里；喻坏人不得入天国也。

㉑ 圣方济各故后，其徒对于教规之宽严已有争论。在但丁时，卡萨莱的于贝帝诺（Ubertino da Casale，1259—1338）主张从严；而一二八七年被选为团长的阿夸斯帕尔塔的马德阿（Matteo d’Acquasparta）主张从宽。此处但丁使波拿文都拉主张中道，而反对极端。“依然故我”谓尚有未变坏之团员也。

㉒ 巴格诺（Bagnorea）接近博尔塞纳湖之地。“左手的事”即俗事，“大事”即神圣事业，精神事业。

上帝之友。[23]圣维克托的于格[24]是和他们在这里，还有彼得·孟稼独[25]，还有彼得·伊斯巴诺，他的十二本小册子授光明于下界；[26]先知拿单，总主教克里索斯托，还有安塞姆，还有竟敢着手于第一种学问的多纳图斯[27]；拉巴诺也在这里；在我旁边亮着的是卡拉布里亚的住持约阿基姆，他富于预言的精神呢[28]。　因为托马斯热烈的颂扬和他谦逊的言论，激动了我颂扬这位如此伟大的勇士，而且也激动了这些朋友伴着我。”

㉓ 伊吕米那多（Illuminato da Rieti）曾伴圣方济各往东方圣地。奥古斯丁即阿戈斯蒂诺（Augustin=Agostino），于一二一〇年即加入为团员。

㉔ 圣维克托（St. Victor）为巴黎一修道院，后渐成古学之中心，与以亚里士多德哲学为教义之基础者区别。于格（Ugo=Hugo，1097—1141）为著名神学家，为彼得及理查德之师。见《天堂》第十篇注⑯、注㉓。

㉕ 彼得·孟稼独（Pietro Mangiadore），法国神学家，著有《经院哲学派历史》，卒于一一七九年。

㉖ 彼得·伊斯巴诺（Pietro Ispano，1226—1277），医学家、神学家，著论理学书十二小册，至“文艺复兴”时代尚甚流行。

㉗ 拿单（Natan）为希伯来先知，曾明斥大卫国王之罪，见《撒母耳记》下第十二章。克里索斯托（Crisostomo，347—407），君士坦丁堡之总主教，以大胆之演说著名，曾斥朝廷之过，卒被放逐。安塞姆（Anselm，1033—1109），英国坎特伯雷（Canterbury）总主教，神学家，称经院哲学之第二父，第一父为第九世纪之斯各托斯·埃里金纳（Scotus Ergena）。多纳图斯（Elio Donato），第四世纪著名文法家。文法为七种学问之首。第六世纪之普利珊之文法，更为典型之著作，见《地狱》第十五篇注⑬。

㉘ 拉巴诺（Rabano Mauro，776—856）曾为主教，作百科全书二十二卷。卡拉布里亚的约阿基姆（Gioachino Calabrese，1130—1202）以著作许多预言书得名，彼非圣方济各派而为西多派，然圣方济各派之主张从严者颇受其影响。

第十三篇

太阳天：圣托马斯再谈所罗门、亚当及基督的智慧问题。

谁要很懂得我所看见的东西，他应当把我所说的印象牢记在心里，像刻在岩石上面一般。

你想象那十五颗明星，照耀在天的各方，他们的光芒力透浓雾；你想象那马车，他日夜在天上旋转，他的路线从未没入地下；你又想象那角所张开的嘴，这角的起点就是原始轮的轴心；这些星在天上排成了两个符号，像米诺斯的女儿在觉得死的冷酷时所做的一般；[①]

---

①“十五颗明星”为北天之一等星；“马车”为大熊星座之北斗七星；“角所张开的嘴”为小熊星座中之二明星，适在北极之两旁，自北极画二直线至该二星，如张开的嘴；“原始轮”指原动天，其旋转之轴心即北极。此二十四颗明星（十五、七、二）比喻前所提及之二十四位神学家及哲学家，排成同一中心之二圈，如米诺斯之女儿阿里阿德涅临死时所作之花圈。参见《地狱》第十二篇注④、注⑥。

这两个符号互相放光照耀，他们的旋转是一个领导在前，一个追随在后。如此想象，则你们可以获得那真实的星座及围绕我们的双重舞蹈的一些影子了；因为他们实在都超越我们平常想象之上，一如基亚纳河水流的速度和那运动最快的天相比。[②]

那里的歌唱并非为了巴库斯，也非为了阿波罗，他们颂扬一个神性中的三位，还有神性和人性联合着的一位。[③]歌唱和舞蹈都完毕了，这些神圣的火把又把注意转向着我们，欢天喜地的一个职务已了，马上又担负起另一个。

于是，在和谐的精灵之中，忽然有一个光辉出来打破沉寂，他就是曾经对我叙述那上帝卓绝的贫穷人的生平之一位。[④]

他说："一捆已经割了，谷子已经进了仓，柔和的爱又请我做别的收获。你以为在那个人的胸中（由此取了肋骨，造成一个可爱的面庞，她的牙齿牺牲了全世界），[⑤]又在这个人的胸中（他身上曾受枪刺，使过去和未来都感到满意，因为他的分量已抵消一切的罪过

② 基亚纳河（Chiana）在托斯卡那，但丁时南流入台伯河，经污泥之沼泽，水流甚迟。运动最快的天即原动天。

③ 不颂扬酒神与日神，而颂扬三位一体之上帝与融合神人两重性格在一身之基督。

④ 叙述圣方济各生平之圣托马斯此时再发言。

⑤ 上帝取亚当之肋骨造成女人夏娃，夏娃首先尝禁果，以致夫妇二人被逐于乐园，为其后裔之人类亦同蒙不幸。

了），[⑥]那创造彼此的权力把人性所能接受的一切光都灌输进去，于是你怀疑我说及的那第五位光辉再没有第二个的这句话。[⑦]

“现在请你张大眼睛注意我的答复，你将见到你的所信和我的所说之击中真理，一如圆心的在圆内。那些不死的和能死的一切，只是我们主人一点意念在爱之中所生的反映；因为那活泼的光从他的光源散布出去（既不和那儿脱离，也不和爱脱离，却和他们成为三的集团），用他的善心，如经过镜子的反射而聚集在九个物体上面，但永远是一个单位。[⑧]从那儿步步下降，直到那些最后的能力，于是只能创造些暂时的东西了；我所说的暂时的东西是指有种的，或无种的，从运动着的天体发生出来的。[⑨]他们的蜡和使他们成形的模型都不是一律的，所以虽在同一意念之下，他们透明的程度就有了高低，因此同样的树有的结甜果子，有的结酸果子，而你们的天才也是各色各样的。[⑩]假使蜡的质地很好，

---

⑥ 耶稣基督身受枪伤，被钉死于十字架，为全人类赎罪。

⑦ 但丁意谓亚当及基督之智慧应凌驾于所罗门之上。

⑧“不死的”即永久的，如天使与灵魂。一切造物为神意之反映，神智（光）发自神权（光源），虽散于万有，但不脱离神权，神爱而仍保持“三位一体”。“九个物体”指九重天，皆上帝直接创造而不可败坏者。

⑨ 神光自此天反射至彼天，能力逐渐衰弱，至最下的世界则只能产生不完备而短寿命之物矣。“有种的”指生物（动物、植物），“无种的”指无生物（矿物）。

⑩“蜡”指原料，“模型”指“形成势力”（参见《天堂》第七篇注⑮），一物之原料不同，所受天体之影响又不等，故结果各异。

而天体的力量又那么强烈，则印的光一定显得清清楚楚，然而自然的能力却总是衰弱，像一个艺术家，纵然手法纯熟，但腕力不济便有发颤的时候。

“但若原始的权力，用他热烈的爱和明亮的眼光，亲自加印于蜡上，则十全十美的造物是可以有的；[11]因此曾经有一次泥土也可以成为完全无缺的动物[12]；因此童贞也可以怀了孕。[13]所以我赞成你的意见：人类性格，在以前在以后，都没有能够超越这两位。假使我的话停在这里，也许你要喊起来，说：为什么那一位是无双的呢？

“请你少安毋躁，想想他是何等人，他所希望的目的，当上帝对他说‘你可以请求’的时候。[14]我以前没有说，但你可以知道他是国王，他请求的学问是国王所需要的；他不必知道天上有几个运动的，也不必知道必然和偶然的前提是否可以推出必然的结论，也不必知道原始运动是否应当承认，也不必知道在半圆内是否可以画出一个没有直角的三角形。[15]假使你记牢我以前说的

---

⑪ 假使“三位一体”的上帝自备原料，自行工作，则其所成者自当完美，而超于其他受天体之影响所成者。

⑫《创世记》第二章第七节载上帝用地上尘土造成灵活的人名亚当。

⑬ 指圣母马利亚之孕育耶稣。

⑭ 所罗门继其父大卫登王位，向上帝献祭，夜梦上帝对他说：“你愿我赐你什么？你可以求！”所罗门说：“……求你赐我智慧，可以判断你的民，能辨别是非；不然，谁能判断这众多的民呢！”见《列王纪》上第三章。

⑮ 所罗门所求者为实用的治人之学，并非天文学、论理学、（转下页）

和现在所增加的，那么你便明白我的意见，正是指着他国王的智慧是无双的了。我说：以后再没有第二个。你要知道，我的眼光只射在那些国王身上，国王的数目是很多了，然而好的是很少的呀！我所说的需要辨别者是如此；关于我们的始祖和我们所疼爱的，你可以保持你的意见。

“此后，你对于是和非，在没有看得清楚以前，切勿轻易说出，要像在你的脚上绑着铅块，不能举步而迟迟行动的疲劳者。那些不加辨别，贸然赞成或反对的，都是愚夫，常常因为速断的缘故错了方向，又因为自负的缘故不肯改变。常常有许多人下海去求真理，但因不懂方法，徒然空着手回到岸上，甚至有失其求真理之初愿的。这些例子在世间是举不胜举的。如巴门尼德、墨利索斯、白利索和其他许多人都是往而不知其所的；⑯还有撒伯里乌、阿里乌和其他许多愚夫，都是操着利剑向着《圣经》，而使直者曲之的人。⑰

（接上页）哲学、几何学。此处解释虽然巧妙，然所罗门之智慧即在哲学或科学方面亦甚卓绝。见《列王纪》上第四章载：“他的智慧胜过万人；他作箴言三千句，诗歌一千〇五首；他讲论草木，自黎巴嫩的香柏树，直到墙上长的牛膝草；又讲论飞禽走兽、昆虫水族。”

⑯ 巴门尼德（Parmenide）、墨利索斯（Melisso）、白利索（Brisso），皆希腊哲学家；但丁由于亚里士多德之非难而知道彼等，言彼等虽抱求真理之热心，而所得者仅为错误之结果。

⑰ 撒伯里乌（Sabellio）约卒于二六五年，反对神的“三位一体”，混合圣父与圣子；阿里乌（Arrio），卒于三三六年，以为圣子系圣父造，圣灵又系圣子造，各有等第；此等教义皆不合《圣经》所载。

“一个人所下的判断，不能过于自信，像谷子没有成熟便估计收获的这些人；因为我在冬季看见一株玫瑰树已经气息奄奄了，但到春天却又开满了一树的花；我又看见一条船，航行海上又快又稳，可是在到码头的时候翻身了。

“贝答太太和马丁先生，[18]假使他们看见一个小偷，又看见一个祭司，请勿像上帝一般遽下判断，因为那一个也许爬起来，这一个也许跌下去呢。”

---

⑱ 贝答太太（donna Berta）、马丁先生（ser Martino），并非实有其人，犹中国之张三李四也。

第十四篇

所罗门解答复活问题。上升至第五重天（火星天）：为信仰而战死的灵魂。火星上的十字架。

一个圆盆里放着水，在中心打一下，则水波自中心往四周；在四周打一下，则水波自四周往中心。那时托马斯光荣的灵魂停止发言，这种物理现象忽然叫我记上心头，因为他的说话和贝雅特丽齐的说话，一起一伏有类于此的缘故。[①]她开始说："这个人有一种需要，他对人没有说出，也没有想在心里，他要追问另一真理的根苗呢。请你们对他说，这使你们像开花一般的光辉，是否永久伴着你们一如今日；假使永久伴着，那么当你们

① 幸福灵魂围绕着贝雅特丽齐与但丁，圣托马斯之说话由圆周至圆心，贝雅特丽齐之说话由圆心至圆周。

再露脸的时候，是否对于你们的眼睛有所妨碍呢？”[②]

有时在跳舞会中，忽然受到一种欢乐的刺激，那些跳舞的人一定要提高歌声，而且在他们的姿态上表示出更大的愉快；同样，那些圈子上的灵魂，一听见这个神圣的问题，都立刻表示出新奇的愉快，在他们的舞蹈和歌声之中。那些为着升天而必须死去的地上的人在伤心痛哭，他们哪里见得这永久之雨的清凉呢！那永存的且永远用三和二和一去统治的一和二和三，他不受丝毫限制而限制一切，[③]他已受了那些灵魂三次的歌颂，这种歌颂足以报酬一切功劳。

就在那时，我听见一种谦逊的语音，出自那较小圈子中一位最神圣的光辉，那天使对马利亚的语音也许就是这样。[④]那回答是："天堂的宴会多么长久，我们的爱便使我们穿着放光的衣服也多么长久。他的亮度比例于我们的热情，热情比例于我们对于上帝的眼力，这种眼力的深浅，则等于神赐的恩惠而更有额外的增加。假使将来我们和那光荣神圣的肉体再联合起来，那么我们

---

② "再露脸"谓灵魂再与肉体相合而成为可见者，即"复活"之意。复活后当恢复一切感觉，则此灵魂所带之强烈光辉恐非肉眼所能受，或须减弱光辉以适应肉眼乎？此乃但丁未言及且未想及之问题也。

③ "一和二和三"指"三位一体"中之各人格，合而言之即"上帝"；上帝命令一切，但不受其他权力之命令。

④ 此处所罗门回答复活后之问题。"较小圈子"即最近但丁之内圈。"天使"即加百列。参见《净界》第十篇注⑥。

的人格就更加完全而可喜。[5]于是那至善更毫无吝啬地增加我们的光，这就是使我们能够对他瞻望的光：由此增加眼力，增加热情，同时增加由热情而来的我们的光辉。但是炭块虽然着了火，他的亮度足以保持他本身的形态；同样，现在包围我们的光辉，将来必为目前埋于地下的肉体的光辉所克服；而且这些亮光绝不足以妨碍我们的眼睛，因为那时肉体的器官也增强了，可以享受关于我们的一切喜悦。”

我看见那两个队伍里的灵魂，在听见这种回答以后，很快很急地叫着“阿门”，[6]似乎很希望复得他们的尸体；也许不仅他们自己的，而且还希望他们母亲的和父亲的，以及他们在成为永久光辉之前所亲爱的许多人的尸体呢。

看吧！在这些光辉以外，又有一个相类的亮光，似乎是东方的太阳将近出地一般，[7]又像在黄昏的时候，天上逐渐显出新的星宿，似乎看得见，又似乎看不见的模样；最后，我辨别得出那是新的灵魂，在以前两个圈子之外，另成一个圈子。

真正圣灵的光芒呀！怎么突然光亮起来，刺激我的

---

⑤《地狱》第六篇：“他们（灵魂）在判决（最后）以后要比在判决以前较近于完美。”圣托马斯谓：“灵魂而无肉体，在其性质上不得为完全。”

⑥ 灵魂闻复活之说而表示喜悦。“阿门”者，希伯来语，“心愿如是”之意。

⑦ 此处诗人描写其由太阳至火星。

眼睛，使我受不住呀！[⑧]那时贝雅特丽齐也使我看得很美丽而笑容可掬，但这个和其他种种的奇景都只好抛在记忆之外了。不久我的眼力恢复了，我可以抬头了，我才知道我伴着我的贵妇人又高升了一层。我真知道我已经高升了，因为我看见那颗星微笑的光彩，似乎比以前所见到的都要红些呢。[⑨]我满心满意，用通行于各民族的语言，[⑩]献礼物于上帝，因为在受到新恩惠的时候，这是应当的。我胸中虔敬的热情尚未发泄完毕，我知道已蒙嘉纳了；因为那时有两条长的火光，带着微红色，显在我的眼前；我喊道："天呀！你使他们多么光荣而美丽呀！"

像银河一般，罗列着大小不等的光点，一片白色从世界的北极到南极，使许多学者对他发生疑问；[⑪]同样，这两条火光也是众星所聚，在火星上排成可尊敬的记号，把一个火星分为四个相等的部分。[⑫]这儿我的记忆并不次于我的智能，因为我看见在那十字架内基督放着光芒，但我找不着可以比拟的东西。[⑬]可是那背起十字

---

⑧ 此第三圈表示圣灵；初仅有微光，后突然光亮，此种情状或喻圣灵初时（在教义上）未能与圣父、圣子处平等地位，后始与父子同列也。

⑨ 火星肉眼视为赤色。

⑩"通行于各民族的语言"指内心的感谢，或一种敬礼之表示。

⑪ 但丁于《飨宴》第二卷中曾表示：银河乃无数微星之积聚。

⑫"可尊敬的记号"指十字架，火星球上有众灵魂罗列成十字，而将球面划分为四区域。

⑬ 所见者未尝忘记，但限于智能，无法表示耳。

架跟着基督走的人，当他看见基督放光的时候，也许他可以原谅我的沉默不言吧。

从十字架的左臂到右臂，从头顶到脚下，都有无数光辉来来往往，他们相遇或相离的时候，则更加明亮得厉害；好比我们处在暗室之中，这是百姓化尽心血，造成的以避强光的房屋，偶然有光线从孔穴射入，则见光线中有无数的尘埃浮动，有的走着直线，有的走着曲线，一时快，一时慢，大小长短，千变万化，形态不一。

像提琴和竖琴一时众弦齐奏，发出和谐美妙的音调，到一个对于音乐是门外汉的耳里；同样，那些我所见到的十字架中的光辉都一齐发出悦耳之音，使我沉醉，只是听不懂他们歌唱的词句。后来我才辨别得出那是崇高的赞美诗，因为我曾经断断续续听到："复活——而且——胜利。"⑭我对于那里的歌唱很迷恋，直到那时没有别的东西和我发生这般微妙的关系。或者这句话有人怀疑我说得太过一点，因为我把那双我的欲望所寄的美眼抹煞了。但是，他若知道那一切美丽之活的印章⑮是愈高愈有效果，而在那时我还未转向着他们，他也许可以原谅我的说话，而且承认我是说的真话，因为神圣的欢乐在那里还未开足，而在上升的时候要成为更加纯洁的呢。⑯

---

⑭ 此等字眼显属赞美基督之胜利的死。

⑮ 指贝雅特丽齐之眼睛。

⑯ 贝雅特丽齐之美丽，渐升则渐增，现在发展尚未达最后阶段，若谓此处天乐之悦耳，驾于其美眼之悦目，则不可也。

第十五篇

火星天：但丁和他远祖卡恰圭达的谈话。旧时代的佛罗伦萨。

一种善愿，由此常生正爱，譬如由污念则生贪婪；这善愿静止了美妙神圣的琴弦，他们的一弛一张都来自天的右手。[①]这些精灵自愿静止他们的音乐会，而听取我的请求，谁说他们对于诚心的祈祷会充耳不闻呢？一个人若是追逐不能久存的东西，而自弃于这种正爱，他真的要抱恨无穷呢！

如在清静之夜，天空时常有突然的亮光穿过，引起人的注目，似乎一颗星移动了位置，只是天上的星既无所失，而这亮光也随时就消灭了；[②]同样，在那里亮着

① 上帝使天乐静止，以便利但丁与其远祖之谈话。
② 流星似星之移动而已，而实非星之移动也。

的星座中的一颗星，忽然从十字架的右臂直奔到他的脚下，像宝石并不脱离他的丝带，他只是在那白玉中着了火一般的带子上越过。[3]

他和那安基塞斯的灵魂在爱俪园看见他的儿子一样的诚恳而和悦，假使我们相信我们最大女神的话。[4]“我的血呀！神恩对于你真太大了！除却对你以外，对谁开过两次天门呢？”[5]那光辉对我这样说；于是我便注意他了。

后来我转向我的贵妇人，这方面和那方面都使我惊奇；因为在她的眼里，亮着这样的喜悦，我想我的眼光已经达到我的恩惠和我的天国之底部了。后来那灵魂又添说了许多别的话，虽然他的声音和外貌都很可爱，但我却不懂他们的意义，因为他们是很高深的；并非他有意选择那些字眼，实在是他必须用他们，而他的思想又不是人类一时可以追及的。

当他热情的弓稍微放松以后，他的议论已经降到我们可以了解的范围，最初我听得懂的话句是：“有福的你，你是三而一，你对于我的种族赐了多么大的恩惠呀！”

他继续说：“我的儿呀！因为她的帮助，你得着高

---

③ 此处所谓“星座”、“带子”均指众灵魂所列成之十字架。

④ 爱俪园（Elisio=Champs Elysées），善人及英雄之灵魂所居之地，神话中之“天国”也。最大女神，即最大诗人，指维吉尔，他于其《埃涅阿斯纪》第六篇中叙述埃涅阿斯遇见其父安基塞斯于爱俪园。

⑤ 生前一次，死后一次。此段说话原文为拉丁文。

飞的翅膀，才能满足我多年的盼望，使我在这光辉里和你说话；自从我读着那黑白不能变更的大书以来，[6]我早知有今日了。你相信我从原始思想得以知道你的思想，如同五和六的出于一；因此你不用问我是谁，为什么我对于你比这里其他的幸福者特别的欢喜。诚然，这里的灵魂，不问大小，从那镜子里可以看出你未发的思想。[7]但为满足那我守之已久，望之已久的神圣的爱起见，愿意听取你自己勇敢的、快乐的、明晰的表示，至于我的回答，则早已预备了。”

我即向贝雅特丽齐瞟了一眼，她对于我的意思已不言而喻，报我以允可的微笑，于是我的欲望如生了翅膀。

我开始说：“爱情和智慧在你身上是第一个平等，是同样的分量，因为那太阳给你的热和光是这般相等，找不出其他相似的例子。至于人类呢，则常愿与心违，他们两翼的羽毛并不是一样的丰满。[8]我是人类之一，很感觉到这种不平等的情形，所以对于你像父亲一般的优待，我只能表示铭感。你是珍饰中的一块活的黄玉，[9]

---

⑥ 所谓不变黑白之大书指天命或神所预定者。

⑦ 镜子谓神的先知先觉，亦即原始思想，意同前注中之“大书”。

⑧ 上帝使幸福灵魂之爱与智平均发达，故能完满表示其内情，但人类则常力不从心。

⑨ 珍饰指十字架。

我所祈求于你的是快把你的名字见告！”

“由我生出的细枝呀！我欢喜你，我只等着你，我是你的根。”这是他起头的答语。

于是他又继续说：“你的家族从他采取姓氏的一位，他在那山的第一层圈子已经走了一百多年；他是我的儿子，是你的曾祖。[10]这是很应当的，因为你的工作，而缩短他悠久的忏悔。

“佛罗伦萨，在他仍旧敲着三点钟和九点钟的古城之中，[11]昔年住着朴实俭约的人民，生活是很安静的。

“那时还看不见银索和金环等饰物，也看不见绣着的裙和带，叫人看了只敬衣装不敬人品。生了女孩还不使她的父亲害怕，那婚期和妆奁都不超过法度。[12]也看不见有空着的房间；[13]萨丹纳帕路斯还没有到室内来教导奢华的布置，蒙德马罗还未被你们的于赛拉多所超过；假使你们的壮丽达到超过的程度，那么你们的衰落也要超过的。[14]

---

⑩ 卡恰圭达（Cacciaguida）为但丁之高祖，娶妻为阿利吉耶里氏（Alighieri），有子名阿利吉耶罗（Alighiero I），取名于母姓，后母姓即为其家族之姓氏。阿利吉耶罗为但丁之曾祖，为人骄傲，故但丁置之于净界山之第一层云。据确实之证据，阿利吉耶罗于一二〇一年尚在世，故“一百多年”语微有错误。

⑪ 近佛罗伦萨古城墙有教堂名巴底亚（Badia），由其钟楼敲钟，以司市民之作息。

⑫ 出嫁不太早，妆奁不太厚。

⑬ 房屋少而小，居人拥挤，并无多余之屋，如客室之类。

⑭ 萨丹纳帕路斯（Sardanapalo）为尼尼微（Nineveh）国王，（转下页）

“我曾经看见贝尔提[15]出门也不过系着一条有骨扣的皮带子，他的女人在离开她的镜子以后，脸上却没有脂粉。我曾经看见一个姓奈利的，一个姓佛秋的，穿着毫不装饰的皮背心，他们的女人都使用着纺锤和卷丝。[16]她们真快乐！

“每个人都知道她们的葬地，每个人的床上也不见空着而往法兰西去。[17]这一个守着摇篮，为安慰小儿起见，唱着催眠曲；另一个则抽着纺锤上的卷丝，在众妇女里面说着特洛伊、菲埃佐勒和罗马的故事。[18]那时一个女人像蒋格娜，一个男人像拉巴·沙戴来罗，便视作一个辛辛纳图斯，一个科尔奈丽亚这样的奇人。[19]

“就在这样安静的和美丽的生活之中，这样和睦的

（接上页）以奢华著名。蒙德马罗（Montemalo）在罗马之北，俯视罗马城；于赛拉多（Uccellatoio）在佛罗伦萨之北，俯视佛罗伦萨城。诗言谓：如佛罗伦萨以壮丽胜罗马，则其衰落亦将胜之。

⑮ 贝尔提（Bellincione Berti），十二世纪佛罗伦萨之贵族，为有善行的郭尔德拉达之父；见《地狱》第十六篇注③。

⑯ 奈利（Nerli）、佛秋（Vecchio），皆昔日佛罗伦萨之大家。

⑰ 知有葬地，言老死不出国境也。床不见空，言丈夫不必远出而经商于法国也。结群出国始于十三世纪之中叶。

⑱ 凡此故事皆与佛罗伦萨之起源有关。菲埃佐勒见《地狱》第十五篇注⑦。

⑲ 蒋格娜（Cianghella della Tosa）为佛罗伦萨著名之悍妇；拉巴·沙戴来罗（Lapa Salterello）曾参加爱国运动，反对卜尼法斯之侵占，与但丁同时被放逐；此一女一男皆非甚有价值之人物。辛辛纳图斯为罗马著名之指挥官，见《天堂》第六篇注⑦。科尔奈丽亚为贤母，见《地狱》第四篇注⑬。

市民之中，这样甜蜜的住所之中，马利亚被大声呼唤[20]而生产了我，就在你们的古洗礼堂内我成为一个基督徒，取名为卡恰圭达。麻龙笃和爱利所是我的兄弟；我的妻来自波河流域，从她，你的家族得了姓氏。[21]

“后来，我跟着康拉德皇帝[22]到了圣地，他使我成为武士，我的工作很得他的欢心。我听着他的指挥，抵抗那污秽的法律和在其下的暴民，那里本在你们的权力以内，可是那些牧师毫不知耻。[23]在那里，我因为那些暴民而离开欺骗的世界，这种世界不知堕落了多少天真的灵魂；我因为殉教，我的灵魂上升到这平静的天国。”

---

⑳ 妇人于生产时呼圣母马利亚，亦犹异教时代之呼处女神狄阿娜也。

㉑ 麻龙笃（Moronto）和爱利所（Eliseo）为卡恰圭达之二兄弟，并不为人所注意。波河流域或指费拉拉（Ferrara）。

㉒ 康拉德第三（Corrado Ⅲ）一一三七至一一五二年为日耳曼皇帝，第二次十字军东征（1147年）首领之一。

㉓“法律”即“宗教”。“牧师”指诸教皇，教皇忽视圣地之被伊斯兰教徒所占，但丁已于第九篇说及；见该篇注㉒。

第十六篇

卡恰圭达继续谈话：他的祖先；佛罗伦萨新旧时代的户口。

我们血统的高贵真是脆弱呀！在这地上的人们都以此为荣，因为他们的感情都不是健全的，但在我却已没有什么稀奇；因为在那天上的欲望是决不入歧路的，我却以得在那里为荣。这个好比是一件外套，缩短得很快，假使不是每天有所增加上去，时间便像剪刀一般地腐蚀他的边缘。[①]

我用“你们”二字开始我的说话，这是在罗马首先使用的，可是现在他的居民却极少保存他了。[②]当时贝

① 门第之高贵甚易随时间成为过去，应不时加以发扬光大。外套者，一种身外之饰物，如果不随时增补，则不能经久也。

② 传说凯撒大权在握，身兼数职之时，臣下向彼进言则称“你们”(voi)，但在但丁时代人民已普遍使用“你”(tu) 矣。

雅特丽齐离着我们一些，笑了一声，使我想起那王后圭尼维尔第一次犯过的时候，那女侍的咳嗽声。③

我开始说："你们是我的祖宗；你们使我有胆量说话；你们提拔我到这般高，超越了我的本身。欢乐之注入我的心中，像百川赴海一般，然而我竟能受之而不破裂，所以我更觉欣然。那么请你告诉我，亲爱的始祖，谁是你的祖先，你的儿童时代经过哪几年；请你告诉我圣约翰的羊栏④，那时他的势力所及是怎样，最著名的市民是哪几家。"

那灵魂听见我一番亲爱的话，好比着火的炭被风吹了，他的光辉更加旺盛起来；在我看来，他的光辉也更加美丽，在他发出一种比以前更加和悦的语音的时候；但是他用的不是现代的方言。⑤

他说："从耶稣降生的告知，到我的母亲（她现在也成为圣女了）把我推出腹外，这火球回到他的狮子，照明他的四足，已经有五百五十又三十次了。⑥我的先

---

③ 骑士朗斯洛与王后圭尼维尔恋爱，第一次接吻时其养女侍在左近做咳嗽声以为警诫，见《地狱》第五篇注⑫。此处贝雅特丽齐作笑声，所以警诫但丁勿流于自尊自大之举动也，如用"你们"以代"你"。

④ 指佛罗伦萨，因施洗者圣约翰为佛罗伦萨之保护神。见《地狱》第十三篇注⑩。

⑤ 并非谓卡恰圭达全用拉丁语，见前篇注⑤。亦用古佛罗伦萨之方言也。但丁颇知口语若不被标准文学作品所固定，则其变化甚快。见其《俗语论》。

⑥"三十"手抄本亦有作"三"者；火星周期约数为二年，（转下页）

人和我所生长的地点，就在你们每年赛会最先踏入的最后一区。[⑦]关于我的祖先，听见这一点也就够了；他们是谁，他们来自何处，不说比说了还要有礼貌些。[⑧]

“那时在佛罗伦萨，从玛尔斯的石像到洗礼堂，能够执戈之士，他们的数目只有你们现在的五分之一；[⑨]但现在市民增加多了：有的从冈比来，切塔尔多来，有的从菲格林来；不像以前直到一个小工人都是纯粹的了。[⑩]唉！假使我说的这些人仍旧是你们的邻居，而你们的疆界不超越加卢佐和推斯比亚诺，那就好得多了；[⑪]何苦要他们在你们的城墙以内，忍受阿古格林或

（接上页）较密数为六八七日，为但丁时代所已知者；由此再配以康拉德一一四七年十字军之役（见前篇注㉒），则推得卡恰圭达之生年为一一〇六年（= 五五三之二倍），其从役之年龄为四十一岁；或为一〇九一年（= 五八零倍六八七日，再折合年数），其从役之年龄为五十六岁。前者较合理，但后者较有威权，为多数注释家所采用。“火球”指火星，其与“狮子星座”并无天文学上关系，或因二者均属勇敢之象征也。

⑦ 佛罗伦萨旧分若干区，最后一区为圣彼得门区。每年于圣约翰节赛马，由西向东出发，经过城中心，踏入圣彼得门区，则首先接近者为卡恰圭达之住宅云。

⑧ 但丁自信出自罗马高贵种族，见《地狱》第十五篇注⑦、注⑨。但此处不言者，免犯骄傲之罪过也。

⑨ 战神玛尔斯石像在古佛罗伦萨之南界，见《地狱》第十三篇注⑩；洗礼堂在其北界，自南至北，可说包括全市面积在内。“执戈之士”指可以服兵役之壮丁。

⑩ 古佛罗伦萨以市民之纯粹自夸，后因邻邑之人迁入，人口增加至五倍；冈比（Campi）在其西，切塔尔多（Certaldo）在其南，菲格林（Figline）在其东之阿尔诺河旁。

⑪ 加卢佐（Galluzzo）在南，推斯比亚诺（Trespiano）在北，皆接近佛罗伦萨市。邻邑之人迁入，市民增加，疆界扩大，但丁认为非福而今不如古。

西格那细民的臭味；他们诈伪的眼光多么锐利呀！⑫

“假使那一种地上最堕落的国民对于凯撒不是像继母一般，而是像慈母对于儿子，⑬那么现在在佛罗伦萨做着交易的某君，也许已经回到他的祖父求乞地西米风德了；⑭蒙特穆洛也许还在伯爵的手里；⑮切尔契氏也许仍旧居住在亚贡纳教区内；⑯无疑的，庞戴尔蒙特氏还未曾离开格雷韦流域。⑰在无论何时，人品混杂乃城市祸害的起源，一如人的肚子不能容纳太多的食物。盲目的牛比盲目的羊跌倒更快，一把剑的劈刺常常胜过五把。⑱

“假使你看一看吕尼和乌尔比萨利亚的毁灭，跟着

---

⑫ 阿古格林的巴尔多（Baldo d'Aguglione）及西格那的法齐奥（Fazio dei Morubaldini da Signa）二人皆为律师，于一三〇二年叛白党而入黑党。巴尔多于一三一一年为教长，曾令召多数被放者回国，唯明白宣布但丁不在其列。

⑬ “一种国民”喻教皇，凯撒指皇帝，言教皇欲独揽政教两权，妨碍皇帝之行政，压迫与阴谋齐用，致生以下种种之混乱。参见《净界》第六篇。

⑭ 西米风德（Simifonti）为埃尔萨流域之堡垒，在佛罗伦萨之西南。“某君”或指立波·凡洛底（Lippo Velluti），黑党一分子。但丁此处暗说教皇之压迫与阴谋。

⑮ 蒙特穆洛（Montemurlo）为柏那多与皮斯多亚间之堡垒，伯爵基底（Guidi）不能抵抗皮斯多亚之压迫，一二五四年售于佛罗伦萨。

⑯ 亚贡纳（Acone）在锡耶韦流域（Val di Sieve），佛罗伦萨之东北，为白党领袖切尔契氏（Cerchi）发源地，与窦那蒂氏（Donati）为仇，因产生黑白二党。见《地狱》第六篇注④。

⑰ 格雷韦流域（Val di Greve）在佛罗伦萨南。庞戴尔蒙特氏（Buondelmonti）之一人于一二一五年被暗杀，为佛罗伦萨一切内争之起源。

⑱ 力虽大，数虽众，苟无智勇以导之，则反为不美也。

又是丘西和西尼加格略的破坏，[19]那么你便容易明白一家一族的衰落，用不着惊奇，因为那些城市也都得有一个归宿呀！所有地上的东西，都有一个死的命运，一如你们自己；有的东西似乎能够久存，其实是个人的生命太短了。月球天使海边的水有涨有落，永无间断；命运的玩弄佛罗伦萨也是如此。因此我说及的那些佛罗伦萨的大家巨族，他们的声名已经隐没在时间的尘雾里了，这是不足为怪的。

“我曾经看见于歧氏，看见卡德里尼氏、菲力伯氏、格来西氏、阿孟尼氏及阿尔倍里氏，都是著名的市民，而今式微了；我曾经看见大而且古的煞奈那族中人、亚而加族中人，还有索达尼里氏、亚定歧氏及波斯底奇氏。[20]在那城门之上，目前堆积着如此重的新罪恶，不久要把这条船弄沉了吧。以前住的是拉维那尼氏，从他生下伯爵圭多，而且他的后裔从此便用着崇高的贝

---

⑲ 吕尼（Luni）在托斯卡那北境边界上，在传说上为名邑，但丁时已毁灭。乌尔比萨利亚（Urbisaglia）接近马切拉塔（Macerata）之邑，为西哥特王阿拉里克（Alaric）所大掠。丘西（Chiusi）在基亚纳河流域（Val di Chiana），见《天堂》第十三篇注②，昔为名城，今为无关重要之地。西尼加格略（Sinigaglia）在安科纳（Ancona）北之海滨，为伊斯兰教徒及疟疾所侵，十三世纪末遂衰落。

⑳ 以上诸氏族，大概可于维拉尼之《佛罗伦萨史》中找出若干事实，但丁时已式微，几被世人所遗忘。顺次书其原文如下：Ughi，Catellini，Filippi，Greci，Ormanni，Alberichi，Sannella，Arca，Soldanieri，Ardinghi，Bostichi。

林·贝尔提为姓氏。[21]柏来沙族的人已经知道如何统治；加里加依氏的家中已经有了镀金的剑柄和剑柄的圆端。[22]那鼬鼠皮条纹已经大起来了；还有沙骇底氏、乔起氏、菲芳底氏、巴路西氏、加里氏都大起来了，还有那见了斗便面皮发红的一族。[23]那卡夫西氏由生的根开始著名了；西齐氏和亚利古西氏已经登到宰官的坐椅了。[24]唉！我看见那些多么光荣的，因为骄傲而倒地了。还有那些金球，用他们的高尚行为来装饰了佛罗伦萨。[25]还有一班人的父辈是可称述的，这班人当你们教堂空着的时候，他们便聚集在里面自肥了。[26]

㉑“城门”为圣彼得门，但丁时该处住着切尔契氏。但丁言该氏罪恶重重，有倾覆邦家之祸也。在昔该处为拉维那尼氏（Ravignani）所居，其后有贝尔提嫁其女郭尔德拉达于圭多·贵拉（Guido Guerra IV），见前篇注⑮，其孙亦名圭多·贵拉，继承外曾祖父产业及其姓氏。见《地狱》第十六篇注③。

㉒柏来沙族（Pressa）也为氏族名；加里加依氏（Galigai），其镀金之剑柄及其圆端乃骑士之标记。

㉓“鼬鼠皮条纹”在红底子上，此乃比格利氏（Pigli）之纹章；沙骇底氏（Sacchetti）、乔起氏（Giuochi）、菲芳底氏（Fiifanti）、巴路西氏（Barucci）、加里氏（Galli），均氏族名。察拉蒙德西氏（Chiaramontesi）因其族中有人私行改小斗之容量，以出售公盐。见《净界》第十二篇注⑰。

㉔卡夫西氏（Calfucci）出自窦那蒂氏（Donati）；西齐氏（Sizi）、亚利古西氏（Arrigucci），均氏族名。

㉕于培底氏（Uberti）在佛罗伦萨曾极有势力，其族之骄傲者如法利那塔，见《地狱》第十篇注⑥。“金球”为朗培底氏（Lamberti）之纹章，莫斯卡为其族人。见《地狱》第二十八篇注⑮。

㉖未斯多米尼氏（Visdomini）及多星奇氏（Tosinghi）管理教堂，当主教缺席之时，彼等得自由支配教堂财产，因以自肥。

“那倨傲的一族，对于逃避他的人则做蛟龙的形状，对于报之以齿牙，或示之以钱袋的人则做羔羊的姿态，现在已经抬头了；但他究竟是小户人家，于贝帝诺·窦那蒂也不愿和他做连襟。[27] 卡逢煞希氏已经从菲埃佐勒进了市场；基达和茵芳加多都已经成为好市民了。[28]

“有一桩事情似乎是不可信，但是确实的：在那小圈子的围墙里，竟有一个门是取名于柏拉族的。[29]

“那些在自己纹章上饰以大子爵（圣托马斯的节日使他的声名永留不忘）的旗号的氏族，都从他得了骑士的身份和种种特权，虽然后来在纹章上有金边的一族出了一位联络民众的。[30]

“那时已经有了加德罗底氏和英巴杜尼氏；假使不是他们突然来了新的邻居，那么巴而哥仍旧是一块较

㉗ 阿地马利氏（Adimari）与但丁间有不可解之仇恨。于贝帝诺·窦那蒂（Ubertino Donati）娶贝尔提女，后贝尔提又欲嫁他女于阿地马利氏，于贝帝诺·窦那蒂加以反对。

㉘ 卡逢煞希氏（Caponsacchi）原住菲埃佐勒。基达（Guida）与茵芳加多（Infangato）皆吉伯林派。

㉙ 佛罗伦萨最初有一城门柏罗萨门（Porta Peruzza），乃取名于古氏族柏拉（Pera）。

㉚ 大子爵谓乌哥（Ugo di Brandimborgo），为日耳曼皇帝奥托第三（Otton Ⅲ）驻托斯卡那之代理人，卒于一〇〇一年之圣托马斯节日。子爵在日，曾使佛罗伦萨之波西（Pulci）、内利（Nerli）、冈加朗底（Gangalandi）、基央多纳底（Giandonati）、贝拉（della Bella）等氏族之人为骑士；此辈因爱子爵故，于氏族之纹章上加红白二条成十字，此乃子爵之旗号也。“联络民众的”指嗣后在但丁时代有基诺·贝拉（Giano della Bella）脱离贵族，为一民主派之大领袖。

平静的地方。[31] 从他生出你们的悲哀的那一族，因为正义的愤怒把你们许多人都引到死路上去，而终止了你们欢乐的生活，他和他的戚党都曾被人尊敬过。[32] 庞戴尔蒙特呀！你受了别人的挑拨而违背和他已结的婚约，你多么错误呀！[33] 假使你第一次进城的时候，上帝允许把你给了爱玛，那么现在许多哭的人都要笑了；但是那桥边的残石竟看见一个尸体，于是佛罗伦萨的和平给破坏了。[34]

"就是和着这些氏族，还有其他，我曾经看见佛罗伦萨欢乐度日，因为他没有哭泣的理由；和着这些氏族，我曾经看见公正而光荣的市民，那旗杆上的百合花从未倒栽着，也未因为党派关系而染着赤色。"[35]

㉛ 加德罗底氏（Gualterotti）与英巴杜尼氏（Importuni）之新邻居指庞戴尔蒙特氏，见本篇注⑰。巴而哥（Borgo Santi Apostoli），佛罗伦萨城内地名。

㉜ "那一族"谓阿米戴伊氏（Amidei），其"戚党"指乌采利尼（Uccellini）、吉拉迪尼（Gherardini）等。该氏等在昔被人尊敬，今则衰败而被放逐。

㉝ 庞戴尔蒙特（Buondelmonte Buondelmonti）与阿米戴伊氏之女有口头婚约，后竟受诱惑与窦那蒂氏之女结婚，遂被暗杀于维巧桥边，其处有战神之残像。因此暗杀，乃生贵尔弗与吉伯林两派，造成佛罗伦萨之不幸。参见本篇注⑰,《地狱》第十三篇注⑩、第二十八篇注⑮。

㉞ 庞戴尔蒙特由乡入城时经过佛罗伦萨南一河名爱玛（Ema），若彼当日溺死水中，则可免去佛罗伦萨种种之不幸。

㉟ 佛罗伦萨之旗号为白百合花在红底上，吉伯林派保持之，一二五一年贵尔弗派则采取红花而白底。旗号倒植，为战争失败受辱之象。

第十七篇

卡恰圭达的最后谈话：但丁的命运。

我像走向克吕墨涅，请她说明他所闻于人的关于自己身世的那一位，他至今仍使为父的怨恨他们的儿子呢；[①]我觉得也是如此，同时贝雅特丽齐和那为我的缘故而移动位置的神灯[②]，也觉得我是如此。

因此我的贵妇人说："把你欲望的火气透出来吧！把你内心的印象显出来吧！并非因为你的话可以增加我们的知识，只是你也当学习表白你的饥渴的方法，庶几别人好供给你饮食。"

---

① 法厄同闻人言彼乃太阳神赫利俄斯之子，后又有人谓其不然，彼心焦急，乃趋其母克吕墨涅（Climenè）一问究竟。法厄同曾请其父许彼赶太阳车，致闯大祸。见《地狱》第十七篇注⑩。但丁因以前曾有灵魂预言其未来之不幸，故亦急欲就其高祖一问。

②"神灯"指卡恰圭达。

“我亲爱的根呀！你高高地上升，凝视着那一点。对于他，一切时间都是现在。[③] 你看见种种未来的、不可捉摸的事情，像地上的人类知道一个三角形内不能有两个钝角一般；当我伴着维吉尔攀登那灵魂净罪的山，又入那死人的国，那时常常听见，关于我的未来生活，种种使我烦闷的话句，固然我觉得很有坚强的力量足以抵抗命运的打击；[④] 我很愿知道将要接近我的不幸，因为预料所及的箭，会来得迟慢些呢。”[⑤]

我对那在前曾和我说话的光辉，这样陈述我的欲望，一如贝雅特丽齐所愿意的。在除去世人罪孽的“上帝的羔羊”做了牺牲以前，异教徒都是用着暧昧的话，[⑥] 但这位包在微笑的光辉里的父爱，却用确切清楚的话来回答我：“未来的事，不越出你们物质之书以外，都描绘在永久的现状里了；[⑦] 但他们的来临也非必然的，譬如你所见的一条船，并不一定依着你的目光顺流而下。从这永久的现状，你的前程便一一显示在我的眼里，无

---

③ 灵魂们经历诸天所趋之一点；其所凝视之一点为上帝，过去、未来在上帝心目中皆为现在。

④ 灵魂言及但丁未来之命运者，见《地狱》第十、十五、二十四篇，《净界》第八、十一、二十四篇。

⑤ 人能预料祸患之来临，则其所受损害与痛苦较轻，如箭来迟慢则创伤较浅。

⑥ 古代神之答词，预言未来者，皆属谜语或模棱两可之言。“上帝的羔羊”指耶稣。见《净界》第十六篇注①。

⑦“未来的事”在上帝看来是一幅目前的图画，参见本篇注③。

异一部和谐的曲子，从大风琴送到我的耳里。

“像希波吕托斯为他狠心的不忠的继母所诬告而离开雅典一般，[8]你的不得不离开佛罗伦萨也是这样。他们愿意这样做，他们已经设计了，不久他们就将完成了。他们这班人，日夜在那里用基督的名义做着买卖。[9]他们把一切罪过归于弱小的一边，这是向例如此；然而天刑将为真理的见证，报复就要落在他们身上了。[10]你将离开你所最亲爱的；这就是放逐的弓所发的第一箭。你将懂得别人家的面包是多么含着苦味，别人家的楼梯是多么升降艰难。

“然而压在你肩上最难耐的重量却是你的同伴。他们既凶恶又拙劣，你竟和着他们堕入这种幽谷；他们忘恩负义，非愚即狂，居然回转头来反抗你；但不久便知道红着额角的是他们而不是你了。[11]他们鲁莽的行为，可以证明你的孤立是有利于你的令名的。

“你第一个避难所，第一个东道主，应是那慷慨的

---

⑧ 希波吕托斯（Ippolito）为雅典国王特修斯与前妻所生之子，被后母淮德拉（Fedra）所诬告，因此离开雅典。但丁被放逐于佛罗伦萨似之。

⑨ 因政治意见之不同，罗马之教皇卜尼法斯第八不惜重价，阴谋将但丁逐出佛罗伦萨。

⑩ 暗指佛罗伦萨黑党所遭之灾害，如阿尔诺河上之桥断，溺毙许多人；如大火，延烧一千七百家等。

⑪ 与但丁一同流放之白党，于一三〇四年拟以武力袭击佛罗伦萨，但丁不赞成，不取一致行动，遂成孤立，后袭击者卒流血而失败。

大隆巴多，他的纹章是神圣的鸟立在梯子上。[12]他对于你是这般好心，在你们二人之间，一个是请求者，一个是允许者，别人应居后者，而你们却常居先，[13]在他那里，你又将认识一位，他出生便很受了这星的感应，[14]他将来的行为很值得纪念；目前尚未有人注意他，因为他的年纪尚小，这些天体绕着他旋转还不过九年。但在那加斯科涅人欺骗那大亨利之前，[15]世人已经知道他的德性所放的光芒了，因为他视金钱和劳苦如无物的缘故。他的博施济众将是很著名的，就是他的仇敌也不能默而不言。你等着他的保护和恩泽呢。许多人因为他而变换了境况；富翁和乞丐互易了地位。你要把他的美德深铭于心，但你不必多宣之于口。”

那灵魂又添说了几桩事情，就是目睹的人也觉得

---

⑫ 但丁放逐后，早年寄寓维罗纳（Verona）之斯卡拉族（della Scala）；斯卡拉，“梯子”之义，其纹章为一鹰立于一梯子上。大隆巴多（Gran Lombardo）谓斯卡拉之巴尔托罗美奥（Bartolomeo della Scala），一三〇一至一三〇四年为维罗纳之主。

⑬ 允许常在请求之前，即但丁未开口即已有供给，与普通人间“有求必应”之次序相反。

⑭ 此位指堪格兰德（参见《地狱》第一篇注⑫），为巴尔托罗美奥之弟，一三一一至一三二九年为维罗纳之主。但丁有致彼之书信；《天堂》为奉献于彼之著作。“这星”指火星，言其勇敢也。

⑮ 加斯科涅人（Gascon）即教皇克力门第五（参见《地狱》第十九篇注⑧、注⑨），初本赞成日耳曼皇帝亨利第七光临意大利，后又暗中反对。其时为一三一二年，堪格兰德方二十一岁。

他们是不可尽信。[16]于是他又说："我的孩子，这些就是别人对你说的话的解释；这些就是隐在几年以后等着你的陷阱。但我不愿意你怨恨你的邻人，因为你的寿命很长，可以看见他们不忠不信所受的惩戒呢。"

于是那神圣的灵魂静默了，似乎在我所准备着的经线上面，他已经织完了纬线。那时我像一个疑惑的人，向那有明见的，敢直言的，而且爱他的人请求指教；我说："我的父亲！我已经看得清楚，时间很快地把那些计谋带到我的面前，假使我不振作些，他们打击我要更加难堪。因为有了先见之明，所以假使我失去了我所最亲爱的地方，我不应当再因为我的诗而失了别处。[17]从那无尽痛苦的深渊，沿着那山的腹部，更从那仙境一般的山顶，我的贵妇人用她的眼光提拔我，跟随她经历诸天，我已经学到许多事情，假使我把他们写出来，一定含有酸味而不合许多人的胃口；但是假使我对于真理是一个胆小的朋友，我恐怕要在那些人中失去了生命，他们称这个时候为古代。"

我可爱的祖先所在的光辉，那时明亮得像阳光所照的金镜一般，于是他答道："凡良心被自己的或别人的耻辱所染黑的人，一定觉得你的话是严厉刺耳；但是没

---

⑯ 此处指但丁着笔以后所发生的诸事。

⑰ 今已离开佛罗伦萨，避难异乡，不应再作讽刺诗歌，致惹人怒，使异乡亦不克安居也。

有关系，只要你能摆脱所有的诳语，显示你所见的全部景象，听那些有疥癣的自搔其痒处吧！因为即使你的声调其初味是酸的，但在消化以后便是养生的了。你的呼喊是像飓风打击那些最高的山峰，这个对于你将非平凡的荣誉。所以你在诸轮、在山上、在苦谷，所遇见的都是些知名之辈；因为人间的听话者对于隐约的、无根的例子是不会满意而相信的，对于不可以感觉的理论也是如此。”⑱

⑱ 但丁所遇之善恶灵魂，如不于其诗中指出姓名，或含糊其辞，则不足以服读者，故不得不以所见所闻之全景写出，即获罪于人亦所不惜也。

第十八篇

火星天的其他灵魂。上升至第六重天（木星天）：公正贤明的君主。

那位幸福的灵魂说了，已经在那里回想他自己的话；我也在心中回味，觉得苦和甜正是参半。[1] 那位引导我往上帝那里去的贵妇人说："变换你的思想吧！记起我是接近他，他能够减轻一切的损害呢。"

我回转头向着我的安慰者那可爱的声调，那时在她神圣的眼里我看见怎样的爱情，我不拟写出；不仅因为我不信任我的语言，就是我的记忆，如不得神助，也力有不及。关于这一点，我可以叙述的是：当那永久的欢乐[2] 直射于贝雅特丽齐，再从她美丽的脸上反射到我的

① "苦"言放逐，"甜"言光荣之前程。
② 上帝为一切善美及一切欢乐之源。

眼里，我是心满意足，更没有其他一切的欲望了。

然而她又把那微笑的光来压服我，她对我说："你仍旧回转头去，而且静听着：因为天国不是仅在我的眼里。"

像在地上，假使一个人对于某事有热烈的欲望，我们可以立即从他的外貌上看出来；同样，在那神圣的光辉里，[3]那时我已经向着他了，我看出他还有和我再说几句话的欲望。

他开始说："在这立根于山顶，[4]永远结着果子，永远不落叶子的树的第五枝上，是幸福的灵魂，他们在到天上以前，在下界已经大名鼎鼎了，文艺女神因为他们而增加了财富。[5]所以请你注视十字架的两臂：当我说到一个灵魂的名字，他便像云中的闪电一般发亮。"

他正说到约书亚[6]这个名字，我便看见十字架上一条行动很快的光，话句和事实真是没有前后。说到崇高的马加比的名字时，我看见一个旋转而行动的光辉，欢乐的对于他无异鞭索的对于陀螺。[7]随后他说到查理曼

---

③ 在光辉中为卡恰圭达之灵魂。

④ 火星天为天堂之第五级。此处以树喻天堂，山顶喻上帝。

⑤ 言此辈大名之人其所行可为诗歌之材料也。

⑥ 约书亚（Giosuè）继续摩西引导希伯来人往神所允许之地，《旧约》中有《约书亚记》。

⑦ 马加比（Giuda Maccabeo）救济希伯来人脱于叙利亚王安条克（Antioco）之压迫，满门尽忠者达七人之多，见《次经·马加比传》。

和罗兰，我的锐利眼光像猎人的跟了飞鹰。[⑧]最后在那十字架上我看见威廉和勒纳尔，还有公爵戈弗雷和罗伯特·圭斯卡尔多。[⑨]末了，那位和我谈话的灵魂，混入其他灵魂之中，做着一致的行动，对我显示他在天上歌者之间有怎样的位置。

我转向我的右方，想从贝雅特丽齐的语言或姿势中知道我的职务，那时我看见她的眼睛这样明净，这样喜悦，超过以前一切的直至最后的状貌。[⑩]假使一个人对于做某事有了兴味，那么他便觉得逐日愈做愈精，能力增加；同样，我所登的天，他的轨道的弧线愈大，我便觉得这个奇迹愈可尊敬。[⑪]而且，在短时间以内，像一个女人的面孔，在放下羞耻以后，就恢复原有的白色一般，当我转过脸去，便看见那白光的温和的第六星，他已经把我接受进去。[⑫]

---

⑧ 法国查理曼大帝及其侄罗兰出征其时为伊斯兰教徒所据的西班牙。详见《地狱》第三十一篇注②。

⑨ 威廉（Guglielmo）为奥兰治（Orange）公爵，其侄勒纳尔（Rinoardo）为勇敢之战士。戈弗雷（Goffredo di Buglione）为第一次十字军东征之领袖，卒于一一〇〇年。罗伯特·圭斯卡尔多（见《地狱》第二十八篇注③）驱逐伊斯兰教徒于意大利南部而王其地，卒于一〇八五年。以上罗兰、威廉、勒纳尔为稗史中人物，其他为历史的人物。

⑩ 参见本篇第二段之“神圣的眼”及“微笑的光”。

⑪ 愈上升则天体之轨道愈大，但丁觉得贝雅特丽齐之美丽及微笑（奇迹）更加动人。

⑫ 木星在火星与土星之间，但丁根据托勒密谓火星热而土星冷，唯木星得其平均。参见《净界》第十九篇注①。

在朱庇特的火把中，我看见那里爱的火花描写着我们的语言呢。[13]

像一群鸟从海边上飞起来，似乎是庆祝他们新发现的食品，翱翔在天空，此时排成圆圈，彼时排成椭圆一般；同样，那些包在光辉中的神圣造物，一方面飞，一方面唱，把他们自己排成D，排成I，排成L。他们行动的时候唱着；他们排成一个记号以后，便略微静止一下。

珀伽索斯的女神呀！[14]你给天才们以光荣及长寿，他们又因为你的助力把光荣和长寿转给他们的乡里和他们的国家；请用你的光照明着我，使我把显在眼前的图形联缀起来，把你的能力表示在这些简短的诗句上！[15]

那时他们排了五倍七的母音和子音，他们一现出来，我便记牢他们的一部分。[16]最初排出的动词和名词是DILIGITE JUSTITIAM；最后一段是QUI JUDICATIS TERRAM。[17]于是所有的灵魂便终止在第五个字的M的

---

⑬ 木星为奉献于朱庇特大神之星。“爱的火花”指灵魂包于其内之“光辉”。“描写着我们的语言”指下文所述排列字母。

⑭ 珀伽索斯（Pegaso）为飞马，曾以蹄踏地成泉，该泉奉献于文艺女神，因此有“珀伽索斯泉之女神”之称。此处或指天文女神乌拉尼娅。参见《净界》第二十九篇注③。

⑮“简短的诗句”指用拉丁文所写之诗句。

⑯ 灵魂们以次排成字母（销前显后），共计排了三十五个字母，但丁记牢若干字母所成之每个字，积数个字则成诗句。

⑰ 此处拉丁文直译为“爱悦正义，彼审判地球”，即“治理世界者应一秉至公”之意，语出所罗门。

图形，所以银样的木星在那里又装了金饰。稍后，我又看见别的光辉降到M的顶上，停止在那里，他们唱着，我想他们是在歌吟那吸引他们的至善呢。⑱

不久，像着了火的木棍被打击一下，因此火花满地，愚人们由此可以得到预兆一般；⑲我看见那里有一千个以上的光辉升起，有的多升一些，有的少升一些，似乎那使他们发亮的太阳在那里布置他们；⑳当每个安静了以后，我看见一只鹰的头和颈已经从那些火花中表示出来。

在那里描画的他，没有人指导他，只有他自己指导自己，从他认识了那种能力，就是那在窝里的形态。㉑

还有其余的幸福灵魂，他们起初似乎以围绕M像百合花圈一般为满足，现在也稍稍移动以完成那个影像。㉒

温和的星呀！多少的宝石使我相信我们地上的正义是一种你所装饰的天上的效果呢！㉓因此我恳求你的运

---

⑱ 此处灵魂们由M形（原当作峨特体ጠ）极易渐渐改变为鹰状，为罗马帝国（其法律、其正义）之象征。“至善”指上帝。

⑲ 其占法先问：“我得多少羊？或多少银元？”于是击着火之棍而数其堕地之火花。

⑳“使他们发亮的太阳”指上帝。

㉑ 上帝之工作，更无人能予以指导。《以赛亚书》第四十章：“谁曾测度耶和华的心，或做他的谋士指教他呢？他与谁商议？谁教导他？……”即此意。上帝为一切“形成势力”所自出，使鸟巢内之蛋成为鸟形，但“在窝里的形态”一语总属晦涩。

㉒ 其他灵魂促成鹰身鹰翼。

㉓“温和的星”即木星。中世纪之理论，谓正义乃由于木星的影响。“宝石”指幸福的灵魂。

动和权力的起源的神智，注意那遮蔽你的光芒的烟雾是从何而来；要他对于在那圣殿（那里以奇迹和苦难做墙壁）里的买卖再发一次怒。[24]

天上的军队呀！我正瞻望着你们，请你们为那些因为坏的榜样而走错了路的地上的人们祷告！[25]从前是用剑去争斗，然而现今这儿那儿所听到的是断绝人的面包，那是我们的慈父对任何人所不禁的；[26]但是你呢，[27]你的写上，无非为着涂去，请你想想彼得和保罗，他们为着葡萄园而死，而你把他荒芜了，可是他们虽死犹生呀！[28] 虽然，你可以辩说："我所敬仰的是那愿意过孤独生活的一位，他因为跳舞的缘故而牺牲了：我不知道打鱼的，也不知道保罗。"[29]

㉔ 正义不彰，但丁意谓由于罗马教廷之贪污。基督精神所建之圣殿，实成以种种奇迹及殉教者之血。昔年耶稣曾被人于耶路撒冷圣殿内商定身价，今此事又再见于罗马教廷矣。

㉕"天上的军队"即幸福的灵魂。"坏的榜样"指教会之牧师。

㉖"圣餐面包"由耶稣分赐大众。此处言教皇滥用"出教"权力也。

㉗ 指卜尼法斯第八，又说指克力门第五或其后继之教皇。

㉘"写上"指将人逐出教会，而登记于册，及得贿则又涂去其名，成为一种买卖。"葡萄园"指教会。

㉙ 敬仰因希罗底之女莎乐美跳舞事被希律所杀的施洗约翰，指其爱"弗罗林"金币也，见《地狱》第三十篇注⑧。"孤独生活"言施洗约翰居旷野。打鱼的即圣彼得，见《净界》第二十二篇注⑨。

第十九篇

木星天：鹰的讲论。

在我之前，显出那张着翅膀的美丽的影像，这是联合在一起的灵魂所构成的，他们正欢乐于甜美的享受之中。他们每个都像烈日光下的红宝石，把他们的亮光反射到我的眼里。

现在我要追叙的，既不是口语可以传的，也不是墨水可以写的，更不是想象可以了解的；因为我那时看见而且听见那鸟嘴说着“我”和“我的”，实际意义却是“我们”和“我们的”[①]。

他这样说：“因为我是公正的、至诚的，所以我得到这样崇高的光荣地位，一切的愿望都不能超越；我曾经在地上留有好名声，就是那些恶人也一致称颂，但是

---

① 此鹰虽为诸灵魂所组成，但众口一声，众心一德，故如出一人也。

他们不能以我为模范。”

像许多火炭列在一起，而我们只感觉一种热力，同样，许多被爱所烧的灵魂仅从那影像发出一种声音。于是我随即说：“永久欢乐的不老的花呀！所有你们的各个香味，在我只感觉一种香味，[②]请用你们的话，解除我的大断食，我饥饿得长久了，因为在地上我找不着食物。我很知道，假使神的正义把任何别的一重天做他的镜子，你们也理解他而一无隐蔽。[③]你们知道我多么心急而准备静听；你们知道我的问题是什么，他使我断食了多年了。[④]”

像一只出窠的鹰，转动他的头，拍拍他的翅膀，振作他的精神，表示出将欲奋飞的模样；当时我所见的影像也是如此；他交织着对于神恩的颂词，以及那些歌声，只有高高在上的，可以享受他的妙处。

于是他开始说：“他把他的罗盘转向世界的尽头，在其内分布一些难懂的奇迹和一些明显的事情，他不仅把他的德性印在全宇宙，而且他的言词无穷，超越一切；[⑤]这证明见于那第一个骄傲者，他是造物中最卓绝

---

② 所有文明的政府，其工作唯一，其口号唯一，“正义”而已。

③ 神之正义将由另一重天（德乐尼天使阶级，见《天堂》第九篇注⑩）反射出来，但在木星天之诸灵魂亦能明辨之。

④ 未信基督者虽有德亦不能入天堂，似与神之正义不合；此但丁心中之疑问也，在其《王国论》中已提及。

⑤ 上帝之智慧无穷，非一切造物所可及。

的一位，然因急不可待的缘故，在未成熟之前便堕落了。[6]所以，其他较次的万有，显而易见不能容纳那无穷的善，只有他自己能做他自己的尺度。

“由此可知我们的眼光只是那包含一切的智慧的一线光，我们没有足够的能力用以了解他的原理，实在是本性如此。由此可知你们人类眼光中的永久正义，好比眼看海水，在海边是见到底，在海中便见不到；可是海终是有底的，只是深不可测，瞒过你们的眼睛罢了。

“除非从那恬静的，永没有烦恼的地方来，那是没有真光的；其他只是你们肉体的黑暗或影子，或是他的毒汁。[7]

“现在关于神的正义的迷宫，经你多次的探问，他的门已经向你开得很大了；你的问题是：一个人生在印度河边，那里没有人说及基督，也没有人读着《圣经》，也没有人写着关于宗教的论文；可是这个人立志正大，行为善良，从人类的理由去观察，生平可算一无罪过。但是他没有受洗礼，没有信仰而死去了；对于这个人加以责罚，是否算公正呢？假使他没有信仰，是他的错处么？

⑥“第一个骄傲者”指卢奇菲罗（撒旦），彼本为造物中之最高者，但因未见全体，不能静待上帝之全光，竟至堕落。同样，亚当、夏娃之罪不在希望知识，而在其希望之太早耳。参见《净界》第二十九篇注②。

⑦“恬静的”指上帝，神智。“黑暗或影子”指愚蠢无知。“毒汁”指罪过。有害的幻想（迷惘）皆生自肉体。

“现在我且问你，你是谁？你坐在椅子上，目光所及不过从大拇指到小拇指之间，偏偏要判断一千里路外的事物么？

“假使在你们之上没有那部《圣经》，一定更有许多奇怪的问题，这是我和我的同伴们所明白的。地上的动物呀！愚蠢的心灵呀！那第一意志本身是善的，从未离开过他的本身，他的本身就是至善，和他符合的都是公正；并非创造的善吸引他，而是他发射种种的善。”[⑧]

像母鹳鸟喂了食以后，立在巢上左顾右盼，而受了食的小鹳鸟又仰望着她一般；那许多灵魂的意志所构成的幸福的影像振动他的翅膀，而我也扬眉向着他。

他转着唱着，又说：“永久的审判不为你们人类所了解，也犹我的音调不为你所了解一般。”

后来那些从圣灵发出的光辉静止了，仍旧保持着那个记号，这记号使罗马人得着全世界的尊敬呢。[⑨]他又开始说：“在基督钉在木架上以前或以后，不信仰基督者是不能入此国度的。但是，在那审判的时候，将见许多口称基督、基督的，比那些从来不知基督的还要离开

---

⑧ 假使我们没有《圣经》的威权做我们的指导，假使我们不知道上帝的意志其本身就是善和正义的完全标准，而并不需参考别的标准，那么在人类心中定有许多狐疑不决的事情。和上帝的意志符合，就是正义之最后试验。

⑨“记号”谓鹰之影像，罗马帝国之国徽为鹰旗。参见《天堂》第六篇。

基督远呢；这样的耶教徒将为埃塞俄比亚人所定罪，将被分别为两类，一类是永富的，一类是永穷的。[10]当一本写着你们国王劣迹的书[11]打开在他们面前的时候，那些波斯人要说些什么呢？

"那里将看见阿尔伯特的行为，他鼓翼向着布拉格的国境，而使之成为一块荒地。[12]那里将看见伪造的货币带给塞纳河两岸的灾难；这个人将被野猪打击而至于死。[13]那里将看见骄傲的渴望使苏格兰人和英格兰人变为狂人，不能安于他们各自的疆界。[14]放荡和柔靡的生活有西班牙的他，还有波希米亚的他；他不知勇武，也不愿有此美德。[15]至于耶路撒冷的跛者，则他的优点将用 I 记着，而其相反之点将用 M 表示。[16]那贪婪和卑鄙

---

⑩ 此处所谓埃塞俄比亚人（在非洲）及下文之波斯人皆代表非耶教徒。"永富的"指得救者，"永穷的"指有罪者。口称基督之匪人，将受非耶教徒之谴责。

⑪ 上帝之书，记录人类之功过者。以下随意指出当时君主（耶教徒）之罪恶，亦不尽有史实可证，可与《净界》第七篇比较。

⑫ 日耳曼皇帝阿尔伯特（见《净界》第六篇注⑫）于一三〇四年侵入波希米亚，布拉格（Prague）为其首邑也。"鼓翼"在原文亦可解释为天使动笔（翼）记录其事。

⑬ 一三一四年，法王美腓力打猎遇野猪，马惊坠地，因伤而卒。美腓力因在佛兰德之战役（1302 年）亏损甚多，乃将货币改造，价值仅及原币三分之一。

⑭ 此言英王爱德华第一与苏格兰王罗伯特间之战事。

⑮ 西班牙王指斐迪南（Ferdinando di Castiglia）；波希米亚王指瓦茨拉夫；见《净界》第七篇注⑩。

⑯ 查理第二为那不勒斯及耶路撒冷王，跛足；I 为一，M 为千，言其美德与劣迹为一与千之比也。

将见之于他，他治理那火岛，那里就是安基塞斯长寿命的终点；要使你们明了他的贪鄙，应当用简短的字句，否则就没有地位可以容纳了。[17]大家知道他的叔父和他的哥哥都将显示他们的胡为；他们侮辱了一个著名的家族和两个王冠。[18]那葡萄牙的他，挪威的他，都将被人知道，还有那拉斯亚的他，他伪造威尼斯的货币。[19]快乐的匈牙利呀！假使他不再被坏人所引导。[20]还有快乐的纳瓦拉，假使他使用他的山做他的武器！[21]每个人都应以此为前车之鉴，那尼科西亚和法马古斯塔已经呻吟于他们的野兽之下了，那野兽不肯离弃他们的团体。[22]”

---

⑰ 安基塞斯为埃涅阿斯之父，死于西西里之德列帕努姆（Trapani），所谓火岛即西西里，因其岛为埃特纳火山也。此处所指为腓特烈（1296—1337年为西西里王）。《净界》第三篇但丁谓其在西西里甚光荣，故在薄伽丘时代传说但丁原欲将《净界》奉献于彼，然近代学者皆不信有此。如但丁原有此意，则但丁失去对彼之尊敬，或由于彼之软弱，未能反对那不勒斯王罗伯特（见《天堂》第八篇注⑲），意大利贵尔弗派之首领。但丁于此处表示其罪过之罄竹难书。

⑱ 腓特烈之叔为贾科莫（Giacomo，1262—1311），梅诺卡岛之王；其兄亦名贾科莫，即雅各波（Iacopo），于一二九一至一三二七年为阿拉冈王。

⑲ 葡萄牙王指迪奥尼西奥（Dionisio Agricola），挪威王指亚柯纳（Acone Gambalunga）。拉斯亚（Rascia）即塞尔维亚与波斯尼亚等地，其王斯特凡（Stefano Urosio）曾伪造威尼斯之货币。

⑳ 一三〇〇年匈牙利王为安德鲁（Andrew）；加罗伯特，但丁友人查理·马德罗之子（参见《天堂》第八篇注⑬、第九篇注①），于一三一〇至一三四二年继立，为贤明之君。

㉑ 纳瓦拉与法国相隔比利牛斯山，纳瓦拉王女约娜（Joanna）为美腓力之妻，故亦入法国势力范围矣。

㉒ 尼科西亚（Nicosia）和法马古斯塔（Famagosta）为西伯里岛（塞浦路斯岛）要邑，该岛在法人恩里克（Arrigo di Lusignano）王统治之下（1285—1324年），王亦暴虐，喻之为野兽；前所列举欧洲诸王皆野兽之团体也。

第二十篇

续鹰的讲论：异教徒的得入天国。

当那照耀全世界的他降入我们的半球以后，天色已晚，四周黑暗起来了，但天空在以前只有他亮着，现在却有许多的光芒，都是从他一个再生出来的。①这种天空的现象忽然涌上我的心来，当那世界的记号及其领袖停止了幸福的鸟嘴的时候；②因为那些活泼泼的光辉，比以前加倍发亮，开始他们的种种歌声了，这些都不能留在我脆弱的记忆之中。

甜美的爱呀！你把他们用光辉包裹着，他们在我的眼

---

① 太阳落而群星出，以喻鹰语止而诸灵魂发出种种歌声。但丁时代意谓群星（不仅行星）之光皆为日光之反射。

② “世界的记号”谓鹰，象征世界的帝国（即罗马帝国）。“其领袖”谓诸皇帝（组成鹰状之诸灵魂）。

里显得多么热烈，在那些笛孔中吹出神圣的思想。[③]

当那些装饰第六重天的宝石，停止他们天使的歌声以后，我似乎听见流水淙淙之声，由此岩到彼岩，源源不绝；又像琵琶弦上弹出之音，或像洞箫吹出之调；凡此种种声调，随即会合入于鹰颈，由鹰嘴透出，成为人声，成为语言；这就是我所等待的，且把他们记在下面。

他开始对我说："你应当注视我的这一部分，就是地上的鹰用他看太阳，而且忍得住日光的部分，因为组成我的种种光辉，在我眼睛的部分最为灿烂。在中间的，可说是瞳仁，亮着那圣灵的歌者，他搬运约柜从一个城到一个城；现在他知道他的歌的效力，同时他自己的谋划也得着应得的报酬。[④]

"还有五个，环绕瞳仁成为睫毛；那个邻近我嘴的方面的灵魂，他曾安慰丧子的寡妇；他现在对于不追随基督的损失知道得很明白，因为他对于柔和的生活及其相反的都已有了经验。[⑤]

"那一个居在我睫毛之上部，他因为真实的忏悔而

---

③"甜美的爱"指上帝之爱。末句言诸灵魂歌唱。

④ 大卫（David），以色列王，曾将"约柜"从亚比拿达家搬到耶路撒冷城，大卫在约柜之前欢呼跳舞。见《撒母耳记》下第六章。

⑤ 指图拉真皇帝事，见《净界》第十篇注⑫。"柔和的生活"指在天堂，"其相反的"指在地狱。

迟死；他现在知道永久的判决是不会变更的，就是今日在地上所做的有价值的祈祷也不足以影响到明日。[⑥]

“其次的一个，他带着法律及我，把自己的地位让给牧师，成为一个希腊人，这种行为，居心很好，可惜结果坏了；现在他知道从他的善行生出恶果，虽然没有害了他自己，但是毁坏了世界。[⑦]

“在我睫毛之下部的是威廉，他的人民伤心他的死，同时又哭泣查理和腓特烈的生；他现在知道天是怎样爱护公正的君主，而使他被人看得如此的光荣。[⑧]

“在充满错误的地上，有谁知道特洛伊人里佩乌斯是这个光辉圈子中的第五个呢？[⑨]现在他知道神恩是不被世间人所看透的，虽然他的见解未必彻底。”

像百灵鸟在天空飞鸣，现在静默了，满足于他最后的音调一般，那印着永久欢乐的影像，因为渴望他而一

---

⑥ 指希西家（Ezcchia），犹太王，病将死，因祷告上帝而得延长十五年之寿命。见《列王纪》下第二十章。神命不因祷告而变更，唯祷告亦在神命之程序中而已。

⑦ 指君士坦丁皇帝将罗马让与教皇，携其法律及鹰旗东往希腊。见《地狱》第十九篇注⑭，《净界》第三十二篇注㉒。

⑧ 威廉（Guglielmo Ⅱ，1153—1189）即好威廉，曾为西西里王，生时为人民所爱戴；今那不勒斯以查理第二为王，西西里以腓特烈第二为王，人民苦之。

⑨ 特洛伊人里佩乌斯（Rifeo Troiano），维吉尔于其《埃涅阿斯纪》第二篇中称彼为“特洛伊人中最公正之一人”，因抵抗希腊人而战死。

切事物各如其愿，[10]在我看来也有类于此。虽然我心里的怀疑是像在玻璃瓶内的颜色，很容易被人知道，可是我急不及待，突然由我的嘴里漏出："这些是为什么？"像重物脱手而去一样；那时我看见灵魂们发出了大喜悦的光芒。

于是那鹰眼立即加倍发亮，为解除我的心头重担起见，那幸福的记号回答道："我知道你相信我对你说的话，但是你不懂他的为什么；就是说，这些是可信的，然而是不可解的。你像一个人，只知道事物的名字，但不知道事物的本质，除非有别人告诉他。

"热烈的爱和活泼的希望，战胜了神的意志，天国便要忍受犯规的事情；但这个和人的战胜人不同，这种战胜是他自愿被战胜，他的被战胜即是他的善之战胜。

"在我睫毛上的第一个和第五个灵魂，你对于他们觉得奇怪，因为在众天使所住之地，居然会有着他们。[11]他们脱离他们的肉体，出乎你意料之外，他们竟不是异教徒，而是有坚定信仰的基督教徒，一个信仰将受痛苦的脚，一个信仰已受痛苦的脚。[12]

"这一个从地狱（那里一个人永不能返于善的意志）

---

⑩ 鹰的影像，印着上帝永久的意志（正义），因渴望上帝而万物各得其所。此处言组成鹰状之诸灵魂歌唱一会儿而静默了。

⑪ 图拉真及里佩乌斯皆为异教徒，为何得入天国？

⑫ 里佩乌斯生耶稣前，图拉真生耶稣后。"受痛苦的脚"言耶稣被钉于十字架上。

回到他的白骨，这是活泼的希望之报酬；[13]从这活泼的希望，给予祈祷者以权力，遂得请求上帝使他再生，因此他才有能力移动他的意志。[14]我所说的这个光荣的灵魂，他和他的肉体联合，小住若干时日，信仰能够帮助他的那一位[15]；因为信仰被真爱的烈火所烧，在第二度的死以后，他便有得着这大欢乐的资格。

“那一个呢，因为无穷的恩惠（来源很远，没有一个造物能窥其底蕴），使他在地上唯一之爱是生活于正道；由此，恩惠加恩惠，上帝使他对于未来的赎罪有先见之明；[16]他已信仰有此一日，因此他不耐异教的下流，斥责堕落的民族。在举行洗礼一千多年以前，已经有三个贵妇人替他举行过了，这三个贵妇人你已经在车子右轮看见过了。[17]

“天命呀！你的根离开人类多么远呀！他们的眼光完全看不透那第一原因。人类呀！请你们在判断上谨慎

---

⑬ 在地狱，忏悔或改变意志，虽有神命亦认为不可能，故必使灵魂归于肉体，于是其意志可于地上改变之。

⑭ 中世纪传说教皇格利哥里为图拉真祈祷，一日，天上有声曰：“吾闻尔语矣，吾赦图拉真。”圣托马斯谓：“图拉真虽在屏弃之列，然并非绝对受屏弃，因其命中注定将格利哥里之祈祷而得救也。”参见本篇注⑥。按此即神学上之宿命说、天命说，或救灵预定说(Predestination)。

⑮“能够帮助他的那一位”指基督。

⑯ 圣托马斯谓：“一个虽生于蛮夷之邦，上帝亦将予以得救所必需之启示，或用神感，或遣以宣教师。”但丁似亦抱此观念。

⑰ 自特洛伊之毁灭至耶稣降生有一千余年。“三个贵妇人”指信、望、爱。见《净界》第二十九篇注⑮。

些！因为我们虽然看见上帝，我们也不能尽知一切天之选民；但是这个缺陷值得我们喜悦，因为我们的善逐渐在增长，上帝之所愿，亦即我们之所愿。”

那神的影像，扫除我的眼翳，似乎给我饮了一杯甜的药酒。像一个美好的歌喉，伴了一个竖琴的名手，把歌声弄得更加悦耳一般，我记得那时他在回答我，那两个幸福的光辉如眼睑的开阖，以应和他的言词呢。⑱

⑱ 神的影像（鹰状）在讲论之时，图拉真与里佩乌斯两灵魂之光辉一开一阖，以相应和。

第二十一篇

上升至第七重天（土星天）：隐逸寡欲者的灵魂。天梯。比尔·达明。

我的眼睛已经转向我的贵妇人脸上，我的精神也随着贯注在那里，他们和其他事物脱离了关系。她没有微笑，她对我说："假使我要微笑，那么塞墨勒化为灰烬的命运就要临到你的头上。[①]因为我的美丽跟着上升于永久的宫殿而增加他的光辉，这是你早已看见的；假使我不加以约束，听他发扬，恐怕你的肉眼要受损害，像树叶被雷电焚毁了一般。

"我们现在已经到了第七重天，在热烈的狮子腹下，

① 朱庇特大神爱塞墨勒，其妻朱诺女神妒之，说大神以完全庄严之状赴塞墨勒处，塞墨勒遂被焚。参见《地狱》第三十篇注①。在此第七重天，贝雅特丽齐微笑之光芒大增，非但丁所能受。

他射出他的能力。[②] 留心你所见的东西，使你的眼睛成为形象的镜子，那形象是显在这个镜子里的。[③]”

谁要是明白我瞻望那幸福的面貌之愉快，他也就明白我遵从我天国的引导者之愉快，他们的重量在天秤上正是相等。

那绕着世界旋转的晶体，他带着著名的领袖的名字，[④] 在这领袖统治之下，万恶不生；在他之上，我看见一架金色的梯子竖着，像在阳光之下反射着一般；那梯子很高，我的眼光及不到他的头顶。[⑤] 我又看见许多光辉从梯子上降下来，我以为所有天上的光都聚集在那里了。

像那早晨的小鸟们，随着他们的本性，鼓翼群飞，用以暖和他们在夜间被寒冷所侵的羽毛；有的飞着一去不返，有的飞着再返到他的出发点，有的只在他的四周打转；我那时所看见的圣光，他们的行动有类于此，只是他们并不越出梯子的范围罢了。

在这些光辉之中，有一个特别接近我们，我看见他很亮，那时我心里想：“我很知道你对我所表示的爱。可是她掌管我的发言和静默呢，她既没有表示，我也不便发问，这是由不得我的。”于是贝雅特丽齐从一切皆

---

② 第七重天即土星天，言土星其时正在“狮子星座”内发光也。

③“这个镜子”指土星，亦即下文所称之“晶体”。

④ 土星取名于萨图努斯神（Saturno），神为朱庇特大神之父，诗人以其时为“黄金时代”，人民简单质朴，故无罪恶。

⑤“雅各的梯子”见《天堂》第十篇注⑩。

见的上帝那里看出我未说的思想，她对我说："放松你热烈的欲望吧！"

于是我开始说："我真不值得受你的回答；只是因为她的缘故，她已经允许我问你了；幸福的灵魂呀！你包围在欢乐之中，请你告诉我：你为什么这样地接近我呢？又请你告诉我：为什么在下面诸轮都有虔诚的歌唱，而在这一轮，天乐竟保持着静默呢？"

他答道："你所有的听觉，亦犹你的视觉，都是人类的；所以这里的没有歌唱，其理由亦同于贝雅特丽齐的没有微笑。[⑥]我的从天梯下降，无非用我的语言和光辉来欢迎你。并非因为我的爱大于别人，所以我下降的速度比别人快；别的灵魂其热度或等于我，或大于我，都可以从他光辉的亮度上使你看得明白；但那最高的爱，他的命令可以统治宇宙，指定我们在这里的工作，一如你所见到的。"

我说："神圣的灯呀！我见得明白，在这宫殿里，一种自由的爱已经足够奉行神的命令；我所不懂的是：在你的伴侣之中，为什么单单指定你做这件工作呢？"

我的话还没有说到最后一个字，那光辉以他自己为轴，像磨一般很快地转起来；于是那光辉里面的灵魂答道："那神光透过我的外衣而注射到我的身上；他的权力

---

⑥ 此灵魂所在之天，并非真使乐歌熄灭，但默想生活（或隐逸生活）完全为内心的，故非人类之视听所能及也。

接连了我的视觉，把我提高了许多，因此我认识了他的最高原素，从这个流出他的权力。由此我被欢乐所烧，我的视觉这般明亮，和包围着我的光辉一般无二。但天上的灵魂，就说是最光辉的，就说是最注视上帝的撒拉弗，对于你的问题不能有满意的答复；因为你所问的正在永久命令的深渊，一切被创造的眼光都被遮断了。

“当你回到人世的时候，你要报告他们：不要再妄想移动他们的脚步，向着这样大的目标。在这里的心灵是发亮的，在地上便如入烟雾之中；在天上视作高不可及的顶点，怎样会被尘世的人所望见呢！”⑦

他的这一番话，使我只好放下这种问题，于是我很谦逊地转问他自身为谁。

“在意大利的两海岸之间，离开你的父母之邦并不远，那里有一堆岩石隆起，就是雷电都在其下，其高度可想而知；这个凸出的峰名字叫做卡德利亚，在这个峰下有一个修道院，专作敬神之地。”⑧这是对我第三次谈话的开头。

于是他又继续说：“我在那里专诚为上帝服役，只用橄榄油烧的菜，⑨很轻快地经历着热天和冷天，满足于

---

⑦ 天上之灵魂虽与上帝交通，认识其原素（要点），然犹不足以了解其永久命令（即天命、宿命，参见前篇注⑭），世人应勿存此奢望。

⑧ 卡德利亚（Catria）为邻近亚平宁山脉的古比奥之山，高一千七百零二公尺，山脚有修道院圣克罗齐（Santa Croce di Fonte Avellana），属卡马尔多里派。

⑨ 指“四旬斋”食物，用橄榄油，不用脂油或牛油。

默想的生活。这个修道院从前产生许多果子送进天国；[10]可是现在变为不毛之地了，我马上便要说明他的理由。

“在那里我是比尔·达明，而彼得犯罪者则在亚得里亚海岸之圣母院中。[11]当我不得不接受那帽子（他从坏的迁到更坏的人们）的时候，我所余的尘世生活已经不多了。[12]矶法来的时候，圣灵的大器皿来的时候，[13]他们两人都是瘦削而赤着脚，接受第一个施主的饭食。可是现代牧师们的出行需要人左右扶持，他们是这般笨重，需要人前引而后推。他们的外套盖到他们盛饰的马身上，叫人看了会做一皮之下、两兽前行之想。

“神的耐性呀！你真受得住这般现象！”

他说了这句话，我看见更有许多的光辉从梯子上降下来，打着转，每转一次，则较前更加美丽。他们都围绕着他，大喊一声，声音深沉得无可比拟；我也不懂这个声音的意义，只是像雷声一般，震耳欲聋。

---

⑩ 谓产生高僧也，后则每况愈下矣。

⑪ 比尔·达明（Pier Damiano，1007—1072），生于腊万纳，在圣克罗齐修道院为僧，研究神学甚有声誉，一〇五八年为奥斯蒂亚（Ostia）红衣主教，死于法恩察，生平对牧师道德之堕落指摘不遗余力。彼得犯罪者（Pietro Peccatore）或说即比尔·达明之另一名字，或说为另一人，与比尔·达明同时。此处但丁说明在腊万纳之圣马利亚（Santa Maria in Porto）修道院，因不欲人混乱也。

⑫ “帽子”谓红衣主教之帽；为教主者亦每况愈下。

⑬ 矶法（Cefàs）即彼得（见《约翰福音》第一章第四十二节）；大器皿指保罗，他为上帝所拣选的器皿，即神选杯（见《使徒行传》第九章第十五节）。参见《地狱》第二篇注④。

第二十二篇

土星天：圣本尼狄克。上升至第八重天（恒星天）。但丁的回顾。

我受了惊怖，便转向我的引导人，像一个小孩总是向他最信任的怀抱躲避一般；同时，贝雅特丽齐也像母亲一般，赶快把她灰白面色的气喘的小孩安慰下来，用她向来用的语调说服他。

她对我说："你不知道你是在天上么？你不知道天上一切都是神圣的，此地一切举动都是出于善意的么？现在，他们的呼声便足以震动你到这地步，那么他们的歌唱和我的微笑足以扰乱你的精神，也就可想而知了。

"假使你懂得那呼声中所包含的祈祷，你便可知道那报复，在你的死前可以见到呢。[①]天上的剑斩得不太

① 上帝对于司圣职者之惩戒，或云指教皇卜尼法斯第八之（转下页）

早，也不太迟，要看盼望者和畏惧者的情形而定。

“现在你再回转头去看看，你还可以看见许多著名的灵魂，假使你的眼光听着我的指挥。”

我依了她的所欲，转着我的眼光。

我看见那里有一百多个小火球，他们互相照耀，显得更加美丽。我那时压住我欲望的锐锋，不敢冒昧开口，恐怕太多话。

其中一颗最大最亮的珠子②行近我的前面，他将满足我的好奇心。

于是我听见那里面的灵魂说：“假使你知道在我们之间对于你所烧着的爱，那么你早已把你的思想表示出来了。为了不使你对于崇高的目标迟到起见，我只在你思想所及的范围以内回答你。

“在那山顶上（卡西诺是在他的山坡上），以前聚集着一批迷惘的人民和他们不良的建设。③我是第一个把他的名字带到那里，他是把使我们上升的真理带到地上的一位。④我蒙着很大的恩惠，居然把附近一带的人民，

（接上页）被虏致死。其事见《净界》第二十篇注㉑、注㉒。

② 指圣本尼狄克（San Benedetto di Norcia，480—543），他于五二九年创本尼狄克教派于卡西诺山，其教派以潜修为要，除宗教外亦研及种种学术，希腊罗马之文学赖以保存者不少。

③ 卡西诺山（Monte Cassino），约在罗马至那不勒斯之中途，山顶昔有阿波罗庙，又有奉献于爱神之树林，故该地人民原奉邪教。

④“他的名字”指耶稣基督，彼曾以天国之真理昭示人群。

从那些不正的信仰（他把世界引坏了）中救了出来。

“这里还有别的灵魂，他们都是过着默想的生活，抱着这般的热忱，因此使圣花开放而得着圣果。这是马卡里乌斯，这是罗穆埃尔德，[5]这些都是我的兄弟们，他们息脚在修道院里，保持着一颗坚贞的心。”

我对他说：“你的和我谈话，表示了你的爱，同时你们的光辉也表示了对于我的热烈欢迎；我对于你们的信任扩大了，好比受着日光的玫瑰花，已经开到她最后的能力了；但是，我的父亲，我是否可以得着允许，把你光辉的外衣脱去，而一见你的真相呢？”

他说：“我的兄弟，你的热望将在最后一重天[6]得着满足，还有其他的心愿以及我的，都要在那里得着满足。那里每种欲望都是美满、成熟、完整；仅在那里，一切的部分保持着永久的状态，因为他不在空间之内，他也没有两极；[7]我们的梯子通到那里，所以那是出乎你的眼光以外的。昔年族长雅各曾看见这梯子的全部，那时他看见梯子上满载着天使。但是现今却没有人从地

⑤ 马卡里乌斯（San Macario），第四世纪埃及隐修者。罗穆埃尔德（San Romualdo di Ravenna，956—1027）于卡森提诺之卡玛尔多里建修道院，并为卡玛尔多里教派之祖。参见《净界》第五篇注⑦。

⑥“最后一重天”指天府，天府为灵魂居住之所，彼等在此保持人类之面目，但更为光明而美丽。

⑦ 天府是永久的、不动的；“不在空间之内”言其大无穷，即空间之全部，包含一切，而不为其他所包含；“没有两极”，言其不动。

上脱离他的脚而攀登这梯子的了；我的律令留在地上，徒然糟蹋羊皮纸罢了。[8]

“那专作祈祷用的房屋，现在变为兽窟了，那法衣也变为恶劣的面粉袋了。重利盘剥者所得的果子，在上帝面前，不比那使僧侣们的心变成疯狂的果子更讨厌。[9]因为教会所保留的东西，是属于叫着上帝名字的群众，并非属于僧侣们的亲友或他们的情人的！人类的肉体是多么脆弱，在地上以善始者不及以善终，好比橡树不及长成结实一般。彼得以无金无银始，我自己以祈祷和斋戒始，方济各以贫穷始。现在，假使你细察开创者的情形，再细察后继者的行径，你将看见白的东西已经变为黑的了。

“然而从前上帝曾使约旦河的水倒流，红海的水让路，难道今日他便没有能力显示新的奇迹，来拯救他的教会么？”

他这样说了，便回到他的团体里面；他们紧束他们的队伍，像旋风一般，全体回到天上去了。

那时我柔和的贵妇人向我做手势，叫我跟着他们走

---

⑧ 由默想与节欲之生活，以达精神上无时间（永久）、无空间（即无所不在）之生命，雅各的梯子象征此种精神之提高，然后世教士不能实行隐修，以致一切教规均成具文，遂无人能登天梯。

⑨ 重利盘剥者所得之果子谓利息也，僧侣以教会产业入于私囊，其罪恶超于重利盘剥者。

上梯子；她的权力真的克服了我的肉体，不像在地上的升降要遵守自然的定律，我的上升是那么快，就是腋下生翼也不足为喻。

读者诸君呀！假使我的话不实在，我便永不回到那虔敬的胜利；为此目标，我常痛哭我的罪恶而捶我的胸呢。在那放指于火而急抽回的一霎间，我已经看见那次于金牛的星座，而且进了里面。[10]

光荣的众星呀！含蓄着伟大德性的光芒呀！我从你们获得我的天才，姑不问他的成就如何。当那地上一切生命之父和你们同起同落的时候，我正开始呼吸托斯卡那的空气。[11]神恩允许我上升到第八重天的时候，我又得访问你们老家的机会。现在，我的灵魂向你表示诚恳的呼吁，使我对于未来所遇的艰难有克服的能力。[12]

贝雅特丽齐那时开始说："你已经接近你最高的幸福[13]，你的眼光应当更加明亮而锐利。所以在你向前行进之先，最好把你脚下的宇宙回顾一下；然后带着你一颗欢乐的心，去参加胜利的一群，他们都要在这一重天很愉快地迎上来。"

我的眼光经过七重天而看到我们的球，我对于他

---

⑩"虔敬的胜利"指天堂。金牛星座之次为双子星座。

⑪ 由此可推定但丁生日在五月十八日至六月十七日之间，其时太阳在双子星座（宫）。

⑫"艰难"指描写天堂中最高的几重天。

⑬ 指天府，指上帝。

的渺小而可怜的状态，不觉微笑了；因此我对于看轻他的意见表示赞同：那些把思想转向别处的可说是真正的智者。

我看见拉托娜的女儿亮着而没有暗斑，从前我以为他们是由于物质的稀薄或稠密呢。[14]你儿子的光，希佩里恩呀！我也忍受得住的；[15]而且我也看清麦雅的儿子和狄俄涅的女儿怎样绕着他。[16]从那里我看见朱庇特，他调和他儿子的热和他父亲的冷；我也看清他们怎样移动。[17]这七个都现在我的眼前：他们的大小，他们旋转的速度，他们相隔的路程。当我伴着永久的双子星座旋转时，那小小的引起人类残忍的欲念的圆面，全部显示给我了，从他的山脉到他的河口。[18]

最后，我收回我的眼光转向着贝雅特丽齐美丽的双睛。

---

⑭ 拉托娜的女儿即月球，但丁意谓月球向天上之一面（非向地之一面）无黑斑，参见《天堂》第二篇。

⑮ 希佩里恩（Iperione）为太阳之父。

⑯ 麦雅（Maia）之子为水星，狄俄涅（Dione）之女为金星。

⑰ 朱庇特即木星，土星为其父，火星为其子，参见《天堂》第十八篇注⑫。“怎样移动”言其轨道。

⑱“小小的……圆面”即地球之一面。人类所争夺者，产生财富之土地耳。

第二十三篇

恒星天：基督及马利亚的幻象。

像那母鸟孵出一窝小鸟在树林之中，在那深夜之时，百物不见，她因希望看见他们可爱的形状，并为他们找寻食物，做这虽苦犹乐的工作，一早便飞登树梢，向着东方很心急地盼望天晓和日出；我的贵妇人当时立在我身旁，也是这般心急的样子，向着天上那太阳似乎移动得最迟慢的部分[①]；至于我呢，我看着她有所等待的神气；我像那目前一无所有的人，满足于未来的希望罢了。

但在我的等待和有所发现，其间不过一忽儿时光，那时我看见天上逐渐变为新的光亮。

---

① 指天顶，太阳在午时，移动似乎较迟，因其时诸物影伸缩之量较小。参见《净界》第三十三篇注⑰。

于是贝雅特丽齐对我说：“那里是基督胜利的军队，以及诸天的旋转所收获的一切果实。”[②]那时她的面色，在我看来，像着了火一般，她的眼睛里充满着喜悦，这些都是不许我描写的。

像在明月之夜，特里维亚辉耀于众女神之间，她们装饰天空的各部，我看见在几千盏灯之上有一个太阳，他的照明一切，正如我们的照明在我们头上的；[③]在那活泼的光中，透出明亮的本体[④]，其明亮的程度竟使我的眼光受不住。

贝雅特丽齐呀！柔和的、亲爱的引导人呀！她对我说：“克服你的是一种德性，超越一切的德性。那里是智慧和权力，他们开辟天和地之间的道路，这是久已为人所盼望的了。”[⑤]

像云中的火，因为云不能容纳他，突破而出，违反他的天性而冲到地面一般；那时我的精神因在这些丰盛的食品之间长大了，突破他自己，变为怎样的情形，已是不能记得了。[⑥]

---

②“诸天的旋转”对于人类有影响而产生种种善果。

③ 特里维亚（Trivia），月神狄阿娜之别名。“众女神”指众星。“几千盏灯”指众幸福灵魂。“太阳”指基督。“我们的”即太阳，“在我们头上的”即众星。参见《天堂》第二十篇注①。此处言基督在众灵之中如月在众星之中，基督照明一切如太阳照明众星（行星与恒星）。

④“明亮的本体”指基督，即圣子。

⑤《哥林多前书》第一章：“基督总为上帝的能力，上帝的智慧。”

⑥“云中的火”指电光。天空中之快乐，即幸福灵魂之“食品”。火性向上，见《天堂》第一篇。

"张开你的眼睛，看看我现在是怎样了；你已经看见了那些事物，他们使你受得住我的微笑。"⑦

当我听见她这样值得感谢的召请，直是永远不能在记述过去的书上抹掉，那时我如梦初醒，但这个梦竟无法再记忆了。假使现在有许多尝过波林尼亚和她姊妹的甜蜜乳水的舌头，他们就是一致帮助我，也不足以使我歌颂那圣笑（那圣容使他变成多么的纯净）达于真实的万一。⑧

所以，描写天堂，这神圣的诗不能不有所跳跃，像一个行路的人遇着了缺口一般。但谁要是想到在我这人类的、脆弱的肩头上，负担了多么重大的题目，对于我的颤动他总不会叱责我吧。我的航行，绝不是可以用小舟去破万里浪的，也不是畏首畏尾的舵手可以担当的。

"为什么你这样恋恋于我的面貌，不回转去看看基督光下盛开着花的美丽的园子呢？那里有玫瑰花，是神的道成肉身之所；那里有许多百合花，用他们的香气指示善的路径。"⑨

贝雅特丽齐这般说；我呢，我对于她的劝告无不乐

---

⑦ 但丁望见基督及其信徒（所谓胜利的军队）之幻象或景象（vision）以后，眼光增强，可以忍受贝雅特丽齐之微笑矣。

⑧ "记述过去的书"谓人之记忆力。波林尼亚（Polinnia），抒情诗及修辞学之女神，饮其乳水之舌头谓诗人。"圣容"指基督之容貌，贝雅特丽齐因注视圣容，故其微笑美丽无比。

⑨ "玫瑰花"指圣母马利亚；"百合花"指使徒。

于从命，我再驱使我虚弱的眼睑去作战。[10]如同戴着遮光帽看着一片草地，那时纯洁的阳光从云的裂缝射出，照明了绚烂的群花一般，我看见一群光辉，他们都是借光于那上面的更热烈的、不可逼视的光源。

善的权力呀！你把你的光充满他们，你却把你自己升得很高，因为我的眼睛对于你是没有力量忍受的。[11]

那朵美花的名字，我常常早晚祈求，现在吸引我的注目，瞻望那最大的火光。[12]当我看出那颗活星（她在天上胜利无敌，一如她在地上）的光芒和大小的时候，在那天上我望见一个圆的光辉下降，围绕着她旋转，像她的花冠一般。[13]地上最和谐的、最感动人心的音调，假使和那围绕着天上最光亮的宝石之古琴声相比，真是和破云而出的雷鸣无异了。[14]

“我是天使的爱，我飞绕着那崇高的欢乐，他是从那寄寓着我们的希望之胸怀发出来的；我愿意这般围绕着你，天之后呀！直到你随着你的儿子进了那最高的天，天也因为你的所在而更神圣了。”[15]那旋转的火光就是这

---

⑩ 忍受光芒之意。

⑪ 基督（光源）上升天府，光照随于其后之灵魂（光辉）。“善的权力”指基督，“他们”指灵魂。基督之光强，不可逼视，灵魂之光较弱，可忍受。

⑫“美花的名字”即马利亚，基督上升天府，留于后者以彼为最光亮。马利亚在天上以光辉胜于其他幸福者，在地上以德性胜于他人。

⑬ 此圆光辉为大天使加百列（告知耶稣降生者），彼来致敬马利亚。

⑭ 天府最美丽之宝石为马利亚，古琴声指下文大天使加百列之歌颂。

⑮“我们的希望”指基督，言耶稣为马利亚所生也。马利亚（天之后）随其子入天府。

般唱着，所有其他的光辉也一齐喊着马利亚的名字。

那包裹所有宇宙诸天的庄严的外套，[16]他是散布上帝的气息和德性最热烈最迅速的，他是高高在上，就是他的内向面离我也还很远，从我所在之处是望不见的。所以我的眼睛没有力量追随那戴着花冠的光辉，[17]她已跟着她的儿子上升了。像吃过奶以后，小儿张开手臂向他母亲表示热情一般，所有其他的幸福灵魂都发扬他们光辉的尖峰，他们对于马利亚的敬爱都已显示在我的目前。最后，留在那里的灵魂唱着："天之后呀！"

我永远不忘那歌声的柔和，以及使我感到的愉快。

充满在这些富有的箱子里，是多么丰盛的财宝呀！他们在地上散布多少善良的种子呀！[18]这里，他们玩赏他们在巴比伦流亡时代哭泣所得的财宝，在那里他们曾舍弃了黄金。[19]

这里，在上帝和马利亚高贵的儿子的胜利之下，再加以新旧的结集，那持有很大光荣之钥匙的一位凯旋了。[20]

---

⑯ 原动天包裹其他诸天，原动天之外为天府，上帝所居，上帝之权力实以原动天为媒介而传播于其内诸天。

⑰ 马利亚与大天使加百列升入原动天，但丁望不见矣。

⑱ "富有的箱子"指诸圣灵，彼等曾在地上散布真正之财宝（善）。

⑲ "巴比伦流亡"象征地上生活，参见《净界》第十三篇注⑨。在地上时能舍弃黄金，今在天国（这里）享受幸福。

⑳ "新旧的结集"指《新约》与《旧约》中诸圣灵。执有天国之钥匙者为圣彼得。参见《地狱》第十九篇注⑩。

第二十四篇

恒星天：圣彼得考问但丁关于信仰。

“被选于幸福的羔羊之大会食的一群呀！①你们所得的滋养，使你们的欲望无不满足；假使这一个人可以在死神下令之前，蒙上帝的恩惠，先尝你们桌下的弃物，那么请你们注意他无穷的渴望，给他一些甘露；你们长饮的泉水，正是他渴求之处。②”

贝雅特丽齐这般说；那些喜悦的灵魂绕着一定的轴心旋转，发出强烈的光，像彗星的群一般。像时计内部的轮盘，有的看去似乎不动，有的却似乎飞着一般；那些跳舞队也是这样，或快或迟，叫人想到他们所得于上

① “幸福的羔羊”指耶稣，“大会食”指最后晚餐（圣餐），被选的灵魂即使徒们。

② 但丁渴求神智（泉水）。

帝者的多寡不同。

在其中我看见一个最美丽的，他发出其他灵魂不能相比的光芒；[③]他离开他们的队伍，绕了贝雅特丽齐三转，唱着神圣的歌曲，这是我的想象所不能复述的，所以我的笔也只好略而不写；因为这幅画无论是我们的语言，或是我们的想象，都没有足够的色彩[④]可以把他描摹出来呀！

“我的圣姊妹呀！因为你对于他这样的热情，替他这样的恳求，所以我离开那美丽的圆环。”那幸福的火一停下来，便向我的贵妇人这般说。

于是她说：“大伟人的永久的光呀！你是我主把钥匙从天国带下去给你的一位，请你考问在我旁边的这个人，难易都不妨，一听你的自由，关于信仰的问题，从前你曾因信仰而步行于海上。[⑤]他的爱是否正当，他的望和信是否无误，固然瞒不过你，因为你的眼光曾经看过那一切描绘在内的地方。但这个国度是以真实的信仰来聚集他的国民，为表扬他起见，不妨趁这个机会谈一谈。”

像一个学生，在教师没有发问之前不开口，只是私

---

③ 指使徒圣彼得。

④ 此处原文为 troppo color vivo，意谓“太多的色彩”，现依 poco color vivo 译为“足够的色彩”。

⑤ 门徒坐在船上，见耶稣从海面上走来，耶稣对彼得说：“你来吧！”彼得就下船去，在水面上走。见《马太福音》第十四章。

下里准备应付，虽然不一定可以解答；那时我一听见贝雅特丽齐的话，便准备言词，以应付这样一位考官和这样一个问题。

“善良的耶教徒呀！你大胆地说：什么是信仰？”

我一闻此言，便抬头望那发言的光辉一眼；随即又转向贝雅特丽齐，她立即做手势叫我把心中的泉水流出来。

于是我开始说：“假使上帝的恩惠允许我在崇高的百人长[⑥]之前表示我的意见，那么请他使我能够明白表示出来！”

我继续说：“我的父呀！依照你亲爱的兄弟（他和你使罗马走上善路）所手写的真言，信仰就是所希望的事物之本质，也是未见的事物之证据；我认为这就是他的要旨。”[⑦]那时我听见说：“你的思想不错，假使你真懂得你为什么把信仰放在本质之中，后又放在证据之中。”[⑧]

于是我说：“这些深不可测的事物，在这里我看得

---

⑥ 古罗马之百人步兵队之队长，喻圣彼得也。

⑦ “你亲爱的兄弟”指圣保罗。《新约》中《希伯来书》为无名氏所作，但普通认为出于保罗之手。其第十一章第一节：“信就是所望之事的实底，是未见之事的确据。”为此处所采信仰之定义。

⑧ 信仰实不能说有本质（参见《天堂》第三篇注④），更不能说是证据，唯信仰深者，视未然为已然，即空中楼阁亦认为基础稳固且可为推论之证据矣。

明白了，可是却瞒过下界人的耳目，他们只存在于信仰之中，又在信仰上建筑起那崇高的希望，因此信仰实包含本质的意义；由此信仰，虽无目见，我们已可推论，所以信仰也包含证据的意义。”那时我听见说：“假使下界人都以这样教法而获得了解，那就没有诡辩的余地了。”

那位热烈的爱这般说；于是又加一句道：“这货币考验的结果，成分和重量都适合；请你告诉我，在你的袋子里有么？”我说：“有的，我的是发亮而整圆，他的印花也没有丝毫的模糊。”

于是从那亮光之中又发出声音：“这可贵的宝石，是建立一切德性的基础，你从何得来？”我说：“圣灵的暴雨落遍新旧的羊皮纸上，那就是引导我到这种明晰的断案之论理学，一切其他的证据与此比较，在我看来都觉笨重。”⑨

于是我听见说：“使你得到这种断案的新旧命题，为什么你把他们当做神的言语呢？”我说：“示我以真理的证据者，在其跟随而起的作为，这些既未有自然为之热铁，也未为之锤击铁砧。”⑩

他对我的回答是：“请你说，谁对你证明这些作为

---

⑨“新旧的羊皮纸”指《新约》和《旧约》；但丁谓读《圣经》而获得宗教的信仰也。

⑩ 指种种奇迹。

呢？所能对你发誓的只有书本子罢了，没有别的。”我说：“假使世界变成为基督教而并不依于那些奇迹，这就是百倍于其他一切的奇迹了；因为你是挨冻挨饿，把一块荒地播满善种，而使他成为一个葡萄园的，可是今日在那里却长着荆棘了。”

我刚说完，那高高的圣廷传出“我们颂扬上帝”之声，⑪这是从此天到彼天所起的天乐。

于是那子爵⑫从一枝到一枝地考问我；将近最后的几叶，又开始道：“神恩对你布施，使你开了应开的口；我对于你的谈吐表示赞同；但现在要请你表示你的所信，以及信仰的来由。”

我开始说：“圣父呀！精灵呀！你现在看见你以前所坚信不疑的了，你曾经胜过较年轻的足先到那坟墓，⑬你要我在此明白表示我的信仰的形式以及他的原因，这里就是我的答案：我相信唯一的永久的上帝，他自己不动，而用爱和欲去移动诸天。

“我这种信仰，不仅有形而下的及形而上的证明，⑭

---

⑪“我们颂扬上帝”，《诗篇》之一。

⑫ 在但丁时代，人民常以社会习用之尊称名诸圣人。子爵（Baron），在古时为一国高贵之人。

⑬ 人告圣彼得及圣约翰以耶稣遗体被盗事，二人遂向坟墓奔去；约翰年轻先到，但不敢入内；彼得后至，乃先入内。见《约翰福音》第二十章。

⑭ 依亚里士多德之《物理学》及《后物理学》以说明上帝，（转下页）

但我还从他处获得他的真理呢：如从摩西，从诸先知，从《诗篇》，从《福音书》，以及从你们的著作，圣灵已使你们成圣了。[15]又，我相信三个永久的人格，相信他们是一个原素，所以为一为三都是相等。[16]

“现在我所说及的甚深的神性，《福音书》中的教训多次使我的精神上感受印象。[17]这是我的信仰的纲要；这原是星星之火，但发扬光大而照耀我，就像天上的一颗明星。”

像一位主人听见他的仆人报告一件新闻以后，满心欢喜而拥抱他一般；同样，那向我考问的使徒的光，在我说完以后，绕了我三转，用他的歌唱来替我祝福，这些举动表示我的答案使他欢喜。

（接上页）参见《天堂》第一篇注①、注⑰。

⑮“你们”谓使徒也。

⑯ 此以“三位一体”说明上帝。

⑰ 如《马太福音》第二十八章第十九节：“……奉父子圣灵的名，给他们施洗。”

第二十五篇

圣雅各考问但丁关于希望。圣约翰的灵魂出现。

假使有一天临到，这天和地都加手其间的、使我消瘦了许多年的神圣的诗，可以克服那残忍心，就是这个使我不得返于柔软的羊棚；我曾经是安卧在那里的羔羊，被那些争斗不休的群狼所忌；那么我将带着另一种声调，另一种羊毛，以诗人的模样回去，而且要在我受洗之处接受那花冠；因为在那里我是入于信仰，因此我的灵魂被上帝所认识，方才又因此信仰承蒙彼得在我额前绕了三转。①

---

① 前篇末段谓圣彼得在但丁额前绕三匝，因此使但丁联想到诗人荣戴月桂冠之事，此种风俗，十四世纪已行于意大利，如一三一四年墨萨多（Albertino Mussato）受桂冠于其故乡帕多瓦；一三四一年彼特拉克（Petrarca）受桂冠于罗马。但丁希望有一日其“神圣的诗”（即《神曲》）可以感动佛罗伦萨人之心，因此召其回乡而蒙受诗人之荣誉。“另一种声调”、“另一种羊毛”谓乡音已改而鬓毛（转下页）

那时又有一个光辉从那队伍（基督的第一位代理者[②]也从那里出来）向着我们移动。

于是我的贵妇人充满着喜悦对我说："看呀！看呀！看那子爵，在地上，因为他的缘故，人们访问加利西亚。"[③]

像一只鸽子停在他的伴侣旁边，他们各自旋转，又窃窃私语以表示互相的爱情；同样，我看这两位伟大光荣的领袖互相招呼，又颂扬那里养生的食品。[④]在他们祝福完毕以后，他们在我面前默默无言，但他们的光芒使我眩晕。

那时贝雅特丽齐微笑着说："著名的灵魂，从你起，我们宫廷的宽宏大量才有了记录，[⑤]你使希望响达这里的高处；你的表示希望已有多次，当耶稣特别对于你们三

（接上页）已衰也。但丁受洗处为佛罗伦萨之圣约翰教堂。参见《地狱》第十九篇注②。

② 第一位教皇，基督之代理者，指前篇之圣彼得。

③ 此子爵（参见前篇注⑫）指圣雅各之灵魂。西庇太的儿子雅各为十二使徒之一，圣约翰之兄，仅在犹太本境传道，未出国门一步，被希律王所杀。但传说彼传教于西班牙，八三五年竟发现其遗骸于加利西亚（Galizia）省云，因此其地建有著名之教堂。另一雅各为耶稣胞弟，称为"主的兄弟雅各"（见《加拉太书》第一章第十九节），与彼得、约翰合称为"教会的柱石"（见《加拉太书》第二章第九节）；《雅各书》亦常认为乃彼所作，并非西庇太的儿子雅各所作。但丁对于此二雅各忘记区别或不知区别。

④ 圣彼得与圣雅各颂扬上帝。

⑤《雅各书》第一章第五节："你们中间若有缺少智慧的，应当求那厚赐与众人，也不斥责人的上帝，主就必赐给他。"

位显光的时候。[6]”

“抬起你的头，坚定你的心；谁能从人间升到这里，对于我们的光芒应当看惯了。”这种劝告来自那第二个光辉。

于是我抬头望那些高山，在以前他们的重量压住我的眉毛呢。[7]

他又继续着说：“因为我们皇帝的恩惠，在你死亡以前，允许你和他的诸伯爵相会于最秘密的宫廷之中；要你看清这宫廷的真相，因此坚固你的希望，因而推及地上好善之辈。

“请你对我说：希望是什么？怎样在你的精神上开着这朵花？他是从何而来的？”[8]

于是那虔敬的贵妇人，她引导我的双翼飞到这样高，她超我之前答道：“在交战的教会，没有一个孩子的希望比他更丰富，你可以在临照我们的太阳中看出来；[9]因此他被允许在军队服役期满之前，从埃及到耶

---

⑥ 彼得、雅各、约翰对于耶稣有较别的门徒更亲切的知识；如在《马太福音》第十七章载耶稣带他们三人上高山，在他们面前改变形象；在《马太福音》第二十六章载耶稣带他们三人在客西马尼祷告，不觉悲从中来；在《马可福音》第五章载耶稣带他们三人到管会堂的家里，叫睚鲁的女儿从死里复活。耶稣欲特别启示他们以神学上之三美德，故但丁以及许多解释《圣经》者以彼得表示信，雅各表示望，约翰表示爱。

⑦“那些高山”指二使徒。“我要向山举目。”见《诗篇》第一百二十一篇。

⑧ 此处以地上比喻天国，皇帝即上帝，伯爵即精灵，宫廷即诸天也。

⑨“交战的教会”指地上之教会，参见《天堂》第五篇注⑭。太阳指上帝。

路撒冷来观光。[10]其他两点，我让他自己回答，[11]并非说你要知道他的程度，只是看他这种德性，能使你多么欢喜而已；这种回答不算困难，也不是因此可以骄傲的事情。蒙天之佑，听他自己回答吧。”

像一个准备充足的学生，立即回答他教师的问题，以显示他的本领一般，我说：“希望是一种对于未来光荣的预期，此种光荣生于神恩和在先的功德。[12]从许多星射光到我身上；但那第一个透入我心中的是那最高领袖的最高歌者。[13]在他的颂歌中，他说：‘叫知道你的名字的人们寄希望于你。’和我有同信仰的人们，谁不知道这个名字呢？你的《书信》随着他的点滴注入了我，[14]我是被充满了，从我再把你们的甘露倾在别人身上。”

当我这样说的时候，那光辉的内部，忽然发出亮光，像闪电一般；于是他说：“我对于那种德性，仍旧抱着热烈的爱，那种德性随着我脱出战场而到达棕榈。[15]我

---

⑩ 脱出埃及，有几种意义，其中之一象征灵魂脱出肉体之束缚；入耶路撒冷象征天国生活，尽善尽美之生活。参见《净界》第二篇注⑤。

⑪ 贝雅特丽齐代但丁答了第二个问题，其他二问题由但丁自答。

⑫“希望”专指天堂之幸福。此处定义直录教义作家彼得之句，见《天堂》第十篇注⑯。

⑬ 答第三问题。“许多星”指教义作家。“歌者”谓大卫，下所引“颂歌”即其所作《诗篇》之第九篇第十节（拉丁文《圣经》为第十一节，但丁原文与拉丁文合）。

⑭“他的点滴”即大卫之教训。《书信》即《雅各书》（参见本篇注③），其第一章第十二节说：“忍受试探的人是有福的；因为他经过试验以后，必得生命的冠冕，这是主应许给那些爱他之人的。”

⑮ 圣雅各为殉道者，彼脱出地上（战场）生活而归于天国；棕榈象征胜利。

愿意再和你一谈那你我二人有同好的德性；我愿意你对我说及那希望所允许你的事物。”

我说：“那《新约》和那《旧约》都指示我这一个目标，他自己也已显示在我眼前，这里就是上帝和他们为友的灵魂之归宿处。[16]以赛亚说他们每个将在他们的地方穿着两重衣服，而他们的地方就是这甜美的生活。你的兄弟对于这一点表示得更加显明，当他把天上的白袍启示我们的时候。[17]”

我这些话将完的时候，在我们头顶上来了歌声：“叫他们寄希望于你。”一唱而百和。

稍后，他们之中透出一个光辉，他明亮的程度，假使把他放在巨蟹宫，那么一个月的冬天将成为一个白昼。[18]他像一个跳舞的女郎，欢欢喜喜而来，他的目的在敬礼新娘，并非要吸引别人的注目。

我看见那光辉联合着以前的两个，他们像车轮一般地转着，因为他们热烈的爱应有这种举动。他参加他们的乐歌；那时我的贵妇人注视着他们，沉静不动像一个新娘。

“这个光辉就是他，他曾躺在我们的塘鹅胸前，他

---

⑯ 显示在眼前的目标即但丁所在之天国也。

⑰《以赛亚书》第六十一章第七节、第十节谓信道者将“有加倍的东西”，即衣服，一如雅各之弟约翰于其《启示录》第七章第九节中所述者。此加倍的衣服象征灵魂与肉体之欢乐；但丁希望之内容是在灵魂不朽与肉体复活而亦达于不朽之境界。

⑱ 言其明亮如太阳也。仲冬之月，日在摩羯宫，若其对方之巨蟹宫再置一日，则一日落而一日升，将无黑夜矣。

又是从十字架接受了大命的一位。”[19]我的贵妇人这样对我说；但她的目光仍旧不改变以前的注视。

像一个注视太阳的人，等候着日蚀的临到，竟因此眩晕而失去目力一般；我因注视这后来的一个光辉也变成这样，那时他说：“为什么你注视一个在这里并不存在的东西以至于眩晕呢？[20]在地上，我的身体是地；他将和其他的身体同样在那里，直待我们的数目等于神的永久命令。[21]穿着两重衣服而来此幸福的修道院的，只有两个光辉，他们已经上升了；你把这种话带回下界去吧。[22]”

说到此处，那光辉的环停止了转动，就是他们三个的和谐歌声也息了，像那些船夫为避免危险或疲劳的缘故，一闻啸声便停止正在打水的桨一般。

唉！我的心绪多么混乱，当我回向贝雅特丽齐的时候，我竟看不见她，虽然我仍旧接近她，还在幸福的世界！

---

⑲ 传说塘鹅（pellicano）以自己之血哺其幼鸟，故常用以象征耶稣。《约翰福音》第十三章第二十三节载约翰侧身挨近耶稣的胸怀；第十九章第二十五至二十七节载耶稣在十字架上将母亲托付与约翰。

⑳ 天上之光不能成蚀象，因无质点，且亦无黑影也。彼得问约翰之将来如何，耶稣说：“我若要他等到我来的时候，与你何干。”见《约翰福音》第二十一章第二十二节。因此一言，传说约翰不死，约翰以肉体登天，故但丁以为可见约翰所成之黑影也。

㉑ 约翰言其身体已成尘土，待将来之神命而复活，即在末日审判以后。

㉒ 仅耶稣与圣母（见《天堂》第二十三篇）灵魂与肉体同登天上。中世纪认为以诺被上帝接去（见《创世记》第五章），以利亚乘旋风升天（见《列王纪》下第二章），并非至天，而是至地上乐园。但丁似亦采用此说。

第二十六篇

圣约翰考问但丁关于仁爱。亚当的灵魂出现。

当我的目力为强光所夺，正在怀疑的时候，我听到一种语音，从那强光里发出来，说："你的目力因为注视我而消耗了，在你恢复目力以前，最好趁机会和我谈一下。你且先对我说，你的精神专注在哪一点；至于你的目力呢，你可以放心，只是扰乱一时，并非永久毁灭，因为这个引导你到此神国的贵妇人，在她的眼光里有和亚拿尼亚的手一样的功用呢。"①

我答道："迟早听她的便，她终要来医好我的眼睛吧，这是两个大门，她曾由此带着火进来，直到现在我

---

① 亚拿尼亚（Anania），大马色之耶教徒，曾以手按圣保罗之身，使其在地上为天光所眩晕而失去之目力恢复原状，见《使徒行传》第九章第十至十八节。

还被他烧着呢。使这宫廷满意的善，是那爱或轻或重读给我听着的全文字的阿尔法和欧米加。”[2]

那使我解除突然失明的恐惧的语音，他又对我说：“你的思想，还得在较细的筛器中经过一番；你应当对我说，谁指挥你的弓向着这样高的目标。”

于是我说：“由于哲学的证据和自天而降的威权，[3]这样的爱就深深地印在我的心里。一个人要是明白善之为善，善就会煽动爱，愈有德者愈甚。所以一个人要是明白善之卓绝无比这一个真理，势必爱那要素，这要素的完全是超过一切，在这要素以外，只是他全光中的一线光罢了。[4]这一个真理，也是那把对于永久事物之原始爱，指明给我看的一位所教的。[5]还有那真理的主人亲自对摩西说的话，‘我要向你显示一切德性’，也使我有所觉悟。[6]还有你自己也把这一个真理显示在你崇高的宣言的开头，这宣言流行在地上，传播这里的秘密，

---

② 但丁意谓始（希腊文之首一字母：阿尔法）终（希腊文之末一字母：欧米加）爱着至善（上帝）；但丁对贝雅特丽齐之热情，升华而为对上帝之爱。

③ 由于自然的理由及神的启示。

④ 谁能认识上帝为最高的善，则不得不爱上帝至最高程度。

⑤ 亚里士多德谓上帝乃诸天所仰慕之最高对象：上帝自足而完全，为欲望或思想之对象。亚里士多德所说之上帝，非有人格者，乃一诸天及自然世界所依之原理，与耶教中所说有神性之上帝不同，但中世纪之神学家均借亚里士多德之说以自重。

⑥《出埃及记》第三十三章第十九节，耶和华对摩西说：“我要显我一切的恩慈，在你面前经过。”

实超过其他的宣言。[7]”

于是我听见说：“你依了人类的理智，以及和他相符合的威权，你对于上帝抱着最大的爱心，但是请你告诉我，是否还有别的绳子把你牵向他，是否还有别的牙齿咬着你，用以激起你对他的爱心。”

我马上懂得基督的鹰[8]的圣意，也明白他要我解释到怎样程度。

我又开始说：“所有这些牙齿的咬，都有能力使人心转向着上帝，而一致协助我以归于爱；世界的创造，我自身的存在，那使我得生的死，[9]还有那像我一般的信仰者所希望的天国，最后还有那先天的理性，他使我离开那败坏世道人心的情海，把我引到正爱的彼岸。那永久的园丁在园子里所栽的枝枝叶叶，我都爱他们，按照他们从他所得的善性爱他们。[10]”

在我一静默以后，天上有很甜美的歌声，我的贵妇人随着他们喊出：“圣哉！圣哉！圣哉！”像一个睡着的人，被强烈的光刺激，透过几层眼膜，突然惊醒，因而厌恶那使人眩晕的光，直到他判断力的恢复；同样，贝雅特丽齐用她的光使我眼睛上的鳞片落尽，她的光照

---

⑦“崇高的宣言”指《约翰福音》，其首章述道即上帝，上帝即道，以及道成肉身（即基督降世）之原理。

⑧“基督的鹰”指圣约翰。参见《净界》第二十九篇注⑨。

⑨ 指耶稣的死。

⑩“永久的园丁”指上帝，“园子”指地上，“枝枝叶叶”指造物。爱上帝为第一义，爱上帝所造之物为第二义，即仁爱或博爱之义也。

明千里路呢。后来我的目力更胜于前。

使我惊奇的是，那时又有第四个光辉出现在我们面前，因此引起我的疑问。我的贵妇人说："在这个光辉之内，包含第一权力所创造的第一灵魂，这是他曾用喜悦的眼光注视的造物。"[11]

像那树梢被风所吹而倾斜，风过后又因本身的力量而直立一般；同样，我听见她这句话，立即向这位灵魂俯伏，表示敬畏，后被和他谈话的欲望所烧，才恢复我的勇气；我说："果子呀！只有你是生而成熟的；[12]人类的始祖呀！所有的新妇都是你的女儿和儿媳；我虔诚地恳求你对我说话，你知道我的欲望，我只要听着，用不着先开口。"

有时走兽蒙着布被，他内心的感情，可从那布被的乱动显露出来；同样，那在光辉之中的原始灵魂，他把对于我喜悦的感情，从他光辉的变动中完全显露在我面前了。

于是那灵魂说："虽然你不对我表示，我辨别得出你的欲望，比你辨别已经确定的事物还要清楚，因为我看出他在那真实的镜子里，所有的事物是从他里面反射出来的影子，而他却非别的事物的影子。[13]

---

⑪ 上帝所创造之第一人类，即亚当。

⑫ 亚当被造成，即在成人状态。

⑬ "真实的镜子"指上帝，一切事物皆由上帝反射而出，故注视上帝者得明了一切事物，非一知半解者可比也。

“你愿意知道上帝何时放我在那高高的花园里，那里就是她准备你爬上长梯子的起点；[14]又那美丽的景致在我眼前多么长久，使上帝大大恼怒的真实原因何在，我那时所用的、所造的言语是怎样。

“我的孩子呀！你要知道：并非那果子的美味引起这样的放逐，只因为我超过了界线罢了。[15]我从你的贵妇人派遣维吉尔出发之地，盼望升到你我现在相会之处，其间足足等了太阳的四千三百零二转；我住在地上的时候，又曾看见他在黄道十二宫穿过九百三十次。[16]

“我所用的言语，在巨人宁录着手他不能完成的工作以前，早已消灭尽了；[17]因为人类的理性不能永久坚持，他们的嗜好是随着天体而时有变更的。[18]人类的言语，是自然的行为；他要这样，或要那样，自然都允许他，一任他的自由选择。在我降到地狱忧郁之所以前，‘耶’为在地上称至善的名字，我赖至善获此光荣的欢

---

⑭ 贝雅特丽齐由地上乐园引导但丁登天。

⑮ 世人对于亚当尝知识树果有种种解释，但丁意谓只是违背上帝之命而已。参见《天堂》第七篇：“他不愿忍受对于自己有利益的约束。”

⑯ 贝雅特丽齐往地狱中之“候判所”派遣维吉尔营救但丁，见《地狱》第二篇。亚当在地上九百三十年，在“候判所”四千三百零二年，被耶稣救出，升至天国，见《地狱》第四篇。参见《净界》第三十三篇注⑪。

⑰ 宁录在巴别造登天塔，上帝乱工人之言语，使彼此不能会意，造塔不成。见《地狱》第三十一篇注⑨。

⑱ 言人类之嗜好，因受星球之影响而生变化也。

乐；[19]后来称为‘以利’；[20]这是不足为怪的，因为人类的习尚，譬如树上的叶子，这一张落了，那一张又生了。

“至于我在那高出海面的山顶，那时我的生活是纯洁的，而且没有失宠，我留在那里不过从第一时到第六时，当时太阳移动圆周四分之一罢了。”[21]

⑲ 耶（I）或为但丁所创之名字，用以表示耶和华（Iehovah）也。

⑳ 以利（EL）为希伯来文称上帝之名字，其意义为“权力”。

㉑ 亚当自言其在伊甸园（地上乐园）之生活不过从日出（第一时）到日中（第六时），共六小时耳。此种古代意见，但丁盖得之于十二世纪法国神学家柯美斯托（Pierre Comestor）。

第二十七篇

圣彼得谈罗马教皇。但丁再度回顾。上升至第九重天：水晶天或原动天。

“光荣归于圣父，归于圣子，归于圣灵！”那时全天堂都这般唱着，这样甜美的歌声使我沉醉了。似乎我所见的是全宇宙的微笑，因此我的沉醉来自听觉和视觉二者。欢乐呀！不可言说的喜悦呀！充满爱与和平的生活呀！使人不生觊觎的稳当的财富呀！

在我前面，有那四个热烈的光辉，其中初来的一个[①]开始发扬他更活泼的光亮；后来他的外貌变为这样：他有木星的光亮，但和火星交换了羽毛，假使他们是鸟。[②]

---

① 指圣彼得；其他三个为圣雅各、圣约翰、亚当。

② 言其光辉由白色变为赤色也。在天堂白色表示欢乐，赤色表示悲伤与恼怒。

那在天上指定每个的地位和职务的上帝，命令天上的歌队一律静止以后，我听见这样的话："假使我变了色，你不要惊奇，因为我对你说话的时候，你将看见所有这里的都要变色呢。在地上，那个篡夺了我的座位的——我的座位，我的座位在上帝的儿子的眼前还空虚着呢[③]——他使我埋葬之地，成为污血的沟，垃圾的堆；那极恶的从这里被摔下去，就在那里逍遥自在。[④]"

那时我看见全天都着了颜色，像早晚太阳使他对方的云雾所成的颜色；还有，像一个有规矩的妇人，她自信无他，但听见说及别人的丑事，不觉有些难为情；同样，那时贝雅特丽齐的面色也变了。我想，当那最高权力受难的时候，天上也会这样的黯然无光呢。[⑤]

稍后，他又继续说着，可是他的声调也换了，不下于他外貌的变化："基督的女人以我的血，以及利努斯的血，克莱图斯的血而长大，她的目的并不在聚集金钱；[⑥]但为获得这个欢乐的生活，西克斯图斯、庇护、加里斯

---

③ 卜尼法斯第八被其反对者认为篡夺者，因其教座乃切勒斯蒂诺第五生前所让予也。参见《地狱》第三篇注⑦。因卜尼法斯之无价值，虽有若无，故言空虚也。但但丁并未坚持卜尼法斯为非教皇。参见《净界》第二十篇注㉑。

④ 古传圣彼得在罗马被尼禄（Nero）皇帝倒钉于十字架而死，葬地在罗马。"极恶的"指撒旦。

⑤ 耶稣受难时，"从午正到申初，遍地都黑暗了"。见《马太福音》第二十七章第四十五节。

⑥ "基督的女人"指教会。圣利努斯（Lino）及圣克莱图斯（Cleto）即阿纳克莱图斯（Anacleto），相传为圣彼得之后继者。

都、乌尔班诺都在流了许多眼泪以后继之以血。[7]

“我们的意思，并不要在我们后继人的左右把耶教人民分为两部分；[8]我所保管的钥匙并不要他们画在军旗上而去攻打那些受过洗礼的；[9]我的像也不要他们刻成图章，盖在那些买卖的和虚伪的文件上，这桩事情使我多次脸红而发火。我们从这里望见所有的牧场上充满穿着牧人衣服的贪狼。

“报复的上帝呀！为什么你睡着呢？[10]卡奥尔人和加斯科涅人都准备把我们的血一饮而尽呢！[11]美妙的开始呀！将有怎样可耻的结果呢？但那天帝以前曾使西庇阿保卫世界的光荣归于罗马，[12]也许他不久就要加以援助吧；这是我可以预见的。至于你呢，我的孩子，你带着你的重物回到下界的时候，请你开开口，不要把我向你公开的事情隐藏一点。”

像我们大气中的水汽凝成冻云而下降，当那太阳接触那天羊角的时候；[13]同样，我看见那高空为一阵胜利

---

⑦ 西克斯图斯（Sisto）、庇护（Pio）、加里斯都（Calisto）、乌尔班诺（Urbano），皆第二第三世纪罗马之主教。

⑧ 暗指贵尔弗派及吉伯林派。

⑨ 贵尔弗派奉教皇之旗，其上绘有圣彼得之钥匙。

⑩《诗篇》第四十四篇第二十三节：“主啊！求你睡醒，为何尽睡呢？”

⑪ 克力门第五（Clemente V），一三〇五至一三一四年在位，为加斯科涅人；约翰第二十二（Giovanni XXII），一三一六至一三三四年在位，为卡奥尔（Caorsa）人。此二教皇之教座皆在阿维尼翁。

⑫ 罗马帝国之将军西庇阿战胜汉尼拔，见《天堂》第六篇注⑦。

⑬“天羊”即摩羯星座，太阳在该星座时为十二月、一月。

的光辉所装饰，他们方才都是和我们在一处的。[14]我的眼光跟随他们，直到很远，出于我眼力之外。那时我的贵妇人知道我不再注意于上空，便对我说："把你的眼光向下，试看你已经怎样旋转。"

自从我第一次向下遥望以来，我看出我已经移动在第一带所成之弧由中点至末尾；[15]我看到盖特之外，此乃尤利西斯所采取的疯狂路线；[16]至于那对方面呢，那里是欧罗巴使她自己成为愉快负荷的海岸。[17]假使在我脚下的太阳不前进一宫多，那么我在那小小的圆面上还可以多看到一些呢。[18]

我的精神，常常充满着对贝雅特丽齐的爱情，因此想回转眼光向着她的欲望更炽于前。虽然人体的自然与绘画的艺术，准备他们对于眼睛的引诱，因而惹起心灵上的迷恋，这些美妙物品的总和，若和那时我所转向的她的微笑的脸容相比，直似一无所有。因为这个注视的

---

⑭ 众圣灵之光辉上升，犹冬季雪片之飘落地面也。

⑮ 所谓"第一带"指由印度之恒河至西班牙之加的斯，其中点为耶路撒冷；但丁第一次从双子星座下望时（《天堂》第二十二篇），其所见之地面为自恒河至耶路撒冷，此次下望时，所见为自耶路撒冷至加的斯；但丁在天空已随双子星座移动四分之一圆周矣。

⑯ 盖特（Gade）即今西班牙之加的斯（Cadice）。尤利西斯之航程越出直布罗陀海峡而入大西洋。见《地狱》第二十六篇注⑱。

⑰ "对方面"指地中海之东岸。神话谓朱庇特大神幻为一牛，负腓尼基王女欧罗巴（Europa）入海而去。

⑱ 但丁在双子星座，故云太阳在其脚下；太阳正在白羊星座下，与双子星座相隔有一金牛星座，故但丁所看到之地面并不成圆形，不过如满月后所见之月象而已。

力量，使我离开勒达的巢，而突然投入最快的天。[19]

这一重天，从最近处到最高处，都是那样的均匀，我竟说不出贝雅特丽齐把我放在哪一部分。那时她已知道我内心的不安，她微笑着；她如此喜悦，似乎上帝游戏在她的脸上；她开始说："宇宙的本性是中心静止，其余的都绕着转动，从这里开始他的界限。[20]这一重天只有神的心意，这里燃着爱，爱激起动，这里蕴着势力向各方流注。[21]光和爱包围着他成为一个圈子，一如他包围着别的天；这一个圈子仅有包围他的明白其所以然。[22]他的运动不受别的测量，但他测量别的，犹如十这个数目包括这个数目的二分之一和五分之一。而且怎样时间的根是在这样一个瓶里，而他的叶子是在别的瓶里，你现在也可以懂得吧。[23]

"贪欲呀！你淹没了那些人类，使他们每个都抬不起头，处于你的波浪之上！[24]有许多人的志愿也许是如

---

⑲ 勒达为幻为天鹅的朱庇特大神所爱，生卡斯托耳与波吕丢刻斯二子，死后升天为星宿，即双子星座。参见《净界》第四篇注⑤。此处言但丁由恒星天上升至原动天也。

⑳ 中心静止，其余绕动：此乃当时地球居中不动而天动之天文学说。原动天包围其他一切之天于其内，故为宇宙之边境，或空间之起源。

㉑ 此天为一切激动与影响及于其他诸天之起源。

㉒ 天府之光与爱所成之圈，围绕原动天，只有上帝悉其内容。

㉓ 时间以太阳星辰之运动而测量，今运动之源起于原动天，故时间之源（根）亦为原动天。运动显示于太阳星辰，故时间亦显示于太阳星辰，如枝叶之发展而可见也。

㉔ 上一段谈宇宙之原理，何等高妙，但世人大都溺于逸乐，不能享此清福，故即于本段表示感慨。

花朵一般，可是连绵的阴雨把果子腐蚀了。忠实和清白，只能求之于孩童；在他们颊下透毛之前，这些美德早已逃散了。例如，有许多说话不清的孩童愿意守斋期，但在说话流利的时期，便不问季节而狼吞虎咽了。又有许多格格不吐的孩子爱其母且听其言，但在说话周全以后，便盼望其母的埋葬。那位与晨同来，留晚而去者的美丽的女儿，她的颜色起初是雪白的，后来竟变为乌黑了。㉕

“可是你却不必惊奇，你要知道这是地上没有统治的人，㉖所以人类离开他的正道。但在正月完全出于冬季，因为地上忽视百分之一日的缘故；㉗在此之前，这些高天将大声疾呼，那盼望已久的荣幸日子将到临，那时船头和船尾将掉转，于是顺流行进于正道，而且真正的好果子将随着花朵而来。㉘”

㉕“与晨同来，留晚而去者”指太阳，太阳为一切生物之父。“美丽的女儿”指人类，人类由白变黑，言其堕落也。

㉖ 无教皇（见本篇注③）、无皇帝君临意大利。见《净界》第六篇注⑫。

㉗ 纪元前四十六年罗马改用儒略历（Julian calendar），以三百六十五日为一年，四年闰一日。此历每百年约差一日，故三月二十一日之春分，积至十六世纪之末，乃在三月十一日；于是教皇格利高里以一五八二年十月五日，为十月十五日，且规定以后逢百之年非闰年，逢四百之年又为闰年。但丁时代，历未改正，故行之悠久，则正月亦将不在冬季也，即冬季为十、十一、十二月。

㉘ 或言此指皇帝亨利第七君临意大利，或言此指来自菲尔特罗之堪格兰德（参见《天堂》第十七篇注⑭）。“正月完全出于冬季”为甚远之期，但诗意却是“为期不远”。

第二十八篇

水晶天：天使的阶级。

当那引导我的心灵以入于天国的一位，谴责今日尘世可悲的生活以后，像一个人的背后点着火，在以前他既未看见，也未想到，而突然出现在对面的镜子里，于是他掉转头去，查究镜子所告诉的话是否真确，才知道影像和实物的符合，正和歌词与乐谱一般；同样，我记得我注视那双美眼（那里爱神预备了圈套以捕捉我）的时候，也遇见类似的事情；当我掉转头去，我的眼睛正逢着天上的一点，从此发射强烈的光，其强烈的程度竟使人对他不得不闭眼，地上所见最小的星，假使并列在这一点的旁边，那么这小星将显得和满月一般。[1]

① 但丁先于贝雅特丽齐眼中见光，返身遂见上一强烈之光点。此光点表示上帝本体之光。此光点无物质的大小，故即与最小之星（转下页）

有些像在多水汽的时候，环绕光源所出现的光轮一般，[②]环绕这一点有一火圈以高速度在那里旋转，比包围宇宙的天还要胜些；[③]这一圈以外绕有第二圈，第二圈绕有第三圈，第三圈以外尚有第四、第五、第六圈。此外的第七圈已超出朱诺的使者[④]的范围，因为这个范围太狭，不够容纳了。同样还有第八、第九圈；他们旋转的速度逐渐迟慢，按照他们距离一的数目为比例；他们离开那最纯净的光愈近，则光亮愈强；我想这是他们沉浸在真光里愈深的缘故。[⑤]

我的贵妇人看见我在很深的疑团之中，她便说："从这一点悬着天和一切自然。[⑥]试看那最接近的一圈，你要知道他所以旋转得这样快，是因为他被热烈的爱所激动的。"

于是我对她说："假使宇宙的安排依了这里我所见的诸轮，那么我将满足于眼前的表现，但在感觉的世界则愈离开中心的反而愈有神性。[⑦]假使我的欲望可以满

（接上页）并列比较，则小星大如月，而此光点仍不过一光点也。亚里士多德谓此"神物"无大小，且无可分析为部分。

② 指日晕或月晕。

③ 绕光点旋转之光环速于原动天。

④ 朱诺女神之使者指虹。参见《天堂》第十二篇注③。

⑤ 离光点愈远之火圈其运动愈迟，其光亮愈减。

⑥ 亚里士多德谓："此种原理，乃天与地之所依。"参见《天堂》第二十六篇注⑤。

⑦ 表现在但丁眼前者愈近中心愈活泼，但物质的世界（按但丁之天文系统，以地球为中心）适得其反，但丁认为不能解说。

足，除非在这仅以光和爱为界限的、奇异的、天使的大殿以内，再听见些解说；为什么抄本和原本不是一样，因为我自已是徒思无益的。”

“假使说这样一个结不是你的指头所能解，那是不用惊奇的；因为从来没有尝试的人，所以成为难解了。”我的贵妇人这样说；于是又继续道：“假使你要满足，那么聚精会神地听取我的说话。有形体的圈子的或大或小是依照他所含蓄的德性的或多或寡。较大的善传播较大的福；较大的福含蓄在较大的形体中，假使他的各部分是均一的。[8]所以，这携带诸天而行进的，相当于那最爱且最知的圈子。[9]由此可见，假使你把你的尺度放在那德性上，而不放在那所见圈子的物质的外表上，你将看出其间非常的符合，就是各天的智慧最大的与最大的，最小的与最小的相当。[10]”

像天空的大气，受了北风的柔和的一面所吹，[11]因而云消雾散，碧空万里，明媚如笑一般；我听了我的贵妇人清晰的回答以后，心中也是这样；而且真理的被我看

---

⑧ 物质天之最大者，其含蓄之德性（善）亦最大，所重要者为德性而非大小。至于天使圈之德性，则视其速度与光亮以为阶级。

⑨ 原动天相当于天使圈之最小者。此圈之天使为撒拉弗级，较其他天使为最知“第一原因”，故亦最爱。

⑩ 天使圈由内向外，诸天由高向下，彼等德性之大小成比例。

⑪ 古时以有翼之人首，胀颊鼓气，表示风。“北风”（Borea）之左面为“东北风”（Aquilon），右面为“西北风”（Mistral）。在意大利西北风似为最柔和。又说，东北风为清天风，西北风为云天风。

见，无异天上的一颗明星。当她的话停止以后，那些圈子上射出火星，像沸铁所射出的一样。每粒火星又因热烈而射出别的许多火星；于是他们的数目简直超过棋盘上每方格加倍的数目。[12]

我听见歌队更番地唱着“和散那”，绕着那定点[13]；他保持他们，而且要永久保持他们在已经在的地方。那时她看出我的心中又有疑问，于是说：“首先两圈显现在你眼前的是撒拉弗级及基路伯级。他们联系着转动得很快；他们可以尽量和那一点相像，只须他们的眼界愈高超便愈可以。

“环绕他们的别的爱，名为神貌的德乐尼级，因为他们是完成第一部之三组的。[14]你要知道，他们的欢乐是比例于他深入那真理的程度，一切智慧都建筑在那真理上面。

“由此可知幸福的基础在见的行为，不在爱的行为，

---

⑫ 波斯王问棋戏发明家赛萨（Sessa）欲得何酬，赛萨答谓只须于棋盘之第一格置一粒麦，第二格二粒，第三格四粒，第四格八粒……如此每格加倍，直至置满六十四格。王闻言微笑，意谓为数无几，但计算之下，始知非王之力所能担负也。按等比级数计算，其和约为一八以下加十八个零；若地面均种麦，经八年始有此产量云。

⑬ “定点”即上帝。参见本篇注①。但丁据亚里士多德之所谓“动物而不为物动”者也。

⑭ 此处天使共有九级，第一部之三组为撒拉弗级、基路伯级、德乐尼级（Serafini，Cherubini，Troni）。撒拉弗以翼高举而达于上帝，基路伯以眼力深入于上帝，德乐尼则为上帝权力之表示。

爱是随着见而起的；[15]眼力的尺度在功德，而功德又是神恩和善愿所生：这是一层一层推进的。

“那第二部之三组，他们发荣于永久的春天，虽然夜的白羊也不能剥夺他，他们不断地唱着‘和散那’，[16]他们有三种音调，来自三级的欢乐。这一阶级是那三种高神：第一是神权级，第二是神德级，第三是神力级。[17]

“那第三部的首先两圈的歌队是王子级和大安琪儿级；最后一圈是所有的安琪儿级在那里举行庆祝。[18]这些阶级的天使都向上瞻望着，向下施展他们的权力，就是说：向着上帝，一切被牵引，一切牵引。[19]

“丢尼修渴望着这些阶级，他给他们以名字，并且区别他们，和我说的都是一样。[20]但是后来格利高里就

---

⑮ 但丁重视智慧（眼力，见解），能识得上帝（即最高原理），方能爱上帝也。

⑯ 自秋分以后，经冬季以至于春分，白羊宫于夜临后可见于天空，故此处意谓“无秋无冬”。诗人比天国为永久之春，比天使为春日之鸟而欢唱不息。

⑰ 第二部之三组为神权级、神德级、神力级（Dominazioni，Virtu，Podestà）。

⑱ 第三部之三组为王子级、大安琪儿级、安琪儿级（Principati，Arcangeli，Angeli）。

⑲ 定点牵引邻近之圈，邻近之圈又牵引其外之圈，每圈均处于主动与被动地位。修道院院长、数学家塔格里佐奇（Tagliazucchi）谓此处显有“牛顿引力”在字里行间云。

⑳ 丢尼修为圣保罗之信徒，“天使阶级”乃其所定。见《天堂》第十篇注⑱。

和他分离，[21]可是他不久升到天上张眼一看，便微笑着自己的错误了。假使这样神秘的真理，出于地上人的嘴里，他的错误是不用奇怪的；不错误的是因为那到过天上的启示了他，并且兼及关于这些圈子的真理。[22]”

㉑ 圣格利高里（见《净界》第十篇注⑫），他所谓之“天使阶级”，其排列与丢尼修不同者，为神德与王子对调。丢尼修之著作于第九世纪翻译而传于西方，或格利高里未之见也。但丁在《飨宴》第二卷所述（参见《天堂》第八篇注⑧）同于拉蒂尼（参见《地狱》第十五篇注③），全由伊西多尔之著作来（参见《天堂》第十篇注㉑）。

㉒《哥林多后书》第十二章第二至第四节谓圣保罗到过第三层天；丢尼修对于天使之认识乃受保罗之启示而不误也。

第二十九篇

水晶天：贝雅特丽齐说明天使的真理，斥责说教者的荒诞。

当拉托娜的两个孩子，一个蔽于白羊，一个蔽于天秤，同以地平线做他们腰带的时候，天顶使他们左右平衡，然而转瞬之间，他们离开他们的腰带，而各自占据一方面了；[①] 在与此同样长久的时间，贝雅特丽齐面带笑容，静视那曾经克服我的一点。

稍后，她说："我不必问你愿意听些什么，我便可以对你说；因为我看见你的欲望在那一点，那里是一切

① 拉托娜的两个孩子即日月；参见《净界》第二十篇注㉝。日月一在白羊宫，一在天秤宫，适成相望；当其一出于东，一没于西，皆在地平线时，地平线绕之如带，而天顶适居其中心；但未几则一出于地平线之上，一没于地平线之下，各据一方，以天顶为中心之平衡破矣。此处无非说明时间之不长。

空间和一切时间会合之处。[②]

“在他超于时间，超于别的一切所能理解的永久之中，永久的爱自愿显露于新爱；并非为着他自己得些什么利益，这是不可能的，不过要使他的光辉在发扬的时候宣言：我存在。[③]在以前他并非睡着，因为上帝的灵运行在水面上，不是在以前，也不是在以后，[④]形式和物质，联合的和纯粹的，出自毫无缺点的突然行为，像出自三弦弓的三矢；又像光线的透过玻璃、琥珀、水晶等物，从到达至完全透过并无间隔；同样，创造者的三种效果同时射出，达于一切，并无先后之分。[⑤]

“造物之间，同时有一种秩序存在；纯粹的活动所生之处是宇宙的最高峰；[⑥]纯粹的潜力居于最下的部分；

---

② 一点谓上帝也，四方上下无所不在，古往今来无时不存。

③“永久的爱”(即上帝)创造“新爱”(如天使，别本有译作“九爱”者即九级天使)，出于爱之冲动(出于“自愿”)，非有私利存乎其间，因上帝已为无穷之善，并不能再有所增减也。“他的光辉”指造物反射上帝之光辉；造物因发扬光辉而有“存在”之自觉也。参见《天堂》第七篇注⑧。

④ 时间本身亦为创造物，创造之开始亦为时间之开始(时间与空间同时生)，故不能问：“上帝在创造以前何为？”《创世记》开头：“起初上帝创造天地。……上帝的灵运行在水面上。”

⑤ 纯粹形式(天使)，纯粹物质(第一物质)，以及形式与物质之联合物(物质的天)三者为上帝同时瞬息的创造。《创世记》上所载继续的创造，实为在时间中经过天使之工具而演进者。亚里士多德《物理学》谓光线经过透明的媒质或物质不需要时间。

⑥“纯粹的活动”指天使之德性，言其能动物，能化物，而不为他物所动、所化也。

在中间的是那永不解脱的潜力和活动的联合。[7]哲罗姆在他的著作中对你说，天使在宇宙成功以前早已创造了；但我对你说的真理，早已有圣灵的著作者在许多页上写过了；[8]假使你用心看，你将看得见的。在理论上也可看出一点来，就是说宇宙的推动者决不能创造了许多时而不见完成。[9]

“现在你已经知道在何处、在何时和怎样这些神圣的爱是被创造的了：你的三个欲望可说已经满足。

“在创造的瞬息，在从一数到二十之前，有一部分反叛的天使扰乱了你们原质的下层[10]。其余忠实的都留着，很欢喜地执行他们的业务，一如你所见的，旋转而永不离开。[11]堕落的原因，由于那可诅咒的骄傲的他，你知道他已被宇宙的重量压住了。[12]至于你所见的，留着在这里的，他们都很和顺，而且认识使他们明了一切的善的功绩；因此他们的眼界都依了神光和他们的功德

---

⑦“纯粹的潜力”指被动、被化之物质，有所受而无所施者也。“潜力和活动的联合”指物质的天，能受能施，同时为被动与主动者也。参见《天堂》第七篇注⑮。

⑧ 圣哲罗姆（San Girolamo，331—420）为译《圣经》于拉丁文者。拉丁文本《传道书》第十八章第一节有：“永生者同时创造一切物。”又《创世记》开头有：“起初上帝创造天地。”此皆天使并未先造之证。

⑨ 若有天使而无所用之，犹有目而无形可视，有耳而无声可闻，在理论上说不过去。

⑩“你们原质的下层”指地球。参见《地狱》第三十四篇注⑬。

⑪ 留于天上之天使绕一定点旋转司诸天之圆运动。

⑫ 撒旦由天下落，入于地球之中心。参见本篇注⑩。

而高超了，而且他们的意志都是圆满而坚实。我不要你疑惑；你应当知道诚心悦服而接受神恩的便是有功德。

“现在，假使我的话你都听明白了，你不用别的帮助，你对于这个天使的集会，当有更多的发现；可是在你们地上学校里所教授的天使的性质是如此：他们了解，他们记忆，他们愿意；[13]我因为要使你看清纯净的真理，不堕入世俗暧昧的讲论，所以我还得多说几句呢。

“这些灵体，自从他们聚精会神注视神面以来，他们永没有掉转他们的眼光，对于他一切都是无所隐匿的。因此他们的眼光并不为新事物所间断，所以他们没有回忆各种分离的概念之必要。[14]

“在地上，你们不睡而梦，有的相信他们有记忆，有的不相信；但相信的更为错误，更为可羞。你们下界的人推究事理，不守正道，总欢喜在表面上夸耀。可是天上对于这一类人还比较少些愤慨，至于那班把《圣经》放在脑后，或大胆把他曲解的，真是可贱。他们不知道把他播种在地上是流了多少血，谦逊地守在他旁边的是多么欢喜。每个人都卖弄他的聪明，自炫他的创见；这些东西竟有说教的替他们宣扬，而《福音书》反

⑬ 人死后之灵魂，在未升天之前，但丁意谓彼等具有智慧、记忆、意志。参见《净界》第二十五篇注⑩。智慧与意志虽同为天使所具有，但对于记忆则别有一说。

⑭ 关于天使之记忆，当时学者间之意见不一。但丁意谓天使即有记忆亦与吾人之记忆不同，盖事物之映于上帝者，无时无刻非现在，而天使亦无时无刻不与上帝相对，故无记忆断续的概念之必要。

默默地无人道及。

“这一个说：当耶稣受难的时候，月亮后退，把日光遮蔽起来，因此日光不能到达地面；那一个说：这是日光自己躲藏起来的，因此在西班牙、印度和犹太有同样一个日蚀。[15]佛罗伦萨也没有这许多拉巴和平独，[16]像每年各地讲经台上所说的诸如此类的笑话；因此那些无知的绵羊只好从牧场上吃饱了西北风回来，也不因为他们未见到自己的损害而原谅那些牧人。基督对他的门徒从未说过：去，对世界宣扬笑话！但给他们一种真实的基础；他们不断宣扬于口的也就是这个。他们卫护他们的信仰，就把《福音书》做了矛，又做了盾。然而今日说教的以说笑话、扮鬼脸做道具，引得哄堂大笑，便傲然自得，以为是他们说教的成功，不再求其他了。

“但是，假使大众看见他们的风帽里栖着一只鸟儿，便知他们口中的赦罪是无价值的了；[17]世人对于没有实惠的约言表示踊跃，地上的愚人何以如此之多呢！因此圣安东尼养肥他的猪，别的人则比猪更加坏，也是这样使用他们的伪币。[18]

---

⑮ 耶稣受难时，“从午正到申初，遍地都黑暗了”，说教者因而有此解释。

⑯ 拉巴（Lapo=Iacopo）、平独（Bindo=Ildebrando）皆当时佛罗伦萨极普通之名字。

⑰ “鸟儿”指恶魔，言说教者心地不正也。以鸟称恶魔者尚见于《地狱》第二十二篇、第三十四篇。以鸟称天使者则见于《净界》第二篇、第八篇，但《天堂》无之。

⑱ 圣安东尼（Sant’Antonio，251—356）为埃及著名之隐士，（转下页）

“可是我说得离题太远了，再把你的眼光引到正路上来吧，庶几可以节省我们在旅途上的时间。这些天使，等级大有差别，他们的数目不是人类的言语和想象可以估计的；假使你看过但以理启示给你的，他说有千千万万，这也不是一个确定的数目。[19]那原始光照耀他们，他们有多少差别，他们所受的光也就有多少差别。因为他的感情要看他们对于他认识的程度，所以他们尝着的爱味是温热不同的。

“现在你可以看出那永久德性的高大广博，因为他把他自己分裂为无数的镜子，但是他自己仍旧完整如一，与前无异。[20]”

（接上页）生平曾拒绝许多诱惑，恶魔幻为猪绕其脚前，后世遂以彼为猪之保护神。但丁时佛罗伦萨附近各寺常畜猪；此处言教士视愚民如猪，饲以荒诞之教义，一如使用伪币者，故教士比猪更劣也。

⑲《但以理书》第七章第十节谓侍奉坐于宝座之上帝者，有千千，有万万；然此并非确定数目，仅表示超于人类所能想象之外耳。

⑳“原始光”、“永久德性”均指上帝。天使的眼界愈高超，则愈蒙上帝之爱顾，而愈和上帝相像；上帝虽分散其光于诸天使，然仍永久为一。

第三十篇

天府：灵魂的住所。幸福者的玫瑰。皇帝亨利第七预留的座位。

离开我们也许有六千里，那里第六时散布着他的火，而这里的世界已经把他的影子投射到水平面上了，那时我们天上的几颗星已经没有力量把他们的光亮送到地上，因为太阳最华丽的使女已经前来，所以天空把星一颗一颗都关闭了，直到最明亮的一颗；[①] 同样，那些胜利的天使，曾经环游着那克服我眼力的一点；他似乎被包围，实则他包围；他们一个一个都熄灭在我的前面。

---

① 此处的“里”（miglia）为古罗马量名，合一千跨步。但丁意谓地球周长为二十余万里；由意大利向东方行六千里之地，适与意大利相距四分之一圆周，故彼地之午（即第六时，因一日间分十二时，以早晨为第一时），为此地（这里的世界，即意大利）之黎明，其时物影与地平线平行。“太阳的使女”指晨光（Aurora），晨光至，则众星隐矣。

我既一无所见，而爱情又把我的眼光牵向到贝雅特丽齐。[②]假使我把直到现在所有说及这位圣女的话句聚合起来，作为唯一的颂赞，在这一次就不够用了。

我看见她的美丽超过我们所有的尺度，我相信只有创造她的可以欣赏她的全部。在这里我不得不自认失败，从来的喜剧诗人或悲剧诗人对于他们题材的某一点没有像我这般失败过。[③]如在烈日的光下，使人眩晕到不得不闭目，所以我回想那温柔的微笑，反而破坏了我记忆的本身。自从我初次在地上看见她的面貌以后，直到今次的天上相遇，我对于她没有间断我的歌唱；然而现在我的诗句却不能追随她的美丽了；如同每个艺术家，在他能力的极处，不得不停止一般。[④]

于是我把这桩赞颂她的事情让给比我更和谐的喇叭，因为我应当赶速完结我艰苦的工作。

那时她又用熟练的引导人的声调和手势开始说："我们已从最大的形体入于最高的天；此天乃纯粹的光；此光乃智慧的光，充满着爱；此爱乃对于真善的

② "一点"指上帝，上帝看似被天使九圈所包围，实则上帝包围一切。众天使之光既隐灭，但丁于是返观贝雅特丽齐。

③ 按此处所谓喜剧与悲剧，并不含有舞台剧本之意，但指作品文格通俗与高雅之不同而已。

④ 贝雅特丽齐之美丽无时无刻不在增加，但丁诗笔不能追随，故不得不放弃描写。

爱，充满着欢乐；此欢乐乃超于一切的幸福。[5]这里你将看见两类天国的军队，其中一类的形状，将和你在最后审判日所见的一样。[6]”

像突然的闪光粉碎了我们的视觉，竟至对于更强的光也不起印象；同样，一种强烈的光淹没了我，我像被发亮的网包绕着一般，竟使我一物不见。“那使天平静的爱，常常用这种礼节来欢迎新到的灵魂，因此使烛适合于他的火。”[7]我听见这几句简单的话以后，我觉得即刻有超于我固有的力量；我有了一种新的眼力，如此坚强，不问怎样明亮的光，也不足以使我眩晕。

于是我看见一光，像一条河流，灿烂辉耀，两岸装饰着花朵，像是一个怪异的春天。从这河流中跳出活泼的火星，落在花朵之上，像宝石镶于黄金之中；稍后，他们似乎已为香气所沉醉了，又跳入神奇的旋涡，这一个跳入，那一个又跳出。

“你热烈地希望明白你所看见的事物，你这种崇高的欲望使我欢喜。但在你的大渴消解以前，你必须先饮此水。”我眼睛的太阳这般对我说；继又添加道：“那河流，那些进进出出的宝石，那些微笑的花朵，都是实体

---

⑤ 但丁出原动天（最大的天，最大的形体）入于天府（最高的天）。然天府乃光、爱、欢乐之天，并非空间的；是智慧的，而非感觉的。

⑥ 善天使攻击恶天使，善人攻击恶人，故善天使与幸福灵魂皆为天国之战士。幸福灵魂之状貌，此时已与复活后相同。

⑦“爱”指上帝，爱充满于天府，天府是不动的。“烛”喻新至之灵魂，“火”喻神恩，烛着火则放光明。

的影子。并非他们尚属生硬而不可消化，实在是因为你尚有缺点，你的眼力的高深还有所不及。”

就是那比平常迟醒的孩童，突然转脸向着他妈妈的胸怀，也没有我这般动作得快：我要使我的眼睛变成更好的镜子。我立即俯身在那流波之上，希望把我自己改进一些。[8]

我的睫毛一接触那流波，顿时长的似乎变为圆的了。于是，一如假面跳舞会里的群众把假面脱去，以致前后景象大不相同，那时在我之前的花朵和火星都变成皆大欢喜的模样，而我乃明明白白看见天上的两班廷臣[9]。

上帝之光辉呀！因为他，我看见那真国之崇高的胜利者，请给我以叙述怎样看见他们的能力！

高高在上者是一光，他使造物者被见于诸造物，他们仅以得见为安乐；此光散发而成圆形，其周围若作太阳的腰带则失之太大。[10]此光是由原动天上面反射而来的众光线所成，原动天则由彼处取得其生命和能力。[11]像一个小山自照于他脚下的水中，以自见其所饰花草之

---

⑧ 人格完成于时间之洪流。

⑨ 天使和灵魂。

⑩ 方才“一光如长河”，此时则“一光如圆海”矣。

⑪ 光线由上帝下降，再由原动天外层反射，遂散发而成圆形之光海，“彼处”指上帝所在之一点。

富丽一般；同样，我看见所有从地面回升的，他们都坐于成千的团团位阶之中，而自照于此光之上。[12]

假使最下的位阶已经包含这样大的光，那么这朵玫瑰花最外的花瓣有多么大呢？[13]

然而我的眼力并不因他的大和他的高而有所不及，我对于这里的喜悦，无论在量的方面或质的方面都是一目了然。这里不因为近而有所加，远而有所减；因为那里上帝不借媒介而直接管理，自然律是没有作用的。[14]从永久的玫瑰花的黄心，一瓣一瓣成圈而展开出去，同时发扬对于造成永久春天的太阳的赞美的馨香。

贝雅特丽齐当时引导我看着，我虽静默，然很想说话；她于是说："你且注意这些着白袍的，他们的集会多么大！[15]看我们的城，他的范围多么广阔！看我们的座位差不多都满了，现在所等待的只有极少数罢了！

---

⑫"从地面回升的"言幸福灵魂升于天上，如归故乡也。彼等列坐于一极大之圆形剧场座中，但丁称之为"幸福者的玫瑰"，取其形似也。

⑬位阶（犹花瓣也）在下愈小，在上愈大，最高的位阶亦即最外的位阶。在最下位阶之灵魂已如许之多，其全数之多可想而知。

⑭希腊哲学家德谟克利特主张：若无媒质，则虽在远处之细物亦可望之了然。亚里士多德则反对此说。此为但丁倾向希腊物理学说之一例。按天府超于时空之概念，时时为现在，处处为此地，故无远近久暂之关系。全部《神曲》皆为但丁精神的产物，但尚有迹象可循。至于超时空之天府，则更属精神中之精神矣。

⑮幸福灵魂显于此处者皆人形而白衣。《启示录》第四章："宝座的周围，又有二十四个座位，其上坐着二十四位长老，身穿白衣，头上戴着金冠冕。"又第七章："我观看，见有许多的人，没有人能数过来，是从各国各族各民各方来的，站在宝座和羔羊面前，身穿白衣，手拿棕树枝。"

“你现在所注目的大座位上，已经放着一个皇冕，在你参加此婚宴之前，将要来一位灵魂，他在地上将是皇帝，就是伟大的亨利；他将去整顿意大利的秩序，可是这个国度没有欢迎他的预备。[16]那蛊惑你的盲目的贪欲，使你变成像一个小孩，他虽然饥饿到死也拒绝他的乳母。[17]还有那时主持神事的人是这样一个东西，就是明里暗里都不同那皇帝走在一条路上。[18]然而这个人也不会长久被上帝允许混在圣职之中，因为他将摔到魔法师西门那里，把那从阿南尼来的排挤到更下的一层。[19]”

---

⑯ 卢森堡公爵亨利第七于一三〇八年被选为日耳曼皇帝，于一三一二年征佛罗伦萨未胜。亨利为但丁所希望之救星，可是他一三一三年就死了。

⑰ 但丁拒绝受辱而返佛罗伦萨。

⑱ 教皇克力门第五初本赞成亨利来意大利，后又暗中使人出面反对。参见《天堂》第十七篇注⑮。

⑲ 克力门第五死于一三一四年。“从阿南尼来的”即教皇卜尼法斯第八。此二教皇死后之灵魂皆在地狱的圣职买卖者中。参见《地狱》第十九篇注⑧，《净界》第二十篇注㉑。

第三十一篇

幸福者的玫瑰。圣伯尔纳代替贝雅特丽齐引导但丁至游程终了。

那些神圣的军队，基督和他们结为夫妻在他的血中，展开在我面前是一朵洁白玫瑰花的形状。但是其他的呢，他们飞着，看着，唱着恋爱他们者的光荣和创造他们到此优越地步者的恩德，像一群蜜蜂，一时没入花间，一时返归甜味的制造所；他们一时降到那花瓣众多的大花之中，一时又升到他们永久爱心所寄之处。[①]他们的脸像活泼的火，他们的翼像黄金，其余则比雪还要洁白。他们一级一级降到花中，散布他们从鼓翼而得来的平静和热情。[②]在上帝和花瓣之间，鼓翼者既如此之多，

① 幸福灵魂之座位呈玫瑰花形，飞翔于上帝及灵魂之间似蜜蜂者为天使。

② 天使由上帝带来平静与热情；天堂之热情是平静的，而平静又是热情的。

但不遮蔽了眼力，也不遮蔽了光荣；因为神光渗透宇宙一切，一如他们完成的程度，没有一物能够阻碍他的。

这个国度，安宁而欢乐，住着新旧的民众，他们都一致望着、爱着那唯一点。③三合光呀！你在他们眼中只是单一的星，你充满他们以无穷的平静，请看暴风暴雨多么骚动的我们的下界！④

假使那些野蛮人，从艾丽绮和她亲爱的儿子每日在那里旋转的地方，⑤来到宫殿壮丽的罗马（那时拉特兰超出于人类的工程⑥），他们必定目瞪口呆，惊怖不堪；至于我呢，我从人到神，从暂时到永久，从佛罗伦萨到公正纯洁的国度，我的惊怖是怎样呢！诚然，我当时惊喜交集，只有耳不闻如聋，口不言如哑罢了。

像一个朝山进香的，他在庙里东看西瞧，立下一个愿心，早已想把庙里的情形回去告诉他的邻人了；同样，我在那活泼的光中，我到处游目，各级都看到了：上上，下下，四周。我看见那些激动爱心的面貌，饰着别人的光彩和他们自己的微笑，⑦他们的举止态度无美不备。

---

③ 天堂之欢乐，无患得患失之情，故称安宁。先住天堂者为天使，后来者为幸福灵魂；或指《新约》及《旧约》上之灵魂。

④“三光一星”谓三位一体之上帝。天堂平静，而地上骚动。

⑤ 艾丽绮与其子阿尔卡斯升天为大熊星座及牧夫星座，见《净界》第二十五篇注⑭。牧夫星座中最光亮者为大角星，如谓大角星不入地平线下之区域，则应在北纬七十度以上，但丁意云来自极北之蛮人也。

⑥ 拉特兰（Laterano）初为王宫，后为教皇宫，以此一宫代表罗马之全部也。

⑦“爱心”即对上帝之爱心；“别人的光彩”即上帝之光。

直到那时，天堂的全部情形都已收在我的眼中了，没有一部分不经我留意过；可是我看了以后，心中有许多疑惑，要向我的贵妇人请求解释。

我所要问的是这一位，可是回答我的却是另一位：我以为回头即看见贝雅特丽齐，可是我所看见的却是一位老者，穿着光荣的衣服，和那队伍里的一般。他的面貌和眼光，含着和善的喜悦，像一位慈爱的父亲。我急遽地问道："她在哪儿？"

他说："为了完成你的欲望，达到你的目的起见，贝雅特丽齐把我从座位上请了来；假使你仰望那从上而下的第三级，你将再看见她，在她的功德应得的座位上。"

我也不回答，抬眼望见她了，那永久的光从她身上反射出来，绕着她成为一个光圈。假使一个没入海底的人，仰望那发生最高雷电的云端，也没有像我的眼光达于贝雅特丽齐这样远；可是她的形象下降于我毫无阻碍，这是因为她和我之间没有任何媒介的缘故。[8]

"贵妇人呀！你是我热烈的希望之所寄，你为救援我不惜留足迹在地狱；我已经看到一切事物，我之所以得此恩惠和勇气，都要感谢你的权力和善心。你把我从奴隶的地位释放做一个自由人，由一切的路径，用一切的方法，只要在你的权力范围。请你对我保持一颗宽大

---

⑧ 参见前篇注⑭。

的心，庶几你医好了的灵魂，在离开肉体以后，还值得你欢喜！”

我这样祷告；至于她呢，虽然似乎离开我如此之远，但她仍旧微笑而报我以一眼，于是她转向那永久的泉源了。[9]

后来，那可敬的老者对我说：“为了完成你的神圣的旅程，所以一种动人的请求和神圣的爱心[10]把我派遣到你前面。把你的目光飞向这个花园；你愈加注视他，你的目光愈加锐利，愈加可以上趋那神光。那天之后，她点起我对于她的爱火；她将给我们一切的恩惠，因为我是她虔诚的伯尔纳[11]。”

像一个也许是从克罗地亚来的，来看我们的维罗尼卡，[12]因为古来的名声甚大，看了还不满足，故在心中道：“我主耶稣基督，真的上帝，这个就是你的面像么？”当时我注视那位慈祥的，他在地上便用默想而尝

⑨“永久的泉源”指上帝。

⑩ 贝雅特丽齐之请求与爱心。

⑪ 圣伯尔纳（San Bernardo，1091—1153）为基督教教义之著名战士，克莱沃（Clairvaux）修道院之创办人，鼓吹第二次十字军者，其对于圣母马利亚之虔诚，表示于其讲道集中。

⑫ 克罗地亚（Croazia），南斯拉夫之一部，言来路远也。维罗尼卡（Veronica）本系耶路撒冷一妇人名，传说此妇人当耶稣掮十字架赴刑场时，曾以布巾拭耶稣之额，耶稣之面像因此留印迹于其上。此布巾藏于罗马圣彼得教堂中，每年于新年及复活节公开展览。参见《新生》第四十一节。

着平静的滋味的，我的心境也是如此。[13]

他继续说："恩惠的儿子呀！假使你的眼睛看着下面，那欢乐的事物便永远不会被你认识。你且抬头望那些圈子，直到最远的一层，你将看见那女王，这个国度服从她而且尊敬她。"

我抬起我的眼睛；像早晨东方的地平线上较西方落日之处为光亮；同样，我如出幽谷而登于山顶，我看见最高圈有光亮超于其他各处。像我们在地上等着那车子，就是法厄同不能驾御的车子，他所出现的区域最光亮，[14]而在左在右的光线就衰弱了；同样，那和平的金光旗辉耀于中心，四周的光辉都觉暗淡了。[15]

在中心部分，我看见成千的天使张着双翼，似乎在那里庆祝佳节一般；每个天使以他的光彩和技术为区别。[16]那里我看见一美人对于他们的游艺和唱歌表示微笑，因此在诸圣目中显出他们的皆大欢喜。[17]即使我的字句能和我的想象一般丰富，我亦不敢尝试描写他们的

---

⑬ 圣伯尔纳为默想之典型人物，民众意谓他在生前即见过上帝。但丁谓看见圣伯尔纳慈祥之面貌，无异于远方游客之看见耶稣面像而起敬意也。

⑭ 言日将出之处也。法厄同御日车，见《地狱》第十七篇注⑩。

⑮ "金光旗"（orifiamma）为天使加百列赐给古时法兰西王之军旗，表示烈火于金色之底层，用此军旗征伐，则无敌于天下。金光旗在天上则非为战争，而为和平。言圣母马利亚所在之处最为光亮也。

⑯ 中世纪研究"天使学"者谓每个天使为一种类，各不相同。每个天使之光彩及姿态，各有特别之美点。

⑰ "一美人"指马利亚。天使歌舞，圣母微笑，诸幸福灵魂因此大乐。

快乐幸福于万一。

当他知道我用心注视那光亮的泉源时，伯尔纳也把眼睛转向她，因为他的这般虔诚敬爱的态度，竟使我再注视她，比以前更加恳切。

第三十二篇

幸福者的玫瑰：幸福者如何分布。孩童的灵魂。

恋爱着他的欢乐，那瞻仰者[①]自愿担任做我的导师，于是开始他神圣的话句："马利亚用药膏治好了的创伤，是那位坐在她脚下的美貌女人弄出来的。[②]坐在她的下面，就是第三级，你可以看见拉结和贝雅特丽齐。[③]依次向下你可以看见的是撒拉、利百加、犹滴[④]以及她，是那因为忏悔自己的罪过，而唱出'上帝呀，怜恤我！'者的曾

---

① 瞻仰者指圣伯尔纳；瞻仰其欢乐之所自生者，即马利亚也。

②"美貌女人"谓夏娃，坐于马利亚之次级。

③ 拉结为雅各之妻，与贝雅特丽齐坐于第三级，参见《地狱》第二篇注⑨。

④ 撒拉（Sara）为亚伯拉罕之妻，见《创世记》第十七章第十五节；利百加（Rebecca）为以撒之妻，见《创世记》第二十四章第六十七节；犹滴为杀亚述将军奥洛费尔内之美寡妇，见《净界》第十二篇注⑫。

祖母。[5]

“我提着她们的名字，是从玫瑰花瓣的上部数下来的。从第七级直到下部，都是希伯来的贵妇人，好像把花的鬈发划分一条路；因为依照对于基督信仰之观点不同，她们就在神圣的阶级上做了隔离的墙壁。[6]

“在这一边，所有的花瓣都长成了，是坐着那信仰基督将光临的一群；在那一边，那些半圆圈上还有空着的座位，是坐着那眼光转向已光临的基督的一群。

“在这方面有天之后光荣的座位及其下的座位做了大分界线，同样，在她的对面，是大约翰的座位。他是永圣的，他在旷野吃尽辛苦，又牺牲了性命，又在地狱两年。[7]在他之下做分界线的座位是圣方济各、本尼狄克及奥古斯丁的，以及其他的，一级一级，从上到下。[8]

---

⑤ 路得（Ruth）为波阿斯之妻，波阿斯生俄备得，俄备得生耶西，耶西生大卫。见《路得记》第四章末。大卫因与乌利亚之妻拔示巴犯奸淫，又将乌利亚谋杀，见《撒母耳记》下第十一章；后作忏悔诗，即《诗篇》第五十一篇。参见《净界》第五篇注①。

⑥ 使生于基督之前及生于其后者左右分开，希伯来贵妇人之座位自上而下做了界线。

⑦ 大约翰指施洗者约翰，为耶稣之先驱；耶稣曾说：“凡妇人所生的，没有一个大过约翰的。”他是“从母腹里就被圣灵充满了”；他曾吃蝗虫野蜜在旷野传道；他因责备希律王而被杀；后二年，耶稣入地狱“候判所”救其灵魂上升天国。参见《地狱》第四篇。

⑧ 与马利亚相对之一条界线，乃以施洗者约翰、圣方济各（见《天堂》第十一篇注⑪）、圣本尼狄克（见《天堂》第二十二篇注②）、圣奥古斯丁（见《天堂》第十篇注⑲）等之座位所成，于是“幸福者的玫瑰”如被切为二半个矣。奥古斯丁（Augustino，354—430）为中世纪教义神学之集成者，为天主教中四大教员之首。

现在，容我们赞扬神的准备：因为这两种观点的信仰者，将相等的充满了这个花园呢。

“现在你要知道，经过这两条分界线的中点的圈子以下，坐着一班他们自己没有功德的灵魂，在一定的条件下，他们依了别人的力量才得到此的；因为在他们离开肉体的时候，他们不能做真正的选择。⑨你可以看出他们的童颜，听出他们的童声，假使你用心看，用心听。

“现在你心中有些迷惘，虽在迷惘之中而你仍旧保持着静默；但我愿意替你解开困难的结，这里面有你微妙的思想被缚着呢。在这广阔的国度以内，竟没有一点偶然的事情发生，正和没有忧虑、没有饥渴一般；因为你所看见的一切，都是依据永久的定律建造的，所以像指与指环一般的相应。⑩因此这些趋向真生活太快的灵魂，他们所得地位之或高或下，都非没有缘故的。这个国度所依赖的王，他所持有的大量仁爱、大量喜悦，没有一个人的心愿可以希望再多些；他凭他自己的欢心创造一切的心灵；凭他自己的兴致赐给他们各种的恩惠：于此只看结果就够了。⑪这事在你所读的《圣经》上已

⑨“玫瑰”之下半部（由前二纵切线之中点作水平横切）为孩童之灵魂，在未能辨别善恶邪正之前即死亡者。

⑩ 指与指环相应，谓光荣与功德符合也。在天上，每个灵魂为基督之妻，故以指环为喻焉。

⑪ 上帝随意创造一切心灵，天资各个不同，此乃一种事实，不必追究其理由也。《净界》第三篇：“希望用我们微弱的理性，识破无穷的

经表示得明明白白，就是那双生子怒着在娘肚里相争的这一个例子。[12]观此可知，根据头发颜色的不同，那最高的光允许他们以花冠的恩惠。[13]所以，并非奖赏他们自己的行为，他们得着不同的座位，只因为他们原始视觉的不同。[14]

“在创世未久以后的时期，天真烂漫的，只需依父母的信仰便可以得救。在第一时期已过，则男孩须行割礼，以增加其天真烂漫的双翼上的力量。[15]但是一到了神恩时期，如不受基督的完全洗礼，则天真烂漫的，也只好留于下界。[16]

“现在，请注视那个最和基督相似的脸；[17]因为只有他的光辉可以安排你去见那基督。”

我看见那些在高空飞翔的圣灵把如此的欢乐倾泻在那脸上，以前我所看见的，都没有叫我赞赏到这地步，也没有一事物向我显示与上帝相似到这地步。那首先下

玄妙，真是非愚即狂。”

⑫《创世记》第二十五章载以撒之妻利百加怀孕，胎儿在腹中活动，后生以扫及雅各，为两族之起源。即一胎所生，其命运亦各别。

⑬ 对于孩童并不能由他们之行为（功德）下批评，只可说由于他们头发之颜色，或面貌，或声调（其真实原因为不可知），上帝赐给不同之光荣而已。

⑭ 因上帝之始愿，孩童得见上帝之能力各个不同。下节圣伯尔纳将说明孩童灵魂所以得入天堂之条件。

⑮ 割礼（割势皮之礼）为犹太教（及伊斯兰教）之仪式。割礼为不完全之洗礼。

⑯“下界”指地狱之“候判所”，见《地狱》第四篇注②。

⑰ 谓圣母马利亚之面貌。

降的爱唱道："福哉！马利亚，你被神恩所笼罩。"于是张翼在她的面前。[18]对于这神歌，全幸福的天庭都相应和，每个脸上都显得更加平静而明朗。

"圣父呀！你为我降到这下边，离开你应得的永久甜蜜的高座。请告诉我，那位天使是谁？他注视我们女王的眼睛这般欢乐，他充满着恋爱似乎着了火。"我这般再向他请教，他曾从马利亚吸取美丽，一如晨星之于太阳。[19]

于是他对我说："这里的所有天使或灵魂，其欢喜快乐莫不备于他的一身；我们也愿意他如此；因为当上帝的儿子愿意负起我们的重担的时候，是他把棕榈枝带给下界马利亚的。[20]

"现在，在我说的时候，你的眼睛要跟着注视，留心这最公正、最虔诚国度里的大名人。那在高位的两个，他们最幸福，因为坐近女王，他们是我们玫瑰的两个根。在她左边的是人类的始祖[21]，因为他胆大的尝味，人类就尝着如此的苦味。在她右边，你可以看见圣教会的始祖，基督曾把这玫瑰花的钥匙托付了他[22]。那位，他

---

⑱ 大天使加百利（爱）下降至马利亚前；其所唱者，亦即告知耶稣降生时之语也。参见《路加福音》第一章第二十六至三十一节。

⑲ 晨星，金星也。圣伯尔纳反射马利亚之美丽。

⑳ "重担"指人体，言耶稣降世也。棕榈枝，古时使者携之以表示胜利或快乐者。

㉑ 指亚当。

㉒ 指圣彼得。

在生前即见及那美妇（基督以矛与钉而获得者）的不幸时代，他又坐在他的右边；[23]在前面一位的左边是一位领袖，那些吃着吗哪的，忘恩的，无主见的，谋叛的国民是他的下属。[24]坐于彼得对面的是亚那，以注视她的女儿为乐，她的眼珠不动而唱着‘和散那’。[25]家族之祖的对面是卢齐亚坐着，当你俯首在深渊边际的时候，她曾经说动你的贵妇人。[26]

“但是，因为你昏睡的时间将过了，此处不得不加一句点，一如好缝工不得不对于他的布匹加以剪裁。[27]让我们转眼向着那原始爱，[28]你尽你的眼力，看入他的光辉吧。但恐你以为鼓翼前进了，实则你在后退，因此我在这里应当祈祷，以获得恩惠，她的恩惠有帮助你的力量；你诚心跟着我，我所说的话勿要离开你的心。”于是他开始了那神圣的祈祷。

㉓ 圣约翰（使徒）于其《启示录》中曾预言教会（美妇）未来所受之虐待。圣约翰坐于圣彼得之右。

㉔ 摩西引导以色列人出埃及，过旷野时天降粮食吗哪。摩西坐于亚当之左。

㉕ 圣女亚那（Sant’Anna）为马利亚之母。

㉖ 圣女卢齐亚与亚当对面。参见《地狱》第二篇注⑧。

㉗ 但丁“神游”将终，不及再提其他圣灵之名字，故对于诗材不得不加以剪裁也。

㉘ 原始爱即上帝之本身。

第三十三篇

圣伯尔纳向圣母马利亚祈祷。上帝的景象。

“童贞之母，汝子之女，心谦而德高，超越一切其他造物，乃永久命令所前定者。人性因你的缘故成为如此高贵，造物主不再藐视此乃彼之造物。[1]在你的怀中，被热力燃起了爱情，此热力又在这永久的平静中开出这朵花。[2]在这里，你是我们目中的仁爱，在地上，你是人类希望的活源。

“圣母！你如此伟大，权力无边，谁要希望神恩而不请求于你，无异不翼而飞。但你的善心，不仅对于请

① “童贞之母，汝子之女”言耶稣基督之母也，其所以为圣母者由于天定，自亚当犯罪以来，人类为上帝所藐视，今基督为上帝之子，投马利亚之胎以生，母以子贵，而其母为人类之一，故人类此后不再被藐视矣。

② 天上玫瑰开花于永久平静之天府，此由于基督之降世，启赎罪之门也。

求的加以援助，就是并未请求的，你也常常予以一臂。宽和慷慨大慈大悲，一切美德，凡造物所可有者，无不集于你的一身。

“现在，有一个人，他从世界最深的洞窟直到这里，曾经一一看过种种灵魂的生活，[③]他恳求你，赐给他一点恩惠，叫他有足够的能力，举起他的眼睛再高些，向着那最后的大福。至于我呢，我从未为我自己恳求这种眼力，像为他恳求这样热烈，我奉献于你我所有的祈祷，我希望这不是徒然的；于是又因为你的祈祷而消除他人类眼睛上的一切云雾，并且把广大的最高欢乐全部展布在他面前。

“我还有请求于你，你是能做你所愿做的女王，在他瞻仰过这大景象以后，请你保护他的情感健全无疵。[④]你的保护强于人类的冲动；你看吧！贝雅特丽齐以及许多圣灵，都合手向着你，附和我的祈祷了。”

那双被上帝所敬爱的眼睛，钉着向她恳求的人，早已表示虔诚的祈祷已被采纳了。于是他们抬起来向着那永久的光，我想从未有别的造物这样以明晰的眼光注视过他。[⑤]至于我呢，我将接近我所有的心愿之终点，我

---

③ 但丁由地狱至天府，历观灵魂之不同状况。

④ 但丁蒙神恩，游太虚，见玄象，如获正觉，返于地上以后，不再犯罪矣。

⑤ 马利亚转眼向上帝请求。

自当完成我欲望上的最高努力。

伯尔纳向我做了一个手势，又微笑一下，表示我应当向上望了，但是我早已准备了这种姿态；因为我的眼力逐渐精一，透入那高光逐渐深刻，此高光的本身就是真理。此后我所见的超于我所能说的；舌头既不能描绘，记忆力也就不能任此巨艰了。

常有人在梦中看见许多事物，醒后便不能记忆，所可说的只有苦乐之感，而其他景象则不能复现于心中。我也是这样：当时我见到的所有景象都消灭了，我心中只存着由那景象所生的快慰罢了。像雪在太阳之下融化了；像西比拉写在树叶上的预言被风吹散了。⑥

至高无上的光呀！你超出于人类思想之外，你把曾经启示我的再赐一些回光在我的记忆里吧。你使我的舌头有足够的能力，至少传述你光荣中的一粒火星，以之遗留后来的人吧；因为，假使我的记忆中复现一些事物，我的诗句中再闻一些回声，他们更加可以明了你的胜利吧。

我想，假使我对于那刺目的活光掉转我的眼睛，我将仍留于迷惑之途。⑦因为这种理由，我记得那时我

⑥ 西比拉（Sibilla di Cuma）记录其神谕于树叶上，后风将树叶吹散，见《埃涅阿斯纪》。

⑦ “活光”者，最高智慧也，对此不能正视，则失之交臂，将永无解惑之期矣。物质之光与上帝之光相反，上帝之光使注视者之眼力强、眼界广。

尽力忍受那强烈的光，因此我的一瞥可以达到那无穷的权力。

丰富的神恩呀！你使我敢于定睛在那永久的光，我已经到了我眼力的终端！在他的深处，我看见宇宙纷散的纸张，都被爱合订为一册；[⑧]本质和偶有性和他们的关系，似乎都融合了，竟使我所能说的仅是一单纯的光而已。[⑨]我相信这个全宇宙的结[⑩]我已经看见了，因为我说到此处我心中觉得广大的欢乐呢。

不过一刻儿工夫，我竟像生了昏睡病的人，比记起二十五个世纪以前阿耳戈船的影子吓了海神这件故事还要难。[⑪]

这样，我的精神与一切隔绝，专一地注视着，不移动又不分心，愈注视而欲望愈炽烈。一个人注视那种光以后，便不能允许转向别的事物；因为做欲望之目标的善，[⑫]是完全聚集在那种光里面，在他里面的是完善，在

⑧ 万物纷散于宇宙，譬如纸；而总摄于神智（上帝），譬如书。

⑨ 参见《天堂》第三篇注④，但丁对于宇宙能见其全体矣。

⑩ 一切物质与一切属性结合之宇宙，唯神智统一之。

⑪ 患昏睡病愈者，病中诸事完全忘记。但丁所见之景象一过，立即忘记，比二十五个世纪前阿耳戈船（Argonauti）航行海上之故事还要忘记得干净。关于伊阿宋乘此船取金羊毛之故事，见《地狱》第十八篇注⑥。阿耳戈船为海上第一船，故海神（Nettuno）见而惊奇也。但丁心中大乐，因而推想曾见宇宙之全体，但景象之本身则已忘记。

⑫ 意文 il bene，法文 le bien，英文 the good，皆有好、善、产业、财物等意，本书译为“善”者多处，亦有译为财物者。参见《净界》第十七篇注⑦。

他之外的就有缺失。

现在，我的语言更落在我所能有的些微记忆的后面，简直不如含着乳房的舌头。并非说那我瞻仰的活光有不断的变化，他是始终如一的；只是我的眼力因注视而逐渐加强，所以那唯一的景象也因我的变化而变化了。[13]

在那高光之深沉灿烂的本体里，我瞥见三个圈子，是三种颜色而一样大小；[14]一个似乎是别个的反射，好像一虹被另一虹所反射的模样，而那第三个似乎是被这个和那个所鼓动的火。[15]

唉！我的话句多么无能，表现我的思想多么软弱！而我的思想和我的所见相比，真可说“微乎其微”了。

永久的光呀！你建立只在你自己，只你认识你自己，而且被你所了解又了解你，爱你又向你微笑。[16]那个似乎是你的反射光而包含在你里面的圈子，当我的眼

---

⑬ 上帝不动不变，但丁眼力逐渐完善，因而发现其连续的奇迹也。如吾人读一书，是书始终如此，唯读者之理解力逐渐发展，则对于是书之评价亦逐渐不同。

⑭ “一样大小”如解作相等之直径，尚嫌不够，盖此三圈在同样空间内，占有同样部分之空间，实是一而三,三而一者也，此喻上帝之三位一体。参见《天堂》第七篇注⑤。

⑮ 圣子为圣父之反射；圣灵乃圣父、圣子所感动。关于双虹参见《天堂》第十二篇注③。

⑯ 圣父建立于其己身；圣子为圣父所了解；爱者为圣灵。永久的光（即上帝）包含圣父、圣子、圣灵，即神本体、神智、神爱。

睛看在上面的时候，似乎现出他的本色而绘出我们人类的图形；[17]我的眼光全神贯注在他上面。

像一个几何学家，他专心致志于测量那圆周，他想了又想，可是没有结果，因为寻不出他的原理；[18]我对于那新见的景象也是如此；我愿意知道一个人形怎样会和一个圈子结合，怎样他会在那里找着了地位；[19]但是我自己的翅膀不能胜任，除非我的心灵被那闪光所击，在他里面我的欲望满足了。[20]

达到这想象的最高点，我的力量不够了；[21]但是我的欲望和意志，像车轮转运均一，这都由于那爱的调节；是爱也，动太阳而移群星。[22]

---

⑰ 圣子之光圈现出人形，表示神性与人性融合之基督。参见《净界》第二十九篇注⑩，又第三十一篇注⑫、㉑。

⑱ 半径与圆周为不可通约，即半径为一而圆周无准确之值可得，喻神性（圆周）不可以人性（半径）表示。

⑲ 人性如何可以于神性中有地位。

⑳ 但丁如在暗室得明灯，瞥见基督人性之秘密。

㉑ 但丁不能瞻望更久，仅能窥见天人之秘于瞬息耳。

㉒ 但丁甚乐，因此后其欲望与意志皆与神道和谐矣。一车轮之各部分，其转运均一。爱即上帝。以“群星”作结，《地狱》、《净界》亦同。但丁致堪格兰德（见《天堂》第十七篇注⑭）书谓：“此全部工作业已着手，并非以理想为目的，但以实行为目的。”又谓：“此《喜剧》全部及此《天堂》一部之宗旨，在除去现世人生活上之悲惨状态，而引导彼等至于幸福之境界也。”观此可见《神曲》全部意在使人改过从善，出于烦恼而登于极乐。

附录

但丁及其《神曲》

一、但丁生平及其著作

但丁于一二六五年五月下旬出生在意大利的佛罗伦萨（Florence）城。据他自己在《天堂》第十五篇所述，他的远祖卡恰圭达（Cacciaguida）于一〇九〇年居住佛罗伦萨，是一位骑士，死于一一四七年十字军之役。卡恰圭达之妻是阿利吉耶里（Alighieri）氏；因此他们的子孙有叫阿利吉耶罗（Alighiero）的，但丁的父亲就是阿利吉耶罗第二。阿利吉耶罗第二的前妻叫贝拉（Bella），就是但丁的母亲。但丁原名杜兰丁（Durante），简名但丁（Dante），连姓称为但丁·阿利吉耶里。

关于但丁的生平，从薄伽丘（Boccaccio）以来写作的人很多，可是我们知道的究属很少，而且有许多史实并不十分可靠。

他生平有两件重要的事情：第一，他有一个钟情的女子，在一二九〇年死了，他叫这个女子为贝雅特丽齐（Beatrice），为她作了许多诗，都记在他的著作《新生》（*La Vita Nuova*）里面；第二，因为政治关系，在一三〇二年他被敌党放逐出去，终身没有返佛罗伦萨，一三二一年竟客死于腊万纳（Ravenna）。这两件事情和他的著作有密切关系。

关于但丁的爱情，说是有一个女子名叫贝雅特丽齐，和他差不多年纪，他在九岁的时候见了她一次，九年以后又见了她一次，她的美丽印象便深深地刻在他的心上。

传说这个女子是佛罗伦萨一个富人福尔科（Folco Portinari）的女儿，嫁给一个银行家，她在一二九〇年死了，那时年龄不过二十五岁。但丁的悲哀自不用说。

约在一二九五年，他把赞美她的、纪念她的诗整理起来，编成一本书，每篇诗并附以记事和注解。这本书就是《新生》，是用意大利语写的；这本书可说是《神曲》的先驱，是《神曲》的根源。可是但丁笔下的贝雅特丽齐并无具体的描写，并没有把她的真面目给我们看，他只说她的微笑怎样动人，声调怎样柔和，怎样神秘的妩媚，怎样无上的纯洁；换一句话说，但丁已把她理想化了，已把她看作“善心”、“德行”、“和气”等的象征了：但丁心目中的贝雅特丽齐，无异于教徒心目中的圣母。

但丁的放逐，是他在一三〇〇到一三〇一年的政治活动引起的。

原来在佛罗伦萨有两政派：一派叫做贵尔弗（Guelfi），是效忠于教皇的；一派叫做吉伯林（Ghibellini），是效忠于日耳曼皇帝的。两派互斗不已，到一二六六年以后，贵尔弗派大占胜利，把吉伯林派领袖赶出不少。可是在贵尔弗一派专政以后，他们又分化了。这次分化的原因，是由于教皇卜尼法斯第八（Bonifazio VIII）的作祟。

这教皇于一二九四年获选，想把佛罗伦萨放在自己的掌握之下，可是一部分的暴发户大都不愿意接受教皇的予取予求，一心要保持他们的独立和自由，这一部分市民就成为白党（Bianchi）；另一部分的破落户，很想借助教皇的势力，以复兴他们的家声，所以对于教皇表示妥协，这一部分市民就成为黑党（Neri）。因此，在佛罗伦萨贵尔弗、吉伯林两派之斗争余波未尽的时候，黑白两党之斗争又开始了。这些斗争给但丁在《神曲》里面做了悲愤的资料。

但丁家族本来是贵尔弗派。但丁努力于学问和诗歌，直到一二九五年似乎没有参加公共事务（据说他曾经身列行伍），他是热烈主张佛罗伦萨的独立和自由的，所以后来成为白党中的健将。在一三〇〇年的夏天，但丁被选为六执行委员之一，这个委员会就是当时佛罗伦萨的最高政权机关。但丁不欲党争延长，被派往罗马和教皇商订调解办法。同时，教皇也请法国国王的兄弟查理（Carlo di Valois），到佛罗伦萨来做“和事老”（paciaro）；可是查理戴着“和事老”的假面具，大开审判的公庭，居然加但丁以临讯规避的罪名，判决放逐两年。那时黑党狐假虎威，便为所欲为，在一三〇二年三月又判决但丁终身放逐，假使佛罗伦萨土地上有了但丁的影子，就要把他活活地烧死。

于是但丁远远地离开了故乡，过那流浪的生活。在开头的时候，他也曾联合了别的逐臣，进行推翻黑党的工作。可是不久但丁即轻蔑这些阴谋诡计，他以为一个人专替自己打算，不顾公众的幸福，是狗彘不如。他便退出政治活动，再入诗歌之园，听候未来的正义的钟声。

当亨利第七（Henri VII）于一三〇八年被选为皇帝的时候，但丁久闻亨利的公正贤明，因此他想着自己的救星到了，趁亨利光临意大利的时候，亲自联合一班流亡者，要求亨利主持正义，使他们返国。可是，亨利在一三一三年死了，但丁的希望还是昙花一现！

在一三一五年，佛罗伦萨传来一种消息，说是这班逐臣只要肯付一笔罚金，在头上顶灰，颈下挂刀，游行街市一周，就可以返国。但丁的朋友写信把这件事告诉他，但丁气忿极了，马上回一封信说：“我的老伯，这种方法不是我返国的路呀！要是损害我但丁的名誉，那么我决计不再踏上佛罗伦萨的土地！难道我在别处就不能享受日月星辰的光明么？难道我不向佛罗伦萨市民躬身屈节，我便不能亲近宝贵的真理么？事有可断言者，我不愁没有面包吃！”但丁高傲的性格，宁死不屈的气概，在这几行字里也可以看得出来了。

在但丁穷愁潦倒之际，他唯一的安慰就是读书和作诗。他在少年的时候，对于诗文已经用过一番功夫，及到现在，所有痛苦、愤慨、忧伤等情，都亲自体验出来了，加以贝雅特丽齐的影子，在冥冥之中不时追随他的左右，督促他完成少年时候对于她许下的愿心，就是：用从来没有立过的纪念碑去纪念她（这纪念碑指的是文艺作品，就是他的《神曲》)。

他在流浪的时候，他的家眷仍旧留在佛罗伦萨。大约是一二九一年（在贝雅特丽齐死后的一年），他从朋友之劝和一个女子杰玛（Gemma）结了婚。但丁和她生了四个孩子（有的说六个，五男一女，后死去两男），长子彼埃特罗（Pietro），次子雅各波（Iacopo），后来都有声名，且注释《神曲》；有一女儿亦名贝雅特丽齐，则做了女修士。这些子女都是在但丁放逐之前生的。

但丁放逐在外的踪迹，现在知道得都不十分清楚。他早年寄居维罗纳（Verona）的斯卡拉族（Scala）那里，以后寄居卢尼奇那（Lunigiana）的玛拉斯庇那族（Malaspina）那里。他因为研究学问的缘故，住过波伦亚（Bologna），还有人说他住过巴黎。他的晚年大概都在腊万纳，他和那里的主人小圭多·达·波伦塔（Guido

Novello da Polenta）很相好，《神曲·地狱》第五篇中的弗兰齐斯嘉（Francesca da Rimini）就是圭多的姑母，但丁在笔下使她不朽了。在腊万纳，他的两个儿子彼埃特罗、雅各波和一个女儿都来会他，他就在那里紧闭了他的眼睛，享年五十六岁，终于有足够的时间完成了他的《神曲》（但有人怀疑《天堂》最后十三篇是他儿子作的，或是他儿子修改的）。

当时佛罗伦萨有一位著名的学者，叫做拉蒂尼（Brunetto Latini），据说教过但丁拉丁文和古代名著，而且他知道但丁的才能，极力鼓励他。但丁在《地狱》第十五篇里写着对拉蒂尼说的话："在我的脑海之中，刻画着你亲爱的、和善的、父母一般的面貌……你在世的时候，屡次训导我怎样做一个不朽的人物；因此我很感谢你……应当宣扬你的功德。"由此看来，拉蒂尼虽不一定是但丁面命耳提的教师，但丁至少受过他的"训导"了。

但丁也很爱音乐，曾结交当时著名的音乐家。在放逐以后，他也许更加用功，对于天文、地理、历史、神话、神学、伦理学无不研究，《神曲》几乎包罗中世纪的一切学问，所以但丁研究者奥扎纳姆（Ozanam）说："《神曲》是中世纪文学哲学之总汇，而但丁乃诗界之圣托马斯。"但丁对于拉丁诗人维吉尔（Virgilio）、奥维德（Ovidio）、卢卡努斯（Lucano）、斯塔提乌斯（Stazio）最有研究，《神曲》中时有引述；他的伦理学大致是亚里士多德（Aristotile）的，天文学是托勒密（Ptolemy）的，神学是圣托马斯（Saint Thomas）的。他对于说教者的言论也采取了许多，对于阿拉伯的科学也吸收了一点。

但丁的著作，用意大利语写的有《新生》，这是记述少年时代爱情的诗文；《飨宴》（*Convivio*），这是继续《新生》写的，体裁也和《新生》差不多，不过这里是关于哲学的研究，放逐以后还继续写着，未完，共四卷；《诗句集》（*Rime*），抒情诗；《神曲》（*La Divina Commedia*）。用拉丁文写的有《俗语论》（*De Vulgari Eloquentia*）、《王国论》（*De Monarchia*）、《牧歌》（*Eclogae*，仅二篇），都是在放逐以后作的；《书信集》（*Epistolae*）十三篇，是后人收集的。

二、《神曲》总论

《神曲》是一首极复杂的诗歌。

简单地说，这首长诗是记述一次"神游"，游者就是诗人但丁自己。

但丁记述自己在三十五岁（所谓"人生的中途"）的时候，迷失在一个黑暗的森林里，他极力想从里面走出来。天亮了，他到了一个小山脚下，那小山顶上已经披着阳光，他就想爬过小山，可是前面来了三只野兽——一豹、一狮、一母狼，拦住他的去路。前是猛兽，后是幽谷，但丁进退两难，只得高声呼救。

那时出现了一个人形，就是维吉尔的灵魂，这位古诗人对他说："你不能战胜这三只野兽，我将指示你另外一条路径。开头我将引你参观罪人的居地，次则我将引你爬上灵魂在那里洗炼的山顶；到了山顶，我把你交付给另外一个引导人，伴你游览幸福之国。"

之后，但丁进"地狱"之门，穿过地球中心，透出和耶路撒冷对极的海面，爬上"净界"的山，山顶为"地上乐园"，就在那里维吉尔隐去，贝雅特丽齐来接他登"天堂"，直至和上帝对面。

这就是《神曲》内容的大要。

但丁一路的见闻，以及和灵魂怪物的对话，或景象的描写，或情感的流露，轶事奇迹，层出不穷，哲理名言，随处皆是，凡此种种，皆属《神曲》的枝叶、花萼、果实。地狱天堂之说，不创自但丁，可是但丁使其具体地组织起来，系统既分明，内容亦丰富，是任何旧说所不及的。

《神曲》还充满着象征的意义。任何人也容易看得出来，那个黑暗的森林代表罪恶，一不小心，人就要走了进去；那披着阳光的山顶，代表一种理想的境界；罪人们希望重见阳光，可是因为本身的贪欲（母狼）、野心（狮）和逸乐（豹）等劣性，或因为恶社会的势力而不能自拔，所以外来的援助是需要的。所谓外来的援助，就是“理性”。古诗人维吉尔为“人智”的代表，他足以使人明白罪恶的可怕（入地狱所见），鼓励人养成一种洗心革面的精神。

在“人智”以外，又必须有信仰，有“神智”做引导，一个人才可以达于至善之境（接近上帝），得到真正的幸福。启示神智的代表就是贝雅特丽齐，所以贝雅特丽齐是天堂的引导人，而维吉尔是地狱和净界的引导人。我们若把《神曲》视为描写人类死后灵魂的生活，因以惩恶劝善，还不如视为人类现世心理的描写，从罪恶得着解救的历程。

也有人把维吉尔代表治权，贝雅特丽齐代表教权，治权（皇帝）和教权（教皇）须分工合作，才可以使人民得着幸福，而豹、狮、母狼，暗指当时的佛罗伦萨人、法兰西王、罗马教皇。

事实固然只有一种，可是象征的意义则在于读者去寻获。象征或属伦理上的，或属政治上的，或属宗教上的，总而言之，《神曲》是以象征为血脉的。

《神曲》中间又包含大量的中世纪的学问，当时的人们赞美他的神学和科学，但丁的坟墓上就刻着“神学家”三个字。

《神曲》在形式方面，非常整齐而有系统。《神曲》分为《地狱》、《净界》和《天堂》三部；“三”这个数目很重要，因为它象征神学上的“三位一体”；每部各三十三篇，《地狱》前增一篇作为序诗，共计一百篇；

“十”也是一个重要数目，表示“完全”，而一百为十乘十，为“完全中之完全”。

地狱中的罪恶、净界中的过犯、天堂中的德性，无不按照“三”、“七”、“九”、“十”等数目分类。《神曲》中的诗句是三行一段，连锁押韵（aba，bcb，cdc…）。《神曲》各篇长短大致相等，三部长短也大致相等（《地狱》四七二〇行、《净界》四七五五行、《天堂》四七五八行）。三部的末尾都以“群星”（stelle）这字结束，象征由黑暗趋向光明，由卑下趋向高尚，由罪恶趋向至善。而且但丁的神游在时间上也分配得非常整齐。

《神曲》是中文译名，原文为 La Divina Commedia，直译为“神的喜剧”。为什么但丁称这首关于科学和哲学的巨著为“喜剧”呢？

第一，喜剧（commedia）和悲剧（tragedia）这两个字在中世纪并不一定含有舞台剧本的意味，前一个字指逃脱于祸患的叙述文，后一个字指大人物没落的故事。凡由平静开始而结局于悲惨的故事，可称悲剧；凡由纷乱和苦恼开始而结局于喜悦的故事，可称喜剧。《神曲》开始于悲哀的地狱，结局在光明仁慈的天堂，由以上定义而称为“喜剧”，自无不合。

第二，但丁用这两个字指“文格”，并非指“文体”。在《地狱》第二十篇中，但丁称维吉尔的“史诗”《埃涅阿斯纪》（*Eneide*）为“悲剧”，因为它的文格是高雅而尊贵的。至于“喜剧”，则文格以通俗为特点，因欲通俗，故《神曲》不用拉丁文写，而用意大利口语写。《地狱》中的对话有许多地方是粗鲁琐碎的。至于《净界》，尤其是《天堂》，文格就逐渐提高了。因此在《地狱》中也只有二处（第十六篇之末，第二十一篇之首），但丁称他的著作为“喜剧”；在《天堂》中（第二十五篇之首），但丁称他的著作为“神圣的诗”（Poemasacro）。

至于Divina一字，但丁原来没有用它，这是他的“喜剧”出世后别人加的，当初表示读者的赞赏，现在解说这个字和从前的意味不同了，但是这个字确是适合于但丁这本著作的，这是“天和地都加手其间的、使我消瘦了许多年的神圣的诗”（见《天堂》第二十五篇）。

关于《神曲》写作的时间，有的批评家说不会开始于一三一二年或一三一四年以前。有的从《神曲》内叙述的故事和但丁的政治主张上研究，似乎可以比较确实地说：《地狱》开始于一三〇八年以前，《净界》在一三〇八到一三一三年，《天堂》一定在一三一四年以后。不过，但丁在放逐以前或已动手写过几篇，那时的计划当然不会太大，内容也不会这样丰富。

我们已经知道，在贝雅特丽齐死后，但丁完成一本《新生》，在这本书的结尾，他说要替他的恋人竖一块纪念碑，这种纪念碑从没有别人为一个女子建造过；又在贝雅特丽齐生时，即在一二九〇年以前，但丁诗歌里也曾提及天堂中的幸福者和地狱中的罪人。

这是《神曲》的根源，在放逐以后，增加了人生的经验，于是抽枝发叶，开花结实，不能自禁了。

但丁对于贝雅特丽齐的热情既无由发泄，而对政治的抱负，又被小人所挤，竟至终身放逐，精神学问，无所用之，故欲立言以垂永久，遂作《神曲》。

《神曲》为中世纪学问的总结，故但丁对于前代为集大成，对于"文艺复兴"则为先驱。

三、地狱分析

但丁诗中的地狱（Inferno），形似一个大漏斗，底在地球的中心点，口在北半球。但丁设想北半球为大陆地，而耶路撒冷为其顶点；南半球都是海水，净界的山就孤立在水面上，正和耶路撒冷成为对极，那里不是生人所能到的。《地狱》第二十六篇说尤利西斯（Uissc）航行到南半球，望见一座高山，旋为大风所覆没。紧贴漏斗的内壁是一圈一圈的圆环，愈向下面而愈小，直到地心，共有九圈，罪人的灵魂则按罪恶的大小定其所处的深浅。

但丁偕古诗人维吉尔一一巡游，下面述其梗概。

他们走过开着的地狱门，门上写着黑沉沉的文字

（第三篇），他们到了一块昏暗的平地，这里可说是地狱的走廊，住着一群对于是非不加可否的懦夫，这些灵魂既为天国所摈斥，也不为地狱所收容。

诗人们渡过阿刻隆（Acheronte）河，走下地狱第一圈，这一圈是“候判所”（Limbo），为未信耶教者所居，古代许多贤哲（生耶稣以前）都在这里，其中有见于《旧约》中的几个，如亚伯、挪亚、摩西、亚伯拉罕、大卫等，都经耶稣提往天堂了，诗人如荷马、哲学家如苏格拉底等，均在这里一个光明的特别区域，就是维吉尔的位置也在这里；但丁并自诩为荷马以来六大诗人之一（第四篇）。

真正的地狱开始于第二圈。第二圈为色欲场中的灵魂，在狂风中飘荡（第五篇）；第三圈为犯了饕餮罪的，躺在臭雨冰雹之下（第六篇）；第四圈为贪吝者和浪费者，他们推着重物，互相挺撞（第七篇）；第五圈为斯提克斯（Stige）河，忿怒的灵魂在河里相斗（第八篇）。

直到此地，但丁的巡游很迅速而简单；所述罪恶是依据人类七大罪恶分别的。所谓七大罪恶，就是骄、妒、怒、惰、贪财、贪吃、贪色。若把“惰”归在懦夫一类，在以后的文章里，“骄”、“妒”就没有地位，因为第五圈以下，罪恶分类的方法全然革新了，而且很详尽。

但丁依据亚里士多德的理论，把贪色、贪吃、贪财、忿怒四大罪恶称为“不能节制”（incontinenza）的罪恶；“不能节制”本非罪恶，不过能够引起罪恶罢了，至于存心伤害别人，或用暴力，或用诈术，当然较“不能节制”者更为罪孽深重，所以但丁把他们放在“下层地狱”（第七、八、九圈）。从第五圈以后，插笔和对话增加多了，就是景象上的描写也极尽变化之能事。

但丁坐了一小船，渡过斯提克斯，登岸后正在城门之前，这就是狄斯城（Città di Dite），狄斯就是撒旦。城门上满布着反叛的天使，阻止他们进城，等到天上来了一个使者，才开了城门（第八、九篇）。

进城后沿城墙是一块火坟地，棺材里面是不信灵魂存在的邪教徒（第十篇）。这第六圈的邪教徒和第一圈的异教徒有什么分别呢？异教徒为未及信耶教者，邪教徒为不肯信耶教者，一则愿而不能，一则能而不愿。以邪教徒置于强暴者和欺诈者之前，相当于以异教徒置于不能自制者之前。

第七圈为强暴者所居，分为三环：对于同类相残者入沸着的血沟（第十二篇）；自杀者变为树（第十三篇）；对于上帝及自然行侮辱和残暴者处于火雨和热沙之间，不劳而获的重利盘剥者是违背上帝的意志，也在此地受刑（第十四至十七篇）。

第八圈为对于一般人行欺诈者所居，此圈很深，但丁和维吉尔坐在怪物格吕翁（Gerione）的背上，翱翔而下；格吕翁的面孔像一个正人君子，其余的身体像蛇一般，象征了欺诈者（第十七篇）。第八圈别名恶沟

（Malebolge），为同一中心的十条沟，沟上有崎岖不平的桥；十条沟里刑罚都不相同，惩戒十种欺诈的罪恶：淫媒及诱奸者，阿谀者（第十八篇）；圣职买卖者（第十九篇）；预言者（第二十篇）；贪官污吏（第二十一、二十二篇）；伪君子（第二十三篇）；窃贼（第二十四、二十五篇）；劝人为恶者（第二十六、二十七篇）；离间者（第二十八篇）；伪造者（第二十九、三十篇）。

地狱的底部为第九圈，是一个冰湖，罪人都冰冻在里面，分为四环：谋杀亲族者居该隐环（Caina），卖国者居安特诺尔环（Antenora），暗算宾客者居托勒密环（Tolomea），卖恩主者居犹大环（Giudecca）；其中心（即地球之中心）为万恶所归的地狱魔王卢奇菲罗（Lucifero）即撒旦（第三十一至三十四篇）。

魔王有三个面孔，正面的口中咬着卖耶稣的犹大，左右口中咬着谋杀凯撒的布鲁都（Bruto）和卡修斯（Cassio）。但丁主张政教并立：王者以人智治国，使人守哲理道德，得现世之福；教主以神智化民，引人入于宗教信仰，得永久之福。王者和教主均为人类造福，不容破坏，此所以犹大、布鲁都、卡修斯为罪大恶极也。

维吉尔负着但丁，从撒旦背后，沿着他身上的毛，爬过地球的中心，在他的臀部倒转头来；此后便在南半球地面之下了；他们二人顺着螺旋的小径，走出地球，到了净界山下，“再看见那灿烂的群星”。

地狱中罪人们所受的刑罚是但丁描写的主要题材，在这方面最显示但丁的创造丰富和表现有力。

这里的刑罚大概为“报复刑”（Contrapasso）。报复刑有二义：或则罪人们延长他们的感情在地狱之中，如恋爱者在暴风中飘荡，吝啬者和浪费者推着重物（表示他们做了金钱的奴隶），暴君和杀人犯没在血沟之中，伪君子穿戴着镀金的铅大衣和帽子等；或则罪人们接受了一种和在世上正相反的事情，如对于是非不加可否的懦夫要永久地跑着，受蜂虻的咬，不信死后有灵魂存在的，偏偏他们在着火的棺材里面，预言者的头扭转向着背脊，离间父子感情者斩首，太会说话者割舌，暗杀者断手等。

不过，有许多刑罚是但丁所创造的，以便于描绘和引起恐惧为目的，并没有别的解释，如贪食者在臭雨之下，诱奸者被鞭打，阿谀者淹没在粪便之中，圣职买卖者倒插在地缝里，脚心着火，劝人为恶者包在火焰之中，伪造钱币者发寒热病或生臌胀病等。另有一种刑罚，曾见于古人之书，而但丁加以发挥者，如自杀者囚禁于树中，窃贼变为蛇，自焚后由灰烬中再生；有见于《圣经》者，如轻蔑上帝者头上受火雨的打击。

总之，但丁欲其诗中情景多变化，描写愈深刻，材料的选择和配搭自费一番苦心，因此，但丁在地狱的游程步步引人入胜。

在罪人以外，地狱中的魔鬼（看守罪人或执行刑罚）亦占重要的地位。

这些魔鬼，或为有角有尾，有如蝙蝠之翼，向人做狰狞之态，如中世纪民众所想象或如神话中所描绘者；或采自异教的故事，如地狱中审判官米诺斯（Minos）。有几个怪物有象征的意义，如三个狗头的刻尔勃路斯（Cerbero）象征饕餮；普鲁托（Pluto）象征财富；牛头人身的米诺涛尔（Minotauro）象征残暴等。这些怪物都想拦住但丁的去路，可是没有成功。

在血沟上的半人半马怪物最是聪明讲理，他们把诗人们负过血沟；象征欺诈的格吕翁和巨人安泰俄斯（Anteo）都帮助两个诗人下降。至于看守那沥青沟（贪官污吏所居）的黑魔鬼，则狡诈多端，诗人们几乎大上其当。

但所有魔鬼之中，当以卢奇菲罗（地狱王）为第一丑恶了；三种颜色的三个面孔；三对翼，扇得科奇士斯（Cocito）湖连底冰结；其巨大更无可比拟，因为他的汗毛也可作梯子用呢。

不用说，地狱中但丁个人的成分占多数。但丁在地狱里逢见困难，或身心疲乏的时候，就踟蹰不前了；但经维吉尔一提及贝雅特丽齐的名字，他便奋发起来。除去对于贝雅特丽齐的爱情，但丁表示他心中的愤恨、信仰，以及对于意大利和迷途者的热忱，几乎随处皆是。

对于他幼年的记忆及深刻的印象，如关于弗兰齐斯嘉的惨剧、拉蒂尼的慈悲面孔，以及远年法利那塔（Farinata）时代贵尔弗和吉伯林的互相杀戮，再远如关于腓特烈第二（Federico II）和他的大臣维涅（Pier della Vigna）等，莫不写入。

尤其关于他的故乡当时社会情状，过去的传说，为他幼年所听得者，亦莫不加以渲染。他目击“在那美丽的阿尔诺（Arno）河上的大城”（即佛罗伦萨）一天腐败一天，于是他痛骂那些骄妒贪鄙的市民；他的痛骂，正是诗人的爱国。他非但不放松佛罗伦萨，即其他意大利诸地如比萨（Pisa）、皮斯托亚（Pistoia）、锡耶纳（Siena）等也不置之度外。

但但丁笔下讽刺最厉害的要算教皇卜尼法斯第八，因为他，但丁才被放逐的，而教皇全体腐败情状，诚使人产生耶教罪人之想。

个人成分以外，但丁对于古代诸名作模仿之处也不少，维吉尔不仅是象征的引导人，实际也是他的一位大师。但丁十分熟悉他的史诗《埃涅阿斯纪》。史诗中有埃涅阿斯（Enea）降入地狱一则，因此给了但丁一个模范，一个关于地狱描写的指导。如阿刻隆河、斯提克斯河、血沟等，又如米诺斯、刻尔勃路斯、舟子弗列居阿斯（Flegiàs）、复仇女人、怪鸟哈尔皮（Arpie）、巨人等，都是从《埃涅阿斯纪》借来的。至于拉丁诗人奥维德、斯塔提乌斯、卢卡努斯都给他片段地引用。而且地狱之说，见于各种典籍者（拉丁文以及非拉丁文）也不在少数。

但丁浏览而引用之处不会没有，近人颇有在这一方面加以研究者，似乎此种引用是有了相当的证明。不过，在但丁出世以前，许多学者已经忙着但丁的这个题材了。此题材到了但丁手里，才给了它一种“新生命”。

但丁所以能够成功的缘故有三：一则因为但丁文字中的真诚和热情；二则在复杂的组织里面有严格的逻辑；三则将纯粹想象的题材给以一种如真的描绘，使地狱中的人物和背景都活现在读者眼前。但丁所创造的人物，如热情的弗兰齐斯嘉、傲慢的法利那塔、冒险的尤利西斯、悲惨的乌格利诺（Ugolino）等，俱卓绝千古，万世不可磨灭。

四、净界分析

“净界”（Purgatorio），或译“净罪界”，或译“涤罪所”，或译“炼狱”；若把“净土”两个现成字译它也未尝不可，只恐与佛家的“净土”相混，今决定用“净界”二字。

在中世纪，那时不论教士和一般俗人，大都设想净界在地球内部，所以忏悔赎罪的灵魂受痛苦，每和恶人受刑罚相混，不易辨清。当然，前面一种的痛苦是有限的，而后面一种的刑罚是永久的；但是，仅有这种区别，在原始的想象里面，一个地狱和一个净界究竟没有具体的和清楚的区别。

在我们中国，据我所知，并无净界这观念，因为在世修行刻苦，死则超升天堂，在世为恶不改，死则打入地狱，忏悔赎罪应在现世为之，死后就没有地方了。人类中固有一尘不染的圣人，但多数（或竟全体）难免过犯，若知有过犯，立即悔改，仍不失为君子，若怙恶不悛，则永为小人了。

耶教重忏悔，也是这种意思。所以我们不必执着地狱、净界、天堂实有其境，应视作人类心理变化的历程：一念为恶即是地狱，一念向善即是天堂，而由恶至善之状态则相当于净界。

到了但丁那里，净界的观念大大地革新了，说是但丁的创造也未尝不可。但丁的净界在苍穹之下，环绕着一个山腹，灵魂在那里修炼，一层一层直升向光明和上帝。他又采用了许多传说，把一个地上乐园（亚当和夏娃初居之伊甸园）找了出来。这个乐园人家总设想它在一个不可接近的岛上，或在一个山顶之上。但丁却把这个乐园放在净界山的顶上，净界山又在海洋之中，正和耶路撒冷为对极，是生人不能接近之地。灵魂在那里忏悔洗过，一层一层上升，到了山顶乐园，那时这个灵魂已经返于人祖真璞之境，就有天使来接引他登天堂了。

但丁非特使在净界的灵魂受痛苦而已，同时给他们一种教训。因为净界的灵魂已经得天之恕，可免罪罚，只须校正他们在地上的恶习惯，使折纹平复，使污迹洗净。他们的痛苦是合于所谓“报复刑”，此外如祈祷辞、赞美歌和自省的工作，一方有善人受赏的榜样，一方有恶人受罚的图像。

净界灵魂的心理和地狱的又大不相同，前者自甘痛苦，有趋善的愿心，有接近上帝的希望，后者则正相反。净界受太阳的光热，但是仍有黑夜和黑夜中引起的恐怖。总之，地狱为恶人归宿处，天堂为善人归宿处，而净界则为到天堂之逆旅。

但丁将净界分为三部。由海滨抵净界山门，是岩穴及崎岖的山路，为净界外部。进山门以后为净界本部，地上乐园为净界顶部。

在外部的灵魂有两种，都是生平忏悔太晚，所以不能立刻进了山门。第一种是逐出教会的，在弥留之际才蒙神恩赦罪的，这种灵魂须等待山门外三十倍他被逐的年月。第二种也是在临终才知道忏悔的，他们迟延的缘故，或因愚昧，或因暴死，或因忙于尘世的利禄（在这一类有许多王公大人属之，他们聚在一个花卉飘香的山谷）。第二种灵魂须等待山门外，时间和他们在地上的寿命相等。假使世上有生人为他们祈祷，那么他们可以提早进山门。

净界本部为环山腰的七层圆路，愈在上层的直径愈小，从下层到上层有阶梯。在每层圆路上洗炼七大罪恶之一。

第一层，骄：这些灵魂，生平高视阔步，不可一世，现在屈身于重石之下，口中祈祷着：“我们在天上的父……”眼看着山岩上的雕刻，许多谦虚者的榜样，又看着路面画着受罚的傲慢者。

第二层，妒：这些灵魂都背靠着山岩坐着，像兄弟一样互相依着，从前嫉妒的眼睛现在被铁丝缝着，他们唱着祈祷文，看不见的天使在空中叫着慈善者和受罚的嫉妒者的名字，以资警惕。

第三层，怒：这些灵魂在浓烟中进行，别人看不见他们，他们唱着：“上帝的羔羊……”柔和者和受罚的忿怒者都用幻象表现在他们之前。

第四层，惰：这些灵魂，互相策励而奔波着，他们自述勤劳者的模范和怠惰者的受罚，他们并不祈祷什么。

第五层，贪财和浪费：这些灵魂都卧着，嘴亲着地面，唱着《诗篇》中的：“我的灵魂贴着尘土！……”他们在昼间记起穷苦的人和慷慨的人，夜间记起贪吝的人。

第六层，贪食：这里的灵魂，都瘦得不成样子，他们所受的是“坦塔罗斯（Tantale）刑”，就是树上的甜果和清净的甘泉，都是可望而不可即，树上有声音出来，说是：“这些食品你们尝都不能尝！”而且反覆地叙述节食和饕餮的故事，灵魂们唱着《诗篇》：“主啊！求你使我嘴唇张开；我的口便传扬赞美你的话。”

第七层，贪色：这些灵魂结队行进于火中，唱着赞美诗，终止以后，就提起节欲者的名人，次及下流的纵欲者。

当但丁经过净界山门的时候，守门的天使用剑在他额角上刻了七个 P 字，表示“七大罪恶”（sette peccati capitali），后来每从一层升到次层的时候，就有天使替他拭去一个。当一个灵魂完全无罪，返真还璞的时候，便可升天，那时净界山震动，处处发出巨大的欢声：“光荣归于在天的上帝！”

七大罪恶的分类，但丁把它写在《净界》第十七篇里。分类的关键在一个“爱”字。

爱的反常：第一为骄，喜人皆不如我；第二为妒，喜人之有祸；第三为怒，喜把错事都归于别人。爱的欠缺：这就是惰，这种人对于一切都冷淡、无热情。爱的太过：这就是贪，贪财、贪食、贪色。

如若一个灵魂已经把这些罪恶洗刷干净，便可到地上乐园。乐园在净界山顶，那里是永久的春天，鸟语花香，微风吹着树木的叶子。净界是没有风雨的，这种微风是因月亮的旋转而生的，但丁设想已接近第一重天了。那里有清流两条：一名勒特（Letè），饮其中水者则忘过去之罪恶；一名欧诺埃（Eunoè），饮之则记起生平所行的善事；为升入天堂的预备。这两条水并非水蒸气凝聚而成，是直接由神的意志创造的。

净界中除看得见与看不见的天使外，有两个人物值得略加讨论。

第一为但丁在海岸所遇的老者卡托（Catone），第二为在地上乐园所遇的女子玛苔尔达（Matelda）。卡托的职守为执行神的命令，催促由海面送到的灵魂各就其位。

假使但丁不说明此老就是乌提卡（Utica）的卡托，那么我们很难猜着他。因为他是异教徒，他为什么不入地狱的"候判所"呢？他是自杀而死的，为什么他不入怪鸟哈尔皮的树林呢？而他是反对凯撒的人，和但丁的主张不合。现在但丁居然派他掌理这件崇高的职务，这是什么理由呢？

因为但丁从卢卡努斯、西塞罗（Cicerone）、塞内加（Seneca）等的著作里面认识了卡托，把他看作"意志"的象征，因为他宁可牺牲性命，也不愿意丧失自由（《净界》第一篇）。一个人自拔于罪恶，沉痛地忏悔，恒久地刻苦，以达于至善之境，必须有不折不挠的毅力，这就是坚强的意志。

玛苔尔达在地上乐园中一面采花，一面唱着，她引导但丁，又解答了他的疑问（第二十八篇），她把他浸在勒特水中，又引导他到欧诺埃河边。显而易见，她是象征对于信仰的服务。

不过，但丁忘记说明她在历史上为谁。旧的注释家说她就是女伯爵玛蒂尔达（La Contessa Matilde di Toscana），她的名字和佛罗伦萨自治区之成立连在一起，并赞助教皇格利哥里第七（Gregorio VII）有功。可是近代的批评家颇有否认此种注释者（因为老而好战的女伯爵不应为温雅的仙女）。有人把她指为贝雅特丽齐的女友，但此一假定亦无根据。

维吉尔引导但丁经历净界各层，直到山顶，但丁遇见贝雅特丽齐，任务才完毕。但是维吉尔以前也没有到过净界，他也有不熟悉之处，所以在中途他遇见两个帮助他的灵魂。

在净界外部，他遇见曼图亚（Mantova）的行吟诗人索尔戴罗（Sordello），索尔戴罗可说是维吉尔的同乡，素来钦佩维吉尔的，相遇后表示一百二十分的亲热，引导他们到那花卉飘香的山谷过了一夜。

在净界本部第五层，遇见斯塔提乌斯，这是著史诗《忒拜战纪》（*Thebaid*）的诗人，他是以《埃涅阿斯纪》为范本的，初不知对面就是《埃涅阿斯纪》的作者维吉尔，及但丁告诉他以后，他马上伏在地上亲他的脚。斯塔提乌斯解释净界山震动的缘故，因此他今日修炼完毕了，于是伴他们到地上乐园。

但丁与贝雅特丽齐在地上乐园相会，为全部《神曲》的顶点。

此时贝雅特丽齐委托维吉尔的任务（《地狱》第二篇）完毕了，现在她亲自来引导但丁经过诸重天，直到上帝之座。她先在一个庄严的屏帏之中。那时有一游行队在树林中经过，卫护着一辆凯旋的车子，这车子表示教堂。在车子的四周，有各种形象以表示《旧约》、《四福音》、《新约》的其他部分，四种主要的美德，三种神学上的美德；拉车子的是一只半鹰半狮怪物，这个象征耶稣。贝雅特丽齐在天花乱坠之中，众天使歌唱之际，从天下降，站到车上：此时贝雅特丽齐象征启示的真理。但丁回忆少年时的热情，便深深地感动，但贝雅特丽齐仍旧藏在面纱之中，有神圣不可侵犯的气概，但丁不觉望而生畏。贝雅特丽齐责备他的没有操守，迷误在罪恶的森林；她愿意他忏悔而自白其罪恶，然后才露出她的美眼和微笑。在带领但丁升天之前，她使他参观一套宗教上的景象。这景象表示教堂的趋向腐败，帝权的消失，教座的迁于阿维农（Avignon），最后来了一个救主（指亨利第七），才恢复了秩序与和平。

由此说来，《净界》的宗教成分中搀和了个人成分（来自《新生》）及政治成分（为放逐时代所受痛苦的反应）；因此，略现笨重的诗篇（在近代人眼光看来，其中有几段教义上的叙述和象征，难于领会），有了感情，有了生命。

总之，《净界》中充满着一种忍耐的忧郁情绪和喜悦的希望（当然这是忏悔者的心理状态），这个和《地狱》中昏暗暴厉的景象适成一个对照。

五、天堂分析

《神曲》的第三部是《天堂》(Paradiso)。

天堂的观念，在民间流传本极模糊。中世纪许多文人，把天堂写作天上的耶路撒冷，为快乐的精灵居住之所，他们在有阳光的园子里闲散着，那里有花坞和青色的浅草，金刚石、红宝石筑成的墙壁，凡人不能进去。

如此幼稚的观念，但丁能够容纳么？如此天堂，连但丁笔下的地上乐园都不及。但丁有高超的、纯净的、神秘的信仰，他的天堂应表示出灵魂的步步上升，从此天达彼天，直到幸福者的居地，直到上帝的面前。但丁依仗了他的天才，重新创造了一个几乎不需要物质的天堂。

但丁借用了托勒密的天体系统来做天堂的骨干。

他把太空分为月球天、水星天、金星天、太阳天、火星天、木星天、土星天，外加恒星天、水晶天，共凑足九重天。

假定地球居宇宙之中不动，诸天一层一层地包在外面，好比地球是果核，诸天为一层一层的果皮。每重天都是透明的气体，那相当的行星就和那气体运动着。说得确切些，诸天是极大的球面形（但丁称它为永久的轮盘），它们牵引在上面的天体运动着。在水晶天以外是无穷不动的天府（Empireo），这是上帝和其他精灵的居地。水晶天的每个分子都希望轮流地接触上帝所止之点，因此水晶天有眩晕的运动，此种运动又牵引了别的天，所以水晶天又名“原动天”（Cielo Primo Mobile）。“原动”起源于“神爱”，但丁《天堂》之末行（也是《神曲》的末行）写着：“是爱也，动太阳而移群星。”（L' amor che move il sole e l' altre stelle.）

但丁于九重天以外再加一个天府，合成为“十”的完全数目，这种结构正和《地狱》、《净界》一样，于是动作有了，步骤也有了。

但是，假使上帝和其他精灵都住在天府，那么九重天中有些什么人物呢？这又是但丁的奇想，才解决了这个问题。但丁假定幸福者都居住在天府，但是他们的善行却各个不同，各有等级，于是各个“显示”在七行星上面。

照上面的道理，但丁天堂的结构如下：

一、月球天，灵魂之未能坚持信誓者，这是他们小小的缺点，他们具人形，但隐隐约约好像玻璃上面反射出来的影像。

二、水星天，行善的灵魂，他们的形状已经消失在他们的目光里面了，在以后诸行星的灵魂都是如此，不过那光芒更甚，因此幸福者不为人见。

三、金星天，多情的灵魂。

四、太阳天，对于哲学和神学有研究的灵魂。

五、火星天，为信仰而战死者的灵魂。

六、木星天，正直聪明的君主。

七、土星天，隐逸寡欲者的灵魂。

八、恒星天，胜利的灵魂，如基督、圣母、圣彼得、圣约翰、圣雅各、亚当。

九、水晶天，即原动天，九种天使。

十、天府，这里为灵魂居住之所。他们穿着白袍，如临“婚宴”一般，保持着人类的面目，不过更加光明、更加美丽了；他们排列在一个大而无边的圆形剧场座中，但丁称它为“幸福者的玫瑰”（Rosa dei Beati），每个灵魂无异一个花瓣，从这里他们可以瞻望着上帝，他们淹没在他的光和爱之中。

但丁从此天到彼天，以贝雅特丽齐的目光做引导（从地上乐园起，贝雅特丽齐已经代替了维吉尔），从此天过渡到彼天是“立即到达”的。贝雅特丽齐的美丽和微笑的动人是在但丁不知不觉之中增强了。贝雅特丽齐的微笑在此很为重要，无异一种磁石，把但丁步步引高。有时但丁目眩，不胜天上的光芒，所以贝雅特丽齐使他逐渐习惯，庶几到天府时不致睁不开眼。

到天府后，贝雅特丽齐归了座位（在幸福者的玫瑰之中），另有一个引导人来代替了她，这引导人是圣伯尔纳（San Bernardo）。圣伯尔纳请求圣母的允许，但丁遂得一见上帝之面，并一窥“三位一体”的神秘。此种瞥视不过一忽儿，如电光之一闪，于是幻象和诗篇都戛然而止。

天堂除光明以外，没有什么可以做描写的背景；只有在第二十二篇之末但丁从恒星天的“双子座”遥望诸行星和地球，表示了一点回头下望人寰的感觉而已。天堂中的灵魂，不仅用语言表示他们的情感，同时用闻所未闻的歌唱，或有音节的动作，其光芒或聚或散，真是妙舞仙曲。而且各灵魂的光芒可以聚成十字架，或成字母，或成张翼之鹰。个别的光芒，有强弱的变化，颜色白者表示欢乐，赤者表示悲伤或恼怒，用此种方法，但丁给了幸福者一种生命，一种面目，一种人格，避免文字上的单调。

《天堂》虽写天上，但天上有什么可以多说呢？少不得还是要借重地上的材料；但丁的个人、他的流放、他的困苦、他的热情、佛罗伦萨、意大利、帝国、教座等，仍占重大的地位。如在第六篇与查士丁尼（Giustiniano）皇帝的谈话，第八篇与查理·马德罗（Carlo Martello）的谈话，第十五至十八篇与但丁远祖卡恰圭达的谈话，第二十一篇与高僧比尔·达明（Pier Damiano）的谈话，第二十七篇与圣彼得的谈话，及他散见的感慨段落，这都是地上的材料。此外有两处长而美的插笔值得一提，就是第十一篇圣方济各（San Francesco d'Assisi）的历史，第十二篇圣多明我（San Domenico）的历史，和他们教团的式微。

《天堂》中关于神学上问题之讨论，较《净界》中更为广泛，如祈愿之神圣，上帝之不测的公正，宿命说，所罗门之智慧，亚当在伊甸园之居处等。

愈至篇终，但丁讨论问题愈见其热忱，愈见其信心。初读其文，不免艰深，然其才学之伟大则不可否认。《天堂》最后诸篇，向着不可知、不可解的境界突进，其笔力之强，诗才之富且美，诚无以复加。

《神曲》是难读的书，而《天堂》尤难。

第一，它的内容难懂。它的神学问题，有时天文学问题，都不简单而非我们所熟知的。

第二，它的文字难懂。因为要解释深奥的问题，通俗的文字绝不够用，所以但丁把造“百科全书”的气力都拿出来了；他借用了法国字，普洛旺斯（Provenza）字，尤其是拉丁字；他采用古意大利字，而命意不同；他创了新字；他因为要描写有力，常常有奇奇怪怪的句子。他常说没有文字足以记述他的所见，孩子的语言不足以解释母亲的意思。其实，但丁已尽人类之力而为之矣！

要了解但丁，欣赏《神曲》，读者必须努力而忍耐。但丁在《天堂》第二篇开头说：“你们呀！坐着一条小划子，跟着我唱着前进的船，一路听到此地，请回到你们自己熟悉的岸上去吧！”但丁说的“坐小划子”，是指我们没有学力，没有勇气而言。

译　者

编后记

王维克先生的译本，系根据意大利原文，并参照法语、英语译文而成。王之译本，颇具民国之风，行文流畅、用词考究、风格典雅、注释详尽，是知识界公认的经典文学译作。

作家榜经典文库版《神曲》在尊重原文、不改变原文意旨的前提下，作如下修改：

①依据现代的通行译法，对该版本中显得陈旧的人名、地名，进行了一次全面的修改；

②将容易引起歧义的字词（如“一回”、“回复”等）统一改为现代用法（“一会儿”、“恢复”等）；

③重绘地狱、净界、天堂三界结构图，给予读者感性认知。

④为适应现代读者的阅读习惯，在不影响译文原意的前提下，对较长的段落以及少数注释作了重新划分。

本书插图作者为英国浪漫主义诗人、天才画家威廉·布莱克（William Blake）。

1824 年秋，布莱克开始为《神曲》创作插图，至 1827 年去世仍未能全部完成，故 102 幅作品完成度不等。作家榜经典文库版《神曲》原则上不对画家作品做删减，争取将布莱克作品原貌呈现给读者。

编　者

策　　划 | 作家榜
出　　品 |

出 品 人 | 吴怀尧
总 编 辑 | 周公度
产品经理 | 戴婧瑶
美术编辑 | 陈　芮　董亚茹
内文插图 | [英] William Blake
封面绘图 | [意] Isabella Conti
封面制作 | 马文静
产品监制 | 陈　俊
特约印制 | 朱　毓

官方电话 | 021-60839180

图书在版编目（CIP）数据

神曲 /（意）但丁·阿利吉耶里著；王维克译. --
杭州：浙江文艺出版社, 2020.2（2023.9重印）
（作家榜经典文库）
ISBN 978-7-5339-5828-2

Ⅰ. ①神… Ⅱ. ①但… ②王… Ⅲ. ①诗歌－意大利－中世纪 Ⅳ. ①I546.23

中国版本图书馆CIP数据核字（2019）第198149号

责任编辑：陈园　罗艺

作家榜®经典名著

读经典名著，认准作家榜

神曲

[意]但丁·阿利吉耶里 著
王维克 译

全案策划
大星（上海）文化传媒有限公司

出版发行
浙江文艺出版社
杭州市体育场路347号　邮编 310006
浙江省新华书店集团有限公司 经销
浙江新华数码印务有限公司 印刷

2020年2月第1版　2023年9月第13次印刷
889毫米×1194毫米　32开本　30.25印张
印数：68001－72000　字数：576千字
书号：ISBN 978-7-5339-5828-2
定价：138.00元